「三」生有幸

丁捷 著

江苏凤凰文艺出版社

图书在版编目（CIP）数据

"三"生有幸/丁捷著. —南京：江苏凤凰文艺出版社，2022.12
ISBN 978-7-5594-7175-8

Ⅰ.①三… Ⅱ.①丁… Ⅲ.①纪实文学—中国—当代 Ⅳ.①I25

中国版本图书馆CIP数据核字(2022)第176432号

"三"生有幸

丁 捷 著

出 版 人	张在健
责任编辑	周 璇 白 涵
责任印制	刘 巍
装帧设计	周伟伟
出版发行	江苏凤凰文艺出版社
	南京市中央路165号，邮编：210009
网 址	http://www.jswenyi.com
印 刷	苏州市越洋印刷有限公司
开 本	718毫米×1000毫米 1/16
印 张	31.5
字 数	377千字
版 次	2022年12月第1版
印 次	2022年12月第1次印刷
书 号	ISBN 978-7-5594-7175-8
定 价	68.00元

江苏凤凰文艺版图书凡印刷、装订错误，可向出版社调换，联系电话025-83280257

"三个故事"的海量引发

目录

序：问心至美　　　　　　　　　　　　　　吴义勤
写在前面

聪明诀

第一章　夜来风雨晨来香

003　夜来风雨

013　晨来香

023　夜来风雨晨来香（一）

032　夜来风雨晨来香（二）

047　手记之一：故事里的诗

第二章　一脉

054　飞入寻常

065　同行者

077　千金一诺

088　脉动人生书

093　手记之二：故事里的灯

第三章　铿锵

102　第一千零一次

112　花也铮铮

118　脉动亲情

123　老兵新歌（四篇）

139　手记之三：故事里的威武情

第四章　少年拏云老拿顶

144　小马矫健

150　青春的底气

154　筑梦，始于而立

159　安得美满

163　手记之四：故事里的"万年青"

第五章　叹芳菲

179　温馨之花（外九篇）

203　手记之五：故事里的满园香

第六章　大海的方向

206　踏浪致远

224　手记之六：故事里的足音

第七章　"三个故事"的聪明诀

231　聪明大舞台

237　各显神通聪明诀

幸福场　　第八章　心香

　　285　乡亲的乡亲

　　291　把春风送到花田

　　296　因为爱着你的爱

　　299　美美与共

　　第九章　诗人兴会

　　305　才艺传心

　　308　双星梦的追逐

　　314　花好月圆二泉曲

　　317　文养茉莉

　　322　手记之七：故事里的文心

　　第十章　"三个故事"的幸福场

　　325　幸福里有一个首要是"安康"（外六篇）

　　361　手记之八：故事里的吾乡

彩虹渡　　第十一章　一起长大

　　367　见证

　　379　手记之九：故事里的好人生

　　380　琴与瑟

　　380　琴的心音

390　瑟的心音

402　手记之十：故事里的妙知音

405　"三个故事"里的"三个小故事"

第十二章　"三个故事"的海量引发

412　攻坚

421　转型

424　新蓝图

426　高位发力

430　跨越

435　颠覆

441　三商通达

444　五者并进

447　双领先

451　开路

454　多元化

456　才智赢未来

459　摆渡人

485　手记之十一：故事里的"今生有幸"

序：问心至美

吴义勤

近年来，曾写出浪漫小说《依偎》的作家丁捷，转身聚焦时代现实，连续推出以"问心"为题的《追问》《约定》等多部非虚构类作品，产生了热烈的反响。日前，他的"大国企"题材报告文学新作《"三"生有幸》又创作完成，我非常期待。

报告文学在当下固然有着属于时代性的繁荣，但纷繁的气象中也有着缺憾，这就是一拥而上的作品中，很多主题过于显性直露、内容枯燥、故事乏味，文本中更是缺少个性鲜活的典型形象。读完《"三"生有幸》全稿，我很是惊喜和欣慰，丁捷在对当下报告文学所进行的思想、艺术纠偏上下足了功夫，取得了很好的审美效果和读者效应。如果说在《追问》中，故事性和人物的典型性得益于题材的独特，那么在《"三"生有幸》中，则完全依赖于作者自身的叙事能力。从《追问》到《"三"生有幸》，丁捷拒绝用宏阔的概念来构架文本，相反，他采取了一种类似于小说的笔法，从生活与人心的细部出发，在无边的现实中打捞有滋有味的细节，精心构筑一个文学性很强的叙事基点，从而一下子让作品的气质与芸芸"报告式"的报告文学作品区分开来。正是有了这样一种引人深入的故事性，有了这样一种自信坚定的主体性，才让整本书的写作在一个自我驾驭的轨道上自如的滑翔。

丁捷善写人物，《追问》中的涉腐干部，几乎每一个都令人过目难忘。《"三"生有幸》也写人物，写了各式各样的人物，不幸的人、幸运的人，模范人物、普通人物，退伍老兵、铿锵玫瑰，大学生、小女子，而归根结底，他们都是最平凡、最普通的人，他们各有各的故事、各有各的性格、各有各的命运，他们是这个时代发展的参与者、见证者，也是创造这个大型国企发展奇迹最为根本的动力，他们平凡而善良，现实又传奇。本书开篇丁捷浓墨重彩书写的"资深路姐"余丽琴就令人印象深刻，一个拖着假肢跳舞的姑娘，如此美丽、如此动人，作者关注的重心不是她辉煌的工作业绩，而是她在命运的击打之下，所展现的生命韧性和信念如磐，如此倔强，又如此高贵。丁捷从这个人物出发，逐步展开了一个鲜活的生命群像，用他们精彩纷呈的内心块面，组合成一个群体、一个集体的博大精神世界。每个个体与集体之间都有一个心结，这些心结盘结一体，紧密而又美好。丁捷的报告文学，和他的诗歌、散文、小说写作一样，从不从概念出发，而是直接叩击人心，发出妙音。在这一点上，他始终如一。

当下报告文学常为人诟病之处还在于其过于肤浅、直白，缺少思想性和深刻性，也即缺乏一种艺术的复杂性。对此，丁捷也有清醒的认识与反思。《追问》的独特深刻之处就在于以文学的笔墨挖掘、揭示了腐败分子们矛盾复杂的内心世界。而在《"三"生有幸》中，丁捷又呈现了一种有别于《追问》的复杂性。《追问》中故事的复杂，更多的是一种人性的困难和外部的艰难，而《"三"生有幸》中故事的复杂，则是源于生活自身的不确定性。除了内容，在形式上，丁捷也有自己的追求。《追问》一书是以八个点构成一个人性的界面，而《"三"生有幸》则是通过"聪明诀""幸福场"和"彩虹渡"三个块面的艺术构思烛照生活，像一面三棱镜，折射出不同的人生面向，也如同一棵大树的三个枝干，那一切鲜活的人物、动人的故事、温热的情感，都是这枝干上饱满而有生机的枝枝叶叶。

丁捷是一位偏于感性的作家，他对于情感的表现在《依偎》中已经让我们领略过，而这种情感的投射在《"三"生有幸》中也体现得淋漓尽致，他一方面深入现场去观察，一方面走近人物去对话，但更多的是深入人心，与书写对象之间产生一种情感和思想的共鸣。因此，与《追问》中那种强大的理性审视相比，《"三"生有幸》在理性思考之外，更多了感性的抒情。尤其是书中"手记"这一散文笔法的加入，使这部作品带有一种思想化的个人情感引导，手记如同一串理念的串珠，对故事进行了有机的结构性串联，从而把整部报告文学构筑成了一部兼具现实性、故事性和思想性、情感性的"大散文"。

在我看来，《"三"生有幸》就是"讲好中国故事"的一个生动样本，是展示可信、可爱、可敬的中国形象的一次鲜活的文学表达。作品让我看到了一家汇聚 2.8 万名员工精神力量的现代国企，以及在这家活力迸发、动力充沛的国有企业身上所映射出的大国气象。发轫于千禧年、淬炼于新时代，和许多肩负使命的国有企业一样，江苏交通控股有限公司敢为善为、勇挑大梁，以绵延路网纵横锦绣江苏，将山川之远化为举足之遥，在构建内联外通的水陆空铁现代综合立体交通网方面发挥着重要的投融资主渠道作用。江苏交控党委提出讲好"企业有前途、人才有舞台、生活有滋味"的三个故事，以期更好地以故事的形式承载企业历史、弘扬企业精神、传递企业价值、树优企业品牌，有效支撑其在"十四五"期间建设国际影响、国内领先的万亿综合交通产业集团和世界一流企业的宏大愿景。

讲好"三个故事"不容易，但作为国民经济的重要支柱，国有企业必须要讲，而且要讲透、讲实、讲活。"企业有前途"是"人才有舞台"和"生活有滋味"的先决条件，"人才有舞台"和"生活有滋味"在价值体现和情感共鸣上互为因果，同时又为"企业有前途"提供不竭动力和强大保障。通过这部作品我们看到，企业的前途、人才的舞台和生活的滋味三者高度统一、联系紧密，是社会层面、物质层面和精神层面的交融共通和良性循环。

在这部作品里，我读懂了以余丽琴、胡海平为代表的一群江苏交控人，他们执着专注、精益求精、奋发有为、追求卓越，呈现了一个个推动发展的"掌舵人"故事、揭榜挂帅的"扛旗手"故事、深耕基层的"螺丝钉"故事、大胆探索的"巧工匠"故事、朝气蓬勃的"新生代"故事和心系民生的"向善者"故事。这些个体的成长故事折射出一个负责任、讲大局、强担当、有情怀的大国企，犹如条条线索勾勒出勇挑大梁发力江苏重点交通基础设施投资的担当之责，瞄准一流深化国企改革的奋斗之向，蹄疾步稳构建现代产业体系的先行之为，向新嬗变厚植人才发展沃土的强企之路，培根铸魂把稳卓越党建舵盘的赤子之心，笃行不怠赋能美好出行体验的为民之情……无疑，这是一个国民经济"顶梁柱"和"压舱石"向上攀登、向下扎根的生动缩影。

讲好国企故事，是讲好中国故事的重要组成部分。党的二十大报告指出，要深化国资国企改革，加快国有经济布局优化和结构调整，推动国有资本和国有企业做强做优做大，提升企业核心竞争力。生逢盛世，自当不负盛世。国有企业的"幸"得益于伟大时代前所未有的新机遇，干部职工的"幸"得益于企业在转型升级中加速裂变的新发展，二者在互促共赢的螺旋上升中实现了国计民生的"大幸"。正是有无数个像江苏交控一样的国有企业，以社会经济的一隅方寸，融入发展的脉动和国家的航向，才有了中国式现代化生生不息的力量。那蕴含其中的深情故事，如一幅幅动人心弦的美丽画卷，诉说着一个个新时代的绚丽华章。

我还觉得，《"三"生有幸》更是作家丁捷个人的一次自我生命的情感激荡，是一次自身精神成长脉络的反思和梳理，是以自身反观时代、反观生活、反观人性的精神之旅。为了写作这部作品，他用了一年多的时间深入交通建设及其产业发展一线，体验生活。他走访了三十多家基层单位、一百多个工作站点，与三百多名普通职工交流，并与其中的五十多人深度长谈，甚至有些处成了无话不谈的知心朋友。2022年酷暑，高速公路路面气温将近七十摄氏度，他奔波在高速站点之间，曾出现过中暑昏迷。同年冬天，他到黄海的海上风电场体验生活，被突如其来的风浪拍打，从船舷上摔下去，重重地跌在铁梯子上，险些危及生命。如果说《追问》是投注责任，用"心"写成的，《"三"生有幸》则是倾注血汗，拼"命"写出的。丁捷在"江苏交控的三个故事"中，也讲述了自己的故事——讲述的其实就是我们每个人都有的、与连接着"诗与远方"的高空长路，所撇不开的那种生命的渊源和缘分。"每个人"中当然也有一个我。

　　是为序。

2022年冬天，北京

写在前面

"现在想来,润扬大桥就是一所大学,我们都是它的学生。"

这句话来自中国工程院院士、港珠澳大桥岛隧工程项目总工程师林鸣先生。2000年他曾负责建设当时中国第一大跨径悬索桥——江苏润扬大桥,该桥南汊悬索桥北锚碇因其体量庞大而被誉为"神州第一锚",工程难度大,危险系数高——需要在长江边上开挖出深50米的基坑,再在坑内施工。长江和基坑之间的土堤要承受巨大的压力,若有闪失,塌方或致江水瞬间灌满基坑。正当工人们望而却步时,看见林鸣毅然搬了一张小板凳,坐到了基坑底,要陪工人们一起"抗压"。他拍着胸脯说,我是工程负责人,我对安全有信心,你们在我就在,工程在我就在!

工人们很受震动,放下包袱,投入战斗。林鸣先生被誉为工程施工的"定海神针"。

20多年过去了,林鸣自己也成了"一所大学"。在润扬大桥、在江苏乃至全国的交通界,林鸣这一代路桥专家,非凡才华在世界行业中佼佼领先,担当精神得到传承和光大。

写作《"三"生有幸》,我把走访的第一站,放在了润扬大桥。高温酷暑,在60多摄氏度的大桥钢铁腹腔里,我穿着一套养护工装,随着新一代工程师们,步步惊心地行走在滚滚长江东逝水之上……

第一个故事

聪明诀

第一章　夜来风雨晨来香

夜来风雨

你有没有发现，热爱生活的女人们大都喜欢收藏和携带一个独特的小物件。在文艺作品中，女人爱不释手的小玩意儿，一定是她青春的信物，甚至沉甸甸的生命之结。它们往往承载了她的时光、情感和意志，成为她身心的一个"部位"，长在了她的血肉里。1997 年全球电影票房冠军《泰坦尼克号》里爱情的见证物——"海洋之心"巨钻项链，女主人公罗丝在去世前才将它从脖子上解下来，撒手于海洋，因为她要把她这生命与爱的象征，归还给她的"生命与爱"的另一半——早已殉情于大海的初恋情人杰克。当年广受全球少男少女追捧的《指环王》，一枚戒指里藏着神奇的"魔界"，拥有它就等于拥有了伟大传奇。

在文艺源头的现实生活中，无数普通人未必佩戴得了那种灿烂的华贵，未必驰骋得起那种魔幻的天马行空。然而，人，各有各的"敝帚自珍"，普通人至少有属于自己的那种"惊天动地"。

比如南京女孩余丽琴，在她喜爱的《红楼梦》图书里，一张她珍藏的字条，一夹就是二十余年。

夹字条的那一页，恰好是万众耳熟能详的《葬花吟》。这首诗其中的两句"桃李明年能再发，明年闺中知有谁"下面，被她画了一条粗粗的线，线下一连画了十个问号。

与之相对应，夹在此处的字条上，有手写的两句诗，也有一条下划线，同时打上了十个感叹号：

花枯花荣花重生
一树烂漫来迎春
！！！！！！！！！！

1997年秋天，南京禄口国际机场高速公路开通未久，公路管理处迎来一批新员工。一群刚走出校园的少男少女走上了道路维护、费用征收、后勤服务等工作岗位。这段高速公路连接着南京城区与新机场，起点是花神庙，途经秣陵，中间有翠屏山服务区，迄点为禄口国际机场。虽然只有短短的三十多公里，但因同时作为通向江宁、溧水、高淳等地的连接段，车流湍急，很是繁忙。新人的加入，使公路管理处一时间充满了生机。在经过短暂的培训后，年轻人各就各位，开启了他们的事业人生。

毕业于江苏交通技工学校的余丽琴，是这群新人中的一个。

在这个群体中，人们很难忽略这位身材苗条、四肢纤细、双目清澈的姑娘。人们发现，她性格腼腆，言行略带怯弱，但身上有一种特殊的力量，就是亦动亦静，能张能弛，收放自如。她有极强的专注力，工作中可以连续几个小时盯着一件事，一刻也不休息，心无杂念，旁若无人，身若神针，定海其中。业余时间，她喜欢一个人默默地读书，或者练习书法。她总是坐得笔直，仿佛是一座凝固了时间的美丽雕像。而不可思议的是，这么安静的一位女孩，同时又是一个热情奔放的舞蹈爱好者。当音乐响起来的时候，她如脱兔般灵动，踢腿、旋转、舒展、翻滚，流畅利落，风一样盘旋，水一样激荡。

管理处领导很快惊喜地发现她是一棵不一般的苗子,根据她的爱好,有意激发出她的多种潜能,频频抽调她参加读书会、书法班以及业余舞蹈队,并选派她参加省交通系统和工会系统组织的各种文艺比赛。凭着天资和后天的认真,她很快成了舞蹈队的骨干。而本职工作上,经过几个月的新人岗位培训后,在机场高速收费站上岗的余丽琴表现出色。她对工作流程掌握到位,言语亲切,动作麻利,一丝不苟,宛如在岗多年的成熟员工。

在全省交通一线,像余丽琴这种身份的"路姐"数以千计,每年都会从她们中涌现出一批佼佼者,因工作业绩和综合素质优秀,跻身各种荣誉,露出头角,出类拔萃。新人、苗子,是各家公司的管理"星探"挖掘的目标。可以说,入岗不到一年,余丽琴就进入"星探"的搜索范围了。一次,江苏省交通运输厅的一位分管领导来管理处检查工作,亲自开车过收费站"暗访",对坐在三尺岗亭挥汗如雨收费的余丽琴留下极好的工作印象。车子过后,领导利用车流间隙,在站长的陪同下,走到岗亭边问候她。

"你叫余丽琴吧?"领导递上一瓶矿泉水,向她竖起大拇指,赞扬道,"你干得不错,动作一点不生疏。我记得你还是个文艺小明星,我看过你的节目。加油,小姑娘!"

余丽琴只是给了领导一个微笑,甚至连手上的工作都没有停下,说:"谢谢领导,我在工作中,不便聊天。请谅解,再见!"

领导一愣,但心中大喜,赶紧撤离。在回来的路上,他对站长说:"恭喜你们招到了优秀的新人,我给这孩子打99分!你们好好培养。"

那一年,余丽琴21岁。显然,她眼前展开的人生初景,就如同岗亭下的这段宽阔的高速公路,开始向前、向广阔的天地延伸着。

前面的前面，虽然看不见，但是可以想得见，一种想得见的诗和远方。

看来她在人生的一开端，就凭着天资和努力，开上了幸运的快车道。

时光荏苒。而今，余丽琴45岁，已经是一位中年人。如果不在近处细看，那一身江苏交通控股有限公司（以下简称"江苏交控"）职业服条纹衫穿着，端坐在那里，阳光下，你看到的她，依然是一位安静而又充满活力的年轻姑娘。岁月似乎在她身上没有加持任何"沧桑苦难"，倒是加持了无数幸运的光环。细数一下她身上的荣誉，不能不叹服——中国公路学会第四届"中国最美路姐"、江苏省"十佳文明职工"、江苏省"五一劳动奖章"获得者、江苏交控"青春名片"、"百名交控好典型"、"江苏交控十大楷模"……你也许会慨叹，谁说众生平等啊，有的人，她就可以是上苍的宠儿，得到偏爱，这余丽琴20年前被人看好的明天，果真就在今天满满实现啦。

难道不是吗？

若不是一路凯歌，又岂能如期凯旋！

的确，如果我们只看到20年前在收费亭和舞蹈房挥汗如雨的余丽琴，如果我们只看到今天在嘉奖台上托举着金杯的余丽琴，那么，余丽琴的文章到此可以结束。

也许，幸运的故事，只能是纪录的平淡与短暂。

但，如果没有"如果我们只看到"的话，我们还可以看到什么？20年岁月当真只是加持了一帆风顺抵达彼岸的幸运？

哦，这真的不是真正的余丽琴。只有真正的余丽琴，才会在《葬花词》下画粗线，才会在《红楼梦》里夹字条。一个曾经沉浸在葬花泪里的女孩，怎么可能是一个一直活在上苍独宠里的人呢？

20年，给了我们太多的问询空间。

1998年是余丽琴参加工作的第二年，作为在半军事化技能训练中合格出师的职工和在业余文化活动中引人注目的才艺骨干，她在圈子里已经小有名气。比起一般员工，她要更忙碌一些，除了不折不扣完成岗位工作，她还是单位各种活动的积极参与者，每逢各种节庆，工余和节假日她都奔波在活动彩排场或比赛舞台。这一年的夏秋之交，她参加了紧张的舞蹈排演，准备代表本单位参加全系统组织的迎国庆文艺晚会。

有一个星期天，在连续彩排了三四个小时后，她大汗淋漓，突然被一股疲倦侵袭，差点晕倒。回到家里，她感到左腿隐隐作痛，整夜没有睡着觉。第二天，她跟母亲说起这事，母亲警告她"不要跳得太狠，会累坏的"。她放缓了舞蹈训练节奏，过了几天，疼痛果然有所减缓。在圆满参加了国庆活动表演后，她整个人松弛下来，那种隐隐作痛感又一波一波地涌了上来，从白天到黑夜，不经意地时常"袭击"她。

忍了几个星期，疼痛没有减缓，余丽琴悄悄地去了医院。医生问明情况后，初步诊断是骨髓炎，开了一些药，带回服用，并叮嘱她不要过于劳累，一定要多休息。回来服药后，情况有所好转。她又像一个陀螺一样，高速运转起来。

这样一晃，就到了冬天；一晃，又过了春节。

一天晚上，余丽琴正盘腿坐在床上，那种疼痛又来袭了。她打算打开电视，分散一下注意力，来缓解身体的不适。遥控器放在床对面的电视柜上。她身子前倾，伸出胳膊去够遥控器。这个时候，改变她命运的一个声音从她的体内发出，沿着腿部，迅速通过神经在她的耳鼓里炸开，成为"巨响"。她被这声"巨响"惊住了。同时，一股尖锐的疼痛在巨响中爆发，她不由自主地发出一声尖叫。

当她从昏眩中清醒过来的时候，她意识到不好的事情在体内发生了。她在床上一点也不能动弹。她仿佛陷入了一片痛苦和灼热的沼泽，急剧地向死亡的恐惧深渊下沉。她惊慌失措，哭喊出了救命声。

父母被惊醒了，冲到她的房间。只见女儿的腿部血肿膨胀着。他们赶紧拨打了120。急救车很快到了，她被送到了医院。

她的左腿断了，就那么一个盘着腿向前倾的动作，就掰断了那么粗的腿骨，而且，断了好几截。

诊断的结果是，21岁的美少女余丽琴患的是骨癌，左腿骨已经坏死，必须马上进行高位截肢，整个左腿不能保留。

余丽琴的父亲是一个老实巴交的农民，在南京浦口的乡村里种了大半辈子地。当医生递上病危通知书让他签字的时候，他的那只平时能抓举笨重农具的手不断颤抖着，以至于签字笔几次掉落在地板上。这位平素木讷得几乎连表情都很少有的汉子，即刻泪如雨下。

他有三个孩子，余丽琴是老大，下面有一个妹妹和一个弟弟。当年，为了减轻家里的负担，懂事的余丽琴放弃了考高中奔大学，而是选择了能尽快毕业就业的技工中专。她希望跟父母一道奋斗，改变贫穷的家境，至少弟弟妹妹们可以轻装上阵，敞开读书，能读多高就读多高。她如愿参加工作后，家境果然一天好过一天。这幸福来得缓慢，去得却如此突然。老父亲躲在病房外，被厄运打蒙了。

余丽琴是个乖乖女，从工作的第一个月起，在拿工资的那一天，将每个月的工资分文不少地交到父母的手中。每个月的那一天，小家里充满了欢声笑语。这种新鲜的"月月欢"，是她这样的农民家庭以前从未有过的。可这才欢笑了一年多，此时，一纸病危通知书，如惊雷般劈碎了这可怜的幸福。

这要失去的不仅仅是"月月欢"，还可能是宝贝女儿的生命啊。不做手术，癌症很快会从左腿向全身转移，生命几无多日；做手术，手术失败的概率很高，即使成功了，骨癌患者的复发、扩散致死率也很高。

快要崩溃的老父亲，在墙角蹲了一个多小时，抱着头，流着一把把痛苦的眼泪鼻涕。六神无主之际，他突然想到女儿是有单位的人。他颤巍巍地站起来，在医务室借了电话，拨通了女儿电话小本子上单位领导的一个号码。

余丽琴手术后醒来，没有哭，也不肯说话。她的左腿没了。几个月前她还因为这双腿，在舞台上，接受了热烈的掌声赞美和炫目的镁光灯聚焦。她小卧室的台玻下压着的奖状，好几张是因为舞蹈获得的。

在一次参加省工会的文艺活动时，一位热心的摄影师把镜头对准了她。她像一只仙鹤，立起来亭亭如玉，蹦起来轻盈有韵。她不高，但身材的纤细和双腿的笔直细长，让舞台上的她自有一分夺目的美丽。摄影师按下了快门。这张照片想必成了摄影师的得意之作，他特意洗了一张，经公司工会领导，转送到余丽琴的手中。这也是余丽琴第一次认识到自己的美。舞蹈的瞬间凝固在纸上，她的一只腿独立着，一只腿在画着一条美丽的弧线，两只腿就是一对和弦，每次余丽琴看这张照片，纸面上就会流淌出双声叠韵。

现在病床上的余丽琴很想立即爬起来，回家把那些奖状和照片撕成碎片。

第一个星期，她在病床上只有一个念头：还是别活下去好。

过了几天，单位来了一大堆同事，他们静悄悄地，围在余丽琴的床边。带头的一位领导将食指靠在嘴唇上，示意她不要动弹，不要说话。他们轮番上来，男同事用单拳做一个加油的姿势，女同事轻轻地抚摸一下她的额头，或者用手指轻轻捋一捋她散乱的头发。然后，他们就安静有序地离开了病房。

余丽琴恢复了一点精神后，脸上开始有了气色，也可以倚在靠背上看看书听听音乐了。她的妹妹星期天过来看她，为她拿来了一堆她平时经常翻阅的小说书。《红楼梦》就是其中的一部。余丽琴记不清自己读了几遍了。每次，她能随便翻开一页，就津津有味地读下去。小说太好看了，让她着迷得不行。

这次，她翻到"葬花吟"那一页，读到"桃李明年能再发，明年闺中知有谁"时，她的眼泪滑落了下来，打湿了纸页。她的眼前出现了幻觉，她觉得自己的命运就如同林妹妹。现在是春天，鲜花盛开，再过几个月，就该挂着拐棍，到南京浦口自家的园子里去埋葬那些凋零的花瓣了。然后，也许不用多久，自己就会随着那些花瓣，一起被埋葬，一起化作一捧软泥了。

她在泪眼婆娑中拿起笔，在诗句下面画线，并写下一个又一个问号。

此后的很多年，当时陪护她的母亲反复唠叨着告诉她："你那时的情绪不对劲儿，我们猜得到你在想什么，你有不好的念头，让我们内心绞痛。后来，你的病房成了'流水席'——这是医生给取的名。为什么取这个名儿？因为他们不光派人来轮流做你的护工，单位的同事也走马灯似的自愿过来看你，陪伴你。你不愿意说话，他们就静静地坐着。你愿意说话，他们就讲单位的趣事、喜事。全院整个住院部，恐怕就是你的病房最有人气，所有医生就说你们这是开流水席啊！就这样，眼看着你的情绪渐渐好起来。两个月后，你开始有说有笑，我这个做妈妈的，这才放下了心里的重负。我想，我的孩子'挺'过来了，或者说，我的孩子被医生和她的同事一起'救'过来了！"

是的，就是在"流水席"开始没多久，有一天同事告辞后，她突然在自己的《红楼梦》"葬花吟"的那一页，发现了一张手写字条。显然，不知是哪位细心的同事发现了她读书的记号，于是和了两句送给她。

"花枯花荣花重生，一树烂漫来迎春"，下面跟着十个感叹号。那一刻，她突然云开见月，感觉一束温暖的光，把心照亮了。她的想法在丝毫没有准备的情况下，擅自转折，朝向了豁然开朗。

有一天，我会不会有"一树烂漫"？她反复问自己。

一条腿就能夺走整个生命吗？生命是由爱组成的，失去一条腿，这不是正获得更多的爱了吗！

从这一天起，她渴望早点站起来，甚至可以奔跑着回单位。她太爱他们了，她要给他们每个人一个拥抱。腿虽失单，双臂犹在，拥抱的效果一定不会受到任何削弱影响的吧。

她在病床上，第一次自顾笑了。

一个微笑可以作为心态的转折点，却无法把身体的痛苦和对死亡的恐惧甩到身后。在两个月的住院康复期间，她不止一次看到已经相处熟悉的同类型病友，被裹着白被单，送到了另外一个世界。

有个小哥哥，过来向她借《红楼梦》。过了两个星期，有一天傍晚，小哥哥来还书，她觉得他读得太快了，想跟他交流一下阅读心得。小哥哥怏怏地说，我才读了几十页，我估计没有力气读完这么厚的书了，我的情况不是很好。

又过了两个星期，小哥哥病情恶化，被医生判为无救，出院回苏北老家了。

余丽琴那天做了一夜噩梦。

有谁能保证她是那个可以康复的幸运儿呢？

住院两个月后，她出院了，住到家里，开始了漫长的六个月化疗。她的头发掉光了，同事来看她的时候，给她带来漂亮的帽子。她的病痛在减缓，再减缓。最后一个月，她再去医院复查，医生告诉她，癌细胞消失了，你准备接受新的挑战吧——装上假肢，成为一个至少看上去"正常"的人。不过，这要吃苦，拖着笨重的假肢，不是一天两天，是整天整月整年，越健康越长寿就意味着假肢陪伴你、折磨你的时间越久远，你要接受这个现实。

上班的前夕，余丽琴心潮起伏。家庭经济条件不好，为了减轻家里的负担，她主动提出装一个廉价的，并对父母解释说，第一个假肢是用来练习使用习惯的，用不着太高档。等适应了之后，再买一个高品质的。

装着假肢的余丽琴天天在老家的门前屋后练习走路。假肢与腿根的摩擦与拉扯，经常疼得她死去活来。皮肉很快就破了，她的腿血淋淋的，从裤子里渗出来。但当她穿上裤子，在镜子里看到自己"正常的体型"，心里有一种说不出的新奇和喜悦。随着上班日期的迫近，她的心里已经不关乎自己的身体缺陷带来的丑陋和疼痛了，而是纠结自己的前途和未来。——我当真能像以前一样，可以正常履职？我不过是一个刚刚上了一年班的员工，接下来我会一辈子拖单位的后腿吗？如果我成为这个世界的"负数"，活下去，情何以堪？减轻生活的包袱，家，可以不成，少一个小家，至少少拖累两个人。但工作不能耽误，耽误了，拖累的就不是一两个人这么简单了。

上班前的那个夜晚，余丽琴哭了。她失眠了一夜。那一夜风平浪静，她却在满耳的风雨幻听中辗转反侧。离岗一年，能带着捡回的生命，走向复工是令人兴奋的，但拖着一支假腿走向高速公路上的事业岗位，她的心情是复杂的、忧愁的、卑怯的。

晨来香

开车从余丽琴工作的机场路收费站进来，沿着高速向南京方向，通过南京绕城高速可以上沪宁高速——这是江苏省境内的第一条高速公路，也是20世纪90年代全国率先建成通车的超宽高速公路。20世纪90年代初，江苏省主要领导访问德国，看到人家的高速公路，那种惊人的宽阔和通畅，羡慕不已。回来后就向当时的国家交通部和计经委申请建设沪宁高速公路，用了五年多时间建成通车，如愿以偿。曾经有一部反映沪宁高速建设的纪录片《大动脉》在中央电视台播出，著名主持人李修平充满激情的解说，激动了无数国人尤其是江苏人的心。这条高速，打开了整个苏南城市带与经济龙头上海的快捷引擎，成为中国最繁忙的黄金大道。当汽车驶进沪宁高速南京收费站的时候，南京人看到"南京"两个大字，别样的自豪感涌上心头。

比南京机场高速收费站员工余丽琴年长一岁的"路姐"郑兆芳，如今就在沪宁高速南京收费站工作。她清楚地记得沪宁高速通车的1996年，正好是20岁的她毕业参加工作、入职交通行业，到这里工作的那年。后来的25年，她先后被抽调到汤山养排中心和距离南京站70多公里的丹阳收费站，一干25年，直到2021年再次回到南京站担任副站长。

她记得参加工作后的第一次学习活动中，交了一篇心得作文，描述了上班第一天远远看到收费站上"南京"两个字的心情和表现，她用了"热泪盈眶"来形容。缘何如此激动，大概是成了这两个大字下面的小主人翁吧。那时候她可没敢奢望过，自己有一天能成为这个车辆日流量10万的"全省高速第一站"的负责人，更不会预测到，对一个人来说几乎是惊天动地的坎坷命运，把她再次与南京站扭结在一起的。只是，此后二十几年，自己身上会一而再再而三地发生因看到这里的"南京"两个大字而"热泪盈眶"的事——走出南京站，走回南京站，都有一把泪。

那篇作文得到了收费站负责人和同事们的高度评价，为她的人生剪了一个小小的彩。

工作在江苏高速一线上的姑娘们，被她们所属的单位江苏交控统一命名为"茉莉花"。1976年出生的郑兆芳，迄今工龄26年。2021年从丹阳站调回，在南京站上任负责人。之前，她已经有了25年的工龄，辗转了沪宁高速沿线的丹阳收费站、汤山养排中心等多个工作岗位。她这样的人在行业系统内被称为"资深茉莉花"。在南京站上任后，有一次她接待江苏交控的工作巡查组时，自我调侃是"茉莉黄花"。她满以为自己的幽默会赢得检查组领导们的一片欢笑——接受工作检查，那气氛有点紧张啊，大家可以放松一下。没想到，检查组的负责人眼睛朝她一瞪，满脸严肃地说："黄花？你这是自我枯萎！你可别扯到我们茉莉花上来，我们这是个充满朝气的品牌。"

郑兆芳特别尴尬，满脸羞愧地道歉。

过了两天，那位领导突然打电话给她，向她道歉，说自己不知道她的"特殊情况"，当天过于认真了，"护花"护得过了一点，不应该生气。

郑兆芳知道领导这个电话的良苦用心，也明白因自己的"特殊情况"常得到的"特殊呵护"。她在电话里笑出了声，一个劲儿地感谢领导。其实，电话这头，她已经流下了眼泪。这份眼泪，当然不属于"委屈"，更确切地说，应该属于感慨、感动。

回到南京站不到一年的时间，郑兆芳经受的人生考验非同寻常。但一句话，一年的成绩令人瞩目。在一份来自江苏交控的事迹材料上，郑兆芳被这样评价：

> 上任伊始，郑兆芳积极调整状态，主动了解、主动学习、认真工作，试图用工作"拯救"自己。在不久后，郑兆芳便迎来第一场大考：春运。作为沪宁高速主线收费站，春运开始后，南京站接连迎来车流高峰，在最多时每小时有6000多辆车通过。郑兆芳深知一线员工的辛苦，每天带领大家在收费道口从凌晨干到黑夜，现场指挥疏导、协调一路三方，给员工加油鼓劲，一干就是20个小时。因为现场人员少，车流量大，大家无法离岗，她就为大家送来面包、包子充饥，还给亭外疏导人员贴上了暖宝宝。在她的带头坚守下，南京站圆满完成了春运期间的防疫保障任务。在繁重工作下，虽然身体很累，郑兆芳却觉得，自己好像又燃起新的"希望"！这场春运大考，让她深切感受到自己作为妻子、母亲之外，作为一个劳动者、管理者的价值。

这是一份令人惊喜也令郑兆芳自己欣慰的成绩单。

江苏交控党委书记、董事长蔡任杰一直有个愿望，就是想把南京收费站这个特殊的大站，打造成全省乃至全国标杆、示范站区。但蔡任杰没有大张旗鼓地提出来，他需要南京站有足够的优秀来支撑他的信心。不知多少次，蔡任杰到上海、苏锡常出差，路过这里，悄悄在站口的临时停车区下车，像一个爱管闲事、爱看热闹的过路客一样，在那里东张西望地观察站外的环境，观察他的员工怎么忙乎。 2022年春节期间，蔡任杰的桌子上放着一堆南京站的先进事迹材料，说这里诞生了一个了不起的团队，几十个人团结拼搏，领头人郑兆芳为了打造好她这块"人才小舞台"，把自己的情感触须伸到了每一个员工的"日常生活深处"。 蔡任杰就利用春节休息日，和夫人一起开着私家车"微服私访"了南京站。 春节上班后不久，他就把憋在心里已久的这个目标，抛了出来。

郑兆芳和她的小团队接到江苏交控传到宁沪公司又传到管理处的好消息，管理处领导兴奋不已，跑到收费站来宣布这件事。 郑兆芳这次不敢玩幽默了，她说：

"这是一个'压力山大'的荣誉！"

管理处领导反应飞快，接口道：

"轻飘飘的荣誉没意思啊，也用不着你这资深茉莉花来承接，那可是上升到总公司战略的一个目标啊。"

之前的25年，郑兆芳跟这座花园里的其他花朵们一样，一直在边吸收阳光雨露，边努力成长。 她后来认定自己是个"吸收型"的人，这种特性在少女时代有了发端，在工作后充分养成。

郑兆芳有兄弟姐妹五人，在她的童年记忆中，父亲经常不在家，家中所有的生活重担都压在母亲一个人的肩上。 小时候，她陪着母亲在街头看过自行车、在母亲开的小旅社里做过"门童"……但是无论生活有多艰苦，母亲总是起早贪黑、省吃俭用维持着整个家庭的生计。 母亲对五个孩子特别慈爱，童年里兄弟姐妹嬉戏、母亲灯下做饭、家人围桌吃饭的情景，是她心中最温馨、最有爱的一幕画面。 但一次郑兆芳因为贪玩逃课，被母亲痛打了一顿。 几十年了，她都没有忘记自己一把鼻涕一把泪地在自己的小日记本上记录这件事，用了"被母亲毒打了一通,很伤心、很气愤,她真的爱我吗?"这些话。但"毒打"显然起了作用,让她痛彻地明白:学习是天大的事。之后,郑兆芳一改昔日的顽皮,学习格外的用功刻苦,成绩也是名列前茅。初二、初三年级,郑兆芳因为每天早上5点就起来背书,晚上做作业到深夜,所以上晚自习时经常困得睁不开眼。为了给自己提神,她居然大冬天把脚泡在冷水里。家里经济困难,买不起辅导资料,她就整本地把资料抄下来学习。功夫不负有心人,初二之后,郑兆芳的学习成绩就如同"开挂了"一般,一路飞升,稳居在全校前三,初三毕业以全校排名第一的成绩考上了江苏交通运输职业学校。

从此,她开启了用学习与交通结缘的人生。

工作初期,郑兆芳在南京站的值机室一干就是十年。她记得第一天去南京收费站报到时,走进自己的工作岗位时才知道,她的任务就是盯紧眼前的大屏幕,24小时观察收费道口、收费广场及收费站区的情况,并将收费系统、监控及机电设备等故障及时上报。在学校学习的是财务专业,到岗后要面对的却是一大堆机器。她一头雾水,拿到手的说明书也如同天书一般。专业不对口,一时间她根本无法将工作做上手!

那一瞬间,她的脑子里嗡嗡作响,真想直接跑掉。可她马上意识到,"跑"不是办法,那得多丢人啊——不光是丢人,恐怕也是"丢人生"吧。一工作就弄出这一出的话,怎么面对未来、面对自己的一辈子?

大概有半个月的时间,她天天拿着技术材料,厚着脸皮追着同事问东问西。她端着键盘,一次次蹲在地上,通过链接端口练习电脑技术指令,硬是把近似"天书"的电脑程序、口令弄熟了。系统发生故障时,值机人员一般需要打开护板、外壳,拆开内部装置,用眼盯紧了错综复杂的排线才能动手操作，而郑兆芳为了提高排障的效率，她经常蹲在地上练习着用手摸线组和工作模块进行盲操作。

那段时间，宁镇管理处的一位领导每天下班都要从镇江路过南京收费站回家，经常发现不修边幅的郑兆芳蹲在收费亭里拿着键盘敲敲打打，后来，他从同事口中得知，这姑娘在练习"盲排"的技术。

2008年1月春运期间，南京收费站的三大系统设备突然发生故障，导致很多车道通行卡刷不了，车无法进出，系统即将瘫痪，一时间南来北往的车辆在南京收费站的东西两侧排起了长龙。时值春运高峰，每延误一分钟，就会导致汽车滞留激增几十辆。

凌晨时分，在家刚刚躺下的郑兆芳接到通知后，连忙爬起来，不顾地上残雪打滑，一路开车赶到南京收费站，二话不说冲进值机房，拿出键盘等排障工具，紧急联系维护单位，让对方远程指导测试，一边加快系统修复，一边维持仅有几股车道正常刷卡，最大限度地疏导交通。

当时室外零下四五度，寒风凛冽，郑兆芳一边用手摸着冰凉的铁管插线，一边敲击键盘测试。为了不让手指冻僵，她倒了一杯热水放在一边，不时摸一摸杯子取暖。10个小时后，她终于完成了"更换网卡、重新编程、系统刻盘、重设网址网关"等一系列操作，使得原本至少需要48小时才能彻底修复的漏洞，提前了整整38个小时。

上午十点，太阳暖暖地照在收费站时，这里已经完全恢复正常通车，连续工作十个小时的郑兆芳，累得瘫坐在地，平时爱美的她因为熬夜已经"戴"上了黑眼圈，一头秀头也成了披头散发。

经历这一次事故后，郑兆芳意识到，高速公路本身就是"新鲜事物"，很多针对高速公路设计的软件和管理制度本身，也是"新鲜事物"，频频出现故障，工作效率低下，真的需要优化和改进。作为一名经验丰富的值机员，不能只机械地工作，也要学会思考问题，大胆创新。

2009年之后，随着家用轿车的普及，传统的收费数据采集已经远远不能满足猛增的车流量。郑兆芳大胆提出了移动收费亭收费数据采集革新方案，首次实现了收费数据实时传输，成功地应对车流量高峰期的拥堵问题。专家看到方案，还以为是出自某个科研院所数据专家的手笔，万万没想到，居然是一名普通值机人员完成的。

收费员工作量逐年增大，加之值机工作枯燥乏味，导致这一岗位人员流动性较大，而新的人员上岗常常要通过一个月的见习，才能达到上岗的基本要求，青黄不接成了常态，这大大影响了工作效率。细心的郑兆芳有一次到银行办理业务时发现，银行见习柜员培训时，都有一套流程手册。她受到启发，既然烦琐、严格的金融流程都能变成新员工简单易学的操作规程，我们交通值机流程怎么就不可以弄个流程手册呢？于是，2011年，她结合自己的工作实践，将值机业务知识、工作流程删繁去冗，汇编成册，作为对新员工培训的教材，在培训中投放，效果立显，将跟班见习时间从原先近一个月缩短为七天。

郑兆芳还用业余时间完成了财务管理大专、法律本科的学习。这两门专业，很多人单单完成一门学业，就要三四年的时间，郑兆芳只用了短短两年时间就完成了学业考试，拿到了双专业文凭。

那些年，南京站区设备完好率达到了100%，她本人也因此获得了"2009年度宁沪公司QC课题二等奖""2010年度宁沪公司先进个人""2011年江苏交控'上海世博会'交通运输安保工作先进个人"等光荣称号。

她有了一个不错的人生启航期。

2011年，由于郑兆芳个人在值机岗位上的突出表现，由部门推荐参加文秘、内业管理岗位的竞聘。郑兆芳认真修改竞岗演讲稿，最终在竞岗中一举胜出。通过努力，她成功地从值机员转变为"笔杆子"。有位同事帮她粗略地统计了一下，郑兆芳每年汇报的各类信息、材料、新闻通讯，多达190多篇，贴剪报用掉的笔记本足有12本，一年撰写达20多万字，相当于每年完成两部长篇小说，她也因此成了部门的"快笔头"。

2013年，郑兆芳调到汤山养排中心工作。

2019年10月，江苏交控将ETC推广发行确立为公司"一号工程"，养排中心的职工大多做实际的维护保养、排障工作，对推广、营销毫无经验。郑兆芳主动当起了养排中心ETC推广工作的牵头人。为了让职工更好地懂得推广技巧，郑兆芳带领大家认真学习ETC最新政策、营销策略、优惠活动等。在ETC推广期间，她调动一切可以调动的力量，采取一切可以采取的措施，争取一切可以争取的资源，变自己的朋友圈为ETC推广圈、变关系网为宣传网、变资源优势为推广优势，线上线下相结合，白天黑夜连轴转。下班后，她带着ETC申请资料，在大街小巷、在企业社区，经常俯身在别人的车窗外，拿着一把小卡片，或是追着下车的车主不停推销。那段时间，不知情的朋友还以为她干起了卖保险、办银行卡之类的副业，笑话她"下海赚外快"。11月的一天，得知栖霞区有几个物流公司有意向办理货车ETC，她一大早就联系几个运输企业的老总，主动上门为他们介绍办理ETC的必要性和优惠政策，并且发放了自己连夜制作的宣传单。连续的高强度工作，让身体本就不太好的郑兆芳，在参加此期间管理处组织的运动会中跑步时，腿脚一软重重摔倒在地，膝盖、膀子、手上全部蹭破了，血迹渗出了衣裤。晚上回到家，她发现膝盖上破皮流血的地方已经粘着衣服，要撕拽剪开才能脱下来。爱人看了既心疼又生气地说："你快赶上王进喜的勇敢劲儿了哟！"

膝盖受伤，医生劝她至少歇一个礼拜，但她没有休息一天。去另一家业务单位推广ETC时，恰好这家单位办公楼没有电梯，她膝盖结痂无法弯膝上台阶，她硬是扶着扶梯"蹦"上了三楼。功夫不负有心人，经过与通行宝公司、各家银行、企业相关负责人多次的沟通协调，郑兆芳一次性成功办理了近400台货车ETC。最终，在ETC推广工作中，汤山养排中心ETC发行量排名全公司前十，郑兆芳个人"ETC合伙人"办理499台，地推办理1882台，总量2381台，发行量位居宁沪公司个人第一名，并获得"江苏交控系统深化收费公路制度改革取消高速公路省界收费站ETC发行先进个人"称号。

2020年6月，郑兆芳通过民主推荐的方式，到丹阳新区任副站长。从汤山养排中心，到100多公里外的丹阳小城收费站任职，第一次独当一面地开展工作，这个岗位对郑兆芳同样充满挑战性。

一次，宁沪公司宁镇处的负责人到丹阳新区收费站调研时提出，站里可以通过党建品牌的建设，用一个响亮的党建集体的名字，对外开展服务，既能增加美誉度，让群众容易记得住，也能提升站内职工的凝聚力。这个建议让郑兆芳大受启发。她发现收费站5公里外有一个眼镜城，车流量很大，如果能通过党建融合，将道路保畅使命与地方特色经济融合，为地方发展助一把力，何其美哉。于是，她用了半个多月的时间，促成了与"丹阳眼镜城"联合打造"路镜同馨"党建品牌。

郑兆芳还了解到当地有一个服务品牌"八姑娘"。1964年3月"八姑娘民兵班"在丹阳市蒋墅河湾村组建，56年来她们始终坚持学雷锋做好事，班长换了一任又一任，成员换了一茬又一茬，班风传了一代又一代，赢得了社会各界的广泛赞誉，也收获满满荣誉：该班先后受到省、市、县表彰156次，有102人出席过省、市、县先进代表大会，2003年3月被省军区政治部评为"学雷锋先进集体"……郑兆芳马上兴奋了，她觉得如果能让自己的女子团队，加入这个集体，是一件多么大的荣誉啊！经调研，她了解到，"八姑娘"先后成立了"八姑娘"帮你忙记者团、"八姑娘"科普宣传团等7支巾帼志愿服务团队。"八姑娘"已经有了"七姑娘"，还剩下一个"虚席"，郑兆芳觉得，这简直就是"天赐良机"，赶紧抓住机会的"尾巴"，跟志愿团的组织者"搭讪"上，很快得以带领收费站的女工们加入"八姑娘"的大集体，使"八姑娘"分布八个行业领域的布局完整了。

郑兆芳在"八姑娘志愿服务团"将"我为群众办实事"实践活动贯穿到党史学习教育全过程，多形式、全方面开展党史学习教育和为司乘办实事活动，实际工作不求大而全，但求精准为司乘解决问题。她敏锐地发现，随着经济的发展，高速公路上加长、加宽货车会越来越多，而地处苏南经济带的镇江地区竟然一直没有4.5米超宽车道，一些过往的大型货车不得不绕道行驶。上级部门结合丹阳收费站提出的建议，2020年10月，丹阳新区收费站改建了镇江地区唯一一条4.5米超宽车道。2021年5月18日晚上，一辆黄牌大件运输车拖载着长22米、宽3.75米、高4.5米的龙门剪切机从常州青阳收费站上高速，由S39转往S35（泰州方向）时，走错了方向，来到丹阳新区收费站求助。巨型货车在小站区转向，稍有不慎就有可能撞坏站区设施，造成交通堵塞。"八姑娘"在请示上级部门得到批准后，迅速行动，根据收费站4.5米超宽车道三步工作法"一勘、二测、三疏导"，熟练指挥引导，顺利帮助驾驶员掉头重新驶入高速。车道改建之后，已成功帮助4起大件运输车脱困，大大提升了地方交通运输能力。

2020年11月，为应对严峻复杂的疫情形势，郑兆芳带领丹阳新区收费站"八姑娘畅行高速志愿服务团"主动与丹阳市妇联"八姑娘民兵班"对接，迅速组建"八姑娘战疫突击队"，驰援丹阳市皇塘镇后亭社区开展"敲门行动"，开展"地毯式"入户摸排，把志愿服务队旗插在基层疫情防控的第一线。她们仅用两天时间，就完成5个村、371户、937人的排查任务。用脚步织密群众安全防护网，为建立属地防控、社区防控、群防群控网络注入志愿服务的宁沪力量。

"八姑娘畅行高速服务团"志愿精神作为建党百年成果展示，既是工作单位的一次展示，也是郑兆芳2010年入党十年后，用自己的实际行动，向党组织递交的一份浓墨重彩、深情厚意的"思想汇报"。

走出值机室，踏上文秘、综合管理岗，郑兆芳在人生的第二个十年的工作时间，实现了转型与提升，从一名优秀的业务骨干，走向了管理岗位。在10年的工作过程中，连续获得了13次表彰，2014—2017年，还连续四年获得"宁沪公司优秀共产党员"的称号。

夜来风雨晨来香（一）

"资深路姐"郑兆芳和"资深路姐"余丽琴是同龄人，在同一个大系统、同一个城市的两端工作，有着同等的美貌与才气。然而，她们没有机会相识——江苏交控系统有四位数的"茉莉花"，分布在11万平方公里大地上的百路千口。尽管她们每天站在壮阔邈远的大道上，心似凤凰起舞，身体却必须锁定在自己的三尺岗亭。她们很难有机会结识。即便在集训等场合有了点头之交，也很难有深交机会。但她们的精神情感每天都竞逐在四通八达的高速通道上。她们其实天天在互相"结缘",她们的人生因为事业的连接,经常发生"交叉感染"。

比如,拖着假肢的余丽琴不止一次在夜空下阅读企业简报里郑兆芳拼事业、做志愿的事迹,第二天早晨觉得浑身是劲,那条失去的腿仿佛回到了自己的身体上。她觉得郑兆芳在工作上是个榜样,自己应该以这样的姐妹为事业标杆,好好拼一把,甚至可以跟郑兆芳干得一样好;四肢失去一肢,"硬件"打了折扣,"软件"却不折不扣,那么至少可以干成"四分之三的郑兆芳"啊。

余丽琴被自己的想法逗笑了。

而余丽琴并不知道,二十几年里,郑兆芳不止一次被余丽琴的事迹感动哭了。她觉得不管是在工作上、生活上、精神品格上,余丽琴这些年所给世界、给集体、给他人的,都是一股既睿智又温情的力量。自己的身体比余丽琴好,精神上只要有余丽琴一半的境界,取得的成绩、获得的幸福,也应该可以跟余丽琴媲美的吧?

在"交叉感染"与"互相竞逐"的高速公路上,郑兆芳与余丽琴是一对其实早就"相识"、一直"相知"、最终"相合"的"黄金拍档"。她们的故事值得讲、且必须放在一起讲,这里面有两人之间、有两人与更多人之间、有两人与集体与社会与家庭之间惊人相似的"纠葛",有命运逻辑上的"交叉"关系——平凡人创造不平凡的奇迹,人生中的"幸"与"不幸"、因"不幸"而"有幸",在她们身上体现得如此淋漓尽致。

当青春的郑兆芳正在晨曦中幸福绽放的时候,余丽琴正遭遇着"夜来风雨"。而当中年的余丽琴"一树烂漫"的时候,郑兆芳也突然遭来人生的"雷电交加"。

经过两个月的住院治疗、六个月的化疗后，余丽琴的左腿变成了假肢，头发掉光了，体重只剩下七十斤。1999年10月，她决定去上班。10月正好是她的生日期，她觉得如果能正常上班了，那这一个生日，无疑得到了一份最特别、最美好的生日礼物。

她给自己编织了一个漂亮的小花帽戴上。她在帽子上绣了一朵小小的茉莉花。她提出要上街买新衣服，顺便测试一下自己的身体到底能不能顺利行动。爸爸妈妈陪着她，她给自己挑了新外套，还有加厚的毛衣。她想着要让自己穿得美美的，更重要的是，要把自己穿得"胖"一些。从以前的110斤到眼前的70斤，她在镜子里端详自己，整个人"缩水"缩得不成样子，都不像自己了，最多像是一个袖珍版的自己。她想，正常上班，一定要正常穿以前的工作服，所以她需要两件加厚的毛衣。

母亲看着试衣镜里的女儿，心疼地说："宝贝啊，你可真像一个营养不良的学生娃，要不要再养一段时间，让妈妈喂胖了你，再上班不迟。"

余丽琴对妈妈说："像我这样的人，如果身体可以成为不上班的理由，那我一辈子都上不了班。"

恢复上班的第一个月，余丽琴获得了精神上的巨大鼓舞，也跌入身体痛苦的深渊。

一个月内，余丽琴摔过三个跟头。一次是在单位的卫生间，她失去平衡，跌倒后被厕门挡住，才没有完全摔在地砖上。还有一次在食堂里，她端着餐盘，一个趔趄，向左侧倒下的瞬间，被一个服务生敏捷地扶住。最严重的一次，是在自己的卧室里，夜里从梦中醒来，她忘了自己睡觉前卸下假肢这回事，甚至忘了自己只剩一条腿这回事，从黑暗中跳下床，直直地跌倒在地板上。幸好细心的父母此前在她的床前铺了一块地毯,才不至于跌坏了她。

虽然很侥幸,摔跤没有摔出严重后果,但这让她很沮丧。

余丽琴的那条假肢质量也不高。装一条普通的假肢就要十万元,这个数字是父亲省吃俭用、打工两年才能积攒出来。弟弟妹妹还在上学,需要抚养。母亲被沉重的家务拖住,还要照看农田和伺候重病的女儿,根本没法外出挣钱。余丽琴工作一年就生这么大的病,家里很快被掏空了,还欠了不少债。幸好单位没少她一分钱工资,帮她处理了大部分医药费。所以听说一支假肢,低配的要十来万,好的要几十万、上百万,余丽琴很是惊心,坚决选择了低配的。一分价钱一分货,这支假腿帮了她,也给她带来不少痛苦。在练习行走的初期,她的腿根和假肢接触处,经常被磨得皮开肉绽。消停几天,结疤蜕皮,再练习,如此反复。

医生曾建议她买好一点的假肢,那样痛苦会减少很多,行动也轻便很多。余丽琴悄悄地恳求医生,别在她的家人和同事面前做这样的建议,这是自己不可能接受的。她不希望用别人的血汗,来换那分给自己的"奢侈"。

余丽琴经常会刻意在家人和同事面前赞美她的假肢,描述科技"奇迹"。有两次,她还忍着跌倒的危险,做了一个她以前常跳的舞蹈动作。她收到了掌声和惊喜的赞美,然而,因此带来的身体剧痛,她必须咬牙承受,独自消解。

一度,她发现自己真的不同于以前那个"完整"的余丽琴了。她甚至觉得自己歪歪扭扭的样子,很像是大家的一个"活累赘"。一个人的时候,她在角落里抹过几次眼泪。她不知道自己能不能撑下去,能不能成为一个正常的"工作的人、社会的人"。

但没用多久,余丽琴所在的单位和同事们,就帮她打消了一切顾虑。后来她回忆说,她是被他们用关爱"黏住"的,不到一个月，就觉得自己撑不下去的那种念头，实在可笑。别人随时出现在身旁，扶助自己，自己又怎么好意思退缩到懦弱里去呢？

她首先得到的是组织的关爱。管理处的领导们在她上班前夕，紧急召开专题会议，研究如何帮她，而且还要照顾好她的自尊。于是决定为她调换工作岗位，从室外的收费员位置，调到室内，到机场高速服务区所在的翠屏山宾馆做话务员。她暂时离开狭小的岗亭，远离严寒酷暑和机动车尾气的污染，不需要脑、手、口并用，不需要拎着工作箱，从地下通道爬上爬下。收费站的领导打电话通知她的时候，甚至用了"遗憾加羡慕"的语气，告诉她"人家早就看中你的声音啦"。

收费站少了一只美孔雀，翠屏山多了一只俏百灵。收费站少了一束牡丹艳，翠屏山多了一股梅花香。

领导不知道哪里来的"诗情花意"，电话里妙语如珠，直把她逗得很开心了才挂断。

第一天正式上班，父母送她到单位，单位的领导和同事们早早地在门口等她。男同事给她呈上一大束鲜花，女同事挽着她的胳膊进屋，叽叽嘎嘎地向她介绍工作环境。过生日的这一天，她并不想透露任何信息，可同事们对她生日的日子了如指掌，太多的人这一年在医院和她家进出过，他们几乎记住了她所有重要的日子，出生年月日，开刀手术的日子，第一次用假肢站起来的日子，出院的日子，化疗的日子，病假提前结束的日子，等等。也是因为这，后来余丽琴记住了每个同事的生日，并准时出现在她们的蜡烛晚会上。

这天，余丽琴一口气吹灭了 22 支蜡烛。她感到自己恢复了元气。她许愿的时候，特意站了起来，她甚至感到那支假肢有了劲，在身体上活了。一直到现在，她都记得许愿的每个字：

"我已经爱上了这个单位，我已经爱上了这里的每个人。不管我的身体多么残缺，我都要尽我生命的力量，来回报给单位、给你们每个人完整的爱！"

个把月下来，余丽琴就觉得自己在淡忘"残疾的余丽琴"，回到了自己从前的身体和精神状态中去了。她每天下班后都会花两三个小时读书、学习普通话，恶补商务英语，练书法。她把夹带着小字条的《红楼梦》放在床头，每天卸下假肢，准备入睡时，读几段林黛玉与贾宝玉的爱情，再看一眼小字条上的诗句，然后才踏踏实实地进入梦乡。她把小时候买的一本《张海迪：坐轮椅的姑娘》带到单位，放在工作位上，工作间隙不经意瞟一眼，就有了力量。那里面的内容她烂熟于心。张海迪说的一段话，她能倒背如流：

"我是一个有理想的人，不愿意一生无所作为，做一个无聊的人。不多学些东西，我就不舒服。我愿把我的一生献给我喜爱的事业。我的腿虽然不好，可是多年来我一直是那样的乐观，对美好的生活充满激情。活着就要做个对社会有益的人。即使翅膀断了心也要飞翔。"

走上话务员工作岗位不久，她就以勤勉踏实的工作态度，友善、细腻的精神，赢得了好评。第二年，她承担了世界华商大会的话务接待工作，整个会议期间，以优美、甜润和精确的双语，出色地完成了任务。一位新加坡华商，偶然听说为他们开展双语话务服务的是一位"独肢姑娘"，感动得流下了眼泪。

从1999到2022年，假肢姑娘余丽琴的23年，跟她同系统的姐妹们一样，是无数琐碎的日常，是耐力的长跑，累积了一条光彩的长路。如果把余丽琴的这条路，跟郑兆芳的这条路并列在一起，你可以看到她们是一对并肩前行的矫健者。她们的路程都很长，她们的步伐一样坚韧、有力。当郑兆芳马不停蹄地轮转在南京站、汤山养排中心和丹阳新区站，一步一个精彩的时候，余丽琴也转换在翠屏山宾馆话务员、机场路收费站监控值机员及收费员、调度中心调度员等多岗位之间，从未暗淡。只是余丽琴的路坎坷在前，所以这一路余丽琴的光彩似乎更特别、更耀眼。

余丽琴的故事可以提炼出很多的"一"。

比如，一只独立、坚强的腿。

不管领导如何关爱她，如何绞尽脑汁为她找到合适的岗位，都不能改变一个事实，就是余丽琴的工作必须是"坐班"，坐着才能少用下肢。但久坐的腿容易出现浮肿，天热假肢和大腿截肢接触部位长时间不透气，会瘙痒难忍并长出红色斑块。到了夏天，气温一高，身上出汗，有些汗流向假肢，进入假肢的肌腔，到了晚上，卸下假肢后能倒出一大杯汗水来。2022年夏天持续高温，高速公路路面一个多月温度在60摄氏度上下。余丽琴每天回去要做的第一件事就是倒出肢腔里的汗水。她开玩笑说，别人是流着汗上班，她是背着汗、盛着汗上班。

比如，一次照顾性的要求。

即便如上所述的那样，余丽琴也从来没有因自身残疾，而向单位领导及所在班组提过一次特殊照顾的要求。她认为在生病的时候，是单位给了自己最大的鼓励和支持，能站起来上班，承担一个岗位的独立工作，就必须独立完成，不得耽误，绝对不能给同事和集体增加负担。坚强不是自己能忍受痛苦，而是能与正常人一道履行职责。活着，决不离开这个团队；再难，固守这个家园。一定会努力达标，自己已有一只被拖累的腿，不能再拖大家一只后腿。

在机场路收费站担任监控值机员和财务收款员期间，她从零开始学起，动口动脑动手，多问多记多练，一步一个脚印，迅速掌握收费监控系统操作及流程，认真履行收费监控职责；面对财务收款工作，她从不敷衍了事，始终一丝不苟地核实每个收费员的实际收入与系统收入、每张废弃票与系统记录，做到人机对账相符一致。在调度中心担任调度员，她自觉学习大量业务知识，系统掌握集中调度和联网收费业务，精准把握道路巡查、特情处置、信息上报、征收稽查的标准和要求，优质高效地完成了各项工作任务。她是大家公认的业务骨干，是领导的好助手，同事的好帮手。在客户咨询上，始终以热情的态度、娴熟的业务为驾乘人员排忧解难；在特情处置中，始终做到快速反应，及时处置；在信息报送上，始终做到准确、及时、高效；在征收稽查中，她始终严格掌握标准，一丝不苟稽查，耐心细致帮助，全力指导收费站提升温馨服务水平；在警卫任务执行中，始终坚持"六个必须"，圆满完成迎送国内外国家元首、青奥赛事、国家公祭日等重大警卫保障工作。

比如，一天假。

23年来，她无数次婉拒了单位领导和班组同事的特殊照顾，坚持"享受"一视同仁的劳动待遇，正常参加工作倒班，即使每次更换假肢部件后最痛苦的磨合适应期，也没有请过一天假，更没有因自己身体不便，而降低工作标准和要求。

比如，一次跨越。

2018年，余丽琴再接再厉，以名列前茅的成绩竞聘成为调度中心办事员。只有一只腿的她，却在自己平凡的岗位上迈出了坚实而有力的步伐，实现了很多健康人都无法实现的事业跨越。

比如，一分钱补助。

余丽琴家庭条件不好。父母有三个孩子，她是老大。当初，学习成绩优秀的她，放弃读高中而选择中专，目的就是能早点工作，拿工资贴补家用，并让弟弟妹妹安心读书。可万万没想到工作一年后，自己就大病一场，锯掉一只腿，还把小家庭重新拖入贫困。假腿需要常换常新，即使选再廉价的，整只假肢更换费用也要 10 万元左右，日常护理费用每年还需要 5000 元。但她从没有向单位申请过一分钱的补助，而是一直采取"零散替代、逐步更新"的方式进行假肢更换，保留假肢里能利用的部件，尽量延长使用时间，这样每隔六七年才能完全更换完一次整肢。虽然麻烦一些，但的确节省了不少费用。

比如，一个先锋行动。

2017 年 12 月，余丽琴光荣地加入了中国共产党。此后，单位有突击任务，她就往上冲。2020 年新春抗疫，有着"省门第一路"之称的机场处防疫责任十分重大，紧紧守牢江苏"南大门"的担子压在了机场高速管理处干部职工的身上。余丽琴第一时间主动请缨赴收费站一线查控点帮助工作。考虑到身体状况，经过再三商议，处领导谢绝了她的申请。

每天从新闻里看到日益严重的疫情，余丽琴很着急，觉得自己枉为一名党员，根本配不上"先锋"这两个字。春节期间，她毫不犹豫地放弃与家人难得团聚的时光，一门心思投入单位疫情防控后备工作中。她带头深入落实上级文件精神，细致做好调度中心从湖北返回人员的统计调查，按时编制疫情防控值班表，每日上报大量的疫情防控日报；她牵头普及调度人员疫情防护知识，开展安全生产教育，组织《疫情防控微课堂》学习和测试，及时发放防疫用品，正确做好舆论宣传引导，坚定大家抗"疫"的信心；她事无巨细、身体力行，从提醒戴好防护用品、做好测量体温，到示范配比消毒溶液、主动对环境和物品进行消毒，再到带头为疫区捐款捐物，用无声而有力的引领，汇聚起强大的战"疫"力量。

单位总结抗疫工作时，高度评价余丽琴说：虽然有着很多的身份，孩子的母亲、丈夫的妻子、父母的女儿，但在疫情面前，她是最坚韧的"铁娘子",挺身而出,舍小家、为大家,无私奋战,用实际行动践行了共产党员的初心使命,用"辛苦指数"换来了社会公众的"满意指数"和江苏交控的"平安指数",交出了一份出色的"榜样答卷"。她是一个合格的先锋者。

夜来风雨晨来香(二)

如那首《葬花吟》诗句所预言的,余丽琴在癌症截肢的大风雨之后,穿过黑夜,青春绽放,果然迎来一树烂漫。

可以让余丽琴在晨光的花丛中笑起来的,可不止于单位、事业和友情,还有她的爱情和亲情。

在翠屏山宾馆工作期间,有一个性格开朗的小服务生,每次在餐厅里遇到"独肢姑娘"余丽琴,就希望自己有勇气上来照顾她。

他是不是在余丽琴跌倒的一瞬间,上来扶住她的人?一直到今天,余丽琴的老公都不肯承认。人间就应该处处有温情,他希望妻子一生一世,遇到有心的追慕者,随时随地,更能遇到无意的好心人。

在这位比余丽琴小整整四岁的"小男生"眼里,姐姐余丽琴是带着一双天使的翅膀的,是带着一条凤凰的尾翼的。

起初,出于卑怯,开饭时间,余丽琴走进餐厅的那一刻,小男生总是觉得餐厅里似乎注入了一束光,她太耀眼了。他远远地注视着她,一时不敢上前搭话。姐姐不但长得美丽,身上似乎还自带一层光晕。她有一种安静自若的气质,有时候一边用餐,一边看手机或者看书,在嘈杂的环境中旁若无人。

她是翠屏山的"名人",她的苦难经历,她的励志故事,员工们无人不知。他曾在好几个夜晚，披着星光一个人来到后山，坐在那里仰望星空，想象可以让仙女下凡，与他并排坐在一起，听他叙说自己的心动、关切、崇拜和冲动的呵护之情。

2005年的一天中午，她吃完饭洗了餐盘正准备离开，小男生突然拦住了她，在她的手中放了一只红苹果。

她犹豫了片刻，还是拿着了苹果。那只苹果很大，姑娘的小手一掌包不住。她盯着他的脸看了一眼，微笑着问，你这小男生啥意思啊，为什么要给我苹果？

小男生的脸瞬间憋得通红，结结巴巴地说，没有、没有恶意，就是送给你吃的，我听过你的故事，觉得你很了不起，就想着照顾你。

那只苹果余丽琴没吃，她把它带回家，一直摆在床头柜上，直到几个月之后筹备婚礼期间，苹果已经腐烂，散发着酸酸甜甜的味道，她才把它切碎了，作为肥料埋在房前的桂花树下。她的恋爱期并不长，不过是一只熟透了的红苹果从新鲜到化作果泥的过程。但是这个过程热烈而又曲折。如果用显微镜看这只苹果被微生物吞噬、化解的微观世界，恐怕细节也是惊涛骇浪一般的，尽管我们远远地看一只苹果，不过就是静静地躺在那里，一天一天地、不易察觉地加深着它的颜色。他们的恋爱也是这样，从接触试探到约会的如胶似漆，到异口同声说我要结婚，就是几个月的时间，外人看起来那么顺利，其实他们自己经历了比普通健康人恋爱更多的担忧、怀疑和内心的恐惧。余丽琴知道自己输不起，在恋爱角色中一直处于被动状态，走走停停，始终没有敢飞蛾扑火。毕竟男孩太小了，她想给对方一个成长、成熟的机会，成熟的男人那种担当也许才是真正的担当。

几个月里，小男生的性格越相处越透出钢铁般的意志。他爱余丽琴，只想用一生来做她的配角，他说他能力一般，但至少可以成为她生命的一个部分，生活的一支"活肢"，把她爱成一个真正"完整"的人。算起来，从2005年结婚迄今17年了，他从来没有变过。第二年女儿出生后，为了改变家庭经济境况，他辞职创业，做起了生意。为了生意，他需要经常出差，又担心妻子孤单，就特意抱回一只小泰迪，做她们母女俩的小伙伴。小泰迪性格活泼，每次他在外地跟妻子女儿打电话时，它就在旁边跳跳蹦蹦，叫唤个不停。

余丽琴觉得，老公就是这只小泰迪。黏着她和女儿，带给她们欢乐。

其实，余丽琴老公当初的选择，是遭到家人激烈反对的。第一次约会，余丽琴就叮嘱他，如果确定真心相处，你一定要在第一时间回去告诉你爸爸妈妈实情，我是一个患过癌症的单腿姑娘，虽然现在可以自立，但毕竟残疾，而且比你大四岁，会增加你们很多负担，尤其是舆论和心理上的负担。男孩回去如实报告，爸爸妈妈还有姐姐，想都没想，异口同声反对。但一个月、两个月、三个月……男孩的态度越发坚决。家里决定让姐姐做代表，尽快去找余丽琴谈一次，看看能不能从女方入手，把他们"劝开"。

那次谈话的结果产生了戏剧性的转折。男孩的姐姐回来后一百八十度大转弯——她成了"叛徒"，加入了弟弟的阵营，还警告弟弟不能在爱情里掺任何杂念，既然两个人都是真心实意，就不要拖了，早点结婚，这是男人最好的担当。父母很不解，但隐约感到儿子看中的女人应该不赖。他们的女儿是家里的"智囊"，几个小时就被她"策反"了，这可不是一般的魅力。连小伙子自己都奇怪，一向占理不饶人的姐姐，是如何一面之交就接受了余丽琴的。姐姐对他说，这个姑娘不单是简单的自强不息这回事，我注意到，她言谈间，说的全是别人对她的好，以及自己的愧疚与感恩，考虑的全是怎么尽力去回报她的单位、她的同事、她的亲人，她的心肠太有温度了，简直就是个仙女。现在我担心的不是她给我家增加什么负担，而是弟弟和我们这一家人，能不能配得上这么好的姑娘。

结婚后，余丽琴的自强与善良，让她成了丈夫全家的"掌中宝"。他们暂时跟公公婆婆一起住，从机场高速到南京、句容交界的村镇住地，有几十公里路。她的公公是在工地上开工程运输卡车的师傅，婆婆跟车当助手。有相当长一段时间，余丽琴下班了，都是公公开着卡车来接她。卡车的驾乘厢比较高，拖着假肢的余丽琴要爬上去不容易。每次，都是婆婆把她抱上去的。

记得第一次婆婆抱她的时候，她情不自禁地连喊了两声妈妈。婆婆很感动，双臂紧紧地搂着儿媳妇。回到家后，婆婆悄悄对儿子说，你媳妇太瘦了，让人抱着心疼，你要把她喂胖一点，我哪一天抱不动她，心里会更高兴一些。

后来，余丽琴硬是学会了开车。她拿到驾照后，老公给她买了一辆小轿车，她自己开着上下班，并接送孩子。节假日也带老人们去街上改善改善伙食，到景区去踏踏青。

新世纪初，当余丽琴突围了她的生命黑夜，开始走向事业快车道，同时一份爱情冥冥之中靠近她的时候，同样处在事业"开挂"中的郑兆芳在南京大学夜大学的法律课上，也遇到了她的"真命天子"。他在交通系统工作，是一名执法人员。她被他的诚恳、细致和周到的性格打动，他恋上她的美丽、率性和倔强的上进心。不少夫妻结婚多年，感情就会渐渐平淡，甚至聊天都很少，可是他们结婚后多年，之间在一起总有说不完的话。

第七年的时候，郑兆芳动不动就脱口而出一句，不是说七年之痒的吗，为什么他们七年了还没开始"痒"呢？问得多了，丈夫好气又好笑，说你是不是特渴望"痒"啊，怕错过了这第七年的好机会?

　　他知道郑兆芳在家里排行最小,在娘家的时候,是家里的第一号惯宝宝。他唯恐她从小习惯的"被惯的待遇"打了折扣,所以婚后在生活上也一直宠着她、迁就她。他平时工作也很忙,但是只要有时间,做饭、洗衣、打扫卫生的家务活几乎全部被他包揽了。早晨,他总是第一个起床,做好早餐,发动好汽车带她一起去上班,一边开车一边看着她在车里吃完早饭,就像一个大人怕孩子剩饭那样地"监督"着她。平时,饭后的锅碗盆,他从来不让妻子沾边,还开玩笑跟她说:"你的手指好看,不能洗碗洗粗糙、洗丑了。"

　　郑兆芳在工作上是个完美主义者,但做人有个性,心直口快,经常得罪人,有时候难免"好心没好报",很受委屈。遇到这类情况,心情郁闷时,每次回家了她只要一开口说话,他瞥一眼她的神情,就知道了。他简直是郑兆芳肚里的蛔虫,就想着法子又是哄又是劝,直到阳光又回到她的脸上。有时候,他会替她分析这些事的性质,客观地理清责任,也绝不偏向哪一方,不纵容自家人。他经常调侃她说:"你是个女人,却不肯多食人间烟火,不精通时务,干得多想得少,特容易忽略别人的感受,不经意就得罪人,有时真替你急。"但是,他一直坚定地认为,这是妻子的优点。他明确告诉郑兆芳,你最让人喜欢的就是你身上那耿直的"较真"又"顽固"的个性。

　　丈夫在外面是十足的男子汉,因是执法人员,工作上严肃认真,对违法行为没有商量的余地,但对待家人却是满满的温柔。有一次,儿子不听郑兆芳劝告,私自跑到外面的"野场子"踢球,结果摔伤了。为了给儿子一点教训,郑兆芳故意把儿子晾到一边,不带他去医院。爱人那天加班,很晚回来一看,心疼得不行,不顾一身臭汗,执法服装都顾不上换,就抱着孩子飞奔了出去,赶到医院,一直忙到凌晨三点。

他心细如毫，如果出差或有工作安排，总会提前向老婆孩子"请假"，并推荐几本书，给他们读，还不忘叮嘱一句：回来我检查你们的"读书作业"哦。每年除夕夜，他会像圣诞老人那样，悄悄地将压岁钱放在妻子和儿子枕头下面，一人一份。看到他们大年初一找到他藏的红包后欣喜的样子，他就会说："看你们哟，大小两个人，有其母必有其子，一个德性，财迷！"

这么多年，郑兆芳在单位里忙里忙外，顾家不够，但是只要她一回到家中，就有一种温馨、幸福的氛围罩住了她。

爱人就是她整个人的精神支柱。

2011年，由于郑兆芳个人在值机岗位上的突出表现，由部门推荐参加文秘、内业管理岗位的竞聘。这对从事了十年值机工作、处置突发事件的郑兆芳来说，无疑又是一次很大的挑战。但就在这一年，她第一次在生活中受到重创——为这一大家子操碎了心的父亲患上肝癌。而且，就在她准备参加竞聘的时候，父亲病情突然恶化。郑兆芳因是家里的老幺，一直是父亲的掌上明珠，父亲生病让她特别痛苦。她每天往返于南京脑科医院、单位和家里，身心俱疲，根本静不下心来好好准备竞聘。一天晚上，当她和家人小声商议准备放弃这次竞聘机会时，不料昏昏沉沉的父亲突然醒了过来，用消瘦的手指着郑兆芳，固执地让她回家，不许再花时间到医院来。虽然重病中的父亲不能开口说话，但父亲眼神特别坚定。

这是父亲用生命最后的力气，迸发出来的父爱。

在郑兆芳的记忆中，父亲虽然当过兵，做过管教干部、渔政管理，但是个性温和，特别善于与人沟通。可是自己从淮安老家到南京来工作之后，却很少有机会陪伴父亲说说话，没想到在父亲病重之际，女儿最想得到他鼓励的时候，他只能用眼神和女儿交流……第二天，父亲就永远地离开了她。为了完成父亲的遗愿，在竞聘中证明自己，郑兆芳认真修改竞岗演讲稿，最终在竞岗中一举胜出。

成功的喜悦远不能弥补失去父亲的缺憾和悲伤，郑兆芳好一阵子闷闷不乐，走不出阴影。管理处的一位领导看到了，找她谈心，对她说：

"郑兆芳，我知道你们父女感情很深，也能够体谅你的悲痛。所有的爱都是要回馈的是不是？"

郑兆芳似懂非懂，说："是啊，可是我好像没有来得及回馈父亲，这么多年忙着，很少有机会陪他，最后一刻，他还把我赶到了考场上。这是终身的遗憾，抹不掉的愧疚，真不知道如何是好。"

说完这些，她流下了眼泪。

领导安抚了她几句，最后说："回馈可以有很多态度，很多机会，很多方法，还有很多解释。你现在怀念父亲，并为他的早逝而悲伤，这就是一种深情的回馈，父亲在天之灵，知道了会觉得女儿有良心，可能会欣慰。但如果女儿能走出这种痛苦，乐观地干好事业，建设生活，走向未来，满足父亲对后代的厚望，这也是一种对父爱的回馈，老人家可能不光是欣慰，还会更放心、更安心、更自豪，是不是？"

郑兆芳的内心豁然开朗。

也就是因为这件事，郑兆芳发现她这个集体里，有太多的高人，太了不起的有心人，更是发现这"心灵干预"的强大力量。

六年后，在汤山养排中心的郑兆芳，亲历了这种力量对团队、对她本人的巨大影响。2017年，汤山养排中心调来了新负责人王睿，是一名30岁刚出头的小伙子。郑兆芳却发现，这位阳光的年轻主任，说话做事从不摆领导架子，不急不躁，不仅工作能力强，还特别擅长做思想工作。很多棘手的问题，他都能以幽默的三言两语，举重若轻地化解。这不由得让郑兆芳暗生敬佩。王睿经常找郑兆芳聊工作，他告诉郑兆芳，工作真正暖人心，聚人心，才能把思想工作做进人心。

有一次汤山养排中心的职工陈倬在清障救援过程中突发胰腺炎，王睿带着郑兆芳一起去看望。郑兆芳发现，王睿仔仔细细地询问陈倬病情诊断结果、发病过程，又问了医生的治疗方案，回到单位后又通过朋友联系其他专家，看是否可以保守治疗，几乎每隔两天就让郑兆芳反馈一下治疗进展。郑兆芳这才发现，王睿是真正把职工的事情放在自己的心上，真心实意为大伙办实事。不仅如此，王睿还提醒郑兆芳，陈倬在工作过程突发胰腺炎，仍坚持把清障救援工作做好，值得表扬和学习。这样的人物事迹，也应该写进上报的信息中，不仅可以让员工看到自己所做的工作被团队认同，也可以让上级单位和其他部门了解到养排中心同志的精神面貌。王睿说，手拿工具去路面养排是工作，手握笔杆汇报，同样也是了不起的工作。

郑兆芳从王睿的身上学到了很多。因而，多年之后，她自己担任南京站负责人后，彻底抛弃了脑子中的"管字当头"的陈旧理念。当江苏交控的领导提出"为企业谋前途、为人才搭舞台、为生活添滋味"的时候，她心有灵犀一点通，马上领悟到其中的奥妙。她从关心每一个员工的事业、生活、情感和内心世界出发，走出了一条很有故事的路。

她甚至因此成为心理专家，考到了国家三级心理咨询师的资格证书。

2021年对郑兆芳来说是个特殊的年份。

而对另一条路上的余丽琴来说，这一年是她从癌症的死亡威胁中突围，在融入所在集体后，凭着一只坚强的腿华丽转身，从此走上事业和生活的康庄大道，一路凯歌的第21个年头了。似乎没有什么特殊。别人眼中的奇迹，已经成为她人生的常态。20岁的余丽琴早早地体验并悟出了属于她的人生真谛——自强固然能使她站立，但他人和集体才是她的另一只腿，才复活了她的青春矫健。这些年她活跃在那方美丽的舞台上。她可以深情款款地跳无数曲《友谊地久天长》，也可以激情洋溢地跳一支《命运交响曲》。心在，爱在，舞台就在。21年，心也一直在，爱也一直在，舞台也一直在，而且在不断扩大。

命运奇巧的是，21年前余丽琴的人生坎坷，21年后却突然以另一种残酷的方式，落到已经一帆风顺了21年的郑兆芳的身上。

2021年6月21日下午四点半左右，正在丹阳值班的郑兆芳突然接到电话，说她爱人被车撞伤，现在正在仙林泰康医院抢救，让她赶紧回南京。听到这个消息，郑兆芳感到晴天霹雳，险些栽倒在地，慌忙打车赶往医院。一路上，老公和她生活的点点滴滴如同过电影般地呈现在自己的眼前。

十多天前，儿子高考结束，郑兆芳和他合计着，今年暑假带儿子一起外出，好好玩玩。但此刻发生的一切，让郑兆芳心中就升起了不祥的预感。

郑兆芳心惊胆战地赶到医院时，一眼就看到了躺在抢救室的爱人。当医生告诉她，患者目前有生命危险，必须赶紧动手术时，郑兆芳顿时两眼一黑，昏了过去。

整整8个小时的手术，郑兆芳的亲戚朋友一直在病房外等到凌晨，而她的心中只有一个念头，希望爱人手术出来后能睁眼看一看她，能再牵着她的手，带着儿子一起去看风景……然而，爱人出了手术室直接推进了重症监护室。在 ICU 的 30 天里，郑兆芳每天只能通过视频看看病床上毫无知觉的爱人，而他却一直没有要清醒的迹象。在这期间，郑兆芳动用所有关系，咨询上海、北京各大医院，希望可以找到救回爱人的名医，然而几乎每个专家看了病情报告后都不愿意接手，劝她放弃手术。最终又是汤山养排中心老领导王睿多次找到军区总院知名专家，同意将患者转到军区总院做最后一次手术治疗。

曾经工作中战胜过无数困难的郑兆芳，面对重病中的爱人，第一次感受到无能为力。爱人在与病痛抗争了 49 天后，最终还是永远地离开了。

她无法接受这个残酷的事实，一想到这么多年爱人的疼爱，一起吃早饭上班，一起做饭、读书、散步……如今这看似平淡无奇而又无比珍贵的生活，就因为这一场车祸，一去不复返了。那段时间，郑兆芳在家里看到丈夫用过的任何东西，眼泪就会止不住地往下淌，家里每个角落里都有他留下的回忆：餐桌上给她夹菜、沙发上让她依偎着看书、客厅里陪儿子游戏、阳台上为大家晾晒衣服……失去精神支柱的郑兆芳，那段时间不吃不喝，闭门不出，整日看着爱人的照片，以泪洗面，人暴瘦了近二十斤。刚高考结束的儿子，也开始担心母亲出问题，反过来安慰母亲，并守着她，一步不肯离开。

身为国家三级心理咨询师的郑兆芳，从儿子的反应中，意识到自己患上了轻度的抑郁症。

就在郑兆芳内心即将崩溃的时候，单位的各级领导多次来看望她，昔日同事纷纷用各种方式来看望、轮流陪伴她，这些，慢慢地让她找到了生活的支点。江苏交控群众工作部的一位负责人曾经是郑兆芳的领导，专门赶过来帮她处理一些事务，不仅夫妻俩来参加爱人的追悼会，还让他爱人有空陪她看电影，一起吃饭，聊天散心。他爱人还在空闲之余，专门织了一条围巾，鼓励郑兆芳重新振作起来。两个人很快成了无所不谈的好闺蜜。如果没有这位好姐妹，郑兆芳真不知道怎么挺过那段日子。郑兆芳想哭的时候，好姐妹就递上纸巾，甚至递上肩膀。郑兆芳郁闷久了，好姐妹就给她讲自己身上的趣事，如果不把她逗乐，好姐妹决不把故事收尾。郑兆芳挺过来后，好姐妹才安心去正常上班了。后来她说，她曾想早点退休甚至辞职来陪郑兆芳，如果郑兆芳就此萎靡下去，江苏交控就失去了一个正处盛年的好人才，也倒下去一个好榜样。

郑兆芳没让大家失望。慢慢地，她走了出来。一旦恢复了常态，就重新投入工作和生活奔波中去了。

江苏交控党委一直关注着此事，派人观察和呵护着郑兆芳。从丹阳开发区服务站回来的暗访人，告诉公司领导，郑兆芳比以前工作更投入了，几乎是没日没夜，所有的加班工作她都主动承担，真是一个了不起的女员工。领导们很感动，考虑到郑兆芳如今需要独挑家庭负担，不能再让她异地工作，来回奔波。于是把她调回到南京站，担任负责人。

重回十五年前的老单位，得到了新老员工的热烈欢迎，郑兆芳百感交集。她在心里对自己说："我失去了我丈夫一个人的爱，却收获了这么多的大爱。"她决心用实际工作践行"幸福交控"的目标，回馈每一个员工，也让关心他的上级部门放心。

由于南京收费站不仅是一个交通枢纽大站，还是省会南京的东大门，更是一个各级领导经常视察、路过的窗口地带，接待汇报工作比较繁重，服务工作更应该提高要求，精益求精。宁沪公司党群部的同志经常帮助她，一方面帮助她从失去爱人的悲痛中慢慢走出来，另一方面为站里的工作提出了非常多的宝贵意见。他们担心郑兆芳初到站区经验不足，主动到站里手把手地指导、布置相关工作，细致的关怀不仅大大减轻了郑兆芳的工作压力，更是让她体会到了来自上级部门的温暖。

郑兆芳履新接受的第一个较大的考验，是2022年春运保畅，同时要确保防疫不留漏洞。公司主要领导表示要搞"突袭"，随时过来督查。宁镇管理处负责人先行到站里了解准备的情况。结果，发现万事俱备，只欠氛围，站里的新年节日环境营造得不够。领导笑眯眯地提了点建议。

然而，郑兆芳觉得自己刚到站区上任一个多月，每天10万车流压力、防疫压力、领导视察、配合警卫任务……每天只睡两三个小时，还得不到一句表扬，心里顿时觉得特别委屈，觉得领导太吹毛求疵了。她就当着众人的面顶撞了他。看到平日里温和的"郑站长"居然动了脾气，站里职工都面面相觑，心想坏事了，站长怎么对下属都能温言细语，却对领导动起了脾气！没想到，这位负责人却微笑着安慰郑兆芳，说："郑站长，你所做的工作、取得的成绩大家都看得到的。我理解你的工作压力，你刚来，有个适应的过程。有啥困难告诉我！"同时，还对她个人生活上的坚强，表达了敬意，并建议她在工作中不要背负太重的负担，要适当调节自己，不要把时间排得太满，可以抽空学点瑜伽等运动，缓解精神压力。

郑兆芳愣住了。她怎么也没有料到领导是这样对待自己的莽撞的。领导的乐观、宽厚与睿智让她肃然起敬。领导在工作上对南京站特别关注和上心，从管理艺术到业务指导，不厌其烦，抽空就到南京站转转。看到领导如此包容大度，郑兆芳反而产生了愧疚，也再次让她感到了公司的"幸福交控"理念，确实是由心而发的。

郑兆芳在工作和个人情绪上都步入常态后，感觉自己的心灵一下子活得通透了，爱的"失而复得"让她的灵魂得到了升华。在一个月色澄明的夜晚，她下了夜班进城，穿过东郊密密的树林时，看到月光洒在林间的斑斑驳驳，虽然神秘，却不幽暗，而是有一种斑斓的美丽。她的内心突然涌起了一股感动。她把车停在路边，在那里散了一会儿步，往林子里去。细碎的树叶在她脚下发出轻柔的咏叹，浓郁的花香从林间的每一个角落流逸出来。几行诗句就从她的情思里倾泻了出来：

……
成熟的花瓣纷纷入泥
那不是逃避，不是崩溃
那是感恩，那是重生
我们深入身下的沃土
酝酿秋天
我们用浓郁不淡的花香花语
迎接晨风……

南京收费站，年轻人小尚患有轻度抑郁症，工作状态一直是拖拖沓沓，郑兆芳刚来不久，就接到好几起司乘人员对他的投诉电话。

郑兆芳觉得年轻人本该是站里最有活力的有生力量，不能苛求他们完美无缺，但一定要帮他们完善自我。她更愿意相信，没有心肠坏、天生消极的职工，如果有，那一定是他们心里有捆扎不好的情结，脑子中有疏通不到位的思想。一次在食堂，正好看到小尚一个人坐在角落里吃饭，于是她主动坐到小尚身边，跟他聊起了天。她避开谈工作，而是一上来就对小尚说："听说你在学校当过主持人，能拍短视频、做抖音，我们正需要像你这样的人才，站里很多活动你是否愿意帮助做媒体推广？"

新来的站长居然这么了解自己的情况，并向自己求助，小尚一下子有了热情，打开了话匣子，滔滔不绝地介绍自己拍摄短视频的经历和经验，讲述在校期间担任活动主持人等很多有趣的事情。让郑兆芳意外又惊喜的是，小伙子还谈了为站里做新媒体宣传的设想。看来眼前的年轻人其实很有才也很爱动脑筋，是不乏集体意识的好苗子。郑兆芳马上安排他参与到"生命至上"春运宣传中，让他拍摄了南京收费站抖音短视频。这条视频被大量转发。当小尚看到自己初试牛刀的视频作品，上了江苏交控的公众号时，激动不已。从此他像变了个人似的，更加用心地为站里的宣传献计献力。为了增加新意，他策划在视频里增加古装人物出境，自己下班自费花钱租戏服用于拍摄，工作热情爆棚，整个人"脱胎换骨"了一般。从此以后，小伙子工作特别积极。在春运期间，加班不喊一声苦，还踊跃报名到站扫雪除冰。前不久，小尚正式向党组织递交了入党申请书。

还有一位和郑兆芳同一年进站的老员工，一见她回到南京收费站主持工作就半开玩笑地说：自己现在就是"躺平"的状态。言下之意就是准备混混日子等退休。郑兆芳觉得，站里工作面貌的改变，新老员工都要动起来。于是，她主动和这位老同事一起讨论工作，聊自己的人生感悟、工作理念，当老同事亲眼看到站里的种种人与事的变化、进步时，思想状态也渐渐发生了转化。有一次，收费站发生"挂电表"的事情，这位老同事竟然主动请缨，解决了多年的老大难问题。事后，他发了一段话给郑兆芳：你促使我们这些懈怠的人，跟上了集体的脚步，感谢！

有一天，这位老同事突然说腰疼，要请假去医院看看，郑兆芳没有简单批假了事，而是详细询问了他的症状，主动帮他联系了省中医院专家朋友，并告诉他，有成功案例在先，通过自己介绍的专家朋友,之前已经将收费站的另外两个人的颈椎病治愈了。结果几天后,郑兆芳突然收到他的信息,说病情果然好了很多,特别感谢!从此这位同事有困难就坦率地向郑兆芳诉说。郑兆芳听他聊到和妻子有小矛盾,就挑灯整理了一些家庭情感文章,发给他,还发了一个视频给他:"他们被苦痛吻过,却从不向命运低头",并写道:"符合我的心境,继续努力,好好活着,比起她们,我幸福多了!你们更幸福,不管何时何地,我们依然做精彩的自己,所以你们夫妻俩好好生活,珍惜当下!"从此这位老同事每天早上一上班就到现场,到处查看。当他发现用电安全存在隐患,悄悄加班研究,及时提出了优化方案。有一次下雨,他带头做起了排水的"份外事",衣裤鞋全都湿透了……回到家,以为妻子会埋怨他,刚想解释,结果妻子笑嘻嘻地提着干净衣服,让他赶紧换上。原来,郑兆芳已提前打电话给他的妻子,把表扬送到了他家里。

经过这些点滴小事,不少员工慢慢感受到郑站长的真诚和爱心。

有员工在微信里为郑兆芳点赞:

"姐,你失去一份亲,却释放万分爱。你从没有严管我们,却用爱为我们建立了强大的责任。我们爱你!"

郑兆芳回复:知足、幸福、感恩。我也爱你们!

手记之一:故事里的诗

十多年前,有一次我回老家参加一位远房小堂妹的婚礼。她刚从一个技校毕业,应聘到老家某高速收费站工作,并在那里遇到了他的白马王子。她的工作是当时全社会认可的"好职业",加上男友英俊帅气,家境优裕,婚礼当晚自然有满身光环,受到众口一致的大加赞美,和众目睽睽的羡慕聚焦。

婚礼进行到后半程时,小妹带着新郎过来敬酒,突然轻声地对我说,哥哥,将来有机会,我跟你学写作,然后找机会到哪个报刊,当编辑。

她的话让我感到意外。我说,你别开玩笑了,没看到大家都很羡慕你吗,嫁得好,工作也找得好。

她摇摇头说,不好,日晒夜露,我都快成黑妹了,还特别吵,汽车喇叭、尾气,从早到晚,没完没了。编辑多体面多舒服呀,坐在空调房间里改改稿子,冬暖夏凉,悠闲自在。

我毫不犹豫地批评她说,你们这些小家伙太无知了,世界上没有一个职业没有压力,也没有一份工作一无是处。你可不要目光短浅。好好干,交通,这可是一个无人不羡慕的行业。

小妹尴尬地笑了笑说,我也就是跟自己家人诉诉苦,我一定会好好干的,哥哥您放心啦。

今年二月,我在省委党校参加进修学习,在所发的一大堆关于省属国企改革发展的学习材料中,读到江苏交控"企业有前途、人才有舞台、生活有滋味三个故事"奋斗者事迹汇编,突然字里行间跳出一个熟悉的名字。那正是我那小堂妹的名字。事迹介绍说,她在高速公路上坚守了十几年,风里来雨里去,勤奋敬业,甘于平凡，默默奉献。尤其是在父母2020年双双患上癌症、父亲去世、母亲重症卧床的情况下，忠孝两全，常年奔波在单位与医院之间，照顾病人，也一刻不耽误工作。事迹文章最后说，在人们眼里，她是一枝独特的茉莉花，然而，她也是江苏高速茉莉花团队里很常见的一枝。

读到这里，我眼睛湿润了。我清楚地记得她的父亲，我那远房堂叔，在去世前曾给我发过一次信息，希望女儿遇到困难的时候，能够得到我这个在省城工作的"有出息"的亲戚一点帮助。我当时并不知道他生病了，以为是惯常的中国式父爱，一次普通的客套招呼而已，于是随便给他回了一句：自家人，一定！难道小妹还在做编辑梦吗？

一种愧疚和悲伤涌上我的心头。

我决定跟小妹联系一下，问问她的情况。因十几年我跟小妹从未联系过，好容易找到她的号码，加了微信，跟她聊起来。言谈中，我发现如事迹汇编中所描述的一样，当年那个娇生惯养的公主，如今已经是一个成熟而又坚韧的职业人了。我有些好奇，想知道"她"是如何变成今天的"她"的。她给我回了一句话：

"一滴水只有放进大海里才不会干涸，我有幸身在浩瀚。"

我明白了她的意思，心里非常高兴，回话点赞时还顺便调侃了她一句：

"现在有这样的文采，这样的境界，当编辑绰绰有余。"

她回了一个大大的微笑表情。

在百度问答吧里，有人提了一个几乎愚蠢的问题：我们这个世界上，很多人一生难免遭遇不幸。这些不幸者在人群中占到怎样的比例？1%，10%，抑或更多？答案五花八门。有的人认为肯定高于10%，理由是曾经有瑞士学者统计，一个普通人一生最多跟200人打交道并留下印象，最多跟20人建立特别熟悉的关系。而几乎我们每个人，都能列举出好几条关于熟人遭遇不幸的例子。

我也随手跟了个贴，没想到几天之内我的回复帖子下面，点赞过了万。其中一个网友评我的帖子说：我就是这个意思，只是自己表达不出来，但我们真实的见闻和经历，都可以用您的观点来印证。

我是这样说的：

人有旦夕祸福，世事难以预料。可以说，几乎每个人都会遭遇"不幸"。但我们无法统计准确的数据，因为我们无法界定"不幸"的标准。"不幸"不是天生的，更不是一个固定的命运。脆弱悲观的人因遭遇"不幸"而彻底不幸；坚强乐观的人，可以把巨大的"不幸"化为"万幸"，化为"大幸"。如果不幸可以比喻成水，落在严冬，就是尖锐的冰针，随时产生伤害；落在酷暑，就是散漫的风烟，很快牺牲在人间；落在春秋，就是鲜花的甘露，硕果的恩泽，生灵的丰润。所以，有的不幸者是有幸的，有的幸运者是不幸的，这既取决于他的本身，也取决于他的环境。从这个角度说，没有比例，也没有测算比例的意义。

2022年夏天高温如火，但也没有比得过我急切访问余丽琴、郑兆芳等路姐们的热情。

余丽琴和郑兆芳，两个同龄同职业的女人，一个在花季失肢，一个在中年失夫。按照庸常的判断，这是两个生活中的不幸者，一个是生命的不幸者，一个是家庭的不幸者。然而，她们却成了令人瞩目的幸运者，收获了满满的事业、爱和尊敬。这也是我把她们俩作为"三生有幸"开篇主角的原因。

我觉得我亲爱的读者读她们的故事是会揪心的,但读完她们的故事是舒心的。我们更会庆幸她们人生命运的漂亮转折,更会留意这种转折的神奇和这种神奇力量的根源。夜来风雨,晨来的不是"花落知多少",而是一树浪漫万丛香。我们是不是该拥抱那壮实的枝干,匍匐着亲吻那温暖厚实的大地?

亲爱的,如果你们还有所疑惑的话,也可以跟随着我,对她们做一个问心。除了故事,她们对自己的命运也有思考和自问。

在江苏交控宣传部门的帮助下,我联系上余丽琴。考虑到她是一名残疾人,我在电话中特意跟她强调,我会到她工作的现场来看她,不用她跑。没想到,一个多小时后,我办公室的门被人敲响了,穿着细条纹工作服的余丽琴走了进来。我发现她的步履均匀有力,如果没有预知,完全察觉不了她的腿有任何问题。

我跟余丽琴谈了整整半天。她的语气轻柔,语速不紧不慢,用词干净,不做修饰。她不是那种很会煽情的人,她说自己的故事,显得轻描淡写,好像这些故事与自己丝毫不相干。她说到自己盘腿坐在床上,伸手去拿遥控器时曲了一下腿,腿骨就断了。她比画了这个动作,还轻轻地笑了一下。我的心却随着那一声想象的"嘎嘣",产生了尖锐的疼痛。我甚至不知不觉中咬紧了牙关。而她说到她的婆婆接她下班,一天一天的,紧紧地抱住她,把她举起来放到高高的卡车驾驶室副座上,她也比画婆婆那个动作,脸上微微泛起了幸福的红晕。我却怎么也没能忍得住,流下了感动的热泪。她见了,连忙打住,不说了,特别体贴地从桌子上抽了两片纸巾递给我,轻声说:谢谢,对不起。

临走前,我又跟她提起夹在《红楼梦》里的小字条的事。她说这是同事、是江苏交控大家庭送给她的"护身符"。她自己也有话送给同事和单位。她说这句话她经常拿来练书法：

残花不枯自来香
幸有众亲耕春泥

我思忖片刻，明白了她的心意。忍不住夸奖她，写得太好了，情深、意切、理真、词美。她害羞地笑笑。然后告辞，并说，您不要送，但可以在后面看着我走，不难看的，毕竟学过舞蹈，现在还年轻，一只腿能跳，一只翅膀照样可以飞的。

她的背影，充满了自信之美。

几天后，我见到了比她大一岁的郑兆芳。我告诉她，刚刚采访过余丽琴。她惊喜地说，余丽琴啊，她是我的偶像，去年我在丈夫出车祸去世期间，最痛苦的时候曾多次想到她的事迹，她是我们交控系统的名人，是我们的力量源泉，有意无意间，她可能都不知道自己"帮助"过多少人，渡过人生的难关。我真想有机会能遇见她，成为她的知心闺蜜。

我承诺她，等这本书出来，我邀请她们一起参加我的发布式，以"三生有幸"为由、结缘。

郑兆芳的语言表达力比较强，半天的时间，我记录了13张稿纸的谈话要点，密密麻麻的字，写得我的胳膊都酸得快抬不起了。最后，我也问了她对自己的成长、挫折、前途命运等的认识，希望她能用几句话概括出来，她沉思了一会儿，说，还是我那首诗，虽然写得肤浅，我也没什么文采，但它最能表达我的心意。我把它再背诵一遍，好不好？

我们

没有大地的孕育
我们再坚强
也不能独自茁壮
没有枝叶的托举
春天再暖也没有花开
夏那么狂热,一脸严肃地
考验着我们的芬芳生命
成熟的花瓣纷纷入泥
那不是逃避,不是崩溃
那是感恩,那是重生
我们深入身下的沃土
酝酿秋天
我们用浓郁不淡的花香花语
迎接晨风
传递心音——
一夜风雨的淬炼
正在结出阳光的丰硕

我为她鼓了掌,并评点道:诗抒情,诗言志,有情有义真诗人。

真的吗?她兴奋得满面红光。我说,真的。

走了两步,她又转身问道:真的吗?这能叫诗?我从来没敢拿出去发表过。

我握紧拳头,向她做了一个加油的手势,语气坚定地说:

"真的，很棒！"

此后，为了更深入到她们的人生，我又与她们交流过几次。结束与余丽琴访谈时，已经是深秋。我所在的单位大院里，树叶变得金黄，空气中弥漫着成熟的花香。我送她下楼，她提出让我带她看看大院的风景。我陪着她在院子里走了一圈，每当我不经意走到她右侧时，她就笑着站住，说，我不习惯你在右边。我有点不解。她提醒说，我的假肢是左腿，这么多年，熟悉我的家人、同事和朋友，总是怕我向左侧跌倒，所以总是在左边呵护着，我于是被惯坏了，走在别人右侧，心理上才安全、自在。

她这样一说，我赶紧跑到她左边来。她的脸上露出幸福的笑。对我说："老师，我是不是很自私，但也很幸运啊？"

我告诉她，你让人感到自豪而不是自私，你的确很幸运，创造了生命奇迹、人生奇迹。

郑兆芳不像余丽琴那么"婉约"，她跟我交流了两次，有些熟悉后，就变得十分开朗活泼。甚至在谈一些伤心事的时候，流下眼泪的时候，笑容还没有完全收拢。她朝气蓬勃，浑身充满积极向上的能量，别人很容易被她"带入"情境，产生一种心悦诚服的愉悦。最后一次交谈结束，我送她下楼，送她上车，出于礼貌，帮她拉车门。她使劲按住，不让我帮忙，满脸憋得通红，连声说不行、不行的，不能这样，我不习惯！

我决定跟她开个玩笑，我说郑兆芳啊郑兆芳，你现在大小也是个领导啦，接受别人的服务，应该习惯才对。

她满脸羞愧，说：如果那样，我会觉得自己令人生厌，我绝对不会变成那样的人，那样的人也不配待在我们这样的服务行业。

第二章 一脉

飞入寻常

对子女无论是鼓励教育还是训诫,泰兴姑娘钱燕的老父亲,就喜欢用他那句几十年不变的口头禅:"咱有党呢,长点志气吧!"

1999年在淮阴工业专科学校交通分部学习的钱燕,毕业前被发展为中共预备党员。可能父亲那句口头禅对她影响比较大,在学校期间,她一直积极地向党组织靠拢,并未产生与未来的前途挂钩的任何想法,只是觉得,如果自己成为党员的话,应该是件很长志气、很有精神的事。在毕业求职的过程中,她的人才表格上,比一般同学多了这个特殊身份,但并未立显什么特殊效果,得到任何特殊关照。在人才市场上投递了五六家单位,均未得到回应。她能够认识到自己的专业"交通文秘"应用局限性太大,而且自己也算不上"美女",长得比较憨,不够机灵,这使得她在面试时未必有太多优势。

正在彷徨无路的时候,校方推荐她到新开通的"两桥一路"去竞聘江阴大桥收费站的工作。参加完招工考试,从南京建邺区党校考点回到家,得知考试的淘汰率比较高,她没抱任何能被录取的希望。她想,即便考得再好,但自己没有后台,通不到关系到交通上,"吃香的交通职业"怎么可能"飞入寻常百姓家"呢?

父亲看到女儿郁郁寡欢的样子,就拽拽她的辫子,重复了一下他那句老话,咱有党呢,长点志气吧!

老人家显然比她有信心。

为了不耽误招考单位有可能发出的录用通知,父亲特意跑到邻居家求助,从人家的电话机上拖了一条线到自家屋里,装了一个可以接听的分机。然后,就日夜守在那个分机旁。过了几天,这只分机果然为全家带来了喜讯。临行前夕,父亲激动得一夜未眠,一大早起来为女儿收拾行李。他叮嘱钱燕说,一定要记住自己的话,咱有党,要长点志气,要心存感恩,好好地工作,做平凡人,干好平常的工作,争取有个不庸常的人生。

报到后,在南京培训,然后又到镇江参加军训。在南京时,钱燕特意利用课余休息的当儿,去寻找刘禹锡的诗意发生地"乌衣巷"——"旧时王谢堂前燕,飞入寻常百姓家"。她在夫子庙的一栋建筑的墙壁上,看到了毛主席书法体的这首诗,心潮起伏,有感动,有自豪,还有点小得意呢。

钱燕觉得如今的社会境况跟旧时确实是反着的,她这只寻常百姓家的燕子,竟然能飞到了"王谢堂前"——交通行业,在当时老百姓眼里,无疑是"殿堂级"的工作。

局外人总是把事情想得过于简单,"殿堂"可不仅仅是光鲜!接下来,在军训和参加试岗的几个月,钱燕开始领教"下马威"。在镇江交通技校的军训基地,烈日下的剧烈运动和暴晒,让小伙伴们叫苦连天,难以坚持。每天操场上都有晕倒的姑娘。几天下来,她们被晒脱了几层皮,成了一群不折不扣的"黑妹"。有些人情绪低落,有了退却的想法,有些女孩直接发起了牢骚。

有一天,领队的老师发了火,训诫她们说,你们以为你们即将从事的工作,是坐在屋子里吹空调喝香茶吗?告诉你们,你们要在公路上、大桥上天天暴晒,没有金刚钻,别揽瓷器活儿,吃不了这个苦的娇惯女，趁早走人！

教官拿着花名册，说，你们这里有两个预备党员，给我直接站出来，到前面来领队，做好示范。

整个军训期间，钱燕就这样被架到了最前面。她必须、也只能豁出命了，众目睽睽，丢不起那份志气啊，谁让她是党员呢？

胳膊、腿、背，被晒成了画皮，有的地方还被磕伤了，一到晚上躺下时，所有的疼痛都爬上身。她躲在被窝里流眼泪。然而，她也有点看不起自己，觉得自己太娇气了，根本不配当示范。第二天咬着牙，在训练中更拼命了。

这次岗前培训，为这位后来成为全国党代会代表的她，获取了职业生涯的第一个荣誉：优秀学员。

钱燕分配到的岗位是江阴长江大桥收费站收费员。跟所学的"交通文秘"专业仅仅是搭上了"交通"这个边，其他的，基本上不搭。加上自认为没有任何特长，性格上又憨，不善言辞，这难免让她有了畏难情绪，怀疑自己是不是选错了职业。

第一个月，她工作出错率偏高，被领导找去谈话警告。她产生了彷徨、沮丧。不过，细心的领导看出了她的弱点和情绪，又找她谈了一次。这次，直接拿她的特殊身份说事——你是一名预备党员啊姑娘，我相信你，没啥困难能放倒你。万事开头难，这里是新桥新站，来的都是新人，没有一上来就熟手的。但是我要告诉你，收费站一百来名员工中，只有你有党员这个身份，这可是政治身份，也是第一身份，光荣是光荣，但责任也不轻，别人都盯着你，以你为标准，你要是塌下去，所有人都心安理得往下塌，这不等于把新大桥弄"塌了"？姑娘，你告诉我，如果出现这种状况，咱怎么办？

钱燕的眼泪直在眼眶里打转。她当场对领导下了保证，一定加紧学习，克服一切困难，进入状态，胜任工作，带个好头。

从此，钱燕沉下心来，闷头在这个岗位上，一干就是 11 年。

这 11 年，教会了钱燕很多工作的技能，让她在重重"攻关"中成了"老师傅"。后来，她总结其中的关键经验，是"细致入微、周到十全、熟能生巧、耐心坚韧"。对她自己来说，就是放下那种"飞在殿堂"的高傲，做一只不想着飞得高，尽想着飞得更低更踏实、飞得更稳更有劲的燕子。

她介绍说，第一步，先做合格的收费员。标准看起来很简单：收好费，服好务，保安全，保畅通。收好费即操作又快又准；服好务即优质服务、微笑服务，有难必帮、有求必应、有问必答；保安全、保畅通，即在确保自身安全的情况下，遵守安全操作规程，确保钱款安全、确保车道安全畅通，车辆顺畅通过。

这些看似简单，要真正做到、做好，实则不易。

为什么这么说？因为很多人难免有数钱数不清、粗心、熬不了夜、性格急躁等缺点。别说别人，至少她自己清楚，她这些毛病全有。所以要想做一个合格的收费员，就要克服这几个缺点，为此，最初的那两年她针对自己的薄弱之外，埋头苦干，过了三关：准确率关，速度关、熬夜关。

要想过准确率关，还得过三道卡——数钱、长短款、假币识别。第一道卡，数钱。因为她对数字不敏感，点钞准确率低，后来受银行工作人员扇形点钞以 5 为单位启发，便以 20 为单位数数点钞，5 个 20 即是 100，准确率很快就上来了。第二道卡，长短款。也许有人会说，收费不就点点钱、找找钱那点事嘛，又没多少技术含量。但随着车流量连年攀升，每小时工作量达到两百到近三百辆，工作强度还是相当大的！按理说只要细心问题也不大，可她偏偏是个容易犯粗心的人，差错率有段时间内居高不下。她利用轮值机动的机会跑到同事亭子内去偷艺、拜师，或下班虚心向同事请教、探讨，反复琢磨方法。比如班前核准领用零钱，领用的零币多数是连号新币，易粘连，找零时稍不注意易造成短款，需要班前把新币捻开，一正一反地理一遍；岗中利用无车间隙分钱，高速公路通行费尾数以5元为单位，所以一般找零都是5的倍数（将面值5、10、20、50的称为自然零币，15、25、30等就是组合零币），可以先将组合零币分好，压在打印机、键盘下面按照从小到大的顺序排列，找零时一拿就好，还能提高找零速度；每辆车仔细核查司乘所交钱币数量、金额、是否假币，找零计算准确并养成与屏幕显示应缴金额核对的习惯，坚持唱收唱找。如此一来就总结出了"一捻、二分、三核、四唱找"的找零四步法，差错不断减少，收费准确率很快提升。第三道卡，识别假币。识别方法有眼看、耳听、手摸、笔拓检验、使用验钞机五种，在实际操作中不可能全都用上。功在平时，"钞"不离手，一有空就琢磨各种面值的人民币，多看多摸多比较（假币、拼接币），锻炼眼力和手感，做到"一眼准、一摸准"，单张钱币人工识别，多张钱币使用点钞机高效识别。

为了攻克速度关，她首先要求自己熟练掌握、钻研并达到精通收费快速准确判型、核准轴型轴重，快速正确处理特情等各项业务。她逐步做到熟记收费政策，准确快速地为司乘解释宣传，一心二用，边回答司机疑问边操作。她还琢磨一些提速的小方法，比如当前车操作完驶离的同时，对后车的车型、轴型轴重已经了然于心，再比如提前将打印票反复折叠以方便撕票且不易撕坏；收费操作往往是与机器比速度，找零结束，打印机还在吱呀吱呀地打印，于是观察票据打印机的打印过程，打印出票4秒，而实际打印时间只有3秒钟，最后1秒是复位，抢在复位前撕票可以节省1秒钟的操作时间，然后时间就一秒一秒节省出来了，一个班下来要比别人常规操作下的车流量要多出不少。

在时间管理上，她曾被同事"骂"是疯子。为了确保有效的上岗操作时间足够多，她把 8 小时管理到分秒必争。吃饭、上厕所等必要的耗时压缩在 10 分钟和 5 分钟以内，跑步前进，尽量不关道，减少别人来帮忙顶岗次数。上班尽量不喝水，减少上卫生间的次数，8 小时控制在 2 次左右。关道打扫卫生是不可抗拒的因素，她会积极地快速地去干，努力压缩打扫时间，10 多年下来工作总量高出别人 30％。这些都是靠平常点点提速、滴滴省时积累而成的。

值夜班时，一个人在岗亭里，到了深夜，偶尔才有一辆车通过，值班员很容易打瞌睡。刚上班那阵子，她连中班都打瞌睡，更别提夜班了，有时等司机拿钱的几秒钟内都会睡着。为了战胜自己的"瞌睡虫"，在中班的 20 点之后，她就去洗一把冷水脸；夜班期间能不吃夜宵尽量不吃，常言道，饱腹犯困嘛。每当感觉自己要打瞌睡了，就掐自己的肉肉……那阵子，她身上全是青一块紫一块的，都是被自己使劲儿掐伤的。有一次回家，父母好奇地看着她身上的淤青，问怎么了。她犹豫了一下，如实说了。她说的时候，自己哈哈哈笑得不行，母亲听了却掉眼泪了。

收费工作光克服了清苦、熟练了程序，远远不够。尽善尽美的文明服务才是其中的大难关。收费员要应对各种个性的司乘人员和特情，需要临阵应变，即时采取不同的方法、技巧来服务。噪音、尾气的污染，运载动物车辆散发的各种臭味、臭鱼味、危化品车的各种味，装猪的车辆从收费窗口经过时，猪宝宝对着窗口撒尿溅在脸上、身上，少数司乘的冷言恶语、吐口水、推搡等，这些挑战时时考验着姑娘们的服务态度和水平。

钱燕在工作中形成了对文明服务的理解：一个点头、一个微笑、一句文明用语，这不仅是对驾乘人员的礼貌，也是对自己所从事工作的尊重，司机回报的微笑和问候是对她们工作的肯定和激励。 她总结出了"八点服务法"：一笑、二好、三声、四化、五帮、六勤、七心、八点。 即一笑：微笑服务。 二好：工作态度好，精神状态好。 三声：来有迎声，问有回声，走有送声。 四化：文明用语规范化、标准化、程序化、情感化。 五帮：帮助倒水；帮助指路；帮助提供工具和地图；帮助解决急难，如找卡、车坏帮助联系修车或排障、寻找相关人员或车辆等；帮助提醒，如恶劣天气慢行、车辆货物歪斜绳索松动、路网通行情况等。 六勤：勤观察，观察别人工作时的服务方法、观察车辆情况，勤问、勤学、勤交流、勤钻研、勤帮助他人，以达到共同提高。 七心：服务时热心、诚心、耐心、细心、精心、关心、爱心。 八点：服务时嘴巴甜一点、脑筋活一点、行动快一点、效率高一点、理由少一点、肚量大一点、脾气小一点、说话柔一点。

"八点服务法"后来成为江阴大桥收费站的标杆服务法。

在收费岗位的十一年里，钱燕始终以奋发进取、争创一流的自我要求，不断鞭策自己、激励自己。 每次上岗，她总是将面临的工作当成是一场挑战，各项工作就是其中的测试题，下班后自己反复评估，并进行针对性分析，正因为如此，她的业务水平始终在全站保持着领先，在收费站开展的季度"车型误判率创优竞赛"活动中，误判率为零，创造了"2300万元收费无差错"的记录。 在收费站15期的"等级收费员"评选工作中，她12次被评为高等级收费员，在江苏交控系统开展的岗位技术比武活动中，各个单项成绩名列前茅。 这一年，在《中国高速公路》杂志"寻找亿元收费之星"活动中，她以1.4亿元的收费额荣列榜首。

在收费岗位上干了十一年，钱燕有幸参加公司组织的管理岗竞聘，转岗到了管理员岗位。这时的她除了不断钻研新的业务，还坚持把为员工服务、为司乘服务作为工作的宗旨，努力提升员工满意度和社会满意度。考虑问题尽量站到高处，从站领导的角度去考虑问题，干工作要以员工为重，设身处地去为员工着想，为他们解决各种问题，比如工作中哪些流程可以简化，哪些台账不必做，等等。

2019年8月，钱燕担任江阴大桥收费站负责人，此时正值深化收费公路制度改革，取消高速公路省界收费站进入倒计时阶段。面对新政策，加上人员分流后人手紧缺、各岗位磨合不足的困难，钱燕把所有的心思都放在工作上，经常连夜学习相关政策文件、操作流程。省界撤站工作一方面需要加快建设进程，另一方面要保证现场安全畅通。这期间，她的加班似乎成了日常。她带头进行作业布置，开展安全风险及隐患排查、制定安全卡控措施、盯控施工工作过程……一天下来，时间被安排得满满当当，常常就是办公室、收费岗亭两点之间来回奔波。在她的细致监督下，江阴大桥收费站的入口治超改造、不停车收费系统软硬件工程建设、门架建设等重点工作顺利进行。若出现施工造成收费车道减少，匝道因潮汐式大流量出现的拥堵现象，她会第一时间穿上反光背心赶去现场，引导车流快速分道通过。

2020年1月1日零时，全国收费系统并网运行，钱燕守在收费现场见证这一历史的时刻。冬夜的气温只有零摄氏度左右，她协助当班人员疏导交通，脚冻麻了随地抖一抖，耳朵红了随手搓一搓。一直到凌晨三点，她仍穿梭在车道里，向有疑义的驾驶员解释新政策，解决遇到的每一个难题。广场上的车渐渐少了，收费员让她快回去，她还是不放心，没有回家，蹲在收费站的休息室临时打了个盹，就又转悠开了。

在全国ETC推广发行的热潮中，钱燕一接到任务就开始思考如何有效开展推广和发行工作，连夜制定实施方案。清晨 6 点，她的早锻炼项目就是到收费现场帮助 ETC 登记办理；晚上 6 点，她的饭后活动还是到收费岗亭外面帮忙宣传吆喝。她起早贪黑地守在一线，大大减少了有效客源的流失。她的办理数量不是收费站里最多的，却是最有质量、最有温度的。为了这项惠及民生的工作尽早铺开，她放弃了回家休息团聚的时间。女儿给她打电话，她总是草草回复一下就挂断电话，因为她正在抓紧时间给客户办理业务。即便是周末抽空回家，也是在自家小区里展开地毯式宣传。她发现有一辆符合安装条件的车辆停在她家楼下，但不知道是哪户业主的，索性搬张小板凳坐在车旁，一直等到天黑车主下楼。车主被她的执着感动，很配合地办理了业务。这件事直到现在还被丈夫拿出来调侃。

　　后来，钱燕被任命为党支部书记，认真按照上级党委提出的"有责任、分不开、看得见、受欢迎"的总体要求，全身心投入专职党务工作。支部研究制定了党建"四促进四做到"标准：一是组织建立《党员骨干目标管理》等九项党务制度，健全党员发展等支部台账，促进党建工作标准化、规范化，切实做到抓好党建有责任。二是带领党员骨干成立彩虹创新创效工作室，围绕"快和通"课题，解放思想，出谋划策，摸索出主动应对车流高峰的收费广场"动态渠化模式"，改进研发了感应伸缩刷卡机，使现场事故率下降 70%，单车道每小时通行量从 240 辆提高至 400 多辆。后来又对现场的渠化模式升级调整，将北引桥瓶颈处的汇流点一分为三后移至收费广场，渠化区域内，在单向日均流量 7.4 万辆、同比增加 12.3% 的基础上，交通事故下降 70%，促进通行效率和温馨服务水平的提升，切实做到融入中心分不开。三是设立党员示范岗、成立党员突击队、开展"五亮五比"活动，让大家看到党员"遇到问题，跟我来；遇到难事,让我做;遇到重任,看我的;遇到危险,让我上"的风采,促进广大党员无论在超限车治理、南北网融合,还是在抗击自然灾害和节假日高峰流量保畅等急难险重任务中,始终冲在第一线,切实做到发挥作用看得见。四是积极推进"职工之家"建设,定期组织各类球赛,成立"飞虹艺社"兴趣小组,开展志愿者公益活动,创立彩虹助学基金等,丰富员工业余文化生活,努力打造温馨和谐之家,促进"快乐工作、健康生活"良好氛围的构建,切实做到喜闻乐见受欢迎。

钱燕的父亲是一名退伍军人,老党员,回到地方后在一家小工厂做技工,用微薄的工资,把钱燕和弟弟养大。姐弟俩都在上学,家里最困难的时候,父亲下了班就去镇上蹬人力车补贴家用,母亲起早贪黑包揽全部的家务,白天在建筑工地做小工。父母亲一天工作十几个小时,挣点零钱给孩子交学费,增加营养。有这样的记忆,钱燕参加工作后,没觉得一天干8个小时与干十几个小时,有什么不一样、不正常。

在父亲眼里,钱燕最像自己。她小时候,父亲喜欢把她带在身后,一点一滴地干预她的成长。做了好事,总是板着脸的父亲就给她一个笑脸,作为奖赏;犯了错误,父亲毫不客气地惩罚她,没得商量。钱燕记得小时候,弟弟调皮,挨过父亲的皮带。她是女孩,犯错误也没得到赦免,一样被皮带抽。有一次被打,钱燕哭完后,父亲问她,你这样挨打,怎么还是喜欢跟着爸爸屁股后面?

钱燕回答不上来这个问题。但她就是喜欢父亲,崇拜他,愿意靠近他,在他的注视下长大。

钱燕上初中后,父亲再也没有打过她。有时候,她看到父亲抱着茶杯串门去了,就知道不是自己就是弟弟有好事了,父亲要出去

"宣扬"。低调的父亲，在儿女取得成绩的时候，几乎把持不住自己，一定要出去"吹几句"。钱燕技校毕业考上江阴大桥收费员后，父亲逢人就喜滋滋地说："我家钱燕是硬生生考进去的，没走后门、没花一分钱，党公正，我们硬正。"

2004年冬天的一天，钱燕正在上中班，突然接到家里的电话，说父亲生急病，让赶快回去一趟。钱燕赶忙请了假，可当她准备离开的时候，发现站区车流异常大，了解情况后得知是北边昨晚有雾实施了封道，现在刚开通，近地区的车辆已集中到了大桥站。而这时班上人手较紧。远地区车辆下午将会到达峰值。她毅然放弃了请假，打电话通知了一位亲戚帮忙照顾父亲，自己留在收费站帮忙顶岗，坚持上完了中班，直至看到滚滚车流在大桥上畅通而过时，才匆匆地连夜赶回了家。

钱燕看到父亲躺在病床上输液，特别愧疚，向父亲解释了几句，并道歉。父亲冲她笑笑，说不要解释不要道歉，你这样做是对的，我如果计较，就该是我这个老家伙挨皮带了！

这些年，钱燕获得过很多嘉奖，给了父亲太多的"串门机会"。有些荣誉很大，从全省到全国级的，从系统内到全局范围的，都有。层级也越来越高，比如全国交通系统劳动模范、全国三八红旗手、全国交通行业岗位青年能手等。钱燕会在第一时间打电话告诉父亲。2012年和2017年，钱燕荣幸地当选党的十八大、党的十九大代表，在首都出席盛会。这么大的的荣誉，她却没跟家里任何人说，父亲在新闻里看到女儿接受记者采访，才知道了这件事。起初，老人家有点郁闷，觉得女儿翅膀硬了，这么大事居然跟老子"保密"。可转念一想，女儿是个凡事把握有度的人，不告诉家人肯定有不告诉的理由。于是，他也跟邻居们玩起了"保密"。但这么大的事，哪里藏得住掖得住啊！邻居们纷纷主动上门道贺。老人家反而一反常态，一个劲儿地谢谢大家，并替女儿说了一百句惭愧、惭愧，做得不够，哪里配得上党给予这么高的荣誉啊！

父亲跟女儿，真是心有灵犀。

钱燕认为，自己所做的工作没有惊天动地的大事，没有艰苦卓绝的难事，都是一些琐碎的小事和实事，很多人都能做到。她所在的这个行业内，像她这样的员工太多、太多了，只不过自己三生有幸，被推举为这个群体的代表，走到了前台，走到了镁光灯下。

别看岗位渺小而平凡，但平台博大而温暖，能让她这来自寻常百姓家的小燕子，飞得低调，也飞得高远，彰显出了劳动者至高无上的光荣价值。

同行者

胡海平出生在江苏泗阳农村，是一名老大学生的后代。父亲大学毕业后分在淮安市第一人民医院工作，母亲是一名共产党员，在老家做大队会计。20世纪70年代，农村生活普遍贫困，但他家的境况要好得多，父亲是淮阴第一人民医院的医生，在城里上班，母亲是村干部，家庭有工资收入，生活还算好过。他依稀记得左邻右舍经常向他母亲借钱，借自行车用，父母亲总是热情相助，从不嫌烦。淳朴的乡情和勤劳善良的母亲深深地影响着他，让他愉快地度过了美好的童年，也培养了他吃苦耐劳、与人为善的品格。20世纪80年代初，父亲把他带出去，随他生活，在城里读书、成长。他算飞出小村镇了，但他十分留恋在农村度过的美好时光，留恋生他养他的土地，留恋儿时的伙伴，邻里之间、同伴之间亲如一家人的淳朴，留恋虽然清贫却其乐融融、团结友爱的那种小幸福。

受父母影响，胡海平从小有一副热心肠。他经常将家里好吃的东西与小伙伴们分享，在老家深受小伙伴们的青睐。上高中的一天晚上，上完晚自习回家途中，他碰到一个被人打得头破血流的年轻人，蜷缩在路边，二话没说把高出自己一头的伤者，扶到自己的自行车上，送到市医院急诊室，然后悄悄地离开了。第二天他才发现自己的衣服上血迹沾染得到处都是。父母帮他洗干净衣服，还买了两本漂亮塑料皮笔记本作为奖品，表扬他的助人为乐精神。

1988 年胡海平考上了淮海交通职业专科学校（淮阴工业专科学校），学习会计统计专业。班上大部分同学来自外地，住校，而他住在市一院父亲的宿舍里，走读。同学有了困难，特别是生病这类事，帮助照顾自然成了他的本分。他也经常在周末邀请大家到他家改善改善伙食。

毕业前，胡海平光荣地加入了党组织，成为当时少有的学生党员。

1991 年 10 月，胡海平被分配到淮安市公路管理处桥梁工程队工作，任现金会计。不到一年时间，又调到淮安公路管理处审计科工作。1995 年 8 月至 1997 年 8 月，受组织挑选，安排到淮安市货物运输总公司一分公司挂职锻炼，任副经理。挂职锻炼的两年，是胡海平与公路、与驾驶人员建立了特殊感情的两年，为他后来的事业打下了情感基础。他深深感到驾驶人员的艰辛、拮据，非常心疼他们，想方设法地帮他们找货源拉贷款。工作之余，他自学通过了全国会计师资格考试。挂职锻炼结束后，他调回公路处工作，任养路费征收稽查科副科长。

那时税费改革尚未进行，政策存在一定的漏洞，偷逃养路费的行为较为普遍。查逃养路费的繁重任务落在胡海平的肩上。他每天起早贪黑，带领征收人员，联合公安、交通运输稽查人员，奔赴全市大街小巷"拉网"检查。在外人看来，执法工作有权又风光，殊不知他们经受了多少风险考验。有不少车主欠费多年，积少成多，拖欠养路费达到几万甚至几十万，根本不打算配合检查，有的直接开车冲撞检查人员，也有的索性将车开到沟里去，弃车跑了。胡海平多次受到车主的恐吓和威胁，没有退缩，也拒绝过多次贿赂求情。有一次，一个长得腰粗腿壮的运输业小老板，提着两个袋子来找他。一个袋子装着两瓶酒和一摞现金，另一个袋子里装着一柄尖刀。那意思很明显，要么吃酒拿钱，要么吃刀送命，要胡海平识时务。胡海平大声呵斥他，钱你拿去交罚款，其他不三不四的东西，自己留着，我胡海平不是吃软饭长大的，少跟我来这套，不服气你试试？

老板立马蔫了，没想到眼前这个黑黑瘦瘦的人，还是条真汉子。此后，在执法过程中，胡海平就用坚持原则这"一根筋"，使很麻烦的事变得简单。他常想，既然组织上把这项重任交给他，就是对他的信任，也是对他的考验，作为一名学生时代就加入组织的党员，怎么能辜负这份期望呢？自己一定要通过努力，最大限度地减少国家规费流失。连续多年，因正直正派，且工作成绩突出，他被评选为先进工作者。也正是有了这样的经历，磨砺出他敢于面对、勇于担当的意志，为他后来出色地从事道路清障工作奠定了基础。

2000年11月，组织安排胡海平来江苏交控所属京沪公司工作，任养护排障中心副主任，主持日常工作。

有聪明人劝他不要去，说这是"走下坡"。从事业单位调到企业，从机关到基层，这不是从"吃香"变成"喝汤"了吗。组织找他谈话时，他也在犹豫，吃香不吃香，他倒是不在乎，新的困难来了，上班离家远多了。组织上让他自己考虑、选择。他回去跟老父亲商量，说出这个顾虑，老父亲严厉地警告他，对组织的安排，永远不要讨价还价，要对得起自己"少年入党"的那份荣誉。他惭愧万分，马上向老父亲检讨自己，并愉快地接受了新工作。

此时的胡海平对养护排障工作一无所知，是个标准的门外汉，而养护排障人员大都是刚从学校毕业或是从社会上招来的"新兵"，所以他们可算是一支"菜鸟部队"。所有的一切都要从零开始，困难和压力可想而知。为了尽快进入角色，适应新的工作环境需要，白天他与同志们一起上路作业，共同从最简单的日常养护、排障作业学起，在实践中摸索前行。晚上坚持学习，拓宽知识面，同时经常和同志们交流，分析查找工作中存在的不足，研究制定工作标准和规范流程。当时队伍中没有配备管理员、文档员，他只能一个人承担多个角色，每天工作到深夜。一段时间下来，苦是苦一点，但他和队友们很快熟悉了业务，于是渐渐接受并喜欢上了这份工作。

2003年，京沪公司将清障与路政合并，成立路政清障大队，他任副大队长，主要分管道路清障工作。2009年全省路政体制改革，他有机会到事业单位编制的路政大队任职，但经过短暂考虑后，最终选择留在清障大队。他再次被别人嘲笑"不聪明"。后来，他跟好友吐露心声说，他并不是看不懂工种差别，也不是看不出微妙的利弊，主要是心里有道坎，很难越过，这就是道路选择要明方向，权衡利弊要以良心为尺。组织上十分重视他这颗"螺丝钉"的作用，给了他很多的荣誉，另一方面，他与清障弟兄们已成为密不可分的战友，建立了深厚的感情，并肩战斗也让他们很有成就感，怎能说丢下就丢下，说走人就走人呢！

可这些说起来轻松，做起来并不容易。长年累月、没日没夜地在公路上奔波，突发事故使他们失去了生活规律，家就像旅馆一样，回来"打卡"难得准时。20年来，他基本上没在家过过除夕，没有与家人过过完整的团圆节。儿子从小到大，十几年他很少有机会陪他。为了减轻他的家庭负担,爱人不得不辞去海通证券营业部财务主管的高薪工作。父母岁数也大了,在一些重大传统节假日,他没法陪陪他们,因为节日往往是他们这个职业最忙的时候。2014年春节前夕,他的颈椎病复发严重,同时,口腔还长了个囊肿,医生建议他尽快做手术。考虑到春运已经开始,正是公路上险情隐患居高的时段,他还是决定等春运结束后再做手术。然而,春节刚过,他的爱人患上干燥综合征,如不及时治疗,可导致全身器官受损,万不得已的情况下,十多年来他第一次申请休年假,本意是想利用陪护爱人住院的当儿,顺便抽空给自己做囊肿切除手术。可事有凑巧,3月13日凌晨,淮安段发生两辆货车追尾事故,造成道路完全中断。得知情况后,他顾不上病床上的妻子,带着未拆线的伤口直奔事故现场指挥救援,直到道路恢复畅通。当他拖着疲惫的身躯回到病房,看到年迈的母亲在照顾病床上的妻子时,眼泪就在眼眶打转。

胡海平的父亲做过心脏搭桥手术,2018年又查出患前列腺癌,需放化疗。但有好几次,因他加班,耽误了送父亲住院化疗的时间。今年京沪高速改扩建工作全面启动,道路保畅带来前所未有的压力和挑战,特别是沪京方向K845导改入口处经常发生拥堵,问题严重得在省联网中心挂上了号。这让他很着急。清明小长假他三天都坚守在单位,以便做好指挥调度工作。假期期间抽空给母亲打了个电话,询问父母身体情况。母亲除高血压外,平时身体还算可以,多年来也是她在照顾父亲,一般状况下她也不会告诉儿子,家中有什么困难,所以电话里只是说腿有点疼,躺躺就会好的。谁知假期结束,回家时才得知,父母亲是"病人"照顾"病人",母亲已在床上躺几天了,一天三顿饭都是靠拄着拐的父亲,煮点水饺和面条。他立即带着母亲来到医院检查,结果是腿部形成血栓,半月板三度损伤。

胡海平是亲戚朋友们公认的"相妇教子"、孝敬老人的好男人，但胡海平自己不自信，每每说起这件事，他总是低下头，眼泪在眼眶中打转。好男人，家人认为他值得，他认为自己真的不配，毕竟，在家庭角色上，他欠的债务太多了。

清障说到底，是跟事故打交道。

在胡海平的职业生涯中，不乏触目惊心的事故记忆。

2001年2月中旬的一天，京沪高速淮安段迎来了通车运营后第一场大雪，这场大雪也导致淮安段发生数十辆车辆追尾事故。接报后，胡海平带领清障队员迅速赶往事故现场。现场情况让他和队员们惊呆了：事故车辆东倒西歪，有的人被困在驾驶室内，有的人被甩出车外，有的人手脚断了，有的人血肉模糊，一片狼藉，惨不忍睹。

这是胡海平和他的团队第一次接触到这么惨烈的事故，有人当场呕吐，有人吓跑了，有人直接蹲在地上，起不来了。他当时心也在滴血，腿也在打战，但救人要紧，难道要在这关键时刻趴窝？胡海平当场对着战友们吼起来，兄弟们，我们职责在身，四肢健全，不能像个懦夫、像个伤员一样趴下呀，赶紧干活，党员跟着我，在前面，其他人跟着我们！

于是，胡海平带着党员队员和几名胆子大点的队员，率先冲进驾驶室抢救伤员。其他的队员也都纷纷加入救援行动。就这样连续奋战了十几个小时，直至将所有的事故车拖离高速公路，夺取了公司营运以来淮安段清障救援任务的第一次胜利。

这次重大事故清障战斗，他们顾不上喝水、吃饭，顾不上休息，忍受了饥寒交迫。胡海平总结经验，发现最大的困难还不是这些，而是克服心理难关——任何一个正常的人，面对血腥的事故现场，都难免心理崩溃。从此，他带队伍时，多了一根弦：高速公路清障队员,必须具备强大的心理素质,而这种素质,必须在平时的学习、训练和实践中捶打而成。

几年之后,胡海平和他的团队又经受过一场更大的考验,那就是处理轰动全国的"3·29"液氯泄漏事故。在京沪淮安段北京往上海方向814K处,一辆装载44吨液氯的危化品槽罐车冲过中央分隔带与对面满载液化气瓶的货车相撞,导致两车翻车,液氯泄漏。后来才知道,这次事故泄漏的液氯弥漫方圆几公里,给当地人民群众的生命财产造成了巨大损失。事故共造成29人死亡,350人因中毒住院,受灾农作物2万余亩,畜禽死亡1.5万余只,事故发生后疏散群众1万余人。

由于肇事驾驶员仓皇逃离现场,公路部门对事故现场情况一无所知。接报后,胡海平立即从回家途中赶回大队,带领两名队员赶赴现场,同时调集其他清障人员和设备相继赶赴现场。离现场2公里,道路就已完全中断,车辆无法前行。他安排两名队员疏导交通,为后面救援车辆打开通道,自己一人摸黑率先向事故现场跑去。在离现场约1公里时,氯气刺鼻的味道就扑面而来,他脱下外套捂住口鼻,继续摸黑徒步前行。离现场越近,刺鼻气味越浓,衣服已经无法遮挡毒气,随之而来的是口干、胸闷、咳嗽,几乎喘不过气来。来不及多想,他屏住呼吸,用衣服紧紧捂住口鼻,咬紧牙关往前摸。此时还有不少驾乘人员在向后跑,迎面告诉他前面是有毒气体,不能再往前去了。他不得不停止前进并向有关领导汇报。考虑到事发现场还滞留了大量人员和车辆,如不及时采取措施,将会产生不可估量的后果。于是他往回走了10多分钟,终于找到离事故现场最近的中央活动护栏,与随后一起赶到的公司领导组织驾乘人员打开活动护栏,指挥转移车辆和驾乘人员。由于现场情况不明,他建议交警立即疏散现场所有的驾乘人员,这一建议很快得到执行，事后才知道这一建议挽救了无数现场驾乘人员的生命，29名遇难者中无一驾乘人员（遇难者中都是事发现场附近正在熟睡中的老百姓）。在得到消防人员同意后，胡海平带领两名清障员身穿防化服，头戴呼吸器驱车前往事发地，与罐体零距离接触，以便为后期的救援做好准备。当时消防队一边喷淋一边堵漏，嘶嘶喷涌的毒气，就在眼前，十分恐怖。

临时指挥部当场制定初步方案是：堵漏！成功后将槽罐车吊正拖离现场；若堵漏不成功，将槽罐车移至池塘内进行酸碱中和。但经过多次尝试，堵漏不成功，指挥部随即采取第二套方案。根据指挥部安排，胡海平的清障队负责实施起吊作业，进入作业前还专门清点人数，为什么？害怕有去无回。在场的所有人都经历了一次生死大劫难。由于液氯在常压下即气化成气体，氯气比重比空气略重，一般没有风力作用，它会很长时间潜藏在低洼位置。而在凌晨起吊过程中突然刮起大风，不远处大量淡黄色气体向他们袭来，所有在场的人立即后撤，有奔跑的、有乘车的，一直后撤到安全地带。槽罐车于上午转移至酸碱中和池中中和。在此期间也产生过险情，罐体突然浮了起来，后来用两台挖掘机压在罐体上，直到第三天上午罐体内的液氯才完全挥发。

整整三天三夜，胡海平没有离开事故现场最前沿。救援结束回到宿舍后，他衣服都没有脱，倒在床上一睡就是十多个小时，醒来时嗓子几乎说不出话来。也因为那次中毒，他落下了病根，后来嗓子年年都发炎。

这样的事例还有很多，处理此类事故，危险系数很高，随时有牺牲的可能。全国因公负伤、殉职的高速公路工作人员并不少。胡海平所在的大队，一名清障队员某年大年初一早晨在事故救援中，因桥面结冰，被一辆失控的轿车撞伤致残。2016、2017年，辖区内有两名交警也因公殉职。事后常有人问他："前面有危险，你还往前冲，到底怕不怕？"他笑笑，淡定地说："怕，谁都怕，但是队长怕，队长不冲，党员怕，党员不冲，队员怕，队员更不冲，那清障队还有存在的意义吗？"

救援工作最显著的特点就是两个字：危险。他们每次的选择都是一样的，那就是：把危险留给自己，把安全和畅通留给群众。京沪高速运营至今，二十年来胡海平带领清障队员实施清障救援3万余起，解救受困驾乘人员千余人次，成功处置了"3·29"液氯泄漏、"6·24"丙烯腈爆燃、"3·10"多车追尾、"11·1"大客车翻入边沟等重特大事故，为保障京沪大动脉安全畅通和保护人民群众的生命财产安全贡献了自己的青春韶华。这一切战果，都是扎扎实实用生命拼出来的啊！

在获得全国劳动模范等一系列荣誉后，胡海平在行业内的名气越来越响。京沪公司的领导对他说："老胡啊，你现在固然保持党员先锋本色不变，坚持战斗在清障一线，我们心疼你，也支持你，但现在的名气大了，精神可以感召人，行动可以带领人，组织上还是要给你加码，让你带更新的队伍，发挥更大的品牌影响力，创造更大的价值。"

京沪公司在抓一件大事——职工群众性经济技术创新。他们敏锐地发现"胡海平"的更高"附加值"。2013年公司党委成立了淮安清障大队"胡海平劳模创新工作室"，由大队业务技能精、创新能力强的队员组成，旨在于实践中进行清障技术的创新研发。胡海平从此在同一个领域拥有了更广阔的舞台。

自"胡海平劳模创新工作室"成立以来，胡海平与团队积极进取、大胆创新，在提升工作效能、推进管理创新、促进企业提质增效等方面，发挥了劳模的示范引领作用，带来了良好的社会效益和经济效益。他们先后研发了"升降式车用警灯""手推式安全警示标志摆放车""头盔式视频记录仪"等五小创新十多项，有四项成果获得实用新型专利，三项成果在交控系统内推广。值得一提的是"清障车与故障事故车充气连接装置"的非凡价值。在货车故障或事故中，经常出现因车辆储气筒气压不足导致刹车抱死的现象，而传统的人工解除刹车比较费时、费力，不能达到快速清障的目的。针对这一情况，工作室成员经过多次反复测试、验证，设计出清障车与故障（事故）车的充气连接装置，利用清障车出气阀连接故障（事故）车的储气筒进行充气，使其气压数值快速达到安全范围，从而起到解除刹车的目的。使用该装置解除故障车（事故车）的刹车分泵仅需十分钟左右，是人工解除刹车时间的1/4，既提高了清障作业效率，还降低了清障人员的劳动强度。该装置在2012年被江苏省总工会等八部门，评为第四届江苏省十大科技创新成果提名奖。工作室还拥有"清障模板"等十一项非常有用的创造。我国高速公路清障救援事业起步晚，没有太多经验可以借鉴。清障处置现场存在着部分救援方案不明确、不科学等问题，直接影响了清障效率和清障安全。团队下决心率先开展了模板式清障作业课题研究，他们数十次到货运企业、危化品运输单位实地了解各种车辆构造、上网查询资料，学习力学原理，对近年来各种类型清障处置案例分析、经验集成，历时一年多的时间，开发出"清障模板"。在实际运用中，清障队员能够根据事故的类型、车型，利用清障模板进行精准、快速处置。模板的投入使用相比之前的现场商讨救助方案更科学、更高效，使事故处理率、救援率提高了近30%。"清障模板"被征为江苏交通控股系统清障培训教材，填补了省内乃至全国清障理论建设的空白。目前"清障模板"也被江苏交控职业技能鉴定中心确定为清障岗位技能等级认定培训的考核内容。还有一项发明"作业现场声光电警示装置",解决了清障作业现场安全工作的重点和难点,劳模创新工作室成员结合白天、夜晚的现场作业特点,开展了声光电于一体的警示标志研究,研制出便携式警报装置。该装置通过警报声、爆闪灯可在夜间500米范围内对后方车辆起到警示作用,有效地保障了现场作业安全。该创新成果被江苏交控评为2013年度职工优秀合理化建议一等奖,同时也在交通控股系统清障、养护大队及省外多家高速公路系统推广使用。2017年下半年,创新工作室研制出第二代升降式声光电警示装置,获得江苏交控职工合理化建议一等奖。该成果于2018年8月被评为江苏交控系统道路作业安全十佳创新成果。2019年下半年被江苏省交通企业协会评为江苏交通企业十大推广产品。2019年年底,工作室综合江苏控股系统部分公司的使用需求,对二代声光电警示装置进行升级改进,研制出高速公路作业车多功能警示装置。该成果在江苏省交通运输行业优秀QC成果推广会上做了汇报和展示,并在全省高速公路推广使用。2020年该产品被国家专利局授予实用新型专利。

2018年底,为进一步弘扬劳模精神和工匠精神,发挥劳模示范引领作用,京沪公司按照《新时期产业工人队伍建设改革方案》《劳模支部"双创双提升"工程实施方案》的相关要求,启动了"劳模创新工作室"升级改造。2019年5月硬件设施改造完成,设立并实施了依托劳模工作室围绕生产经营中的重点难点问题输出更多创新产品、发挥劳模"传帮带"引领作用培养更多人才,为技术人才搭建展示平台、疏通创新人才通道等三大任务。他们还将更多党员吸引到创新工作室中,开展了"党建+创新"的模式,以发挥劳模党支部"点、线、面、带"四个作用,即"将支部组织建设到点上,发挥支部的战斗堡垒作用;将资源整合优化到线上,推动工作室优质发展;

将引领作用发挥到面上，提升队伍的综合素质；将队伍建设落实到带上，增强队伍凝聚力"。 大队依托劳模创新工作室，定期组织业务技能培训、创新能力培训、课题探讨等，吸引员工参与，促进人员成长，将劳模创新工作室打造成为推动创新发展的"加速器"、促进职工成长进步的"加油站"。 依托"互联网"，利用京沪 e 家网络平台创新创效板块，通过论坛交流加强与同行的互动，探讨存在的攻关难点，破解难题。 他们还整合利用地方资源，积极联合地方技术力量，开启"企校合作"模式，利用淮安市质量协会、淮安市信息学院机械学院等院校科研优势，推进创新创效工作提升。 工作室更是积极依托劳模的引领作用，推进业务骨干、技术能手的教育培养，技术攻关、技术革新、发明创造和技术培训、业务交流、师徒帮教等工作，促进队伍的综合素质提升。 以"党员示范岗"创建凝聚队伍，以精神引领推进发展需要，把党组织的政治优势转化为促进工作室发展的优势，把党员的先锋模范作用转化为促进企业发展的榜样力量。

公司党委十分重视创新创效工作，设立"1＋1＋N"模式的创新机制，以劳模创新工作室牵头，带动青年创新创效工作室、QC 小组共同发展，切实推动创新创效工作更具实效，劳动精神、劳模精神、工匠精神得到了更深层次的肯定。 工作室多个创新成果获得国家实用新型专利，并被推广使用，先后获得淮安市十佳创新工作室、全国交通运输创新文化建设优秀单位、劳模党支部、省部属企业系统示范性劳模（技能人才）创新工作室等多项荣誉称号。 2020 年 12 月被授予江苏省示范性劳模创新工作室。

对此，低调实干的胡海平经常"高调"地总结：我们现在所取得的成绩属于"胡海平劳模工作室"，而不是胡海平个人，现在的胡海平在我们的事业中，是一个公共品牌。 不管这个品牌有多亮，都不能把亮光投射到我一个人身上。我还是我，我是一如既往的胡海平，一个与"胡海平"品牌相比，越来越小的小人物。

千金一诺

在南京林业大学读书时，江南女孩周洁是同学们眼中的小公主。她明眸皓齿，肤色白洁，生得娇小玲珑，说话时轻柔温婉，走路中步履轻盈，长相和气质都不凡俗。她的家乡在著名的天目湖所在地溧阳，山清水秀，生活富庶。父母都是国企的职工，周洁是他们的独女，深得她们的宠惯。但孩子虽然长得娇小，性情温雅，骨子里并不娇弱，从小就是小学霸，遇事处处不服输。

"周洁身上自带一种磁场，她很有力量，很吸引人。"周洁的丈夫，也曾是她大学同学的小朱，可算是除了她亲生父母，最熟悉她的"外人"了。然而，他们同窗加夫妻生活二十余年了，小朱并不认为他能百分百看懂周洁。他认为周洁身上有许多不可思议的、超出常识的"魔力"。

比如，周洁长得娇小，但是同宿舍、同班级的女生，都会受到她的照顾，以她为中心，甚至养成了有困难就找她求助的习惯。组织课外活动，参加志愿活动和义务劳动等，周洁总是冲在前面。每次到工地上见习，周洁往往麻利地戴上安全帽，走在队伍的最前面。毛坯楼的楼梯还没有装扶手，周洁噌噌噌大步迈了上去，同学们看着都很紧张，不知道这小师妹哪里来的胆子。

周洁自己的解释是，既然学的是土木工程专业，在工地上就应该如履平地，如果在上上下下的环境里畏畏缩缩，就不应该学这专业。她还有一个听起来不可辩驳的理由，就是她在学习期间光荣入党,作为一名党员,怎么可以表现得像个胆小鬼,像个娇气虫,走在前面难道不应该是党员的常态吗?

"周洁总在挑战跟她体量不对等的事物,我敬佩、心疼,有时候也觉得理解跟不上、境界跟不上。"见证了妻子二十余年成长历程的小朱,对此一直感到有点"小失落"。

包括周洁对专业的选择,也让很多人无法理解。就连她的父母,怎么也没有想到他们的掌上明珠,会选择学习土木工程,后来又选择到交通工地上去工作。

其实,周洁毕竟是一枚小女子,她也没有大家想象的那么"胆肥心大",安静和安逸,哪个女孩子不喜欢呢? 大学毕业后,周洁以优异的成绩、党员的身份和出色的在校表现,被推荐到江苏省交通科学设计院工作。交科院大楼里窗明几净,四季恒温,高知云集。在省城南京,从这个单位的大门走出去,是可以昂着头,脚下生风,带着满满自信朝向社会的。

周洁这样的小女子加大学霸,似乎就是为这样的单位而生的。加入这个精英团队,她很快融入。没用多久,她就成为交科院第二设计室桥梁工程组的一名合格工程师。

她的父母开始计划拿出老本,贴补独女在南京买房,然后从溧阳迁到南京,来跟女儿团圆。两个老人,就这一个女儿,哪里离得开啊,女儿的家在哪里,他们就在哪里落根呗。

周洁有个能干的婶婶,交游甚广。她开始为周洁张罗找对象。她用半年的时间,广泛搜罗,遴选出五六位大学本科学历以上、身高1.7米以上、工资在周洁以上、家境小康以上的候选人,并整理出他们的资料,准备交给周洁"审阅",并安排"接见"。

这个时候,我们完全可以推测出周洁的人生道路和生活走向——成为专家、大专家,甚至桥梁工程科学权威,问鼎院士桂冠;嫁成功男士，建立幸福家庭，即使嫁入的暂时不是豪门，一生也一定可以自建成豪门；生活在六朝古都，飞翔在世界各地，在纸上、屏上指点江山，在现实中改造江山。

这几乎是所有有志者的事业神往、生活神往、生命神往！

我们可以对此时的周洁做出期待和祝福。

然而，一个太小、太小的细节，却颠覆性地改变了周洁的一生。

在南京，周洁和大学同学偶尔会组织一次聚会，每次聚会，外地的一些同学也会赶过来参加。有一位朱姓同学毕业后回到老家苏州，在苏州新区工作，他性格内向，并不活跃，但南京的同学会，他几乎每次都不缺席。每次，他都会提一盒苏州老字号乾生元的点心过来给大家吃。有一次，点心吃剩了一些，散席的时候周洁说："别浪费，我带回宿舍吃，我喜欢苏州点心，谢谢老同学。"便打了包，带回去。到了下一次，朱同学就带来两盒，一盒拆了大家吃，一盒直接送给周洁。而且，后面聚会，朱同学就一直这样做了。

有位细心的女生对周洁说，在校时我就看出来，"朱童鞋"喜欢你噢，这是在追你呢。

"算了吧，我可没兴趣。"周洁当时笑了起来，即使她察觉出朱同学对自己"有点意思"，但她从未做出回应，因为她确实没动过心。她把握在友谊这个分寸内，谅他也没那分冒昧突破的勇气。

理工专业的人，常说一种科学的可能——四两拨千斤，十斤顶数吨。文科生则把非物质界的这类事说成"一个契机，奇迹诞生"。没想到，内向得甚至有点笨拙的朱同学，后来就等到了一个契机，用"鞋跟"做千斤顶，以他的"四两之力"，拨动了周洁这个"千斤"。

在南京工作的第二年，国庆假期的同学会，吃完饭同学们一起到新街口看电影。电影太精彩了，出了电影院，走在大街上，大家还在热烈地讨论电影情节。 一件意外的事发生了，周洁一脚踩在下水道的井盖上，她的高跟鞋的一只鞋跟，死死地卡在铁盖的栅格子里，一时怎么也拔不出来。

她差点跌倒的一瞬间，狼狈的姿态引得同学们哈哈大笑。

只有朱同学没能笑出来，他在众目睽睽下，蹲下身去，一边把肩膀交给周洁支撑，一边设法帮她把鞋子弄了出来。 显然，鞋跟破损了，不能穿了。

同学们哄笑起来。 朱同学满脸通红，却丝毫不理会大家的起哄，扶着周洁，到附近的新百商场，帮她买了一双鞋，换上。

整个过程，朱同学除了"小心、小心"地提醒着，没有讲任何多余的话。 那一刻，周洁决定接受朱同学的"服务"，很乖顺地配合着他。

她爱上了朱同学。 爱的过程如此漫长，爱的到来却在一瞬间。 这样的爱，是应该用"契机""奇迹"这些词汇来描绘。 而且，这份爱从"奇迹"开始，也一路充满了"奇迹"。 朱同学的父母身体不好，希望儿子能把家建在苏州，不要到南京去。而周洁在溧阳的父母，正筹划到南京买房，跟女儿一起生活，他们明确反对周洁嫁给小朱。 婶婶也觉得周洁看走眼了，她为周洁准备的那些"候选人"，没有不比小朱条件好的，而且都是南京人。 她不理解为何优秀的侄女，在情感问题上如此笨拙。

周洁陷入了两难。 一开始，她也坚持要朱同学到南京来。 朱同学不表态，只是说，我们一起想办法。他那时工资一千多，跑一趟高铁两百，一个月四趟，工资一大半都花在路费上了。 周洁心里更不是滋味，而且有了担忧甚至恐惧——如果真的嫁给他的话，是不能这样异地生活的，难不成要周洁辞职，重新到苏州找工作？ 周洁有一次突然生气了，说你如果想不通，只想在苏州做个孝子，那下一周就不要来南京了，我们还是恢复到以前的关系，同学聚会时再见。

可到了周末，朱同学又来了。

不久，上苍再一次为小朱创造了"转机"。

周洁出了车祸，受了轻伤，躺在宿舍休息。爸爸妈妈心急如焚，跑过来陪宝贝女儿，照料她养伤。小朱也来了，拿药，买菜，烧饭，打扫卫生，用手帮周洁搓内衣，什么都干。母亲有些感动，觉得这苏州孩子比较勤劳朴实，嫁给这样的人，女儿应该能得到精心的照顾。慢慢地她就接受了小朱，反过来做老头子的工作。老头子一口拒绝，警告她不要心软，这主意改变不得。倘若女儿真嫁到苏州去，跟人家父母住一起，我们一辈子也只能在溧阳孤苦到老了。

这天吃完饭，周洁给大家削苹果时，不小心划到了手，顿时鲜血直流。小朱像弹簧一样蹦起来，上去一把抓住女友的手指，焦急万分，一边带着她冲洗伤口，找创可贴裹住，一边下楼叫出租车，送医院。

周洁父亲看到这一切，沉默了半天。第二天，他对周洁母亲说，算了，我不反对他们了。我们回去吧，一辈子待在溧阳，断了这南京梦吧，互相照顾着养老吧。

周洁和男友见父母松口了，激动得流泪了。她知道父母担心什么，她贴近爸妈的耳边，向他们承诺，永远爱他们，尽全力照顾他们、陪伴他们。

千金一诺，父母笑了。父亲摆摆手，对他的"小棉袄"说，既然主意定了，就不要想那么多，不要担心我们，女儿大了不由爹娘，你好，就是对我们最大的照顾。

为此，周洁后来付出了不小的亲情代价。后来，她嫁入苏州，为朱家相夫教子。父母亲一直待在溧阳，两位老人相依为命，极少打扰她。2020年父亲生病，诊断为多发性脑梗，非常危险。此时正逢她带队迎接国家级公路养护评审组，检查她负责的高速公路养护区，她忙得焦头烂额。父亲不让告诉女儿，怕耽误她的重要工作。母亲打电话给女儿，犹豫再三，没说出实情，只是说爸妈想你了，问候一下，一切可好。到了11月份，母亲再次打电话，在电话里支支吾吾一阵，突然放声大哭。周洁追问，这才得知了父亲的病情加重。可当时正逢"国评"收官期，她硬是做完全部的汇报，等验收通过，接受了鼓掌祝贺，才含着泪走出会场，直奔老家溧阳。而父亲此时已经躺在病床上，失去语言能力，手脚也不能自主。父亲患上了血管性痴呆症，甚至连家人都认不出来了。

2007年前后，江苏220公里的沿江高速建成开放，沿江高速公司向全社会大量招聘人才，周洁以强大的优势入选。她毅然从省会南京来到江苏最南端吴江，放弃了她在大都市大单位的锦绣前程，来到江南小镇黎里G50高速段，成为高速养护员这一崭新角色。

在后来关于周洁先进事迹的材料中，无不这样描绘：这个勇敢的小女子，决心尝试人生的另一种可能！在沿江这个创新、包容的大舞台上，周洁展开了柔美的身姿，尽情施展自己的才华与抱负。她先后在公司工程养护部、养护办、沪苏浙养护大队、苏州养护大队等多个部门锻炼。十四年间，从小小工程养护内业做起，再逐渐接触外业，全面负责业务，逐步挑起基层单位大梁。她所在的工区管养里程位居江苏交控系统144家养护工区前列，管养段内车流量位居江苏高速路网前列，管养段落途经地区经济体量位居路网前列。出色的工作，也为这位"80后"的女孩赢得了许多荣誉：江苏省五一劳动奖章获得者、江苏省五一巾帼标兵、中共江苏交通运输行业委员会优秀党员、江苏交控系统苏式养护先进个人、江苏省最美交通人等。2021年，她还拥有了一个更加光荣的身份：江苏省第十四次党代会代表。

哦，今天看来，她的尝试成功了！

公路养护基本上可以说是"男人的专属事业"，全省 5000 多公里高速公路上，有 150 余名养护大队长，都是铁铮铮的男子汉，只有一个例外，就是苏州养护大队的大队长，是一名女性，她就是周洁。如果说，当初是为了爱情来苏州，加入高速公路行业，多少有几分被动选择的意味，那么，加入后克服常人无法想象的漫长艰辛，以巾帼身份在男人战队里创造出非凡业绩，以及过程中多次放弃更轻松岗位选择机会，跟服从爱情的被动就没有太大关系了，这一定是迎接挑战的自觉，是一种释放自我潜力的主动，是更强大的某种感召力的催发。

记得 2008 年的第一个工作日，到高速公路养护区正式报到上班时，接待她的公司负责人一见到她就愣住了。看得出来，他花了好一会儿才平复了自己的心绪。他问眼前这个身高不到一米六的小姑娘："你知道养护工作是干什么的吧？"小姑娘笑着告诉领导，做过功课了，至少从理论上熟悉了，迫不及待等着上路。

周洁当时想得比较简单，她从来没有怕过什么，别人能干的事，她也能干。在大学里，她当过班长，也入了党，这不是靠谁施舍来的，做什么事都没有掉在任何男生后面啊。退一万步，她想，沿江公司是大公司，岗位众多，先干起来再说，实在干不了这男人活儿，领导也会因人制宜，给一个更适合的岗位呀。

就这样，周洁上岗了。头几天，她没能上路，因为找不到合她身的小号工装，尤其是养护人专用鞋，她的小脚只有 35 码，怎么可能找到这么小的一双专用鞋呢？队里赶紧联系厂家，为她专门定制了小号鞋。

最初的一段时间，新建的养护队还没有来得及建造正规宿舍，养护工们住在临时搭建的民房里。整个住地，只有她一个女人。男人们集体住宿，大通间挤在一起。队部照顾她，给了她一个单间。洗澡，上卫生间，都要跑出去，借用远处的公共浴室和厕所。

那个时候，她心里想着的，还是为了爱情。因而，她在小朱面前，没少流过委屈的眼泪。但抹眼泪归抹眼泪，她没有真正抱怨谁，她对自己的选择负责，心里有决心，绝不退缩。就这样一天一天地过去了，两三个月下来，她完全适应了，跟工友们挤在一起吃饭，交流工作，大声说笑，几乎忘记了自己的性别。公司领导也关心过几次，征求她本人的意见，问她要不要调岗，她笑着说，我这刚适应，再调新岗位我又不适应了，让我干干再说吧。

有一次，省交通口的领导到基层看望职工，在养护工宿舍区看到这位唯一的女性。领导心疼得不行，上车后诘问沿江公司领导说，这女孩是特殊材料做成的吗？

是的！

他居然得到这样一个答案：她上学时就是党员了，来这里工作从来没有说过一句畏难的话，就是个特殊材料做成的，是个宝。

为什么又说她是个宝呢？养护大队由于有了这么一个从不退缩的女孩，一群大老爷们儿没一个好意思趴在困难面前，大家都争先恐后往一线冲。整个大队的志气特别正、士气特别旺。女性、党员，这两个身份不单给周洁本人带来了特殊能量，其扩散效应，也是再明显不过的了。这不是宝又是什么！

迄今，周洁从事工程养护十四年，这十四年正是高速养护事业飞速发展的时期，沿江公司提供的这方特殊的成长舞台，让周洁收获了多份荣光，也承受着多份压力。

在沪苏浙养护大队的三年，她带领团队，深耕精细化养护理念，以最小养护成本保持了较高的道路品质，各项养护管理指标均为优秀。正当渐入佳境的周洁打算松口气的时候，沿江公司却决定"鞭打快牛"，让她轮岗，负责沿江高速苏州段路桥养护工作！养护体量是原单位的两倍，路段流量是原来的三倍，路龄桥龄是原来的五倍，管养工作的压力和责任可想而知。周洁必须抛开过去的经验，一切从头开始学习和积累。

她还记得到沿江高速苏州段工作的第一年，就遇上了堪比2008年大寒潮的恶劣天气，大年初二正是举家团圆的时候，突如其来的暴风雪席卷江苏。她匆匆告别家人，赶赴春运保畅除雪的一线。为了防止路面积雪结成暗冰，她带领队员们上路进行人工清扫。夜以继日，迎战风雪，大家只有一个信念：人歇机不停、主路不留白。衣服干了又湿，湿了又干，手上磨起水泡，鞋子也被雪水浸湿了。困得不行，就在车上眯一会儿；饿了，就吃面包、香肠。那些天，吃上一碗热腾腾的泡面都成为奢侈的念头。"妈妈，你什么时候回来？"孩子发着高烧在家一直嚷嚷着要妈妈。老家溧阳是暴风雪的中心，断水断电，家中年迈的父母更是让她万分牵挂。但是她深知自己的职责所在，义无反顾地完成本路段扫雪工作后，又和同事驱车100多公里，支援了沪宁高速南京段。

从业14年，周洁巡查路面里程超过40万公里，相当于绕赤道10圈，累计维修护栏板200余公里，修复路面5万余平方米，完成路桥维养1000余次。她深知作为一名基层养护负责人辖段内路桥优异的养护品质，是她努力追求的工作目标，起草制度、梳理业务，为路段内的特殊结构桥梁、实验路段单独建立档案，防范化解结构物重大安全风险，对全线的独柱墩桥梁进行抗倾覆计算，并带队完成桥梁专项加固工程。桥梁桩基结构的维修养护一直是桥梁养护的难点，由于涉及隐蔽的水下工程，普通检查并不能开展有效的检测，于是她通过水下蛙人对辖段内所有的水下桩基进行专项检测，并针对检测出的问题制定了一桥一方案的水下桩基维修加固方案，她带队完成了大流量下交安提质升级、长寿命路段、抗滑磨耗层等多个日常养护卡脖子难题，使管养段落内桥梁道路指标始终保持优秀，为"三十年路面百年桥"的交通强国江苏样板贡献了"她"力量。

2020年，沿江高速苏州段迎来了"十三五"全国干线公路养护管理评价迎评工作。作为必检路段的一线养护负责人，她加班加点，"5+2、白加黑"，连续工作近100天，吃住在单位，从骄阳似火的酷夏一直忙到了冰冷刺骨的寒冬。路面施工，绿化修剪，交安维修的现场随时能看到她娇小的橙色身影，抓质量，管安全，促进度。他们以优异的路面质量，舒适优美的路域环境，为江苏省高速公路迎国评工作画上了一个完美的句号。

作为一名新时代养护人，如何做好大流量下的养护施工安全生产，如何提升日常养护效率等难题，如同嶙峋巨石横亘在日常养护科学化之路上，是不得不每天过眼过手过心的课题。而天生乐观向上的周洁，选择做移山的愚公，一点点地突破这些障碍。从业以来她本着锲而不舍的精神，对科学养护这一课题潜心钻研，先后参与完成公司多个重点创新项目，攻克技术难关20多项，发表各类论文，技术方案10余篇，提出创新合理化建议100余条，为公司增创了可观的经济效益。作为江苏交控系统青年创新创效工作室——新橙创新创效工作室负责人，她先后完成了高速公路作业现场车辆动态距离显示牌设计，研发了施工区域防闯入系统，提前警示过往司机，实现减速避让，从而提高行车安全性，保护了作业人员安全。对原有综合除雪撒布车操作系统进行改造，实现了综合除雪撒布车撒布一键启停操控方式，大幅度提高了综合撒布车的效率和质量，减轻了驾驶人员的工作压力，更是保证了作业安全。推动了无人机巡查在日常养护中的运用,提高了日常养护巡查效率和质量。在不断创新中,一步步从无到有、从有到精,走出了一条一线养护工人科技创新之路。

从设计师到养护员,从养护内勤到外业主管,从普通职工到基层单位负责人……周洁将自己的人生屡次归零重启,但每次再出发,她总能交出一份令人满意的答卷。在她的先进事迹材料中,有这样的描述:周洁,看似频繁地转变角色,却有着强大的不变,那就是在组织召唤前永不退缩的拼劲,在沧桑正道上砥砺前行的干劲。2021年,对于每个中国共产党人而言都有着别样的意义。翻开厚重的党史,犹如打开一面镜子,每一位党员都会不自觉地对照起自己。"今年是我从业的第16个年头,入党16年。想想党的光辉历程,再想想沿江公司未来的蓝图,总是油然升起一股投身新时代的自觉与冲动!"不谋私利谋公利,不计小我济苍生。这份情怀,激励着周洁。她带队打赢了环沪、环苏疫情防控阻击战,完成了多次除冰保畅、防洪抗旱等路网保畅工作。在疫情防控等急难险重的工作任务前面,她带领全体队员主动担当,冲在一线。突发疫情,支部全体递交请战书,在党员的带动下一线队员也纷纷递上请战书,彰显了工区全体职工的勇气和担当。

2021年7月江苏南京、扬州暴发疫情,作为环苏抗疫圈内的重要高速路段,苏州养护大队承担了G15太仓检查站的设置工作。当时适逢台风"烟花"过境,滂沱大雨从天上倾倒下来,霎时,整个检查站设置现场成了白茫茫的一片。时间就是生命,一方面要完成疫情防控的紧急要求,另一方面要保障设置检查站后安全措施的牢固稳定。周洁在现场果断决定灌注水马,用沙袋将标志牌爆闪灯固定。工区全体人员仅用4个小时就拉起了一道抗疫交通管制防线,渠化车道13条，封闭匝道2条，协调投入安装爆闪灯、设置标志牌，用最短的时间筑起最坚固的防线。战斗结束后，大家才发现雨水早已从雨衣的帽檐、胶鞋的靴筒中灌入，身上头上没有一处是干的。

周洁从男性团队中唯一的女兵，变成了女帅，而且，带领的是一群男兵。作为工区的带头人，一方面率先垂范，在业务领域为大家的职业成长助力，另一方面发挥女性优势，做知心大姐姐，事无巨细地关心下属的思想、家庭生活、身体状况。近几年，江苏交控领导倡导"生活有滋味"，周洁觉得自己是女人，做这方面工作应该更有优势。8小时内面对面，8小时外手机时刻保持畅通，常态化收集员工意见和建议，保持热线沟通，为队员答疑解惑，扫清思想负担。初夏的晚上周洁值班，她想看看常驻队员的驻站生活，跑到宿舍后发现，员工的窗户紧闭，房间内早早地点上了蚊香。仔细询问了队员，原来是宿舍区域内的水塘水草茂密，一到夏天就滋生蚊虫。听到这个反映后，她立刻组织为大家清理，一个星期后便将水塘清理干净，改善了员工住宿区域环境。无微不至的关心、真诚恳切的谈心谈话、温暖人心的举措，这些都拉近了她和队员的距离。

"人生应该多一些不一样的尝试，要不断脱离'舒适圈'，激发自己的潜力。感恩沿江，给了我这样一次选择的机会，给了我一片开拓的空间，给了我一方宽广的舞台！同时，也感恩亲情、感谢爱情！"在一次报告会上，周洁字正腔圆，而又声情并茂地发出这样的心声。

脉动人生书

2021年庆祝建党百年之际，江苏交控在全系统内开展"我是一名共产党员"征文大赛活动。在征集的214篇参赛作品中，有一篇题为《三十年前的入党申请书》的获奖征文，在学习强国上发布后，被多家媒体及省级门户网站转载，获得近百万人次的浏览量，感动了很多人。文章作者是交控宁沪公司的一名年过半百的老职工沈超平。

张爱玲说，年轻的人想着三十年前的月亮该是铜钱大的一个红黄的湿晕，像朵云轩信笺上落了一滴泪珠，陈旧而迷糊。

但是有这样两页书简，历经三十年光阴，没有随着岁月变得"陈旧而迷糊"，相反经过时间的洗礼越发闪亮，成为我人生的路标，给我不断进取的勇气和力量。

这封书简就是1991年暑假那个月圆之夜，我用蓝黑钢笔写下的入党申请书。这封三十年前的入党申请书改变了我人生的轨迹，真是"不思量、自难忘"。

本来像我这样家庭的孩子是不会想到"入党"两个字的。我的祖父是旧时代的知识分子，心气高、日子苦，父亲性格卑怯懦弱，作为苏北农村一个手艺精湛的木匠，他的心愿是儿子成为跟他一样的人，"有手艺有饭吃"就行。

1991年暑假，我去常州玩。那次我们参观了"瞿秋白纪念馆"。秋白精神深深打动了我。一个学问渊博、才华出众的学者；心忧天下、视死如归的革命家；淡泊名利、敢于自我解剖、追求精神和人格的自我完善的哲人，在我的眼前、我的心中屹立起来。从常州回来后，我找了一本《入党常识》，经过一个暑假的思考和准备，开学后我递交了我的第一张"入党申请书"。虽然大学期间，我没有能够入党，但是这封入党申请书一直展开在我的脑海里。

1994年，我大学毕业，进入常州交通系统工作。以瞿秋白为代表的"常州三杰"是这个城市的骄傲。作为常州城市名人的代表，瞿秋白对于常州这座城市,就如同毛泽东之于湘潭,周恩来之于淮安。"在这座英雄的城市生活工作一定会有不同的人生",我这样寻思,三年前那封入党申请书跳到我的眼前。

1996年,作家梁衡发表了《觅渡,觅渡,渡何处?》一文,直到1998年我才读到,该文完美诠释了秋白的不朽精神。"哲人者,宁肯舍其事而成其心。"这句话正是对瞿秋白人生价值最好的诠释,也给了我深深的启示。那时,我正经历人生非常艰难的一段时光——妻子怀孕,孕期反应特别激烈,吃啥吐啥;父亲得了癌症,等着做手术;而我在盐城宁靖盐高速公路建设的工地上,苦寻事业突破的入口。"而秋白偏偏以柔弱之躯演出一场泰山崩于前而不动的英雄戏",我想,我无法成为秋白一样的英雄,可以原谅,但如果连生活中的一点困难都克服不了,就算做普通党员都不及格哦。我又想起我那激情洋溢的入党申请书。

1999年为纪念瞿秋白诞辰100周年,常州市重修了纪念馆,塑了铜像,这些经费中有36万元来自民间,是平时10元、100元,一张一张送到纪念馆来的,其中也有我的一点心意。为了早日成为一名共产党员,我学习上更加努力,工作上更加拼搏。这一年也是我写作收获颇丰的一年,我在《常州日报》头版发表了一篇2000余字的文章,在《中国公路》杂志上发表了《跟上网络时代》的论文,提出"互联网+高速公路建设"的理念,这在当时算是非常新鲜的话题。《常州晚报》《交通运输》等报刊我也经常发表文章。年底,我顺利收获"市交通局行政嘉奖"。那一年也是我第一次写"入党思想汇报"。

2000年父亲去世了,56岁。那时我不在他身边,等我得到讯息从几百里外的工地赶到家时,父亲已经躺到灵床上了。看着让病魔折磨得只剩一副骨架的父亲,我欲哭无泪。父亲走的时候宁静安详,他对我们的希望就是要"早日入党"。我的入党申请书一下子承载着父亲的遗愿。

2005年润扬大桥通车之际,《中国公路》杂志以《沈超平,润扬大桥改变了我的人生轨迹》为题做了专门报道,并配发了照片。那一年我被确立为"入党积极分子"。

2007年"七一"前夕,我被确立为"预备党员"。9月,市交通局推荐我到江苏交通控股系统工作。

2009年瞿秋白被评为"为新中国成立作出突出贡献的英雄模范人物"。那年9月我到福建旅游,专门去了秋白就义处。站在古城长汀城西罗汉岭的半山腰,注目着30米高的"瞿秋白烈士纪念碑",心底突然涌上一股感动,眼眶湿湿的。我看到一个36岁的年轻生命,为我们留下了一个奋斗者的足迹,一个思想者的自白,一个共产党人不畏惧敌人枪口的勇敢,和一个共产主义者被战火硝烟洗礼的纯真。此后,我又重读了《多余的话》《赤都心史》《俄乡纪程》等著作,也读了《江南一燕》和《瞿秋白研究》以及雷颐的《孤寂百年》等书,对秋白精神有了更加深入的理解。

我的第一份入党申请书是在参观了秋白纪念馆后写就的。在申请入党的路上,我早已把秋白作为我的入党介绍人——一个伟大的灵魂,一个无声的介绍人。每每在生活工作中遇到艰难的时候,我就想起秋白精神,想起我的入党申请书。

这么多年来我始终争当学习型人才,用心工作、用心学习、用心写作,学有所获,写有所果。至今我已经发表论文二十多篇,三次获得全国级的优秀论文奖;发表小说散文等其他作品百余篇,加入了市作家协会。2003年底我成为江苏省交通厅交通行业和交通产业项目评标专家,此后相继进入江苏省综合评标专家库、江苏交控评标专家库;获评高级工程师、政工师职称;获得项目经理、监理工程师等职业资格。

如今,我年逾五十,依然拥有一颗年轻的学习心,把学习、创新作为快乐之源。作为唯一发明人,2019年、2020年各获一项专利授权;

连续三年获得江苏交控合理化建议奖,包括一次一等奖;研发的《基于二维码技术的桥梁养护档案系统》获得江苏省档案创新优秀案例二等奖。入党后,在党组织的关心支持下、在同志们的帮助下,我先后获得县处级以上奖励二十七次,获评十一五、十二五国检控股先进个人,三次获得江苏交控征文一等奖。

三十年前的入党申请书,经过时间的洗礼越发闪亮,成为我人生的路标,给我不断进取的勇气和力量。对我个人而言,这封三十年的入党申请书是与秋白精神紧密相连的。

秋白是我的"入党介绍人"。秋白先辈,您的精神永存!对您,我们一代代人,心持永远的缅怀和感恩!

手记之二：故事里的灯

访谈十八大、十九大代表钱燕女士，我特意选择在一个下午，在一间窗明几净的办公室，泡上一壶茶，制造了一点很闲散的气氛，不紧不慢地进行。事先我得到她单位的领导提示，钱燕并不是一个善于表达的人。虽然她的事迹材料和相关新闻报道很多，但我觉得这并不够，我希望在交谈中她能敞开心扉，说一点让人感到亲切的小故事。为此，需要让受访者轻松表达。

钱燕果然不擅言谈——但我发现她不是真的没有语言才华，她是一个本质朴素、谦逊的人，谈自己的时候总是有些过于省俭用词。我们有一阵子跑题了，她说到读过我的一本书，滔滔不绝地谈起自己的阅读感想，还建议我再写一部同类题材的作品，甚至替我闪烁出这部新作品的灵感火花。

谈话的后半程，我们基本上都在交流党的力量、父辈的力量这个话题。钱燕这才打开了话匣子。她说，父亲身上影响到她的那些品质，现在想想，都是军人和党员这两个身份。父亲的那句口头禅，的确是长她志气的座右铭，塑造了她的品格。

钱燕在取得一些小荣誉时，父亲最高兴。可当女儿成为全国党代会代表时，老人家却沉默了。跟女儿一样，他有了压力。他知道这份荣誉的分量，他开始担忧女儿能不能承受得起。

钱燕自己也有类似的心理负担。她说两次会议让她认识了不少代表同仁，使她有一种身处群峰之下的渺小。

"有些人太了不起了！"她给我举了一个例子，说她在党代会上认识了南通的一位女代表，后来成了好朋友。跟钱燕一样，南通那位代表也是一名最基层的劳动者,一位养殖专业户。她饲养羊,并在扩大规模的过程中带动地方更多人加入,是一名振兴乡村的先进典型。她以前患有灰指甲病,她又是一名动物接生专家,为了消除灰指甲病菌传染给动物的隐患,她生生地把十个指甲连根拔除,以重新长出健康的指甲。

她对钱燕讲自己这个事的时候,是笑着讲出来的。钱燕当时听呆了,问她怎么受得了那种疼痛的,而且那种疼痛也不是一时半刻,在长满新指甲之前,她要裸指好多天呢。

那位代表笑着,凑近钱燕,在她耳边说:"你想想,一个党员,在那里哇哇喊疼,这像什么话!这不是喊着让人家看轻吗?如果是战争年代,这点疼痛都不算个蚂蚁大的事!"

钱燕曾经觉得她们这些夜以继日守在三尺岗亭的路姐,非常了不起,但像南通代表这些人精神,似乎更了不起。她内心很受震动。她认为,当选全国党代会代表,给予她的,是让她看到了更高的山峰、受到了更大的激励,简直是一次灵魂的再锻造。

同样是一个下午,我在沿江高速公司的会议室见到了江苏交控系统闻名的"女汉子"周洁。她人未进门,笑声先到。跟当年接待她报到的领导一样,虽然看过她的事迹材料,有足够的思想准备,但她的形象还是让我有点惊诧,有点揪心。她确实跟她的故事不匹配,她白净、单薄、文弱,看起来更像是一位长期在室内工作的女编辑或者女教师。

那天下午,我跟她交流了两个小时,她一直微笑着。偶尔还会大笑起来。后来谈到她的父亲,她哭鼻子了,哭得像个小孩子,眼泪滚得满脸都是。她说自己什么都不怕,也都没怕过,但她现在怕面对父母。他们两个老人现在虽然嘴上说为女儿的事业成就感到骄傲、开心,其实开心未必是真的,他们心里是有缺憾的。她记得自己都上小学了,跟父亲一起出门,父亲还无意间冒出一句,宝宝累不累,要不要爸爸抱一程。他们是很黏这个宝贝女儿的,如果按照本意,他们不可能愿意离开女儿哪怕一天。

但他们的骄傲是千真万确的。周洁大学时入党,打电话回去,父亲在电话里呵呵呵地笑了。后来在个人生活和事业上,偶尔遇到困难和委屈,她也向父亲倾诉过几次。特别是辞掉省城那么好的工作,进入高速公路养护队,跟一群男职工一起住的那段日子,她在父亲面前哭过,并表达过懊悔之意。父亲难得地批评她了,说你那么小就是个党员,总该比别人坚强一些吧?

这句话击中了周洁的要害。那一刻她突然明白自己跟其他小姑娘并不一样,自己对自我身份的设定,自己的道路选择,决定了自己必须更有承受力,可以有更大的担当。入党也好,恋爱也好,换工作也好,人生无悔,要跨越人生理想首先要能面对人生的现实。

从此,她再也没有怨天尤人。这些年她乐观地向前,克服困难,做出成绩,其实就是要告诉父亲,他为她最自豪的一切,尤其是少女时代成为先锋队的一员,就是她奋斗的动力。

我有几个好奇的问题,问了周洁。

你的身高是多少?你刚参加工作的时候体重多少?

一米五八,大概九十六斤。

她把数字报给我,我的脑海中再次出现,她报到时,领导那种发愣的表情。

她似乎察觉出我的心理活动,连忙笑着告诉我,现在我长大了,也壮实了不少,身高变不了,体重都有五十多公斤了!

我点点头,又提出要看看她那双定制鞋,看看养护工专用鞋,到底跟我们平时穿的鞋有什么区别。她打了一个电话,让同事赶紧送一双她的工作鞋来。

这双黑色的类似运动球鞋的定制鞋,摆到我面前的会议桌上。我站起来拎起它们,感觉沉甸甸的,比普通鞋重多了。我问这鞋有多重。周洁说大概有五斤。

握手告别的时候,周洁向我强调,千万别为她感到心疼,她不是个例,全省养护战线还是有一些"女汉子"的,她笑着说,她们彼此欣赏,超过对男同胞的欣赏!她还特意推荐我去找另外一个典型,说她也是个偶像级的大姐。

周洁推荐的"偶像级"是交控系统有名的"辣妹子",润扬大桥工程部副经理兼路桥养护工区主任黄秀梅。2020年底,黄秀梅被任命为路桥工区主任,公司领导找她谈话时,说是看准她的能力,为她铺就的发展通道。"长期只接触纸面工程是不行的,要把你的辣劲用在施工现场,用在带队伍打胜仗上。"

黄秀梅接受的第一个挑战就是参评苏式养护五星级工区。对刚建成的办公大楼,还未布置的外场场地,评估只给一个月的时间!大家都为她捏把汗。"辣妹子"不服输的劲上来了,她吃住在工区,方案设计、施工、现场协调,她直接参与,时间掰开了揉碎了用,深夜还能看到她在调整方案、撰写材料、完善创新试验。终于提前完成了内业外场全部准备,获评首批四家苏式养护"五星级工区"之一。

盛夏季节,路面热再生维修施工如火如荼。跟周洁一样,黄秀梅必须以女子之躯,奔走在现场,指挥协调,与男性同台竞技。机械轰鸣,沥青材料高温热浪阵阵袭来。汗水顺着脸颊流出安全帽,工作服湿了干、干了湿。从拌合场原材料、再生剂添加量、材料温度、碾压遍数、现场安全管控,她都一遍遍检查、落实,确保施工质量和施工安全。

从内业管理岗位转向生产管理岗位,工作内容和性质截然不同,实际情况更具象、更复杂,理论和实际如何有效结合?锚室漏水如何解决?除湿系统数据异常是什么原因?伸缩缝维修造成拥堵如何解决?安全如何管理?黄秀梅从解决问题入手,慢慢积累经验,成长为一个"文武双全"的工区主任。

养护工区人员有从润扬大桥开通就加入的老员工,多年枯燥的养护工作斗志已渐怠速;有刚毕业的大学生,意气风发,却懵懂,不知如何起跑。如何让"老"人动起来,让"新"人跑对道,是摆在眼前的问题。她将人员按照工作内容分成四个班组,实行班组长负责制,每个班组征集一个奋斗口号、制作一本工作手册、明确一套工作流程。通过制订班组考核管理办法,将个人绩效与班组成绩挂钩,增强全体人员的集体荣誉感,一个班组就是一个团队,团队之间互相竞争、互相协调、互相促进。

作为路桥养护工区党支部书记,黄秀梅坚持以党建为引领,将党建工作与业务工作深度融合。在"我为群众办实事"实践中,紧扣群众急难愁盼的问题,以实际行动贯彻落实党史学习教育,用心用情用力做好惠民利民的实事。"大桥村运粮河路道路状况极差,严重影响村民出行,白天灰雨天泞,工区有办法帮我们解决困难吗?"在与共建单位大桥村党委的一次党史主题教育学习中,大桥村党委书记这样求助。黄秀梅经过实地调研,利用路面专项维修铣刨的废料，回收改良后修复了破损路段，既节约维修成本，又解决了老百姓困扰多年的实际问题。

"生逢盛世，当不负时代"，这是黄秀梅的人生格言，她满怀感恩之心，一路上披荆斩棘，为润扬大桥全体员工树立了奋斗不负青春的榜样。

几天后，我到京沪高速公司去访问清障队长、全国劳动模范胡海平，向他请教清障和养护方面的专业知识。他在说话间，引导我从收费站入口，走到公路上，向我介绍养护路面的沥青等材料。在沥青路面上站了一会儿，我感到鞋底滚烫。胡海平呵呵地笑着说，大夏天路面五六十摄氏度是常态，清障人、养护人常年走在这样的路面上。

不过，养护人脚下踩的更不一样。胡队长介绍说，维修道路，刚倾倒出来的沥青路面，温度高达一百八十摄氏度，养护工就在那里走来走去，它们是与火为伴啊，如果不穿专业加厚的耐温鞋，脚巴子不给煮熟了呀？而到了冬天，路面基本上封冻，在零度以下，我们又是整天走在冰上了。

他说这话时，我脑海里突然又闪出周洁的身影，我想象着她如何以一米五八、不到百斤的小身体，三十五码的小脚拖着一双特制的厚重养护鞋，十几年如一日，走在这高速公路的寒天酷暑里的。

访问胡海平时的心情，跟面对钱燕和周洁这些女同胞时还是不太一样。毕竟老胡是个大老爷们儿，是个说话高亢、陈词慷慨的汉子。他那个姿态，似乎就是高喊着提示我，别心疼我啊，对男人来说，这点事不算什么，社会上羡慕我这份工作的人，多着呢。

老胡虽然健谈，但他总是"跑题"，谈了两三个小时，他如数家珍,逐个地介绍劳模工作室的高徒们。中间我打断过几次,提醒他主要谈自己。他说好好好,然后又说起了同事下属的故事。我也没法阻止他了。最后翻翻笔记本,密密麻麻十几页,都是"别人"的故事。

谈话时,老胡千叮嘱万强调,要把他们的故事写到书里去,"他们很出色,是我们的事业中坚"。

他介绍的业务尖兵李通,清障大队工作工龄超过20年了,是出了名的清障能手。在历次重大事故现场处置中都有出色表现。特别是在"11·1"大客车翻入边沟事故救援中,不顾个人安危,多次爬进车内救人。由于岗位成绩突出,先后荣获全国交通行业青年岗位能手、江苏省十大杰出青年、江苏省五一劳动奖章等荣誉称号。2019年国庆前夕,以李通为原型的情景剧,作为重头戏搬上省总工会庆祝中华人民共和国成立70周年演出舞台。

敬业标兵——宋祖建,无论是白天还是夜晚,只要听说设备发生故障,他都在第一时间到场解决。父母住在沭阳乡下,身体不好,他瞒着母亲的病情,把伤痛默默地埋在心里,依然坚守在工作岗位上。2013年大年初九凌晨,正值坚守在岗位上的他得知母亲病危,立即放下手中的活儿,破例请假。就在他赶往回家路上时,接到母亲却已离开了人世的电话消息,他蹲在路面,号啕大哭。可回到单位,他什么都没说,一如既往,闷着头干活儿。2015年春节期间,他的父亲也不幸病逝,而他谁也没有告诉,匆匆办理了老人后事,就按时回到岗位。

后起之秀——徐进,2013年大学毕业,作为机电设备员进入淮安清障大队工作。凭着一股不服输的精神坚持多看、多练、多问的方法,坚持在实践中不断成长,很快就掌握了清障车辆设备的操作技能、道路清障施救流程、清障基础管理等工作，迅速胜任了自己的工作。2015年控股第三届清障岗位技能竞赛公司选拔赛中，获"切割救援"第二、"50米折返跑"第一的好成绩，并被选入京沪公司代表队，在江苏交控全系统的比赛中获得了团体第二的好成绩。2017年被江苏省交通运输厅、共青团江苏省委授予"江苏省青年岗位能手"称号。2018年江苏交控举办的"苏高速·茉莉花"安全知识联赛中，他凭借丰富的理论知识和过硬的综合素质，一站到底，最终带领团队获得了特等奖。江苏交控党委书记、董事长蔡任杰在现场观摩，当场走上前去向他祝贺。在2019年江苏交控清障岗位技能竞赛选拔赛中，带领队员们获得了团体第一和个人"切割救援"第一、体能第二的好成绩。2020年10月在江苏交控组织的群众运动会（生产类）项目——高速铁军竞赛中，他过关斩将，最终荣摘冠军头衔。

技能人才——孟伟，"胡海平劳模创新工作室"的主力攻坚成员，从事道路清障工作21年，始终工作在清障救援最前线，累计参与处置各类事故抢险救援千余起，解救受困驾乘人员近百人。尤其是在2005年"3·29"液氯泄漏等多起重特大交通事故救援处置中，不惧危险、沉着冷静，出色地完成了抢险救援任务。2021年初，他参加了救援职业技能等级认定考核题库的开发工作，被江苏交控选聘为技能等级认定内训师及考评员。因为衷心热爱，所以用心研究。经过多年的历练和拼搏，孟伟逐渐成为高速公路"清障队伍"里的精英能手，被淮安市人民政府授予"淮安市五一劳动奖章"，被江苏交控评为"优秀共产党员""交控优秀人才（技能工匠）"。

这就是他们的清障队员。多年来，淮安清障大队的队员们始终以道路安全畅通为己任，强化体能、技能训练，在江苏交控系统组织的清障岗位技能竞赛中曾取得过骄人的成绩。清障员杨建成曾获得清障车拖车倒库第一名、邓勇曾获得吊车搬运第二名。大队先后有4名同志获得控股公司以上荣誉,大队党支部多次被江苏交控党委、省国资委党委授予"先进基层党组织"称号……

谈到这里,我不得不打断老胡,因为我的时间,全被老胡用来讲别人了。我得"曲线救国",换别人来谈老胡的故事。于是我只能又花了几个小时,找老胡的"徒弟"们聊。这招果然灵,徒弟们说的,果然尽是老胡的事。最后,我与京沪公司的负责人做了全面的了解,才抓全了老胡的"素材"。

访谈结束后,天色已晚。我从高速上乘车回南京,心里好久都没有平静。司机打开汽车的大灯,高速公路沿着这双明亮的灯带,快速地向前延展。我忽然有了灵感,我想到全国党代会代表钱燕、全国劳模老胡和省党代会代表周洁,想到了三十年践行入党志愿书的沈超平,想到了大半年来,在这个企业我采访和未采访、写入书和未能写入书的更多的党员模范,他们各有各的风采,然而都有一个共同的身份——党员。其中钱燕、老胡和周洁的出身,更是巧合——学生党员,都有一个共同的脉络——高尚的父爱。他们的成长和壮大,都因为心中有灯,脚下才有了光。

大道光明。我的心,瞬间又闪亮起来。

第三章 铿锵

第一千零一次

"80后"小伙子康峰仗着自己一米八三的个儿、210多斤的大块头，总是流露出一股天不怕地不怕的"狠劲儿"。单位的领导看准这一点，经常让他去啃点硬骨头。2019年4月，他到了一个"无中生有"的新岗位——负责筹建江苏交控的企业大学。他一不做二不休，买了一双厚底的高帮防水球鞋，穿上它为大学选址，勘查现场，一头扎到泥泞的建校工地上去了。两个月后的一天，公司党委组织部负责人找到他，似乎漫不经心地问了一句："小康啊，如果组织上让你到西藏去援藏，你愿意去吗？"

康峰以为领导是测试他的胆量，因为江苏交控历史上从未派出过援藏干部，也就没有当真，随口答道："西藏啊，神往了好多年了，如果有这样的好机会，梦中笑醒。"

领导听了哈哈大笑，说神往的人都是想去玩玩的，打个卡就回来能刷三年朋友圈，晒一辈子高原红，可这援藏可不一样，三年，都得待在那里，对身体和意志是一个比较漫长的考验。这可不是当"驴友"那么浪漫的事。

康峰几乎是跳起来，拍着胸脯对领导说："领导你是不是瞧不起我康峰，你看看我这身板，就是冲着喜马拉雅山长的！三年算什么，真有幸到圣地，待个十年二十年才好呢。"

"好！"领导对他说，"你可别以为我是开玩笑的，我是认真的，真的就是征求意见来的，你要是愿意，表个态，我再回去报给党委会研究。"

康峰说："我一言驷马的男子汉，说愿意就是愿意！"

江苏交控党委研究确定后，康峰才回家跟妻子说了。妻子傻了眼，说康峰，你这么大的事，也不跟我商量，孩子这么小，你就这样撂挑子？再说，你可别以为大男子主义气概，就是大男子的身子，在西藏生活，你考虑过自己的身子承受力吗？

"那你就说到点子上了，这还真是我的优势。"康峰哈哈大笑，说一米八几、二百多斤还不叫大男子，那啥能叫大男子？

"组织有需要，当然义无反顾，我佩服你的担当，支持你！但记住英雄不是天生的，你也不是铁打的。"妻子白了她一眼，说，"康峰啊康峰，你是个真男人，但也是个自负的科盲啊，你没真正懂西藏，高原气候对内地人可不友好，你得谦虚一点，有备而去啊。"

"你放心，帮我把家里弄好，其他都是我的事。"康峰大大咧咧地托付和安慰妻子。

作为江苏交控历史上首位派出的援藏干部，康峰正式参加了中组部第九批援藏队，2019年6月25日从南京出发，进藏，在拉萨开始了三年的工作、生活。

踏上高原，他才真正明白了妻子不经意说他的"自负""科盲"是什么意思了。原来，"人高马大"在缺氧环境里，恰恰不是什么优势，肺活量大，血管路径长，无不对氧气充足条件有更大的依赖。所以，大块头进藏，往往缺氧反应更剧烈。

西藏，被称为"人类最后一块净土"，拉萨，被称为"雪域明珠"、高原上的皇冠，同时，也被称为高原缺氧和低气压的"生命禁区"。

拉萨的氧气含量和气压只有江苏的 60%。缺氧会导致睡眠障碍、记忆下降、身体器官受损。他刚到西藏时，血氧浓度只有 60 多——你可能对血氧浓度没有概念，正常人在内地的血氧浓度是 100，低于 95 就属于不正常，新冠肺炎患者血氧低于 85，就必须进 ICU，上呼吸机了。刚到西藏的那段时间，他严重缺氧到喝水都能吐。低气压意味着白天他们是扛着 30 斤的沙袋在行动，晚上相当于盖着 50 斤的被子在睡觉。好几次，他感觉自己快不行了，被同伴送到医院，紧急抢救。如此反复之后，高原反应逐渐减缓，经过一段时间的折磨，终于基本"适应"了那里的气候环境。

三年，康峰用掉了十几本随身笔记簿。大男人，做笔记时却心若纤毫，密密麻麻的，小号字写满了每一页。

他认为最有意义的是其中的第一本和最后一本。

"不负组织不负己，不负青春不负卿，不驰空想不停行，不忘初心不图利。"2019 年他雄心勃勃，在扉页上写下了这四句话，作为自己的"援藏工作誓言"。

扉页的背面写着蔡任杰董事长为他送行时送的六个字：最真情、最实干！

这本笔记本同时记录着省领导在省第九批援藏干部人才进藏工作会议上讲话的要点，诸如"江苏援藏工作要走在全国前列""五个突出、两个锻造、一个探索"，即突出产业援藏龙头作用，突出民生援藏基础作用，突出人才智力援藏引领作用，突出"组团式"援藏示范作用，突出交流交往凝聚作用，锻造江苏援藏工作品牌，锻造江苏援藏铁军队伍，积极探索"融合式援藏"新路径。

"不负！"

2022 年援藏结束，胜利归来后，他问心无愧，自信满满地在最后一本的末页上写下这两个字，作为对誓言、领导叮嘱和组织厚望的兑现结论。

作为省属国企的援藏干部，康峰分配到的对口岗位是西藏自治区拉萨市交通产业集团有限公司的领导工作。拉萨市交通产业集团有限公司始于1962年成立的拉萨市公共汽车公司，1999年成立公共交通总公司，2014年年初组建为公交集团，2016年5月正式更名为拉萨市交通产业集团有限公司。康峰到位后被任命为集团党委委员、副总经理。其间，有一年时间兼任过二级公司拉萨交产旅游发展有限公司党支部书记、代理董事长、改革专班组组长。

拉萨交产集团聚焦道路客运主业，推进产业集群化发展，围绕车轮子延伸链做适度多元化发展，探索实现经营管理的转型升级和非线性发展。集团主营公交、出租、旅游、班线四大板块，其他涉及维修、检测、驾驶培训、保洁等业务，下设22家企业。共有从业人员5763人，拥有车辆资源4410台，其中城市公交562辆、城域出租1332辆、旅游客运2185辆、班线客运331辆；2个国家一级在营客运站，2个国家二级在建客运站。

援藏三年，他的分管工作也从先期分管混合所有制企业、再分管集团各部门、直接管理旅发公司。他接手了很多对他来说是全新的工作，也有太多"棘手"的工作。"不负"两个字里，内容太多，内涵真深。他的心得、感悟、体会还是比较多的。有很多事情是他在内地工作期间从没有遇到过的，也是不敢想象的，这也就让他创造了很多"人生第一次"。

刚进藏工作的半年，他分管拉萨交产悦诚公司。悦诚公司是交产集团国有资本与民营企业合作的试点单位，投资2亿元，控股60%，建设一座西藏，乃至西南、西部地区综合实力最强的一站式汽车修理基地。他分管期间，项目建设已经开始，虽然以前在内地没分管过工程建设，也不是专业学习工程的，但是他通过召开每周协调会，协调业主、施工、监理、审计各方，全力推进项目建设，几乎每天都扑在工地上，满头满脸都是灰尘。无论是工程进度，还是工程质量、施工组织协调，都亲自参与。经过半年的奋战，悦诚公司新厂区于 2019 年底顺利完工投入试运营，试运营期间，设备调试、人员招聘、内部管理流程等，在他的参与下，也是一步一步从无到有，从零到一。新厂区建成至今，其设计理念、工程质量、使用效果得到了各方一致好评。有领导给的评价是"领先西藏地区起码 20 年"！

在他的工作笔记簿里，这项工作被他标注为"第一次独立完成的援藏项目"。本子里还提到他第一次分管财务工作的事情。财务工作有其专业性，康峰在内地也没有接触过财务工作。但在援藏期间，他也分管过一段时间的财务工作。康峰发现拉萨交产集团使用的居然还是单机版财务软件，各子公司的财务独立、账户众多，还存在现金坐支等情况，集团根本无法掌握各子公司的资金状况，更别说有效控制。事实上，随后就爆发了交产集团下属出租公司财务挪用贪污公款 1000 多万的案子。针对这些情况，他特意邀请内地的"财务大佬"用友公司的专家们进藏，为集团开发使用 U8C 财务软件，实现了集团财务软件和财务信息的集中掌握。他又制定新规，杜绝现金坐收坐支，在公司层面，设立微信、支付宝等网银收支方式，在公交车、出租车等载体上，同时引入银联支付，不仅消费者使用方便，更是便于公司财务管理、堵塞收付漏洞。

这项工作中，他还把后方单位江苏交控的做法引进来，在集团层面设立财务中心和资金池，并引入江苏交控资金池管理的一套制度，实现了集团资金的集中管理、集中使用。另外他完善了年度财务预算编制、审核、调整制度。亲自对集团各下属公司财务预算进行指导和审核，并将预算的执行与财务资金集中管控实现有效联系、无缝对接，加强预算执行的过程管控。

最难啃的骨头还是国企改革，这副担子落在了康峰肩上。

拉萨市国资委和交产集团的领导，对他这位江苏来的大国企"援帅"，高看一眼。希望他能用更先进的理念，参与和主导对企业进行一次大胆的改革，来几剂新药、猛药，去除沉疴宿疾。

按照国资委对国有企业"主责主业"的要求，康峰参与了对拉萨交产集团旗下2家出租公司、公交子集团下属7家公司，以及拉萨交产旅发公司的改革工作。同时，利用改革契机，康峰为拉萨交产集团出谋划策，在安全生产、文明服务、人力资源、信访维稳、资金规范、内部管控、漏洞防范、业务流程等方面，制定集团三重一大管理制度，党委会、董事会、总经理办公会议事规则，合同管理制度、人事管理制度、薪酬绩效和考核管理办法、工资总额管理制度、安全生产管理制度、招标投标与采购管理规定、投资项目管理规定等50余项制度，逐步建立起较为规范的现代企业管理制度和内控制度体系。

拉萨交产集团有大小各类车辆超过5000辆，每年车辆保费就有5000多万元，这是集团的一项重大支出。多年来，交产集团无力承担这么多保费，导致拖欠中国人保数千万元保费，被一直上诉到最高法院第五巡回法庭，最终败诉。这时集团主要领导找他想学习内地的经验。他了解得知，原来交产集团的保费既没有走招投标流程，也没有与保险公司进行合理的商务谈判，每年净支出保费5000多万元，而理赔支付只有20%多一点，也就是有近4000万元保费被保险公司白白地挣走了。而他们以前就算私家车买个车险，保险公司还送张油卡或者保养之类的"小回扣"，作为西藏最大的车险客户，交产集团却什么"好处"都没有享受到。他借鉴内地的集采经验，将全集团各子公司车险进行打包，事先分别与各保险公司进行谈判，要求通过"资源互换＋出险打包"的模式开展保险业务，其中最高的一家谈到含出险理赔在内约25％，其他通过资源互换和购买车身广告服务的方式，打包返还75％。也就是说，在保障正常出险的前提下，集团支出5000万保费，有2500万左右通过公对公转账，全部回流到集团，实际支出只有2500万左右，大大地减少了集团的成本支出。

援藏之初，组织上给他的工作重点定位就是为拉萨的企业，开展投融资业务。利用改革，通过研究企业的实际情况，进行理性的研判，他果断决定不投资，并对原来的无效投资进行止损。受疫情影响，客流量锐减，企业经营出现严重困难，资金周转压力很大，高峰期拖欠员工三个月工资。他与银行、金融类非银行机构开展融资商谈，几乎跑遍了所有的银行。鉴于集团以车辆经营为主，没有太多的固定资产可以抵押，再加之集团资产负债率已经超过警戒线，连续三年亏损，正常渠道已经无法融到资金，且市政府又要求不允许再开展融资租赁等其他融资方式，他转念与银行采取信用贷款、车辆抵押等方式进行贷款。大概一年时间，他累计为拉萨交产集团争取到3.47亿元融资，在一定程度上缓解了集团资金压力。

特别值得一提的是他主抓了对旅发公司下属12家公司进行改革，关停并转非主业公司8家，每年止损减亏超过2000万元。因拉萨市国企领导人员改革，部分领导从企业回到政府机关，导致交产集团领导职数锐减。不得已，他于2020年7月至2021年6月直接担任交产集团二级单位旅发公司改革专班组组长、代理董事长、支部书记，直接打理这家公司。旅发公司共有管理人员242人，驾驶员 1822 人，旅游车 2185 辆，资产 2.87 亿元，负债 2.6 亿元，净资产 2700 万元，资产负债率 90.63%，上年度亏损 8500 万元。在任一年，通过内堵漏洞，降本增效，压降层级、裁汰冗员，规范流程，外拓业务，账款回收，取消投资，减亏止损，经审计，一年时间不仅没有亏损，还实现 275.28 万元净利润，实现了国有资产保值增值。

只要改革就会动到人事，而只要动了人头，就会产生不稳定因素。在西藏，稳定是大事，弄不好，要犯大错误。康峰回忆那段经历，至今感觉"步步惊心"。他说，改革有风险，但终究是造福职工，做得公正一点、细致一点，一定能得到理解，收到良性效果。他觉得这就是具体职责履行中的"以人民为中心"。

他采取的办法是，直接面对，而不是回避、敷衍，造成改革"夹生饭"。他对 4 家同质化的企业进行合并，压降管理层级，企业管理层级由 4 级变为 2 级，有效提高工作效率。自然裁汰冗员 150 余人，并新招聘 20 余名应届毕业生，实现人才"换血"。他担任旅发公司代理董事长后，一直在处理历史遗留的人事问题。因为 2015—2016 年旅游车改制的不彻底和政策执行的不到位，很多驾驶员存在上访动机。他主动下沉、主动对接，除了在单位、在基层、在路上随时随地接访驾驶员之外，有时也接待群访，最多一次一人接访 247 人，百人以上的群访接待更是数不胜数。援藏期间，他累计接访超 5000 人次。

有一名在拉萨相关部门已经闻名的老上访户，有一次找上门来，点名要见他。好心的同事见状，赶紧提醒康峰回避，千万不能惹上这个麻烦，他已经上访多年。康峰想了想，觉得不能"耍滑头"，还是要热情地接待，弄清楚到底老上访户有什么诉求。他的真诚态度和后来切实为上访户解决问题的做法，感动了老上访户，最后心悦诚服地签订了"息诉罢访承诺书"。

对驾驶员反映的共性问题，如驾驶员社保问题，康峰主动争取市委市政府的政策和1亿元资金支持，最终使900多名驾驶员的社保得到了补缴，人心和社会面都得到了稳定。他接待的如此大量的上访驾驶员，不仅无一起投诉，还跟这帮驾驶员处成了朋友。结束援藏之前，驾驶员要联名向拉萨市委组织部写信，留他在西藏工作，要给他送"万民伞"，都被他婉拒。最后，他们给康峰敬献了一支哈达，表达对他的美好祝福。

康峰在江苏任职时，江苏交控及其大部分子公司都早已完成了改革，走在新型发展的快车道上。可以说，在拉萨经历的工作，他基本上没有"阅历""经验"可谈。对他来说，这些工作的确是一个接一个的"第一次"。

值得记录的"第一次"太多了，有的还那么"特别"。比如，第一次他被上级部门"约谈"，就发生在援藏期间，让他特别郁闷了一阵子，然后警醒自己，强化了相关职责。

当时他直接管理的旅发公司，是由政府主导旅游车改革后成立的二级国企。企业拥有2185台大中小型旅游车，占西藏全区旅游运力的87%，高峰期每天载客近4万人。西藏道路崎岖复杂，安全风险系数极高，驾驶员素质参差不齐。这个公司自然而然，是一家存在安全隐患的企业。他2020年7月7日上任，7月8日就发生一起驾驶员晕厥导致的交通事故，给了他一个"见面礼"。这次幸亏车辆拐弯撞到树根上停下，否则换个方向就是下悬崖，酿成特大事故。三个月后的一天，一辆旅游车在日喀则去珠峰的路上压线行驶，与对向行驶的越野车相撞，致使旅游车驾驶员伤重不治死亡。

连续两起事故发生后，各级领导高度重视，他也被西藏自治区交通厅非常严肃地安全"约谈"。

此后，他认真反思了安全生产工作，也结合他在内地分管过安全的经验，通过公司安全生产二级标准化重新核验的机会，全面梳理排查安全生产规章、加大风险源点管控。引入驾驶员网络安全教育平台。解决西藏地广人稀，人员难以集中的难题，加大下沉和现场检查力度，从源头上杜绝车辆"带病上路"。增强人防技防加设施防，投入资金全面更换了旅游车发动机舱"灭火弹"，对原有 GPS 进行全面的升级换代，由人工监管提升到主动监测、主动报警、主动提醒。这一系列措施到位一直到他离开西藏，再也未发生较大安全生产事故，未再发生一起亡人事故，总体保持了安全生产态势平稳。

当然，更多的"第一次"，都是与艰辛和收获的喜悦联系在一起的，有的甚至成为令他终身骄傲的荣誉。至今，在拉萨的江苏援藏指挥部里，还挂着一张赠送给康峰的锦旗，获赠锦旗，自然也是他的一个"人生第一次"。

他任职的拉萨交产集团，有驻村工作队专项支持拉萨市墨竹工卡县门巴乡达珠村。该村位于海拔 4300 米以上的高原地区，处于纯牧业区，全村人口 500 余人，村集体经济一年仅有 10 万元左右，自然条件艰苦、经济发展落后。援藏期间，康峰为驻村点多方争取资金，协调县农牧局解决了牧场网围栏不足的难题；筹集资金为牧区架设两座便民桥，方便牧民转场；帮助其探索乡村旅游和挖虫草体验旅游，增加牧民收入；为有意愿的打工农牧民在拉萨市提供就业岗位。他经常性地深入驻村点村民家中，访贫问苦，为他们解决实际困难。结束援藏之前，村两委班子代表全体村民向他赠送了"情暖百姓解民忧、心系群众办实事"的锦旗，这是他人生第一次获赠锦旗，老百姓淳朴的眼神和恋恋不舍的话特别让他至今难忘。他也深刻理解了我党"全心全意为人民服务"的真谛，为集体和他人创造了价值，集体和他人相应也为自己带来巨大的价值。

不夸张地讲，在西藏，大大小小的"人生第一次"不计其数。三年一千多个日夜，客观面临过多少"第一次"，主观遇到过多少"第一次"，主观与客观合力创造了多少"第一次"，跟这艰苦而辉煌的日子一样，可用千百来计算的吧。

康峰，一个江南书生，一名内地国企的党员干部，就这样借着组织的东风，承载着后方的力量，翻山越岭，给自己的人生之帆，也给同胞的事业之舟，成功标注了一个又一个漂亮的"第一次"。

花也铮铮

不管在什么岗位上，平时，没有人会随时随地幻想着做英雄。所以，英雄都是在未知的状态下，一瞬间爆发出来的。

陈传香是江苏沿江高速新桥服务区的一名餐厅领班，看上去很柔弱，连说话都是怯生生的，生怕吓着别人。这样一个看上去需要别人保护的弱女子，三年多前的一个上午，突然成了女英雄。当时，一名戴着头盔的歹徒，双手持刀，冲进来疯狂砍人，她见了立即冲上去阻止、搏斗。她的举动，在歹徒眼里太反常了，一个小女子，哪里来的愣劲儿，敢冲着他挥舞的刀而来。一瞬间，歹徒决定顺手教训教训她，于是对着她的脑袋就是一刀。陈传香侧身躲闪，结果刀落在了背上，刀刃穿过羽绒衫，穿过毛衣，穿过内衣，砍入后背，一股尖锐的疼痛，迅速划向全身。一般人这时候该吓瘫了，不吓瘫了也疼趴了。可陈传香却死死地抓住歹徒的胳膊，拽住他不放，不让他继续追砍别人，发疯一样与他展开了搏斗。

在场的同事被歹徒的疯狂吓坏了，也被陈传香的这"反常"的勇敢惊呆了。

陈传香当时的反应果敢、沉着机智，溢出了人们的意料。

事情的具体过程是这样的：2019年1月21日上午9时许，一名戴头盔的中年男子，一手握着一把尖刀，一手持菜刀，闯进新桥服务区餐厅，疯狂砍向服务区管理员王某的头部。王某赶紧用双手护住头，又被连砍几刀，一只手几乎被砍得挂了下来。王某头部及身体多处，血流如注。正在餐厅打扫卫生的陈传香听到喊叫，见状，毫不犹豫冲上前，双手紧紧抓住行凶男子拿菜刀的右手臂用力往旁边拉，阻止他继续挥刀砍人。受到阻拦的歹徒恼羞成怒，用力挣脱她的双手，返身抡起菜刀狠狠地砍向了她的后背。一阵剧痛袭来，陈传香感到背部有热乎乎的东西往下淌。歹徒挣脱了她，往楼上跑去。陈传香忍着剧痛，冲出餐厅，呼叫同事拨打110报警。同事见她背部有鲜血渗出，当即要开车送她去医院，她说，歹徒还在，暂时不能走，赶紧想办法制止。一直等警察来了，控制住了歹徒，她才瘫倒在地，被同事抬上车，送到医院救治。

陈传香身上的工作服、毛衣、保暖马甲、秋衣全被砍破，背部右侧有一道伤口长达4厘米，缝了7针。医生说："多亏冬季身上衣服多，否则这一刀的力量，足以砍穿后背，伤及脏器，后果不堪设想，不死也要半条命。"

陈传香的英勇事迹在沿江公司一下子传开了，她成了大家啧啧称赞的"女英雄"。其后，她陆续被沿江公司党委、江阴市政府、无锡市见义勇为基金会、省文明委、省人民政府等授予"见义勇为英雄模范""江苏好人"等荣誉。2022年3月，中央政法委、中央军委政法委、中华全国总工会、共青团中央、全国妇联和中华见义勇为基金会联合授予她"第十四届全国见义勇为模范"。

荣誉接踵而至。乍看起来，陈传香凭着勇斗歹徒，一夜"爆红"，其实，事情并没有那么简单，并不是仅仅一件事就成就了她。

早在成为"英雄"之前，陈传香已经获得过数次表彰。2007年，在江苏沿江公司做餐厅服务员的陈传香，凭自己的勤奋、朴实和心灵手巧，获得过首届职工岗位技能竞赛前台打快餐赛项第一名；2008、2013、2014年被表彰为公司先进个人；2012年，在公司岗位技能竞赛活动中，荣获服务类（服务员）业务优胜奖；2016年5月荣获公司团委"敬业爱岗青春名片"荣誉称号；2018年，在"春运保畅通"工作中，荣获公司先进个人称号。

只不过，受那些表彰的陈传香，是一个默默无闻、性格内敛，靠细水长流式的工作表现和细软温柔型的服务态度立身处世的好员工，不像后来的"见义勇为英雄"那样"光华四射"。没有人会想到这两种"形态"的陈传香，就是实实在在的同一个"陈传香"。她给了人们一种不可思议的"印象反差"。

话说2005年3月，陈传香到新桥服务区餐厅当服务员，她很珍惜自己的工作，干活儿细心而周到。总统有总统的信奉，服务员有服务员的信条，"温馨服务由内而外，要见眼生情"是端盘子小姑娘陈传香的恪守。看到外国友人来就餐，筷子用不惯，就微笑着递上刀叉；餐厅里来了小朋友，就马上安排宝宝椅；遇到腿脚不方便的客人，她更是主动去帮他们端菜；即使打烊时间已到，她也会叮嘱每位服务人员，要耐心等待最后一位客人用餐完毕……2009年和2013年，她连续两届代表公司参加江苏交控和省部属企事业工会联合主办的服务区餐饮服务人员岗位技能竞赛，在宴会摆台、餐巾折花、托盘斟酒、快餐分装四个分项的比赛中，她沉着应对，在难度最大的实践操作比赛中实现了"零失误"，最终在54名尖子选手中脱颖而出。

高速公路服务区的客人来自五湖四海，客人的需求也是不尽相同，因此，这里的餐饮服务更加需要换位思考。当上领班后，陈传香不仅保持了以前手脚麻利的好习惯，还善于动脑筋，提高服务质量，发挥团队优势。"如果我是客人我会怎样想？"陈传香经常用这个问题反问自己、反思自己、鞭策自己，这让她的服务品质不断攀升、大获称赞。即使碰到"刁蛮无理"的客人，她照样也能"化干戈为玉帛"。

一次，餐厅来了一行五位就餐的客人，当自选菜拿到座位时，他们发现彼此拿的是同样的素菜，于是提出换菜。服务员跟客人解释，按照规定，菜肴一旦盛出，并离开视线，就不许再更换了。但客人认为，他们并没有动筷子，坚持要求更换。陈传香看到争执的双方，劝开委屈得快要哭出来的服务员，跟顾客耐心解释餐厅的规定。最后，她微笑着对顾客说："这样的情况我们确实很少遇到，真是不好意思，您看看需要换什么菜，我来买单吧。"她把话说到这个份上，把身子低到这个程度，这几位客人为自己的过分言行羞愧不已。他们赶紧争着买单，同时向服务员表示抱歉。纠纷得到完美解决。处理类似事件，陈传香总能"得心应手"，对待客人始终保持有礼有节、不卑不亢。她经常通过班务会与大家分享自己的经验："客人的不满，无非是求发泄、求尊重、求补偿三种心理，拿捏好了就很好办了。"

2016年4月的某天中午，陈传香在收拾餐桌的时候，发现座椅上有一个黑色的包，包内有一大笔现金和一张身份证，但没有任何联系方式。她和同事一起将包内现金进行了清点，并放入保险箱，然后试着通过身份证上报公安部门寻找失主，很快便联系到了失主，是一对来自农村的老年夫妻，这笔钱是他们省吃俭用凑来准备给儿子买房的。丢了钱的夫妇正急得不知如何是好时，接到了服务区的电话。面对失而复得的钱包，这对老夫妻激动万分，立即掏出一沓现金表示感谢，陈传香婉拒了。她告诉老人家，换谁都会这样做，都应该这样做，这是做人起码的良心啊。

2019年陈传香被调到收费站去当收费员，风雨兼程，很快适应并将新工作干得滴水不漏。两年后，陈传香再次接受公司的岗位调动，回到新桥服务区这个曾坚守十几年的"老地方"，转型成为服务区专职安全员。以一名党员的身份重回服务区，她深知自己责任重大，工作中不仅仔细排查每一处隐患，还认真履行领导交办的其他任务，严谨缜密地完成各项工作。做事积极向上的她，为人真诚而善良，时常利用业余时间参加各种志愿者活动：为社区孤寡老人送爱心，为美化环境捡拾垃圾，每年参加无偿献血……新冠疫情防控期间，她主动承担起给小区进出人员测体温的工作，定时给小区隔离人员送饭菜、收生活垃圾。"女英雄"用实际行动感染和带动更多的身边人加入志愿者队伍中。

然而，当英雄是要付出代价的。陈传香满身光环，并不能消除身体上的痛苦，也不能免除人生中的一些不幸。陈传香被砍之后，后背落下的伤疤，就像天气的晴雨表，一旦刮风下雨，或者季节转换，就会疼痛。这些在她看来，也不算什么大困难，咬咬牙，一两天就挺过去了。最痛苦的是个人生活中的一些始料未及的遭遇。她被砍住院的那段时间，正逢丈夫患上重病，胃血管曲张，引起频繁痉挛。妻子受伤躺在医院，孩子上学需要照顾，丈夫觉得不能再给家庭添负担，更不能给妻子单位增加负担——妻子受伤后，公司不惜一切代价，上人上物，无微不至地照料。丈夫就这样在家忍者，没有把自己的病情告诉任何人。结果，过了一段时间，反复发作，导致胃血管破裂，大口吐血，不得不住院治疗。

陈传香康复后，立即投入救治丈夫和照顾孩子、料理家务的疲惫奔波中。她不肯请假，在单位也只字未提丈夫生病的事。2022年春天，丈夫的病情再次加重，在医院做了胃部支架手术，手术后没几天，胃内部穿孔崩溃，大出血引起严重腹膜炎等多项并发症，在重症监护室维系了几天，终于因肝脏等器官衰竭，去世了。

那段时间，陈传香身心俱疲，身心俱痛。家里照顾不过来，只能把读中学的儿子，丢给亲戚和邻居临时管个饭。陈传香几乎崩溃了，但她还是硬生生挺了过来。

有人说陈传香因见义勇为，付出太多了。但她自己不这样认为。她说即使可以预知后来老公得病去世，也不会眼看着歹徒砍人，袖手旁观，或者明哲保身，溜之大吉。而即使这个世界上没有砍人的歹徒，也一样会有要人命的病魔。她为自己所失去的亲人而悲伤，也为自己所付出的代价、所印证的良心和所获得的荣誉而无悔、而自豪。

"如果人生的得失可以用来比较，那么，我是赢家，我得到的当然比付出的多得多。"在交通系统内，陈传香偶尔被请上讲台，谈人生体会。她不善言辞，又羞于说自己的事，所以，讲话稿总是过于"凝练"，自己的事迹，五六分钟就念完了。倒是谈到组织的关怀和培养，谈到单位对她的照顾，她的话相对多了一些。

她说，在她住院治疗和康复期间，各级党委政府给了她无微不至的关怀和温暖。中华见义勇为基金会、省见义勇为基金会和无锡市委市政府、江阴市委市政府、公安局、见义勇为基金会给了表彰奖励和慰问。江苏沿江高速有限公司从工作和生活上双重关心，把她从"劳务派遣"转为"正式在编"，并安排在高速公路收费员的岗位上。这些都给了刀很大的鼓励，让她深深地感到了党委政府和社会各界的浓浓温暖和深厚关爱。

她甚至害羞地谈到一件事，就是她受到嘉奖的那些奖金，成了她家庭的"雪中送炭"。当时丈夫正好病重，治病花费大，这些钱是及时的补贴，解决了医疗费困难。

在她看来，他人生命遭遇不法侵害之际伸出援手，阻止罪恶发生，是每一个有良知的人的本能反应。她说她没有想过自己的一个平凡举动，不仅能够救人一命，还得到了这么高的荣誉和社会的尊重，与那些因见义勇为而牺牲的英雄们相比，她的付出微不足道，得到的却绰绰有余。

这些"得到"中，除了各级政府表彰的英雄模范等称号这些重磅荣誉，还有很多让她感到幸福的收获，比如，入党；比如，儿子很懂事，崇拜妈妈，并受她的影响，浑身充满侠义气——2022年他考上了大学，悄悄向妈妈透露了一个秘密：下一个目标，是从大学去应征参军，希望有一天可以成为一名真正的军人。

陈传香感到满足而欣慰。

脉动亲情

在这个世界上，任何普通人坚持做不普通的事，不是一次两次，是一直做，而且发誓一生一世，其中一定有情感的渊源、内心的信念和背后的强大力量的驱使。

连徐高速公司的一名普通职工、退役军人周金文，他用一种特殊的行动，把自己的人生标注得极不普通——坚持不懈每年参加两次义务献血；一有时间就来到义务献血现场，担当志愿者，一做就是二十多年，从未间断。

面带微笑，心平气和地看着自己的鲜血，源源不断地流入无数陌生人的血管，这是怎样一种惊心动魄的景象，这是出于一种怎样波澜壮阔的情义！

1995 年，周金文 24 岁，在空军后勤部驻徐州部队服役。连里来了一位河北籍的新兵，19 岁，走路总是小跑，看到他们这些"老兵"，立即一个"急刹车"，向老兵敬礼，敬礼敬得还特别认真。老兵们都喜欢这小子，觉得他热情似火、聪明伶俐，这样的新兵给部队带来很多生机。

周金文每次回敬礼，都会喊他一声：嗨，小子！那小子总会大声应答一声：到！然后，两个人哈哈大笑，算是完成招呼了。

就这么可爱的一个小子，在学习驾驶期间，出了意外。一辆滑坡的卡车跟另一辆停着的卡车背靠背撞上了。小子在那里护理他的爱车，就这样被挤压在两车之间。战友们赶紧把小子送到徐州第 97 部队医院救治。

很快，消息传回连部：小子失血过多，需要输血。周金文和战友们争先恐后来到医院，在病房外排队等待献血。B 型血的周金文跟小子血型不符，被淘汰下来。而小子终因失血过多而去世，据说他的血型很特殊，没能在第一时间成功配对上……周金文和战友们抱头痛哭。

"如果生命可以替换，我们当时都愿意替小子去死啊。"多少年之后，回忆那段经历，周金文还是忍不住流泪，他说起小子的活泼、可爱和朝气蓬勃，"你们不知道，那是一个多么好的孩子，他经常对我们说，他喜欢开车，期待早日开着军用卡车上路，运输兵真过瘾啊，以后可以看遍祖国的大好河山，走遍角角落落。"

小子还有一句话，让周金文终生难忘，甚至可以说，周金文后来选择在公路上工作，与之冥冥中有一定的关联。小子说自己当兵前几乎没有出过老家的小乡村，"但我的心是四通八达的，就像铺满了公路，梦想中，我随便选择一条，就可以驾着快车，到达一个想去的好地方。"

小子说这话时，张开手，用十个手指比画四面八方。周金文至今记忆犹新，他说这个故事的时候，会熟练地模仿出小子的这一动作。

在部队，战友之间，血脉相连的那种情义，特别强烈。"在意志里，我们的热血是可以对流的，但科学里不行，别人的血流进自己的血管，自己的血输送给别人，这都要经过科学的配对。"周金文说，"所以，大家早点把血储备在那里，免得急用时再去一个个地找人、对型号，耽误了时间，耽误了生命。小子的事，是我们心中永远的痛。"

这件事之后，在部队里，周金文启动了他人生的第一次义务献血行动。一次外勤，他偶尔发现街道广场上有护士在宣传无偿献血知识，他忙上前咨询，护士肯定地说，血型相符是可以使用的，因你献出的血液里有红白细胞、血小板、血浆等，经过医学处理都可以用在急需病人身上。他明白后急切地撸起袖子，护士指导他登记填表、健康征询、血液监测……各项指标合格后，他捐献了200毫升，从此，他就走上了爱心献血之路。

1996年退役后，周金文在东海磷肥厂工作一段时间，发现连徐高速公路开通，公司正在招人，立即应聘，如愿以偿，他成了一名每天数着车来车往的"路上人"。他正式报到上班后，单位的领导才告诉他，得知他是一名退役军人，又是义务献血者，招聘工作小组的同志们意见一致，全票通过。

周金文很受鼓舞。

公司给了他很好的公益环境。在连徐高速这个大家庭里，每个从事公益活动的人，都会受到鼓励和表彰。这是整个江苏交控系统的文化和作风决定的。江苏交控认为自己是一个"半军事化"单位，崇尚严谨和博爱。周金文在这里如鱼得水。他从此把义务献血和参加献血志愿者活动常态化。个人献血的周期是半年，多年来，他从未跳脱过；义务献血活动社会上三天两头都有举办，不在班的时间，周金文一定会出现在那里，以身说法，做宣传志愿者。

至今，他已无偿献血60余次、计约15000毫升，先后获得国家、省市的表彰。2010年他相继获得国家无偿献血铜、银、金奖；2011年被徐州市委宣传部和市总工会授予"徐州市文明职工"；2014年荣获"江苏省优秀青年志愿者"称号；2016年被江苏交控评为"优秀共产党员"；2021年被江苏交通运输厅评为"省交通行业文明职工"，年底又荣获公司成立二十周年"十佳先进个人"称号等。

多年献血献下来，周金文发现自己的身体棒棒的，没有因献血产生副作用。他每天坚持步行几公里路，上班尽量骑自行车。每年体检，各项指标都正常。年过五十的人，不算很年轻了，但精力很好，很健康，他说，他的身体是义务献血最好的宣传材料。

既然献血对身体的健康无害，又可以救死扶伤，那我们又何必去吝啬自己的血液呢？他深知自己一人的献血量是有限的，他暗下决心，必须动员更多的人参加无偿献血。思虑再三，就从身边的同事开始吧，每与同事闲聊时，他就给同事讲献血的好处。在他的宣传带动下，本单位有多人加入无偿献血的队伍。在一次座谈会上，他向公司领导提出能否在公司层面组建一支无偿献血队伍的建议。在公司领导的大力支持及相关部门的共同努力下，2013年连徐公司正式组织以"热血青春·温情连徐"为主题的无偿献血公益活动。迄今，这项公益活动已连续组织多次，献血量都以每年10000毫升的数量递增，公司也多次获得"徐州市无偿献血先进集体"的荣誉。

血，是从一颗热烈的爱心里流出来的。周金文不仅坚持无偿献血，还热心帮助困难老人家庭。他自己生活拮据，妻子长期处于无业状态，父母年迈多病。而他却一直义务帮助工作单位附近的纪荡村的一对老人董月科老夫妇。董月科夫妇的孩子在千里之外工作，自己又疾病缠身，特别是每年的农忙时节，买药、田间打药除草、收割晾晒、装袋入库等，老人家经常是满脸发愁，力不从心。周金文得知他们的困难后，常常利用下班时间过去帮助老人。2015年6月的一天，正在田间干活的董大爷突发心梗，被紧急送往县医院，可手里暂时拿不出住院押金的钱。情急之下，董大娘拨通周金文的电话，他听后二话没说，直接驱车30公里送去救急的钱。晚上他又和妻子买了补品去医院看望他们，把老两口子感动得老泪纵横。

周金文的老父亲是20世纪60年代的老兵，曾在南京部队服役八年。周金文参军，就是受了父亲的影响。小时候，每逢过年和八一节，地方政府就会送来一张"光荣之家"的门贴。父亲退役后，经常说，军人光荣，你们不要忘记自己出生在军人的家庭，有个老兵父亲。周金文长大成人后，毅然应征入伍。入选后，父亲特别高兴，觉得自己后继有人，可以延续那分神圣的光荣了。

周金文有个弟弟，也走了父亲和哥哥的路，成年后参军，在海军部队服役。退役后，同样应聘到高速公路工作。

周金文的儿子长大后，也于2015年参军，现于东部战区服役，前不久参加了东海军事演习。周金文很为自己的孩子继承祖辈、父辈的事业，感到骄傲。

同样，周金文的侄子长大后，也参军了！

三代男人，都成了军人。周家成了远近闻名、名副其实的军人世家。他们家族的门庭上，有三块闪亮的牌子：军人之家、光荣之家、党员之家。父亲、自己、弟弟、儿子、儿媳妇等，都是党员。周金文说，我们家的三块牌子，都是硬正的！

当年，老父亲对周金文义务献血这件事，没有明确支持或者反对。周金文怕父亲为此担忧儿子的身体，就向他宣讲血液的科学知识。父亲向他摆摆手，说，孩子，帮人的事，尤其是救命的事，不能算账，不能犹豫，能帮人则帮人，身体有没有害我不清楚，反正帮人一定没有害。

父亲还叮嘱他，不要忘了你妈妈也是别人的血救过来的。二十多年前，周金文的母亲因子宫肌瘤住院开刀，手术后出血量大。周金文尝试给东海县血液中心打了一个电话，血液支援很快到达。母亲的身体里流进了别人的血，余生平安康复。

周金文的想法比父亲更明朗，他说，军人流的就是热血，本来就是随时可以在战场抛洒这热血的。如今和平年代，献血算是另外一种"战斗"吧，另外一种"保护人民生命安全"吧。

这两年，周金文的军人儿子和做教师的儿媳妇，也都成了义务献血者。

老兵新歌（一）

1990年2月，在部队磨炼了四年的潘继军，退役回到家乡浙江台州，在地方机械厂当了一名卡车司机。军人、司机，这两种最初的身份，为他后来从事道路清障工作，打下了意志与情感的基础。

2002年，开通后的宁靖盐高速公路招兵买马，34岁的潘继军以优异的考试成绩和丰富的阅历，被高速公路公司录用。他进入公司后，先后担任司机、清排障大队排障员、管理员、副大队长、大队长，2019年被调至清排障五大队任大队长，此时他已经年过五旬，在高速公路上奋斗了整整二十年，是一名名副其实的"老兵"了。

这年"五一"节，地方政府把一枚五一劳动奖章挂到他的胸前。此前，他也获得了公司先进个人、江苏交控系统优秀党务工作者、十佳服务明星和省属企业优秀共产党员等多个荣誉。

进宁靖盐公司后，他先在兴化收费站驾驶员岗位上工作了7年。在这期间，他努力适应新的岗位和环境，认真钻研本职业务，提高驾驶业务理论素养，尽职尽责，与时俱进，力争做一名合格的公务车驾驶员。这份平凡不过的工作，硬是被他干出了亮色，他以勤加班、零事故赢得了职业生涯中的第一个荣誉——公司安全先进个人。第二年，他和另外几名同事一起调整岗位，分配到排障二大队工作，成为排障二大队一名排障员。上岗前，领导找他谈话说，这次调岗，主要是看中了你曾是一名军人，把军队的战斗作风带到了交通，人离开了，军纪军风却还在。现在要你来，就是要你和兄弟们做保障宁靖盐高速快速、畅通的卫士，你要做他们的榜样，继军继军，继续当一名"军人"，继承军队精神，继续战斗，继往开来！大家都盯着你，希望你能起模范带头作用。

潘继军有自己的理解，他觉得自己并不怕苦，在部队里已经养成了吃苦耐劳的品格。他觉得缺的是新岗位所需要的新技能。就任后，他把提高救援技能放在自身建设的首位。无论平时工作多忙，他都会挤出时间努力学习高速公路快速清障技能，不断增强个人的理论素质。为此，每次值班室的报警电话铃声响起，无论是否当班，他总是主动跟随老员工参与现场清障救援，到达现场后，立即设置警戒区，摆放锥桶，第一时间帮助救援受伤群众，同时紧跟师傅一起观察车辆故障、侧翻的方向、起吊的角度、追尾的拆卸。

"细节决定成败"，一直以来，潘继军都用学者的严谨态度，和军人的实干精神影响着身边的队员。面对繁重的工作任务，他勇挑重担，冲锋在前，带领队员们奋斗在高速公路事故现场。每当接到清障任务时，积极、主动要求赶赴事故或故障车清障现场，不管是雪雾风霜，还是酷暑寒冬，都能够克服任何恶劣天气、复杂险情，不怕苦、不怕累、不怕脏、不怕危险。清障案例千变万化，各有各的特点，清障时，他不凭老经验行事，虚心听取多方意见或建议，在对现场进行仔细勘察和周密分析后，制订出安全有效的清障方案。无论是对事故还是故障车主，都能做到先人后车、救援保畅第一，对事主态度和蔼，热情周到，努力为他们提供最优质清障服务。遇到重特大事故清障时，尤其做到忙而不乱，分清轻重缓急，不惧血腥与险情，高度负责，迎难而上。

他还特别注重体谅和安抚事故当事人，因为他们身处事故，焦躁不安，甚至恐惧、绝望和神志错乱。对当事人所提出的各种问题困难，要耐心解答，如实相告，尽力帮助。遇到危化品车辆清障时，他更加小心谨慎，与消防、危化品处理专家、交警、交通执法等部门密切协同，严防二次事故的发生。多年来，经他和所在大队处理的事故，几乎杜绝了投诉现象，表扬信收到了很多。

"喂，您好，这里出事故了，请立即派人救援……"记得那是2016年的一天，盐靖高速南行142K发生两辆货车追尾事故，接警后，大队清障员迅速赶往现场，发现事故车辆中有人员被卡在驾驶室内，还有一人被甩出来，受了重伤。当班清障员迅速将以上情况报给在家轮休的潘继军。他感觉这是一起棘手的事故，心急如焚，于第一时间赶赴现场。受伤人员卡在前车左后与后车驾驶室右边两车中间，消防队无法直接将人移出。现场消防、交警、清障协调后决定，由一辆大型清障车在追尾事故车后，采取硬牵方法将其向后牵引，使两车之间留出距离，将受伤人员移出。由于前方事故车装满货物，需要驳载，且事故车被撞后向右倾斜，一旦直接驳载事故车将发生侧翻。正当大家一筹莫展之际，潘继军提出使用大型清障车用自身吊臂，将事故车吊正后再行驳载。 他的方案产生争议，这个时候，需要担当，潘继军拍着胸脯说，时间就是生命，不成功的话，我一个人承担所有责任！

他的方案很奏效，事故得到快速妥善处理。

每次结束任务后，潘继军都把参与救援的现场情况以日记和图案的方式翔实记录下来，反复思考，研究在什么样的环境下适用哪种救援措施最为科学高效。 在潘继军的书橱里，这样的日记本已有半人之高，很多案例还被收录到《宁靖盐公司清排障案例分析》一书中。 休息时间，潘继军在自己的小书房里，一坐就是几个小时。 爱人经常夸奖他说，你这个人啊，一出门就是个"标准的军人"，一进家就是个"十足的学者"，看起来还真是文武双全啊。

21 北行78K事故清障案例分析

3月21日23:55，接中心通知，盐靖高速北行78K两大货车追尾，追尾车辆为危险品车辆，横在超车道和行车道上，包括应急车道，道路已堵塞，车辆无法通行，且有人员伤亡，需尽快清障。

当班人员接警后，由班长王顺荣带队（组员：陈超、王正洪、王启成、徐亚明）开重型清障车苏M05168、工具车苏MM6386赶往现场，00:08到达现场后立即查看事故情况，（因北行方向道路已堵塞，救援车辆根据清障预案在交警的指挥下，逆行到事故现场）上报中心，快速设置标志标牌、锥筒放置、声光电警示器，安全距离150米左右（因现场被后面车辆堵塞，锥筒无法向后加长设置安全区域）。

现场追尾事故车辆横在超车道上、行车道与应急车道上,被追尾车辆所装货物(塑料薄膜卷,每卷100多公斤)撒落一地,追尾车辆为危险品车辆,满载30吨柴油,由于撞击力太大,追尾车辆油罐车驾驶室已挤压到油罐的前壁上,副驾驶室几乎直接压实,副驾驶员当场身亡,驾驶员室被撞压至不足50厘米,只有方向盘撑出一点空间,驾驶员躲在方向盘左侧紧靠车门,右腿被方向盘柱牢牢卡住,身体其他处无大碍,急需救援,还有车辆撞击产生的各种车辆破损物,所形成的障碍物和渗漏的机油、液压油、防冻液等,有100多米长的油污、杂物碎片地带,严重影响道路的正常通行。现场交警已通知120救护、119救援。

00:13 我赶到现场。

00:26 公司营运安全部经理赶到现场。

经赶到现场负责指挥的公司营运部经理、大队负责人和监控中心协调决定:根据预案想定清障方案,先对事故车驾驶员进行救援,而后清理现场掉落的货物、杂物等,松拆刹车,再分离事故车驾驶室,进行清障作业。最后将被追尾事故车被撞掉落的后桥、左后轮,用钢丝绳固定进行清障或自行驶离高速。

在等待120、119救援车辆到来的过程中,我们及时对道路杂物进行清理,推到护栏边,方便120、119、养护等其他车辆到达现场,并再次细化实施清障方案。

00:20 救护车120车辆到达现场。

00:29 驳载车辆叉车和人员到达现场,进行有序驳载。

00:33 抢修人员到达现场,观察后进行拆刹车作业。

03:39 参与驳载吊机、到达现场。

00:59 救援119车辆到达现场,119消防救援人员用扩张器及破折工具对伤员进行救援,15 分钟后驾驶员救出,送上 120 车辆;我们利用清障车的卷扬,对副驾驶室进行牵引拉伸,又 15 分钟后,死者被抬离驾驶室,送上 120 车辆,120 车辆驶离,119 救援车辆撤离。

1:09 三班长孙正安开重型清障车苏 J08283 赶到事故现场,加强了清障力量。

1:21 对事故车皖 L67456 进行清障作业,先用清障车将事故车驾驶室吊离并清离现场,用钢丝绳将掉落的前桥及发动机,进行缠绕捆扎后,再用重型清障车卷扬起吊收紧,使之形成整体。再伸出托臂,采用高低托叉,叉事故车变形的大梁,然后将事故车辆清离现场,事故车油罐所装重油未出现渗漏,无须进行驳载。(2:15 拖离现场)

1:55 将道路打通,清障人员、养护作业人员迅速清理现场杂物。

2:07 开始对拥堵车辆放行。

2:33 拥堵车辆放行完后,二次进行安全区域设置,将锥筒标志标牌等后移 250 米,达 400 米,方便驳载人员驳载作业,并保障其他车辆和人员的安全。

3:10 驳载吊机参与驳载作业。

5:58 驳载完成,所有参与驳载人员、车辆陆续撤离现场。

6:01 处置被追尾车辆,固定好其后桥后,让其自行驶离事故现场,停至指定停车场。

6:18 负责安全警戒的清障员清理好现场,撤除标志标牌、锥筒、声光电警示器,并通知监控中心事故处置结束,撤离现场。

经验小结:

一、清障处置协调、及时、到位,随时与监控中心保持联系,现场判断准确,清障迅速、得当。

二、事故现场警示标志设置完全符合要求(400米),安全区域设置合理。

三、所有参与清障的各类人员反应迅速,处置合理,安全有序。

四、事故处置留存的时间节点、影像资料齐全有效。

五、托牵清障作业迅速,现场撤离有序。

教训必记:

一、这次事故处置过程中统一指挥存在问题,外协驳载车辆和排障车未能形成默契,出现了参与驳载的车辆将事故驾驶室拖离高速事故现场情况,造成我们出动的一辆轻型清障车放空。

二、中心通知外协单位,需要吊机作业,第一时间上来的是铲车,吊机到达现场时间过长。

三、外协吊机撤离现场时,未等交警指挥通行车辆,自行变道驶离,影响正常车辆通行,致使出现事故隐患。以后应当吸取教训,以免发生意外情况。

宁靖盐公司的领导为潘继军记了一笔工作账:20年来,他平均每月上路30多趟,经历大小事故不少于1500次。在确保行车安全和清障安全的前提下,他和队员做到1分钟响应、5分钟内出车、30分钟内赶到接报地点。

潘继军的笔记本首页,抄写着他的队友、清障员王正洪创作的一首诗。他说在部队时经常唱军歌,现在干清障工作,感觉自己从未真正离开过部队,而且,几乎每天都在"投入战斗"。排障员就是军人,他非常感谢王正洪为"战友"们写了这首"军歌"。

排障员之歌

我骄傲,我是高速排障员
没有传说中
那么丰厚的收入、优越的待遇
有的是加班的节假日
舍小家顾大家、从不言悔
谈不上惊天动地的壮举、可歌可泣的伟绩
但起码是不计得失、敬岗爱业、默默做事
青春年华与高速相伴、排障抢险充实有味

数九严寒、炎炎酷暑
雷电交加、雪雾冰封
白昼黑夜、晨曦晚霞
不惧劳顿苦累、血泪腥味
不惧险情惨剧、执身处危
用心保畅
安全、高效、便捷、畅通
守护着过往司乘人员的行车安全
承载着畅行高速路的服务理念
诠释着热情、文明、优质的职业操守
……

老兵新歌（二）

在部队军营中，王湖焊是兵头将尾的"小行家"。

22年前，他怀着绿军装的梦，来到部队这所大熔炉，历任战士、副班长、班长、军械员兼文书。从军12年，荣获1次集体三等功班、2次旅优秀共产党员、3次旅嘉奖，连续6年被评为师（旅）优秀士官（士兵）。参加过"2005军事机动演习""2008年特大冰雪"抢险救灾，多次参加南京周边抗洪抢险救灾任务。

在排障队伍中，他是清障铁军的"多面手"。

2013年12月，他脱下军装，转业至高管中心机场处排障大队从事道路清排障工作。他退伍不褪色，身退志不退，继续秉持部队好的光荣传统和优良作风，迅速转变角色，主动融入团队，认真学习企业文化及科学知识；向老班长虚心请教清障车操作技能；起早贪黑训练"扛锥桶100米折返跑"。两年来带领中队累计安全、高效处置600余起高速公路清障救援任务；所带中队"5分钟出车率、30分钟到达率"达100%。2015年6月，参加高管中心清障技能大比武荣获理论综合第一、"扛锥桶100米折返跑"团体第二的好成绩。

不仅如此，在清排障具体工作时，还发生了一件令人感动的故事。那是在2015年1月19日下午，一名女车主专程驾车至机场路排障大队送了一面锦旗，上书"清障快速、服务热情、踏实做事、工作高效"，赞扬该大队二中队王湖焊等同志。

原来，这名女司机是一名新手，2015年1月7日晚，她开车在高速上突然熄火。这名车主连故障灯也看不明白，一时抓瞎，只能拨打电话求助。当晚8时30分，担任机场路排障大队二中队长的王湖焊接到指令，立即带领排障员胡骞迅速赶往现场。在仔细听车主描述故障后，王湖焊打开引擎盖，查找发动机零部件、油路和电路，最终确定是油路故障。于是他征求车主的意见，将车子拖至机场加油站加油。正准备加油的时候，王湖焊忽然发现车门打不开，无法加油。经排查得知，车主关门时忘记拔出车钥匙，新款奥迪车带自锁功能。由于当时故障车大灯和双跳全部是打开的，如果不以最快的速度把车门打开切断电源就很容易将电耗光，甚至会烧坏电瓶，再加上加油站不让故障车停在加油站，这让车主慌了神。王湖焊沉着冷静，对车主说："我把您送到出租车那里，你打的回家找备用钥匙过来，我们在这边给你保护现场，您看如何？"车主连声道谢后乘出租车回家。等待中，故障车长时间处于放电状态，整车电全部耗尽，王湖焊二人给车主接电，又为车辆加油。在驻守两个小时后，女司机终于赶来。眼看车辆能正常发动和行驶，王湖焊和同事才离开现场。王湖焊的热心、细心和耐心感染了这名女司机。她特地制作一面锦旗送给机场路管理处排障大队，以表达感激之情。

在信息宣传中，王湖焊是突破自我的"佼佼者"。

2015年12月，组织派他至机场处综合科从事车辆管理及文字信息工作。当时他还有些犹豫，怕不能担此重任。但转念一想，组织给人任何工作平台，都是慎重考虑、因人制宜的，应该珍惜。于是他加班加点、挑灯夜战研习各种公文写作和新闻报道的方法与技巧；反复通读人民日报、新华社等热点时事评论的要义与精髓。3年来，累计撰写信息稿件300余篇；8篇新闻稿被新华日报、扬子晚报、交汇点新闻等主流媒体连续刊载，连续2年被评为"高管中心宣传信息工作标兵"、1次荣获"江苏交控信息工作先进个人"。

在组织指挥中，王湖焊是方队训练的"武教头"。

在庆祝"建党95周年"前夕，他临时抽调至高管中心从事新进

88名员工入职培训暨红歌大合唱任务，他临危受命、敢于担当，充分发挥在部队当过"四会"教练员的优势，精心研究"三大步伐"训练方案，科学制订红歌大合唱计划。利用队列训练间隙，组织学员进行拉歌比赛、畅谈军事趣闻、开展游戏互动等活动，不断激发大家的训练热情。在结业典礼时，他指挥88名员工组成一个方队，进行"分列式"汇报表演和红歌大合唱演出，表演现场排江倒海、气势如虹，展现出高管人万众一心、众志成城的精神风貌，赢得现场观众经久不息的掌声。

在关键时刻，他是奋战一线的"急先锋"。

2020年，新冠疫情暴发，他深感责任重大、使命在肩，在接到疫情防控工作指令后，主动放弃与亲人的团聚时光，第一时间投入疫情防控工作，起草各种紧急文件，制作新型冠状病毒感染防控知识宣传手册，工作之余，开展机关大楼消毒工作，为中心机关全体职工的身体健康与生命安全提供坚强保障。

不仅是疫情，每当遇到关键时刻，王湖焊总是冲锋在前。还记得那是2018年1月24日，先后两场暴雪袭击南京，一夜之间，他所在处机关白雪茫茫、银装素裹，整栋大楼及广场、主干道四周被厚厚积雪覆盖，积雪厚度达30厘米……不巧的是，家中小孩因高烧住院，哭闹着要爸爸过去陪他。但他转念一想，作为一名党员，要有舍小家为大家的奉献精神，便很快做出抉择：下班放弃回家，打电话让家属安顿好孩子，果断驻扎单位组织保安彻夜进行除冰扫雪……25日凌晨1点，他孤身一人傲雪凌霜，对处机关广场及主干道四周抛撒融雪剂20余包；清晨5点，纷飞的大雪越下越大、凛冽的寒风越来越猛，他不畏严寒，带领保安一道始终抗战在铲雪的最前沿，雪花洒落在他的脸庞结成冰块却浑然不知；汗水浸透了他的衣裳却毫无察觉。终于在上班之前打通了足够容纳车辆通行的一股"通道"。

愣是没有在自家孩子最需要他的时候守护在身边，甚至没能去医院看望一眼。

在综合管理中，他是资产管理的"挑山工"。

高管中心跨度里程长、分布地区广，资产体系庞大，种类繁多，固定资产管理工作异常复杂。为此，他翻阅大量有关国有资产管理办法及细则，精心研读制度，苦字当头、干字为先，先后参与制定或修订了中心国有资产管理办法、中心固定资产管理规定、中心通用办公后勤设备配置指导意见等制度，健全完善了相关管理机制与工作流程，提升职能管理制度化与规范化水平，全面规范国有资产管理。此外，他多次协调省财政厅资产处、信息中心打通国有资产管理平台信息壁垒，对所属管理处和应急指挥中心等 8 家单位建立 VPN 云资产管理平台，实现了资产管理平台异地化操作与信息数据融通共享，有效解决了高管中心资产管理的历史遗留问题，并促进和构建了资产清查盘点与报废处置的良性循环机制。

王湖焊用实际行动诠释着他"退伍不褪色、身退志不退"的人生格言。他是高管中心退役士兵优秀品质的缩影，在高管中心收费道口、服务区广场、清排障一线，也随处可见退役军人带头奋战的身影，他们不忘初心、牢记使命，骨子里流淌着军人的热血，在各自岗位发挥光和热，续写着军营外的光辉篇章。

老兵新歌（三）

史超是高管中心北段管理处排障大队的一名排障员。2013 年 5 月进入中心工作，作为一名退伍军人，进入高速清障岗位以来，没有排障工作经验、缺乏清障技能的他，好在拥有一身军人特有的不服输精神。为了尽早适应清障岗位,彻底弄懂、吃透清障的各项业务知识和操作流程。他本着训时多流汗、战时少流血的原则,充分利用点滴时间学习《道路交通安全法》《江苏省高速公路条例》《清障救援手册》及各类清障车维修保养手册,几乎把所有的业余时间都用在了钻研业务技能上面,勤奋学习、爱岗敬业、刻苦钻研,迅速从一个"门外汉"成长为一名经验丰富的业务能手。

在2019年江苏交控清障技能竞赛中,所有比赛项目都进行了更新,史超参与的切割救援项目,更新后的难度更是前所未有,要用切割机在一个长方形钢板中央切出一个等边三角形,且三角形切掉后周围不能留有任何划痕。在训练的三个月里,日均气温超35度,切割机切三角形时间相对以往项目时间变得更长,切割机在高速运转中温度会迅速升高,蹦出的铁屑和产生的火花也更大,一般人很难坚持。但是他凭借着不服输的军人意志,不顾烧伤烫伤的危险,在高温酷暑下拎着沉重的切割机,一次次地快速往返奔跑,到位后聚精会神地提机切割。经过三个月的艰苦训练,在和队友们共同努力下,高管中心代表队在切割项目比赛中取得优异成绩,在配合大型清障车的道路清障比赛中获得第二名,最终蝉联冠军。2020年史超被评为"江苏省青年岗位能手"。

高速路清排障工作,是高速公路的前沿特殊岗位,在新型冠状病毒疫情肆虐的非常时期,行动是最有力的语言,疫情初期,又逢春节临近,清排障工作量明显增加,他主动请缨加入"突击队",无假期全天候值岗,保障高速公路安全畅通。

一天凌晨,宁连北段六塘服务区汇报,有一辆鄂牌照的SUV型车辆停在服务区广场,驾驶员被防疫排查部门的人匆匆带走。这一举动引起服务区人员的紧张,他们报调度中心请示先将该车辆拖至服务区较偏远处放置,再报警候处。情况紧急,史超和另一名党员同志挺身而出，他们在做好防护措施的情况下，迅速赶到现场将该车辆拖至服务区指定地点。在这场没有硝烟的战"疫"中，他始终冲在阵地最前沿保持"特别能吃苦、特别能战斗"的党员作风，以情服务、用心做事、立足岗位，在平凡的工作中默默无私奉献。

清排障是与"危险"二字整天打交道的一项工作，必须思想上高度重视。在经常性开展的职工思想教育中，自觉性较高的他，思想意识不断提升，始终保持高度警觉性，在大队经常性开展的现场检查和现场视频回放检查中，他的现场表现都是慎始如初、毫不懈怠。长时期的干好同一件枯燥且需要神经保持高度警惕的工作，很容易产生疲劳和懈怠感，但他做到了数年如一日，在北段处运行"两车三人"的操作模式中，他一如既往地"做到点、做到位"，为北段处清排障数年的安全无事故做出努力。

老兵新歌（四）

2015年6月，退伍后的许粲睿来到泰州大桥孟河收费站。一个军人、男子汉，加入了以女孩为主的方阵，老家邻居说三道四，不认为这是他该选择的从业道路。

许粲睿不这样想，他觉得在收费员这个岗位里，多补充一些"男兵"是对行业发展有益的。他曾写了几句诗，来阐述自己的心情——一朵花，高高地绽放着，它，美在有花瓣，挺在有枝叶。他用这首诗表达一种观点，就是：男兵是花中不可或缺的枝叶，是茉莉花的支撑和衬托者。否则，这个群体不结实、不挺拔。

为快速适应收费员新岗位的要求，他咬筷子、戴矫正器，将军人威严的面孔训练成了"最美退伍兵"。他善于在干中学、在学中干,和同事们充分借鉴同行的优秀做法,针对孟河站现场空间狭小、路域内流量激增,保畅压力大的情况,摸索出一套独有的实践理论,创新提出了"一调、二增、三放行"工作法,有效缓解了现场保畅压力。

不久,因表现突出,许粲睿顺利入选泰州大桥技能竞赛集训队,参加了江苏交控第四届收费技能竞赛。凭着骨子里那股不服输的韧劲,他和队友们一路过关斩将,一举夺得团体第二、模拟实际岗位操作个人第二的好成绩。入职七年来,他在各类评比和活动中累计获评各项荣誉34项。

2016年12月,许粲睿通过岗位竞聘,成为泰高高速收费站的一名收费班长。为了尽快实现新角色的转换,他在工作中勤奋思考、勇于探索,同时努力带好班组团队。2019年,全国一张网运营新机制启动,在移动支付上线数月后,针对司乘移动支付扫码率不高的状况,他带领匠心QC小组,实施"头脑风暴"。通过对设备支付原理、使用方法、环境因素等分析成因,最终发现扫码失败率高,是由于太阳光强烈时,导致扫码口反光,读取数据受到影响。经过现场数据的采集和统计分析,他找到了"遮挡太阳光,增强扫码光"的方法,从有效性、可实施性、经济性三个方面进行了综合评价,对改造方式、材料、结构等进行了比选,最终选择了增设移动支付遮光装置,并在全线推广应用,减少了司乘等候时间,提高了通行效率,延长了设备的使用寿命。

2021年1月,在泰州大桥第四团支部的换届选举中,许粲睿成功当选支部书记。作为一名"90后"支部书记,他有着难能可贵的"早熟",责任心和克制力大大超过一般同龄人。他时常在工作之余自驾车往返于各个站点,倾听广大团员青年的心声,将他们"急、难、愁、盼"的问题汇总罗列,制定问题清单,逐项分解落实,消除他们的后顾之忧；结合公司工作重点，他带头在现场保畅、安全生产、疫情防控、扫雪除冰等工作中主动担当，发挥团员青年生力军作用；积极秉持"通达美好未来"社会责任理念，带领团员青年始终在经济发展、生态环境、社会服务、公益事业等方面，不断满足沿线城镇居民对美好出行的向往，探索与属地融合共建具有地方特色的通道门户，积极与属地社区、镇街协同联动，走进福利院、敬老院、校园等，持续推进与大泗小学贫困生的"爱心助学结对子"工作，与双岸社区联合开展"迎省运—做文明有礼泰州人"环境清洁活动等，在青春奉献中不断实现自我价值。

手记之三：故事里的威武情

在与交控人打了一段时间交道后,我决定采写几个"有血性"的故事,因为,我发现这支28000多人的队伍里,不乏硬汉甚至不乏英雄。

援藏干部康峰是我发现的第一个"血性故事好素材",他走得了平原,爬得了雪峰,是江南才子,也是高原汉子。他给我的感觉就是:特别有脑子,特别有胆子,特别有办法,特别能战斗。没有什么困难战胜得了这样的男人。

在交谈过程中,他笑哈哈地说,"援友"们叫他"三高兄"——他个儿最高,血压最高,缺氧反应的危险系数最高。他赴藏之前以为的身体优势,没想到在高原上成了"缺陷"。但他没被吓住,"大不了牺牲,在圣地上升华也不错。反正,不能活着躺下去,成为笑话,得站着战斗,坚持一天是一天!"他曾这样发信息给妻子。

妻子接到他的信息,又好气又好笑。

康峰的妻子也是个乐观的女人,她告诉我,嫁给康峰这样的人,慢慢会被他的性格感染,最后都是说话嘻嘻哈哈,行动风风火火。三年的时间,她没给康峰增加一点麻烦,也没在任何场合掉过一滴眼泪,一个人在家扛几副担子,上班、带孩子、照顾双方的老人,一样都没耽误。

她还跟我说了个笑话,说康峰援藏前,仗着自己身材高大,总是嗓门洪亮地说话,时不时"秀秀肌肉",很有几分大男子主义气和大孩子气。援藏期间,她去探过一次亲,康峰觉得自己的"男子汉气概"又有用武之地了。他料定妻子过来,会被缺氧折磨得死去活来,他作为"东道主",可以好好显摆一下自己的抗高原本领,好好地保护一下弱女子。然而,这回轮到男子汉自己"哭笑不得"了——在西藏,康峰陪着妻子出去转转,妻子还没什么感觉呢,他已经眼眶发青,上气不接下气,严重的时候甚至蹲下去干呕。妻子就帮他揉揉胸拍拍背,轻言细语地问:"怎么样,西藏汉子?要不要娘子背你下山?"

援藏后期,康峰完全"适应"了那里的气候。身体没了负担,工作也干上手了,很有一股"雪域燃烧"的激动豪情。但他只知道那种"适应"的好处,是使他可以甩开膀子干活儿,却不知道那种"适应"其实是身体牺牲一部分健康,与环境达成的"妥协"。西藏回来后,医院体检,他的体质跟三年前大不相同,多了"心脏肥大、二尖瓣、三尖瓣关闭不全、心脏返流、心脏舒张功能减退、肺动脉高压"等"成果"。

交谈中,他对我说,这些哪里能算病?没事,没事的。

"援藏留什么?"他觉得他留下了"组织的认可""同事的肯定""藏族同胞的信任"这些成果,所以身体上那点"成果",微不足道。

跟他第一次交谈的一个下午,他都在列举西藏的伟大与美。他滔滔不绝地介绍布达拉宫历史里的汉族情缘,介绍拉萨市中心的大昭寺,介绍世界海拔天花板珠穆朗玛峰,介绍6666米的冈仁波齐,介绍世界上最大、最深的雅鲁藏布大峡谷,三大圣湖玛旁雍错、纳木错和羊卓雍措,世界屋脊的"屋脊"阿里高原,介绍我国唯一一个主城区没有一棵树的城市那曲,以及全乡境域面积3644平方公里却只有9户32人的神奇之乡玉麦。

他还反复叮嘱我,一定要把这个写到书里去,让"三个故事"的读者都有兴趣去伟大的西域高原走一走、看一看。

"即使是走马观花十天八天,回来后,都有意想不到的收获。"他说,"世界太大,人生苦短,但西藏不可省略。"

康峰还告诉我,从西藏回来后,他的手机里,有很多资料一直保存着,没舍得删掉。比如,几年里各种节日,江苏交控的蔡任杰董事长、顾德军总经理等领导,内地的亲人和朋友,主动问候他的信息,以及他回来后,西藏那边三年的同事和结识的各路朋友,想念他的问候与祝福,他都保存着。年初换过一次手机,很多资料都直接留在老手机里了,但这些信息被他一字不漏地拷到了新手机里。新手机有个自动管理软件,经常跳出来提醒:你有时间太长可能无效的信息,建议删除,释放更多安全的内存空间。

每次,他都会笑着对"软件"爆一句粗口:

"绝不!你懂个锤子啊。"

中国有句古话,叫"相由心生",康峰这人的长相和气质,一看就是个心地醇厚、敢说敢当的汉子;中国还有句古话,叫"人不可貌相","见义勇为英雄"陈传香站到我面前时,与我预想的差距就很大了。她长得娇小,性格有些矜持、腼腆。说实话,面对这样一个"弱女子",脑子里很难一瞬间把她与她的事迹画上等号。这就让我更是肃然起敬。这样的女子,居然会正面迎着歹徒疯狂的刀,挺身而出,她那颗小心脏里,得有多大的勇气啊,她那个小身子,得有多强的爆发力啊。

沿江公司的领导告诉我,别看陈传香人长得小,熟悉她的人都知道,她不是"小女人",在平时工作和为人处世中,她很有一股女侠的英气。就在2022年春天的时候,上海发生疫情,公路上防疫形势紧张。陈传香在服务区入口执勤查码测温,密接了一位阳性司乘人员,然后不得不在服务区闭环管理十几天不能回家,而当时他的老公正处在重症期，都是自己挣扎着去的医院。而这次值守，并非陈传香自己的班——是帮同事值勤时发生密接事件的。当天自己的站岗时间已经结束了，同事说家里有急事，向她求助。她毫不犹豫，匆匆泡了一包方便面，三口两口吃完，就去帮他继续站岗。

发生了这件事，有的同事说她傻，别人退还来不及呐，你怎么总是往前冲，怪不得当年，眼睁睁地看着歹徒那么疯狂砍人，自己还往上冲，为别人把自己搭进去，你这是屡屡吃亏而死不改悔啊。

被单独隔离的那段时间，她精神极度紧张，几乎崩溃，夜里也睡不着，心里特别害怕和内疚，因为她是全家的顶梁柱，丈夫、孩子、老人都在眼巴巴等着她呢，万一有什么事，这个家就全毁了。

好在，好人好报，所有的事情最终都化为平安、变成善缘。

陈传香告诉我，她从小生长在农村，父母都是农民，他们没有受过很多教育，却从她懂事开始就教导她：做事要认真，做人要善良。认真、善良，这四个字，成为她一生牢记于心的信条。而认真、善良，在一个健康的环境里，是能够得到呵护，能够获取相应回报的。她说2005年初到沿江高速公路公司餐厅工作，她是个实实在在的懵懂小女生，一无所长，公司领导同事手把手教她劳动技能。她自己也多看多练，有活主动干、抢着干，逐渐成长为公司餐厅的业务骨干。见义勇为事件发生后，自己的单位和各级政府组织，给了她很多帮助和鼓励，她在交控大集体里，备受关注，也备受呵护。

"现在想想，是爱，给了我勇气。"陈传香这样谈自己的人生体会，"善良、认真，和爱是分不开的，而勇敢，难道不是因爱而产生的吗？就那么一瞬间，冲上去，绝对不是深思熟虑的道理说服的，完全就是爱的激发，为了回报爱，为了爱他人，爱我们生命所依赖的一切，做什么都是值得的，都是自然而然的，因为平时，这个可爱的集体已经把我们塑造成这样的人了。了不起的是单位,是我们成长的交控大家庭。"

我问她今后有什么打算,她说,毕竟自己身上被赋予了这么多光荣,要对得起这一切,尽自己的微薄之力,继续让我们的社会多一分平安、多一分温暖、多一分正能量。

江苏交控党办负责人告诉我,交控系统里全省有超过两千名退役或转业军人,这是一个很有战斗力的威武群体,极大提升了企业团队的战斗力和凝聚力。

"有这么多老兵在,我们交控可以称得上是一支威武之师。"这位负责人自豪地告诉我。从他推荐的几位军人职工中,我选择了几位,走访谈心。我听到了很多好故事。我觉得,仅仅这"威武之师",就足以写出一本煽情而励志的厚书。

潘继军、王湖焊、史超、许粲睿,周金文和他的军人家庭,跟全国千千万万、各条战线的老兵一样,把在部队养成的威武之情,带到自己的小家和社会的大家,这股劲通过他们传播、扩散,生根生长,形成气候,使我们这个国家,这个民族,充满豪情壮志与英雄气概。

科学家钱学森说过,"想要瓦解一个民族,只要抽掉男人的脊梁和血性,拿走女人的廉耻和善良,这样的结果导致社会风气坏了,需要几代人去恢复。"所以,不讲好他们的故事,就讲不好江苏交控的"三个故事",就讲不好江苏故事、中国故事。

第四章　少年拏云老拿顶

小马矫健

　　江苏宜兴是一方风水宝地，山清水秀，风光绮丽，地灵人更杰，是闻名中外的"教授之乡""院士之乡""艺术大师之乡"。1987年在这里出生的马辉，从小就是学霸。但懵懂之年，他虽然有诸多先辈那股学习的劲儿，却没有那么宏大的抱负，不指望能成为周培源、蒋南翔，或者徐悲鸿、吴冠中、顾景舟，整个学生时代，他只有一个朴素的愿望——修一条大道，从自家门前通向外面的世界。

　　马辉的父母亲都是农民，家境一般。马辉考上初中后，为了多给孩子挣点学费，父亲承包了一片鱼塘，干起了养殖业。为了便于鱼塘管理，一家人搬到了靠近鱼塘的地方居住，那里地处偏僻，只有一条泥土路，通向外面。每天上学马辉都需骑车经过这段很长的泥土路。晴天尘土飞扬，马辉至今仍能回味出那一粒粒尘土飘进嘴里的味道；若是雨天，真是苦不堪言，道路满是泥泞，没法骑车，只能推着车走。即便如此，仍会出现车轮与挡泥板的间隙处卡了很多烂泥，车轮受阻无法前行，只能扛着车跌跌爬爬地向前。交通工具成了负担。每次，实在累了，马辉不得不放下车子，用树枝把泥土撬掉，可这一路下来，耗费很多时间和精力，花费很大力气撬泥，最后还是难免迟到，受老师训斥……"建桥修路"成了马辉最为关心和梦寐以求的事。初中三年的光阴，马辉没能等来这条路变成公路，瘦小的他练就了一身"推、撬、扛"的"马家武艺"。他心中暗暗立志，将来一定要从事道路交通行业，多一条公路，就会少一群扛着车、趟着泥浆上学的孩子啊。

读大学时，马辉怀揣梦想，义无反顾地选择了"交通工程专业"，从此与交通行业、道路工程结下不解之缘。

在苏州科技大学，他的学业成绩是这个专业的第一名。他入了党，当上班长和校学生会权益部的部长。他异常勤奋刻苦，他从早到晚泡在学校图书馆查阅大量书籍，以此拓宽自己的知识面。经常在图书馆关闭后，又到教室学习至凌晨一两点。大学毕业那年，他以专业第四名的成绩，如愿以偿地考上了东南大学研究生。读研期间，他最常去的地方也是实验室和图书馆。经过不懈努力，他的硕士论文被评为"江苏省优秀硕士学位论文"。高兴归高兴，他头脑没有发热，初心仍在，追寻梦想的步伐并没有止步，他又选择了攻读相关专业的博士学位。读博期间，他一如既往，整日泡在实验室。实验室里混杂着沥青的味道和水泥的灰尘，马辉穿着实验服，戴着防尘口罩在里面一待就是一天。南京的夏天酷热无比，他经常做完实验衣服都湿透了。读博期间，他还以优异成绩，申请到国家留学生基金的资助，到美国密西根大学安娜堡分校土木工程系，交流学习了一年。博士毕业，他继续在东南大学与江苏交控创立的博士后创新实践基地深造。

2018年1月，马辉以江苏交控系统的第一位自主培养的博士后身份，入职了交控所属的江苏高速公路工程养护技术有限公司，从事高速公路养护新技术的研究与推广工作，真正成了一名光荣的高速养护人。年轻的马辉热血沸腾，他发誓一定要在道路交通行业做出一番成就。

上天给人最好的礼物，是让他们沉浸在自己的激情中，为自己的理想而奋斗，然后一节一节慢慢向上攀登。

"人世间最大的幸运，莫过于儿时的理想变成了自己热衷的事业。"与别人分享成功时，马辉总不忘说上这么一句话。那份喜悦之情更是溢于言表。

江苏交控系统高速公路的路龄长，很多道路表面的抗滑性能差。马辉带队组成专业团队，秉持"课题从实际需求中来，成果应用到工程中去"的理念，对超薄抗滑磨耗层技术在京沪高速、沿海高速上的应用进行现场验证。他全身心投入验证工作一线，全过程提供专业技术服务，全方位把控项目质量。在验证的初期，由于对实际情况估计不足，薄层罩面摊铺完成后仅压实一遍，但是轮迹带处有轻微的车辙凹陷，这导致两轮迹处带压实不足，在通车后轮迹带处有明显的掉粒现象。马辉带领技术团队根据实际情况赶紧调整方案，增加了一遍碾压，同时增调小型压路机对轮迹带处进行补压，在后续的验证工程中这一情况得到了明显的改善。由于超载超限的限制，摊铺机一次只能装很少的混合料进行摊铺，每次摊铺完都需要回到后场重新装料，这大大影响了工程进度。马辉根据这一情况，多方交流，在现场增加了材料转运车。后场的材料运至现场存储，摊铺机再从转运车上转料，节省了摊铺机前后场运输的时间。调整后，验证工作从最初每天只能摊铺 500－600 米，增加至可完成 1500 米，大大提高了工作效率。经过反复实验考察和论证研究，该项技术在解决路面抗滑性能不足方面初显成效，这为江苏交控系统解决高速公路路面抗滑问题积累了宝贵的技术经验，更为建立抗滑技术体系提供了强有力的实践基础支撑。

为解决高速公路中面层性能衰减，践行绿色养护理念，马辉巧妙结合汾灌高速集中养护工程和沿海高速路面大中修工程，马不停蹄地牵头开展了"沥青路面中面层就地冷再生"新技术的验证与评估工作。他以"项目化党建"的形式带领专业技术团队扎根现场，与工人同吃同住同行一个多月，全身心投入验证工作一线。通过与技术工人交流、探讨，现场检测，实验分析等手段对"沥青路面中面层就地冷再生"进行全方位验证与评估，严把技术应用关，掌握新技术应用第一手数据，为后续二次优化提升积累经验。

工作中，马辉"霸气十足"，但同事们对于他的印象，更多的还是"乖"。"他每天最早来，最晚走，他永远对自己不满意，很苛求自己。""他是用刻苦彻底打败天才的奇才。"同事们给予他更高的评价。

马辉很喜欢母校"止于至善"的校训。他觉得"至善"是一种应该矢志追求的境界，是做事的目标。自己努力的过程，其实就是不断在"至善"后加上问号又不断拿掉问号的过程——我抵达这个境界了吗？好像接近了，眼前这件事似乎抵达了，但差距还远呢，只是更好，还远远不是最好。

马辉是公司科技攻关的骨干。他独自承担了"高速公路沥青路面热再生技术扩大应用"的研究。为了使研究更具针对性，从问题和需求导向出发，他多次到热再生养护工程一线，了解热再生技术的实际状况，从多层沥青路面的就地热再生、基于RAP料性能分级管理的厂拌热再生，以及江苏高速公路路网内RAP料回收点统一布局等关键技术入手，开展系统周密的研究。经过长达两年半的探索，终于完成了课题的研究，创新性研发了薄层罩面与上面层复合就地热再生技术，提出了"双层同步再生"的中面层就地热再生技术，建立了RAP料分级管理体系，并基于最短路径方法提出了江苏高速公路路网RAP料布局方案。研究成果进一步推动了江苏沥青路面热再生技术的扩大应用，预计可为江苏交控每年节省约1.5亿元的养护成本，减少二氧化碳排放1.2万吨，助力江苏高速公路实现经济、绿色、可持续高质量发展。

为进一步提升就地热再生技术加热温度场的均匀性，他更是紧锣密鼓地投入"微波辅助加热就地热再生工艺及配套材料"项目的研究中。通过引入微波辅助加热的方式提升铣刨料垄的温度，实现再生混合料整体温度均匀性的提升，进而改善再生混合料的质量。研究成果首次在沥青路面就地热再生中引入微波加热设备和微波辅助材料，形成国内外独特的微波辅助加热就地热再生工艺，促进了江苏就地热再生技术的发展。

如何解决在厂拌再生过程中RAP料加热温度受限？如何改善新旧沥青的融合，进而提高RAP料的掺量，提升厂拌热再生的经济和环境效益？他从未停止过追问。他大胆提出将泡沫温拌沥青技术与厂拌热再生技术相结合，以此来提高RAP料的掺量以及厂拌热再生的质量。还记得在研究初期，此设想在实验中总是得不到证实，研究进入了"死胡同"，一筹莫展。他没有退缩，没有放弃，毅然带领创新团队一起研读论文，一起赴现场调研，熬最深的夜，做最激烈的讨论，跳出固有思维框架，紧扣研究目标，提出了通过"乳化再生剂在提升再生混合料和易性"的大胆设想。通过研究、考证，将RAP料掺量从40％提升至50％，并成功进行了试验段的应用，为实现国家"双碳战略"积极贡献了举足轻重的交通力量。

忘我与努力，让他频频夺得荣誉。2019年作为项目总体负责人的马辉主导研究了"高速公路沥青路面就地热再生成套技术研究与实践"项目，研究成果被中国公路学会鉴定为国际领先水平，并获得中国公路学会科学技术二等奖。主持或参与了国家自然科学基金、交通运输部重点科技清单项目以及江苏省交通运输厅科技项目等多项科研项目，累计发表了 17 篇高水平学术论文，其中 SCI 论文 15 篇，获得授权实用新型技术专利 4 项，参与编制并发布了 1 项团体标准，获得省部级科技奖项 3 项。他是连续 3 年的苏高技术公司先进个人，连续两年的江苏交控先进个人和优秀共产党员，获得了 2021 年度江苏交控"青创菁英"的称号，也是省 333 人才，省交通运输行业优秀党员。

马辉在东南大学读博士时认识了现在的妻子，她也是一位学霸，来自湖北，当时在读东南大学的硕士。马辉在她面前，是有点自卑的。东大是一所理工男密集的高校，俊男不缺，靓女金贵，她凭什么就选择了带着一身乡土气息的马辉呢？就凭自己是学霸吗？可东南大学这种高校，不就是一个"学霸集中营"嘛，谁又不是学霸呢！为此，恋爱期间，马辉的心里总是不太踏实。他多了一个心眼，有一次正好在食堂遇到女友的一个闺蜜，就拦住她，悄悄套个话，问个究竟。闺蜜告诉他，女友认为他虽然看上去不够机灵，但身上有一股定性和愣劲儿，这是很多男孩缺少的。女友认为，定性能给人安全，不舍不弃，愣劲儿能认真做事，坚定不移，靠谱。

闺蜜"警告"马辉：你可别辜负了她，不要欺骗我们女人的眼光。

马辉请闺蜜给女友"传话"："保证、一定！"

女友没看错这男孩，就死心塌地跟他恋爱、结婚，随男方选择在江苏生活。可马辉这定性和愣劲儿，在工作中体现得淋漓尽致是好事，在生活中，就没有那么多好处了。马辉驻扎工地开展"沥青路面中面层就地冷再生"新技术验收和评估期间，一个多月没回家。而此时正处在妻子的预产集中检查期，妻子不得不挺着大肚子，三天两头，只身一人跑医院。到了医院，自己排队挂号，楼上楼下跑，熟悉的医生就问她："你老公呢？现在的男人怎么这么不负责任，没有风度！"

有两次，妻子也有情绪了，发微信"旁敲侧击"马辉。马辉急乎乎的，连打字的时间都省略了，直接回电过来："喂！老婆，我这会有些事走不开，你自己先去，辛苦了。我回头再……"马辉欲言又止，而电话那头的妻子，早已气呼呼地挂断了电话。马辉心里充满了愧疚。"老婆，不好意思，最近一直在技术应用现场，这次产前检查又不能陪你了，下次一定！"他随即发过去一条致歉信息。

"我算是看透了，你有多少个'下次一定'，就有多少个'一定等下次'！"妻子心一软，担心起马辉的身体，又担心影响他的工作，最后还是调侃几句，转了疼爱的语气说，"你们一工地的大男人，都是粗手笨脚的，生活上互相照顾着点，把工作干好，也要休息好。我一个人能行，放心！爱你。"

接到信息，马辉在工地上呵呵呵地傻笑了起来。

青春的底气

36岁的孙洪滨出生于山东聊城农村，父亲是一名木匠，手艺熟练，远近闻名。他一生靠到处打工，养家糊口。日子虽然过得紧巴巴的，但一家老小也从没有被饿着，所以父亲并不气馁，认为以自己的一技之长，可以换得生活，这是一种底气，也是一分自豪。

受父亲影响，孙洪滨从小好学好问，恨不得立即掌握一门手艺，减轻父亲的负担，帮助撑起这个家。报考大学，孙洪滨填写的都是工学志愿，他如愿被河海大学录取，成为老家孙姓大家族里第一个大学生。在大学里，孙洪滨刻苦学习，闷头一直读完工学硕士学位，才走出校门，到江阴长江大桥的工程部就业，担任桥梁工程师。

刚到大桥工作的时候，孙洪滨仰望着气势恢宏的江阴长江大桥，觉得自己是如此的渺小和陌生。作为公司新晋桥梁工程师，从学校学习的那点书面知识，在这座浑身都是新技术、号称"我国大陆地区第一座跨径超千米的特大型钢箱梁悬索桥"的面前，显得如此的稀薄和渺小。第一个月，他天天背着工具包，一有空就到大桥上下去转悠，越看越觉得不简单，越看越感觉题目大、问题多，这项工作的门槛真的不低啊。孙洪滨后来回忆当时的心情，是"心里发虚，脚下打战，特别想打退堂鼓"。

第一个长假回老家，他把自己的担忧跟父亲说了。父亲用他那只满是老茧的手，指着一只小板凳对他说："我刚学木工徒的那会儿，看到一个面加四条腿的小板凳，都无从下手，现在你让我看有上千个榫头的龙床，我一眼就能把所有部件拆解看来，所有部件的数据估摸出来，而我不过是一个没有读过书的文盲。凭什么，你悟不过来吗？有什么好怕的？再复杂的桥，它也是咱中国人造出来的，不是神仙送给我们的天造物！"

父亲还告诉他，当年打的第一件家具，是跟师傅合作做一个门板。其中一块板被他锯偏了线，师傅给了他一刮子，让他长点记性。师傅打他的理由是，偏线这种事，不是技术错误，是不认真、不细心出的错，该罚。他打的第一个小方桌，用了半年后，主人找过来要他去返工，原来桌子不知为什么失去了平衡，怎么矫正都不行。师傅见了，又批评了他一通，这次是批评他不动脑子。方桌里用了不同的树料，木料不一样，缩胀率不一样，搞在一起就要考虑到这一点。这就是技术层面的事儿了，平时不钻研，不掌握相应的知识，临到运用，再认真都不一定能完美成事儿。

孙洪滨带着父亲的故事，回来后同时扎进书本上的大桥和实体中的大桥。

接下来，孙洪滨用了12年的时间，给了自己的人生第一阶段的成绩单：

参与交通运输部行业标准《公路缆索结构体系桥梁养护技术规范》、江苏省地方标准《公路桥梁钢箱梁疲劳裂纹检测、评定与维护规范》、《公路桥梁钢箱梁预防养护规范》等5项规范标准编制工作，将江阴大桥成功的养护技术及经验以标准的形式推广到全国。先后获江苏省科学技术奖一等奖1项、中国公路学会科学技术一等奖3项、二等奖1项，编写并出版养护技术专著4部，获专利授权8个。先后荣获江苏交控示范性劳模技能人才、杰出人才（技术创新奖）、百名青年好典型、迎国检先进个人等荣誉称号。获江苏省交通运输行业优秀共产党员、江苏省交通技术能手、江苏工匠（唯一桥梁养护类）等荣誉称号，成功入选江苏省第六期"333高层次人才培养工程"第三层次，受聘首批江苏高速公路工程技术研究院研究员。

孙洪滨不再是那个自我感觉心虚、渺小的菜鸟，他成了系统内引人注目的青年才俊。

这份成绩单还分类描绘了他的努力与贡献。

在江阴大桥的养护工作上，为全面、细致、有效地发现并解决各类"病害"，孙洪滨对桥梁每个关键构件和易损构件进行细致现场勘察并归类梳理，在近200米的高空中细致检查2200米长的主缆防护体系是否损坏、逐一检查1596个索夹螺杆有无松弛，在钢箱梁中跨越几百个隔舱，利用各种检测设备，对数十万延米的焊缝进行细致检查，先后四次修订《江阴大桥维护手册》，编制出版江阴大桥养护蓝皮书。

数据是枯燥的、简单的，创造这些数据却是要消耗巨大的生命鲜活能量的。

夏天三四十摄氏度的气温，人在正常的空间都热得喘不上气，在桥肚的钢箱梁中跨越400多个隔舱，里面的温度达到60摄氏度以上，而且非常闷热。因要携带工具箱，还要随时搬梯子，必须减轻自身负担，所以饮用水不能多带，出汗太多，渴得不行了，才补充两口水。一趟下来，人几乎虚脱，身体素质不强的，一半路程都坚持不下来。至于在200米高空作业，就更考验人的体能和胆量了。走在钢缆上，下面是滚滚长江，耳边是轰鸣的风噪。到了冬天，穿着工装，身体哪个部位露出了，马上就冻僵了，感觉身体在凛冽寒风中快被肢解成千万块碎片了。

当然，比起技术难关，体能考验真不算什么。在钢箱梁疲劳养护维修方面潜心钻研破难关，历时十年，孙洪滨和他的团队研发了新型隐蔽裂纹检测技术，构建钢箱梁分类检查体系，检查效率提升了40%。研发了疲劳损伤预防及维护气动冲击新技术，并被列入2019年江苏交控优秀养护科技成果推广技术，在江阴大桥、润扬大桥、苏通大桥的疲劳维护工作中推广应用，累计节约养护经费200余万元。在缆索系统养护维修方面，研发了新型自润滑高耐磨吊索轴套，延长吊索使用寿命，形成了吊索成套更换工艺和装备，并成功实施了国内首次超长吊索更换。在国内首次进行了在役悬索桥主缆开缆检查，制定了方法和实施细则，完成国内首次既有悬索桥增设主缆除湿系统，为国内同类桥梁提供了样板示范。在数字化大桥建设方面，建立了服务于运营养护的公路悬索桥BIM信息模型编码体系，开发钢箱梁数字化智能终端实现病害快速采集、传输、可视化。建立了一套Web端、PC端和手机APP端的桥梁运营期养护协同工作模式，大幅度提高系统使用效率，管理效率提升20%—30%。

孙洪滨入职以来先后组织开展了3次集中养护大修，在2022年

5月疫情期间车流量大幅下降时，积极推进广靖锡澄集中养护3.0版项目施工，摸索出一套"科学防疫＋创新发展"新施工模式，额外减少通行费损失3000余万元。

作为公司创新创效带头人，他先后创建了"萤火虫""新火"等4个创新创效工作室，其中获评江苏交控"金牌"工作室2个、铜牌工作室1个，培养创新青年35名，累计开展创新课题12项，授权专利8项，发表论文20余篇。

针对桥梁同步顶升支座更换的不足，研发了单支座更换技术，并在辖区桥梁上成功更换了160个支座，共节约养护成本达300万元；针对江阴大桥竖向支座易磨损的特点，设计并安装支座防尘罩，使支座使用寿命延长到原来的2.5倍，在大桥的全寿命周期内可以减少12次支座更换，累计可以节约养护成本约600万元。针对伸缩缝检查困难的问题，研发并增设了检查平台，保证了伸缩缝"易达、易检、易维"，提高了养护人员作业安全，也保证伸缩缝的检查维护工作做到全覆盖。

筑梦，始于而立

今年57岁的谢建明，两鬓生华的短发，脸上的皮肤，落下满满的阳光斑，双手布满老茧，常年穿着一双粗布鞋，一身蓝布工作服。一眼可以看出，这是一位长期工作在一线的"老师傅"的经典形象。可你不会想到，16岁之前的谢建明是大上海街头风流倜傥的英俊少年，22岁之前的谢建明是大学电子与应用专业的高才生，34岁之前的谢建明是令人羡慕的外资企业技术员。

谢建明是上海人，父亲在外地工作。为了不影响孩子的发展，让孩子有一个稳定而优秀的成长环境，父亲让谢建明整个少儿时代都留在上海生活。16岁那年,父亲从南京调到徐州工作,跟他们母子商量,打算就扎根在徐州了。此后的40年,谢建明就从"上海人"变成了地地道道的"苏北佬"徐州人。

真正让他蜕变的是2002年之后的20年。这一年已经34岁的谢建明看到连徐高速公路公司招聘人才,做了一个大胆的决定:从外企跳槽到国企去。一天,他写好了辞职报告,敲开外企老总的办公室的门。老总看了报告后,夹着燃烧纸烟的手停滞在半空,整个人愣住了。他问谢建明:"是不满薪酬,还是我对你不够好?"

谢建明摇摇头。

"那为什么呢?"老总百思不得其解,"现在大家都在寻求外企就业的机会啊,你到底是怎么想的呢?"

谢建明当时说了一句很书生气的话:"我自己也不是很明白,只是觉得这里不是我的梦想之路。"

"好吧,你不年轻了,这个时候做梦是不是迟了点?"老总在他的辞职报告上签了字,惋惜地对他说,"如果后悔了,随时欢迎回来,我真是不明白,你这么一个在工作中踏踏实实的人,怎么会在脑子里塞着不切实际的梦想呢?"

谢建明向一直待他不错的老总,真诚地鞠了一个躬,走了出去,再也没有回头。

实践证明,谢建明确实是一名带有梦想的实干者。这一年,他进入高速公路工作,此后的事业,并不顺利,也承受了未曾预料到的种种困难,踌躇过,徘徊过,但每天早上一到岗,看到延伸向远方的高速,听到车轮滚滚的呼啸,他就莫名地兴奋起来,觉得什么也不能阻挡自己沿着这条路走向前!所以,他再也没有离开过这个单位。从普通技术人员到机电业务能手,到机电设备维护中心主任,从初出茅庐到省级劳模……在连徐公司的二十载,谢建明完成了职业生涯的完美蝶变，也留下了弥足珍贵的精彩回忆。

　　谢建明进入连徐公司，负责供水供电设备的日常维护。新的岗位意味着新的挑战，公司开通运营伊始，新的设备先进且数量庞大。初入岗，对高速公路领域仍较陌生的谢建明深感"压力山大"。环境的变化、行业知识的欠缺、心理上的落差，使他一度陷入失落与茫然，每天机械式地完成日常巡检和维护工作，都有点吃力。

　　第一次面对出问题的机器，谢建明感觉自己"受伤"了。"谢天谢地，救星总算来了，谢师傅，快过来帮我们整好这台机器！"负责机器的同事愁眉苦脸地站在"罢工"的机器旁，看到谢建明过来，脸上立即露出喜悦的神色。谢建明快步跑到设备跟前，他深知若不快速修复故障，损失不可估测。可左看看右看看，他却陷入了为难，寻"病源"、查"病理"、开"药方"，虽然明白流程，但是实际操作时，才发现自己在外企积累的经验，根本不够用。他搓手顿脚，乱了方阵，十分尴尬地向同事抱抱拳，说需要回去先查阅相关资料，然后再过来处理。同事脸上露出失望的表情。

　　这次的事件仿佛给谢建明心理上来了一记闷雷，将他从糊涂中打醒。他意识到，在大学里学习的那些书本知识，不是立等可用；在外企积累的那些实践经验，也不是可以到处涂抹的万能膏药。时间不等人，故障却随时随地不招也来，挥之不去。再这样下去，工作迟早要出问题。

　　为了补上业务知识的短板，他一头扎进书堆里，《电工手册》《变频器的使用与维修》《PLC 控制技术及运用》……一时间，他的桌子、床头到处堆满了各种专业书籍。为了搞清楚一个个技术难题，他常常吃不下饭、睡不好觉，直至找到问题的根源和解决办法。他还通过在上海的儿时伙伴，联系到上海交通系统的两位老师傅，利用机会，电话讨教，甚至在节假日乘车过去拜访，当面求学。

2002年12月的一天，急切的电话铃声打破了清晨的宁静。"谢师傅，我们站里柴油发电机组突发故障了，麻烦您尽快过来看一下。"接到三堡收费站（现徐州南收费站）的电话，谢建明和同事立刻赶往现场。映入眼帘的满地柴油、停止工作的发电机组，现场没有声息。

"这种状态，临时发电设备撑不了多久，假如电网停电，三堡收费站各系统将陷入全面瘫痪。"这次，谢建明立即找出了问题症结，排查分析，很快就制定了一套抢修方案。经过一个半小时的处理，机器漏油故障得以排除。可是，新的难题又摆在他面前——发电机组怎么启动都无法运行。在与厂方联系后，厂方回复修理工外地出差无法及时赶到。

一个问题解决了，更大的问题产生了。怎么办？"调节频率，增加转速，加大油门。"在大家焦急的眼神中，凭借半年多来积累的经验和学习的知识，谢建明突现灵感，产生一个大胆的设想。伴随着机器轰隆隆的工作声，他的判断得到了最有力的印证，喜悦感和成就感涌上心头。这次突发故障的成功处置为他坚定了解决难题的信心，仿佛之前一切的付出都得到了最有价值的回报。

在不断实践中，谢建明总结出了机电设备"望闻问切"检查法。在他的笔记本里，记录了上百种机电设备的疑难故障及排除方法。日复一日，他成了公司公认的机电设备维护专家。

谢建明终于在学习和实践中，锻炼成了"师傅"级的机电工。但他心里的危机感始终没有消除——当初在外企时，不也是得心应手的"老师傅"吗，怎么换个工作就出洋相了呢？最不等人的岂止是时间，更是日新月异的技术啊！如果老跟在技术后面跑，总有一天人会被新技术淘汰。谢建明把自己的担忧跟公司领导说了，领导当场表扬了他，而且给他打气，承诺单位会全力支持他在技术上进取，创造一切可能的条件，为他的创新追求进行保驾护航。谢建明这下有了底气，开始不满足于"会修"，而是把"修理"当成一门学问，跑步超道，挺进机器设计与生产技术前端，进行钻研。

他的钻研很快见效。从公司所辖路段通车开始，沿线附属设施被盗事件便时有发生，其中电缆被盗现象尤为突出。为此，公司领导非常烦恼。谢建明凭着一股不服输的倔劲，经过百余个夜以继日的设计斟酌和几十次试验的反复认证，终于设计出了一款适合高速公路使用的电流型可变情报板电缆防盗产品。自报警器安装以来，已协助公安机关破获多起电缆盗窃案件，并成功制止盗窃电缆行为60余次。该研究项目一举获得了国家实用新型专利、交通运输行业QC小组优秀奖。谢建明也华丽转身，从"维修师傅"变成了货真价实的机电专家。

初步的成功激发了谢建明的创造热情，他不断扫描行业里的相关问题、甚至潜在的问题隐患，进行针对性的技术攻克前置。ETC专用车道开通，其便捷、高效的优点受到了过往司乘人员的好评，但是经常到一线实地勘察的谢建明，却发现了其中的隐患：ETC车道车速快，收费员、保洁员在横穿车道时存在着安全隐患。为此，他用了近半年的时间，通过加装地感线圈，使用独立单元控制车辆通行报警提示的办法，解决了这一难题。该项目获得了江苏省职工十佳合理化建议奖，江苏省质量协会优秀QC小组一等奖；项目成果中的《新型车辆延时检测器》获得了国家实用新型专利。

在成为公司的技术骨干之后，谢建明没有觉得可以有骄傲的资本，而是产生了新的危机感。在单位，谢建明是可以随时去敲领导办公室门的人，无须预约。这是领导们给他的"超常待遇"。谢建明这次登门，是向他们提出了一个特别的担忧。他说自己的起点并不高，大学里学了一点肤浅的书本知识，又在交通系统外晃荡了十多年，真正学习机电专业并取得一点实干能力，是到了连徐高速公司之后的事。现在，他这样"奔六"的人居然成了骨干，对个人来说可能是一件幸事，对单位来说，就不是什么值得庆贺的事。

单位领导似乎明白了他的意思，请教谢建明，还能怎么办。

"尽快招一些年轻好学、起点高一些的人才进来。"谢建明诚恳而风趣地说，"我们一起来培养出我谢建明的掘墓人，我们必须有一支少壮骨干队伍，才有未来！因为现在的技术发展，是加速度的，人老了，总归有精力上、思维定式上的弱势。"

其时，正逢上级单位江苏交控的总部下发人才提升计划，公司领导发现老谢的提议，正好契合了人才计划的意图，立即采纳了他的意见。谢建明开始当起了"头羊"，后面跟了一群年轻的技术员，不再是"一个人战斗"。目前，他的小团队里不乏研究生学历者，在他的带领下，绕过了他当年"独自琢磨"的弯路，迅速走进技术攻关快道。他个人获得"优秀共产党员""江苏省劳动模范"等称号，所负责机电设备维护中心团队，也取得骄人的战绩，先后获得"江苏省工人先锋号""徐州市先进集体"称号，并取得两项国家专利，通过技术革新为公司节约经费1400多万元。

"这是一条梦想的人生高速路，上了高速，不要犹豫、不要回头，凭着一股劲，踩实油门往前开！"谢建明对公司的年轻人叮嘱道，"这是我作为老司机，给你们传授的经验中，可以排第一的一条。"

安得美满

"愿烟火人间安得太平美满，我真的还想再战五百年……"

48岁的居永平记得在自己40岁的生日晚宴上，同事无意点一支歌《向天再借五百年》送给他，里面的两句歌词，触动了他的心。此后，他喜欢哼哼几句，并把本来歌词里的"再活五百年"改成了"再战五百年"。40岁之后，他才发现，对人生来说，可以在岗工作的那几十年太珍贵了。

谈起资历，1996年从无锡船舶工业学校毕业后就进入交通系统的居永平，是江苏交控一名不折不扣的"元老"。他在高速路网上辛勤耕耘二十七载，一路奋斗、一路成长。他频繁换岗，不断钻研，每当在一个岗位上"成熟"了，领导就像采桃子一样，让他进入新的岗位，在新的季节里再次"成熟"——保畅之路多叠嶂，千钧重任轮肩担。27年来，他历经电工班长、收费站管理员、总值班室（调度指挥中心）主任、收费站站长、营运安全部经理助理、管理中心副主任、营运安全部副经理、调度指挥中心主任等多个工作岗位，无论身处何职，始终坚持尽忠职守。

如今，他觉得自己只是年岁不饶人，心还很年轻，劲头也旺盛。有一组描述居永平其人"工作狂"的时间数据，可以让我们窥见一斑：多年来，无论身处什么岗位，他没有一年完整休完年假，就连婚假也仅休了两天，惹得新娘误以为"嫁给了不爱"。他放弃的各类加班调休更是不计其数。2008年大雪期间，连续14个昼夜持续坚守；2012年国庆节首个长假免费政策实施期间，连续8天驻站保畅；2020年新冠疫情暴发初期，连续半个月未回家……此类事迹在他的身上不胜枚举。急难险重任务，他总是主动请缨，冲锋在前；长假重要节点，他都坚守岗位，奋战一线；每遇突发事件，他均义无反顾，奔赴现场；恶劣天气保畅，他始终坚持在岗在位，连续作战。他没有什么英雄壮举，不曾经过波澜壮阔，但这些朴实无华的默默付出，持之以恒，渗透在27年差不多一万个日子里了，足以映照出他"老黄牛"的奉献品格和忠厚秉性。

多年来，从怀揣梦想的青葱岁月，到两鬓微霜的不惑中年，居永平始终奋发图强，持续进行自我提升，精益求精的态度铸就匠人精神。他在日常工作和生活中，坚持向书本学习、向身边的"达人"学习，不断丰富业务理论知识，强化技能水平。他的职业资格等级从最初的初级工，一路提升至中级工、高级工、技师及高级技师，更是于2020年顺利通过了高级工程师的职称评定。在实际工作中，居永平一直秉持开拓进取、善谋敢干、创新创效的工作理念，针对工作中发现的各种问题，团结带领业务骨干，充分发挥集体智慧和专业特长，努力开展小改小革、QC小组活动及各类小创造、小发明，取得了丰硕成果。为第一时间发现外场电缆偷盗事件，实现"一路三方"快速响应、高效处置，他主持设计制作了电缆防盗报警装置；为改善收费现场工作环境，增加人文关怀，研制安装了收费亭自动启停背景音乐系统；为提升清排障作业安全性，提高拖牵车辆后方警示效果，研制了高速公路清排障LED防追尾警示灯；为防止UPS市电输入意外断电，造成UPS电池耗尽，引发"三大系统"设备及网络瘫痪，设计制作了UPS断电报警装置；为实现站区无人值守配电房市电故障及设备火灾早发现、早处置，设计制作了配电房市电故障及火灾报警装置；为防止市电停电期间站区备用发电机组突发故障造成站区全部停电，设计制作了移动发电机快速供电接驳装置等。

时代在变，环境在变，技术方法更要变。

有一组数据可以反映居永平在技术钻研上的拼搏。

在他的主持带领下，先后完成了40多项创新改造成果，获得国家实用新型专利4项，省部级优秀QC质量管理小组及推广成果若干项，为公司累计节约经费300多万元。他主持成立的"苏沪主线站常新藤创新创效工作室""沪苏浙管理中心机电工作室"及"居永平技能大师工作室",积极开展技术创新、维护改造、管理优化等创新创效活动,推动实现降本增效。工作室先后完成 50 多项技术改造项目和 10 多个创新课题,节约项目经费共计 100 多万元;通过节水节电改造,节约水电费用共计 200 多万元;通过修旧利旧、翻旧出新,节约设备采购经费 80 余万元。

居永平说:"所有的付出都不会被辜负,它会以另一种形式回馈我们。"他在单位的积极贡献,为他带来了全国交通行业现场管理明星推进者、全国交通企业管理现代化创新成果二等奖、首届"江苏交控人才奖"之"技能工匠奖"二等奖、江苏省交通技术能手等一系列荣誉,"常新藤创新创效工作室"被评为江苏交控系统青年创新创效工作银奖,"居永平技能大师工作室"被评为江苏省交通运输行业技能大师工作室。

"过往所有,皆为序章,我还有十多年才退休,愿向天再借五百年——不能借五百年,愿把五百年的热情与干劲,压缩进我有限的工作年份内,挥洒在江苏高速这片沃土上!"

居永平这样对党组织表白。

手记之四：故事里的"万年青"

讲好江苏交控的人才故事，我在调阅资料和实地访谈后得出一个结论，这就是，少年老成，老而弥坚，青壮矫健。通过几十年的积累，特别是近十年的人才建设创新、强化，这个大型国企在人才上已经具备了活力、厚重、稳健的大气象。如果走进这种气象的细节，你会发现气象之大，来自群像的均衡性、稳固性、高度协调性。各单位发现先进，冒出典型，及时采取"扩充法"，建立以先进典型为中心的各种工作室，使个案效应团体化。

本章涉及的两位青年、一位老年、一位中年人物，就是这种"扩充法"链条上的出彩三端。

比如高学历的马辉进入公司，短短几年在高速公路养护技术创新、新材料的研究与推广工作上做出成绩后，公司很快上马了由他牵头的"机器猫"创新创效工作室，并提出了"研学而智得，立行而创新"的发展理念。马辉成了养护公司甚至整个交控年轻技术才俊的榜样。他也找到了更高层次的人生价值，带领、指导公司年轻的技术人才一起开展技术创新活动，不亦乐乎。

对年轻才俊孙洪滨来说，除了木匠师傅的父亲，他还有三个工作中所拜的师傅。前江阴大桥公司的总经理饶建辉，曾当选2016桥梁杂志评选的"中国十大桥梁人物"，提出"建桥两年，养桥百年"的口号，十分重视养护桥技术的创新突破工作。他鼓励年轻人创新，提出创新就要允许失败，失败是成功之母，更是创新者前进的底气。在他的培养下，孙洪滨从束手束脚，解放成大胆创新的标兵。

孙洪滨的第二个师傅吉林，是著名桥梁专家，曾参与江阴大桥、润扬大桥、泰州大桥的建设，当选过"感动交通十大人物"。他在技术上对年轻人一点都不吝啬，总是手把手地指导孙洪滨。吉林先生自己的作风，更是感化了年轻人。他是德高望重的大专家，可自身的姿态，一直像个学生一样，不停学习。他有一句口头禅：知识是有保质期的，我们的大脑是知识容器，不能自行产生知识，得从外面不断补充新的，把老的淘汰出去。他的帮助，弥补了孙洪滨在设计、施工方面的短板，提醒他养护技术不能独立存在，必须通晓设计施工，才能真正干好养护。正是在他的提醒下，孙洪滨开始研究国外同类型大桥，比如布鲁克林大桥的百年历史，在技术和维护上走过的历程，拿来进行借鉴。吉林还送了一些珍贵的个人积累资料和专业书籍给小孙。

孙洪滨说起他所在公司的现任领导们，也是真心觉得是他的好老师。公司提出"大桥不健康，我们不太平"的理念，在管理上把安全放在首位，逢会比讲，逢月必查，逢病必治。江阴大桥已经运转23年，现在事故却越来越少。2020年曾有一辆大货车在大桥上侧翻，触到吊索，撑破防护栏。这次事故虽然纯属司机责任，无关大桥本身质量问题，公司领导却开会反思，要全公司引以为戒，并进一步提出"安全是企业命根子"的思想，制定了一系列安全管理措施。

我跟孙洪滨交谈结束时，这位理工男突然蹦出一句顺口溜："三个诸葛亮，带出了我这个小皮匠。"

这话俏皮又谦虚，让我一下子对这位年轻人又多了一些佩服。

自认为已迈入"老年"的谢建明，梳理自己的人生道路时，有另一个层次的感慨。他觉得一个企业的宽容、信任机制非常重要。

他从外企跳槽过来,居然有这样的观点,这倒是引起我的好奇。谢建明说,自己在外企的确学了不少有用的东西,但是外企对人才的定位和使用,有时候也保守,不是我们想象的那样,"外"就一定是"新"。谢建明举例对比说,他在外企时也想创新,老板跟他说了一个"搭车理论",意思是你那点创新,如同板车上铁路,没跑几步,人家火车已经超前,连屁股都看不到了。老板对他说,你能跟着学步,跟得上就万幸了,别去想什么自己走路了。而新单位鼓励他钻研,什么稀奇古怪的想法都可以提出来,都可以尝试一下。在创新之路上,他不是没有失败过,有些点子一出来,还引起过别人的大笑,觉得太离奇,但领导最终大都鼓励他试一试,试着试着就成功了。

这也是他从此没有再跳槽的根本原因。

其实,近些年,更多的人不会像谢建明这样"半路出家"加入交通业,也不会像居永平这样从很低的起点发力,最后在技术上攀高。随着高等教育的发展,高级人才的增多,江苏交控新进管理和技术员工,大都是年轻才俊。他们比起老一辈人,智商更高,心更活跃。然而,他们在这里,心智得到双发展,很多成了安心、稳定而又成就杰出的骨干力量。

走进交控,我获取了大量青年才俊的事迹资料。我发现良好的开放式成长环境和鼓励创新、突破的氛围,是吸引年轻人、特别是留住年轻人,同时激发年轻人奋斗热情的法宝。

在润扬大桥,有这样两位"95后"年轻人——瞿衢和尹晓瑞。

25岁的瞿衢是润扬大桥机电工区最年轻的维护员,作为桥梁养护"战线"上的"新兵",公司压担子、指路子,他也用不亚于前辈的责任心、拼劲和闯劲交出了属于青年一辈的答卷。他勤奋好学,快速掌握了综合电力监控系统维护要点；积极参与创新创效工作，自2020年以来他组织申报的QC成果连续两年获得优秀质量管理小组；协助公司成功创建"江苏智慧桥检工作室"，全程参与钢箱梁疲劳裂纹AI视觉巡检机器人、大型桥梁桥面排水系统自动开合装置、超高压细水雾桥梁关键结构防火装置等公司重点创新项目，不仅在工作上游刃有余，综合能力也在稳步提升，个人手握5项实用新型专利，荣获润扬大桥"创建标兵"称号。

在"95后"尹晓瑞身上，你能看见"多"与"少"、"新"与"老"的碰撞。2017年本科毕业后，她作为江苏交控新引进高校毕业生加入润扬大桥。润扬大桥从岗位适配和个人未来发展角度出发，给足发展平台、提供展示机会，并在其成长路径上，时时关注，实时调整。系统维护上不了手？技术"大佬"一对一帮教。宣传工作尚显青涩稚嫩？资深"笔杆子"手把手辅导。从一个"专"才，到"多面手"，她用了短短5年时间，从负责收费、值机、调度、三大系统维护的基层员工，快速走上管理岗位，成为历经收费站、党群工作部、营运安全部、交控人力筹备组等多部门并参与重要工作的"生力军"。在公司的支持下，她工作后考取南京大学研究生，是带动公司青年继续深造、笃行不怠的"奋斗者"；是荣获江苏交控宣传报道先进、优秀团务工作者，润扬大桥先进个人等数十项荣誉的"后起之秀"。在尹晓瑞身上，能看到年轻一代在江苏交控、润扬大桥这片沃土上的无限可能。

2022年我走进云杉资本公司访问。这是江苏交控最年轻的一支团队，40多名员工，平均年龄30来岁，人均产值过亿。随便翻翻他们的人事资料，都足以让我惊叹半天。

青年"海归"洪语谦，现任云杉资本团支部书记、策略投资部投资经理助理。她有 5 年外资银行工作经验,在加入云杉资本后,洪语谦迅速融入江苏交控"责任、创新、崇实、善为"的企业氛围。入职以来,她所负责的投资项目中共有 11 家企业成功实现 IPO,所负责管理项目全年累计实现投资回报超 2 亿元。同时,作为公司首任团支部书记,她带领公司团员青年们学党史、上团课、创新创效、捐建"梦想小屋"、争创"青年文明号",开展了一系列的活动,实现了团支部工作从无到有的突破。2021 年度,云杉资本团支部被评为江苏交控五四红旗团支部,她本人也被评为优秀团干部。

施杨,云杉资本风险管理部总经理,本科毕业于南京大学,硕士留学于美国密歇根大学安娜堡分校,毕业后即回国,2019 年 3 月入职云杉资本投资部门,2021 年 1 月通过竞聘担任风险管理部负责人,并重新组建了风险管理部。施杨充分利用自身丰富的业务经验,聚焦"险从哪里防"的课题躬身实践,探索形成了一套具有云杉特色的 3C 风控理念,风险管理的典型做法连续获得 2020 年度、2021 年度江苏交控系统风险管理优秀案例,风险管理部荣获 2021 年度江苏交控先进集体。施杨本人被评为江苏交控系统 2019 年度先进个人,并积极主动向党组织靠拢,于 2021 年加入中国共产党。作为留学归国青年,施杨的云杉经历真正体现了云杉资本"让专业的人做专业的事"的用人理念,深刻诠释了"生逢其时当奋斗其时"的中国梦!

武泽璇,云杉资本综合管理部副主管。2021 年底,她根据省委组织部统一安排到云杉资本进行挂职锻炼。挂职期间,她始终保持"来了就是交控人"的心态,努力在江苏交控这个大家庭中扎根向下。从原来的环保工作转变到国企综合事务,时空虽有不同,但奋斗的基调一脉相承。她始终坚持以锐意创新、实干担当为座右铭,立足岗位、刻苦学习,在公司党建、宣传和组织人事工作的学习和实践中,不断提升个人综合素质,争做岗位的"多面手"。她先后负责创建、运营公司两个网站、公众号等媒体平台,发挥好党宣凝人心、聚合力、促和谐作用,着力讲好云杉改革发展、员工奋发向上的生动故事。在她的积极参与筹备下,公司荣获2021年度江苏交控宣传工作先进集体、江苏省文明单位等荣誉称号。

另一个新科技含量很高的江苏交控所属企业——通行宝公司,也是青年人才济济。高学历人才在企业里如鱼得水。通行宝数字科技事业部近两年的新进员工都是"90后",他们充满想法,也不循规蹈矩。为了能让他们能够更好更快地融入公司,花大量的精力引发学习兴趣,培养学习主动性,在小事上给予认同感,增加工作的成就感;帮助他们突破成长曲线的瓶颈,针对性地开展"成长训练营",以聊天等方式进行工作复盘;建设学习型团队,每月15号举行"灵光一现"分享会,让大家分享平时工作中找到的好方法、好技巧,共同进步。公司开展"导师带徒"活动,作为"导师",在各方面都起表率作用,带领全体员工共同努力。他们因材施教,针对员工的不同成长背景、不同性格特点等,采取不同的方法对员工进行鞭策、鼓励。这批小青年很快爱上企业,安心地待下来,一个个精神饱满。通行宝也因此获得强劲的人才可持续力量,在人才战略推动下,企业顺利上市。

2018年5月,佟鑫从南京大学企业管理专业毕业。作为一名在企业管理上钻研7年的研究生,她迫切地希望能够在工作岗位上发挥自己的专长和才能。2019年进入通行宝公司,正值拆除省界收费站大规模发行ETC项目。通行宝的业务"新"也让她有更多的机会将处理新型复杂问题的方法应用到不同领域,发现新需求,创造新方法,例如零库存管理法、搭建货车自由平台等。通行宝的平台给了她将专业知识转化成综合能力、发挥才干、创造价值的机会,也给她搭建了展示能力的舞台,给她提供了优秀人才的上升路径。三年来,她和通行宝一起高速成长,破茧成蝶。

李宁,是江苏省第五期333培养对象、江苏省综合交通运输学会青年人才专家委员会委员、江苏省交通运输行业高层次领军人才,是一位履历丰富的"青年专家",曾挂职江苏省句容经济开发区、句容市交通局。按照江苏交控加大高速公路工程建设管理人才培养的要求,李宁第一时间响应,最终被选派至常泰长江大桥建设指挥部挂职。常泰长江大桥作为世界级超大跨度公铁两用斜拉桥的建设工程,采用了新型超大深水基础结构型式、最大规模的多功能荷载非对称斜拉技术、钢—核心混凝土组合结构、温度自适应塔梁纵向约束体系等新技术。他快速进入"新角色",努力适应"新环境",主动钻研"新技术",广泛查阅各类图纸资料,积极参与施工方案审查会议,了解施工组织方案,深入主塔施工现场、移动模架、非通航孔钢梁架设、钢桁梁制造现场等一线工地,实地查看工程建设进度,熟练掌握了常泰大桥工程的施工工艺、技术难点和总体建设情况。作为江苏交控的派出人员,他很好地发挥了常泰桥指与高速系统对接的纽带作用。

2019年,刚从扬州大学园艺专业毕业的"90后"研究生姜宇通过人才招聘进入宁杭公司工程部任职,他在所负责的宁杭高速"最美风景"绿化景观提升项目中,创新性地提出"一段一策"原则,以打造特色节点、网红景观为载体,因地制宜挖掘沿线生态、文化资源,采用"保""借""承""造"的手法进行景观打造,这一想法获得了众人的认可并第一时间投入施工。短短一年后,"人在车中坐,车在画中行"这一美好意境就从纸上跃至现实,最终,宁杭高速江苏段荣获第三届"最美中国高速公路"称号,成为省内唯一获此荣誉的高速公路。作为优秀人才培养对象,姜宇在2022年被调至宁杭南京主线收费站,轮值收费站副站长,从一个普通办事员到管理87名员工的副站长,这是宁杭公司给予他锻炼的舞台。

在"脑力劳动"特征强烈的交通传媒公司,有很多"80、90后"。周彬是一名工作了四年、经过实践检验了的优秀青年才俊。刚到传媒公司时,周彬在传媒公司工程部工作,一年大部分时间在工程建设现场,工程建设的工作节奏快、加班多,在一次一次的工程建设中,他向现场有丰富建设经验的师傅们学习,一次次的现场项目实施使得周彬迅速成长,他很快熟悉了工程建设流程,并逐渐成为重点工程项目实施的带头人。随着工作需要,他转至营销岗位,重点服务交通传媒的直营客户,加班赶点写方案对于销售岗位来说是家常便饭。有一段时间有几个大客户方案需要同时编写,周彬白天带着客户现场看设施、定广告点位、广告形式,晚上和设计人员一起编写销售方案,有几次完成方案编写已经是第二天凌晨。这四年间,公司的快速发展,给予了周彬和他的同龄人更多的机会、机遇,使得他们有机会经历工程一线、综合管理、市场营销等多种工作岗位,更多的锻炼、学习机会,更广阔的发展平台,使得他们不断提升自己,取得更多的成绩。年轻团队成了这个公司的创意主力军。

在江苏交控,几代人"传帮带"的故事比比皆是。我在采访写作的过程中,曾就此题目搜集故事线索,三天内全系统提供了几百条给我。我随时摘录几条,觉得都是干货满满,无不可以扩充成文。

为加快新入职员工的培养成长，云杉清能公司充分发挥公司骨干的岗位示范及传帮带的作用，进一步强化公司人才梯队建设，2020年起，江苏交控如东海上风力发电有限公司举办"师徒结对"活动。"师徒结对"是一项长期性活动，每组师徒合同签订时间为1年，截至2021年底，共6对师徒完成培训并结业，分别为风电场朱为民、卜天益师徒、黄志祥、潘成城师徒、毛小刚、桑晨铭师徒、葛建峰、高锋伟师徒；安全技术部季汉珊、徐林校师徒；综合管理部李莉、赵钰师徒。师父有针对性地为学员制定培训目标、培训计划、教学内容和教学措施，深入了解学员的学习和工作情况，对学员工作周报进行点评，帮助学员尽快适应岗位要求、达成培训目标；学员按照培训要求，努力完成师父安排的各项任务，虚心求教、努力学习、深入实践。在此期间，学员在师傅们不遗余力的倾囊传授下提升了自身素质，实现迅速成长。

像博士后马辉一样，有些年轻的高学历青年进入工作岗位后，迅速站到了舞台的中央，短短几年就成为企业的"主角"，并在企业浓郁的传帮带氛围里，成为"领头羊"，担负新的使命。

朱启洋，博士，高级工程师。获得省级科学技术进步奖2项、专利授权20余项。2021年进入现代路桥有限公司科技信息部，专注于公司路面新材料、新技术的研发工作。此后，路桥公司及时组建团队，协助他工作，同时培养、锻炼新人。2021年，朱启洋带领科研团队进行路面养护材料的研发，开发出具有自主知识产权的高性价比沥青路面冷补材料和热熔型干湿态高亮Ⅲ级标线涂料，两款产品均已在高速公路上得到了应用，实现了产品自主研发，提升了品质和价格的透明度。2022年，朱启洋带领团队参与了公司揭榜挂帅项目《不粘轮乳化沥青材料与工艺研究》的研发申报工作，完成公司内部科研课题《沥青路面热熔标线涂料研发》的研发申报工作，目前两款产品正处于实验室研发过程中，有望很快以此实现公司自主研发和养护产品完全自主化。

吴宵龙，杜伊斯堡—埃森大学研究生毕业。有着6年电气工作经验的他，于2020年3月加入了高管中心，并在单位的培养下茁壮成长，不断创造佳绩。作为交通行业的新人，通过参与省界撤站项目的收尾工作，他不断汲取专业知识，积累管理经验，快速适应新角色。在领导和同事的关心照顾下，出色完成了系统运维、制度体系建立、专项工程建设等日常营运管理工作，善于学习和总结，逐步成长为一名有着责任感的业务骨干。凭着对工作的热爱与担当，他投入重点工作的推进中，在部门的带动下，开发部署了设备运维管理系统、指挥调度系统等信息化平台，成为江苏交控数字化转型以及"六朵云"落地的先行示范。

王强是宁沪公司运营管理中心信息技术部副经理，是宁沪公司最年轻的中层管理人员。他毕业于北京大学，带着过硬的专业知识和综合素质加入了江苏交控大家庭。从入职以来，先后在江苏高网、省委组织部、江苏交控营运安全部多个岗位锻炼。2019年，在党委组织部"80、90后"年轻干部挂职活动中，根据组织安排来到了宁沪公司进行挂职。工作内容也从以文字工作为主转换成了真管实干的业务处理。2019年取消省界收费站中，有他在施工现场穿梭忙碌；2020年公司吸收合并过程中，有他在深夜研究系统融合方案；2021年五峰山大桥、南部通道新路开通，有他在现场做开通前最后的保障。在这期间，他调研过公司的每一个收费站，他行驶过公司的每一处高速公路。宁沪公司实干、拼搏的精神使他感到既充实，又有成就感。如今他又投身到了沪宁智慧高速的建设中来,用他自己的话来讲,年轻人只有在一线、在现场,才能被锤炼出最耀眼的光芒。

祝争艳,研究生学历,硕士学位,正高级工程师,国家一级建造师(公路、市政专业),试验检测工程师(材料、公路、桥梁专业)。2008年入职江苏交控系统,先后在江苏现代工程检测有限公司、江苏现代路桥有限责任公司承担高速公路养护技术相关工作,现任江苏高速公路工程养护技术有限公司质效监督部副经理。先后入选江苏省第五、六期"333高层次人才培养工程"培养对象、首批省交通运输行业"高层次领军人才培养计划"人才;获省部级科学技术奖一等奖2项、二等奖2项,市厅级三等奖1项;荣获江苏省养护管理优秀个人、江苏交控"十三五"全国干线公路养护管理评价迎检先进个人、"党员先锋示范岗"称号;发表论文十余篇;授权专利9项。祝争艳把自己的成功转化到工作实践,并以培养单位的年轻人为己任。她的这种"老师型"人格,美名远扬。南京林业大学聘请她担任硕士专业学位研究生校外指导教师,使得其在企业里积累的智慧才华,能够反哺高等学府。

在江苏交控,老师傅、老党员、老同志从来不倚老卖老,大家没有"老资历"这一概念。交控负责人有一句很有意思的话:"资格像软件,必须不断更新、升级,否则,越老越没价值。386躺平了落到今天,还有什么用呢?"

孙海青来自高养桥梁养护处,从事桥检车驾驶和操作工作。入职18年,他始终战斗在基层一线,并敢于创新攻关。2008年,他所研究课题《基于某桥梁检测车设计缺陷的改进方案研究》获省交通厅"优秀合理化建议",2019年《刚性自锁式预应力碳纤维板锚固系统开发》成果获国家专利。孙海青对桥检车上几千个大小零件,都烂熟于心,自创"看、听、摸、闻、问"五步快修法。瞄准难点痛点,他大胆创新攻关,实施技改20多次,提升安全性的同时,节约维修费用几十万元。他的创新成果被国外设备生产商用于新品研发,展示中国工匠的硬核实力。2019年孙海青荣获首届"江苏交控人才奖""技能工匠奖"三等奖。2020年孙海青牵头成立"创新创效工作室",他把辛勤积累的成果,通过工作室,传给更年轻的员工,取得了显著的成效,工作室荣获"江苏交控示范性劳模创新工作室"的称号。孙海青常说:"要让后浪更强,前浪需要带上。"

"有一种责任叫作我是党员,共产党员就是要勇于担当,在疫情和困难面前冲在第一线、战在最前沿。"这是江苏交控财务公司金融服务部经理丁春妮在部门疫情保障动员会议上的一段讲话。2020年初面对新冠疫情严峻形势,她带领金融服务部的青年员工们争当疫情阻击战"逆行者"和成员单位金融服务"保障者"。第一时间建立成员单位线上专属金融服务工作群42个,高效梳理各成员单位融资需求,逐一精准制定特色融资方案,以"知心""暖心""贴心"的金融服务诠释交财员工的使命担当。疫情期间累计为成员增加授信100亿元,投放自营贷款超54亿元,办理票据承兑近21亿元,办理委托贷款业务超28亿元,高效确保各成员单位到期债务资金有序衔接,全力保障江苏省重点交通项目建设资金需求,2021年公司金融服务部荣获"全国青年文明号"称号。一场"战役",一个领队,打造出一个国家级荣誉团队。

入党35年、从事排障工作19年,杨建波始终思想坚定、任劳任怨,是大家心中可亲、可爱、可敬的"老黄牛"。"60后"的老杨虽然年纪大,却从不以"老"为借口,一直在不断要求进步。无论严寒酷暑还是风吹雨淋,始终能保持一颗沉着冷静的心去应对各种特情……2018年，在处置一次救护车侧翻事故中，他当机立断敲碎挡风玻璃，将处于昏迷状态、满身是血的女医生从副驾驶位救出。2019年冬天，在处置多起车辆追尾事故时，他不慎滑倒，脑后鼓起大包，他不以为意，不眠不休奋战在事故现场。因延误治疗，留下了无法消除的伤疤……为了把交控人的故事传播得更广，尤其是为了新一代交控人的成长教育有素材，他结合案例，写成一篇篇心得，分享出去。由于工作成绩突出，他连续九次被公司评为"先进个人"，六次被评为"优秀共产党员"，被江苏交控授予"党员先锋示范岗""保畅之星"荣誉称号。

王再彬，禄口收费站的"领头雁"。2021年7月，新冠疫情在南京地区突发，收费站所在的禄口街道被列为高风险管控区。每天深夜，眼睁睁地看着百十辆装载隔离人员的车辆从道口呼啸而过，一种由心而生的恐惧笼罩着每一名员工。如何疏导员工的心理，如何护航生命的通道，如何保障员工的安全……这些难题王再彬反反复复想了一遍又一遍！33人一条心，33人一起拼！他带头舍小家、保大家，他带头冲锋在高风险防控最前沿，他为禄口街道物资运输、人员转运发挥了至关重要的作用！36个日日夜夜的坚守啊，当禄口镇宣布正式解封，欢呼声响彻整个收费站区，而他却默默地转过了身。正直中年，却已满头银发。没有人知道在高风险区域要保证33名封闭员工"零感染"，他究竟承受了多大的压力，他的内心何尝没有过焦虑与煎熬！但是，他用自己无声的行动践行了一名基层"硬核"党支部书记的责任与担当！

师徒结对是宁沪公司无锡处的优良传统。

丁志伟与施海涛的师徒缘分始于两年前，当时两人面对超饱和流量保畅的难题，师傅丁志伟经验丰富、循循善诱，徒弟施海涛勇于创新、善于实践，最终两人联手全国首创大流量主动管控系统。他们瞄准智慧扩容20%的目标，创新"疏两头＋控中间""车道＋匝道"联合管控两种模式，设定节假日大流量等三类启用场景，完善智能预警等四大系统。该系统年均启用超2000小时，流量高峰时段管控枢纽并线车辆131万辆，应急车道增加车辆通过75万辆，通行效率平均提升13%。目前该系统已推广应用至省内外同行，为奠定江苏高速公路智慧化建设在全国的先导地位创造了条件。如今师徒俩仍持续书写着青蓝共济、携手并进、同创未来的故事。

潘晓勇不仅是泰州大桥春江收费站公认的"多面手"，而且还成立了"晓勇工作室"。作为一名共产党员，潘晓勇将"我是党员我先行"贯彻始终。疫情期间，人员无法流动，他主动化身为"剪刀手"为同事理发；公司提出QC创新时，他开展头脑风暴，通过给转动轴增加滚轮，降低转动阻力，从而提高了限高门架的使用效率，又将灯带改成太阳能供电，做到了节能降耗。站部对讲机、门把手、水龙头等一般性修补事宜大家都找晓勇，遇到工作中"疑难杂症"时，大家也都不约而同地来到"晓勇工作室"了解和咨询，潘晓勇都能尽其所能地耐心帮着解决。

江苏高养工程技术检测中心主任符适，2003年从长安大学毕业后来到江苏高养，深耕高速养护一线近20年。在职期间，他创立了就地热再生配合比设计流程，实现了六大技术创新；参与编写2部省地方标准；编写了由江苏省住建厅批准省级工法《高速公路养护工程排水性沥青罩面施工工法》；2次获得中国公路学会科学技术二等奖；获得教育部科学技术进步奖二等奖；中国公路建设行业协会科学技术进步特等奖；拥有3项实用新型专利；发表论文10余篇。从技术员到检测中心主任,从职场"小白"到数次获得科学技术奖的"技术咖",20年风雨坚守,为公司的高质量发展贡献了青春与智慧。他说,我要把这些成果尽量书面化,留给年轻人工作中参考,让他们少走我们的重复路、弯路。

"逢山开路,遇水搭桥,你是屡获殊荣的'路桥医生';始于匠心,臻于至善,你是当之无愧的'技术先锋'。"这是在二十周年表彰大会上,宁宿徐公司给予"最美奋斗者"于心然的颁奖词。发表论文13篇,获得专利8项、各类奖10项,入选宿迁市千名拔尖人才第一层次培养对象、江苏省交通行业"100人才工程",获得江苏省交通行业技术能手、第二届江苏交控人才奖,受聘为东南大学硕士研究生校外导师……工程养护部桥梁专业毕业的于心然参加工作以来,获得的荣誉远不止于此。在宁宿徐的这些年,他培养和带领公司桥梁工程师团队致力于桥梁养护管理工作,桥梁全部达到一、二类技术状态,保证了桥梁的安全畅通。颁奖现场,面对主持人采访时,他动情地说:"这些年,我一直有三个愿望,那就是桥畅、路优、人和。这是我毕生奋斗的目标。"

桥畅、路通是本分事业,"人和"的内涵和外延,就更深、更大了。他说出了交控人本分外更重要的担当,就是才的传承与情的弘扬。

这种才情、境界,在同仁、在代际间交融,也在集体与家庭之间互相渗透。

在宁淮淮安处有着这样的一对"父女档",父亲张鹏飞在金湖收费站,女儿张笑在铁山寺收费站,都是普通的收费员。他们将两代人的青春演绎在高速公路上。张鹏飞,20多年来,坚守一线,由收费员变成了收费班长,由先进个人带出了先进集体。在父亲的影响下,张笑吃得起苦,受得起累,脚踏实地,勤恳苦干做好每一件事。疫情期间,老党员张鹏飞勇当"保障兵",主动承担各项工作,并积极主动参与"抗疫情 献热血"活动。"小张"同志同样坚守在抗疫一线,父女俩对倒班没时间见面,只能休息时匆匆视频见面。"疫情不散,我们不撤",隔着屏幕,父女俩坚定地许下诺言。

第五章　叹芳菲

温馨之花

新世纪初，性格温和的小姑娘刘保玮，被著名的西服品牌亨威地方公司看中，在门店做形象服务。在那里，她对审美有了新的认识。店长是一位高学历的大姐，热爱文学，她对刘保玮的影响很大。她认为一个人的美固然在于形象、气质，但更重要、更持久的美，是一个人的热度，是她心里的温度。一个女孩，尤其是青春不再后，温度之美几乎成了她美丽的全部。

2007年刘保玮换了工作，9月份她到江苏东部高速公司开发区收费站报到上班。在欢迎她的简单仪式上，收费班的班长得知她曾是一名光彩夺目的"亨威小姐"，就问了她一个问题，怎么把装修豪华的品牌服装店里的美，带到高速公路上这小小的三尺岗亭里来？刘保玮就把她的"温度之美"陈述出来。班长特别高兴，补充了一句让她终身受用的话：

"你过去的工作，表现出来的美是为了服装更美，现在你的工作，美只能是一种热量的付出，爱岗敬业是一名收费员必须具备的职业操守，你要安于平凡，勤于琐碎，坚持长久，小岗位也有大光彩，能焕发出自我的大美。"

十年后，刘保玮入围了第四届"最美中国路姐"评选，第二年，正式荣膺第五届"最美中国路姐"奖。《中国公路》杂志的记者在点评"最美中国路姐"刘保玮时，说她是开在小岗亭里的温馨之花。

刘保玮在小岗亭里，一守就是十五年。其间被公司授予首批"温馨服务模范岗"，连续14个季度被公司评为"温馨服务明星"，连续11年被评为"优秀员工"。

说起来，这十五年有太多故事。

一次，一辆牌号苏J开头的面包车，她核实该车为8座，应付通行费200元。但司机认为前天从某主线下高速是按客1标准缴费，拒绝按客2付费，态度很强硬，爆粗口，甚至拿出一个饮料瓶砸向了她……在整个收费过程中她始终微笑面对，耐心细致地向他宣讲收费政策，一遍不行就两遍，两遍不行就三遍……一个小时过去了，司机终于面露愧色，换了一副笑容，对她说："美女，看来是说不过你，该交的费用一分也不能少啊。抱歉，我按规定交。"

这样的事情，可能经常发生，很多有过误解和态度不文明的司机，在她的温馨服务下都变得很友好，有的甚至与她熟识了，结下了友谊，对她还有了牵挂。经常休年假结束后的第一个班次，好多司机见到她的第一句话就是："姑娘，最近没见到你嘛！可不能换工作啊，看到你心里才踏实。"

刘保玮觉得这是服务对象最好的认可。

自江苏交控"苏高速·茉莉花"品牌创建活动开展以来，收费站以"对标找差"为抓手，对内进行"微笑标准、语言规范、仪态优美、技能达标"的专项提升，对外开展"便民服务、志愿活动和阅读分享"，外塑形象、内修涵养，着力打造一支"七美"收费团队。为此，刘保玮在依法收费和温馨服务等工作上精益求精，总结出"忘我、规范、真诚、换位"的八字工作原则，为收费站选塑"苏高速·茉莉花"品牌团队和品牌明星打牢基石，同时积极主动帮助站区其他员工查找不足，帮助他们领悟温馨服务动作要领，用最饱满的热情、最真诚的微笑、最温馨的问候、最标准的动作塑造了良好的窗口形象。

站区也以此为契机，成立了"路姐工作室"，旨在进一步宣传路姐精神、激发队伍活力、增强团队凝聚力。

刘保玮既觉得骄傲，同时也感到身上的责任重大，但是却没有退缩，重新树立起岗位新目标和新追求，探索并提炼出"迎、输、算、送"简易四字工作法、"456工作法"和易混车型判断方法。她主动将自己的经验心得分享给同事们，帮助大家充实理论知识、提升业务技能、提高收费效率。在她的带动下，她与同事们一起努力，将先进经验、方法和成果落地转化为员工能力提升的手段。2021年12月，盐城开发区收费站"路姐工作室"入选江苏交控"8916"人才工程，被命名为"江苏交控征收服务工作室"，为东部公司实现战略目标提前储备人才贡献力量。

十五年间，刘保玮从普通的收费员到服务明星、从中国路姐到国资委党代表，在三尺岗亭的小小窗口上，绽放出柔美的风姿和人生舞台的精彩。现在，她仍在那里，传扬路姐温馨的能量。如果你路过，不要忘了问候一句：

"姑娘，看到你，我们心里才踏实！"

凛然之花

2008年，夏海燕进入苏通大桥南通开发区收费站工作，在女子班班长的岗位上一干就是五年。那时她是班里最年轻的女孩，要想"立得住"，必要身先士卒。她喊出"向我看齐"，带领一班女员工注重细节，精益求精，不断提升服务水平。

五年收费一线的奋斗岁月，有汗水更有泪水。曾经在劝返不合规定车辆时，被司机前后三次吐口水。泪水在眼眶打转，她依旧坚持微笑着，耐心劝导，内心拼命想着"忍着、忍着"，强制自己忍受这前所未有的屈辱，直至把驾驶员劝退。

那时候，收费系统和过磅设备还比较落后，收费站周边一些游手好闲的人，组成"黄牛党"，利用技术漏洞和人工监控的局限，钻空子帮助过路车辆，逃费漏费。小伎俩被收费员识破后，他们往往恼羞成怒，恶言相加，甚至大打出手。在打击偷逃通行费工作中，夏海燕带头坚持原则，准确计征，与"黄牛"斗智斗勇。当地的"黄牛"与夏海燕结下梁子，有组织地每天上来找碴儿。一度夏海燕与他们据理力争，并与同事约定，受到危险威胁或者攻击时，大声呼喊，让同事及时过来增援。夏海燕为此把嗓子喊破了，留下后遗症。后来嗓子反复发炎，声带上长出很多小结节，不得不听医生的劝告，住院做了手术。

事后，她一个人坐在办公楼门口的台阶上，放声大哭了一场，直至将一切的痛苦和委屈统统洗去……第二天，又满面笑容地走进了收费亭。她说："这是人生中的宝贵财富，正因为这些委屈的不断打磨，她的抗压能力才会越来越强，应对才会越来越从容，处理方式才会越来越有效。"

后来，当她自己成为收费站负责人时，这些"委屈"都成了培训员工的活教材。夏海燕把自己的故事一个一个地讲给她们听，以身说法，效果特别好。她戏称这是"海燕委屈疗法"。

2013年7月，得益于公司为培养人才所提供的良好舞台，通过公开竞聘，夏海燕成为南通开发区收费站的管理员。2015年初，她又被选派到新开通的通洋高速骑岸收费站任负责人。就这样，夏海燕带领着一群年轻人，一次又一次克服人员少、车流量大、收费特情多等种种困难，圆满完成了大流量的考验，实现了零投诉，保证了道口的平安畅通。当时公司的领导亲自策划，以她的名字，为骑岸收费站取了一个副名——翱翔海燕站。

随着管理经验的积累，夏海燕结合收费站工作内容和管理实际，提出了以"爱一路，爱心播撒，一路相伴"为内容的温馨服务"216"工作法、素质提升"360"工作法，以及关爱员工"五心""五导"工作法。功夫不负有心人，在她的带领下，骑岸收费站先后获得省级"工人先锋号""江苏省模范职工小家"等多项荣誉，团队成员也得到了很好成长和收获，如今不少人已经走上管理岗位——这是夏海燕最自豪的事。比如，走上管理岗的几个同事，一个后来接了她的班，当上了收费站站长，一个是公司营运部副经理。2020年4月，公司将她调任至苏通大桥服务区工作，担任负责人。在这里，她开启了在苏通大桥的第三段征途。

苏通大桥服务区是公司重点打造的窗口单位，承载着公司党委殷切的期望，这让夏海燕倍感压力，于是更加勤奋努力。她高效运用"标准化＋审核制"苏通管理模式，完善53项现场管理工作流程，制定6类服务蓝图，提炼温馨服务"十点工作法"，全面提升工作效率，在服务区星级现场创建和"十三五"国评工作中取得优异成绩。

在抗击疫情工作中，她总是冲在最前面，时刻保持昂扬斗志，统筹推进，精准防控。坚持把经营发展作为根本，积极探索"后疫情时代"服务区经营新模式，组织开展"抗疫情·促消费"旅游周促销活动、"云地摊——粽子节"、"永葆初心使命 传承红色基因"红色主题观影节等促销活动，增强服务区人气与活力，有效刺激消费欲望、提振商户信心，实现服务区经济效益和服务品质双提升。

岁月为证，奋斗不止。十四载苏通岁月，"凛然之花"夏海燕用自己的奋斗给予"人才有舞台"最生动的诠释。

灵性之花

张静生在运河人家，长在淮水河畔，智者乐水，"水上人家"爱动脑筋、肯钻研、有灵气的基因流淌在她的血液里。

2000年11月刚刚踏入社会的张静，随着一辆大巴车来到了宁连高速公路北段管理处淮阴收费站。工作伊始，她对一切都感到新奇，待激情褪去后，便感到收费工作太困守人的"自由"了，这水上性格的姑娘，好动是天性，所以不免感到枯燥乏味，动了要找领导调换岗位的念头。

女子收费班班长得知消息，主动找她谈心，告诉她要与时俱进，现在已经从水路运输时代进入陆路甚至航空时代，不能留恋小时候的"漂流"时光，要扎根在一个岗位上，定心定神地钻研。业务的水一样很灵动，知识的海洋无限大，任你遨游。这才是真正的"自由"。

张静听进了班长的话，班长也开始格外关注这位聪明的小姑娘，在工作上帮助、生活上关心、学习上督促。慢慢地，张静在工作上开始变得主动和用心。她认真学习业务知识，加强技能练习，积极参加单位组织的演讲、技能大比武等活动，在一次次比赛中历练了本领，在一次次实战中积累了经验。

2006年,女子班获得了全国妇联授予的"巾帼文明岗"荣誉称号。淮安市电视台也报道了她们的事迹，称她们是盛开在宁连高速公路上的"白玉兰"，同年她向党组织递交了入党申请书。

2014 年底北段管理处灌南南收费站开征之际，张静从淮阴收费站来到了灌南南收费站，走上收费班长新的工作岗位。班里 5 名成员都是新人，对收费工作一无所知。她将这些年的所学、所悟、心得体会，归纳总结后毫无保留地教给班组成员。俗话说"勤能补拙"，她通过"反复、坚持、鼓励"的方法，一步步打牢年轻员工的业务基础，使大家迅速掌握了基本收费技能。她参与制订《6S 管理员工手册》，以"6S"为标准，科学指导班组的现场管理工作，合理定位，使现场工作流程顺畅，进一步强化大家的责任感和向心力，提升组员的岗位素质和服务形象，逐步形成"心齐、气顺、劲足、风正、实干"的团队氛围和良好的班组文化。

多年来，张静的班组受到社会各界表扬近百次，在小小的收费窗口塑造了"苏高速·茉莉花"品牌的温馨形象。为了更好地传承和发扬好她们班组的工作经验，2016 年北段管理处将灌南南收费二班正式命名为"张静班组"。

为在全处推广、复制她们班组的工作经验和方法，宁连高速北段管理处成立了"张静工作室"，作为北段管理处收费班长轮训基地。借此探索征收服务过程中的亮点和提升点，不断尝试各种创新创优的方法和措施。工作室上下推崇工匠精神，工作流程精益求精，发扬奉献精神，全心全意服务司乘。按照 PDCA 质量管理办法制定《张静工作室制度》《内训师暂行管理办法》。工作室先后被评为江苏交控创新创效工作室铜奖、高管中心 1369 产教融合工作室、江苏省优秀质量管理小组、江苏交控系统示范性劳模（技能人才）创新工作室、"8916"人才品牌孵化创新工作室。2018 年以来张静班组先后获得中国公路学会第五届"最美中国路姐团队"、江苏交控"苏高速·茉莉花"明星班组、长三角三省一市"班组管理情景展示一等奖"、江苏省省部属企业优秀班组、全国交通行业 2020 年度质量信得过班组等荣誉称号。

有人问张静，一路走来，成长的秘诀是什么？ 她说："首先是感恩高速公路这个大家庭，其次是立志，还有是磨砺，特别是在灌南南收费站这几年的钻研和锻炼。"如今，"灵性之花"张静在新的岗位上，一如既往地踏实做好本职工作，继续在人才大舞台上舞出精彩。

倔强之花

直到今天，韩静仍然记得自己 20 岁刚参加工作，在苏皖省界主线收费站，受到的"下马威"。 一天，一位性急的司机大声催她快点发卡，韩静忙乱中发给他一张没有写入数据的空卡。 她成了第一个因收费误操作被考核扣分的员工。

那段时间，在连徐公司的几家收费站，别人的发卡收费一套动作行云流水、一气呵成，她却手忙脚乱、错误百出。 她差点以出错的方式在系统内"出名"。

倔强的她没有轻易认输。 点钞速度慢，就随身带着练功券，上班前、下班后，别人喝茶、逛街的时间，她都用来练功，手指练破了绑上创可贴继续练；特情处理不规范，就把特情案例抄在小本子上，随时拿出来模拟解决。 不到一年时间，她练就一眼识别车型、一摸辨识假钞、单车通过率提高到 6 秒的技能，遇到特情从容应对不再慌乱。

自从迈出了第一步，韩静就再也没有停下奔跑的脚步。 2011年，江苏交控开展"畅行高速路、温馨在江苏"主题实践活动，她配合营运安全部制定了温馨服务标准，逐步在公司所有窗口单位推行。 同时，她通过了公司内训师的选拔，先后为新入职员工、服务标兵、待提升员工开展培训，累计受众超过 400 人次。

2013 年，韩静因业务突出被借调到营运安全部参与收费系统温馨服务培训推广工作。任务重、要求高，她连一刻钟时间也不想耽误。公司组织的年度员工体检她一拖再拖，没想到参加过一再延后的体检，结果反馈得却出奇快。

"甲状腺癌，必须立刻治疗！"

听到医生的话，仿佛有一个千斤重的大锤砸在了韩静的头顶，她浑身颤抖，在医生办公室里泣不成声："我的女儿还那么小，她该怎么办？"医生见多了这种场面，面无表情地说："没有神医，没有神药，只有神人——一靠运气，二靠志气！"

失声痛哭后，理智慢慢恢复，想想女儿、想想父母，想想刚刚干出了眉目的工作，她擦干眼泪说："医生，我想抓紧治疗，我有信心。"医生说，这就对了，哭是不能治病的。

住院后，同事们陆续前来探望、鼓励她。"有这么多人爱我，家人、朋友还有工作都需要我，我必须振作起来！"调整好心态的她积极配合治疗。幸运的是，手术很成功。

生病的经历让她更加珍惜时间，返岗后，她并没有因为生病对自己放松要求，反而更加勤奋自律。现在的她，积极乐观，无论遇到什么急难险重的任务，都能从容应对。

2011 年 7 月，韩静通过竞聘成为一名首席班长。她狠抓管理、注重细节，坚持每天查看监控录像不低于 2 小时、收费不低于 1 小时、现场检查不少于半小时，做实做细做勤每项工作。

2016 年 4 月，韩静调任徐州收费站负责人。通过查看录像和实地观察，她细心地发现徐州站出现了大批"绿优"（绿色通道优先）蓄意调头车辆。她追根溯源，细致查找原因，详细分析数据，发现是由于苏皖省界主线收费站安装了钻 60 绿优查验系统，车辆为逃避查验在徐州站调头。为了维持收费秩序，她连续多日反复查看录像，分析"绿优"车辆数据、车辆运输走向，制定出控制复秤率、厢式货车多点查验、跟踪核实调头车辆等切实可行的应对方案。方案实施仅四周，就取得了良好效果，蓄意调头车辆从刚开始的几十辆下降到1—2辆，直至为零。

"倔强之花"韩静被评为"全国青年岗位能手"。2021年，当选连徐公司"运营20周年先进个人"。继受颁奖时，她说："这份沉甸甸的荣誉不仅承载了公司对我的肯定，更是我与公司二十载风雨兼程、同心筑梦的见证，我将继续奋斗，和公司一起迈入新征程。"

精心之花

"我们每个人做到都是小事，但涓流成海，无数小事每天在累积国家的大利益。"她经常这样同班组成员交代。

她是刘娟，宿淮盐公司建湖收费站综合班班长，中国公路学会第六届"最美中国路姐"。

然而，要把这样的小事做好其实并不容易。

刘娟不仅虚心学习各种业务知识，还同交警、驾驶员主动交朋友，熟悉业务之外的事情。刘娟说，在日常的工作中，我们必须严格遵循"应征不漏、应免不征"的收费政策，坚持按章收费。

为此，刘娟练就了一双"火眼金睛"。

2016年的一次出勤，刘娟就遇到了这样的一个怪事。一辆外省牌照的面包车驶入建湖出口，当班收费员上报值机，在易混车查询系统里没有该车记录的情况下，请司机出示行驶证核对座位数时，司机声称行驶证没带，同时掏出一张显示客一收费的单据给收费员，要求收费员按客一收费，当班机动出亭检查车辆座位数的确只有7个座位的情况下，正准备按客一收取车辆通行费时被刘娟叫停。

刘娟前去很有礼貌地和司机说了两句话，司机就主动要求按客二缴纳通行费。事后，刘娟告诉大家，外省车辆出远门，一般情况不会忘记带行驶证的。这个驾驶员却说没有带行驶证，这样的情况需要引起大家的警觉。刚才同这位驾驶员说："请您稍等，我们需要打电话联系交警核实一下座位数。"结果，这位驾驶员突然紧张起来，她就基本断定他有点问题。撒谎事实败露前，这位驾驶员马上识时务，按照其车辆真实的情况缴费了。

工作17年，刘娟成功追缴1000余各类车辆偷逃通行费，为国家挽回了数十万元的损失。

在做好规范收费的同时，刘娟在工作中也始终坚持文明温馨服务，灵活高效地处理道口发生的各类特情。在收费工作中，有一些驾乘人员对收费工作不理解，尤其是一些易混车和不符合"绿优"放行的车主，动辄出口伤人。但是刘娟从来不以恶言治恶言，反而利用好文明服务这个"海绵"，耐心宣传解释，化解服务对象的不良情绪。这样的耐心感动了南来北往的司乘人员，有效解决了很多起收费矛盾，妥善地处理了一个又一个"特情"，营造出稳定和谐的营运秩序。

刘娟在收费站深受同事们的爱戴与尊敬，是所有人心目中的老大姐。在生活中，她正直谦和，乐观向上，用自己开朗幽默的性格和较为丰富的人生经验感染着身边的同事。

在与同事相处上，她关心爱护在先，热情帮助在前。在班组管理上她始终做到"严管厚爱"，经常和班组成员谈心，了解他们的想法和需求，满足他们合理的要求；经常利用下班和休息时间组织班组成员搞一些有意义的活动，记住班组每位员工的生日，在生日时为班组成员庆生，让他们感受到班组这个集体的温暖，提升了班组的凝聚力，有效地促进班组各项工作的顺利开展。要求班组员工做到的，自己首先带头做到，从不搞特殊。正是刘娟的这种作风，影响了整个单位的风气，塑造了同事们的优良品格，也"间接"为站里培养出多个收费班长人才。先后近20名新员工从她所带班组完成培训，走向新开路段和兄弟单位。而站里每次新进员工，都会首先考虑放到她的班组学习，一些"调皮捣蛋"的员工也被送到她的班组进行"深造"，神奇的是，经过"深造"后，这些"调皮蛋"反而成了班长的得力助手。

刘娟还注重班组内部建设，突出班组管理。她在重点加强安全工作的同时工作落实到人，要求当班人员工作中出现的问题要做到当班解决，不解决不下班；对工作中的各类台账、数据统计，她都能及时迅速完整准确，为领导决策提供第一手资料；对道口各类特殊情况处理过程，她经常及时总结归纳，不断提高特情处理能力。全体班组成员在刘娟的带领下，都能认真履行本职工作，形成了一个有效的整体。

刘娟的丈夫在张家港工作，姐姐一家也定居在江阴，照顾家人的重担就落在她一个人肩上，但是她从没因家庭琐事耽误正常工作，始终把工作放在第一位。2022年刘娟的女儿正值中考，站里所有人都劝她尽快请假陪孩子，站里也安排了其他班长帮她代班，好让她安心在家陪孩子考试。可是，刘娟知道站里缺编，人手紧，如果请假，其他班长就得连续上9个班，身体会吃不消。她决定放弃请假。最后她一天班都没耽误，就连女儿的毕业典礼都没能参加，孩子去新学校报名，也是她拜托邻居陪着一同前往。

蕙质之花

她被大家亲昵地称呼为"小兰姐"。

现为高管中心宁通处泰兴东收费站的征收管理员聂德兰，长得清清瘦瘦，十分精干。她是同事眼中的业务标兵，也是单位征收管理的"定海神针"。聂德兰一步一个脚印、一步一个台阶的工作历程让人佩服而又羡慕。几年内，她从收费员进步到收费班长、调度员、征收管理员，荣获"中国最美路姐"、江苏省总工会"五一创新能手"、"百名交控好典型"、高管中心十大工匠标兵等称号。她的工作日历可不仅写满了荣誉，更多地记录着清晰可辨的奋斗足迹。

2010年进入高速公路时，她是一名普通的收费员。在三尺岗亭的1000多个日夜里，她始终保持良好的精神面貌和仪容仪表，用热情和真诚让每一位过往司机如沐春风。自强自立、永不懈怠的个性，让她从未放松学习理论知识，并对照工作实践，练就了过硬的专业技能，让真知实学在不同维度得到检验，由此创造了连续多年无违纪、无扣分、无投诉的工作成效纪录。

一分耕耘，一分收获。2012年她通过层层选拔，代表高管中心参加江苏交控第三届收费岗位技能比武，勇夺收费岗位个人全能赛冠军和团体赛冠军，被同事们骄傲地称为"双冠王"。同年，她被江苏省总工会光荣地授予"五一创新能手"荣誉称号。

身在收费员岗，她勤练业务知识，成为一名服务能手；当上收费班长，她带领班员团结奋进，争做优胜班组。2015年，抓住单位竞争上岗的良机，她在宁通处竞争性选拔中成绩优异，成功走上副调度长岗位。她苦学调度指挥技能，力做优秀尖兵。

随后，她被选拔至泰兴东收费站任征收管理员，在业务管理中，她以身作则、真抓敢管，站业务考核成绩年年名列前茅。"其身正，不令而行"，作为一名管理人员，她率先垂范、言传身教，凡事带头做、做在前，遇事讲原则、重效率，日稽查、周小结、月汇总，带领大家将平凡、重复、枯燥的工作做实、做细、做精。每每遇到重大关键的时间节点，她更是奋力而为：江广段改扩建、新站搬迁、疫情防控……她和班组人员一同驻扎在收费现场，加班加点，上下奔走，测系统、查设备、解难题、答疑问、保畅通，携手并肩圆满地打赢了一系列攻坚战。

娴熟精准的业务技能是业务管理的有力抓手。作为征收管理员，她从未停止业务上的自我提升，她读懂吃透各项政策，准确无误地传达执行，带出了业务过硬的班组。每天上岗，她重点盯防"四个要"：仪容仪表要查、指标考核要盯、业务要点要提、征收安全要说。连续多年在上级明察暗访中实现零扣分。所在站被评为交控系统"苏高速·茉莉花"四星级站点。

在单位的培养和帮助下，经过不断探索，由她牵头的"木兰"工作室成立运行，有效丰富了学习内容、分享了工作经验、提升了综合技能。工作室被授予江苏交控系统示范性劳模（技能人才）创新工作室和高管中心1369产教融合实训基地。同年，她个人也荣获了中国公路学会第六届"最美中国路姐"称号。荣誉的取得，是她带领自己的团队不断雕琢业务细节，提品质、创品牌的辛劳硕果，更是团队全面提升行业运营管理能力和整体服务水平的鞭策和期望。

"蕙质之花"聂德兰没有惊心动魄的故事，也没有色彩斑斓的传奇，她一直用心浇灌平凡岗位，勤奋踏实、爱岗敬业，为建设美丽之路、光辉之路、通达之路贡献一己之力。

励学之花

　　三十多岁时，偶然的一天，京沪公司潼阳收费站的刘芳看到一本书上所写的一句话：墙角的花，你孤芳自赏时，天地便小了。她很受触动，心想，自己又何尝不是墙角一束花儿，只顾眼前的一方小小天地。这本书里还有作家王小波先生的一句话："时代就像筛子，筛得一些人流离失所，筛得一些人出类拔萃。"刘芳觉得说得太好了。她把这两句话抄写下来，并牢牢记在心上。人生需要不断学习，不断自我提升，闲暇时静思己过，她觉得自己太多的大好光阴，在不经意间苍白流逝。

　　她决定以饱满的精神、勤勉的态度，努力去追寻自己的梦想。恰巧那一年，京沪公司开展特色班组活动，班长开会时提议大家热爱学习，能掌握更多技能，并考证。班长自己带头报考了二级建造师。大家被班长的行动力感染，纷纷列出学习计划。刘芳思索着，是时候该为自己的人生做好一个规划了。她决定学习财会，争取成为一名注册会计师。

　　有了方向的她，每天在这方寸间播撒着一粒粒希望的种子，期盼着一份份进步的收获。同样一个人，坐在同一个岗位上，做着同样的事，精神状态却因为心中有一个目标而言语带笑，行为生风。她感到自己从前是提醒自己，要做好微笑服务，而现在成了一名由内心自然而生的微笑使者，不自觉中把愉快传递给每一位司机，再由他们递送到人间每一个角落。在岗亭里她不再寂寞、不再孤独，从司机朋友一双双回馈善意与喜悦的眼睛里，她读懂了真诚，得到了力量，增添了自信。

对于财会专业，她是零基础，入门很艰难。于是她查询各大网站，对注会的考试特点有个初步的了解，马上投入行动，买辅导书籍和视频课。望着那些纷乱庞杂的分录，看着那些错综复杂的财管公式，她也曾经有深深的力不从心之感。道阻且长，行则将至。她不气馁，勤能补拙，用"学习＋总结＋思维导图"这一学习路径来反复练习。学习中，如果网校的视频课一次听不懂，她就听两次、三次，甚至是数十次。陌生的名词查百度，直到听懂了，搞明白，才继续下一节。总结中，她每学完一节课，就会把内容再梳理一遍，确保每个知识点都基本掌握。在思维导图中，将一些难记的公式，转化为大量的思维导图，把知识点之间的逻辑关系一一串联起来。她画的图贴满了一整面墙。她还将思维导图作为临考的一个好手段，临考前一个月，用图形加文字的形式，精确定位到每一科考试特点上，将整本书的内容串联起来。

备考期间，刘芳听了1200多个课时，买了50多本辅导书，总共3万多页。有些辅导书页都被翻烂了。每一科刷题，数量不低于1500例，对于她的弱项财管计算题，她刷题量超过4000例，用完的草稿纸不计其数。临考之前，她走路都带着小跑，生怕耽误一分一秒。早上5点半起床，晚上12点睡觉。有段时间在图书馆学习，午饭她都是从家里带，中午就坐在楼梯间的台阶上吃，就是为了再节省20分钟去餐厅的时间。冬天图书馆暖气太热，容易打瞌睡，她就专挑靠门的位置，因为冷风顺着门缝吹进来，可以让她头脑保持清醒，坐久了，手冻僵了，就搓搓手哈口气，继续埋头苦学……其实她没有过人之处，相反有些笨手笨脚，但她坚信：智者在前一步远，我需向前百步迈，想要踏入优秀者的队伍，朝着良好出发是不够的，需要加倍的努力。志之所趋，无远弗届。穷山距海，不能限也。靠着这样一种信念，她终于通过自学获得注册会计师资格证。

只有给自己定一个目标，生活才会精彩、才会充实。岗位中的学习与历练，已把她提升到了一个新的高度，在未来面对机会的时候，她才有足够的能力去把握。不要让自己品尝不到甜酒，感受不到收获的喜悦；不要太晚去阅读和理解一本属于你自己生活的书。

上进之花

包海娜是沿江公司一名普通员工，同事都亲切地叫她"小包子"。她喜欢这样的昵称，仿佛自己还是那个20岁出头的女生。她还是一位在职的二孩妈妈。平日里除了辅导11岁大女儿学习外，还要照顾活蹦乱跳、"钻天打洞"的4岁"小女巫"，忙碌而充实。丈夫是一名人民警察，值班、加班是工作常态，这也意味着她需要肩负起更多的家庭责任。如何在家庭和工作之中找到一个平衡点，她一直在思考，也在不断做着调整。

在苏州中心劳资岗位上那会儿，为了补强专业知识，包海娜利用周末时间报了培训课程，系统学习了人力资源专业知识，一次性通过考试并取得了人力资源二级管理师证书。出于对大学所学专业的那份执念，她又继续报考中级会计师，但这次的考试成绩给了她重重一击，考前突击、只学重点、完全忽视知识体系搭建，果真，好运没有降临。第二年，她吸取教训，对会计课程重新进行了系统学习，没有实战经验的她还去老会计家中求教，最终通过了考试。

证书的分量只有自己最清楚。那段时间她错过了喧嚣、缺席了孩子的成长，最重要的是她深深明白了"知识和技能的积累并非仅仅为了一张证书，理论更不能与实践脱节"的道理。凭借这股子劲头，那一年她还取得了中级经济师资格证书。

2015年底，公司财务部缺少人员，包海娜从苏州中心人事劳资岗位调整到公司财务部。由于前期的"充分准备"，"上手"还比较容易，难的就剩下如何让财务软件和支付系统磨合。包海娜就从整理凭证开始，一张张翻阅、查看附件入档标准，时常回家已是深夜。有同事开玩笑说，她天生就是做会计的料。其实，隔行如隔山，她之所以能够平稳过渡，源于不断学习积累，一丝不苟地投入钻研。

2020年3月，因单位需要，她再次转岗，去做审计工作。审计是一项专业性很强的工作，需要全面系统的知识体系支撑。转岗初期，心情极为复杂，既有来自对陌生环境的忐忑，也有无审计工作经验的担忧，害怕自己无法承担起新工作，辜负组织信任。面对超负荷的工作压力，她意识到自己必须快速成长，提高效率是王道。于是她边工作边挤出一切时间强化学习。那段时间，经常为了一个数据反复验算、查找依据、加班加点。终于，她适应了新岗位，并在工作中做出精彩。2021年底，她荣获了"江苏交控先进个人"称号。

"上进之花"包海娜这一路的"换岗、学习、再换岗、再学习"，是一个在成长和转变之间螺旋式上升的过程，既是她不断完善自我的过程，更是组织上磨炼、提升和不断为她拓展舞台的过程。

凌云之花

2010年踏上工作岗位的顾苕婷，成为锡张高速的一名收费员。人如其名，她有着江南女子的纤弱温婉，但骨子里却饱含着进取的韧劲。

面对枯燥重复的收费工作，小小岗亭中的她，努力将微笑与灿烂传递给每位司乘。在别人看来，收费工作中出点小差错在所难免，但顾苕婷绝不容许自己有任何失误。她认真对照标准收费流程，逐字逐句琢磨操作规范性，在反复实践练习中推敲细节，不断寻找操作流畅感，为快速提高收费速度，她苦练点钞技能，经常一练就是两三个小时。

2014年休完产假复岗，顾苕婷发现自己的温馨服务水平有了很大脱节。为在短期内迅速提高自己的服务水平，她"笨鸟先飞"，硬是将《收费人员温馨服务标准》一字不落地背了下来，很快她就赶上了大家的节奏。在她的不懈努力下，她的温馨服务独具一格，充满人情味，更受到了广泛好评，在温馨服务评比中她名列前茅，优秀率高达100%。2018年顾苕婷被评为"茉莉花明星员工"。

"工作的高度取决于对学习的热爱"，交控领导的一句话，触动了她。在公司的不断发展壮大中，顾苕婷敏锐意识到主动学习的重要性。人生不应仅仅局限于这小小的收费岗亭，她相信自己在逐梦交通的路上可以走得更远。依托公司的人才培养计划，2015年顾苕婷经过层层选拔，入选公司管理人员后备人才。在人才库三年培养中，她不仅保持着旺盛的学习之力，更是秉持着对工作的绝对热爱之心。

2018年顾苕婷所在的鹿苑收费站创建"五星级收费现场"。作为站区创建骨干力量，她全身心投入，将人才库中学到的知识内化于心外化于行，积极运用到创建现场中，提炼总结出收费现场"七色花"、岗位服务"五多心"等工作法，让站区管理工作更高效更规范。从收费现场管理到站区文化挖掘，她如海绵般不断获取新知识，不断拓展自我界限。当181页的自评报告敲完最后一个字时，当她镇定自若、激情澎湃地面向评审专家现场解说时，当7个月的努力获得评审专家一致认可时，她深深感受到工作赋予她的满足感与收获感。

"越是艰苦的地方，越能锻炼人"，顾苢婷受这句话鼓舞，2019年主动申请调至三兴收费站，和站长一起承担新站筹建工作。站在沪苏通大桥上，身后是扬子江公司的强大支撑。2020年省界撤站时，她连续值班值守一周，带领全站员工苦学政策文件，模拟各类突发特情处置办法。撤站当晚面对突发情况，她迅速反应、灵活处置，一直坚守到凌晨4点才离开道口。

2021年她被调至锡宜高速漕桥收费站，离开培养自己10年的热土，顾苢婷积极融入新的工作环境。2022年上半年，常州、宜兴等地连续出现疫情，顾苢婷不计个人得失，主动放弃休息与同事并肩作战、同甘共苦，连续45天奋战在收费站疫情防控一线，体温检测、防护督查、消毒消杀、物资统计、便民服务……疲倦的身躯，坚定的目光，却充分彰显了党员的担当。

12年风雨兼程，顾苢婷让责任和奉献常驻心间，让青春之花灿然绽放。惟其艰难，方显勇毅；惟其磨砺，始得玉成。顾苢婷坚信平凡如斯的你我，用"苔花也学牡丹开"的精神，在自己本职岗位上坚持一步一个脚印踏实向上。

满天星

茉莉花束——

她们是平望收费站"花开茉莉"女子班的姑娘们。

这里有创下连续46期获得公司"微笑之星"荣誉称号的吴霞萍；有三个月追缴流失通行费数万元的业务能手王彬；有陪着母亲

做化疗整整 24 次却未缺席收费站每一次"战斗"的员工李文娟……

这里有凌晨三点帮司机安排清障车的热心人，更有"疫情"突袭时候义无反顾冲上一线的"逆光者"、"挽起袖子就能上"的女汉子……

文明之花——

宁淮高速南京管理处六合南收费站荣获"2017－2018 年度全国青年文明号"荣誉称号，该称号是由团中央命名授予基层"青年文明号"集体的最高荣誉。

自开展"全国青年文明号"争创活动以来，六合南收费站以站部团支部为创建工作骨干，以全站青年团队为创建工作主体，通过创新性打造"苏高速·茉莉花"团建基地，融合式推进创建"全国青年文明号"，高质量保障了"全国青年文明号"争创活动的稳步实施。该荣誉称号的获得是高管中心各级团组织积极肩负起"为党育人、为党聚人"组织使命的有力体现，是高管中心广大团员青年服务中心、服务大局、服务社会的又一次生动实践。 为不断推动高管中心事业高质量发展贡献着青年智慧和青年力量。

茉莉花匠——

张水莲始终秉承"把简单的事做千百遍不出错，就是不简单"的工作理念，在收费实践中摸索出一套文明服务"五步工作法"，并在全站推广。 工作 7 年实现零失误、服务驾乘人员约 280 万辆实现零投诉，被全处立为文明服务标杆，连续多次被评为宁淮南京处"茉莉花匠"。

面临曹庄收费站巨大的通行保畅压力，张水莲主动申请长期坚守在车流量最大的收费道口，团结带领一大批同事发扬"特别能吃苦、特别能战斗、特别能奉献"的企业精神。 自工作以来，她多次以全年收费车流量之最排在宁淮南京处第一；2022年春运保畅中，她再次以返乡高峰连续十天收费车流量第一的实际行动喊出"向我看齐"的保畅口号。

智慧之花——

自2012年进入宁沪公司以来，耿玲经历了收费员、稽查员、管理员等多岗位历练，曾连续两届代表宁沪公司参加江苏交控系统收费岗位技能竞赛，勇夺竞赛团体第一、个人全能第二、计算机应用第一、模拟收费岗位第三等多项优异成绩，还于2020年荣获"江苏省总工会五一创新能手"称号。 在挂职苏南硕放机场收费管理员期间，她带领站稽核小组稽核偷逃漏交通行费车辆1531辆，追缴金额共计210.6万元，并成功在站区创新应用国内首个超限"电子眼"系统，结合入口称重系统，做到超限车辆自动识别。 在无锡管理处任收管员期间，她带领处稽查组攻破无锡处收费站少、数据源紧缺的难题，始终让管理处稽核工作走在公司前列，取得了稽核车辆1056辆，收缴金额593109元的好成绩。

成功之花——

"台上一分钟，台下百天功"。宁沪公司一群平均年龄不到35岁的"后浪"，在江苏交通系统第五届收费岗位技能竞赛中脱颖而出，荣获团体第一名的好成绩。 在这份荣耀的背后，是117天的紧张集训、288份的训练试卷、1665个知识点的覆盖、141%点钞速度的提升……每一串数字背后，都有着数不清的汗水。 他们中有凌晨3点睡下，早上7点准时出现在训练场上的"全能冠军"；有抛下身体羸弱，急需陪伴孩子治疗的"狠心妈妈"；有凌晨2点忍着肩颈不适、后背贴满膏药依旧在坚持训练的"90后小伙";有一直给团队成员鼓劲、温暖人心,却"冷落"了自家孩子的"能量姐"。"成功的花,人们只惊羡她现时的明艳!然而当初她的芽儿,浸透了奋斗的泪泉,洒遍了牺牲的风雨。"

花红一抹——

她是宿迁收费站站长张小红,员工都喜欢叫她一声"红姐"。这个"姐"字包含的不仅是尊重,更是信任。"天塌下来,有红姐在。"是员工对她满满的依赖。

2018年,宿迁站南迁。新站运营之初,她带领全站人员一起动手,打造"一墙一板块,一墙一特色",功能区划、氛围营造、文化设计等方方面面都凝结了她的心血。在安装室内宣传牌的时候,她不慎摔倒,股骨骨裂,考虑到站区房建改造、五星级食堂创建以及茉莉花品牌建设等工作正处于关键阶段,她没有听从医生的建议卧床静养,导致腿部留下病根。

新冠疫情暴发后,她放弃休息,驻守在宿迁"南大门",经常加班、熬夜,腿疾和胃病复发,她拄着拐棍深入一线,督促检查落实疫情防控的每个环节。疫情反复,宿迁站车流量大,是宿迁市的第一道防线,她时刻紧绷着一根弦,一心扑在工作上,不叫苦、不喊累,压力最大的时候,她崩溃痛哭,擦干眼泪却仍然安抚员工情绪,缓解员工压力,做员工最信赖的"红姐"。

作为女性管理者,她细腻、贴心,组织开展了"金秋温暖橙,家企心连心""情谊最浓宿迁站,人间至味是清欢"等一系列家属互动会、家企party等,带领员工家属走进站区,亲身体验感受站区文化和工作生活环境,受到员工家属一致好评。为帮助解决哺乳期女员工的特殊需求,她积极筹建"爱心母婴室",定期邀请专业妇产专家面对面指导讲授孕育期、临产、哺乳、优生优育知识。

"不论平地与山尖，无限风光尽被占。采得百花成蜜后，为谁辛苦为谁甜。"这样的她，不仅事业能顶"半边天"，更是温暖人心的"一抹红"。

…………

手记之五：故事里的满园香

在中国，有这样一群笑靥如花的姑娘们，她们用自己对工作更深层次的理解，护航着驾乘人员的每一次平安出发与到达、见证着每一次相遇的惊喜与感动、守护了每一份团聚的幸福与欢笑……她们就是新时代全国公路、特别是高速公路上的女职工。她们分布在收费管理、服务区、信息化、养护和路政管理等众多一线单位。而坐在路上的小小岗亭里，直接面对我们旅客的，就是收费站和服务站的女子们，她们被称为"路姐"。几乎每个上过高速公路的旅客，都看过她们的微笑，听过她们的问候，感受过她们的热情。

我们绝大多数人只是心平气和地履行过路客的基本职责，接受她们的服务与问候，礼貌地道一句谢谢。但我们似乎没有去关心过她们背后的艰辛与欢乐。我们大多数人更无法有机会走进她们的人生，感受她们的心跳，触摸她们的灵魂。

在过去的若干年里，为了引起行外人关心、关注，充分展现这个群体的形象和风采，激发一线队伍活力，提升行业凝聚力和向心力，中国公路学会已经开展了九届"中国路姐"（原称"最美中国路姐"）推选活动。评选活动面向全国高速公路系统一线女性干部职工，以点带面，凸显数以十万计美丽的中国路姐形象，从一个侧面歌咏新时期中国高速公路快速发展辉煌业绩背后的奉献。"中国路姐"评选活动彰显出非凡的意义、巨大的价值和沉甸甸的分量。她们的心灵之美、语言之美、形象之美、气质之美是对"中国路姐"的概括和诠释。为此，江苏交控积极开展"苏高速·茉莉花十大人物"评选等活动，将参加"中国路姐"评选活动作为深化品牌内涵的重要内容,截至目前,一共涌现出 16 名"最美中国路姐"和 13 个"最美中国路姐"团队。

为进一步发挥"中国路姐"的品牌效应和示范作用,江苏交控系统绝大部分"中国路姐"都设立了以她们名字命名的工作室,全系统也因而涌现了一大批各具特色的服务品牌。她们中有的人还在坚守一线岗亭直接面对广大司乘,在三尺岗亭的方寸之间,用微笑架起与出行者沟通的桥梁,绽放出炫目的光芒;有的人已经从服务岗位走上管理岗位,培养出更多的优秀"路姐",用另一种方式继续书写路姐的精彩人生。

我这里所抒写的,就是江苏路姐中的一部分。在 2022 年一年内,我与她们中的二十多名进行了深度交谈,与超过一百位工作中的路姐有了一面之交,做了现场交流。无论是钱燕、周洁、余丽琴、陈传香、刘保玮、张静等这些已经取得全国表彰荣誉的"名花",还是小有成就、灿然绽放指日可待的花蕾,她们的故事内涵里都有一种共同的美——才干、爱与坚韧。

苏轼说,古之女性,不惟有超世之才,亦必有坚忍不拔之志。路姐们身上的传统美德再明显不过。但这并不影响她们各有各的才华,作为现代女性,她们出色而创新地承担着社会事业角色。如果苏轼在世,对中国女性,又会因她们而多一分赞叹吧。苏联作家高尔基有一首诗,更适合我观察我访谈过的这些路姐们。诗说:"没有太阳,花朵就不会开放;没有爱,就没有幸福;没有女人,也就没有爱;没有母亲,就不会有英雄和诗人。"有付出爱的女人,一个时代才会有勇敢和浪漫,一个社会才有幸福可言。女人像花朵,要靠阳光催开,那么什么是女人的阳光呢?

其实,阳光就是向女人开放的舞台。

女人缘何在聪明盖世的苏轼眼里,有坚韧之美却鲜有"超世之才"？在女人足不出户的封建社会,几乎所有的女人都无法走到社会舞台上,无法在阳光下吸取养分,绽放自我。

近年来,江苏交控想方设法为高速公路一线职工,打造阳光舞台。对收费、清障、养护等一线生产岗位人员,出台了一系列培养措施。比如,开展员工技能等级评价,在帮助员工学历提升的同时,建立技能岗位持证上岗和分级管理机制,促进一线员工技能和知识结构改造升级,实现员工技能从胜任力到创造力的升级,帮助员工成长成才。比如,畅通管理和技术、技能人才的发展通道,通过岗位锻炼、公开竞聘等形式让优秀的一线生产人员走上基层管理岗位,并完善首席专家、技师评聘制度,健全相应职务序列,做到不仅要有发展通道,而且要有融合通道。再如,弘扬劳模精神和工匠精神,深化"工匠工作室""劳模工作室"创建工作,持续开展"江苏交控技能工匠"评选活动、技能工匠竞赛活动,组织参加江苏工匠、交通工匠等省级赛事,激发个体价值,等等。员工通向舞台、走向台中央、成为主角,甚至成为舞台的主人,有多种机遇通道。

这就是,余丽琴郑兆芳们写诗感恩她们所在集体的真正原因。我不禁由衷慨叹：

一枝独秀香一缕,
藏在檐下是孤芳；
天高地阔枝枝美,
满园雨露与阳光。

第六章　大海的方向

踏浪致远

在大黄海的深处，有一支特殊的"交通人"，他们被称为"海上风电小哥队"。他们是江苏交控云杉清能公司如东海上风电场的员工。

每一轮巡检、每一个问题、每一次处置、每一天循环往复，等待"风电小哥"们的，是大海上孤独的坚守和困难的洗礼。

"舞动深蓝"。这是风电公司的精神品牌。品牌蕴含"四赶"精神——赶早的心态、赶海的动力、赶考的激情、赶超的拼劲，彰显"寸风必抢、度电必争"的如东风电作风，"风"舞党旗万象新，"电"融暖流在深蓝。

他们每个人都必须是一支"深蓝"，才能在风浪中组成一支劲舞之队，舞出电的闪耀。

值班员杨清清算是圈内"老人"了。曾经在风机厂家工作过7年的他，当初身披整套安全装备、腰挂满满当当的工具包、肩扛备品备件，天天"负重奔袭"。那时的他，曾经羡慕业主单位的运行值班员，能够坐在"高大上"的中控室"监盘"，那是多么神气。等到他梦想成真，真切走上这个岗位、承担起想象中的那份"神气"时，才发现这"下海捕捞"比起那"临渊羡鱼"，肩负的责任重担，真不是一个等量级的。

2021年12月12日凌晨6点整，一阵急促的报警铃声让杨清清与同班人员高锋伟的神经高度紧绷。他们立刻睁大眼睛，振作精神，查看后台监控系统。根据现场设备运行和报警信息分析，判断26S1海缆应该出问题了，而且1#主变停役、26S1海缆所带34台风电机组全部停役。

"不好，海缆可能出事了。"这个不祥的预感笼罩全身。在风电场，海缆锚害是相当紧急的突发事件。

回过神来的他们，立即向当值班长朱卫民汇报。接报后，班长第一时间布置了"查看事故一切报警信息、记录当时可疑船舶信息、准备倒场用电保证正常生产秩序"的事故应急措施"组合拳"。同时，风电场及时向公司汇报了突发事件情况。公司在了解到现场情况后，为确保风机除湿和减少发电量损失，决定通过调整海上35kV母线运行方式，确保所有风电机组发电运行。在班长指挥下，杨清清等两位"风电小哥"成功处置了本次突发事件，截至当日16时21分，所有风机恢复了运行。

望着监控画面中在蓝天白云映衬下一圈一圈有力转动的风机，在中控室战斗了十多个小时、身心接近崩溃的他们，露出了灿烂笑容……

杨清清对战友说："你赶紧喝点水，去打个盹，我再坚持一阵，观察一下，机组完全稳定后就万事大吉了。"

2022年3月23日清晨，一夜大风后，初见晴云，海浪扑打着重达数百吨的运维船舶，如此大体量的船舶在茫茫大海的潮涌中，飘摇不定，有一种孤独无助般的脆弱。刚刚抵达海上升压站，享受了片刻安稳的黄志祥、李思宇两位"风电小哥"，随即又跟船登上了风机，开始了"登机之行"。

风机是生产的"生命线",只有风机可靠运转,才能源源不断地产出电能,创造效益。

傍晚时分,他们结束了一天的漂泊,拖着疲惫的脚步重回海上升压站。但是,这一天的工作并未结束,他们还担负着升压站变电及辅助设备巡视检查的重要任务,以确保平台设备正常运行、电能稳定输出,为千家万户送去光明。在完成巡检和相关记录后,一天的忙碌才算结束。

然而,这样的"一天",在"风电小哥"们的工作中,只是无数不断重复、再重复的日子里的"一天"而已……

云杉清能如东风电场的风机专工潘翔,是风电场出海记录的保持者。他看似弱不禁风的身体里却蕴含着大能量,有着过硬的技术水平和理论功底,全场75台风机有一丝丝的小问题都无法逃脱他的火眼金睛,每个月他都会对每台风机进行数据分析,针对不同的故障类型来制定不同的应对方案。出海跟踪消缺任务时,他做事情都是一丝不苟、亲力亲为,并且严格要求上海电气人员做好安全措施。日常值班期间,同事们在风机方面有困惑请教他时,他也都毫无保留地为其答疑解惑。5月份停电消缺期间,他一天内上下风机12次。累了困了,他都是坐着小歇,打个盹,不敢躺下来休息,只要躺下去,浑身就如同散架,要挣扎好久才能爬起来。

2018年底,云杉清能为响应江苏交控"交通＋能源"发展战略,启动如东H5♯工程的建设工作。作为江苏省"十三五"重点项目和江苏交控首个海风项目,如东H5♯工程是实现光伏到海上风电的跨越式发展的关键一步。在面对电价退补、船机紧张、天气多变、施工作业时间短等困难,H5♯工程建设团队发扬江苏交控的优良作风,充当好工程建设的"排头兵",提前开展招标采购,使项目在造价控制中名列前茅;团队发扬党员先进性,部分成员远离家庭长期奋战在项目现场，迅速适应海上风电新节奏。工程队细致落实部署和资源筹划，取得了核准后 6 个月内开工，开工一年后首批风机发电的优异成绩，建设速度在省内领先各大央企，创造了行业的清能速度，打响了新能源品牌。

他们全部的事业在海上。他们大多的生活在海上。

剧烈的风浪，痛骨伤筋；野蛮的颠簸，翻腔倒胃；青春沐浴在烈日，韶华浸泡于咸水，白天接着黑夜，黑夜连着白天，眼前永远是海天一色。三百六十五天，没有几天有温暖的被窝，可以面对妻儿的娇柔；没有几天有霓虹灯，有广场舞音乐；没有几天有川菜火锅，有朋友聚会、同窗应酬。

你们大部分时间有的活色生香，他们大部分时间无法拥有。

甚至人挤人、车堵车的时速烦恼，在他们那里都是渴望的奢侈。

到海上值班一次，需要好久才能回来轮休。

然而，他们不怕、不悔。只要脑中有梦想，晒焦的皮肤一样美丽；只要心中有信念，风湿的筋骨异常坚韧。

这又有什么呢？满天星辰，不就是不缺电的城市之夜，那种华丽的闪烁嘛！日常的风浪，不就是人间的烟火苍茫嘛！

他们头枕着波涛，大海是他们的梦乡。

他们，风电小哥，是风是浪，更是火热的电能量。

匠心致远

"什么是不简单，把每一件简单的小事做好就是不简单。"

自 2012 年进入泰州大桥机电维护中心以来，刘成帅始终怀有一颗敬业之心，关注工作中的一切细节，努力把各项工作做到极致。

2013年12月，北主线双电源改造进入尾声时，一次设备试送电即将展开，大家的目光都聚焦在他手上的变压器低压母排的安装上。可能是太紧张了，握在手中的扳手不争气地滑了一下，"啪"的一声，只见刚拧上的那颗固定变压器连接排的螺丝帽脱落下来。有人替他着急，建议重新找一个螺丝帽安装上。但刘成帅坚决不同意，因为他深知，变压器是电力系统中最关键的设备之一，一颗小小的螺丝帽，如果掉在变压器里面，很有可能造成设备烧毁、停电的重大事故，必须把它找出来，排除隐患。在他的坚持下，终于在冷风机的机罩里找到了这颗螺丝帽，顺利将它安装上，完成了双电源改造工程。

这是刘成帅成千上万个工作细节中的一个普通案例。

正是由于他对工作的精益求精，敬业进取，10年来，他多次代表泰州大桥参加江苏交控电工技能竞赛，荣获了团体第一、全能第三、单项第一等奖项十余个。比赛前，为了提高自己的成绩，他把自己锁在封闭的环境里，掐着秒表提高自己的速度，拿着量角器测量线的角度，用直尺来对比线的平整。电路板装了又拆，电线掰了又掰，电路图画了又画。不断默诵着技术理论，反反复复，如此循环。在枯燥的训练中，他手上的老茧被磨厚，但他丝毫不抱怨、不懈怠，只为了能让自己做到最好。在比赛中他以必胜的信念舞动起青春的激昂，将刘禹锡的"晴空一鹤排云上，便引诗情到碧霄"的豪情，演绎得更是如此精彩！

2019年省界收费站拆除，高速迎来全国一张网运行新模式。为加快在ETC门架系统集成项目施工进度，刘成帅深入施工现场，狠抓施工质量，严格根据设计图纸和规范要求，协助做好电缆沟开挖深度、宽度、支架安装间距、螺栓孔深度等方面的检查，确保了施工质量。同时制定业主、监理、审计、施工单位4方验收（交接）单，主动到各个收费站现场进行验收、交接，承担起部分电缆的卸车、堆放工作，有效提升工作效率。

在2020年实车测试中，刘成帅全面学习掌握《高速公路联网收费系统实车测试技术指南》《泰州大桥ETC费显实车测试方案》文件要求，带领班组成员加班加点，仅在48小时内，完成对辖区路段9个收费站ETC车道（含混合车道）及路段36套ETC门架新系统运行情况进行实车测试工作，实现对公司所辖路段ETC门架与收费站ETC、ETC/MTC混合车道的100％全覆盖和对内部测试车辆车种车型的100％覆盖率，加快解决高速公路联网收费系统转换磨合期出现的问题，有效保障公司ETC费显和清分结算系统优化工作顺利完成。

满足于做一个心细的工匠，在刘成帅看来是远远不达标的。创新才是引领发展的第一动力。工作中，他始终秉承大国工匠精神中的"精益求精＋不断创新"。他参与编写泰州大桥机电维护手册、落实"三级维护"机制、制定"一门架一卡片"门架专用档案，不断提高三大系统设备管理工作的制度化、规范化和科学化水平；对辖区36组门架系统的控制机柜、道路监控、LED可变情报板以及电缆、光缆进行全方位巡检，改装并修复了小黄山服务区地下通道栏杆，排除孟河收费站备用车道车牌识别、大港枢纽情报板字符叠加等故障70余次。结合实际，先后开展了"研发跨江大桥梁塔门门锁集控装置""研制高速公路收费亭防超宽车碰撞预警装置""ETC车道安全通行装置"等一系列贴近一线、贴近员工需求的QC课题活动。其中，"研发跨江大桥梁塔门门锁集控装置"获得江苏省优秀QC小组成果一等奖，获得国家实用新型发明专利。并将技术成果应用于实践，对延长公司三大系统设备使用年限、降低设备返修维护率及控制机电设备运维成本等具有重要现实意义。

在防疫抗疫最关键的时候，刘成帅依托监测平台数据分析和日志统计，突出设备维护工作的重点导向，对多次出现异常情况的门架系统给予"重点关照"，以大数据摸排为基础，分析和总结门架系统物理端和网络端的运行状况以及产生故障的可能性，深挖门架系统产生故障的"元凶"。截至目前，共对辖区内的 36 组门架系统的控制机柜，道路监控，LED 可变情报板，以及电缆和光缆进行了"零距离"巡检。通过"地毯式"摸排，共处理门架系统故障 3 次。同时，为根据各单位收费系统设备报修较集中的问题，开展有针对性的微培训 13 次，保证收费道口设备持续良好运转的同时，有效控制运维成本。

刘成帅始终保持着这份强烈的事业心和责任感。他获得了省交通运输行业青年建功标兵和省属企业"优秀班组长"称号，用十年"匠心独具"在平凡的岗位上演绎着自己的成长故事。

特行致远

南京禄口国际机场 2021 年突发新冠疫情后，机场公司与江苏交控航产集团，紧急联合组建了面向国际、面向未来、面向新业的国际货客运专班保障队。疫情期间，公司躬行重点工程、重大项目、重要一线的理念，领导把"国际航班保障"旗帜交接给了吴宏亮和他的伙伴们，让他们揭榜挂帅、充当先锋。领导叮嘱吴宏亮，时刻谨记"敬畏生命、敬畏规章、敬畏职责"，以"不以牺牲生命为代价的发展"为初心，去面对高风险岗位的每一天工作。

2021 年 4 月 21 日起，吴宏亮丢下家中七旬父母和刚上小学的孩子——孩子学校离家比较远，吴宏亮离开家后孩子每日都由七十岁的父亲接送，风里来雨里去。妻子在私企工作，早出晚归，只有周末才能分担少许，家里的重担完全落在了古稀之年的父母肩上。吴宏亮带着全家人的不舍离开了家，投入抗疫一线。高风险国际航班保障工作，在全新的封闭管理环境开展，与原岗位大不相同。封闭管理区有很多规章制度，如门禁、出行上报登记，拿饭前必须七步洗手法洗手后才可以拿饭，核酸出行不能走回头路，投放垃圾必须在规定时间内，等等，管理相当严格。一开始，吴宏亮对这里相当不适应，但他警示自己，必须当好疫情期间特殊岗位的"螺丝钉"，努力站好这14天的岗。

作为网格长，联系好国际航班保障时间是重中之重，需要提前一天了解相关的国际进出港航班情况，落地、起飞时间，航班故障情况，随时因突发情况延误等重要保障信息。还需安排好当日的航班保障计划，申报出舱计划和车辆调配计划。刚来的前两天，吴宏亮基本没合眼。由于信息不畅，要时刻关注手机的群消息，关注航班动态，时刻防止因为油料保障不及时延误航班。

由于上海的疫情比较严重，上海新空直升机送到省内各地的疫苗样本中途都到南京来加油，这很大程度上增加了保障难度。该直升机加油属于重力加油的加油口，一人无法操作，必须两人以上才可保障，一人持加油枪，一人精准控制加油流速，压力流速稍微偏大便有溢油风险。重力加油，即使对于从业10多年的吴宏亮，都是屈指可数的加油形式，并且不能使用已有重力加油枪的罐式加油车，只能用专班保障的管线车嫁接重力加油枪进行保障。穿着二级防护服活动不便，再加上视线不清，驾驶车辆完成直升机保障作业本就有一定的难度，况且，保障好直升机的同时，还要做好疫情防控的相关要求。人员受限、设备受限、支援受限的情况下，与一位从未参与过重力加油的同事一起作业，吴宏亮的压力确实很大，心里甚至有了少许的胆怯，甚至希望航班计划有变，不来南京。不过，这是一线工作必须面对的，也是领导与同事对自己的信任，不能辜负。因此，他们与机场专班指挥长以及民航局、站领导等多方协调商议后，形成了初步方案。他们按照保障方案进行了保障，第二天局方在反复观看视频监控后，对他们保障时机组不允许下飞机、签油单时距离过近等不足之处提出了相关的建议和要求。吴宏亮立即重新制定保障方案。隔日直升机再次保障，按照最新商议出来的保障方案保障完毕后，得到了专班总指挥长和民航局领导的一致认可。

5月5日，14天的国际航班保障任务完成，与后续进入国际航班保障的同事进行了物资、信息等方面的交接。由于都住在二楼，生产保障物资较多，又处在夏季，几百斤的重物徒手上下几个来回，大家也都精疲力尽，跟每次保障完专班航班脱下防护服时一样全身湿透，次日正式进入14天的隔离状态。隔离期间他们对前序14天的保障进行了总结，有不足之处还需改进。吴宏亮和伙伴们将时刻以朝气蓬勃、勤奋钻研、奋发有为、担当作为的"新生代"标杆要求自己，实现个人成长，与企业发展同频共振。

躬身致远

他们是一支"最矮"的队伍，因为他们常年与狭窄的管道为伴，必须躬身，蹲下，甚至匍匐前行。

在看不见的南京城地下，沿着机场高速铺设着一条70余公里的航油管道，这也是保证禄口国际机场航油供应唯一的一条输油管道。十里崎岖半里平，一峰才送一峰迎。这条路，充满崎岖，布满荆棘，只能用身体拨开路障，才能勉强通过。南京空港油料有限公司的管道巡线员就肩负着这条输油管道的巡查管理工作，同时负责开展管道设备维护保养、第三方施工管控，与管道属地各级管理部门密切沟通联系，确保了管道安全运行。

每天奔波100多公里，巡查10多个工地，看标识、查管线、沟通施工进度……不管是工作日还是假期，巡线员都像往常一样，穿梭在烈日下，开着巡检车"走街串巷"地前往沿线的各个工地，以防第三方施工造成输油管道破裂。每到一个工地，都要跟施工方沟通了解施工进度，带着施工方确认管线范围，进行安全交底。此外，巡线员们还要检查施工作业区内的管道保护设施，判断施工有没有涉及保护范围。虽然每天都到施工点巡查，但是巡线员次次都要叮嘱现场安全员要注意管线位置，保障管线安全。每走完一个工地，巡线员们早已大汗淋漓，汗水浸湿了工作服也来不及打理，马上开着车前往下一个地点。就这样，日复一日、年复一年，他们在最平凡的岗位上默默坚守。

平时他们是巡线员，特殊情况下还要充当临时的抢险员。巡线员24小时手机开机，如果遇到突发事件或应急抢险情况，必须第一时间赶赴现场进行处置。预警系统报警的那一刻，他们总能在第一时间义无反顾地赶赴报警点。有时，巡线人员发现是误报，可他们不会抱怨，不会放松警惕，依旧坚持现场排查，因为他们坚信，"管道没有事故才是最好的消息！"

春去秋来，寒来暑往。他们无惧高温不畏暴雨，始终奔忙在大街小巷，在自己的工作岗位上默默挥洒着汗水。他们是一支平均年龄52岁的队伍，也是一支平均党龄15年的队伍。他们时刻牢记自己的第一身份是党员、第一职责是为党工作。为做好现场监护工作，加班加点、早出晚归成了他们的家常便饭，日晒雨淋、严寒酷暑他们都淡然处之。自 2014 年以来，巡线处置班组连续 8 年获得公司先进集体，成为一支经得起考验，让"组织放心、群众满意"的党员队伍。他们默默奋战在巡检一线，用滴滴汗水汇成一股看不见的力量，为安全生产保驾护航。

跳跃致远

刚刚获得省属企业"优秀班组长"称号的优秀共产党员冯明泉，有着二十多年的基层工作经验，从润扬大桥镇江西收费站到润扬大桥酒店，他始终服从岗位安排，扎根工作一线，在不同的工作舞台上发光发热。

在镇江西收费站担任班长期间，冯明泉将政策文件理解得最为透彻，对各类流程操作牢记于心，有着过硬的业务技能和特情处置经验，在处理各类复杂特情时总是得心应手。"班长，快来看下这辆绿优车……""班长，这辆 ETC 车过不去，快来看下……"只要冯明泉在，这些难题都能迎刃而解。在工作中大家遇到了难点、疑点，都愿意去请教他这本"百科全书"，他是班组的主心骨。

冯明泉有一种本领，善于将工作中的"难点"变成"亮点"。在"和美西站"的大讲堂上，他与大家分享特情处理技巧和带班经验，实现全员共同提升。他提出的管制前移、交替放行的建议，有效解决了恶劣天气车辆放行后秩序混乱和二次拥堵问题；他采用的易混车预查方式，在提高车辆通行速度的同时，有效缓解了收费压力；他还提出了提高 ETC 车道通行速度改进方法和移动亭安全保障措施等。润扬大桥也给予了他更多锻炼和发展的机会，使得他在更大平台发挥才智。由他总结、提炼、整理形成的特情处置工作预案在全公司推广，安排他参与修订润扬大桥《绿色通道查验规范》《道口卫生巡查规范》等规章制度。

2020年在新时代职工队伍建设改革项目中，冯明泉积极响应公司号召，主动申请到润扬大桥酒店重点岗位挂职，成为前厅班组的班组长。面对陌生的环境，他认真学习酒店专业管理知识，深入部门各个岗位了解工作全流程，新建和完善房务部标准化"七化"管理方案、"岗位培训标准""岗位职责""工作流程及标准"等管理方法，做到了员工行为规范化、工作内容程序化、监督考核常态化，形成了各班组争先创优的良好竞争态势，为提高服务质量打下了坚实的基础。由于出色的工作表现，酒店进一步拓展了他的舞台，任命他为房务部总监助理。在不断挑战、更多责任下，他不负众望创新推出的"管家式服务"，给客人提供了完美的消费体验；"悦享""安心""感动"三大服务工程的推进，为客人营造了环境舒适、服务舒心的氛围。

对冯明泉来说，疫情以来第一次留观任务的场景仍历历在目。酒店接到留观任务指令是凌晨2点，他迅速梳理工作职责与流程，在没有任何留观经验的情况下，"争分夺秒备战7小时"，在9点前按要求完成了部门人员防疫知识培训、隔离物品配备整理，有序调配好人员，做好入住房间清扫消杀工作。"感谢工作组的同志们，像家人一样关心我们，让我们有一种回娘家的感觉，为你们点赞！"这是被隔离人员的真实反馈。2022年的3月9日酒店第四次被征用为留观隔离点，他再次挑起重担，全程参与到封闭管理、三餐供给和服务保障工作中，为入住的老人视频指导开机、为大学生提供个性化需求服务，为隔离人员制作生日贺卡、配送生日餐等，用温情服务织密"爱的守护网"。接待"个例者"63天以来，一句句感谢的话像暖流一样直达心底，一个个暖心的故事每天都在发生，他赢得了信任、尊重和点赞。先后四次的留观工作，他和同事们累计接待936人入住。

不一样的岗位，一样的使命担当。冯明泉将继续在更广阔的"舞台"上，不断汲取奋勇前行的智慧和力量。

拼搏致远

"这家伙干起事来就是个'拼命三郎'，在他眼里没有干不成的事。"这是宁杭公司溧马排障大队领导和同事对焦兆智的一致评价。他不怕吃苦、勤奋努力，在短短两年间，从一个业务技能"门外汉"成长为宁杭公司清障业务"排头兵"。

刚到溧马排障大队的时候，焦兆智对清排障业务还是个"门外汉"。本就文化水平不高的他学起技能就更费劲了，但他却有着一股不怕吃苦的韧劲。他发现公司每年都会组织清排障岗位技能竞赛，是展现和磨炼员工岗位技能的主要平台。于是，他在工作之余，逮到机会就向有经验的队员虚心求学。在业务理论方面，他每天固定时间读文件、学手册，直到熟练掌握为止；在业务技能方面，他主动邀请同事现场教学，并做好笔记，等别人休息了，他再私下反复练习。在2018年交通控股清排障业务轮训期间，他不曾让每天闲过，无论白天或是黑夜，始终以百分之百的努力去苦读不辍。"那段时间虽然苦，但学到了真本事，业务技能提高得很快。"当问起这段经历时，焦兆智仍感慨不已。最终他成功脱颖而出，被评为"交通控股清排障业务轮训优秀学员"，并在同年和第二年连续获得了宁杭公司清排障"百日竞赛"第一名的好成绩。这时的他从一个新人逐渐成长为业务骨干。

在江苏交控 2019 年第四届清障岗位职工技能竞赛备战期间，焦兆智接到了代表宁杭公司参赛的指令。他义无反顾地告别家人，拎上背包，便前往高淳集训营，这一训就是 3 个多月。在此期间，他每天与日出同行与日落而归，12 分钟跑步 3 公里，1 小时摆放锥桶折返跑、5 小时清障专项作业、2 小时理论知识学习，他一样都没有落下，保质保量完成。每天与各式各样的机械和辅助工具打交道，即使双手磨出了血泡，身上随处可见磕碰的伤痕，他也丝毫没有在意，仍旧是紧盯着手上的训练任务。背拖清障车"一拖二"作业训练需要消耗大量体力，一般人难以忍受，他没有选择退缩，与队友一起靠着顽强的意志和坚定的信念，每日坚持按照最高标准进行训练，最终在比赛中获得了可喜可贺的好成绩。此时的他，已然成为宁杭公司清排障业务中的"排头兵"。

在日常清障作业中，焦兆智全身心投入，设身处地为别人着想，用自己的热心肠温暖着每一位需要帮助的司乘人员。每逢事故，他总在第一时间赶往现场，救助伤员、货物搬运、车辆拖救等工作任务，他都主动承担，快速准确全面地处理完毕，最大程度减少损失。

去年冬天的一个晚上，一辆小车在收费入口闸道处突发故障，夫妻俩抱着一直啼哭不停的孩子手足无措。焦兆智见状，第一时间把他们带到大队值班室休息，提供了热水、泡面、面包等食物，与同事主动帮忙修好了故障。临别前，司机一家连连感谢："真是太感谢你们了，没有你们，我们真不知道该怎么办才好……"他那份心系司乘的真心得到了广大司乘的广泛认可，实现了多年来服务零投诉，获得的 96777 表扬数量始终位列大队第一。

今年，他又成功通过了公司考核和测评，进入了公司班长（中队长）人才储备库。用他的话来说，只有热爱，才能把工作干得更好；只有依靠学习，才能走得更远，不断进步。

决战致远

"林工,滴水珠高架桥桥台发现一条很宽的裂缝,图片发你了,你要不要过来看下?"电话那头传来了急促的声音,这是在桥梁巡查中又发现病害了,林峰看了下电脑上的图片,自信地回答:"这是桥台侧墙斜向裂缝,角度接近垂直,非承重构件,不用太担心,我先看下图纸,然后去现场。"拿起安全帽,穿上反光衣,在去桥梁现场的途中又不停地通过电话安排工作、处理问题,这就是高管中心桥梁养护工程师林峰一天忙碌的工作状态。

2011年3月,林峰从东南大学桥梁与隧道工程系硕士毕业,同年进入东南大学建筑设计研究院从事桥梁设计工作,这一干就是九年。2016年至2018年,林峰在深圳前海担任项目设计代表,在两年现场建设工程的锻炼中,他深深地意识到管理在工程建设中的重要性:对于工程建设而言,业主的管理才是龙头,技术是用来辅助业主达到目标,选择什么样的方案,下多大的决心,如何组织工程的实施,怎样去协调各单位的关系,从而有效而快速地推动项目实施,业主管理能力的高低决定了工程的成败。2019年,恰逢江苏交控系统面向社会招聘人才,林峰抓住了这次机会,依靠优异的笔试成绩和业务能力顺利被录用,进入高管中心工程养护处担任桥梁养护工程师,继续践行其"管理促效益"的理念。在领导同事的关怀帮助下,林峰快速融入了新的集体。高管中心所辖路段共有866座桥梁、1座隧道,管养的桥梁具有"时间跨度大、分布范围广、结构形式多"的特点,如何做好运营期桥隧的管理工作,对于林峰而言是一项新的挑战。

林峰逐渐熟悉了结合工程项目立项、采购、设计、计划、施工、合同等全流程的管理，并对桥隧养护"检测、评定、决策、施工、评估"全方位监管和控制。他先后组织实施独柱墩桥梁横向抗倾覆稳定性能提升、桥梁护栏安全防护能力提升、桥梁防船舶碰撞等多项专项行动，有效地消除了桥梁运行的安全隐患；针对"73版"T梁横向联系薄弱、桥面纵缝频发甚至产生空洞影响行车安全的问题，他组织实施T梁专项养护，提出多种加固方式，并在实施的过程中结合监测，从施工难度、实施周期、加固效果等多方面做好后评估工作，有效提升了T梁的技术状况和工作性能；结合工作实践，他提出"由表及里、内外兼修、追根溯源、预防为主、多方联动、互审互查"桥梁管养六项原则，并在高管中心系统内加以推广应用；桥梁养护是一场"持久战"，但是更怕遇到应急抢修的"遭遇战"，为了能够及时处理突发事件，他手机24小时保持开机，随时准备靠前指挥，妥善处置了三河大桥、焦港大桥、王元小桥等应急抢修事件。

"桥隧管养中心"是高管中心专业化管理模式的一次积极尝试。林峰受命负责组建该中心，建立运行机制。基于"预防为主、安全至上、分级管理、分类实施、突出重点"的指导思想，他组织建设桥隧综合管理平台、完善智能监控网络、加强桥隧养护顶层设计、坚持科技引领创新创效，向着"打造国际一流的智慧路桥养护示范样板"的目标迈出了坚实的一步。

林峰的努力也得到了多方的认可，他数次获得"高管中心先进个人""苏式养护先进个人"等荣誉，并入选江苏省"333高层次人才培养工程"对象名单。林峰时刻牢记着自己肩负的责任，他说："作为一名共产党员、交通人、工程师，我将坚守江苏交控人的使命担当，为保障道路桥梁安全运行、实现桥隧管养工作高质量发展、构建新时代高速公路现代化养护管理体系贡献毕生精力！"

刚毅致远

"不寻常的夜，被有效率有人情味的热土温暖，感恩奔波在高速路上的守护天使！"一则抖音视频讲述的故事，被转发 2700 余次、点赞 31000 余次。对于故事的主人公，宁靖盐公司排障员徐荣庆、沈晨和潘欣来说，那其实只是众多清障任务中再普通不过的一次，他们也是江苏交控系统众多清障队伍中平凡的一支。但在服务对象和热心的"吃瓜群众"眼里，他们有独到的风采，值得关注。

他们的排障工作何以感动网友？这是一支怎样的队伍？谁打造了这支队伍？ 用了什么神奇的锻造方法？

初心化作金戈志，最是刚毅能致远。宁靖盐公司党委不断挖掘辖区沿线红色资源，常态化组织清排障大队党支部党员和业务骨干，赴周边的盐城新四军纪念馆、新四军黄桥战役纪念馆、海安七战七捷战役纪念馆等红色基地，开展情景教育，追寻铁军足迹、感悟铁军精神、砥砺奋进力量。通过党性教育、岗位奉献、亮牌示范、公开承诺等一系列举措，倡导党员学党史、亮身份、塑形象、作表率，精神上"补钙"，行动上"加油"，带领全体清障队员不忘初心，牢记"畅为先，助力经济发展；实为本，传承红色文化"的企业使命，突出叫响叫亮"安营扎寨练铁军，保畅救援当先锋"的铁军口号。

练铁军，厉兵秣马时。他们练有指南，以江苏交控清障岗位工作规范、清排安全作业指导意见、清障技能竞赛标准以及公司道路突发事件应急预案等为规范，编制了一套业务技能培训教程；他们练有平台，这就是"背驮清障车倒车入库""切割救援""重型车拖车倒库""吊车搬运""折返跑"等标准化训练场，还有业务培训室、沙盘推演室和网络考试系统等；他们练有机制，建立了"周训、月测、季赛"常态化机制和理论学习、技能训练、网络测试三位一体考评体系；他们练有方向，建立了训练档案和信息卡片，聚焦提高"5分钟出动率、30分钟到达率、1小时打通率"目标，实现了党员政治学习覆盖率100％、全员业务培训覆盖率100％、训练科目通过率95％。

"铁一般信仰、铁一般纪律、铁一般作风、铁一般担当"，半人高的新四军精神的标语，就伫立在"铁军营地"的训练场边，这是他们的精神堡垒；营地建设了标准化清障车库、训练场地，竖立项目说明牌、铁军宣传语；制作了"轮胎攀岩墙""迎宾花廊架"等训练设施；他们还提炼出了"866大队长工作法""清障出动循环替补制""现场服务三告知"等工作法，落实"录像来找碴""月度案例沙盘推演"等制度，提升车辆出动、检查、交接等现场管理；在"选树好典型，凝聚正能量"活动中，先后涌现出了"万金油""老黄牛""技能王""拼命三郎"等先进典型……

"我看见他们两个，在深夜里趴在冰冷的地上，心里真的有说不清的那种温暖……"车主动情的讲述，是对他们最好的褒扬。在寒夜里踏雪破冰，不畏艰、险、难；在烈日下挥汗如雨，不怕脏、苦、累。哪里有险情，哪里就会出现他们的身影，这支清障铁军用实际行动生动诠释了"苏高速·茉莉花"营运管理品牌的深刻内涵。

手记之六：故事里的足音

  2022年夏天，为了写好这部作品，我曾专程到江苏高速公路收费站、服务区，长江汽渡，海上风电场等实地体验生活，用长则三天、短则几十分钟的时间，当一次"收费小哥""清障小哥"，"摆渡小哥""机电小哥"，甚至"保安小哥""厨师小哥"……我真正体会到了什么叫"挥洒汗水与热血"。在镇扬汽渡，跟着摆渡船在镇江与扬州之间走了一个来回，我坚持站在船舱外的甲板上，试图体验到真正的"现场"，顺便吹吹江风，看看京口瓜洲一水间的风光。甲板上的高温很快穿过鞋底，烫到了脚板。热浪一阵阵向上涌动，合着江涛的拍打声和轮船的机器轰鸣声，把我"包裹"起来，"翻转"不停，我很快眩晕，产生了中暑般的虚脱，二十分钟后不得不钻进船舱，抱着一瓶水一口气灌下去，才渐渐平息下来。在平望收费站，我在午后两点钟太阳最火的时候，钻进一个正在装修的收费站，陪伴干活的师傅，聊了不到一刻钟，又闷又热，差点晕倒。

  最值得纪念的体验生活，是在如东海上，做了一天"风电小哥"。为了赶海，必须早上五点就起床上路，利用汽车赶到码头的途中空挡，吃完早饭——其实，这么早，我根本吃不下手袋中的茶叶蛋和冷面包。到了码头，我们在风电小哥的帮助下，穿好救生衣，换上特制鞋，爬上轮船。

  为了让我不至于体验得太辛苦，风电场的管理公司云杉清能公司，足足准备了两个月时间，才等到了一个预测特别好的天气，大海上可以平稳一些。可是，在赶往风电场三四个小时的路程中，天气还是有些变化，风起云涌，大浪翻滚。我站在船舷上观看海上一望无际的风机群,海浪一个接一个地蹿上来,盖过我的头顶,把我的衣服全浇湿了。如果不是两个风电小哥左右夹着我,且不断地叮嘱我抓紧栏杆,我早就被激烈的颠簸,摔到大海里去了。一个多小时后,我的几位随行的年轻人,声称头昏眼花,吃不消了。有一位在剧烈颠簸中几次呕吐,不得不平躺到船舱内大副的小床上。

船开了三个多小时,终于到达目的地——海上风电平台。在抵靠平台入口的时候,轮船被风浪推来搡去,根本无法对准入口的楼梯。整整折腾了二十分钟,才勉强靠住。但船体摇摆不定,与平台楼梯之间还有一米左右的落差。陪同我们的风电小哥,一个接一个,稳步跳了过去。我们这些"驴友"就不行了,看着脚下浩渺的大海、涌动的浪花,紧张得整个人都僵化了一般。在小哥们的鼓励、帮助和前护后托中,我们总算安全地上了平台。

平台是一座几层楼设置体量的钢架结构,在海上犹如一座金属孤岛。里面是各种设备房。我在监控室遇到一个值班的小伙子,他说已经在此值班四天四夜。我让他带我去看看他生活的地方,他带我进入生活区,几间极其简陋的小卧室,一个简易的厨房和小餐厅。冰箱里有几个蔫了的茄子,几块牛排,一大堆方便面。

在回头的路上,我在船上吃了一顿"风电工作餐"。师傅特意为我炒了一盘肉片土豆,煮了一盘海虾。可是,吃饭是一门强大的技术活儿——准确地说,叫杂技活儿。船大幅度摇晃,凳子在舱板上滑来滑去,盘子在桌面飘来荡去。师傅们告诉我,坐有技巧,要将两腿分开,踩在地板上,与凳子之间形成几点一面,否则坐不住。夹菜要迅速、果断,如果用"绅士风度"吃饭,很难夹住菜,菜也很难准确无误地送到嘴巴里去。

怎么说呢,就好像是坐在秋千上吃饭。秋千上还可以固定住屁股,这里屁股跟凳子之间可难固定了!

我说了这个比方,船员和风电小哥们哈哈大笑。一顿饭倒也吃得很开心。

又是三四个小时,暮色降临中,我们的船才回到出发的码头。此时我已经疲惫不堪,摇晃了一天,整个身体都不做主了,走路都像失去了双腿,在空气中飘摇。在这种幻觉中,我从船上往码头跨越的时候,无意识中向后倒去,直接跌回甲板的铁梯子上。幸好护卫我的小哥们眼明手快,拽住了我的救生衣,才使我跌下去的过程受到缓冲,没有那么重。但我脑袋和肩膀着地,脑袋有安全帽护着,还好,清醒;肩膀没有这么幸运,给跌伤了⋯⋯

晚上回到宾馆,浑身散了架,且疼痛难忍。第二天早上照照镜子,发现脸上的皮肤颜色深了不少,还出现了几块斑点。真是海上过一天,相当于在人间老几年啊。

想想常年过这种生活的海上风电人,此时我心中有说不出的心疼和敬佩。

比起亲身感受,所有的语言都是苍白的。我已经无力去描绘这一系列体验的"残酷"。望着延伸向远方的公路,在烈日下热浪折射出沸腾的幻影;开阔的海洋无边无际,把人的承受能量消耗殆尽;长江东流浩荡,巨浪激情地涌向东方;大桥像彩虹一样巍峨,横跨在高空,我感叹着大自然的伟岸,感叹人工奇迹的雄大,同时也被人力的渺小压迫着,内心生起无限的怯弱与敬畏。

我不过是偶尔体验生活,走马观花地在交通上"逛"了几遭。而我要采写的这些对象,这些在交通一线的"路哥路姐"们,需要把整个人生交付在这些地方。我想,没有双腿蹚过热浪的骨气,没有目光越过彩虹的豪气,没有心向着大海的勇气,他们仅仅以血肉之躯是不可能支撑得住这样的繁重而沉闷的人生的。

本章写的是"繁花"的另一边天，那些我遇到的交通一线的大叔大哥老弟们。比起女性，这些"爷们儿"大都不善言谈。别看他们工作起来很生猛，但面对我的录音笔和赞赏他们的言辞，他们一个个表现出大男孩的害羞。而且他们中的大多数，口笨舌拙，一场访谈下来，能挤出来的词句，比我的问话还要少。这使我在捕捉他们的人生细节时，屡屡失败。

然而，我一点也不沮丧。每次跟他们接触，都会有莫名的感动升起。

他们中的有些人，靠一场访谈，确实无法写出一篇激情洋溢、丰满厚实的文章。但关于他们事迹的材料，一点也不单薄。在我的采访笔记里，简要地记录了不少这样的采访对象。

张津铭，淮安处洪泽收费站一名收费员，2002年在部队抗洪抢险中表现突出，火线入党，2003年进入高管中心。在平凡的岗位上热情服务于南来北往的驾乘人员。在抗疫战斗中，依然冲锋在前，义务到查验点帮忙，开展全站消毒消杀，让党旗高高飘扬在一线。他还是一名志愿者，参加淮安蓝天救援队，义务参与疫情防控消杀、防控执勤、水域搜救打捞、赛事安全保障、自然灾害抢险、现场救护培训等，2020年盱眙淮河发生溃坝险情，他随队战斗在抗洪第一线，搜救被困群众，彰显了军人和共产党员的本色。2020年，被中心授予"优秀共产党员"称号，获得淮安市青年岗位能手、蓝天救援队"优秀志愿者"荣誉。

泰州东收费站收费二班班长陈晓敏，曾是一名"执鞭三尺讲台""诲人不倦"的师者，现在的他是一位作为"立足方寸岗亭""创新不止"的"工匠"。2021年年初,在看到收费现场员工采用推车搬运锥桶费力且低效,陈晓敏发挥自身技术优势,搭建"旭日东升"QC小组,采用PDCA的工作模式开始了"隐藏式锥桶推车"的创新之路。从"制图"到"模型"再到"成品",面对"成本控制""单次承重""隐藏效果"等重重难关,他一次又一次地试验,否定了无数次的方案,从"1.0"版本逐渐进阶成为"3.0",无数个日夜里,他以"匠心"筑"匠魂",从零开始历时一年,最终他的"隐藏式锥桶推车"被选入2022年度江苏交控系统QC成果推广名单。他说:"我没有'高大上'的口号,能做的就是把平凡岗位的点滴积累成为立足岗位的'微创新'"。他用实际行动诠释创新的执着坚守和极致追求。

2021年,溧阳东收费站吕正方在站区人才经验分享中说道:"我只想做一个对公司发展有用的人。"简单朴实的语言中却透露出,他积极响应公司人才发展战略目标,在图变和善为中,找到人生方向。他结合自身实际制订学历提升、技能提升、资格鉴定等自我成长计划,让自己能熟练掌握各项应用技能,不断满足公司人才发展的目标需求。在岗期间取得中共中央党校函授学院本科学历,考取驾照并增驾B1和B2,考取电工证,学习花木修剪和培土栽种等技能,通过逐步推进自己的成长计划,使自己不单单是一个"收费专才",更是一个"高速通才",为自己赢得更多"加分项",以便适应收费变革的转型。

京沪公司转岗收费员张政,走在华彩蝶变之路上的"网红"。2019年,苏鲁省界收费站撤站,36名高速收费员面临转岗。张政从来没想过,自己会做起了物业管理的活儿。这两年,京沪高速公路沿线服务区颜值有了很大的提升,但是从事物业管理的人员年龄偏大、文化素质参差不齐,导致服务一直跟不上。于是,公司决定，让转岗收费员坐镇服务区，当物业主管。为了让收费员们尽快适应身份的转变，公司开展了为期半年的培训，经过多次技能考核，张政和他的同事完成了"华丽转身"。在新的岗位上，最大的挑战就是处理事情的方式的转变。从收费岗位转向物业，摇身一变成为物业主管，每天的工作围绕保安保洁开展，检查打扫卫生的质量问题是主要工作，而且各种突发情况比较琐碎，不定时发生。现在的他们已经很好地适应了这份工作，各项能力得到很大的提升，烦琐事务处理起来游刃有余，这种脱胎换骨的转变，过去是从来不敢想象的。

张政的意义不仅是完成了自己的蜕变，更多在于他用自己的华丽转身，给了全系统像他这样面临转岗的无数"路哥""路姐"信心和希望，他们不再畏惧他们的工作岗位被新技术所淘汰。张政为他们提供了成功未来的案例。

前文也提到，江苏交控对于收费、清障、养护等一线生产岗位人员的前途命运，十分牵挂，从来没有认为这是他们个人的事，而是纳入整个交控系统人才培养的重点任务范畴，用各种方式使他们上升或分流。开展员工技能等级评价，在帮助员工学历提升的同时，建立技能岗位持证上岗和分级管理机制，促进一线员工技能和知识结构改造升级，实现员工技能从胜任力到创造力的升级，帮助员工成长成才。畅通管理和技术、技能人才的发展通道，通过岗位锻炼、公开竞聘等形式让优秀的一线生产人员走上基层管理岗位，并完善首席专家、技师评聘制度，健全相应职务序列，做到不仅要有发展通道，而且要有融合通道。

道路拓展和精神感召，是大集体给这个特殊群体优化和改善自身命运所创造的两大条件。其中最有价值的内核，就是交控人才观的"扁平化"——一线普通职工并未因为在最基层,干的是脏累苦的活儿,就不被视为人才,而是被平等对待,甚至得到加倍的呵护和培育。这个群体涌现出来的专家和管理人员,数不胜数;即便多年坚持在原有岗位上的,只要尽心尽力做好本职工作,也都得到了各种荣誉的加持,至少享受到系统内所能给予的全部精神鼓励和物质福利。

"繁花"中的路姐和"大海"里的"路哥"们,给我一个共同的印象是皮肤偏黑,那是他们多年日晒夜露的工作所养成的"职业特色"。但他们有独到的美,就是健硕、开朗、自信、敬业。他们是我这些年接触到的职业群体里,笑容最多的人。而且,这种笑容不限于职业状态中,在日常交流里,他们不经意流露出来的善意微笑,一瞬间爆发出来的开心大笑,时不时发生,很快会感染一个环境,感染到在座的每一个人。

他们是励志花,也是开心果。

第七章 "三个故事"的聪明诀

聪明大舞台

人才,是支撑企业发展的第一资源、第一要素、第一推动力。从江苏交控"十四五"人才发展专项规划,到人才新政15条,再到系统人才工作大会,"人才强企"理念贯穿始终。把人才工作当做头等大事抓牢抓实,既是江苏交控践行"人才强国""人才强省"战略的生动实践,更是交控巨轮乘风破浪、行稳致远的制胜之钥。

他们坚持党管人才不动摇,以战略导向指引发展方向。在全省国有企业中,率先成立人才工作领导小组,形成党的组织优势与人才工作的完美契合;健全"党管人才"工作格局,积极吸纳人才入党,推动"增人数"与"得人心"的有机统一;切实发挥党委牵头抓总作用,确立人才引领发展的战略地位,抓好人才工作的顶层设计;持续发挥"江苏交控人才奖"评选的示范引导作用,推动全体员工见贤思齐、见贤思进;加大项目、课题、资金支持力度,加大项目、课题、资金支持力度,把人才"战略资源"真正摆上"战略地位",撬动企业发展"最大增量"。

在机制上,以改革红利释放人才红利。为人才松绑,完善引进使用机制。灵活运用高校引进、市场化引进、柔性引进等方式招引人才,建立健全"纵向畅通、横向互通"的管理、专业、技能人才成长通道，人才版图不断扩张。为人才赋能，完善教育培养机制。构建"1+N+1"教培体系，上线"文教云"培训课程，开展"80后、90后"后培养工程等，30余人次进入江苏省333高层次培养工程，人才素质不断提升。为人才鼓劲，完善评价激励机制。健全人才容错纠错机制，完善以业绩、贡献为导向的人才评价和薪酬分配机制，近五年内累计投入人才基金近2亿元，人才活力不断迸发。

他们激扬优势资源、把握竞争主动，围绕产业链布局人才链，大力建设战略人才队伍，坚定不移以"人才雁阵"助力企业长远发展，人才"家底"进一步夯实。学历教育提升明显，全系统拥有本科及以上学历人才近1.2万人，占人才总量的77%，其中硕士748人、博士16人，年均保持10%的增幅。高层次专业技术和技能人才增长较快，高级职称人员644人，较五年前增长19%。高端人才队伍不断壮大，科技领军人才、行业拔尖人才和具有突出业绩和贡献的先进模范标兵达到70余人，多人获得"科技企业家"荣誉称号、被评为省"双创领军人才"。实施"先锋企业家""领军科学家""大国工匠""未来英才"四大工程，以大视野、大格局、大智慧为未来发展储备人才。

他们始终把环境作为集聚人才的核心竞争力，坚持不懈在"筑巢""搭台"上下功夫，讲好企业有前途、人才有舞台、生活有滋味三个故事。

他们坚持产教研学融合，设立"五院一库"、5个交通产业实验室、4个博士后、研究生工作站，打造"江苏交控8916新时代人才品牌孵化矩阵"；成立江苏交控人才发展集团有限公司，开展人力资源全流程服务，组建职业技能鉴定中心，清障救援职业标准获批人社部国家标准开放项目；年均投入科研经费3000万元以上，科研攻关200多项，形成发明专利等科研创新成果175个，200多人次受到省部级奖励，制定行标、地标等各类标准近 100 项。2.8 万交控人在各类创新平台上踔厉奋发、笃行不怠，催生出集智破题的美好风景。

"国际影响、国内领先万亿综合交通产业集团"的宏伟蓝图催人奋进，构建世界一流人才高地、打造世界一流示范企业的宏大布局落子有力，江苏交控大地上，人才活力竞相迸发，聪明才智充分涌流，"人人渴望成才、人人努力成才、人人皆可成才、人人尽展其才"的良好局面已初步形成，"群雁"翱翔于广阔云天的壮丽景象正绚烂铺开！

江苏交控党委书记、董事长蔡任杰看到成绩的同时，也清醒认识到，江苏交控人才工作远没有封顶。在人才的培养、吸引、使用和激励上思想不够解放，措施不够得力。人才队伍结构性矛盾比较突出，集中体现为高层次、复合型、产业化的人才匮乏：缺乏一批精通国际经济、熟悉国内外市场、具有世界眼光和战略决策能力的企业家；缺乏一批熟悉资本运作、市场营销、国际贸易、金融证券等相关知识的复合型人才；缺乏一批具有创新精神、引领行业技术进步、拥有自主知识产权的科技人才；缺乏一批能够熟练掌握和使用高新技术、具有专门技能的高级技师。市场配置人才资源的基础作用没有充分发挥。选人用人的方式较为单一，选人视野主要集中在企业内部，路桥和非路桥的交流都很少，人才成长渠道也还没有完全打通。科学合理的人才评价激励约束机制还没有形成。针对各类人才的评价体系还没有真正建立；各单位之间薪酬水平参差不齐，对人才薪酬激励力度不够，不能很好地点燃人才干事热情；此外，不少企业分配制度还存在着一些亟待规范的问题。

江苏交控决策层认为从"大体量"到"高质量"还有深化空间。目前全系统员工总数 2.8 万人，人才数量 1.5 万人，人才数量的绝对规模在行业中保持领先,但是从内部构成来看,硕士研究生只占5%,高级职称不到5%,从体量大到质量高还有很长的路要走。从"有高原"到"有高峰"还有进化空间。全系统虽然拥有专业技术人才3000人、高级职称644人,但是正高级不到100人,333高层次人才培养工程累计34人,第二层次只有2人,在行业内名声显赫的高层次领军人才还是个位数。从"供给侧"到"需求侧"还有优化空间。熟悉资本运作、市场营销、产业拓展的复合型、国际化人才供给还存在缺口。从"人力资源"到"人才资本"还有转化空间。全系统人力资源的规模效应还没有体现出来。

为此,蔡任杰和他的团队,在实施讲好"三个故事"的过程中,把讲好"人才有舞台"故事摆到突出位置。蔡任杰亲自带领管理团队起草了"人才强企"建设"五个强"和"四个牢固"总目标,要求"强"在高水平的国际化人才队伍上,"强"在高能级的载体平台上,"强"在高含金量的政策举措上,"强"在高匹配度的人才供给上,"强"在高品质的人才生态上;牢固树立人才"第一资源"的战略意识,牢固确立人才引领发展的战略地位,牢固建立市场化选人用人机制,牢固强化高含金量人才政策举措。

全方位培养引进用好人才,走好具有时代特征、交控特色的人才之路。要走好自主化培养之路。加强内育挖潜,努力打造"土生土长""接地气"的交控自有人才队伍,为企业发展提供内生动力。深耕"教培育人",强化等级认定。要积极整合教培资源,持续深化苏交控"文教云"课程体系、"导师带徒"培训体系、"一站式"职业等级认定体系建设,打造可复制、可推广、可借鉴的教培体系标杆。深耕"实践育人",锻造实战尖兵。要打破人才流动壁垒,推进人才跨岗位、跨部门、跨单位交流,让有发展潜力的到本部拓宽视野,把缺乏基层经验的放到一线砥砺磨炼,让内部人才走出交控锻炼提升。选派干部人才到省重大交通工程项目挂职历练，育管用一体化衔接，培养实用型工程技术人才。深耕"文化育人"，提升人才素养。要丰富"通达之道"企业文化，倡导"责任、创新、崇实、善为"价值观，增强人才认同感和归属感，提升两万八千名交控人整体素质，推动各类人才如雨后春笋般竞相破土、茁壮成长。要走好专业化招引之路。靶向要精准，要定期开展人才盘点和大数据分析，绘制"人才热力图"，确保引进人才符合战略发展需要。要深化校企联动，开展好星光管培生计划，引入高校优势智力资源；柔性引进两院院士、长江学者、特聘教授、客座教授等相关领域人才。要推行市场化选聘，开展"揭榜挂帅"项目竞聘，优化人才竞争平台，破除身份和职级门槛，为各路英才提供施展才华的"竞技场"，"赛场选马"激活人才活力。推行契约化管理，要全面推行经理层"任期制与契约化"管理，全面畅通现有经营管理者与职业经理人身份转换通道，促使经理层走向职业化、专业化、市场化，激活用人一池春水。推行差异化薪酬，要构建工作报酬取决于实际贡献的竞争性薪酬体系，探索实施以股票期权、虚拟股权、超额利润奖励等为主要内容的市场化中长期激励措施，让优秀人才得到合理回报。

加快建设战略人才队伍，以资源优势积聚发展优势。实施"先锋企业家"工程，打造高素质经营管理人才。引导企业家积极投身"一带一路"建设、长江经济带、"长三角区域一体化"发展等国家重大战略实施，支持企业家投身扶贫攻坚等公益事业，努力将领导人员队伍打造成为引领公司勇于改革创新的改革先锋，带领公司国际化开拓的开路先锋，统领公司打造国际影响国内领先万亿综合产业集团的时代先锋。力争到 2025 年，引进和培养 10 名具有世界眼光、战略思维、能力卓越、业绩突出的企业家或高端职业经理人。实施"领军科学家"工程，建设一流科技创新团队。要开展员工技能等级评价,建立技能岗位持证上岗和分级管理机制,促进一线员工技能和知识结构改造升级,实现员工技能从胜任力到创造力的升级。 要弘扬劳模精神和工匠精神,深化"工匠工作室""劳模工作室"创建工作,持续开展"江苏交控技能工匠"评选活动、技能工匠竞赛活动,组织参加江苏工匠、交通工匠等省级赛事,激发个体价值。 实施"未来英才"工程,保障江苏交控基业长青。 突出"潜力+能力+活力"三大标准,以大视野、大格局、大智慧为江苏交控未来发展储备人才。 要加快青年人才队伍建设,实施"1124 星计划",着力培育一批面向未来、全球视野、出类拔萃"80 后""85后""90 后""95 后"青年人才;加快年轻干部培养使用,使得"老中青新"的年龄结构按照"2∶4∶3∶1"的比例配备,优化干部队伍年龄结构。 要加快数字人才队伍建设,大力推动人才数字化和数字化人才"双化改造",吸收引进和培育使用数字化管理、人工智能等方面的高端人才。 要加快国际人才队伍建设,采取引进海外人才、使用国际人才服务等方式,积极融入国际人才市场,助力产业拓展和海外布局。 要加强复合人才队伍建设,实施"专业+"培养工程,以在本岗位做到专业水平一流为前提,按照产业发展需要和个人特点,有意识地安排人才多岗历练、提高复合型能力,为江苏交控可持续发展奠定坚强基础。

搭建好人才发展平台,以产才融合实现以才兴产。 要始终把环境作为集聚人才的核心竞争力,坚持不懈在"筑巢""搭台"上下功夫,讲好企业有前途、人才有舞台、生活有滋味三个故事。 做优创新平台,做大做强五大研究院等现有平台。 给予运营管理研究院、绿色双碳研究院、工程技术研究院、数字交通研究院、产业发展研究院、博士工作站、实验室等更多的发展空间和时间,推动"小平台、大协作、新业态、打基础、创效益"思路落地落实。 要建设国内一流的应用型研发机构。加快布局与产业发展匹配的应用型研发机构，建设企业牵头、高校院所支撑、各主体协同配合的人才创新联合体，增强课题成果转化，实现"从1到100"的应用创新。要打造省级、国家级产才融合载体。坚持高起点设计、高标准推进，集中力量构筑"8916"人才品牌孵化矩阵，用两到三年时间做出成绩、做出品牌、做成样板，打造特色鲜明的产才融合示范基地，体现头雁地位，发挥头雁作用，逐步把平台建设从蓝图转化为现实。做优政策平台，建立更具针对性、突破性的体制机制。为人才减压，完善人才评价机制。为人才鼓劲，完善人才激励机制，创新激励方式，设立专项基金，营造支持改革、鼓励创新、宽容失败、惩戒慵懒的良好环境。搭建专业化方案解决中心。发挥人力资源公司作用，提高人才服务水平，系统收集梳理工作中存在的各类问题，依托"我为群众办实事"实践活动，拿出真正管用有效措施，解决好各类人才子女入学、医疗保障、福利待遇等现实问题，把员工对企业的美好愿景转化为集智破题的美好风景。营造拴心留人的生活环境。热情接纳、耐心引导、坦诚相待，帮助新进人才尽快度过适应期，让"引进来"变为"融进去"，使人才充分感受到本地求贤若渴的态度、敬才惜才的温度，不断提升他们的归属感、认同感，守好人才源头活水。

各显神通聪明诀

高管中心聪明诀：选、育、管、用——

近年来，江苏交控高管中心始终围绕锻造一支政治素质硬、业务能力强、持续发展优的人才队伍，尽心尽力为人才搭台唱戏，全心全力为人才喝彩点赞，真心真意助人才成长成就，切实做到人尽其才、才尽其用、用有所成，从而实现高管中心事业发展和人才发展的互利共赢。

逐步改善干部人才结构。在优秀后备人才库建设中下功夫，统筹各年龄段干部使用，充分调动各年龄段、各层级干部的积极性，制定了年轻干部培养选拔办法，为做好优秀年轻干部培养选拔工作指明了方向。在"选"的广度上，坚持海归本土相结合，2018年至今引进研究生20人，对中心现有年龄结构、知识结构进行了适当补充；在"育"的深度上，坚持实践历练，强化专业管理。2017年度安排了9名同志、2019年度安排11名优秀管理人员至中心机关上挂下派，盘活了人才存量，目前上挂人员大部分在更高层级岗位发挥着重要作用；在"用"的宽度上，坚持搭建舞台，尽早发挥作用。中心所属部分单位实施年轻管理骨干竞争性选拔、上挂下派，管理队伍注入新生力量；在"管"的严度上，坚持从严管理，加强管理监督。防止工作的不正之风，确保选人用人，让组织放心，让干部服气，让职工群众满意，营造风清气正的用人环境。

中心研究出台"十四五"期间人才发展专项规划，拟定了人才教育培训工作要点，科学化、制度化、规范化提升人才教育培训质量和水平。按照规划，推进内部教育培训常态化，结合"1369"产教融合实训基地建设、课程建设和师资培养；有计划组织开展各层级干部职工轮训工作。多年来，采取与国内知名高校合作方式，开展中层人员领导力提升高级研修班，先后有270人次参培；采取与省交通技师学院等行业职业院校合作方式，组织317名基层单位负责人及班组长开展轮训。他们还健全完善各类人才培养平台载体，通过岗位交流、挂职锻炼、技术攻关、项目开发和竞赛比武、技术练兵等形式，加快推进各类人才培养锻炼与选拔使用。

中心着力拓展专业人才通道，坚持以创新的理念为人才搭建舞台，不断深化管理岗位、专业技术、工勤技能三类人才供应链建设。截至目前，高管中心共有中级以上专业技术人员309人，在工程、经济、思想政治序列中具有多位研究员级专家领头人，专业技术人才总量和质量位居江苏交控系统路桥单位第一。同时，在专业技术人才薪酬和岗位管理上尝试打通跨序列人才通道，享受相关待遇，提高了积极性和工作效能。做大做优工勤技能人才队伍建设，在工人队伍建设的总量规模、等级等次、梯队结构等方面持续发力，常态化开展事业性质收费技能岗位人员等级考核工作。截至目前，高管中心共有初级以上工勤技能人员938人，其中技师20人、高级工714人、中级工152人、初级工41人，实力厚，梯队全。

江苏高网聪明诀：打造"四个链条"——

江苏高网作为全省路网营运管理的"中枢"，结合"苏高速·茉莉花"品牌创建，大力提优人才管理水平，紧扣"一张网"运营管理新需求，超前规划设置收费稽核、技术研发、调度指挥、客户服务等营运管理核心业务岗位，高效实现"一张网"模式下的人岗匹配；系统搭建了具有江苏高网特色的茉莉花网丁考核评价体系，构建了管理人员定性考评，生产人员定量考评模式；强化高素质人才引进和存量人才素质提优，外招硕士研究生学历高达80％，内引本科学历达83％，职工专业技术职称持有率较2021年初上浮23％，职工培训实现100％全覆盖，轮岗人员占比达5％，系统内路桥单位轮训40余人；借鉴"让听得见炮火的人做决定"的模式，开展年度重点工作项目制管理，在准自由流建设、数智营运等重大创新攻坚项目中培育出一批敢想敢为、善做善成的营运管理精兵强将。

2022年，江苏高网部署打造"四个链条"：人才发展"载体链"，人才成长"政策链"，人才培养"生态链"，人力资源"价值链"。深入开展营运管理组织优化和岗位设置课题研究，输出具有指导价值和广泛影响的研究成果，持续优化管理效能、业务流程和岗位胜任力模型；健全项目制重点工作管理机制，强化项目过程管控，进一步量化考核指标，助推重点项目高效落地。开展全员指标化绩效考核，量化关键指标，优化薪酬发放；加强人才发展配套支持，为人才孵化基地提供专项经费，支持营运人才培养孵化；探索常态化轮岗交流机制，强调"跨界锻炼"对复合型人才培养的有力支撑，加快年轻干部培养选拔步伐。进一步完善优化教育培训管理流程，探索建立新入职和新任职员工专项培训、导师传帮带和轮岗培训等机制；建立内训师激励和管理评价办法，激发内训师组织参与动力，逐步萃取搭建营运管理知识体系。释放人力资源"价值链"，建立人力资源月报制度，开展人力资源数据分析，组织人力资源服务活动，做细人才保障，打造专业化、服务型人力资源团队，以模块化、标准化、信息化管理推进建立更具江苏高网特色的人力资源管理新模式。

云杉资本聪明诀：培育"金融工匠"——

云杉资本公司始终坚持"人才强企"战略，贯彻落实《江苏交通控股系统职工队伍建设改革实施方案》要求，积极组织开展职业技能竞赛，发挥"以赛促学、以学促用"的作用，挖掘和培养金融投资方面优秀人才。

用工匠的精神锻造人，提升人才专业能力。聚焦金融投资主业，积极打造与新产业、新业态、新技术、新模式相匹配的复合型、技能型、领军型金融投资人才队伍。公司大力开展先进典型的评选培育，连续5年开展"最美投资人"和"云杉标兵"的评选工作，大力弘扬工匠精神和劳模精神。积极组织各类业务技能竞赛，持续提升业务团队的专业能力。公司目前有模拟炒股、估值分析、风险建模和财务造假识别等多个方向的业务能力竞赛，并实现了竞赛的全员参与，以此作为培育具备"工匠精神"投研人才的抓手。

云杉资本紧扣创新发展驱动战略，构建多元协同的人才培育模式，形成"人到云杉才无忧"的保障体系。公司坚持"赛马不相马"的原则，把技能竞赛和项目一线作为发现人才、考核人才和选拔人才的主战场。今年通过"模拟炒股大赛"，公司财务部员工顺利实现从后台到前台的转变，夯实了云杉"之"字形的人才发展路径。同时充分发挥公司丰富的外部资源优势，通过与中信、华泰、中金、国开金融等国内一线券商和投资机构合作，开展外部导师聘用、人员派驻学习、项目共同开发、行业交流会等多形式的培养，为专业技术人才提供了良好的培养环境。

云杉资本着力构建科学合理的人才评价激励约束机制，涵养良好人才生态。公司前台业务人员薪酬完全市场化，业务条线负责人薪酬高于公司经营层，给予市场化员工充分的价值认可。公司出台了《职业经理人管理制度》《专业技术岗位管理办法》等多项支持专业技术人才发展的制度。50%的员工具有CPA、CFA、ACCA及法律职业资格等认可度高、专业性强的证书。

下一阶段，云杉资本将以"江苏交控金融投资人才实训中心"建设为依托，发挥改革创新突破口和前沿哨功能，持续推进职工队伍建设改革，充分激发员工积极性、创造性和主动性，培育一支具有行业特点、云杉特色和交控特质的金融投资人才队伍。

宁杭公司聪明诀：量才搭台——

坚持素质强行，锻造能征善战的冲锋队。在奋力推进"全球高速的最美风景"建设之际，宁杭公司进一步加强写作队伍建设，提高信息宣传综合业务水平，以"实战"为目的，通过开放式"下沉"采风等方式，开展分阶段、分批次的"笔杆子训练营"，为"能说、能写、能干"的"三能"人才提供施展平台。"有多大才，就能为你搭多大台"，公司牢牢把握"产教融合"人才培养路径，通过"85后、95后"备人才库、"三能"干部、内训师选拔等"金舞台"搭建，以突出"发散式"培养、深化"梯队式"培养、推动"订单式"培养为手段，重构符合宁杭核心能力培养的"岗位导向，能力递进"的过程式培养体系，有力推进宁杭人才"量"与"质"的跃升。

宁杭公司高度重视产业工人队伍建设工作，以"职工文化"试点项目为重点，制定并下发《宁杭公司职工文化建设三年规划方案》，大力弘扬"劳模精神、劳动精神、工匠精神"，选出10名先进典型人物，发挥榜样的正向力量。同时广泛宣传先进的典型事迹，组织广大职工"向着先进看、跟着先进干"，大力推动比、学、赶、帮、超的学习热潮，通过文化宣传、赋能培训、制度建设等工作推动职工文化建设落地，实现"选树活动"与服务中心工作高度融合的良好互动局面。以文体赋能，积极丰富职工文化生活，通过学习讲座、外出采风、现场交流等形式，丰富实践内容，为"爱美、懂美、善拍"的职工搭建切磋舞台。

下一步，宁杭公司将牢固树立"人才是第一资源"理念，加快实现人才队伍现代化、人才效能现代化、人才发展治理现代化，搭建多元培训平台，激发人才活力，让"千里马"竞相奔腾，推动职工与公司共同成长、共同进步。

东部公司聪明诀：树好风向标——

东部公司以"人"的高质量发展做好文章，从引才聚才、育才强才、用才留才入手，树立"有担当就会有平台、有本领就会有舞台、有作为就会有展台"的风向标，讲好"人才有舞台"故事。

公司优环境、强机制，实现管理与人才"双轮驱动"。围绕"聚才"的问题导向，制定《专业技术岗位管理办法》，开辟专业技术人员发展通道，为员工队伍成长成才开辟了专业技术序列。调整绩效考核体系，制订《清排障岗位工作量考核分配办法》，在清排障岗位试点开展差异化分配，树立奖罚并重的考核导向，切实有效地激发技能岗位员工工作积极性、主动性。2021年8月，以一线员工张文婷为主的宣讲团队唱响"十佳交通故事"；2021年通过内训师选拔和笔杆子训练营，45名技术骨干和19名笔杆子参加了实岗轮训。

公司促培训、强引擎，紧扣"育才"来量体裁衣，定期开展基层单位班长竞聘上岗、任期履职考核与综合能力提升培训工作，提升班长队伍素质；以岗砺才，采用"定向培养＋轮岗培养"模式，选拔基层单位优秀员工到管理处各科室"多岗式"锻炼；培养养护、财务、采购、视频编辑等"专长性"员工，厚植人才破茧的沃土，通过阶梯化人才培养工作，多维度深挖内部人才。2022年7月以来，结合东部公司青年员工文化程度高、思维活、可塑性高的实际，试点开展"岗位体验交流日"活动，轮岗人员来自试点单位各科室、各站区的管理人员、收费班长、业务骨干、青年员工，占到试点单位总人数的30%，并针对"个人＋角色＋岗位＋团队"四个模块，定向匹配丰富多样的体验学习内容，让员工从不同单位、不同岗位的工作中，获取新知识、新思路，提升自身岗位胜任力和核心竞争力，激发起全员奋斗的热情，让能干事的人有平台。

搭什么样的台？公司拓展思路，打造员工向往的就业氛围。结合公司收费员和清障员等技能岗位的职业技能认定，和"中国路姐"和"劳动模范"等荣誉创建，打造员工标杆和先进典型；在技能岗位选配方面，进一步优化公司技能岗位人员结构，根据江苏交控核定的岗位定员标准，采取试岗考核的方式为空缺驾驶员岗位选配人员，共16名员工经考核转岗至驾驶员岗位，实现了技能岗位横向互通；在公司举办的岗位业务技能比赛、防疫保畅等急难险重任务中甄别人才，点燃基层优秀员工内心的奋斗之火和前进希望，让干成事的人有前途。

泰州大桥聪明诀：三个"聚焦"——

泰州大桥通车运营近10年来，始终坚持人才是第一资源的发展理念，将人才优势转化为企业高质量发展优势。特别是在全国"一张网"运营后，泰州大桥大力弘扬劳模精神、劳动精神、工匠精神，打造了"省劳模汤树景工作室"、省青年岗位能手"吴隽工作室"和"铺路石创新创效工作室"等，常态化开展电工、清障、收费等多岗位的业务技能竞赛，营造了"比、学、赶、帮、超"的良好氛围；搭建员工成长平台，建立"青年人才库"和班组长、管理员、主管级等各层级后备人才库，推进清排障等工种技能鉴定，构建"三级维护体系"等，畅通员工职业发展通道，涌现了一批"全国工人先锋号""全国最美路姐""省优秀党务工作者""省五一劳动奖章""省劳动模范"等，赢得了100多个国家级、省市级集体和个人荣誉。

泰州大桥围绕江苏交控"十四五"发展规划和公司三年行动计划，加强人才顶层谋划，用"三个聚焦"进一步推动人才队伍结构不断优化。聚焦"选人"，让人才储备机制更全。坚持党管人才不动摇，瞄准国际化、复合型人才队伍建设要求，积极引进桥梁工程、信息技术等关键性、创新性人才，提升公司整体竞争实力。聚焦"育人"，让人才培养路径更宽。全面盘活公司青年人才资源，突出"潜力＋能力＋活力"，持续完善"1＋N＋1"职工教育培训体系，搭建能力实训、挂职锻炼和校企协作等多维度实践育人平台；以公司青年人才库为基础，保持动态合理流动，开展"新苗计划"，促进优秀人才不断涌现；依据江苏交控技能鉴定中心、人才孵化基地、工匠工作室、技能大师工作室、技能竞赛等载体，深化技能人才培养，力争执行层中"90后"人才占比达25％。聚焦"用人"，实行差异化分类考核，搭建覆盖全员的考核体系，实现企业选人用人公平公正、人员结构明显改善、薪酬分配更加合理、企业经济效益与员工收入同步增长的目标；聚焦"专业化＋数字化＋复合化"，通过"内培外引"，塑造一批符合三力标准、适应三化能力的优秀年轻干部队伍；加快管理、专业、技能三类人才通道建设，加强"成长型"年轻干部梯队建设，计划到年底，公司专业、技能人才总量达到50％，为企业高质量发展打下坚实基础。

南通天电聪明诀：三年行动——

致天下之治者在人才，成天下之才者在教化。南通天电公司启动了人才工程三年行动规划，从"引、育、用、留"四个方面实施人才工程建设，加大培养"管理、技术、技能"三类人才，构建"金字塔"形人才结构，为公司人才更好、更优、更强地发展搭建了广阔的舞台。

"引才"，公司加强三个角度深化引才模式，强化校企合作，提前锁定优秀在校生，同时加强与优质人力资源服务机构合作，及时掌握市场人才信息，多渠道引进人才。适当采取社招的方式引进高素质经营管理人才、高层次专业技术人才、高水平技能人才等"三高"人才及紧缺人才，采取"一事一议""一人一策"，确定人才薪酬待遇等事项。"育才"，优化"师带徒"模式，常态化开展导师帮教、技术指导、业务解答；运用"请进来"的形式与资质丰厚的培训机构合作制订培训计划,加强与电力院校及电力培训基地联系,提高培训的系统性和实用性,将已有的人才"送出去"接受外部培训;搭建培训平台,改造建设好培训中心,充分利用现有的网络培训平台、"天电大讲堂"等,打造人才孵化基地,营造全效培才模式。"用才",动态维护公司人才库,输送、储备新生血液。同时畅通各类人才发展通道,建立健全"管理序列、专技序列、技能序列"三通道人才成长体系,使不同类人才都有纵向晋升和横向交流的发展渠道,打造多维成才体系。"留才",将人才教育培训费用纳入企业年度预算,逐年提高教育培训费用占比,并且将其中 60% 以上用于一线员工的教育与培训,营造栓心留才环境。加强人才服务保障,为优秀人才开通绿色通道,优先推荐为各级各类表彰对象,优先支持申报上级人才项目和奖励。建立人才联系服务机制,定期谈心谈话,主动解决困难和问题。

现代路桥聪明诀:一点通——

2022 年 2 月现代路桥公司以人才盘点为手段,正式开启贯彻落实"人才强企"战略系列活动。现代路桥党委高度重视、精心组织,组建了由公司领导、人力资源部成员、交控人力咨询团队组成的人才盘点专项小组,切实加强人才盘点工作的组织协调,为人才盘点的有力有序有效开展提供了坚强的组织保障。

这项工作的关键是定好"盘的对象",把准盘点方向。本次人才盘点作为 2018 年、2020 年人才盘点的补充与延伸。在盘点对象方面,公司与交控人力咨询顾问进行多轮探讨,建立了科学、多维的盘点方案。方案以三个"重点关注"为切入点,把准盘点方向,重点关注 2020 年人才盘点的高潜人才现况、重点关注 2020 年人才盘点后新员工现况、重点关注目前处于关键岗位人员现况。盘点从工作业绩、未来规划、职业目标以及对公司发展建议等不同角度进行现场述职，深入了解员工能力和思想。依据现代路桥胜任力模型，从个人效能、工作思维、人际协同三个方面，由被盘点员工直接上级、同级、直接下级对其进行360度评估打分。进行敬业度调查，全方位评估员工的潜质、行为风格，对公司、岗位的敬业、满意情况。

本次人才盘点产生可以预期的效果，将输出现代路桥2022年度人才盘点报告、人才盘点九宫格及人才地图，建立现代路桥人才账本，助力公司解析人力资源发展现状，加强关键岗位后备人才梯队建设，充分挖掘内部高潜人才，激发人才创新活力，为推动现代路桥高质量发展提供坚强的人才支撑。

扬子江公司聪明诀：接地气——

功以才成，业由才广。扬子江公司始终把新时代职工队伍和人才梯队建设摆在关键位置，在完善绩效考核、建立见习人员评价机制、"站站"互评活动等一系列实践下，突破思维定式，培养职工"能文能武"，延展更多一线职工展示平台，盘活一线动力，让队伍建设更接地气、更有力量、更有作为。

扬子江公司充分认识人才是最宝贵的资源，推行下沉式人才管理，注重基础人才培养与挖掘，最大化利用现有人力资源。沪通大桥管理处正式开办兴趣沙龙，丰富职工生活，加速团队融合，搭建职工综合性展示平台。兴趣沙龙推出活动积分制、半年度积分兑换方案，让职工在业务工作外获得更多"附加值"。公司把全面提升职工素质作为一项长期任务，有计划、有针对性地加强职工培训与培养，不断优化存量、寻找增量。制订有针对性的培训计划，除业务培训外，融入心理教育培训、高效办公课程等新元素。技能比武转向常态化，全新实行技能比武季度制，切磋技艺、交流经验、改进技能，配套年度技能集中训练，浓厚"以赛促学、以学促用、学以致用"氛围。公司促进交流学习转向个性化，加强"飞虹学社""北斗星论坛""新长征·讲习所"等各层级宣讲平台管理，全面改制，每月活动主题化，辅以"演讲、情景剧、朗诵"等不同形式，为职工提供一个上台演讲、展示自我的机会。

扬子江公司积极为员工搭建创新创效平台，激发创新创造活力作为管理的重要环节。2021年，公司2个QC小组荣获全国交通行业优秀质量管理小组，完成多项课题攻关，成功研发"设备巡检系统、远程温度采集仪、收费车道智能倒车提示装置"等。公司将以此为动力，持续依托QC小组活动，依托"爬山虎""萤火虫""魔方"等创新创效工作室，推行"项目＋人才"的培养模式，围绕"节能降耗、技术改造、管理创效"等课题，倡导"小革新创造大效益"理念，引领一线员工参与创新项目攻关。目前，公司已全面启动2022年度QC小组活动选题工作，创新建立多个联合型QC小组，致力创建多个创新创效工作室，将创新的"蓄水池"建得更坚固。

宿淮盐公司聪明诀：架上成长云梯——

宿淮盐公司党委聚焦"技能提升""创新创效""成长通道"，融入人才聚集优势，绘制企业高质量发展新画卷。

公司铺设技能提升阵地，以新时代员工讲习所为载体，紧扣"动、做、活、比"四个要求，运用"自搭平台、自主教学、自我管理、自觉提升"四自模式开展职工教育培训工作。鼓励并组织职工积极参加江苏交控组织的各类比赛，公司团体和职工个人均有不俗成绩。持续实施"健康快乐＋"工程，常态化举办员工一家亲表演节、文化艺术节、技能比武节、趣味运动会等"三节一会"文体活动，设立篮球、摄影等十大员工沙龙，激发员工潜能，实现多维度成长。 激励创新，制定《创新创效管理办法》，构建QC活动长效机制。 积极开展群众性技术创新活动，公司《减少服务区高峰时段交通拥堵次数》等多项创新项目获江苏交控及以上单位表彰并推广，为公司发展注入了新动能。 用创新创效攻坚克难，坚持在党建文化、纪检督察等十个方面，挖掘制约公司高质量发展的短板问题，组织课题组进行攻关研究，切实解决公司运营管理中重点、难点、堵点问题，发现和培养了一批求知欲强、实践能力强、敢于吃苦的研究型人才队伍。 先后创建安全清障等7个创新工作室、红雁等12个QC小组。 自2019年以来，完成10多项贴近行业、结合实际的小发明、小改造项目，其中9项荣获江苏交控和省交通运输行业表彰，2项获得省交通运输行业推广发布，1项获得省交通运输行业优秀成果发布二等奖、1项获得三等奖，2项获得全国交通运输行业优秀成果，部分申报国家级专利，形成以点带面、逐点开花的人才成长生动局面。

在拓宽人才成长通道上，把好制度"破冰"，以"五突出五强化"选人用人机制为重点，分类别制定《职能层人员管理办法》《引进专业人才管理办法》等9个管理制度，织牢制度建设"防护密网"。 把控管理体系，结合公司薪酬管理办法及员工价值成长管理系统课题研究成果，科学制定不同单位、不同岗位的考核指标，并在公司淮安南收费站、养护一大队进行试点，推动公司绩效管理与员工价值成长管理系统精准融合，目前该系统已在公司全线推广运用。 公司先后选拔任用57名各层级干部，并根据发展战略需要，成功招录涵盖工程养护等8个岗位的高知人才，让"有为者有位、吃苦者吃香、实干者实惠"。

云杉清能聪明诀：做大"四个空间"——

云杉清能成立以来，实现了从交通路网式光伏到大型地面集中式光伏，再到海上风电项目的两轮跨越发展。企业之所以能"异军突起"，得益于一大批"清能骐骥"，在"交通＋清洁能源"的"绿色赛道"上竞逐驰骋，成就了如东H5#海上风电项目等一系列"清能奇迹"。长期以来，云杉清能党总支拓展"四度空间"，让优秀杰出人才如"海上风机"一般舞出精彩人生。

以"市场化选聘"拓展企业壮大"发展空间"。探索了"一人一策""一事一议"的弹性引才模式，市场化选聘的高管人员在云杉清能领导团队中起到了举足轻重的作用。围绕"产业化人才"，实施"产业＋人才"模式，坚持以清洁能源产业为"强磁场"，经市场化渠道引进的电力行业头部公司和知名企业专业技术人才达40余人。围绕"人才产业化"，以人才链做强产业链，聚焦"如东风电场"，打造具有国企特质、交通特色、清能特点的人才孵化基地，孵化出清洁能源、金融投资等领域的人才集群。以"双通道建设"拓展优秀人才"成长空间"。云杉清能围绕"人力资源"到"人力资本"的最大价值转化，出台了《岗位设置及聘用管理办法》，根据清洁能源的行业特点和公司经营管理需要，搭建了行政管理、专业技术两条人才职业发展通道，明确了岗位任职条件和任职资格，优化了选拔任用程序；根据工作年限、专业职称、考核情况等，探索实行跨通道的岗位动态调整，形成了"纵向发展、横向畅通"的良好局面。以"考核指挥棒"拓展激励约束"差异空间"。健全"公司－部门－个人"三级考核体系，逐层分解公司年度业绩目标，设立了科学性、可量化的KPI评价考核指标，实行末位调整和不胜任淘汰；修订《薪酬分配管理办法》，将年薪制改为结构工资制，建立绩效考核与薪酬分配直接挂钩机制；创新绩效考核信息化，在云杉智控平台上开发运用"绩效考核"模块。 以"主人翁意识"拓展干部职工"扎根空间"。聚焦"为绿色未来赋能"的企业使命，"风光并举、海陆并进、发展综合智慧能源"的发展战略，"干就干一流、创就创标杆"的企业精神，重点讲好企业有前途、人才有舞台、生活有滋味"三个故事"，让全体清能人在"风光号角"党建品牌、"风光美好"企业文化品牌的引领下，在"清能认同的人"和"认同清能的人"的双向奔赴中，都成为以"责任、担当、拼搏、公心"为底色的"行走的价值观"。设立了"风光号角"员工关爱计划项目，围绕"十个享有"推进"为职工群众办实事"实践活动，通过师徒结对、增加值班津贴、设置读书角和家庭房、配备体育设施等举措，有力推进了员工成长成才、职业发展、员工健康等，在解决人才后顾之忧的同时，切实增强了人才的"主人翁"意识，形成"心齐、气顺、劲足、风正、实干"的良好氛围。

宁宿徐公司聪明诀：树人——

　　立德树人，人是推动企业高质量发展的内在动能。 宁宿徐公司着力加强职工队伍建设，坚持问题导向、目标导向，聚焦人才梯队建设、综合素质提升、思想作风转变等重点工作，以"细"的视角、"实"的举措、"畅"的通道，聚人气、凝人心、育人才，激活"一池春水"、培植"玉树茂林"，推动形成"人才济济、清风徐徐、其乐融融"的企业发展良好生态。

　　公司通过制定《年轻干部选拔培养方案》和组织开展人才评价，加快年轻干部人才选拔培养，加速构建更加合理的人才梯队；通过从公司内部选拔经济类、法律类、工程类和计算机技术类内部审计人才 20 人，建立内部审计人才库，健全人才结构；全面梳理分析公司专业技术和技能人员，修订出台《专业技术岗位管理实施细则》《技能岗位管理实施细则》，为实现管理、技术和技能三通道纵向发展、横向联通提供制度支撑，满足广大干部职工通过多渠道实现个人成长与发展的需要。

实行"培育复合型多面手"和"让专业人做专业事"两条线并行，将人才之"智"转变为发展之"能"，公司注重在职工教育培训和多样化人才培养上下功夫。举办各类党建微讲堂、业务交流会、读书分享会、心理疏导课、写作培训班等，持续开展多样化教育培训活动，为员工素质提升供足"养分"。定期组织开展"动动强""小妹向善"等特色班组以及"超好听""美·时光""微视界"等俱乐部活动，鼓励员工发挥才艺，将业余爱好变成一技之长。持续开展优秀合理化建议征集活动，深度挖掘职工才能，引导职工动脑筋、想点子，建立"金扳手""星火橙"等创新创效工作室和QC小组，开展课题研究，创新"五小发明"，为道路管养、运营管理、企业治理、安全生产等工作注入"智慧力量"。

职工队伍和思想政治建设，在公司已经成为一项长期的、刚性的工作。全面收集、梳理员工"急难愁盼"问题，依托"宁宿徐之家""红·领"广播之声等平台，开展"面对面、键对键"的互动，畅通交流渠道，将思政工作落细落小落实。职工队伍能够汇聚"一个声音"、迈出"一致步伐"，"想干事、能干事、干成事"的底气越来越足，"互帮互助、搭台补台"的氛围越来越浓，公司高质量发展的生态越来越和谐。

京沪公司聪明诀：蓄势赋能——

京沪公司围绕人才强企、人才赋能、人才创新，统筹部署、系统推进、分类分级，着力明确发展规划、搭建成才舞台、优化赋能举措,切实激活人才培育"一池春水",为高质量推进国企改革三年行动,提供人才支撑。

围绕新时代产业工人建设总体要求,京沪公司坚持"专业人干专业事"总体思路,从育才、用才、管才三个维度,设置不同"赛道",因材施教,因事练才,将人才建设融入企业发展战略,为企业高质量发展提供强力支撑。围绕"精细管理"主题年等活动,本着"人尽其才,才尽其用"的原则,为员工推荐"紧缺型技能学习清单",让员工个人成长与企业发展"同频共振"。帮助员工开展职业规划设计,促进员工明确职业发展方向,聚人于才,发展于技,促进员工将"小我"融入"大我",实现自我价值。

人才是苗,苗要蹲、要育、要扶。"蹲苗计划"突破"认知圈",挖掘培养具有较强积极性、主动性、创造性的职工骨干,采用"学习＋演练＋产出"的方式,传播推广工作中萃取的典型做法和优秀经验,促进职工学有所用、学以致用,实现引导、赋能、实效的三者融合,突破职工的"认知圈"。"育苗计划"拓展"能力圈",深化"1＋1＋N"业务层赋能模式,聚焦"思政引领＋业务赋能",进一步激发业务层管理人员深度思考、团队管理、演讲表达、微课开发等能力,从业务到管理、从工具到方法、从线性到建模输出等方面,不断增强知识储备和内核能力。"扶苗计划"扩大"行为圈",收费站、清障大队、服务区作为路桥公司组织架构的基石,是企业经验传播和文化传承的"桥头堡",而基层负责人更是文化的示范者和员工赋能的带动者。通过"目标＋产出＋成果"学习行动,推动每一名基层负责人切实将人才赋能的成果转化为基层管理的成效,形成"一站一特色、一站一品牌、一站一矩阵",连点成线,织线成面,以基层局部的高质量发展促进企业整体的高质量发展。

人才成长成熟了，就需要释放人才创新"动力源"。公司持续开展"1+1+N"双核引领、多元锻造的培训模式，通过下沉一线锻炼、上挂机关实习等方式，让员工全方位了解和掌握工作中的要点、重点、难点，从而发现自身不足，实施精准靶向提升。实效性、实战化开展人才赋能，探索实践"阅览室＋谈心吧＋收费岗亭"的"三扇门"学习方法，通过沉浸式体验、集中讨论、闯关答题等培训方式，将法律法规、业务知识、管理技能等内容融入培训的全过程，促进知行合一素质的提高。灵活性、场景化开展人才赋能，鼓励职工积极参加与本职工作相关的专业技术学习，提升专业能力；搭建研讨平台和学习交流群，让员工在共同学习、积极向上的氛围中拓宽个人成长通道。

连徐公司聪明诀："聚、实、爱"——

连徐公司从高处谋划、实处发力、细处关爱，持之以恒加大引才聚才的力度，加快选才用才的速度，提升爱才容才的温度，用好"聚、实、爱"三个关键字，为优秀人才搭建了成长发展的广阔舞台。

"聚"，构筑人才发展高地。牢树人才是发展"第一资源"观念。将建设高素质专业化复合型干部人才队伍作为重要的战略任务，在人才规划、机制改革、制度建设上持续发力，确保人才发展规划更具前瞻性、合理性、可行性。千方百计吸引人才，积极参与全国各地、各类专场招聘会，引进财务、党务、工程、机电等专业的优秀人才，硕士研究生占比达100%。设立并充实中层人员、基层单位负责人、首席班长、班长及生产技能类人才库，把德才兼备、实绩突出、群众公认的高素质、重实干、敢作为、有闯劲的实干家和年轻人才纳入后备人才管理当中，储备219名管理类、376名技能类优秀人才。

"实"，搭建选用成长平台。注重对三通道"纵向畅通、横向贯通"的研究和探索。精准施策抓管理人才队伍建设，大胆使用优秀年轻干部，"老中青新"的干部人才梯队结构不断优化。量质并举抓专业人才队伍建设，选聘工程养护系统、信息技术系统相关岗位专业技术员，同时，依托"江苏交控产学研用工作室"，释放专业人才的"专业价值"。改革创新抓技能人才队伍建设，根据江苏交控职业技能鉴定中心安排，全力推进排障、养护等技能岗位等级认定工作。创新实践培养方式。崇尚员工的真才实学和适岗能力。近年来，"上挂下派"优秀人才23人次，推行试岗制，促进党务工作与业务工作的"双向交流"。坚持"一盘棋"思想，促进人才合理流动，跨系统、跨单位交流调整干部人才107人次。完善培育成才机制，实行全员培训管理，实现了员工岗位技能和职业本领的新发展。

"爱"，强化正向激励，进一步弘扬首创精神、劳模精神和工匠精神，为员工"凝神聚气"，将鼓励激励、容错纠错、能上能下"三项机制"的核心精神落到实处，帮助干部人才把心思集中在"想干事"上，把能力展现在"会干事"上，把目标落实在"干成事"上。坚持严管厚爱。实行全员绩效考核，完善多维度综合考核体系，探索使用积分制，将考核结果量化。认真执行员工奖惩制度，做到既有严管厉治，又有激励关爱。发挥薪酬杠杆作用，委托第三方服务机构对薪酬体系进行优化。采用岗位管理模式进行岗位价值评价，做好薪酬管理体系设计、新旧体系套改、制度编制等工作，将收入分配与岗位价值评价结果实行强关联、强挂钩，建立起适度差异、激励与公平兼顾的薪酬体系，进一步助推公司发展，让员工共享公司发展成果，获得更多的认同感、归属感、幸福感。

江苏高养聪明诀:"聚能环"与"强引擎"——

　　江苏高养将"人才"课题深层次挖掘摆在战略前列,持续在引才、育才、用才、留才上下功夫,打造更具竞争力的智慧、高效、示范苏式养护样板企业主战场。

　　公司坚持瞄准"需"处发力,紧扣"需"处供给大原则,充分调研紧缺人才需求,提高部分专业技术岗位学历"门槛",通过搭载"智联招聘"云平台招才引智,邀请领域内技术专家全方位、多角度、近距离甄选应聘者,充分地"键对键""面对面"了解工作经验、个人背景等适岗情况,提高引才实效。发挥政策牵引力,突出用心留人,在引才中"加干货""上硬菜",对新进大学生发放多类补贴,做优人才服务保障。2021年以来,公司共引进专业技术人才研究生占比32.5%,是"十三五"期间引进研究生总数的4倍。

　　"宰相必起于州部,猛将必发于卒伍,人才培养绝不能搞'大水漫灌',不能荒废人才的'才气',要让各类人才活力竞相迸发",这是公司党委反复强调的重点,也作为人才培养的基本出发点。在做好基础制度保障的同时,统筹布局,兼顾"共性+个性",制定多元化培养方案。响应江苏交控产业工人队伍建设改革,重点开发生产技能岗位员工通道建设和技能认定与评价体系建设工作,依托苏北高速养护工作平台优势,开发道路巡视养护工、桥梁巡视养护工、压路机操作手和摊铺机操作手四个工种18000道题目,编写初、中、高三个等级410万字的教材,开发40学时的线上培训课程,为交控系统技能人才提供实效型学习平台。

　　"人才合理流动"大方针的提出,打破了发展路径"天花板",加大了年轻人才使用力度。为此,陆续推进技术岗、副主管、中层副职后备人才库建设工作,以维度数据分析和全方位实战展示,解析高潜人才的"压缩包";广泛采取上挂下派、参与专项活动等多种形式,让年轻干部经风雨、见世面、壮筋骨。将技能提升作为进阶之道,激活产才"融合"密码,疏通纵向发展通道,设立首席技师、特级技师等岗位,通过技能鉴定,提升技能水平,打破技能人才职业等级天花板;拓宽横向发展通道,探索专业技术岗位和技能岗位之间的跨序列发展,建立健全技能岗位等级与技术岗位序列相互比照机制,形成平行互通的职业发展通道。

"留才稳致远",公司将进一步强化各类人才发展通道,健全人才发展体系和评价机制,探索建立以工作量、工作绩效、贡献度为重要考核指标的分配激励制度,释放人才内生动力;着手探索建设智慧管理平台,以数字思维推进人才工作数字化,以数字分析解决关键领域的业务问题,以数字手段打通人力资源与其他业务板块的衔接渠道,跑步进入数字化时代,在打造国内一流、对标国际的智慧高效示范养护企业中扛起重要支撑。

苏高技术聪明诀:"干",然后"成"——

成功申报"江苏交控工程技术人才孵化基地",荣获"江苏交控人才奖"3人、入选江苏省"333高层次人才培养工程"三层次人才2人……2022年以来,苏高技术公司人才发展工作不断收获喜讯。其背后映射着公司以产聚才,以产育才,坚持把人才资源作为企业发展最宝贵的财富,不断营造良好人才发展环境的行动成果。

近年来,苏高技术公司构建"人才立体评价模型",自主开发上线"苏高测评"小程序,量化评价人才的价值观、人格特征、能力模块与岗位的匹配度,开展多维度、精准化引才,先后高效聚集了南京大学、东南大学、加拿大多伦多大学、美国加州大学伯克利分校等一批海内外著名高校优秀博士、硕士毕业生50余人。引进培养博士后 3 人、江苏省"333 高层次人才培养工程"第二、三层次人才 7 名，入选省交通运输行业高层次领军人才 2 人、创新团队 1 个。

公司依托平台，快速摸清人才"缺口"，通过平台合作、项目攻关、工程实践、人才交流等形式，围绕科技攻关和自主创新的目标，打造一支青年科技英才队伍。推行自主创新项目化管理模式，以"揭榜挂帅制"变相马为赛马，鼓励技术骨干和年轻员工大胆在实践中锻炼。实施"导师带徒""青年能手"培育行动，形成了领军人才言传身教、青年人才接续奋斗的人才培养链条。坚决采用市场化用工方式，全面推行经理层成员契约化管理，推行择优选用、竞争上岗机制，不断提高干部知识化、专业化水平。优化评价体系，克服"唯论文、唯职称、唯学历、唯奖项"倾向，建立多维评价体系，实行薪酬与经营业绩相挂钩的差异化薪酬分配办法。通过赋予科研人员职务、科技成果所有权或长期使用权等形式，激发科研人员创新创业的积极性。优化服务保障，改善科研条件、加大科研投入。

公司严格落实党管人才要求，切实把党的政治优势、组织优势转化为人才发展优势，通过扩大会议等形式，积极支持领军人才参与企业经营管理决策；打破固有任用瓶颈，给人才开辟晋升、任免上的"专用通道"，实现人才成长与公司发展同频共振。

数研院聪明诀：搭高台——

作为新成立单位，数研院人员包袱小，人才结构良好，平均年龄 36 岁，硕士以上学历占比 56%，专业结构合理。"六朵云""新基建"等公司参与的信息化建设项目多次荣膺高水平荣誉，"高清视频云联网""自由流云收费"等项目引起行业内外广泛关注。公司获全省国资系统先进集体，公司支部获全省交通运输行业优秀共产党员优秀党务工作者和先进基层党组织，三名核心人才获江苏交控领军、杰出人才奖，多名优秀技术人才入选江苏交控先进个人。

数研院通过人力资源共享中心和通行宝共用人力资源部门精简后台，后台扁平化管理仅设一个综合管理部，前台参照互联网公司设立了"产品运营""技术研发""价值运营"三个中心，形成"3＋1"的岗职发展序列，设立"专业＋管理"人才发展双通道，明确以实绩为评价标准，实现更多资源和激励向关键岗位专业技术人员倾斜。根据业务开展情况，探索项目化的组织形式，对于联合实验室重点项目，由人才"挂帅""揭榜"组建团队，对自有人才能力进行全方位的锻炼，以矩阵式架构提升组织效率。

人才新则事业兴，研究院勇立数字时代潮头，以数字化产业引才兴才。深耕云大物移智链边等前沿先进技术，基于"数字新基建"技术平台和"联合实验室"产业平台打造了"六朵云"软件产品、边缘计算设备、收费机器人和数字经济屏"三类产品"以及系统集成与安全、系统开发与维护、数字化咨询与增值"三类服务"，实现管理方式与商业模式的深刻变革，持续攀登国有企业关键核心技术的原创高地、企业数字化治理的示范高地、人民数字化出行的体验高地、江苏数字经济产业发展的"四大高地"。

新事业是创新的产品，新人才是创新的"副产品"，用才得才。研究院推动实验室研发项目"揭榜""挂帅"制度，实行"技术总师负责制"和"成果考核契约制"，坚持特殊人才团队特殊激励，探索"项目工资制""团队工资包"等激励和分配方式。让既懂业务、又懂技术的系统内外人才"走进来"，让在重大项目上"揭榜""挂帅"的领军人才"走出去"。在实验室平台上发现更多的优秀实干人才，在政治上给予更多荣誉，在物质上给予适当奖励，在工作上给予广阔平台，给年轻的、特质的技术人才多一些关注包容，加强年轻干部的选拔培养。

数研院舍得在育才上投入，大力开展岗位培训，全面提升员工岗位适应能力，规范员工岗位资质管理，确保员工胜任岗位需要。通过"数字交通大讲堂""闪光论坛"等培训，提升全系统员工信息化知识和操作水平；安排员工"走出去"，探索常态化与合作伙伴交流学习合作机制，开设高水平专业化技术研修班和论坛，争创高水平科技创新工作室，开展技能人才评先评优，坚持凝聚力量，传承工匠精神。重视职称认定、鼓励在职学历提升，发放在职学历提升奖励，对于有助于支持人才创新创效的各类培养项目和经费支出，应给尽给。

江苏租赁聪明诀："四力"提升——

近年来，江苏租赁以企业转型发展为先导，积极推动人力资源管理机制市场化改革，聚焦提升人才的吸引力、成长力、生产力与发展力，以"四力"提升系统化打造人才梯队，助力公司发展。

所谓"四力"首先是人才吸引力。公司"走出去"，通过对外开展进校交流、校园宣讲、指导大学生职业生涯规划、暑期实习生招募等活动，推进校企共建，有效树立良好校园口碑，提前锁定优质生源，储备校园招聘人才。"请进来"，针对校招，公司积极对接省内外知名学府，组织开展师生"访企拓岗"活动，通过现场参观与座谈交流等增强企业对优秀生源的吸引力；针对社招，公司在汽车金融、厂商租赁、区域中小微、债权催收、项目评审、信息科技等岗位的人才引进，成为公司在行业转型开拓、新业务模式探索、市场风险把控、金融科技赋能等领域的重要助力。其次是"成长力"，做法是通过"两层面+三层级"来提高。公司的"MBA"岗薪体系为员工构建起以管理、业务、职能三个岗位序列为主的人才发展通道，并在各序列内设置多个发展职级，全员落位其中，形成了一张纵向发展、横向流动的"人才发展地图"。在人才地图基础之上系统打造"两层面+三层级"人才培养体系。在公司层面，整合以往专题培训和管理机制，重点围绕新员工、客户经理与中高层管理者等"三层级"人员，全新推出以"新航""远航""领航"为主题的人才培养计划。在部门层面，一方面开展业务操作、管理提升等专题培训，另一方面为每位新员工配备"OBA"（入职引导人），帮助新员工边干边学、快速成长，已实现多位校招新人试用期内即开单的好成绩。所谓生产力，即最大化激活人才的效用。公司年初即与各部门签订《年度考核目标责任书》，以合规经营、风险管理、经营效益、发展转型、社会责任这"五大类"考核指标为基础，从经济指标与管理指标两方面入手设定各部门KPI考核表，并据此对各部做出年度考核与评价，以考核结果相应确定部门年度绩效薪酬。在此基础上，各部门相应与各小组或员工进一步签订年度考核目标责任书。公司将员工年度考核结果与部门年度考核结果相挂钩，实行强制分布。若部门年度考核结果为B，则该部门员工中被评为C/D的人数比例不得低于10%，同时考评为A的人数不得超过20%；部门年度考核结果为C，则该部门员工被评为A的人员比例不高于部门员工数的10%，考核为C和D的人员比例不低于部门员工数的30%。员工考核为C，将影响其当年度绩效薪酬分配、公司评先评优、次年职级晋升与薪酬联动、劳动合同续签等各个方面。公司通过持续完善和强化绩效管理机制，加强考核结果的实际应用，以绩效定薪酬，以考核强发展，来激励员工持续奋斗。所谓发展力，是建立了一套"竞聘双选"为核心的选人用人机制，有效打通了员工纵向发展与横向调整"双通道"，使员工队伍"不板结"，让优秀员工对成长发展"有希望"，让不胜任岗位要求的员工"无托底"。

通过聚焦"四力"提升，江苏金融租赁以人才力量加快了转型发展，提高市场化竞争能力。截至 2022 年三季度末，公司合作厂商经销商数量达 2126 家，资产总额达 1064.76 亿元，前三季度实现营业总收入 52.07 亿元，同比增长 6.93％；利润总额 24.34 亿元，同比增长 15.76％；租赁资产不良率 0.91％。不得不说，是人才为业务提供了坚实的支撑。截至 2022 年三季末，公司员工平均年龄约为 31.9 岁，拥有本科、硕士学历的员工人数占比分别为 100％、64.7％；管理团队平均年龄约为 39.5 岁，其中"85 后"占比近 50％；主要业务一线骨干平均年龄仅 34.83 岁；前台与中后台人数配比约为 2.7：1，推动人才向利润创造一线聚集。公司形成了识才用才、向奋斗者倾斜的人才文化。

交控财务聪明诀："双循环"——

"祝你前途坦荡，常回家看看……"这是前不久交控财务人对一名离职小伙伴的真诚祝福，原来这名小伙伴已成长为交控系统兄弟单位的财务部门负责人。类似这样的人才成长故事在这里屡见不鲜。交控财务公司常有在岗人员 44 名，自成立以来已累计向交控系统及省铁路集团输送财务干部 29 名。

交控财务通过激活人才发展"双循环"，让人才有舞台变得更精彩。"内循环"即打通人才培、管、用链条，激发"内生动力"。加强学习型组织建设。开展"鑫易通"大讲堂近 70 期，举办经营分析会、课题项目研究等；依托各类工作室和学习社开展创新创效项目。目前，公司具有研究生学历、中高级职称人员占比均超过 50％，具有各类职称或专业资格人员占比达 90％以上，多人获得各类省级及以上荣誉，金融服务团队获评全国青年文明号。强化内部竞争机制，让创先、争先、领先成为常态。坚持开展岗位双选，增强员工危机感和进取心；有计划组织安排员工多岗位锻炼，提升综合能力；

组织金融服务大赛，锻造金融服务"尖兵"；设置"突出表现奖"和"蜗牛奖"，让激励与压力并存；实施重点项目"揭榜挂帅"，实现人才培养选拔与重点业务项目推进双成效。

"外循环"即打开人才引、留、送通道，保持"新鲜活力"。把各方人才引进来，通过打造开放兼容环境"筑巢引凤"，特别加大对"高精尖专"类人才的引进。"十三五"期间，引进中高层管理人员、各类职称及专业资格人员30余名。注重让人才"走出去"了解和学习行业最前沿信息及知识。已编印《交财资讯》100余期、《一周金融观察》470余期；组织参加行业领域、同业机构和标杆单位开展的各类学习培训、交流研讨等活动；输送人才至监管机构、国资委、合作银行、江苏交控等挂职锻炼，探索"内外兼修"的人才培养发展模式。

交控财务通过人才培养和流动的"双循环"，让"人才池"在"输血"的同时实现"造血"功能。树立人才共享理念，依托交控财务金融财务属性，积极打造金融、财务、合规、审计等人才摇篮，最大化释放人才磁场效应，共建人才发展"朋友圈"。另一方面实现人才发展与企业发展双向给力，坚持"以人为本"的发展理念，牢牢把握人才这个"第一资源"，把吸引人才、培育人才、善用人才、成就人才与企业发展相融合，形成相互促进、相互发展的良性循环局面。

通行宝公司聪明诀："计划"先行——

通行宝公司不断强化人才培养实践，提升可持续发展的支撑力量。公司开展组织和人才盘点，提前谋划，全面梳理公司本级和所属各子公司人力成本、结构、数量、质量和发展需求等方面，厘清人才分布现状，诊断组织并识别人才，为进一步促进人力资源的合理开发与利用、规范人才培养选拔和员工职业生涯规划引导等工作提供依据和遵循。

大视野、大格局、大担当是通行宝在挖掘、培养、储备人才方面的境界。锚定服务交通强国建设和公司"三商五链"战略发展目标，开展"星辰计划"后备中层、"星河计划"后备事业部/中心/大区/片区负责人、"星晖计划"后备市场骨干等人才入库选拔，并坚持因库而异、重点突出、全面培养的原则，制定有针对性的分类培养方案，实施系统性培养锻炼，切实打造多层次人才梯队培养。

"青蓝携手 导师带徒"，建立多渠道、多层次的人才培养机制，赋能员工成长是通行宝人才发展的眼光。按照"能力优秀、岗位相近、工作相连"的原则，首批组织师徒结对16对，分阶段带教，节点化推进，全流程闭环，常态化跟踪，确保导师带徒工作落到实处，助力职场新人在导师的辅导下快速融入、加速成长，推动导师在带教新人的实践中传帮带引、教学相长，不断打造实战能力强、专业素质硬的复合型人才队伍。

在人才培训上，通行宝立足发展实际持续开设红色党建讲堂、蓝色业务讲堂、橙色创新讲堂、绿色健康讲堂，以智行大讲堂"四色讲堂"为载体平台，形成科学、全面的常态化培训机制，帮助员工知识结构更新及储备，提升整体核心竞争力。同时，深化分配机制的市场化改革，释放创新发展的人才红利。以劳动价值贡献为核心，持续深化完善符合市场化水平、适应企业发展战略目标的薪酬结构体系，建立超额利润分享机制和项目跟投等中长期激励机制，优化薪酬分配机制，为人才成长提供经济驱动因子。公司还多次组织开展部门岗位双选、竞争上岗、公开选聘等任用选拔，员工晋升100%通过竞争上岗，真正让想干者有机会，给能干者有舞台，让干成者有地位，全面激发人才成长的职业动力，激活企业发展的生机和活力。

航产集团聪明诀：新旧交"梯"——

航产集团立足人才强企，着力人才梯队建设、履职素质提升，为集团下一步高质量发展提供了坚强有力的人才保障和智力支撑。

集团注重人才建制，有目的、有计划地进行人才储备及培养，制定了《人才发展规划》和《人才梯队建设实施方案》。结合公司战略目标和"十四五"规划目标，梳理和分析了现有人员结构和需求，有计划地实施人才选拔使用和引进。公司注重职工队伍的开发，科学拟定人才培训计划，加大职工培训力度，充分利用江苏交控党校、江苏交控人力公司平台及社会资源，采用线上线下相结合、系统内和"走出去"互为补充的方式，为员工提供党务知识、经营管理、安全生产、专业能力等方面的培训，全面提升员工履职能力，为人才服务企业高质量发展夯实基础。

公司大打"情感牌"，开展了党员干部与年轻职工结对关爱活动，通过"一对一，一对多，多对一"形式，每位青年员工（40岁以下）与本部门经验丰富的党员（们）结成引导对子，以此来帮助青年员工迅速适应环境、快速掌握岗位技能，迅速胜任工位工作。

今年7月，经江苏交控党委研究同意，以航产集团所属交建集团为主体，组建江苏交控资产管理公司。新公司上马伊始，存在法人治理结构不完善、经营班子不到位、管理人员不健全的问题。公司采取融合管理的模式，相应的缺额部分由航产集团中层管理人员兼任或调任，相关部门对应融合，帮助完善部分职能管理，人才使用平台得到了进一步拓宽。新公司坚持用情用心、全力以赴，优化人才服务环境。根据公司制定的《人才发展规划》和《人才梯队建设实施方案》，不断引进新人，加快推进了年轻干部的培养，提拔使用成熟人才。通过"师带徒"、定期举行党支部书记与青年座谈会等形式，从工作、生活全方位多角度想青年之所想，急青年之所急，多措并举推动青年成才工作全面建强。精心组织"讲好三个故事"征文演讲比赛，为职工提供展示自己的舞台，并邀请专家开设写作类专题讲座，增强职工写作兴趣，提高职工写作水平，进一步营造尊才爱才留才的浓厚氛围。

江苏快鹿聪明诀：中层优选——

江苏快鹿党委重视不断修订和完善制度，保障人才成长的优越软环境。近年来修定了《江苏快鹿汽车运输股份有限公司中层人员管理办法》和《江苏快鹿汽车运输股份有限公司岗位层级管理办法》，进一步梳理和完善选人用人管理制度，不断规范干部选拔任用工作程序，持续提高选人用人工作满意度。2022年制订了《中共江苏快鹿汽车运输股份有限公司委员会关于支持人才发展的若干意见（试行）》等人才制度，鼓励职工提升学历、职称等，仅今年一年内，公司就有多人取得学历提升和中高级职称，大大激发了广大职工学习成才的热情。

针对干部队伍年龄偏大问题，近几年江苏快鹿党委紧跟发展趋势，大胆选聘培养年轻干部，"80后"职能层管理人员占比超过1/6，开展了多个岗位的公开竞聘，选拔任用13名执行层管理人员，竞聘出来的年轻干部，成为公司转型发展的生力军。

公司严格考核工作，确保人才质量。根据绩效考核管理办法进行季度考评和年度述职述廉考评；根据职能部门服务基层一线的实际工作情况，进行部门年度综合排名考核；根据分公司模拟股份制改革下达的经营管理目标，实施员工虚拟持股激励和超额利润奖励等激励措施考核；由公司职能部门根据安全管理、机务管理、文明服务等实际工作情况，由条线职能部门进行综合排名考核；根据任期制和契约化管理实施方案，对子公司进行管理目标考核。公司对各项考核结果进行综合汇总，将排名情况与本人见面，并针对个人具体考评情况，开展谈心谈话，提出相关意见和建议，帮助中层人员持续改进工作方式，提高工作质量，确保中层管理人员质量。

交控商运聪明诀："三举措"——

交控商运对三项制度改革工作，编制印发了《借用人员管理暂行办法》（苏交控商运〔2022〕3号）等2项制度，结合公司实际情况，制定"岗位说明书"，引进系统内外优质人才，修改编制《薪酬管理办法》《考核管理办法》等12项人力资源制度，建立按劳分配的薪酬激励体系和多通道的人才发展机制，夯实人力资源管理基础。同时，开展惠尔保险激励体系建设项目课题研究，建立销售利润分享等中长期激励机制。

公司搭建广阔平台，拓展学习培训渠道。采取"走出去、请进来"的方式，积极与大地保险举办共建活动，公司职工参与现场培训学习；邀请外部专家，开展全公司人力资源管理培训课程；利用"交控云"等平台，组织个人专题学习免费课程，开展"以老带新，以熟带生"师带徒签约活动，选定各部门信念坚、政治强、本领高、作风硬的干部职工实行一对一结对"传帮带"，建立和畅通"师徒"结对联系，引导干部职工成长成才。

在选聘人才，优化组织发展梯队上，交控商运运用系统内优质人才引进、市场选聘等措施，丰富劳动用工形式，盘活人才蓄水池。针对业务服务需求，对物业管理岗位人员进行市场化招聘。参与南京邮电大学优秀毕业生见习活动，引进优秀毕业生进公司实习。开展校招和社招工作，招纳信息技术、策划等专业人才，充实公司专业技术岗储备人才。组织部分经营层和相关人员参加了江苏交控金牌面试官培训认证，以提高招才引才工作的实效型和科学性，提升公司自主引才的质量和成效，为后续人才招聘工作提供有效支撑。

通沙集团聪明诀：拔增量、活存量——

通沙集团紧紧围绕"扩大增量、提升质量、盘活存量"目标，聚焦商贸经济建设和创建世界一流企业对各类人才的需求，积极加大引才力度，持续提高育才水平，有效拓宽用才视野，为集团高质量转型发展培养优秀的人才队伍。

通沙集团加大引才力度，不断扩大人才增量。健全市场化招聘制度，制定出台《人才公开招聘管理办法》，实施按学历、岗位分类的公开招录机制，加强对所属企业公开招聘的集团化管控，调整所属企业自主招聘权限，规定由集团公司统一组织实施。在人才引进商，加大沥青研发、国贸业务、港务商务等多个岗位高层次人才的引进力度，在招聘过程中注重考察应聘者基础素养和专业能力。具有全日制本科及以上学历的占比同比增幅43%，人才水平大幅提高，人才队伍结构得到改善。

创新开展"中层干部工作能力自我精准提升计划"活动，制定了《"中层干部工作能力自我精准提升计划"实施方案》。通过报计划、展成果、评先进、树典型，有效提升中层干部"七种能力"，大力促进中层干部高效落实岗位职责，更好服务通沙高质量转型发展大局。加大研发人才培育力度，全链条、各环节共同发力，培养一批实干创新型研发人才队伍。成立江苏高速沥青科技产业研究院，进一步加强研发基础设施建设，通过建立专门的检测室、研发室和实验室，引进沥青特殊性能检测装置，构建高科技的研发保障平台。成立专门的研发团队，进一步完善导师帮带、跟踪管理制度，集中力量进行新产品的研发，其中"不粘轮乳化沥青的研发"项目不仅在高速公路路面养护工程中应用，也率先在"京沪改扩建工程"中得到推广应用，PG88－22型高强沥青率先在沪宁高速苏州段的养护工程中推广应用。

作为一个历史相对悠久的企业，盘活人才存量十分重要。集团着眼相融相促，配强合力。紧密结合"一基地三中心"的产业链发展需求，选优配强所属企业经营层。从所属企业抽调经营层人员、集团公司抽调财务骨干，组成专业的经营团队，派驻到新收购的长源国际公司任职，以"强结构"配出"强个体""强组合"，更好发挥所属企业经营班子整体合力。拓展人才成长通道，建立了通沙集团内部人员跨企业流动机制，让优秀人才在材料产业重要岗位上任职锻炼，推动人才向重点项目和重要产业流动，让人岗相适、人尽其才。

镇扬汽渡聪明诀：重在引进——

镇扬汽渡近年来将人才引进重点集中在国内"双一流"高校应届毕业生，成功引进的管理和专业技术人才中，多为研究生和"双一流"本科毕业生。新引进人才不仅为公司稳固主业提供了有生力量，还为做大副业提供了人才支持。

为下一步持续加大人才引进力度，推动实现一流综合交通科技企业发展目标，公司制定出台了《人才引进及激励暂行办法》，根据不同学历每月发放200－1200元的人才补贴，同时在入职定岗后起薪可适度提高岗位工资档次。公司积极为人才创造更好的工作生活条件，解决人才工作、生活、学习后顾之忧，大力推进人才服务保障体系建设。今年为提高异地人才居住环境，对公司员工宿舍进行了翻新改造，改造后的居住环境更加干净舒适。

公司从去年起每年组织开展职工技能竞赛，通过技能比武的方式，锻炼人才，强化工作技能，不断提升存量人才的素质。

交通传媒聪明诀：绽放青春——

交通传媒作为系统内"交通＋传媒"的专业化传媒公司，始终把青年员工培育作为团队建设的基础性工程，从机制和平台催生人才成长，形成了"交通＋传媒"青年人才培养的独特样本，让青年人在实干中"淬火成金"。

交通传媒实行前台事业部制，设立户外媒体客服组、新媒体工作室和创意设计工作室，根据青年专业特长和性格特征双选部门和岗位，最大程度提升员工适岗度。坚持实践育人才，经营层人员发挥"头雁"作用，躬身力行带领青年员工冲在资源开发、市场开拓、资质审批等工作一线，支持青年人才的创新创造。大力推行"导师带徒"制度，帮助青年迅速熟悉公司运行模式，迅速成长为业务骨干。公司敢于让青年人才挑大梁、担大任，完成从"书上说"到"实际干"的华丽转身。

为促进青年员工保持开放思维和进取心态，公司致力于创造开放融合的工作氛围，实现跨部门的配合协调与知识共享。推出传媒"分享荟"与"公开课"。与知名高校签约培训课程，以情境创设、案例研讨、实战演练等形式，拓展学习行业研究、艺术设计、商务技巧等内容，共组织培训40余期，覆盖率达100％。成立文创项目攻坚小组，建立跨部门、跨业务条线的项目会议机制，青年员工在头脑风暴中激发灵感、开拓思路。在项目执行过程中，鼓励青年经理人打破"穿针引线、整合资源"的传统定位，切实掌握业主单位的要求及原因、认真把控下游单位的具体执行效果，成为既掌控全局又熟悉细节、具有独立汇报能力的专业级项目经理人。

公司坚持"英雄不问出处"，破除"论资排辈""一刀切"等制约创新的思想障碍和制度藩篱，驱动绩效评价回归价值本位。鼓励青年员工担任项目主要负责人角色，实现青年人才执行能力与管理能力的"双提升"。同时做好服务人才成长的各项保障，成为青年成长路上挡风遮雨的"参天大树"。针对外地青年员工人数较多的情况，公司争取政策提供人才住房补贴，提高员工补充医疗保险基数。公司于2021年获得人才安居企业资格，并有15名青年员工获得人才房购房资格，4名成功参与购房摇号。加大对高级专业技术职称获得者的奖励力度，奖励金额增加60%，同时出台鼓励员工进行学历提升的激励政策，按照"学聘结合"的原则确定培训提升计划，目前已有多名青年人取得了注册安全师、二建、园林绿化、广告设计等方面的专业证书，并逐步成长为公司的项目管理骨干。

江苏高能聪明诀：引进与激发——

江苏高能立足高速公路综合能源服务商定位，加大人才引进、人才培训、人才选拔力度，多措并举激发人才潜能。

每年，江苏高能合理编制年度招聘计划和方案，组织好人才招聘工作。2019－2021年，公司通过校园招聘、社会招聘的渠道，招聘人才12人，其中本科生5人，硕士研究生7人，岗位涉及办事员、主办，有效弥补了公司岗位空缺，满足了各条线的业务需求。

江苏高能持续在基层单位开展班组长轮训，着力打造技能型工匠队伍，2020年至2022年，累计开展班组长综合素质提升专题培训班9期，参培学员355人次。培训采用军事化管理保障培训秩序，通过举办班长工作经验论坛、特情处置专题研讨及兴趣爱好交流互动等方式增强培训趣味。通过安全教育培训、岗位职务培训、提质增效等培训，不断改进、优化教学相关硬件设施和软件内涵，丰富了班组长培训内核。

人才储备工作与培训工作在江苏高油得到同步推进。公司建立了《后备人才库管理办法》，不仅在选拔后备人才上做到精挑细选，更加注重入库后的培养锻炼。通过设立"首席班长"岗位，既优化缩减了管理人员职数，有效节省了人工成本，又为后备人才提供实岗锻炼的平台。通过完善"选拔入库"→"实岗锻炼"→"任职评估"→"聘任上岗"的培养、考核与晋升流程，为科学选人用人提供了有价值的"参数"依据，使后备人才队伍保持动态与活力，营造良性竞争的环境，实现了企业和员工的双赢。2020—2021年，从班组长培训学员中选拔后备管理员25人。

宁靖盐公司聪明诀：3×3 模式——

"为啥西红柿可以享受优惠，而车厘子却不行呢？"
"从刚才的录像回放中，你能总结出几点经验和不足？"
"只有亮亮相，才能知道学得怎么样。"
……

这些日常对话来自"全国质量信得过班组"海安收费管理站的"向阳班组"，这也是江苏交控"8916"矩阵中16个人才品牌创新工作室创建在宁靖盐公司的一个缩影。近年来，宁靖盐公司聚焦快速畅行体验和品质服务体验"两感提升"，坚持"立足站区、辐射片区、示范全线"的创建理念，探索创新班组管理3×3模式，精心打造提升班组管理的"智库"、拓展班组交流的"平台"、淬炼一线人才的"熔炉"。

宁靖盐公司用好等距离、热炉、SMART3 三个法则，为成长加压赋能。广泛开展心理需求调查，调查结果显示，90%以上员工处于马斯洛需求层次理论的第三和第四层次，即社交需求和尊重需求，公司常态化开展谈心谈话和心理团辅活动，坚持正向激励，促进同向发力。动态化修订考核制度，修订过程采取参与式管理，充分听取员工建议，让员工身处公平公正管理环境的同时，树牢执行意识，充分感知违反制度就像触碰"火炉"。年初分岗位制定可度量、有时限、可实现、有挑战的具体工作目标，采取月度复盘、季度考核、年度兑现的方式，促进目标实现，提高管理效能。

他们激活党员引领力、班长引领力、能手引领力三种力量，把成才之路铺好。让党员在制订工作制度、活动方案、评先评优等方面参与管理；让班长牵头提炼和推广班组管理"234"工作法，聚焦创新建立员工个人绩效档案、创新开展员工培训方式方法"2个创新"；钻研职场情绪管理、高效现场管理、安全风险管理"3个课题"；实现统一服务标识、服务流程、服务标准、服务形象"4个统一"。业务能手牵头总结提炼现场管理绿优验收、预防投诉、温馨服务等方面的经验。

设立业务"微讲堂"，发动员工每月申报课题、走上讲台，让枯燥的业务知识、规章制度、政策法规变繁为简，让每一个现场案例变得生动有趣，让复杂的班组管理有章可循。党支部书记与员工开展"一对一"谈心谈话，评比奖励人气最高班长和组员。开展一年一度的班长竞聘，亮相演讲，让班长竞聘变"赛马"为"晒马"。

润扬大桥聪明诀：浸润式轮训——

近年来，润扬大桥切实围绕"打造世界一流跨江大桥管养标杆"的要求，探索高素质、专业型、复合型应用人才队伍培养机制，打开视野选人才、不拘一格用人才，在选用的过程中给舞台、压担子，为新形势下桥梁"建管养运"做好人才储备。

智能化运营、智能化管养，需要什么样的人才？ 润扬大桥扣准发展脉搏，坚持需求导向，运用"外引＋内培"的应用型人才培养策略推动人才红利释放。 公司近5年持续引进工程、计算机等专业人才，同时内育挖潜，工程人员中中高级技术资格占比达到60％，充分建强团队；开拓运用定制化培训、交流轮岗、借用挂职、参建工程等培养手段，实现人才政治素质与业务素质双提升，持续建优团队。在高质量的综合交通网络体系、高标准的平安交通体系、高层次的创新发展体系下，润扬大桥系统分析现有运营需求及人才队伍结构，正视技术人员工程建设实践经验不足、核心环节参与深度不够的问题，充分把握常泰大桥建设等有利时机，开辟人才"走出去培养"的新路子，启动面向发展需求、面向生产一线的浸润式输送轮训实践活动，优选政治上有担当、专业上有基础、发展上有潜力的人员，系统整合实训环节，使人才培养渠道更丰富多元，加速应用型人才队伍的成长。

"到工程一线去系统学习、参与实操，机会难得，我要报名。"轮训实践的消息一出，来自养护、机电、三大系统的31名员工就纷纷表达了愿望，到施工现场去磨炼意志、提升能力、增长才干成为员工的共识，实干中成长是应用型人才的独有底色。 2019年，公司在应用型人才的培养上探索出了"教育资源倾斜＋一线实战锻炼"的培养之路，积极组织技术人员培训、参与技术交流、提升专业水平、拓展技能外延的同时，公司先后输送了3名同志参与五峰山大桥、常泰长江公路大桥建设，2021年又输送2名同志分别进入现代路桥、南通天电参与现场实践，得到了相关单位的一致好评。 公司找准应用型人才培养与员工职业发展需求的平衡点，为想干事、能干事的人搭建锻炼平台。 2022年以来，公司与常泰大桥建设指挥部签订了轮训框架协议，制订了详细的轮训实践计划，已确定 2 名员工定向输送至常泰大桥，分别参与房建及三大系统工程项目的前期工作；三年内将分批安排路桥、机电、三大系统技术人员走进常泰大桥施工现场，熟悉设计图纸、了解设计意图、参与工程施工管理，深度参与核心环节，积累工程建设经验，提升管理和技术能力，实现从设计到施工再到运维的全流程跟踪介入，为后期质量管控及后续交付使用与维护积淀基础。同时与中交公路规划设计院桥隧监测养护分公司签订相关协议，安排人员到现场实习锻炼，全面参与特大桥梁的综合检测评估，积累经验，提升对大桥结构的分析水平。

担得起责任，进"高压舱"里检验成效。急难险重任务，能不能顶得住压力、担得起责任？对应用型人才的检验，也放到一线、放到项目里去评价。在创新激励上，公司将成熟人才纳入科技创新研发中心，形成了多专业融合的各类工作室组成的"1＋N"创新平台，参与企业高新技术企业的创建；充分尊重科技人才的创新自主权，大力营造勇于创新、鼓励成功、宽容失败的良好氛围，应用型人才集众志、聚众力，钢箱梁全自动智能检测机器人、排水口危化品流入自动阻断井盖及排水槽堵漏装置、超高压细水雾防火控温技术、可视化管控系统、养护项目管理信息化平台……创新成果丰硕。在项目锻炼上，敢于放手让潜力人才挑大梁、当主角，2020 年以来，公司先后输送了 10 人到润扬大桥酒店梯队承担管理职责，覆盖了经理层到一线的各个层级。2021 年酒店成功扭亏为盈，在疫情大考中圆满完成服务任务；在全国收费站 5G 准自由流建设、RBPC 钢桥面铺装项目、国家公路网技术状况监测、酒店提档升级等多项重点任务推进中，集中抽调人员力量，让应用型人才成为项目的主力军，在任务中培养人才的核心竞争力，检验公司的培养成果，公司在江苏交控系统全国一张网运行指标考核中名列前茅，RBPC钢桥面铺装施工领跑无人区，2021年度"国评"全国高速桥梁管养综合评分全国第一，酒店提档升级在疫情形势下稳步推进，人才培养成果有效凸显。

宁沪公司聪明诀："志"者尽"智"——

人才蔚，事业兴。宁沪公司从"技能"入手，积极选拔有"志"者，着力推进人才队伍建设，通过架梯搭台，让有"志"者愿尽其"智"，识才、爱才、敬才、用才的氛围日益浓厚。

从培育中坚骨干力量、培养优秀接班人的角度出发，坚持德才兼备、优中选优原则，对实用型人才队伍进行全覆盖摸底，建立人才储备库；以发展党员为抓手，发挥基层党组织"蓄水池"作用，将行家里手、技术人才、骨干力量等吸纳进入党员队伍，进一步激活队伍的"一池活水"；建立各岗位"胜任力模型"，列出各类实用人才"清单"，定期进行摸排登记，让"专人"发挥"专业"落实"专能"，盘活人才"存量"；推出"小红旗"全媒体工作室，借鉴市场化的运营模式，采取项目认领、优胜劣汰的管理方式进行自我管理，选拔成员进行项目制作；实施人才工作发展的"栽树工程"，找准人才发展和企业发展的共赢点，构建一支数量充足、结构合理、素质优良的管理人才、专业技术人才和技能人才队伍，形成人人是人才、人人可成才、人人能成才的生动局面。

围绕人才需求，按照缺什么补什么、干什么练什么原则，分层分类实施"私人订制"培育计划，通过"点餐＋派餐""理论＋实践""线上＋线下""老带新＋新促老"等方式加强技能培育，关键岗位人才培养，厚植人才优势；坚持专业培训和党性教育紧密融合，将理想信念、道德品行、职业操守贯穿人才培养全过程，建立健全人才培育体系，加大从技能型人才中发展党员力度，实现人才成长与高质发展"同频共振"；建立百分制评分制度，将参训率、学时任务、学习成果等进行量化，通过小组精品案例分享检验小组学习、活动成果，真正使训有所获、训有所得、训有所变；将阶段性工作任务以作业形式融入培训中，并按照"一课一作业一点评一考试"的形式，让员工在技能提升的同时，高效完成了阶段性指标，达到一举两得的效果。

以"干在实处、走在前列"大比拼为契机，创新建立干部队伍"三亮三评三定"、党员队伍"三看三比三担"作用发挥考核机制，明确各项重点工作的目标、内容、流程、绩效、要求，鼓励广大党员干部在疫情防控、党建工作、志愿服务等方面挑重担、勇作为，当先锋、作表率，展现"平常时候看得出来、关键时刻站得出来"的好形象；围绕业务并制定了专项训练计划，进行针对性的培养锻炼，并每年发放聘书，开具工作实践证明，积极地把学习成果转换成实际成效，助力员工在专业性方面走得更深更远，不断提升员工的核心竞争力；完善人才评价机制，以道德品行为首，以专业质量为主，以实绩贡献为重，以严和实的标准和作风敦促各项制度落到实处、各项工作取得实效。健全人才激励机制，加大科技奖励和荣誉激励力度，用其所长，人人皆可成才、人人都能出彩。

沿江公司聪明诀：三步走——

一直以来，沿江公司党委坚持"尚贤育人、人尽其才、才尽其用、共同成长"理念，深化顶层设计、疏通发展渠道、加强培训教育，实施"三步走"战略，为人才成长提供舞台。

2022年公司加强顶层设计，依托2021年公司制度修订工作，对20条人力资源制度进行重新梳理，新增3条制度，覆盖人才培养、人才关爱、人才档案，进一步优化人才职业路径，为人才发展提供制度支撑。加快做好"90后"年轻管理人才挂职锻炼、培养工作。注重加强年轻干部"三个经历"锻炼，让年轻人才在不同领域、不同层次、不同岗位上，丰富自己的工作阅历。开展收费、养护、排障等各岗位技能竞赛，帮助员工找准人生坐标，激发人才对企业的认同感、归属感和忠诚度。成立合理化建议评审委员会，完善建议征集激励机制，建立起合理化建议项目清单，为人才发展提供对标支撑。打通了管理、技术、技能三个上升通道，破解人才成长"独木桥"。2020年以来，公司党委秉承民主、公开、竞争、择优的原则组织选拔，9名同志被提拔为职能层副职，8名同志被提拔为主管，14名同志被提拔为副主管，18名同志被提拔为管理员，优化了企业人才结构。建立了管理和技术双通道的员工角色转换机制，通过党委动议、民主测评、组织考察等规范性流程。2021年，2名管理岗位中层管理干部经江苏交控考察通过，成功转聘到总专业师岗位发展；4名专业技术岗位副主管专业师成功转聘到管理通道发展。

同时，充分发挥创新工作室的"集聚效应"和"辐射效应"，加大技术型、技能型、创新型职工培养力度。创建"匠心青年"创新创效工作室、"新橙"创新创效工作室、"沿之味"匠心工作室等多个科创团队。其中，"匠心青年"创新创效工作室成立至今获得了"2018年度全国优秀质量管理小组""2020年度江苏省交通行业优秀质量管理小组"等多项国家、省级荣誉；"新橙"创新创效工作室是江苏交控重点创新创效工作室；"沿"之味匠心工作室在各种美食节屡获殊荣，2020年，获得了"全国高速公路美食大赛二等奖"；2021年，获得了"苏高速·茉莉花"美食节一等奖。

搭建江苏交控和公司两级培训体系，实现管理、技术、技能三类人才培训的全覆盖。组织领导、中基层管理者"走进华为"；着力建设自有教育平台，举办内训师、宣传员、写作实战训练等专项培训；加快技能岗位人才赋能继续教育。组织人才参加专业技术职称、职业资格考试以及技能水平鉴定。组织开展职业技能等级认定工作，报名救援机械操作员职业资格认定的人员全部通过考核并取得证书。通过收费员技能竞赛、精英思辨赛等赛前培训，提升业务水平，搭建员工实现人生出彩的舞台。通过赴华为公司、腾讯公司、深圳航空等公司考察交流培训，为公司对标世界一流企业、推动高质量发展，提供智力支持。

苏通大桥聪明诀：策马争先——

苏通大桥紧紧围绕"真正成为世界长大桥运营管理领跑者"重要使命，把握"人才引领发展"战略主动，坚持党管人才、进贤任能，让更多的"千里马"在新征程中竞相奔腾，点燃企业高质量发展的人才引擎。

用人以公，方得贤才。充分发挥党管人才的把关定向作用，通过建立管思想、管工作、管作风、管纪律的从严管理体系，形成公开、公平、公正的"相马"机制。完善以"侧重效率、突出贡献、体现价值"为导向的薪酬激励机制和绩效评价机制，让一匹匹千里马脱颖而出。

围绕公司未来"跨江桥隧＋4条高速"的发展布局，从关键岗位人才需求入手，建立"十四五"期间各层级人才供给的动态梯次模型，制定"储英引进计划"和"菁英培养计划"，持续为人才"蓄水池"注入动能。2022年，公司抓住春招黄金期机遇，19个岗位面向高校和社会广纳人才，19名拟录用人才中研究生占比78.95%，"双一流"高校毕业生占比36.84%，技术类人才占比63.16%。为满足公司投资在建项目未来的管理人才需求，提前2年开展竞争性选拔，从177名候选人中选拔出16名后备执行单位负责人和24名后备管理员入库培养，为重大项目运营管理提供了人才保障。

畅通人才赛道，实现管理、技术、技能三通道互通互联，打造核心人才队伍。突出"实干"赛能力，建立覆盖各部门、管理处、执行单位的组织绩效评价指标体系，赛出组织贡献度；强化管理人员综合绩效考评，在选拔聘用时全面考察任期组织绩效、个人绩效、评优评先、学习成长等方面的综合情况。突出"成果"赛技术，制定《专业技术岗位考核细则》，完善专业技术人才评价、使用、激励机制；以打造"长大桥科技创新平台"为抓手，与院士团队合作开展智能桥梁课题研究；依托养护沙龙，与高校合作开设养护技术特色精品课程；与检测单位、高校联合建立产学研合作平台，组建"苏通大桥桥梁医生联合实验室"，深入推进产学研融合。三是突出"积分"赛潜力。开设后备管理人才菁英培训班，明确"动态培养、优胜劣汰、能进能出"的培养原则，建立培训课程积分体系，对后备人才培养全过程跟进，在人才培养"练兵场"上真正赛出潜力。

人才集团聪明诀：构建"先行地"——

立足"服务人才成长，发展人才经济，助力人才强省"的企业使命，江苏交控策划成立了人才发展集团。该集团着眼于自身功能定位，始终坚持开放、创新、发展的人才观，以识才的慧眼、爱才的诚意、用才的胆识、容才的雅量、聚才的良方，围绕人才引、育、用、留等方面，加快人才队伍建设，探索构建人才管理变革与创新的"先行地"。

人才集团采取一系列引进人才的举措，紧盯关键岗位、核心人才、高层次人才需求，不拘一格选拔任用人才，通过系统内引进、社会化招聘等形式加快人才队伍建设。人才结构大大优化，具备各类职称或专业技术资格人员23人，比例达到46.94%。集团高度重视人才队伍赋能，充分用好教培资源禀赋，大力开展理论学习、党性教育、专业能力提升和综合素质培养，推动人才队伍专业能力不断提升。集团坚持党管干部人才原则和国有企业"20字"好干部标准，强化优秀年轻干部培养，加快干部队伍建设。在严把推荐关、考察关、决策关、任职关的同时，结合试用期满考核情况，结合年度考核、日常表现等情况，全方位、多渠道了解干部，对人才进行综合分析研判。真正把德才兼备、以德为先，注重实绩、群众公认的高素质、重实干、敢作为、有闯劲的实干家和年轻人才选拔出来，为企业发展挑大梁。同时，坚持问题导向，综合考虑所属公司功能定位、行业特点、发展阶段和经营状况等因素，对标江苏交控系统内单位和行业头部企业，以三项制度改革为工作重点和主攻方向，建立健全相关制度，修订完善人才使用、管理和激励制度，形成"1＋4＋N"制度体系。严格执行奖惩规定，落实管理人员责任追究办法，旗帜鲜明地表彰先进，鞭策后进，做到既有严管厉治，又有激励关爱，引导各级干部提振精神、鼓足干劲、攻坚克难、勇创佳绩。

第二个故事

幸福场

第八章　心香

乡亲的乡亲

张言丰出生于苏北的铜山县（现徐州市铜山区）农村，在他很小的时候，父亲患上了慢性病，家中兄弟姊妹四人，靠母亲一个劳动力挣生活，日子过得相当艰苦。张言丰记得父亲病重时，不止一次给他留遗言，希望他作为长子能够挑起照顾弟弟妹妹的担子。父亲是村里的老木匠，算他那一代人里"见过世面"的人，他教育张言丰要有责任心，同时要求张言丰兄妹们要具备履行责任心的能力，所以要克服一切困难，读书成才。张家的邻居和地方政府，看到他们家的困难，也都伸出了援助之手。一路走来，学习成长的过程中，张言丰和兄妹们受到了国家的助学贷款扶持和爱心人士的资助。这在张言丰的心里种下了上进、爱和感恩的种子。

上大学的时候，父亲的肝炎病最终恶化成肝癌。张言丰扛起了家庭的担子。他记得自己在大学里，保持学习优秀的情况下，还同时打了几份工。他不光要自立，还要帮助母亲抚养弟弟妹妹，供他们上学。大学毕业不久，父亲就去世了。张言丰参加工作乃至有了自己的小家庭后，一直持续履行着这份义务，等到弟弟妹妹都大学毕业，走上了各自的工作岗位，独立生活，张言丰才喘了一口气。而此时，他自己也有了两个孩子了。他看到亲人一个个健康生活，不断成长和成才，心里种下的种子也茁壮成长。在家族中，他"长兄为父"，是慈爱的带头大哥；在邻居眼里，他是知恩图报的热心肠好人，老家不管有谁找到他求助，他都会倾囊所有，热情支持；在单位里，他更是一位好员工，对同事特别宽厚，乐于参加一切与爱心有关的公益活动。

2020年3月，省委组织部决定从国资系统，选派一名干部参加中共江苏省委驻灌南县帮扶工作队，到灌南县百禄镇高湖村担任驻村第一书记。踏实、勤奋、有着浓郁乡村情结的江苏交控高养公司工程处副处长张言丰被选中。江苏交控党委书记蔡任杰对这个人选特别重视。他专门找张言丰谈话，对他说："你知道全系统两三万人，我为什么偏偏看中你，把下乡扶贫的任务托给你？"张言丰如实回答说，不是特别领会领导的意图。蔡任杰就跟他交了个心："我了解你的出身，知道你穷人的孩子早当家，当得很用心，当得很出色，这么多年拖着一个大家庭，走过风风雨雨，付出了很多爱，也赢得了很多爱和尊重。我被你的故事感动了。我跟组织人事部门的同志说，张言丰承担这个任务，无须考察，更无须担忧，他一定会尽心尽职，让我们放心，让省委满意。"

张言丰听了很感动，立即表态，一定不辜负组织的信任。

其实，离家去苏北，张言丰不是没有困难。当时他也算刚刚把弟妹们拖大了，成家立业，可家里的老母亲年龄不小了，身体积劳成疾，需要照顾；自己的两个孩子，一个上初中，一个才两岁；妻子也是早出晚归的上班族，工作性质跟张言丰差不多，干的不是轻松的活儿。但是，张言丰觉得，组织如此看重自己，给自己的是一个报效社会、反哺乡亲的好机会，自己那点小困难，连说出口都不好意思，哪里可以挡得住自己呢。

好在，妻子给了她足够的支持。她对张言丰说，我看中的就是你这个人心肠好，我没法跟你一起去帮助乡亲，但我会帮你弄好后院，老的小的，有我，你尽管放心，不要带着包袱出门，要轻装上阵。

张言丰走马上任，成了几百里外的一个扶贫村的村官。

"扶贫工作最艰难，千山万水只等闲。心与百姓同忧喜，不拔穷根不回还。"当张言丰走进灌南县最贫弱的乡镇——百禄镇时，他把这首扶贫励志诗工工整整抄录在扶贫笔记本扉页上。

2020年3月的清晨，下着小雨，这是张言丰第一次来到高湖村。泥泞的乡村小路旁，满是杂草和垃圾。这样的路又窄又滑，晴天尘土飞扬，雨天就变成"沼泽"。泥泞的路"锁"住了高湖村，也"挡"住了脱贫的希望。"这样的路让村民和村干部走，一年一次是体验、一月一次是磨炼，但它是全村群众的唯一选择，经常走甚至天天走，就变成一种折磨甚至苦难。"参加第一次村组干部会时，张言丰脱口而出的话让现场氛围凝重。

面对大家恳切的目光，张言丰下定决心，要帮助村里筑新路。为了这个目标，他一头扎进修路项目中，和村干部多次实地测量勘察线路，编制预算，联系后方单位争取资源、申请资金。2020年5月，张言丰用江苏高养提供的铣刨料将村里所有户前道路进行硬化。凭借多年从事道路养护的经验，两个多月修筑了5条共2200多米的硬化路。

路修好了，晚上出来散步的村民多了，村子周围热闹了，村民们心里亮堂了。村民们激动地说："以前最怕下雨天，三轮车半个轮子陷在泥里走不动，现在再也不用踩着烂泥出门了，感谢党的好政策，感谢帮扶队员对我们的关心。"

为了迅速进入工作，张言丰一方面认真学习脱贫攻坚的相关文件，认真领会文件精神，落实工作部署，坚持深入群众，围绕为民服务的理念来开展工作；另一方面沉到乡村走访调研，到全镇多个乡村调研，了解村里的基本情况和发展现状，全镇 24 个行政村大部分走遍。通过与村支部书记面对面交流，了解他们对于村集体增收的一些想法和工作存在的困难。在确定了具体挂钩村高湖村之后，深入农户家中，了解困难群众生活状况、需求等，为下一步工作开展奠定基础。

百禄镇高湖村是"十三五"省级经济薄弱村，于 2017 年脱贫。该村位于镇域南端，与涟水县接壤，共有 9 个村民小组，人口 1360 人，主要经济产业为稻麦两季。高湖村"十三五"期间有建档立卡低收入户 92 户 225 人，其中一般低收入户 56 户 142 人，低保户 28 户 74 人，五保户 8 户 9 人，已于 2019 年全部脱贫。村集体收入在现有的五个省定经济薄弱村中相对较低，且缺乏持续性。

在前期调研的基础上，张言丰和镇、村一同拟定村建设发展方案，画出了产业布局、村域发展、基础设施、公共服务、村庄环境等方面建设发展蓝图。同时，依据规划，理清思路，采取"党建扶贫+资源整合+资产收益+引导发展"帮扶模式，通过扶志、输血、造血、惠民四大抓手，巩固脱贫攻坚成果。两年累计投入资金 1500 余万元，实施帮扶项目 16 个，涵盖党建、产业发展、基础设施、民生济困等方面。

高湖村以种植业为主，传统农业小户种植成本高、收益低。为加快农业现代化发展，张言丰和村支两委引入市场机制，到相关企业洽谈，推动传统农业产业实现转型升级。经过和镇域内大型养殖企业绿缘牧业签订合作协议，流转高湖村土地 900 多亩，用于种植青料。每年每亩地每个农户能收到 920 元补贴，不但保证了农民的基本收入，还为他们创造了就业岗位，村集体每年收入可增至 4 万元以上。

在此基础上，张言丰又利用江苏交控扶贫平台带动高湖村产业发展。2020年9月，灌南县农特产品在首届中国高速公路美食节参展，多种特产在展会受到好评。经过策划，展会现场开展直播带货和商品推介，在拓宽销售渠道的同时，提高影响力高速公路自营服务区和自有网上设立扶贫专柜，用于销售灌南农产品，展示了各合作社农特产品，积极对接一些高速服务区采购灌南农产品。拓展销售渠道时，进一步展示了灌南农特产品的特色，提高了影响力和美誉度，高湖村经济发展后劲明显增强，为深入开展消费扶贫奠定了更加坚实的基础。

帮扶工作使村里的面貌发生了很大的变化。在村容村貌方面，通过户前路的铺设、路灯架设、党群服务中心修缮、整治灌溉渠、沟溏、栽植绿植，全面升级硬件设施，积极推进新农村建设，打造幸福宜居的美丽乡村。在党建方面，强化政治建设，持续规范组织生活，严格落实"三会一课"制度、组织生活会、主题党日等制度，带领村支"两委"和党员学习扶贫工作的重要论述等。组织党员干部到周恩来纪念馆、刘老庄八十二烈士革命纪念馆、沙家浜革命烈士纪念馆等参观学习，带领村干部代表到华西村、永联村等中国著名乡村去取经，进一步增强为民服务意识，不断抓好高质量基层党组织建设、高素质党员队伍建设，努力使帮扶村党组织建设成为推动发展、服务群众、促进和谐稳定的骨干力量。在集体增收方面，通过推进标准化厂房、流转土体发展高效农业等项目实施，带动50余人就业，村集体经济年均增收30万元以上。

张言丰生活在乡亲们中间，让他感到很亲切，这样的生活能够唤起自己少儿时代的记忆。村里也有一些困难家庭，张言丰最喜欢在工作之余，散步到那些人家，串个门，跟他们聊聊，看看到底眼前最需要什么帮助，长远可以制订什么计划走出贫困。他常带衣物和生活用品看望生活困难的老人和孩子，陪老人唠唠嗑，勉励孩子努力学习。他联系后方单位捐赠"爱心小屋"，组织开展爱心助学捐赠、图书捐赠等活动，广泛动员更多社会力量参与扶贫助困。张言丰最关心的就是村里留守儿童。每次看到他们使用的破旧书包和文具，就想到自己的一双儿女，"看着这些孩子远离父母留守在村里，我也非常心疼。"于是他主动联系发动自己的后方单位江苏高养公司，为百禄镇中心小学247名学生捐赠书包文具等学习用品，同时联系社会爱心企业为高湖村贫困儿童送去慰问金。平时在村里，在他的言传身教下，村民们达成了共识：下一代要过上好生活，首先要有文化，不能穷了孩子们的教育。

两年不到，张言丰的事迹从当地传开，在灌云乃至全省扶贫工作口引发反响。灌南官方权威发布平台"灌南V讯"记者对张言丰进行了专访，深度挖掘张言丰产业帮扶、创新帮扶的先进事迹。2020年12月18日，"灌南V讯"以一篇《张言丰：甘做帮扶路上的铺路石》对张言丰进行了专版报道。文章上线后，迅速扩散转载，各地读者纷纷留言为张言丰点赞。张言丰收藏了一条他最喜欢的评论留言：千言万语，归于一句——张言丰，就是我们自己人，是乡亲的乡亲！

驻村两年，张言丰向省委组织部和单位党委提交了一份工作体会。他说："深刻体会到基层工作的困惑和快乐。刚来到百禄和高湖村，工作中一度感到困惑、迷茫。当一项工作通过自己的全程参与和努力，最终顺利完成后，那种发自内心的成就感让我满心快乐。两年的驻村扶贫工作，更是让我补齐了工作经验的巨大空白。如今我对农业、农村、农民及农村工作有了更深刻的认识，对农业生产和农村经济发展有了较深入了解，对农村的发展状况、村情民意及村规民约有了全面认识。这都是今后工作中难得的宝贵经验和财富，是穿行在高楼大厦间无法获得的。"

最重要的一点，张言丰说："我再一次被乡里乡亲的浓浓之情滋养。我只为他们创造了一点点幸福，微不足道，但我收获的幸福是巨大、持久的，人到中年，能够参与振兴乡村、还乡、反哺，又满载亲情而归，我是一个多么幸运的人！"

把春风送到花田

长期以来，江苏交控始终坚持"支持扶贫工作就是支持大局"的责任担当意识，认真贯彻落实中央、省委关于扶贫工作的要求和部署，对标人民对美好生活的需求，聚焦大交通主业，构筑"快行慢享"的综合一体化交通运营管理体系，践行"通达美好未来"的社会责任，推行"党建引领＋民生提质＋文化赋能＋产业振兴"的"四位一体"精准帮扶模式。2002年以来，江苏交控先后对口帮扶连云港灌云、灌南县所辖的10个经济薄弱村，实现了村民人均年收入最高达7200元，村集体年收入最高达69万元，远超省定脱贫标准，村民的幸福感、获得感和安全感持续攀升。江苏交控也多次收到省委驻灌南帮扶工作队、灌南县委县政府、对口帮扶镇（村）等单位、群众发来的感谢信。江苏交控先后获得了"全国社会扶贫先进集体""全省扶贫开发工作先进单位""中国社会责任领袖型企业奖"、全省脱贫攻坚暨对口帮扶支援合作工作表现突出集体、第五届"江苏慈善奖"最具爱心慈善捐赠企业、2020年全省脱贫攻坚组织创新奖、2020年希望工程"圆梦行动"先进集体奖、"苏青益筹"公益行动

"爱心奉献"集体、2020 年江苏济贫帮困杰出贡献奖、2019 年江苏扶贫济困突出贡献奖等荣誉。

按照党建领航、民生保障、文化牵引、产业拉动的思路，在对口帮扶点上探索和推行"四位一体"精准帮扶模式，依托企业引导带动，充分发挥村企党组织的政治和领导核心作用，提供强有力的组织保障和制度保障，乡村软、硬件提档升级，产业教育双管齐下，让低收入村村民既"富口袋"又"富脑袋"。

做好扶贫工作，首要的是党建引领，建机制强保障。江苏交控以"党建＋扶贫"为切入点，建立帮扶工作机制，每年开展 2 次专题调研，年初专题研究部署帮扶工作，坚持"四有四落实"原则，理顺扶贫工作政策关系，整合各界帮扶力量，统筹内外帮扶资源，推动扶贫工作精准落地。在干部配备上，依托"五方挂钩"帮扶机制，建立帮扶干部管理机制，每届 2 名帮扶干部挂职村"第一书记"，专职抓驻村帮扶，建强战斗堡垒，实施百项帮扶项目，12 人次被省扶贫工作领导小组、省扶贫办评为"优秀帮扶队员"，王健同志被评为全省脱贫攻坚暨对口帮扶支援合作先进个人。2002 年以来，在扶贫及社会公益上直接投入资金上亿元，其中，对口帮扶资金近 8000 万元，以 5% 左右的增幅逐年递增；2012 年以来多方筹集资金近 9620 万元，每年及时超额完成省扶贫办后方单位资金投入任务。公司累计投入 500 余万元，新建党群服务中心，配建村民活动广场、社戏舞台等文化设施，增设党员活动室、党建文化馆、村民文化长廊、文化广场，宣讲政策、宣传人文、传播知识，为助力打赢脱贫攻坚战凝聚力量。

江苏交控党委认为，扶贫要来"实的"，必须以建好硬件来做强服务。公司以新农村建设为重点，助力南房新型社区建设，新建房屋 804 套；筹资 1095 余万元，新建和拓修村民户前道路 22 公里，主干道架设太阳能路灯近 450 盏，改建厕所 840 余座，整治灌溉渠、沟溏 23.8 公里，栽植绿植，全面升级硬件设施，打造幸福宜居的美丽乡村。 在帮扶济困方面，常年走村入户联系群众，慰问重大疾病或家庭经济极为困难的村民，发放物资 26 余万元，帮助解决生活问题。 持续开展"慈善一日捐、济困送温暖""精准扶贫、慈善一日捐""传承五四薪火、奉献青春热血""戎耀今生"关爱工程等活动，向慈善总会、红十字会捐款 1250 余万元，救助贫困群众，助力贫困地区迈进全面小康。 针对基层村医疗资源匮乏问题，多方协调、整合资源，实施送医下乡服务项目，捐赠价值近百万元医疗设备，联系三甲医院，持续开展健康扶贫义诊活动，接诊村民 3700 余人次，免费发放 10 余万元常用药品，切实关爱村民健康，为村民撑起一片希望的天空。

扶贫工作的靓点是文化赋能，为基层百姓建信心强本领。 公司举办返乡人员专场招聘会、培训班，覆盖 400 余人次，吸引村民返乡就业创业；举办水稻种植技术培训，从亩产 1300 斤增长至 1450 斤；开展"许圩好人"评比活动，选树脱贫致富村民典型，举办"热爱灌南、奉献家乡""精准扶贫结硕果、携手致富奔小康"主题文体活动，进一步提高村民文化素质和农村文明程度。 扶贫组想方设法提升村干部服务能力。 与高速站区党支部结对共建，实施班子联建、党员联管、实事联办、发展联促、阵地联享，提升基层组织建设能力；组织党员干部参观周恩来纪念馆、沙家浜革命烈士纪念馆，重温入党誓词，激发干事创业热情；带领村干部到华西村、蒋巷村等学习新农村发展经验，增强为民服务能力。 乡村教育也是江苏交控扶贫工作的重点。 公司捐助 445 万元，设立"滴水·筑梦"扶贫助学工程专项基金、省希望工程"圆梦行动"冠名基金、"精准扶贫、助学圆梦"专项基金，开展"江苏青少年阅读季"公益文教活动，支持贫困乡村修建校园优化办学环境，帮助贫困家庭子女完成高中、大学学业，助力贫困学子圆梦教育；实施"梦想改造＋"关爱计划，改善"事实孤儿"学习生活环境。依托结对共建机制，签订帮扶助学协议，筹集万元善款救助肌肉萎缩症等病困儿童，累计组织青年志愿者开展乡村支教、文体等活动 60 余场次。

结合大型国有企业的优势，江苏交控从帮扶地区产业振兴寻找突破口，建新路强发展。公司累计筹资近 6000 万元发展乡村产业，流转约 8000 亩土地，实施中小企业园厂房、无公害稻米加工中心、观光田园、光伏电站等项目，拉动村集体经济增收；出资 235 万元实施老轮船码头改建、德康智慧养猪产业一体化、农光互补光伏电站等项目，闯出了一条群众增收、村集体增益、企业增效、产业增强"一举四得"的产业帮扶新路子。发挥高速行业优势，探索"扶贫＋服务区"模式，架起贫困地区和广阔市场的桥梁，在全省高速公路沿线自营服务区设置扶贫产品专区，专销扶贫产品；推行"扶贫＋旅游"模式。2019 年，宁靖盐高速溱湖服务区试点代销景区门票近 2 万元，消费引流万人，农产品、文创产品销售额达 80 万元；依托"农优聚"乡村振兴项目，推行"扶贫＋电商"模式，以灌南县颐高电子商务创业园和两岸青年创业园为平台，拓宽农特产品销售渠道。同时，走消费扶贫新路，在向省对口帮扶的东西部贫困地区定向捐款 450 万元的同时，鼓励基层单位及职工参与扶贫开发，结合后勤服务、服务区及线上平台经营、工会福利等需求，支持近 700 万元采购秭归脐橙、咸阳苹果、西藏矿泉水等扶贫产品，用消费打通扶贫"最后一公里"。围绕实施乡村振兴战略，2020 年以来，专门开展"万企联万村、共走振兴路"落实行动。系统内 23 家单位与省内 23 个乡村结对共建，其中，16 家单位参与"万企联万村、共走振兴路"行动，16 家单位参与"城乡结对、文明共建"行动。制定了落实"万企联万村 共走振兴路"行动工作指导意见，全面指导系统内联建单位全面调研、整体规划，找准结合、确定项目，精准施策、统筹推进，截至目前，与联建村明确了党建结对、农产品销售、设备租赁、设施建设等66个联建项目，投入1200余万元。

公司党委积极推动系统内联建单位党组织基本与联建村党组织结对共建，制定了党建联建计划，通过多种方式为联建村提档升级党建、文化、生活等基础设施，比如，高管中心投入70万元建设党群服务中心和党建文化广场，宁沪公司投入65万元建设百姓大舞台、通村道路、驳岸和梦想小屋，苏通大桥投入20万元建设二十四节气农耕文化馆，宁靖盐公司投入20万元建设通组道路，交控财务投入20万元建设灌溉水渠等，共同提升基层党组织的组织力和凝聚力，为推动乡村振兴提供组织保障。根据企村联建发展需求，积极搭建干部、劳动力等培训平台，选派技术能手、岗位能手、经营骨干、管理骨干等到联建村开展就业技能培训，培育创业就业人才。比如，江苏高养了解到豆办集村存在剩余劳动力多、青壮年劳动力少、村民收入低等问题，积极寻求政策支持，帮助成立村集体劳务公司，选拔村民到公司施工项目上进行锻炼，帮助培育项目带队管理人员，并逐步扩大管理人员培育规模，带领村民承接公司的养护生产、应急保障、除冰雪保畅等部分业务，既能解决联建村的剩余劳动力问题，又能破解企业自身长期存在的"用工难"的问题，形成长效合作、优势互补的发展模式。联建单位将企业发展需求和乡村发展需求有机结合，将乡村资源、生态、文化等要素融入企业发展中，将企业资本、技术、管理等要素融入乡村发展中，形成企村有需求、资本有动力、资源有互换的发展格局。比如，云杉清能在与丰县师寨镇合作投资约3亿元建设3个地面集中式农光互补光伏电站的基础上，与史小桥村共建，计划投资1.5亿元，新建30兆瓦农光互补光伏电站，目前投资项目实施中遇到了政策、土地等困难，正在努力推进中；宁宿徐公司投入 20 万元，与勒东村联合新建标准化厂房；润扬大桥将出资购买菊花烘干设备，提高村生产力，扩大菊花产业产能；江苏高油投入 49 万元，实施车载垃圾袋采购合作项目；江苏高养将 28 万元的资料装订服务项目委托给豆办集村，努力带动村集体增收、村民就业。

江苏交控还充分发挥沿线服务区流量优势，探索推行"服务区＋合作社＋农户"销售模式，与联建村协商确定销售的农特产品种类，打通"交通＋农村""电商＋销售"的渠道，可直供服务区餐饮原辅材料使用，也可在商店超市投放销售，亦可采购用于职工福利。比如，京沪公司采用市场化运营方式，依托沿线服务区和"汇苏特商城"线上平台，销售三庄村优质大米，销售额达 87 万元；扬子江公司通过福利采购、服务区代销等方式，为村农副产品增收 112 万元；连徐公司销购张孟庄村蔬菜、粮食、土特产等，销售额近 233 万元；东部公司销售当地有机稻米、菜籽油等，销售额近 31 万元。

因为爱着你的爱

袁春烨是京沪公司八桥收费站一名普通的水电工，同时也是正式会员达 1000 多人的"高邮红星志愿者协会"的发起人和组织者。工作中，他二十一年如一日，甘做老黄牛，勤勤恳恳，用心做事；公益活动中，他甘做螺丝钉，扶贫济困，奉献自我，所在志愿团体多次受省市级嘉奖，个人也荣获江苏省优秀环保志愿者，扬州市优秀志愿者。

2000 年，袁春烨进入京沪公司工作。上班的第一天，迎面看到展报墙上有一行标语：让社会更美好。虽然那一瞬间，虽然他还不能完全明白这六个字的真正寓意，跟交通产业又有什么关系，但他确实给感动了，心里暖暖的。这股暖流，让他立即喜欢上自己的单位，也为后来成为单位公益先进人物，埋下了源头。

此后，袁春烨频繁参加公司组织的无偿献血、捐资助学等公益活动。一开始是自己积极参与单位组织的这类活动，后来发展到主动帮单位策划和组织实施这类活动。他也渐渐明白了墙上那句标语的用意。公益是传递爱心、传播文明的行为，这种"爱心"和"文明"从单位有意识的行动中，传递到个人身上，再从一个人身上传递到另外一个人，最终会汇聚成一股主动的、强大的、甚至常态性的社会暖流，这样的单位、这样的社会怎么能不变得更美好呢？

2014年夏天，袁春烨的父亲突发肝癌，肿瘤面积达17公分。三个月内，他带着父亲走遍南京、上海、北京等各大城市的肿瘤专科医院，却依然未能挽回他的生命。子欲养而亲不在，他深怀内疚，以泪洗面。公司领导见他走不出痛苦，陪他聊天，漫不经心地对他说，小袁，你是个小才子，听说还加入了作家协会，你知道有一句安慰失亲者的套话，叫化悲痛为力量吗，虽然是套话，我还是要送这句话给你，希望能对你有用。套话，不往深处想，它就真的是套话，往深处想，它绝对是真理，绝对深藏有不一般的力量。

袁春烨是个悟性不低的"文学青年"。他回去想了几天，感觉自己摸到了真理的那种温度。他知道，除了尽快走出痛苦，还应该做得更多，应该走到阳光里去，用自己的微薄之力，收集温暖，释放热量，帮助到更多深陷各种物质和精神困苦的人。

2014年底，袁春烨在积极参与京沪公司公益活动的同时，开始参与到地方组织的公益活动中，并结交到很多志同道合的好友。半年后，怀着帮助更多人的理想，他和另外两个公益路上认识的朋友，在高邮市民政局发起注册了"高邮市红星志愿者协会"。"红星"这个名字取自电影《闪闪的红星》，代表他们始终坚持公益事业的"红心"。

协会成立七年来，通过他们始终全心付出，无私奉献，感召力不断增强，正式会员发展到1398人。协会累积开展志愿服务2019场，捐款捐物472.36万元。其中行程近千公里，一年两次探访慰问了全市抗战老兵；星火助学，每年帮扶50多名贫困儿童；开展精准扶贫结对四户最贫困家庭，社区结对留守老人12户；到敬老院关爱五保老人，为市"马拉松""环湖赛"等大型活动保障保畅；进校园，开展禁毒宣传，进社区，送去文艺演出，为英雄王海滨、为癌症病童募捐，为盐城龙卷风灾害发起义卖，举办大型明星公益演唱会等公益活动。协会多个志愿服务项目获省市级嘉奖，"勿忘历史、关爱老兵"项目获得中宣部、中央文明办等17个部门发起的全国"4个100"学雷锋先进典型活动提名。

如何做到工作与公益两不误，他的回答是："两者并不矛盾，只要用心做事，全心付出，就一定能把事情做好。"在单位，他身兼水电工、工会小组长、信息员等多职，站区哪里需要，他就往那里上，用二十一年如一日的工作热情与责任心，圆满完成各项工作；业余时间，他全心付出，积极参与各项志愿活动筹划与实施，并全程跟进，确保自己负责的板块，有组织、有计划、有实效、有成果。

在他认真工作和热心公益的积极影响下，八桥站、高邮站、高邮服务区等邻近站区的多位同事加入了"红星志愿者协会"。高邮服务区看到他们为白血病儿童募捐的信息，第一时间送来了员工募捐的2800元爱心款，为白血病儿童送去了京沪人的温暖；他所在的八桥收费站快乐车轮志愿团队与红星志愿者协会结成友好协作组织，多次共同开展助学、敬老、无偿献血等活动。

有付出也有回报，有回报就有很多感动。一位他们照顾多年的患有老年痴呆症的奶奶，已经记不清儿女的样子，可只要看见他们来了，就会乐呵呵说道："红星志愿者来了，红星志愿者来了！"又如2021年9月在贵州省黔东南州助学，每位接过助学金的孩子，都会向志愿者深深鞠上一躬，然后行上少先队员礼，大声说道："谢谢江苏的叔叔，我会好好学习，报答祖国！"面对这些孩子，他们内心别提多幸福了。每每此刻，袁春烨都会想起刚进京沪公司时看见的那六个大字"让社会更美好"。谈起对这六个字的理解，他这样说道："我在公司企业使命的感召下，在持之以恒的公益路上，读懂了这六个字，相信只要爱的车轮在不停转动，爱的种子不断扩散，我们的社会就一定会变得更加美好，我也会在'让社会更美好'的公益路上继续前行！"

袁春烨说他最幸福的事，就是爱人跟他在同一个单位，工作上是伴侣，公益上是助手，两个人齐心合力，夫唱妇随，你恩我爱，朝朝暮暮。爱人比他做得更多，他业余时间不是做公益活动，就是埋头写作，小家庭的打理事务，大都落在爱人的肩膀上。但她从来没有计较过，甚至一有半点空闲，就过来帮丈夫做下手，从不问是自己的活儿，还是外面的公益事务。袁春烨乐得享受这份幸福，有时候也"心虚"，打趣地问媳妇："你为什么对我这么好？"媳妇笑嘻嘻地告诉他：

"因为爱着你的爱呀！"

美美与共

"十三五"期间，江苏交控对标人民对美好生活的需求，全力践行"通达美好未来"的社会责任,投入资金上亿元,全力支持慈善公益及扶贫开发工作,引领广大职工传承雷锋精神和弘扬"奉献、友爱、互助、进步"的志愿服务精神,不断拓宽加深江苏交控"畅行高速路 温馨在江苏"的服务品牌和服务内涵,充分彰显"负责任、担重任"的国企形象。

江苏交控以公司团委牵头,以团组织书记为负责人,依托团组织架构,运用"志愿者打卡器"、志愿服务信息系统等平台,逐级创建志愿服务组织;印发《"一路阳光"公益志愿服务活动实施方案》《关于推动全系统团员成为注册志愿者的实施意见》,广泛推动团员青年成为注册志愿者,带动广大职工投身志愿服务实践,不断规范完善注册志愿者的认证、培训、考核、激励和保障,建立健全志愿服务的档案管理、权益保障、服务时间认定和星级认证等机制;持续加强志愿服务项目载体和活动阵地建设,深入推进与街道社区、学校、企事业单位、社会组织的联系共建,在便民服务、志愿保畅、公益宣讲、环境保护、无偿献血、爱心助学、爱心帮教、爱心捐赠、帮老助幼、助残扶弱、万企联万村等各个方面设计开展公益志愿活动。自2014年创建"一路阳光"公益志愿服务品牌以来,形成了"宁沪168""京沪快乐车轮""青春垄上行"等40个子品牌,组建了"一路阳光"志愿服务总队及148个志愿服务队伍,8434人注册成为志愿者,其中团员注册率为100%。

让我们来看看下面一系列数据。"十三五"期间,江苏交控累计组织4700余人次,开展或参加无偿献血主题公益活动240余场次,献血量达120万余毫升;组织7.8万余人次,开展志愿活动5600余场次,累计服务时长达26.2万余小时,便民服务、志愿保畅、公益宣讲、助残扶弱、扶贫济困等志愿服务在全省服务区、收费站、加油站、渡运船等服务窗口单位及地方社区接续开展。累计减免车辆通行费 293 亿余元，降低公众出行成本；支持 150 万元冠名"交通控股杯"江苏见义勇为好司机专项基金，支持见义勇为，促进社会文明和谐；捐助 446 万元，设立"滴水·筑梦"扶贫助学工程专项基金、省希望工程"圆梦行动"冠名基金、"精准扶贫、助学圆梦"专项基金，支持贫困乡村修建校园优化办学环境，连续五年帮助贫困家庭子女完成高中、大学学业，助力贫困学子圆梦教育；依托对口帮扶机制，签订帮扶助学协议，筹集万元善款救助肌肉萎缩症等病困儿童，累计组织青年志愿者开展乡村支教、文体等活动 30 余场次。 特别是在 2020 疫情防控中，及时向湖北黄石捐赠 200 万元、支持疫情防控捐赠物资，在全省高速公路设置了 262 个查控点，开通了 431 条应急物资运输"绿色通道"，免费快速放行了 2.4 万辆防控物资运输车辆。 在疫情防控工作中表现突出的先进集体苏南硕放机场收费站青年集体，志愿投入全天候战斗，13 天内圆满完成了 30000 余辆车、70000 余人的检疫任务。 全系统 6004 名党员、1263 名团员青年，守好了"江苏大门"，筑牢了"省界屏障"，全力保障疫情防控和复工复产；结合疫情形势和复工复产要求，实施了"三保三压三调一争取"三十条经营发展举措，主动将社会责任和经营战略相结合，在履行社会责任的同时，适时调整经营战略，提升商业价值形象。

　　志愿服务的大力倡导，哺育了企业的爱心文化，奉献型人格成了群体性的良好习性，成了交控人的日常自觉行动。 其中涌现出大量志愿服务先进典型。"十三五"期间，全系统获市级以上志愿服务相关荣誉的先进集体和个人分别为 25 个、38 人。 具有代表性的是，江苏省优秀青年志愿服务项目"助飞小候鸟——关爱农民工子女"志愿服务，"温暖彩虹"志愿者在册人数达 176 名，向进城务工人员子弟捐赠物资 15 万余元、图书 6672 册。

　　通启高速成立的远航慈善基金，几年来获称"江苏省文明单位"

"江苏省交通运输文化建设先进单位""南通市青年文明号"……在通启高速管理处的荣誉室里，摆放着张张奖牌，它们默默讲述着通启高速无私奉献、勇担社会责任的故事。秉承"立足本职岗位、履行社会责任"的理念，坚持"扶老、救孤、帮残、助学、赈灾"的宗旨，"远航慈善基金"将新时代志愿者精神与"张謇精神"相融合，全处职工每年踊跃捐款，开展了困难群众帮扶、关爱孤寡老人、心系留守儿童、乡村振兴等社会公益活动，捐助陕西省汉中市宁强县毛坝河镇九年制学校；资助就读于南通港闸郎译职业英语专修学校困学生完成大学学业；定向捐助内蒙古和贵州四名贫困中学生至完成大学学业……

获得一次献血金奖、一次银奖的义务献血者周金文，累计献血达到 15000 毫升、60 余次，还多次捐献血小板。在他的带动下，他的军人儿子和教师媳妇都加入了义务献血行列。他们一家用献血与爱，挽救了很多个不幸的生命，让他们和家人一起重归幸福。

全国"无偿献血奉献奖"金奖获得者史冰，2002 年以来，累计无偿献血 50 余次，大多为捐献血小板，献血总量达到 4 万余毫升，还坚持捐资助学，助力贫困儿童求知梦想，11 年来先后帮助 7 名中小学生完成学业；中国青年志愿者服务"暖冬行动"优秀志愿者翟娟，2018 年春运期间，志愿服务长达 130 小时，解答咨询 6000 余次，发放春运安全传单、提示卡 1.5 万余份；在疫情防控工作中表现突出的先进团员青年刘书豪，在父亲突发疾病住院、妻子和出生 50 多天的宝宝需要人照顾的情形下，却奔赴徐明省界查验点，誓要为抗击疫情贡献自己的力量，坚守查验一线 42 天。

柏兆春是泰州大桥调度指挥中心有名的志愿达人，"90 后"的他，曾多次荣获优秀共青团员、省优秀志愿者等称号。2012 年他加入扬州志愿者联盟，先后参加第一、二届全国残疾人交流大会会务保障工作，外来务工困难学生暑期支教，残障儿童之家儿童游览扬州城等志愿服务活动。2015年，响应团省委号召加入大学生志愿服务苏北计划，在阜宁县罗桥镇农业办担任办事员，期间他主动帮助种植农户科学管理，增产增收，实现累计增收50万元；完成对全镇300多户贫困户建档登记；协助镇村两级完成徐宿淮盐铁路沿线10余公里腾房搬迁工作等。在阜宁县2016年"6·23特大龙卷风灾害"事故发生后，他与民兵迅速奔赴一线开展自救，疏通进出要道，转移群众、运送物资。2017年加入泰州大桥青柠志愿者服务队后，协助公司团委组织开展"保卫母亲河""环境卫生整治"活动；参加"大手牵小手，我们陪你走"福利院志愿公益活动以及无偿献血等活动，累计捐献全血4000毫升，成分血20个单位。2018年，加入中华骨髓库，在得知自己与一名白血病患者配型成功后，每天坚持跑步5公里，三个月内他减重20公斤，顺利通过高分辨配型和体检。疫情防控期间，他多次通过网上募捐、网购慰问品等方式给医务人员送去爱心。

在江苏交控爱心志愿队伍里，还有一对"扶贫师徒"伍育钧和王健，他们的故事堪称佳话。2018年年底，时任沿江公司党群部副经理的王健带着简单的行李，作为扶贫干部，第一次踏上灌南县的土地，而这却是沿江公司与灌南县扶贫工作的"再度"奔赴，是两代人对扶贫工作的情缘续写。30年前，1988年，26岁的伍育钧被派驻到灌南县小窑村做村党支部第一书记。当26岁的伍育钧看到在这个20世纪80年代的小乡村居住的人们，进城时过河还需要靠摆渡，就萌生了一定要建一座桥，一座可以通汽车的桥的想法。在他的多方协调、多次奔走下，桥建成了，物流畅通了，这个村的物质生活上了一个台阶。时隔30年，时任沿江公司党委书记、董事长、总经理的伍育钧，又派出了他手下的得力干将王健再次踏上了脱贫攻坚决胜的道路。在灌南县南房村,王健就像当年的伍育钧一样,踏遍了村里的每一片土地,走访了每一户人家,他带领村民建厂房、建扶贫产业园,发展特色农村产业,吸引青壮年劳动力,回到家乡、建设家园。现在的南房村,适龄青年基本实现家门口就业,"留守儿童"变少了,人均收入提高了,大家的生活质量变高了。徒弟王健的事迹被"学习强国""国资党建"等多家媒体报道,获评连云港市"十大最美扶贫干部"称号。

经过这么多年的努力,江苏交控在打造"社会责任国企""爱心国企"的慈航大道上,越走越快,越走越宽,越走越远。积累的故事、传出的佳话,不知其数。这真是一个心有香、手有温、行有善的良心企业,值得我们敬重。

第九章　诗人兴会

才艺传心

李嘉永的父亲李宗贤先生，是苏州市非物质文化遗产"苏州竹刻"项目代表性传承人之一，一副老花镜、一把细长小巧的雕刻刀、一片扇骨，就是他的全部生活，穷尽一生追求，练成高超技艺。

李宗贤成功后，希望独子李嘉永能够做他事业的"接班人"，继承他的手艺，将来把这份"文化遗产"继续发扬光大。看起来，儿子对父亲的手艺也是感兴趣的，当父亲专心致志创作时，儿子常在旁边，聚精会神地看着，大气都不敢喘，这给了做父亲的不少安慰。

然而，李先生怎么也没想到，儿子从学校毕业后，自行选择进入苏州新区收费站，当了一名收费员。当嘉永第一时间把入职的消息告诉他时，他愣住了，但他没有反对，只是说："你该有自己的事业。"李先生觉得有不少遗憾，在家想了好几天，最终还是接受了现实，默默地为儿子祝福。不能与自己同道，意味着小子不能站在父辈才华的肩膀上，一切得从零开始，李先生有些替儿子惋惜。

没想到，儿子上班后的第一个休息日，照例搬了个凳子，坐到父亲身旁，欣赏起他手中的雕刻活儿。

这下，李先生真有点蒙了。但他沉得住气，依然一声不响地干自己的事，很快忘掉旁边这双认真的眼睛。

李先生正在做一把十八档留青竹刻扇骨。整整一个下午,他都埋头在一个不足一平方厘米的竹片上一点一点地把扇底铲平。光影从屋檐斜照到西窗,老式三五牌台钟嗒嗒地走着,时间仿佛凝固了。即刻,李嘉永脑子里突然冒出一个新潮的词:雕刻时光。

噢,父亲的人生,不就是在精心地雕刻着时光吗。父亲的作品,是对时光里最用心的那部分,所做的金贵挽留啊。

李宗贤先生忙完手中的活儿,举起扇架,放在透窗的晚霞中,眯缝着眼睛打量,露出了满意的神色。这时,他才意识到儿子一直待在身边。他转脸看儿子,四目相对时,父子不约而同她笑了,这一刻,他们心有灵犀一点通,似乎都看懂了对方。父亲意味深长地说了一句:"万物同理,也好,看我的手艺,去磨磨你的心吧,或许也能间接帮到你。"

是的,老爷子若洞中观火,心里一下子明白了。儿子这是在追求"触类旁通"。年轻的嘉永,确实对于"心"的领悟并不顺畅。成为收费员前,把这些工作看得过于简单,上岗后急于求成,屡屡出错,欲速不达。同事戏称他是不主动、不负责、不犯大错的新"三不"男人。但他机灵,想想收费虽然是细活儿,但比起父亲手中的精雕细刻,恐怕也到不了那个细的程度。他想明白了,父亲应该是最好的"师傅",有时间时,干脆坐到他身边去,练练耐心,养养静气。

这个习惯一直保留了很久。看着看着,他的心不再浮躁了,仿佛找到了一种归宿。他从父亲手中,明白了一个道理:执着专注,宁静致远。父亲之所以成为工艺大家,全因他专注于过程。"匠"是一门技艺,"心"更是一种修为。

视同于父亲的起线、铲底、做皮、打磨等篁边竹刻艺术,年轻的李嘉永开始精心于微笑、目迎、接递钱卡、目送等服务工作。他把握每一次现场学习和实践机会，并坚持自学微课课程，做好观摩和理论转化。

李嘉永终于出师了。他的入行和进步之快，使最初嬉笑他"三不"的同事们闭嘴，并服气地向他竖起大拇指。

一日，主线站出了事故，新区站接到分流任务。此时李嘉永正在号称"恐怖黄金道"的3道收费，车道内等待缴费的车一辆接一辆。在如此大流量的情况下，做好文明服务并非易事。路过的司机纷纷说道："这么大的车流量，你还能做得这么标准，很棒！""你的服务做得这么好，太客气了！""你的微笑是我见过的男孩子中最灿烂的！"

今天，李嘉永成了昆山高新区收费站的内训师，是一名年轻的"师傅"。他创新了"五步走"培训方法，将碎片化业务知识融入实际操作中，编写了《收费人员基本礼仪常识20条》，通过日常口语、情境交流对话培训，实现员工间知识的有效传递和互动交流。他累计制作11个业务技能类微课、5个低碳环保类微课，其作品《向浪费粮食说不》在2020年中国企业微课大赛上斩获最佳人气TOP10奖和"百强优秀微课"奖。他全方位参与学习型站区建设，充分发挥自己的特长和潜能，采用灵活授课的方式推出"馨"课堂系列培训，让205人次感受到了微课"微而精，小而奇"的独特魅力。

这个星期天，李嘉永又来到父亲的工作室。父亲看看儿子稳健、安静的气质，心生欣慰。两个人相视一笑。父亲拿起一把微型折扇骨架半成品，说，"今天我让你看到的是：艺无止境，心永不停。"

双星梦的追逐

"天边有一对双星，那是我梦中的眼睛……"

2012年6月，刚刚迈出大学校门的张文婷怀揣梦想，手握青春，踏上了东部高速这片热土，成为东部高速连云港西收费站的一名高速收费员。远离了都市的繁华，城市的喧嚣，在三尺岗亭驻足、扎根、守望。《天边》是她最喜欢唱的一首歌。她学的是音乐教育专业，曾经的梦想是当一名音乐教师，用音乐炫出多彩的人生。而成为一名收费员与她曾经的梦想虽相去甚远，但她依然很开心，相信一棵草在哪都能拥入春天的怀抱，一朵花在哪都能绽放出自己的美丽，通过自己的努力一定可以让人生出彩。

现实却是无情的。最初工作时，她还是很不适应，梦想再浪漫，也过滤不了浓烈的汽车尾气，撑不大枯燥的三尺岗亭。特别是每天面对素质参差不齐的驾驶员，难免遭到冷嘲热讽甚至粗俗相加，一天的好心情荡然无存。她一度觉得非常沮丧，梦的色彩在变淡、变暗。

收费站的一位大姐，默默看在眼里。有一天，利用吃饭聊天的机会，漫不经心地对她说了一句："丫头啊，记住姐一句话，不想生火就别想吃饼。锅不热，饼难贴；贴不紧，烙不熟。"

张文婷是个很有灵气、很敏感的姑娘。大姐的这句话，她一下子听懂了。这句话对她内心的震动很大，她当晚就失眠了。第二天一大早爬起来，她洗了一个冷水澡，呆坐在浴室好一阵，冷静冷静头脑，梳理梳理思绪，然后精心地收拾了自己，决定以全新的姿态，回到工作岗位上。

慢慢地，当她用心体会，眼睛里的世界就变了，她发现其实大部分司乘人员都是热心好人。当自己的努力得到别人的赞赏和肯定时，开心就稀释了那些不愉快的记忆。

一天夜里，一辆小客车驶入车道，当时车道口只有一辆绿优车，小客车不停地摁喇叭催促，震得她耳鼓都要炸了。当时她刚好在车道查"绿优"，便上前劝说："师傅，您别摁了，前面只有一辆车了，您稍微等一下，您一直摁也走不了呀。"司机情绪激动，冲她嚷嚷道："我想摁喇叭就摁，你管得着吗？"张文婷拿他没办法，只能加快查验速度，尽快让其通行。当这位通过收费窗口时，她微笑服务说："您好，请出示通行卡。"可这位司机却没好气地呵斥她："你还笑得出来呀？我看你笑我都恶心了。"

突如其来的一句粗俗话，深深地刺痛了张文婷的心。她顿时感觉好屈辱，眼泪当时就止不住掉下来：我哪里做错了吗？司机为什么这样骂我？但她依然含泪微笑着做完服务。第二天，这位司机又在站口遇到了她，大声说："又是你，扫兴！"因为每天接触的司乘人员太多，她压根没记住司机长什么样，只是模糊记得他的声音。她依然不卑不亢地说："你好，遇到你很高兴，为你服务，祝您一路顺风！"很不巧，没过两天她再一次遇到这位司机，只听他说："怎么每次都是你呀？你怎么天天上班的，好辛苦！"

同样的人，同样的音色，不同的是，语气变了，变得柔和、体贴了。从不耐烦到关注再到理解，她对服务宗旨的坚持，终于改变了这位司机对收费员的态度。从那以后，这位师傅每次路过收费窗口都会主动跟她打招呼，嘘寒问暖，就像老朋友、自家亲戚一样。

在公司举办的温馨服务评比中，张文婷开始连连被评为服务明星。记得有一次公司领导到值机室稽查，当查到她的录像时，看到她在收费窗口保持标准坐姿一动不动。领导感觉很奇怪，咦，是电脑卡顿出问题了？再仔细一看，电脑上的时间条还在一秒一秒地滚动，原来不管是有车没车，她总能保持最标准的坐姿，迎接下一辆车的到来。

连云港市最大的农贸市场四季市场位于港西收费站附近，港西收费站的绿优车辆因此就非常多。有一种拉海鲜的集装箱车辆，只有后门能打开，如果后门也被堆得满满当当，你根本看不到里面空间是否达标，装载货物是否符合免费条件，这无疑加大了查验的难度。每每遇到这种车辆，收费员便犯了难。可瘦弱的张文婷身轻如燕，遇到这种车辆她总是冲锋在前。同事们说："哎，不能让你爬上去，这太危险了，让男同志来！"而她却说："没关系的，我能行，瘦小有优势，只要爬上去就可以顺着泡沫箱往里钻，里面装了什么一目了然！"天生小身材必有用，她常常这样调侃自己。虽然有时查完绿优车辆，身上弄得到处是鱼腥味，但她依然很开心，自我觉得认真工作的样子最美。

因为温馨服务做得比较好，她被树立为公司的标杆和典型，还把她的头像制作成 logo 图像，在公司广泛推广，甚至印在了公司的企业文化活动服装上。2018 年度她自创的四度微笑法以及苹果肌训练法，荣获公司业务技能和文明服务培训优秀课件。

很快，她从一名收费员转岗为话务员并被任命为 95022 的班长。有人说，你终于离开收费窗口，不用与司机打交道了。可她知道话务员需要通过声音来提供服务，让驾乘人员通过声音感知微笑，其服务更有难度。每天面对大部分 ETC 通行费争议问题，投诉交给她总能迎刃而解，她总能将怨气变为赞赏，让蛮横化为理解。

2021 年 8 月的一天早上刚上班，一位 ETC 用户打来电话告知银行扣了他 30 元钱，用户坚信是 ETC 扣费，但系统查询不到通行明细，无法确认是 ETC 产生的扣费，可用户就是不认可，什么难听的话都骂出口，一再要求找领导。当时正值全国并网初期，系统还不够完善，确实有很多不尽人意的地方，她一再向用户保证一定会查个水落石出，给他一个满意的答复。但用户就是不买账，不依不饶纠缠了将近一个小时。面对司机的不满，她一遍又一遍地解释，用坚韧面对困难、用耐心化解僵局，最终赢得用户好评。她始终坚信，作为一名班长，她的一言一行必须给同事们带好头，用心服务，把用户的诉求放在首位，换位思考，耐心细致，哪怕自己受再大的委屈也值得。

八年多来收费生活的磨炼让她从一个柔弱的小女生变成一个有着坚强意志的人，浑身散发出无限能量，在另外一个人生舞台上绽放她的青春风采。

有一天，上级公司的领导来检查工作，特意到岗亭看望她，并对管理处领导和站长说："张文婷这样的职工，音乐专业人才，一身艺术细胞，却安心锁定在三尺岗亭，一干就是七八年，这是一种了不起的境界。但我们也不能荒废她的艺术才华，尽可能给她提供多样的舞台，她的人生，可以有更多的风采。如果她的才艺被埋没，那我们就愧对她了。"

在进单位之前，张文婷就已经取得了钢琴十级、竹笛十级、舞蹈教师资格六级、声乐九级、葫芦丝十级、全国星光舞台第六届艺术节连云港赛区器乐金奖，是公司里小有名气的小才女。

2017年10月，东部公司第一次安排张文婷参加江苏交控团委举办的演讲比赛。万万没想到初赛那么出彩的她，居然在决赛时得了倒数第二名。比赛结束后她哭了，那个在公司演讲比赛总能拿第一的张文婷，到了更大的舞台上，却那么不堪。这件事给了她又一个教训，就是没有什么天才，任何事，只要想做得精彩，必须认真对待，必须下足功夫。山外有山人外有人，一天不努力，三天跟不上。她不断反省自己，不断锤炼自己的才艺，跟工作齐头并进。正是因为那次的失败才让她遇见了更好的自己，从那以后，江苏交控每次演讲比赛总不缺她的身影。

2017年12月，张文婷的公公突发脑梗，老公和婆婆带着老人去北京治疗。孩子太小，刚一岁多，她只能休公休假一个人在家照顾孩子。可休假的第一天晚上，她得到通知，被选拔参加江苏交控团拜会文艺汇演，第二天必须赴宁排练。群里各路公司的小伙伴都在积极回复……只有她辗转反侧、不敢应答。女儿还那么小，从来没有离开过她。那一夜过得好漫长。终于天亮了，她第一时间向站长和公司相关领导汇报困难。领导关切地说："文婷，你是我们东部公司的文娱骨干，到集团的舞台上亮相，代表的不仅是你个人而是我们这个集体。能不能想办法克服？哪怕公司帮你请个保姆，把孩子带着一起去南京参加活动，你看可以吗？"

领导的信任和鼓励给了她无穷的力量，她毫不犹豫地答应了。为了不给单位增加负担，她请求一位亲戚帮忙带着孩子，与她一同前往南京。孩子出生后一直没离开过家，到了南京白天睡觉晚上哭闹。文婷白天排练晚上哄孩子，只有在孩子睡觉的时候，才能趁机眯一会儿。排练任务结束回家的那天，她们早晨八点钟就出门了，刚好遇上了封道，在高速入口一直等到十一点才开道。孩子在车上坐的时间太久，半路上开始呕吐，吐得她身上到处都是。她心疼得直掉眼泪。下午三点钟，历经七个小时，她们终于到家了！老公到高速出口接她们。三天三夜基本没睡觉的她，看起来非常憔悴。老公见到她这个样子，心疼坏了，抱了抱她说："真不希望你干什么都要拼命，这点小身子骨，哪里能这么扛啊。"

当年初出青青校园，对未来充满着激情与自信，她自信学生时代闪闪发光，在工作中也一样可以做到最优秀。现在，多才多艺的她是公司有名的"舞台精灵"。这些工作常常是突击性的，时间紧，任务重，她总是加班加点来做，从未有过半点抱怨，用吃苦耐劳换取舞台上的精彩呈现。

2020年春节前，公司举办的绽放东部迎新春联欢会，那场晚会一共12个节目，而她一个人就参演了5个节目，撑起了半场晚会。结束一个节目，就抓紧时间换下一个节目的演出服，连拍一张自拍照的时间也没有。2021年7月，她参加了江苏交控20周年诵读比赛复赛，这次的竞争也非常激烈，33进9，可就在她一切准备就绪、充满信心的时候，意外出现了，比赛现场的设备只能播放完整的视频或PPT，不支持加音效。没有办法，只能加班加点，视频重新做、伴奏自己卡，她一遍又一遍地卡视频节奏，一遍又一遍地模仿画外音，嗓子又干又疼，讲话都难受，她就吃金嗓子喉宝、消炎药，一桩桩一件件意想不到的小插曲只有经历过的人才能体会。就这样，经过她的努力，她做到了声音与视频无缝对接，完美呈现，以第一名的成绩挺进决赛，最终取得一等奖的好成绩。

去年12月，张文婷有幸加入了交通控股20周年总结表彰大会的主持团队，成了其中的一员，这是她进入交控系统以来第一次在大型活动中当主持人，一看主持稿就有20多页，面对全新的挑战，面对系统内名气很大的三位即将与她同台的主持大咖，她的压力是非常大的。为保证整场晚会的画面感、节目与节目之间无缝对接，彩排进行了一遍又一遍。第一天的彩排她整个人是蒙的，走位、串词、颁奖、揭幕、授牌……直到演出当天上午，主持词还一直在改动，她告诉自己一定要稳，一定不能出错。彩排的那天晚上她一直忙到十二点才结束，而等粘贴完主持词已经半夜一点多了。回到宿舍她心依然不能平静，睡不着，索性起来一遍遍熟悉稿子，就这样她几乎一夜未合眼。好在她的努力没有白费，整场庆典主持下来，她实现了零差错，自然流畅，与大咖们和谐合拍。

当演员实在不是一件潇洒、浪漫的事。每次去南京参加演艺活动，张文婷都是一个人拉着装满服装、道具和生活用品的大行李箱，从连云港汽车站辗转到南京汽车站，再转地铁、打车，一路奔波，疲惫不堪。她也没有觉得参加了公司的文娱活动，就应该在工作上打折扣。每次回来，她都不休息，不调休，迅速投入自己的本职工作中。

张文婷说自己如今拥有多份幸福，工作幸福，家庭幸福，个人才艺换得别样的幸福。这位学音乐出身的美丽姑娘，在人生的道路上，横跨工作与文艺两个舞台，夺得双份精彩，实现了双份梦想。她也因此当选第七届"最美中国路姐"，成为中国千万交通人中耀眼的一颗星。

花好月圆二泉曲

"问渠那得清如许，为有源头活水来。"快乐和谐、相亲相爱是一个家庭和睦兴盛的源头活水，而一泓活水，又要汇入江河、归于大海，才能永葆鲜活，拥有宽广。对于江苏交控扬子江公司锡宜排障员钱钧、钱建平一家而言，二胡艺术，就是他们快乐幸福的源泉，而交控大集体和全国性的大舞台，就是他们的江河和大海。

钱家是二胡艺术世家，如今四代同堂，可以随时组成小乐队，共同演绎二胡经典曲目，天伦之乐就在这家人的弦起弦落之间进入高潮……作为江苏交控扬子江公司基层一线的一名职工，这么多年来钱钧深深感受得到，单位始终坚持以职工为中心的工作导向，对员工的关心、体恤与对于员工身心健康、利益诉求的高度关心——为员工提供舒适安全的生活工作环境，让员工被公司的温情感动，特别是舍得投入别样的关爱，给员工打造展现自我的舞台，让他们去感受因工作身份带来的快乐和温暖。这些年，扬子江公司和江苏交控宣传部门，像"星探"一样发现了他们家的才艺，于是，挖掘出他们的才艺价值，为他们搭建多座桥梁，把他们一家的才艺推向全系统、全省乃至全国舞台。

说到这个特殊家庭，要从钱钧的爷爷说起。钱福基生于1933年，如今已是耄耋高龄，身体依然非常康健。老人家年轻时，周围人玩的都是手风琴、萨克斯等乐器，而他却对国器二胡情有独钟。二胡作为中国的传统乐器中最有普及性的乐器，那如泣如诉的旋律令他痴迷。靠着省吃俭用攒下的几块钱，钱福基买了一把普通的竹制二胡。妻子知道后数落了他好久，那个年代，花几块钱"巨款"买一件不能吃、不能穿、只能玩的东西，本就是一件奢侈的事情，若要再花钱找专门的师傅或培训班学习演奏，更是不可能了。不识谱，他就四处讨教，然后回家自己摸索练习。兴趣是最好的老师，没过多久，他就能独立拉多首曲子了。农村生产队搞欢庆活动，钱老就上台拉上一小曲，受到乡亲们的喝彩。

钱钧的父亲钱建平也在钱福基潜移默化的影响下，逐渐培养了对二胡演奏艺术的热爱。据说当时爷爷在拉琴的时候，父亲就静静地坐在一旁目不转睛全神贯注地看着。久而久之，父亲钱建平学会了二胡，而且一上手，就让爷爷惊叹不已。

不过，"第三代"的钱钧从小并没有学二胡。时光荏苒，1999年钱钧走出校园，踏上了社会，当时正逢锡澄高速建成通车，大量招工，钱钧去应聘，有幸成了江苏交控的一员。钱钧爱人是梅村当地实验小学的老师，成家后，便有了第四代——女儿钱智娴。女儿在爷爷的影响下，从小就爱上了二胡音乐。无锡是二胡音乐之乡，大街小巷走一趟，总会听到琴声，这边响起《二泉映月》，那边响起《听松》，此起彼伏。在这样的环境里上学放学，回家，耳濡目染，四五岁开始，孩子就开窍了，对二胡音乐一点就通。女儿的功课学习方面由妈妈抓，课外兴趣培养有钱钧来陪同，夫妻俩分工有致，各司其职。钱钧注重对女儿兴趣和能力的培养，请专业的音乐老师为她授课。女儿在上二胡课的时候，钱钧也在一旁认真听老师所教授的内容，一一记在心里。回家后，再陪着女儿练习，一方面可以敦促女儿提升拉琴水平，一方面也可以弥补自己小时候没能学习到二胡的遗憾。没想到陪着陪着，自己也能拉全曲子了，虽然进度赶不上女儿，但磕磕绊绊，也能演奏了。

孩子的接受能力强。智娴拉琴的水平见长，开始经常出现在校内外文艺演出的舞台，大小剧院都有了她的身影。这一出手就让全家人惊喜不已。2012年有媒体报道中国二胡之乡无锡梅村有个四世同堂的二胡家庭之后，中央电视台特地派CCTV四套"快乐汉语"栏目组前来家中录制了节目。

二胡对钱钧家庭的生活影响不可小看。因为二胡，他们数十年如一日，家庭恩爱和睦，琴瑟和谐，其乐融融。钱钧所在的单位，热情支持钱钧发展家庭艺术，发挥个人特长，还多次推选，以家庭为单位参与交控系统的文艺活动。钱钧"二胡家庭"逐渐出名，从交通艺术圈，走到社会艺术圈，再走向全国各地的媒体和演出舞台。2013年、2014年经江苏交控力荐，钱钧家庭连续被评为优秀文化家庭；2016年被评为无锡市新吴区最美家庭；2017年被评为无锡市最美家庭；2019年被评为江苏省最美家庭；2020年被评为全国最美家庭。

女儿钱智娴用二胡完美展现东方艺术，在一次次国家级、省级、市级的二胡大赛上，取得了让家人引以为傲的荣誉。 2017年，在无锡市"未来大使"的选拔赛里，她从初赛复赛决赛中突脱颖而出。那一年正值无锡市与瑞典南泰耶市、丹麦拜瑟克伦城市联合体缔结友好关系10周年，决出了10位无锡市未来大使，钱智娴作为大使之一，于暑假期间代表无锡市出访瑞典和丹麦，开展友好交流。 小小年纪的钱智娴把中国的民族器乐二胡带到了北欧，有力地传播了中华文化。

2016年钱钧的第二个孩子降临到这个世界，钱智娴有了个弟弟钱智臣，姐弟俩年龄相差一轮。 如今，姐姐高中毕业踏入了上海财经大学，暑假在家的时间，担任起弟弟的二胡老师角色。 一年时间下来，弟弟拉得有模有样，全家人欣喜万分。 显然，第四代里又增添了一个蛮有二胡天赋的小小艺术家。

一个二胡，两根弦，一个爱好，四代同乐。 这个令人羡慕的二胡之家，感染着身边的每个人，也让更多人对二胡音乐这种传统的中国艺术产生深深的敬意，对美好的中国文化产生了神往。 弦子更是扣紧了家人之间、人与家庭之间、家庭与集体、与大社会之间的关系。 艺术的碰撞，激荡出高雅的人情、高尚的家国情。 山高水长，花好月圆，流淌出来的都是深情的曲子，昂扬的调子，大爱的乐章。从二泉映月，到海洋托日；从一汪冷清，到江河欢腾，四代人演奏的曲子在不断壮大，持续激昂。 他们为时代祝福，时代也扎扎实实馈赠他们以莫大的幸福。

文养茉莉

一位著名的经济学泰斗说过，四流企业做利润，三流企业做规模,二流企业做品牌,一流企业做文化。那么,如果一个企业做成了利润与规模,然后不遗余力做品牌,并把品牌的文化含量做大,做成真正的文化品牌,那这样的企业算不算一流,甚至超一流呢?当然算。

文养茉莉,品润花香。拥有"苏高速·茉莉花"品牌的江苏交通控股有限公司,也许就是这样一种企业。作为江苏省重点交通基础设施建设投融资平台,她牢记"交通强省、富民强企"使命,以提升营运管理高质量发展水平为抓手,近年来开展了"苏高速·茉莉花"营运管理文化品牌创建工作,通过不断深化品牌管理,扩展传播路径,使品牌的认知度、美誉度逐渐提升,有力推动了江苏高速营运品牌走出江苏、唱响全国。

江苏高速公路一直以来,在道路品质、安全保畅、文明服务方面保持较为领先的水平,"畅行高速路、温馨在江苏"服务理念更是赢得了广泛的社会赞誉。前几年,江苏高速公路营运管理已进高质量发展关键阶段,但由于缺少统一的品牌支撑,限制了江苏高速的社会影响力。伴随深化收费公路制度改革取消高速公路省界收费站工作的逐步推进,营运安全管理面临新的发展形势,走"品牌化"的创建之路无疑是推进营运安全管理、保持高质量发展的重要举措,江苏高速公路营运管理品牌创建之路缘起于此。

"茉莉花"是江苏省的省花,是中国的、世界的文化符号。通过深挖苏韵文化内涵,发掘一朵花——江苏省花"茉莉",一首歌——江苏民歌《茉莉花》和一条路——江苏品质高速"苏高速"的内在联系,将"苏高速"和"茉莉花"有机结合,融合高速公路服务内涵,系统策划和打造具有江苏高速公路鲜明特色的"苏高速·茉莉花"营运管理品牌。在广泛调研内生文化特质的基础上,编制《"苏高速·茉莉花"营运品牌实务手册》,塑建品牌传播体系。以述缘起、表形意、展气韵为基础，围绕"一条路、一首歌，一簇花、一群人，一抹香、一韵神"的主线，深挖苏韵文化内涵，完善品牌写意，以"馨，雅，贞，实，慧"为支撑展示苏高速品牌窗口形象，探索"茉莉花"与江苏高速温馨服务理念的深度融合，建立窗口文化作为品牌传播的落脚点和支撑点。通过塑建品牌传播体系、丰富品牌传播途径、选树品牌传播明星、增强品牌传播活力、建立品牌考核机制，与营运安全管理工作实现全面融合，奋力开创营运管理新局面。

为了丰富品牌传播途径，品牌文化建设团队在江苏交控系统的收费站、服务区和各排障大队、调度中心等窗口均安装了"苏高速·茉莉花"形象标识，加深品牌的视觉记忆，提升品牌公众知名度，扩大营运管理品牌的社会影响力；举办"绽放的茉莉"征文和演讲活动，挖掘身边品牌典型，讲述身边品牌故事，全面增强广大员工创建的主动性和自觉性，让"苏高速·茉莉花"营运品牌深植人心；通过多媒体渠道发布创建成果报道，全面提升"苏高速·茉莉花"品牌在全国的影响力。

为了选树品牌传播明星，江苏交控开展"苏高速·茉莉花十大人物"评选活动，以典型性、引领性、感动性为评选标准，在全系统选树十名先进榜样，挖掘广大职工营运工作中的感人事迹，为员工树立标杆，引导员工更好地理解品牌建设内涵，激励员工主动地做好品牌传播工作。开展"江苏最美路姐"评选活动，充分展示新时期高速公路女性职工的形象和风采，激励江苏高速公路系统女性职工在"苏高速·茉莉花"微笑服务工作中再创佳绩，持续提升业务技能和对客户服务水平。开展"星级收费站、明星班组和明星员工"评比活动，共评选出18个五星级基层单位、36个四星级基层单位、33个明星班组和210余名明星员工，营造争先创优良好氛围。

为增强品牌传播活力，江苏交控大力构建"品牌孵化站"，以基层单位为孵化对象，培育各类营运管理成果落地。 目前，系统内已建立 23 家品牌孵化站，其中通行宝公司《"E 路通达"》，苏通大桥排障大队《多功能磁吸车孵化项目》等孵化项目已经取得了实实在在的成果。 每年开展"苏高速·茉莉花"品牌论坛，建立跨省交流机制。 同时，举办"苏高速·茉莉花"美食节暨厨艺大赛，全面提升服务区服务公众品质。 借助新型媒体成功开展了"苏高速·茉莉花"网红服务区抖音大赛。 已开展的两次大赛总关注度已超过 1000 万人次，有效提升了品牌的社会知名度。 另外，联合省公安厅、省交通运输厅举办"苏高速·茉莉花"杯"一路三方"安全知识竞赛，全省高速路网 20 家路桥单位、13 市交警支队、12 支交通执法单位参与。 竞赛活动通过网络全程同步直播，一年累计观看点击量超过 70 万人次，在提升安全管理水平的同时有效促进了品牌的传播。 建立品牌考核机制，通过全面开展夺杯竞赛、星级收费站、明星班组和明星员工评比活动，打造营运管理品牌标杆，发挥示范引领作用，营造争先创优良好氛围。 在全系统路桥单位开展营运管理"苏高速·茉莉花"杯流动评比夺杯竞赛，将品牌创建与营运管理考核相融合，修订完善品牌创建专项考核办法，优化各项考核机制，根据年度综合得分情况分五个层级授牌，并评出明星班组、明星员工发放"苏高速·茉莉花"明星标识，形成品牌集聚效应，扩大"苏高速·茉莉花"营运品牌的影响力和带动力，实现以品牌创建引领营运管理提升。

"苏高速·茉莉花"品牌追求出色的效果，为公众提供最美出行体验。 开展服务标兵、最美路姐、优秀班组等一系列评选活动，让服务更有温度，更具质感。 通过多渠道、多方式提升高速公路通行效率，开发了多功能、更便捷收费方式，建立了"一条热线服务全天候""一幅简图信息全覆盖""一个矩阵信息全覆盖"的服务机制，并在春运护航、节日保畅、防汛抗灾等工作中精准施策,合力攻坚保障道路畅通,改善社会公众出行体验。

  文养茉莉,品润花香。 茉莉花品牌以文化塑造成功,以品格铸造灵魂,已经在行业系统和全社会深入人心,并衍生出健康、温馨、乐观、向上的精神特质,渗透在企业文化里,滋养着员工和消费者。

手记之七：故事里的文心

　　江苏交控为丰富干部职工的精神生活，践行"快乐工作，健康生活"的关爱理念，全系统广泛开展各类喜闻乐见的文化文艺活动，职工群众的整体活力变得更高，精神面貌变得更美，生活质量变得更优，职工队伍抗压韧劲变得更强，服务企业高质量发展的成效变得更实，"心齐、气顺、劲足、风正、实干"的理念得到了充分体现。

　　他们认为同台同乐，能够营造浓厚的企业文化氛围和人与人之间的感情。开展新春职工文艺汇演、"童声悦交控"亲子音乐会、庆祝建党100周年优秀节目展播等文化文艺演出，创意光影秀、情景剧、歌舞器乐等节目呈现了一场场新意盎然的视觉盛宴；举办"江苏交控好声音"歌唱大赛、"声而不凡·音你精彩"网络播音主持大赛等文化文艺比赛，在同场竞技中展现接续奋斗的情怀和凯歌前行的壮志；打造《江苏交控报》《江苏交通产业》杂志等文化文艺阵地，进一步强化文化修养，营造良好的文化氛围。

　　文艺活动可以成为一种大范围共享的精神能量。借力主流媒体主渠道、主平台、主力军作用，充分彰显文化价值引领优势，面向企业职工和社会公众开展各类文化文艺类比赛。联合新华报业传媒集团举办"你好，江苏交控"融媒体作品大赛，展示了20年来江苏交控取得的重大成绩和丰硕成果；依托"学习强国"平台推出"江苏交控杯·我是一名共产党员"征文大赛，营造了爱党、颂党、信党、跟党的浓厚氛围；举办江苏交控创意IP形象设计大赛，得到了社会各界的广泛关注与积极回应。

公司充分发挥全系统文艺骨干队伍力量，成立职工书画艺术工作委员会等文化团体，多名职工被发展为中国作家协会、中国摄影家协会等权威机构会员；组织"巡摄交控"摄影采风、"抒写新变化 共赴新征程"书法沙龙等文化文艺活动，内涵丰富、意蕴隽永的作品展现了干部职工凝心聚力、共谋发展的精神风貌；积极参加上级单位组织开展的主题征文、歌唱舞蹈、书法美术等各类赛事，集中展示了江苏交控干部职工的艺术才华和走在前列的时代风采。

2022年上半年，我有幸参与了江苏交控的一些文艺活动，见证了这个企业浓浓的文艺氛围，结识了许多多才多艺的俊男靓女。春天，我参与了省交通运输厅与江苏交控一同举办的交通文化建设策划咨询会议，在纸上大开眼界；初夏，我担任了江苏交控全系统文艺创作征文大赛评委，阅读了数百篇才华横溢的作品，诗歌、散文、相声、歌曲、快板书、话剧甚至动漫、视频剧本等，体例丰富，显示出这个大型企业集团藏龙卧虎，且具有强大的文艺活跃度；夏秋，随着在系统内调研、访谈的深入，我发现了越来越多的文艺人才，"潜伏"在系统内各种工作岗位的角角落落。7月份，我在其旗下的润扬大酒店，观摩江苏交控组织的职工子女书画现场创作活动，几千平米的大厅，职工家长陪着上百名小画家，沉浸在创作的喜悦中，那种场面之大、气氛之热烈，真让我惊叹。8月份，我在阳澄湖服务区采访服务区副主任张雪花，正好碰到江苏交控的另一个大型文艺活动准备开张，这就是由职工及其家人参与的一场开放式"童声悦交控"文艺晚会。也正是在这场晚会上，我观看到江苏交控职工钱钧和女儿一起演奏二胡曲的节目，经交控党委宣传部负责人介绍，得知钱钧家庭是一个四代同堂的二胡艺术世家，引起了我强烈的兴趣，得以走进这个艺术家庭，为本书增添了十分

"文艺"的一节。

作为一名作家，我对江苏交控系统的这种强大的"文艺控"肃然起敬。我们知道在许许多多的行业和单位，非但不重视个体的文艺才能和集体的文化塑造，还"歧视"主业之外的一切活动，用一词以菲薄——不务正业。许多有着雅情雅趣的人，听到这个词，凉彻全身。很难想象，职工们会去真诚爱一个把文艺看成旁门左道，却把喝酒、打牌看成正常的单位集体。

文艺风不但吹开了江苏交控人性的美好一面，激发了他们的创造力和表现力，使企业充满活力和创新。像爱写作、热心公益的袁春烨，爱唱歌的张文婷，带着全家拉二胡的钱钧，哪个不是工作中的一把好手！文雅塑上进，能挥洒才华的人，就一定不会轻慢自己的本职工作。江苏交控的各级领导懂得这一点，并从中获得了很多意想不到的收益。文艺是一种美好，美好是幸福的必要条件。可惜，我们还有很多死抱陈见的领导者，不懂得这是一份可以信手拈来的福利。

文艺更是推高了企业发展的段位。文艺说到底是文化表现，没有一群文艺人，要建立高雅、高尚的企业文化，几乎没有可能。江苏交控塑造自己的高速公路服务品牌"苏高速·茉莉花"，短短几年，大获成功。品牌文化产生的力量，源源不断地为企业服务优化提速。而"苏高速·茉莉花"品牌里最生动的内涵和形式，无不关乎文艺。可以说，江苏交控的魅力，除了规模、效益这些硬实力，很大程度上依赖她的软实力，她的品牌感召力，她的洋溢着真善美的那种十足的"文艺范儿"。

无需赘言。还是致敬！

第十章 "三个故事"的幸福场

幸福里有一个首要是"安康"

世界著名天文学家柯蒂斯有一句名言：幸福的首要条件在于健康。

长期以来，江苏交控党委全力构建职工健康保障体系，切实保障职工身心健康，力将"快乐工作、健康生活"的旋律荡漾在每一名职工的心湖。面向江苏全省的普惠型商业补充医疗保险——"江苏医惠保1号"正式上线后，江苏交控与省医保局、保险机构多次沟通协调，第一时间了解政策内容、优势特点、投保渠道等详细情况，并向所属各单位进行宣传推广，组织动员所属各单位为广大职工投保"江苏医惠保1号"。目前，全系统2.4万名正式职工享有"江苏医惠保1号"，有效缓解职工重特大疾病医疗的后顾之忧，为职工健康保障再加码。"江苏医惠保1号"与基本医疗保险相补充衔接，在医保报销基础上实现"再报销"，构建了职工"基本医保＋补充医疗保险＋江苏医惠保1号"的多重保障。医保内外都能报、既往病史也能保、大病还能二次报、在线理赔直接报……江苏交控聚焦职工群众对美好生活的向往，选用"江苏医惠保1号"破除职工医疗报销限制，实现职工理赔更加便利、更加快捷。开通不久，全系统就有5人申请并完成了理赔。增量保障进一步缓解了职工就医压力，切实将党组织的关心关爱送到职工群众的心坎上，将企业高质量发展的成果实实在在地惠及每一名职工。

江苏交控各基层单位，使尽浑身解数，为员工的健康保驾护航。

东部公司体现"以人为本"的人文理念，在员工保障工作中采用"菜单式"服务，让服务职工工作，实现了效果与效率齐头并进。在员工体检方面，改进体检方案，调整体检菜单，增加了员工认可的体检项目，同时梳理排查员工信息，建立员工健康信息卡片，进一步强化公司员工健康信息化管理。针对员工提出的直接发放的工装、劳保用常出现不合身、不合脚的意见，则发放了由员工推选出的商家兑换券，现场试穿后再订购。一连串保障措施的落实，带来的是员工不断提升的满意度。

江苏高网提出"关爱健康，遇见更好的自己"。他们建立员工健康档案，办好重大疾病就医绿色通道，与仙林鼓楼医院开辟急诊就医直通车，开设"三高"、腰椎、亚健康等专项问诊，让专有"健康顾问"常年贴身服务。

落实健康"保单"，提升员工安全感，是宿淮盐公司给员工开出的生活呵护"大单"之一。安全防控上，实施"1+1+N"挂钩联系负责制，常态化做好防疫日报、人员车辆核查、消毒消杀、佩戴口罩等防疫举措，优先为一线职工发放口罩、护目镜等"6件套"，为在职职工上学子女发放"健康抗疫·暖心复学"礼包430份，先后组织全员核酸检测和新冠疫苗接种，购置口罩近14万只、防护服近8000件、防护面罩近9000个，全力守护职工生命安全。呵护健康上再加码。常态化开展员工健康体检，做好员工健康跟踪；定期开展心理咨询、职业病知识讲座等健康培训活动。

继续办好先进职工疗休养，做好职工心理疏导和心理健康咨询培训等是泰州大桥列入清单的重点必办实事。他们为全员购买补充商业医疗保险，进一步与保险公司商谈，扩大其医疗保险范围，切实为员工提供更为坚实的医疗保障，保护员工的身体健康。

有健康才有快乐，好身体才能做出好工作。江苏高养多举措丰富职工业余文化生活，使他们保持健康乐观的良好状态。公司定期组织员工进行健康体检，逐一建立员工健康档案，持续跟踪员工身体健康状况。特别围绕疫情防控，做好消毒消杀、人员登记管理等各项举措，提供充足的口罩、酒精洗手液等物品，全力守护员工生命健康安全。

俗话说，病从口入。高管中心着力在下属单位各食堂餐饮安全上加大监管，指定部门及专人跟踪做好食堂原料采购、存储保鲜、清洗消毒、制作加工、留样标本、厨余垃圾处理等监管，确保食品卫生安全；跟踪食堂人员安全教育、定期体检，抓好食堂区域防蝇、防虫、防鼠等防疫措施落实，及时检查和整改食堂设施设备及人员操作环节的隐患问题，为职工"舌尖上的安全"保驾护航。

而宁宿徐公司对职工饮食卫生把关特别严格，他们强化厨工健康检测机制，动态监管健康档案，做到"一人一档"，实行每日岗前体温测量，每周三次核酸检测的封闭管理模式。严格要求厨工规范佩戴使用口罩、一次性手套等个人防护用品，升级食品原材料入院、餐具日常消毒工作，规范处理食堂泔水等垃圾，在后勤保障的"底"上，落实好人、物、地的全流程防疫措施。对用餐环境，细化"单位分段就餐、个人单桌就餐"管理方案，提出"打包回舍用餐"倡议，用错峰和间隔就餐方式保证人与人之间的安全防疫距离，管住堂食接触的"线"。

2018年以来，宁杭公司每年要排出一个"十大实事"任务表，员工的健康安排，从来不缺席。年底，围绕指标，就健康关爱和落实情况对标考核，责任到具体的部门和人员。员工健康、特别是一线职工的身体健康，从来不是小事、不是虚事，它已经成为公司上下的统一认识。

职工心理健康在宁沪公司是一门必修课。疫情期间，公司重点关注抗疫一线员工心理状态，制定并发放了《宁沪公司心理压力速效解决技巧手册》，帮助员工围绕"心理疏导、情绪管理、危机干预"进行自我心理调节，及时提供24小时心理热线，缓解员工心理压力，目前心理咨询专线已为30多位有需求的员工提供了心理援助，有效帮助员工缓解负面心理情绪；充分运用新媒体平台里的微视频和心理学小故事，精心准备心理疏导漫画指南，设置"防疫课堂"，由党员轮流为职工群众讲解，职工群众乐于接受。

江苏交控在近年出台的《幸福交控实施方案》里，明确"实施安康护航工程，构建专业化的健康服务体系"。体系里列举了大量具体的举措。表现在：加强劳动保护工作。建立健全职工职业健康安全管理体系，加强源头预防，健全完善安全生产、职业病防治、工伤保险、女职工劳动保护等事关职工安全健康权益的制度政策。贯彻落实安全生产相关法律法规，履行安全生产主体责任和企业全员安全生产责任制，建立健全职业病防治责任制，建立职工职业健康档案，保障职工依法享有职业健康权利。不断深化以"安康杯"竞赛、"安全生产月"等为载体的群众性安全生产和职业病防治活动。加强劳动安全卫生和劳动保护教育。建立健全隐患排查治理情况和重大事故隐患治理情况"双报告"制度和生产安全事故信息上报制度。建立健全工会劳动法律监督组织，切实保障职工群众生命和财产安全。聚焦健康生活、健康服务、健康保障、健康环境等维度，着力推进"健康企业"建设，积极落实职工体检、疗休养、带薪休假等制度，定期组织职工健康体检，建立职工健康检查档案。做好特殊时期女职工劳动保护和关爱服务。丰富职工文体活动，定期组织开展群众性体育运动会，因地制宜开展各类体育健身课程，倡导积极健康的生活方式。持续提升职工就医绿色通道建设，着力破解职工"就医难"问题。着力加强职工心理健康呵护，以"心护航 新启航"为主题，推行江苏交控系统职工关爱计划（EAP）项目，提供丰富多元的心灵关爱项目，包括组织心理体检、开展岗位专场心理培训、培养心理服务队伍、编制职工心灵关爱指南、搭建职工心理关爱综合阵地，围绕心理健康、职业成长、人际沟通、婚姻家庭、营养健康、疫情防控等主题，开设"企业幸福公开课"等，建立职工心理风险监测预警体系，逐步构建常态化、全覆盖的职工心理关爱服务体系。鼓励支持所属单位积极开展职工心理关爱行动，让"职工心灵驿站"真正成为职工的"心灵港湾"。

全系统绷紧"健康第一"之弦，依此落实，涌现了许多护身、暖心的好案例。本节列举的，不过是其沧海之一粟。

幸福里有一份实惠是"营养"

"假如可以把我们江苏交控在全省各地、各单位的餐厅食堂整合在一起，一定会形成一条花样繁多、融汇百味、相当壮观的美食街。"江苏交控总经理顾德军用了一个很形象的假设，来描绘他们的"营养工程"。有一句"心灵鸡汤"经常这样灌输给我们："要留住他的心，先留着他的胃。"江苏交控领导班子从来不认为这是一件跟经营无关的"个人吃饭"问题。

要留住几万人的心，得先留住他们的胃，让他们在美滋美味中有好心情、好精力投入工作。

公司董事长蔡任杰、总经理顾德军等领导班子成员，下基层单位时尽量吃食堂。既是和职工一起体验生活滋味，也是顺便督查餐饮质量。有领导说："我下去调研一趟，只要跟职工一起吃饭，就会胖一圈。拿个托盘，排队候餐，跟大伙儿说说笑笑，挑选自己最想吃的，各来一勺，哈，饭好胃好心情好，收获多多。"

看来，做好这件事，可以在领导和职工这两头都"讨好"，系统内各家单位，再傻也不会、不敢糊弄职工的"胃口"。这"营养工程"百花竞放、精彩纷呈。

最让你惦记心头、最能挑动你味蕾的是食堂的哪一道菜品？这是一次为民办实事专项研讨会的开场白……连徐公司从细处入手，以看得见、摸得着的实际成效，养好员工的"胃"。他们组成职工食堂互评检查组，深入到各单位职工食堂进行现场评议。与麦德龙、乐禾等供应商适时洽谈，不断丰富供应品种。常态化开展厨艺大比拼活动，致力打造视觉与味觉的盛宴。创新举办内部评比活动，每年比选出 12 家基层单位"红旗食堂"，划拨专项经费给予奖励。持续优化用餐环境，公司逐年分批对基层单位食堂进行改造，共计投入了 887.82 万元。通过不懈努力，各单位职工食堂的菜品质量、就餐环境、管理能级均得到了有效提升。每天早晨工作人员排列整齐，接受"晨检"，通过体温测量、查看手部是否有外伤等，确保身体健康合格。每天坚持双人验货，从外观、味道、重量进行质检验货，层层把关，不断规范食堂验货流程，严把食品入口第一关。厨房里按照粗加工区和精加工区整齐摆放，每种物资旁边都张贴着记录表，以便掌握食材的保质期和保鲜期。元宵花式汤圆、端午节香甜粽子、中秋节 DIY 颜值月饼、腊八节熬制腊八粥、春节熟食糕点……一年 365 天"食全食美"，把功夫下到食品加工的细节上，把工作做到全体员工的心坎里。

姚玉丽是泗洪南收费站的"掌勺大厨"，2022 年 2 月 14 日这天，她光荣退休了。一片鲜花、掌声与祝福中，更多的是大家对她的依依不舍。集"艺精、心热、腿勤"于一身的"美食担当"姚主厨在岗23年，亲历了员工食堂从"标准"变得"满意"，再从"满意"走向"温情"的过程。

自打造"舌尖工程"以来，宁宿徐公司员工食堂实现了角色从"功能型"向"服务型"转变、定位从"窗口式"向"家庭式"转变、风格从"热闹大锅饭"向"精致私房菜"转变。一道道色味俱佳的"拿手菜"让人唇齿留香间回味无穷，员工倍感满足又念念不忘，甚至不经意间吃出了"幸福肥"。

韩娇是"宁宿徐家的味道"微信公众号管理人员。每个周末，是她最忙碌的时候。她要和本部食堂的厨师长核对接下来一个礼拜的菜单，一日三餐，餐餐不重样。"家"的味道是唤醒味蕾的"预告"。每周一，"一周美食清单"准时送达，"工作日菜单"和"周末值班小炒"将员工一周伙食"安排得明明白白"。员工还可以根据菜单提前预定外带菜品，通过预售，食堂"带货"水平瞬间提升。"家"的味道是四季不变的"关怀"。公众号还结合二十四节气和各大传统节日准时为员工送上"舌尖上的祝福"，提醒员工关注时令变化，提醒食堂准备好养生汤、养生粥、时令水果等。这里还上演了多场"十八般武艺"的"美食大赛"。现场挥铲舞勺、蒸炸煎炒，食堂大厨们纷纷使出拿手绝活，干净利落的刀法分秒间将食材变得规整，游刃有余的勺功翻炒间烹调出秀色可餐的美味……在场评委和观众对各色菜品纷纷试吃、频频点赞。大厨们很受鼓舞，在此后的工作中努力做好伙食"大管家"，为员工们的"食"事尽一分力，让大家在单位食堂也能吃到"家"的味道。

泰州大桥倡导以人为本的理念，成立膳食委员会，以员工点单—厨师接单—膳委会"试吃"三步走，确保菜品有颜有质；根据季节变化以及员工口味需求，推陈出新，及时更新应季菜品；围绕服务态度、菜品口味、价格、供应时间等开展线上食堂满意度调查，提高员工就餐满意度；为生病、怀孕、哺乳期等特殊员工提供"营养点餐"和"转角食光"服务；在冬至、春节、元宵节等传统节日，制作汤圆、饺子、春卷等具有节日特征的点心，满足员工舌尖上的思乡之情；常态化组织开展年夜饭、包粽子、"食在泰桥"厨艺大赛、"DIY美食"等活动，切实营造甜蜜温馨的氛围，让员工感受家的温暖。改善职工生产生活环境，打造了全线11个满意食堂，满意食堂创建率达90%以上。

江苏高网做了一个"精茉莉生活馆"，升级"茉莉吧"美食，做细1个私人定制茉莉小炒，做优1日3餐家常美味，为病号、寿星、家庭、减脂需要的员工，做精4款幸福套餐，推出康复餐、生日餐、家庭餐和轻食餐。沿江公司把关爱员工的标签贴在员工衣食住行的保障精细管理上，建好有滋有味"小乐园"，各单位食堂不断丰富员工的"菜盘子"，不仅在菜品上不断翻新，让员工吃得满意。部分食堂还变身超市，力求满足员工多样化的需求。"送货上门""外带回家""新鲜采摘""清洗精切"，为了让员工住得舒心，各支部还纷纷推出"海底捞"式服务和丰富多彩的文体活动，用员工"喜闻乐见"的方式，化解员工住站难回的烦恼。

吃什么？员工自主选择。2021年起，润扬大桥将食堂管理权下放至各个基层单位，各单位自主管理，从此，"定食"变成了"自助餐"——员工自行拟定菜谱，大家笑言，菜谱也开始"卷"起来了，菜品种类"末尾淘汰制"，使得好吃的继续保留，反响不佳的则被"踢出"菜单，由新拟定的菜式替换。各个食堂的菜品从千篇一律逐渐开始展现特色……在食堂满意度问卷上，大家意料之中地发现，对食堂的意见少了，就餐人数多了，"满意食堂"进一步深入人心、名副其实。

"三餐四季，未来可期"，这是生活最美的模样。江苏高养在"三餐"上下功夫，用心用力制作家常味道。定期开展问卷调查，广泛征求员工意见建议，促进菜品质量不断提升，将员工满不满意作为食堂考核的"硬指标"；关注菜肴品种，绝不隔夜，确保新鲜、安全，不断变换菜肴种类，让员工走进食堂就感到惊喜；推出特色菜和特价菜"点单式"服务，最大限度满足员工不同的味蕾需求；每逢佳节，组织员工参加做汤圆、包饺子、包粽子等活动，让员工有家的享受。

苏通大桥聚焦基层员工需求，持续开展"满意食堂"创建主题活动。基层各食堂积极响应公司号召，开展"星"食堂、"馨"服务活动。"馨"服务在强化基础管理上做实。他们制定完善食堂管理制度12项；成立后勤保障班组和伙食管理委员会加强内控管理，落实专人具体负责食堂的专用账户、食品物资等日常管理，做到"三定期三公开"；强化管理关，定期查验食品有效期，做好留样，保障食品安全；严格落实各项防疫措施；创新餐具清洗SOP程序，确保加工生产流程科学规范，避免交叉污染和二次污染的发生。苏通的"馨"服务还强调从深化特色服务中出新。在菜肴品质上下足了功夫。做到"三重一求"，即早餐重营养、午餐重质量、晚餐重花样，饮食求平衡。不断创新特色菜肴，推出"家乡菜"，让员工在单位也能闻到"家"的味道。他们在服务模式上想尽了办法，将原来集中制作、分点配送的运行模式调整为各点制作，各有特色的运行模式，满足员工对菜品现场制作的需求；将套餐式服务升级为套餐加点菜自由选择的服务模式；将食堂只提供员工工作餐，转变为不仅仅只是解决工作餐，还是员工的家庭厨房、咖啡吧、零食加油站等，尽最大努力满足员工把净菜带回家，饭后喝点下午茶，方便外卖的合理需求。

高管中心针对"点多、线长、面广、人多"等特点,创造条件改善职工食堂软硬件条件及环境,多措并举办好职工"食事"。他们持续改善职工就餐环境,在硬件设施上投入600余万元,对中心机关、机场处南京南收费站等20余家职工食堂进行改造;所属各级还结合实际,为职工食堂增设面包机、咖啡机、破壁机等设备,着力增设"书吧""茶吧""谈心吧"等设施。在软件环境上,通过加强食堂人员服务礼仪培训、厨师岗位交流、厨艺技能比赛、民主评议食堂和征集"金点子""好方子"及倾听职工"心里话""知心话"等方式和手段,全力改善。所属北段处在食堂管理与民主监督上的"创新小妙招"激发了员工的主人翁意识与参与热情,形成食堂建设共享共建的局面。高管中心还以人为本,积极延伸职工食堂服务内容,做实食堂服务细节。开展丰富的活动,组织职工开展元宵节赶制花式汤圆、端午节包香甜粽子、中秋节制作颜值月饼、腊八节熬制腊八粥等传统活动。拓展服务内容,为职工提供咖啡、果汁、绿豆汤等热饮、冷饮和宵夜服务;针对职工在征收保畅、道路救援、疫情防控等重点任务就餐时间不规律的情况,开设"预约留餐"服务,做到热菜热饭供应。同时,在职工过生日以及职工因生病、孕期、哺乳期期间,提供相关周到服务,让员工充分感受家庭般的温暖。建设特色菜园,所属基层单位利用空闲场地,开辟"职工小菜园"。目前,全中心68家基层单位职工食堂中,已创建成江苏交控系统"五星"级员工满意食堂7家、"四星"级员工满意食堂15家、"三星"级员工满意食堂5家,高管中心级本级职工满意食堂27家。据最新测评结果显示,职工对食堂的满意度接近100%。

交通传媒的滋味小日子是一杯咖啡与一碗农家菜。办公区的星巴克自助咖啡机刷爆了员工朋友圈。员工工作日24小时都可以通过手机端购买到实体店 4—6 折的同款咖啡，随买随取。"一杯咖啡吸收宇宙能量。"一杯一杯的醇香美味，成为大家谈业务、谈工作、谈生活的媒介……"闻到咖啡味就感觉提神醒脑，来，新方案里那几个难点，我们接着讨论！"在另一家公司润扬大桥，也不约而同地利用职工文化阵地，添置咖啡机，还添置了养生壶，购买咖啡豆、花茶等，疲惫时来一杯咖啡，烦闷时泡一壶花茶，温暖的是肠胃，慰藉的是心灵。夏季高温来临，各单位开展形式多样的职工关怀工作，煮绿豆汤、备解暑水果、发防暑用品，烈日炎炎坚持室外工作，

"员工的食堂、家庭的厨房"是讲好"生活有滋味"的"连徐故事"。连徐公司真正把"员工的食堂"建设成了"家庭的厨房"。更换整体炒炉、双门蒸饭车、消毒柜、保温取餐台等设施设备，设置规范的操作间和清洗间。做到明厨净灶，为员工提供宽敞明亮的就餐环境。员工根据自己喜好预选每个班次的菜品，确保收费一线四班三运转每个班次菜品不重样，每周使众口不再难调。开展厨师技能比武，进一步提升厨师烹饪技能，满足员工对美味和健康的双重需求。他们还结合员工实际，设置生日餐、孕妇餐、病号餐等，每逢传统节日，精心为在岗员工准备水饺、粽子等节日餐品，把关心关爱落到实处。延伸服务更贴心，实行超市代购和麦福礼线上采购模式，为广大员工提供了足不出户即可享受购物的轻松便捷。

多年来，京沪公司通过打造"有味道、有温度、有文化、有生活气息"的员工食堂。一个个用餐场景，都是生动的品味故事。每天中午 11 点，京沪公司蒋王收费站的"烟火食堂"就会迎来当天最大体量的一批"客人"，他们有收费员、养护工、外单位员工，他们有序地排队、取餐、用餐，直至满意离开。这处看似普通而又不普通的员工食堂，每天都在上演着京沪人"共品生活滋味"的情景剧。蒋王站在食堂改造初期就结合站区单位多、班车中转站、来往人员

多的特点，围绕"烟火"主题，一改以往员工食堂的简单、统一、古板，以优雅、清新的文艺风格，营造出"家人闲坐、灯火可亲"的氛围。改造提升后餐厅功能区有差别更有联动，温暖的手绘图案、干花造景、读书角、一桌一椅、一碗一碟深得员工喜爱，成了员工班后放松、休闲阅读、个性DIY制作的新阵地，也让员工感受到家的温馨美好，更能怡情养性。在一些传统节日，蒋王站都会在"烟火食堂"以班组为单位，举办如"厨艺大赛""DIY美食""包饺子"等活动，开启员工的趣味生活，增进员工爱站、爱家、爱生活的热情，让员工融入站区、融入家文化，感受活动带来的满足感和幸福感。

长期以来，扬子江公司十分注重"快乐工作、健康生活"氛围的营造。夏日，怎么可以少了冰镇饮料。"今日消暑甜品是水果捞。"随着气温逐渐攀升，沪通大桥管理处食堂消暑甜品上线，按员工点单"上架"，带给员工最实在的夏天关爱。推出绿豆汤、西瓜冻、南瓜粥等十余个丰富的餐点，同时还召集感兴趣的"小厨娘们"一起动手制作。"这个夏天，还学了一门手艺，做奶冻，还有乳酪。"芒种一过即农忙，夏日气息愈发浓烈。头顶自制"凉帽"，手拿锄头农具，在戴师傅农庄捕捉到一群红马甲，他们是沪通大桥管理处志愿者，也是半个主人。2019年至今，他们参与农庄的耕地、种植、除草……见证一块荒地到满眼绿色、满园果实的蜕变。农庄的桃园与葡萄园迎来第一次大丰收。

幸福里有一种滋味是"甜心"

2021年，温丽洁从站区负责人的岗位来到了沿江公司本部的后勤管理岗。用餐时间，她不是在帮忙打菜，就是在帮着阿姨关门关窗。经过食堂时，常看见她和厨师长、物业经理坐在一起，商量菜肴的品种，精打细算地调度着沿江这个大家庭的柴米油盐，尽心尽力地照顾着家人的饮食起居。

"温主管，楼下电视机的遥控器在哪里？""在一楼大厅，登记桌的抽屉里，我马上来帮你看看。"

"温主管，二楼卫生间的水箱好像坏了，一直有流水的声音。""好的，我已经联系了物业马上就来修。"

"温主管，我要领用点东西。""正在二楼报销，马上就回来，你等着我。"

每一条语音留言都能得到她的及时回复，对琐碎的日常小事她都会认真回应。同事甚至开玩笑说，我们的温丽洁，特别像一个24小时在线的机器人客服。

"节日期间，继续提供外卖代订服务，有需求的可以跟我联系，谢谢。""各位领导同事，今天中午12点15左右，安排了理发师上门服务，地点还是大会议室大厅，有理发需求的同志可以过来，请大家相互转告。""各位领导同事，为丰富大家假期生活，计划5月1日、4日下午2点30分，在大会议室安排第5、第6次观影活动，有时间的可以积极参与，谢谢！"

群里的三条留言，把"五一"假不能回家同志们的业余生活"安排"得妥妥的。

"食堂最难管，众口难调啊！我们到沿江公司4年了，食堂一直处在用餐人数严重不足的状态，中午基本在50人左右，晚上常常只有十二三个人吃饭。温主管去年3月到公司以后，下决心改进食堂。她调整厨师队伍，进行年轻化的改进，增加菜品和口味，丰富营养结构，比如，近期我们晚餐推出的'牛肉砂锅'常常供不应求。疫情以来，我们还推出了'山姆代购''食品超市''外卖点餐''水果销售''助农产品展销'等服务,让食堂供给变得更多元。现在可不一样了,中午食堂的用餐人数到了八九十了,晚上也有30人出头了。那些甜点、小食、水果,不仅仅是食物,更是美好生活的气息。"物业经理黄芝音说起温丽洁,语气里都是佩服。

堂帮厨王阿姨说:"现在来食堂吃饭的人变多了,我们工作人员却并没有增加,说实话挺累的,但温主管基本都是跟我们干在一起,也会一直关心我们的生活,更会一直鼓励我们,虽然辛苦,但我们心情舒畅,不觉得累。有一回要开饭了,饺子还没来得及包好。温主管就一路小跑赶过来,帮忙包饺子。"

欢妹也是食堂老员工了,她说:"疫情期间被隔离的员工,本来应该是我负责去送饭给他们的,温主任见开餐时间我们比较忙,就自己把这项工作直接接了过去,后来都是她去送的餐。她是管理员,却成了我们的帮手,我们谁还好意思磨洋工啊。"

"好几次看到温主管很晚回公司,接运送物资的车辆,还给司机送饭,大概都十一二点了吧。"公司大院保安黄永清说。

在过去的一年里,温丽洁一直为营造后勤管理与员工之间良好的氛围而努力。她不厌其烦,亲自与在大院里生活的每一个人打交道,了解每一个人的需求,并与他们一同去实现。她是膳食委员会的微信群群主,在群里她也是24小时客服,不时"接单",回复大家提出的问题,处理各种事务,同时还是菜肴试吃官、代购品类体验官,不断通报她的品菜感受,提出改进建议。

温丽洁不觉得自己处在管理岗,就可以俯视大家,跟大家一起干,才能听到真实的声音,发现真正的问题,并找到快捷的处理办法。

"其实增加砂锅、外卖点餐、山姆甜点,都是大家的主意,只是由我布置落实了。还有看电影这事儿,观影时休闲食品的安排是物业来做，结束后的一切，都是各个部门轮流来张罗，包括打扫卫生、关电源、收拾场地等。"温丽洁说，"一件事，一个流程七八个环节，是大家七手八脚，一起完成的。"她很懂得在工作中统筹协调，也从来不"抢功劳"，有工作带头干，有成绩尽量摊到集体和他人身上。

当下，即使生活有一千种苦，在温丽洁眼里，也总能找到治愈的一千零一种甜。她认为，使人和人之间更亲密的、生活更甜的解决方案，就藏在每个人践行对彼此关爱的行动之中。

幸福里有一方景象是"烟火"

"菜合胃口啊？"这是兴化收费站党支部书记姚同勋近来问得最多的话。因疫情影响，收费站工作人员实行驻站管理，连同驻点单位共50多人的一日三餐成了她操心最多的事。欣慰的是，她总能收到一个肯定的答复。

从"众口难调"到"众人称好"，宁靖盐公司全线26个员工食堂中，先后创成5个五星级、6个四星级、3个三星级共计14个"星级员工满意食堂"，这是公司把办好"食事"作为关爱员工第一"实事"的生动缩影，也是把打通服务基层"最后一公里"的标尺定在员工对美好生活向往上的真实写照。

使心悠然，徜徉在"家乡"的文化中。一个乡韵绵长的主题餐厅，就是一方柔情似水的休憩驿站。在一轮"一站一策，一家一韵"的员工食堂改造过程中，各单位结合站区实际，深挖乡风乡情乡俗等地方传统文化作"佐料"。兴化周庄收费站结合当地水乡风光，打造了"荷韵"餐厅。荷花餐盘、荷花灯具、荷文化墙……都由员工参与设计，自己动手制作，把荷文化"植入"餐厅各个角落；

海安南收费站融入南通古药斑布、海安青墩文化，加以编织苇帘、海滩苇花等原生态元素，精心营构古典与现代交相辉映的阳光读书长廊；盐城北收费站餐厅音乐环绕，餐桌鲜花绽放。在临湖的茶吧里，随时有一杯亲手烹煮的咖啡、一壶香飘四溢的花茶、一盘精心配备的水果、一本随心挑选的书籍……闲暇时光，员工既可喝茶、聊天、读书，亦可作一幅书画怡情。

使心悦然，陶醉在"家宴"的味道里。员工食堂成立了膳食委员会，每月召开例会改进膳食谱。针对不同季节、不同班次以及员工饮食规律，按照荤素菜、粗细粮、主副食搭配的方法，力求一周菜品不重复。在口味上下功夫，通过分享菜谱、同行交流、内部征集意见等方式，让厨师掌握更丰富的菜色，更美味的技巧，推出一系列独具特色的"家乡菜""营养餐"等贴心服务。在自办的"小作坊"，有的制作玫瑰花茶、茉莉花茶，酿制果子酒、桂花蜜；有的长期制作四色泡菜、咸鸭蛋、萝卜干等开胃健食小菜，让员工在繁忙的工作之余多享受几份生活的调味。

使心安然，温暖在"家人"的呵护下。无论是秋冬天的冰糖雪梨、红枣姜茶，还是高温季的绿豆汤、西瓜汁，背后都是一份家人般的关心。烧烤派对、烘焙DIY、厨艺大比拼、"我的食堂我做煮"等活动，都能让员工秀一秀厨艺，展一展工作以外另一个心灵手巧的自己；除此之外，元宵的汤圆、端午的粽子、中秋的月饼、春节的水饺……让一个个节日充满欢喜与温情。令人印象深刻的是，定期开展的"走基层、听心声、心连心"活动中，党委班子成员与员工一起包饺子、搓汤圆；还有五彩缤纷的"小菜园"，蚕豆、豌豆、黄瓜、南瓜、茄子、辣椒、人参果、圣女果……十多种果蔬，在花开花谢、瓜熟蒂落中，演绎着生命的繁华。在这里，大家同感耕耘之辛，共享收获之乐，体验四季稼穑的心灵疗愈。

一粥一饭，日有小暖。让员工把生活嚼得有滋有味，把日子过得有声有色，小小食堂见证着宁靖盐公司"心享红思·路"的文脉传承，以一种充满烟火气的方式，让"快乐工作、健康生活"的关爱理念直抵员工心田……

幸福有一缕气息是"书香"

"那榆荫下的一潭，不是清泉，是天上虹；揉碎在浮藻间，沉淀着彩虹似的梦……"一首徐志摩的《再别康桥》，朗读者将浓郁的离愁倾注于婉转的语调中，为听众生动刻画了寻梦、追梦的意境。近日，宁宿徐公司积极参加江苏交控职工云上阅读嘉年华活动，在公众号上开设了"益卷书声"专栏，吸引了不少"读"书爱好者，他们以情为韵、声诵美好，既分享了喜爱的作品，也体验了一次"声"入人心的快乐。

绿树浓荫，夏日悠长，一场读书集会是消夏避暑的不二之选。在梅花收费站"紫藤书社"，员工定期"读"一首诗或一段美文，互相推荐一本好书，或是交流读书心得。环境雅致的阅览室一角，大家手捧各式各样的书籍，或思索，或交流，或提笔摘抄，或低声吟诵，既读散文，也读诗歌；既读生活感悟，也读理论知识；既读党史党章，也读人物传记。站区除了统一组织活动以外，还积极倡导员工利用好茶余饭后的"碎片"时间，通过多读书、读好书养成学而知、知而行的良好习惯，在阅读中拓宽视野、丰富知识，补充精神食粮，构建信仰。

"我移步跟前，默默注视着那些花。它们既没有牡丹的雍容华贵，也没有海棠的娇柔妩媚，更没有樱花的诗意浪漫，有的只是朴实清雅、洁净如雪……"收费员朱兰芬在某天夜班换岗时发现了悄然绽放在站区角落里的一树槐花，内心触动，写下了这样的文字。喜欢读书的她，爱观察勤思考。她所在的睢宁西收费站积极推进"学习型"站区建设，倡导让员工更多"书卷气"、让服务更加"接地气"，员工互相交流，不断碰撞出思想"火花"，名著典籍里的哲思妙语在工作生活中得到了有力发挥，大家的温馨服务更规范谦和了、政策宣传更有理有节了，收费设施设备故障得到了更高效的处置，收费现场争议也得到了更游刃有余的化解。朱兰芬和她的伙伴们体会再深不过了。

宁宿徐公司以"红·领"广播工程为依托，广泛开展了一系列读书主题活动，积极倡导"与书香共度四季"，营造良好的阅读氛围，激发员工的阅读热情。根据各站区实际情况，"因地制宜"打造图书室、阅览室或"三位一体室"，通过对硬件设施的提档升级，为员工营造优美舒适的读书环境。为各站区配备书籍、充实书架，文艺、养生、考证、育儿等书籍一应俱全，满足不同人群的需求。"我最喜欢看悬疑小说，夜班的时候会挑一两本，可以提神醒脑。""早班的下午，时间充裕，我会去图书室看一会儿书，清风拂过，满室书香，很是惬意。"员工纷纷表示，把书读薄、把人生"读"厚，把书读旧、把人生"读"新，生活的滋味不在别处，正在四季的书香里。

幸福里有一股力量是"转向"

润扬大桥酒店是由江苏润扬大桥发展有限责任公司投资的全资子公司，按照五星级标准设计建造，地处灵秀江岛世业洲东北角茅以升公园内，拥有1200亩原生态的自然环境，环江亲水、绿树成荫、空气清新、生态宜人。

前些年，酒店的经营定位于中高端游客，把会务度假作为主营方向，致使旅游淡季时客源少，地域优势未能得到充分发挥，相当长时期酒店处于亏损状态。近年来，酒店推进体制机制创新，积极探索新的经营模式和发展思路，加快经营方式转变。对经营定位进行转向，从以会务度假为主，转变为以生态康养、会务度假为主营方向，特别是把"生态康养"作为一大特色，进行重点打造。转向后增效明显，门庭若市，人气大兴，在服务业发展趋于平缓的今天，效益逆市增长，扭转了多年的亏损局面，变成一家盈利酒店。

"转向"的核心是打造"幸福酒店"，充分利用环境优势，吸引度假游客，也吸引周边百姓，面向最广大的消费者，围绕他们的生活节庆、度假休闲、养生健体需求，进行功能转变与拓展。酒店因地制宜，在外部经营发展方面，通过品牌创新、市场开拓、线上流量向线下渗透等方面，努力提高入住率和营业收入，力争取得较好的经营业绩。主要规划和推进"三大工程"，提升客户满意度。实施"安心工程"（极致安全标准）、"悦享工程"（超越客户预期）和"感动工程"（打动客户内心）三大项目，根据三大工程执行计划，组织员工学习培训，提升服务水准和宾客满意度，坚持将服务做深、做细、做透，不断提升自身品质及宾客入住感受。

酒店拍摄制作宣传片，在线下启动推广计划。他们拜访镇江、扬州、南京等地客户，积极与社区、系统内单位、第三方公司、旅行社等联系对接，宣介酒店疫情防控常态化措施和创新特色服务，完成商务客户的拜访和消费协议的签订。

酒店最成功的转向，是在讲好"生活有滋味"故事中对准了"幸福"资源。他们想方设法把酒店打造成周边百姓和远途游客的"幸福场"。比如，拓展婚家宴市场，优化服务流程，策划婚庆节探店活动，邀约媒体和流量达人，举办大桥亮灯、烟花秀、水上皮划艇、星空露营等活动。推出度假产品，以亲子主题房、生态康养为主题，精准把握市场需求，用真实画面撼动市场、用诚意政策吸引市场，为酒店经营升温加码。线上做好抖音、小红书、门户网站的宣传推广，迎合了年轻一代的消费心理，带来新流量的同时，使线上营销生动、多元，拓宽了客源渠道。推广特色餐饮，打造餐饮品牌化。规划打造"江风乡韵"江岛主题早餐、"江南私厨"宋代府宴（1号别墅）、"生态润扬"臻选岛宴（9F景观餐厅）三大主题宴，整合和推广本岛优势食材，依托"洪宝国"工作室，对菜品进行研发和创新，打造独有的生态餐饮品牌。推广绿色食材，赋能乡村振兴。酒店与镇江农谷农业科技园有限公司合作成立"润扬大桥酒店绿色农业养种植基地"，内容以酒店＋农业＋销售、酒店＋农业＋基地、酒店＋农业＋美食、酒店＋农业＋教培等多种业态模式呈现，持续深化在落实乡村振兴战略方面的合作，加强沟通对接，充分发挥各自渠道优势，实现了双方优势互补和互惠共赢，为幸福场提供了源源不断的优质供给。

2022年以来，酒店进一步把开阔视野，创新思路，提升宾客舒适体验作为改造方向，进行硬件升级。酒店主楼改造后的酒店设有各式客房260间套，主楼客房面积均为40㎡以上的江景、桥景、亲子房、豪华房、行政房等满足商旅、政务、度假、会务需求。精品楼约3000平米的禅意精品式客房，5栋约2000平米野奢别墅套房，临湖独处、清雅华贵。300个中西餐位，7个豪华宴会包间，6个专业会议室、1个1650平米无柱多功能厅和6000平米大型户外停车场及相配套的茶室、KTV、棋牌室、恒温室内泳池、健身房、网球场、篮球场、乒乓球和桌球等娱乐、健身设施一应俱全。

重装开业以来的润扬大桥酒店，扎实推进"幸福交控"创建。在2022年江苏交控组织的"童心绘交控"活动中，精心策划甜品DIY、江畔烟火秀、特色儿童餐、亲子皮划艇等活动项目，充分展示酒店独有的亲子度假资源及优势,让江苏交控职工和子女度过了一段欢畅愉快的亲子时光。

润扬大桥酒店也将改变单一的商务、会议经营模式,积极探索多元化综合体经营发展模式,从"宾至如归"的感受向追求"与家不同"方向转变,为宾客提供智慧贴心的服务和律动开放的生活空间,让入住的客人在慢下来的休憩时光里,抛开繁杂的思绪过往,尽享美食的乐趣和身心的放松。

安心工程让客人住得安心、放心,悦享工程使客人获得愉悦的入住体验,有惊喜、有差异化接待、有量身订制、有意外获得感,可以理解为"安心""悦享"的升级版本。服务员主动性服务推动感动案例的产生,产生客户黏性。服务周全和细致到帮客人擦鞋并附信、帮客人洗袜子并附信、带娃服务、萌宠呵护、早餐午餐打包服务、生日惊喜——当晚焰火加楼梯巨幕(早餐仪式＋店总巡礼)。餐饮部根据餐饮经营属性,让客人用得放心、吃得安心,设餐具消毒设备,饮用水增购净化过滤系统,精选本地有机蔬菜,通过安全厨房资质审核等。客人至餐厅消费,体验愉悦和享受的服务;客人带宝宝进餐厅,主动提供宝宝椅及宝宝餐具;客人接电话需记录时,及时主动递上纸笔并协助完成记录。

幸福里有一组词语是"海量"

牵手——

交控商运逢年过节,幼吾幼以及人之幼,经常组织开展了"大手牵小手、迎新送'福'来"员工亲子活动。在活动现场,员工子女们看一看父母的工作场所，听一听江苏交控的发展历程，写一写新年的"祝福"语，画一画心目中的父母，玩一玩竞赛游戏。在笔墨纸砚中，在新春的祝福中，在吉祥温暖的年味中，在一片欢声笑语中，亲子间的感情不断增进，家企之间的连心桥不断延伸，"相亲相爱一家人"的和谐企业文化浸润人心。

实、暖、乐、优——

实：为努力把实事办好，把好事办实，东部公司打破原有走访调研模式，以落实"为群众办实事"为重点，在公司范围内全覆盖开展"走基层、听心声、办实事"大调研活动。公司党委领导班子全体成员带头深入基层一线，与基层单位、一线员工开展点对点调研、一对一谈话、面对面交流，征集对本岗位、本单位及公司工作的意见建议，着力构建企业与职工的命运共同体。暖：以关心关爱员工为着力点，党委开展"暖心东部大走访"工作，通过分级分层分批的走访，进入员工家庭，感谢员工对公司的付出、感恩职工家属背后的支持，将精心准备的祝福礼包送到职工的家中，将公司温暖与关怀传递给员工家人，用送温暖、促交流、传真情，不断增强员工的获得感和归属感。乐：东部公司组织各基层单位开展"暖心东部过大年"活动。员工接力走到台前，分享新年寄语。小游戏、包饺子等活动中，欢笑声此起彼伏，个个满载而归。优：切实采取措施，优化员工衣食住行的质量。

一二三四——

江苏高网根据征集的职工代表金点子，2022年开启高网人有滋有味的喜乐生活，策划、实施"一馆、两会、三部落、四关爱"走起来、乐起来的幸福工程。

一馆，做精茉莉生活馆，吃住行的项目在这里启动，美食、美宿、美棚等；美化"茉莉·家"宿舍，出新环境，增添生活小家电，打造如家体验；新建非机动车棚，为职工的爱车停放充电，挡风避雨。 两会，做深主人翁精神，共谋发展的智慧都在这里碰撞。 召开双月工会委员例会、季度问计座谈会、职工代表议事会，既向广大职工报告近期工作，又征求当前工作存在的问题和建议。 开好双月读书故事会，引导员工看见、讲述、传播"企业有前途、人才有舞台、生活有滋味"中的微思想、微行动、微力量，全面展现高网"木林森"踔厉奋发的精神风貌，形成《茉莉吐芳华》故事系列。 三部落，做活职工俱乐部，悦享身心的兴趣都在这里延伸，烘焙、摄影、国球……"焙感茉莉香"美食俱乐部，为员工过有记忆的集体生日，开放"茉莉 TIME 下午茶"，成为高网人向往的幸福时刻；"网罗精彩"摄影俱乐部，季季有精彩，走进自然，融入路网，用镜头雕刻心情，记录高速人的初心如磐，"两感"逐梦，记录江苏高速美好生活的大事小情，定格美好瞬间；"乓然心动"乒乓球俱乐部，每周安排两次教练辅导，练出好球艺，以球会友，"乓"出精彩。 继续丰富攒蛋、篮球、书法、瑜伽等俱乐部，促进俱乐部逐步成为高网人分享成长、安放心灵的"聚乐乐"部落。 关爱：做实修身齐家四件事，终身成长的主题都在这里孵化，健康、阅读、女性、赋能……关爱健康，遇见更好的自己。 建立员工健康档案，办好重大疾病就医绿色通道，与仙林鼓楼医院开辟急诊就医直通车，开设"三高"、腰椎、亚健康等专项问诊；关爱阅读，遇见高级的幸福。 开展双月读书分享会，班子成员带头读书分享，评选年度"阅读之星"，争创"江苏省书香企业建设示范点"，培养终身阅读习惯，阅读"阅"幸福；关爱女性，遇见永远的"女神"。 定期开展家庭、亲子、心理主题沙龙，组织"三八"妇女节慰问，开展"遇见爱"七夕交友活动，建设

"女职工康乃馨服务站",让女职工更优雅,成为江苏高网的"女神";关爱赋能,遇见高能的责任。向善而行,逐光而为。带着烘焙美食、两感体验、书画作品、镜头图片,走进网红服务区、一路三方、美丽乡村、地方政府,开展交流学习、共建共享活动,以球会友,以文论道,以爱为舟,网联内外,讲好高网人的奋斗故事,扛好国企的社会责任!伴随一路精彩,时有惊喜,始终精致,永远精美的喜乐生活,高网人携手追逐在两感幸福路上,一起向未来。

大单——

宿淮盐公司探索形成服务职工群众的快乐"清单"、健康"保单"、满意"菜单"三个大单。充实快乐"清单" 提升员工幸福感。实施"健康快乐+"工程,重点打造"三节一会"文化工作品牌。举办员工一家亲表演节。建立家企共建机制,结合节日邀请员工家属一起开展家庭表演节。举办文化艺术节。依托公司新时代员工讲习所大力宣传践行"通达之道"和"彩虹"文化,成立篮球、羽毛球、棋牌等沙龙,发挥文体竞赛活动。举办趣味运动会。常态化开展丰富多彩的职工趣味运动会,设置田径类、生产技能类、趣味类项目,为广大干部职工搭建了一个展示才华、互相学习、增进友谊的舞台。关爱员工上再加温。印发职工慰问补助等相关管理规定,修订职工补充医疗保险实施办法,增加员工意外保险额度,并常态化开展先进职工疗养、帮扶慰问困难职工、员工生日慰问、夏季送清凉、春节送温暖等惠民实事。

趣味——

泰州大桥组织开展多样"趣味"运动,提升员工幸福感。他们秉持"快乐工作、健康生活"的关爱理念,进一步优化兴趣小组设置，成立篮球、羽毛球、足球、舞蹈、朗诵、插花等兴趣小组，通过开展烘焙、情景话剧、红歌小合唱以及跳绳、踢毽子、拔河、球类比赛和"一站到底""你说我猜""读书分享会"等职工喜闻乐见的活动，让生活"趣味"更充足。深入践行"通达之道"和"桥泰人和"企业文化，常态化开展迎新春"健身跑"、泰桥好声音、掼蛋比赛、"DIY才艺展"等系列活动，为广大干部职工搭建展示才华、相互交流学习、增进友谊的舞台，不断丰富职工的业余文化生活，增强团队凝聚力和向心力。

"滋味权"——

玩什么？听听员工意见。润扬大桥"关于趣味运动会比赛程序及规则的意见征集"通知一发出来，得到了员工的热烈响应。从运动健将到"脑力先锋"，纷纷开动脑筋，为运动会的趣味性"加把火"。"毛毛虫"可以吗？三人篮球赛能办吗？拔河有限制条件吗？形形色色的提问反映出职工群众对趣味运动会的期待，赛场上的欢声笑语展现出润扬人高涨的热情和奋斗的力量。摸石过河的选手一人摸"石"，一人踏"水"，默契十足；多人竞足的场地上，队员们彼此搭着肩，喊着口号，步调一致冲向终点；拔河选手们气势如虹，憋足了劲儿夺取胜利……一系列活动在员工的期待与支持中顺利举办，真正将"趣"字贯穿始终，让员工触摸快乐，拥抱健康。怎么选？公开投票试试。在广泛了解所有职工的投票选择结果后，润扬大桥工会尊重大多数人意见，在三种生日慰问方案中最终选择了线上蛋糕券，品种更丰富，选择更多元。这一好消息惹得刚刚过完生日，领的是旧版蛋糕券的员工羡慕说出"如果我生日晚一点就好了，能享受到最新的生日福利"。职工群众高度认可的背后，是润扬大桥重视全体员工的"滋味权"，一条条意见和提案，或琐碎或重大，都被倾听、记录、反馈，工会及时通报责任部门和推进情况，连接起职工和企业之间的信任纽带。

"加油站"——

江苏高养全力以赴高质量建好员工的"加油站"，多措并举丰富员工精神文化生活，不断提升员工工作生活幸福感，讲好"生活有滋味"的"高养故事"。

"现在的工区环境真的越来越好了，处处都让人身心舒畅。"一个老员工看着夜幕下的工区感慨道。近几年，江苏高养坚持以员工"满意不满意、答应不答应、欢迎不欢迎"为标准，充分发挥主观能动性，积极配合公司开展工区建设，在汲取各方面建设经验的基础上开拓创新，收集员工的意见建议，从前期的搬迁到工区整体环境的规划设计，到工区内硬件软件配备、墙体文化建设，全体员工围绕同一个目标共同发力，各项建设措施都得到了高效落实。而今，宽敞明亮的办公室和宿舍、充满鸟语花香的绿化带、集休闲娱乐健身于一体的活动室。与此同时，多举措丰富职工业余文化生活，保障员工的身心健康。利用好工区硬件条件，积极组织员工业余时间开展活动，或强身健体、或斗智斗勇、或休闲玩闹；在节假日期间举办集体活动，适时开展养护、管理技能比武，培养竞争、合作意识，增进彼此感情常态化，开展员工帮扶慰问，最大限度帮助解决员工生活工作中的困难，让员工能够舒心工作、舒心生活。

俭——

厉行节约再升级，管住食物"需"与"量"。宁宿徐公司在食堂管理上，始终守好"厉行节约、反对浪费"的底线。公司本部试行每日硬菜"按量配菜"的订餐制度，从源头上"斤斤计较"，厨工每日在食堂微信群内推出当日"爆品",员工根据喜好以接龙的方式按照预售数量进行抢购,食堂按量精准备餐,避免了"供过于求"造成的食材浪费,不仅降低了厨工劳动强度,也节约了食堂运营成本。

送——

一个"送"字,写实了宁沪公司的行动力和主动性,在特殊时期,如近年来在疫情期,把"送"做到尽善尽美。

送慰问,关怀送到一线。建立专项防疫慰问金,根据各基层单位情况制定不同的防疫慰问标准,统筹使用好防疫慰问金。截至目前,宁沪公司已投入54万元用于防疫慰问,慰问基层单位达65个。

送慰问,借助线上高速,温暖不落一人。宁沪公司根据服务区防疫措施持续收紧的现实情况,采用视频慰问的形式,了解服务区的防疫现状和工作难点,连线慰问服务区保安、加油在岗人员;开展"每日健康打卡"活动,开展形式多样的"云打卡"活动,各站区组织开展俯卧撑、仰卧起坐、跳绳等文体活动,引导驻站员工强健体魄。

送培训,为员工来一次精神大餐。宁沪公司积极探索"云讲堂"模式,培训形式灵活多样;组织员工对入口治超、稽核打逃等业务知识进行"充电蓄能";开展"红色电影天天看"分享放映活动。

送关怀,服务不落一面。不断探索、优化疫情期间对于员工的生活关怀,以"我为群众办实事"常态化长效化为指引,确保为员工办好事、真办事。设置"流动服务站",由"梦之翼"青年突击队成员担任服务站工作人员,为患有慢性疾病员工提供测量血压、心率,检测血糖等贴心服务;开展物资代购服务,联系放心商铺根据驻站员工的生活需求清单,派专人外出帮助居家隔离员工代买生活物资,各食堂利用微信小程序,满足员工菜品、奶制品和水果等的个性化食品需求。

"头"等大事——

"小伙子，你这个头发估计有两个月没剪了吧，这次可要推短了哦。""是的，我已经驻守服务区快双满月了，师傅你只管剪吧，剪了清爽！"高管中心"金色车轮"温馨驿站货车司机党群服务中心联合泰州市交通运输局党员志愿者，临时开起了简易版"疫线理发店"，一时人来人往，欢声笑语，好不热闹。一身"大白"武装的理发师孙师傅拿着推子，动作利索地忙碌着。

"头都变轻了的感觉，神清气爽！"从"疫线理发店"出来，河南漯河籍货车司机黄伟良摸摸自己的板寸头，心情舒朗："没想到滞留服务区41天，'金色车轮'不仅把我的理发问题解决了，还在帮忙联系修理工帮助解决货车电路故障问题，暖心关怀真正送到我们司机心坎上了，谢谢你们！"

"这次来给货车司机和宣堡服务区专班的工作人员理发，我特别感动又有点心酸。"孙师傅感慨地说。平均6分钟一人，一个上午她剪了20多人，下午还要接着干。"这些司机和工作人员太不容易了，放弃小家保供保畅守大家，看到他们疲惫的面容精神多了，我自己心里也暖暖的。"说话间，更多的货车司机和员工"慕名而来"，大家严守防疫规定，按照一米安全距离有序排起了队，暖暖的温馨在人群间静静流淌。

四大样——

东部公司"舒心工程"以讲好江苏交控"生活有滋味"的故事为主线，从职工的吃、住、用、行四个方面全面开展后勤服务提升工作。

东部公司预期打造"5D"标准化厨房，逐步建立"5D"餐饮现场管理标准体系；试点推行"阳光"集采团购，探索集中采购配送与零星自选采购相结合的采购新模式，以解决基层站点"买菜难"的"老大难"问题；统筹开办"惠民"职工超市，实现职工的个性化采购；积极筹备"美味东部"美食节，为职工提供切磋厨艺的大舞台。公司将在全线开展绿色植物入室活动，为职工宿舍、工作场所配置小绿植；定期组织家政式保洁服务，减轻职工班后负担，为他们休闲小憩提供清雅之地。

吃、住之外，站区还缺什么呢？东部公司聚焦三个生活功能为职工提供便民功能用房。完善干衣功能，在站区内统一配备干衣机、熨烫机等设施设备；完善保健功能，增配血压仪、体重计、急救箱等健康保健用品；完善洗车功能，增配洗车、吸尘工具，联合保洁单位定期开展免费洗车日活动。

在枯燥的"两点一线"路程中，东部公司将为职工提供"两个温馨"小服务。一是延展通勤附属服务，在通勤车内加装空气净化器，提供按摩休闲坐垫，配备应急用品和便民急救箱。二是提供通勤早餐服务，设立车载食品柜，放置一些包装食品，解决未及就餐员工的早餐问题，让员工不再饿着肚子坐车去上班。

乐园——

2022年以来，宿淮盐公司石塘收费站倾心打造"农夫菜园""快乐厨房""彩虹影院""健康会所""花园站区"等多彩阵地。他们在院内开辟了班组种植园。班组的菜园完全由成员做主，菜园命名、种植蔬菜种类、菜园打理、蔬菜收获后的分配，完全由员工自行安排。"快乐厨房"引导有厨艺特长的员工进行厨艺展示，并带领班组人员一起学习，提高厨艺。"彩虹影院"是丰富员工业余生活特有的娱乐方式，及时收集员工喜闻乐见的媒体视频，并结合时事热点播放影片。"健康会所"强体魄，聚焦员工因机械劳动带来的颈椎、腰椎等部位不适，石塘收费站以建设"职工之家"契机，增设健身器材，开展"畊宏达人"评比、"健康常识"分享等活动，激发员工主动运动的激情，缓解工作压力，释放一身疲惫，做到"我的健康我做主"。石塘收费站完成员工"宾馆式"宿舍改造后，又接续打造了花园式站区。"走，溜达两圈去。"饭后，大家沐浴着温暖的阳光，看细水长流、看锦鲤漫游、看海棠娇羞，空时漫步小路，观树影婆娑、听鸟叫虫鸣、闻百草花香。 站区员工开心地说："生活在这样一个美丽的花园，真有幸福感！"

踏青——

交通传媒组织全体员工来到中国最美村镇50强之一的浦口区不老村，跟自然"媒"好同行，赴一场春天之约。 切菜调料、开锅起灶，大家自己动手，体验用农村土灶烧菜的快乐，"呲啦"一声，香气四溢。 红烧小杂鱼、油爆虾、黄焖鸡、清炒苋菜、西红柿炒鸡蛋……大家围坐在一起，一边欣赏乡野风光，一边品尝自制佳肴，大饱眼福也大饱口福。 在淅淅沥沥的小雨中，素质拓展团建展开了序幕，一个个小游戏拉近了彼此的距离，大家团结一致，开动脑筋、迈开双腿，加油鼓劲的呐喊，脸上洋溢的笑容，在轻松惬意的氛围里，身心都得到了放松。

加——

高管中心崇启处以"创想风暴"为增长点，推动生活新跨越。"智慧＋"让管理更先进。 崇启处将"互联网＋"模式融入食堂管理。 利用电子阅览平台、微信平台打造"指尖上的食堂"，将菜谱上线、将菜品上网，让员工在网络上对每日菜肴、创意菜系、最佳菜品进行实时点评和分享；组织开展"厨香周五"活动，以每周五中餐作为平台，让厨工发挥聪明才智，自主创新菜品，展示精湛厨艺，丰富美好滋味。

"口碑＋"让名声更远扬。中国国际进口博览会在上海召开期间，崇启大桥作为江苏入沪的主要通道，承担着一级安保任务，作为后勤保障单位，崇启处积极为武警、缉毒、反恐、应急、通讯、纠察等多家驻点单位百余人员提供膳食服务。健康美味的菜肴让安保人员体会到"家"的味道，大家赞不绝口，周到的保障更是得到了驻点单位和省市领导的高度赞扬。

边读边走——

宁沪公司南部通道管理处工会从满足员工精神需求和生活需求出发，以"面向基层、面向急难"为宗旨，用心用情用力服务员工，不断提升员工的幸福指数。

"阅"见美好，"精神家园"更加丰盈。引导员工在阅读中滋养心灵，不断丰富员工"精神家园"内涵。组织员工观看"书香交控 阅见未来"首届职工云上阅读嘉年华主题直播活动，在聆听名师大家分享阅读体验中激发员工阅读兴趣；依托公司"书香宁沪·阅读有我"系列活动，开展"阅见美好""静心'悦'读"等主题鲜明、形式多样的读书活动，让员工在阅读中提振精神，在文化之旅中丰富生活。"运"味十足，身心健康更有保障。"我今天已经走了2万步了""我今天跳绳又刷新纪录了，每分钟突破180""我终于学会了踢毽子啦，弥补了儿时的遗憾""自从身体'动'起来后，我的睡眠质量都提高了"……在南部通道管理处工会群内，大家喜悦分享着运动成果。自从宁沪公司工会开展"'疫'线精彩，云端共享"活动以来，南部通道管理处工会第一时间宣传贯彻落实，在做好"规定动作"的基础上，开展了"沐春风·云健步"等活动，并通过"自愿报名＋鼓励参与"的方式，帮助员工构建"健康清单"，形成"动起来，让身体更健康！"的浓厚氛围。

"益"与爱——

在六一国际儿童节到来之际，交控财务组织员工及员工子女前往爱心面包坊，与"喜憨儿"（心智障碍者）面点师们一起，制作曲奇，传递爱意。

"大家好，我是你们的烘焙师傅！"一名喜憨儿学员在活动伊始热情地介绍了自己。有一名喜憨儿和小朋友们互动起来，小朋友异口同声地数着数，他快速转动中着手里的魔方，在小朋友的惊讶和欢呼中，他仅用34秒复原了一个六面魔方，当小朋友们知道他是自学练成时，纷纷投去了佩服的眼神。

活动正式开始！大家换上专业面点师服装，开启了制作曲奇之旅。在指导老师和喜憨儿学员的协助下，大小朋友们洗净双手，摩拳擦掌，兴致盎然。"你看我做了个小爱心。""我做的这个标不标准？"大家发挥想象力，将面团做成各种形状的饼干，烘焙成功后，就迫不及待品尝起来。员工们卸下平日的忙碌，陪伴着家人和孩子，带着美好的祝愿，制作出一盘盘创意小曲奇，共同享受着美好小"食"光。

这里的"喜憨儿"是一群患有疾病却始终有着乐观笑容的年轻人，他们虽不能完全料理自己的生活，工作起来却非常专注、负责。用心做出美味烘焙食品，让孩子们走进了一个充满爱的世界。在积极践行幸福交控的实践中，交控财务把爱融入"生活有滋味"，与爱"益"路同行。

闪光——

最近，"闪光论坛"系列活动成为数研院的员工们最大的期待，在这里，员工们切实感受彼此相遇的"小幸运"，充分享受在数研院家庭的"大幸福"。

"人工智能沙龙"传知解惑、启智促思，展现员工"高光"。"闪光论坛"系列活动下设专题沙龙，为有爱好、有想法、有热情的员工提供自由分享的舞台。第一期"人工智能沙龙"不仅让员工了解智能化的历史与未来，更帮助大家洞悉人工智能在国家战略的"高处"意义、实际生活中的"宽面"应用、数字交通领域的"深度"赋能，切实构建了提升眼界、开阔视野的"学习型沙龙"。即兴互动激发"头脑风暴"，员工纷纷对"虚拟现实""元宇宙"等算力时代前沿技术提出深刻见解，点亮实际业务场景的变革火花，形成思维碰撞、灵感迸发的"创新型沙龙"。

"集体生日会"共聚同乐、凝心融情，播撒幸福"阳光"。数研院以"'数'字扬帆，'研'途相伴，'院'得美满"为主题，2022年已举办两次员工集体生日会。在鲜明活泼的开放式会议区和时尚前卫的休闲区内，员工自主布置现场装饰，以"沉浸式"体验营造温馨欢乐的氛围。充满巧思的"藏头诗"视频为寿星送上难忘的"闪光祝福"；创意涂鸦展现心路与初心，用色彩描绘每一名员工与数研院的"闪光相遇"；妙趣横生的小游戏深度考验团队"闪光默契"；调动味蕾的龙虾盛宴呈现舌尖上的"闪光美味"；朋友圈主题的落地相框拍照定格每一帧美好"闪光时刻"。

"'我与DTI'漫谈"汇集众智、聚势蓄能，指引前路"曙光"。"'我与DTI'漫谈"让每一名员工敞开心扉，围绕工作感悟和生活感受畅所欲言、分享体会。"共话梦想"，畅想数研院"满足数字交通和美好出行需要"的美丽愿景，聊聊自己生活的小目标、大梦想，更加明晰人生规划。"共聊兴趣"，分享射箭、足球等特长爱好，制订适应各年龄群体的团建计划，依托"书香交控 阅见未来"云上阅读嘉年华活动分享有趣的书目，让精神更富足、灵魂更充盈。"共谈心愿"，为员工关怀举措建言献策，畅谈公司如何进一步秉持"以人为本，以心为本"，让团队更好地快乐工作、健康生活。丰富可口的茶歇、轻松灵动的音乐和海阔天空的畅谈，让员工欢声笑语、思绪飞扬，"金点子""新路子"不断涌现，让员工真正成为蓝图描绘者和发展助力者。

文明角——

高管中心宁连高速公路北段管理处基层党支部在房间紧缺、设备不足的条件下，因地制宜，在走廊建立起一块块读书角，划分"学习园地""业务知识""文化生活"三个阅读板块，倡导职工重拾读书时代的美好，让生活变得更有滋味。

"每天晚上哄孩子睡着后，刷刷微信、追追剧就是我们难得的休闲时光，建立读书角后，闲暇时光常常被借阅的书籍塞得满满当当。虽然追剧的时间少了，但觉得生活比以前充实多了。"一位员工感叹道。慢慢地，读书角成为职工们工作、学习、劳作之余的"充电站"，大家在这里享受着美好慢时光、收获着点点滴滴的文化知识，有滋有味的生活又添一抹亮色。

港湾——

润扬大桥让宿舍成为员工的心灵港湾，近年来，从"住"入手，全面开展宿舍改造，将"家文化"落实在一砖一瓦中，让员工处处感受温馨。

"你是宿舍的'钉子户'呀，宿舍的东西怕是比家里还齐全吧！"自从大学毕业进入润扬大桥，外地员工小顾就是公司宿舍的"常住人口"。"住宿舍多方便呀，不仅节约上下班时间，而且生活起居一应俱全。"小顾说。目前，润扬大桥各单位已普遍实现两人一间的星级住宿标准，空调、电视、洗衣机、独立卫浴，一应俱全。在雷暴雾霾、扫雪除冰等紧急备勤中，设施齐全的宿舍让人员更集中、休息更充分；连夜战风雪后，回到宿舍洗个热水澡，美美地睡上一觉，通体舒坦；夏季炎热，洗浴换下汗湿的衣裳，神清气爽地和同事们一起享受夜间的清凉……在宿舍的日常生活谈不上精彩纷呈，但给了许多异地工作的员工一份如家般的放松和温馨。

为了缓解机电维护工区办公楼老旧、设施不全、缺少食堂等生活区域的困境，润扬大桥对工区进行全面改造，新建的电工实训基地，配备PLC实训台、模拟电路实训台等各类综合实训设施，实现机电工区人员"足不出户，日有增益"的常态化技能锻炼；配套的宿舍不仅条件大大改善，健身房、活动室、就餐区还全部一次性到位。

自从办公区和宿舍楼翻新，机电维护工区的小伙子们笑言："咱们宿舍从房间到健身房的距离，比外面健身房里到更衣室的距离还近，看谁还有借口不锻炼！"运动大半个钟头，回房间冲个澡，正好赶上食堂热腾腾的包子出炉，喝一口豆浆，吃一碗镇江特色的锅盖面，让汗水唤醒大脑、碳水激活四肢，活力十足，走上工作岗位。

"梅雨季节到了，记得把你宿舍里的工作服都带回来，别发霉了。""没事，我们宿舍里现在都有晾衣杆大衣柜，受不了潮！"今年，世业收费站里再也看不到楼下"被子开会"的"盛况"了。过去，宿舍楼公共晾衣区有限，衣物被褥只能裸露在室外，改造后每间宿舍都专门辟了一角装设晾衣杆，增加了大衣柜，过季的被褥衣服都有了合适的收纳空间。"以前夏天雷雨季，上着班还得操心挂在外面的床单落了雨,现在终于不用两头跑了。"疫情期间,一位无锡籍员工一个半月没能回家,从春天到初夏,"你衣服还够吗?""我们现在衣柜可大了,别说春夏,就是现在让我扫雪除冰也不怕!"幸福企业,就这样落实在员工生活的每一个细节中,体现在公司发展的每一个足迹里。

手记之八：故事里的吾乡

"人类一切努力的目的在于获得幸福。"现代人事管理之父罗伯特·欧文这句话，说出了生活的本质——追求幸福。那么，什么是幸福，如何才能抵达幸福？这是一个几乎所有人千百年年来共同思考的话题。

作家张辛说，幸福是筷头上的肉丝，那是基于贫穷者对提高物质生活质量的渴望。对，但忽略了主观意识。十八世纪世界文学大师塞·约翰逊断言，只有认为自己幸福的人才能享受到幸福。这也对，但他忽略了客观条件的制约，过于依赖主观，最终必然会坠入空想与虚无。

基于前人的思考，我也认真琢磨过幸福这件事，我觉得幸福关乎三个层面，或者说，关乎幸福的三个要素，即生活、境遇、感受。这里的生活，说的是物质层面的满足；境遇，讲的是人身处境和人生状态；感受，即自我感觉与社会认同的获得。所以，我理解的幸福，是一个系统，既是一定程度的个人满足，一定高度的个人成功，又是自我感觉与社会认同的一定契合。没有与人共享的物质，没有与时俱进的人生，没有与社会共振的价值，就没有真正圆满的幸福。

这也是我在采写"三个故事"过程中，切身的体会所进一步印证了的。江苏交控扼住"企业有前途、人才有舞台、生活有滋味"等目标，从物质待遇、工作条件、发展环境以及员工的思想情感关怀多方面，建设幸福企业和提升幸福企业人。

"一个能够为自己的员工造福的企业，才有可能为社会造福。"

这是董事长蔡任杰先生挂在嘴边的话。"进一步说,不能给社会造福的企业,是没有多少价值的企业,这样的企业和它的员工,又如何能获得幸福感?"他补充说。

对幸福这件事,江苏交控是真干,不是停留在坐而论道。近年来,江苏交控边实施幸福工程,边出台和完善了一份沉甸甸的实操报告《幸福交控创建实施方案》。方案坚持以职工为中心的工作导向,提出把贯彻共同富裕发展理念、推动高质量发展与创造职工高品质生活紧密结合起来,全面创建幸福企业,讲好"企业有前途,人才有舞台,生活有滋味"的交控故事,不断满足职工群众对美好生活的向往,为高质量打造国际影响、国内领先的万亿综合交通产业集团和世界一流企业凝聚强大合力。

方案做得极其周密。按照规划,围绕职工职业生涯的全周期、事业发展的全过程,全方位建设幸福环境,全力构建涵盖"让职工享有更稳定的岗位、更充分的培训、更满意的收入、更可靠的劳动福利保障、更人性化的法定休假权利、更丰富的精神文化生活、更优美的工作环境、更贴心的餐饮服务、更温馨的宿舍条件、更便捷的出行"等"十个享有"在内的一体化幸福交控创建体系,打造"国企特色、交控特点、职工认可"的幸福企业样板,厚植"心齐、气顺、劲足、风正、实干"的企业氛围,着力实现职工群众"六感提升":承担好责任、发展好企业,做到有声有色,提升职工自豪感;组织好团队、激励好职工,做到有信有义,提升职工归属感;匹配好人才、创造好空间,做到有为有位,提升职工成就感;构建好机制、分配好成果,做到有实有惠,提升职工获得感;创造好环境、激发出心流,做到有情有爱,提升职工幸福感;满足好需求、强化好保障,做到有求有得,提升职工安全感。

可以看出，他们对"幸福"的理解科学而又精细。他们把"幸福"进行了分解，然后，有针对性地规划，要全力实施凝心聚力、让党的创新理论"飞入寻常百姓家"；精神感染、营造崇尚劳动的浓厚氛围，舆论引导、团结稳定鼓劲向上；赋能成才、构建立体化的人才发展体系，开展人才培养集聚、职业发展畅通、激励保障等行动；智创未来，构建链条化的职工创新体系，健全职工创新制度机制、完善支持政策、丰富创新平台载体，开展多形式的创新活动，推动成果转化，保护和应用好他们的知识产权；提升福祉、构建科学化的薪酬福利体系，优化薪酬管理、强化激励约束、完善福利保障；悦享生活，构建多元化的职工服务体系，实现服务管理标准化、服务内容项目化、服务阵地综合化；暖心关怀、构建精细化的帮扶关爱体系，建立梯度困难帮扶、常态关心关爱、综合帮扶关爱等体系格局；呵护健康安全的保障体系；春风化雨、构建品牌化的文化建设体系；和谐同行、构建规范化的权益维护体系，依法保障职工权益、提升民主管理水平、营造和谐企业环境等"九大工程"，着力构建"九大体系"，系统创建幸福交控。

为了行之有效、高效、迅捷，江苏交控同时配套了相应的保障措施，出台了对方案实施情况的指标构成、考核评价办法和结果论证与奖惩细则。幸福创建成了全系统绕不开的"硬任务"。

有一个百问不厌的古老哲学问题："我从哪里来、我是谁、我到哪里去？"如今也摆在我的面前、摆在江苏交控人的面前。带着这个问题，我也与此次面对面访谈过的交控人，做了多次交流。年轻人说，我没有想过我从哪里来，我只知道我是一个真真实实的交通人，我认同我的身份，我的精神与我的职业是高度统一的，我会带着这个身份走进未来。中年说，这个年龄，我已不再朝三暮四，定位于交通事业是深思熟虑、以身试业的结果,我的生活是幸福的,这是我一路走过来的目的。

我真心为他们的真诚和乐观点赞。

还是一位即将退休的交通工程老专家说得最好:到我这个年纪,已经是不想前两个问题的时候了,唯有最后一个问题,想得多而且已经有所悟——我身去处顺我心,我心归处是吾乡,哪里给了我幸福感,我的心就在哪里,这里,我一身留守的地方,也就是我要去的地方。

第三个故事

彩虹渡

第十一章　一起长大

见证

  1996 年，沪宁高速公路正式通车，只有一栋房子和最简单配套的阳澄湖服务区同步运行。1998 年，20 岁的张雪花从学校毕业后进入阳澄湖服务区，成为服务区公共餐饮的一名服务员，每天为路过的顾客点菜、端菜、清理餐厅。环境说不上好坏，工作说不上忙闲，按部就班，不温不火，有条不紊，岁月平静。

  时间转到眼前。2019 年以来，阳澄湖服务区以鲜明的公路旅游主题、强大的园林文化特色，一夜爆红，成为全国网红服务区。大量过路旅客、观光游客涌入，最高峰值每天达到 15 万人，有组织的学习参观团队和各路媒体也蜂拥而至。服务区从早到晚，人头攒动，区内靓点频发，镁光灯闪烁，欢声笑语，觥筹交错。服务区管理处副主任兼餐厅经理张雪花每天工作 10 个小时以上，在服务区的商业大厅、文化展厅和园林景区不停奔走，挂在身上的讲解机没有空隙取下，一度嗓子哑得几乎发不出声音，鞋子里的双脚全是血泡。她感觉自己和同伴们像机器人一样高速运转着。所不同的是，比机器人多了更多兴奋度，在时时忙碌和不时惊喜中度过每一天。

  从青春二十，到不惑中年，从服务员小姑娘张雪花，到服务区负责人张雪花，时间的跨越，好像是弹指一挥间，在她身上，似乎也没有留下太多痕迹，她还是那样青春靓丽；而处所环境从简陋的一栋，到大厅宽室、商铺如云、亭台楼阁、车水马龙，工作从管几个餐位到每天面对千头万绪，时间的白驹过隙，留给她记忆和眼前的却是一言难尽、百感交集，千军万马，纵横无限。

20岁是一个生涩的年龄，入职交通，初识高速公路，初步踏上成人社会，心里每天都有一种陌生感产生。早上，张雪花乘坐班车快速行驶在高速公路上，然后来到她工作的地方。那个时候的阳澄湖服务区建筑简单，环境闭塞，放眼望去，周围只有一排排的村庄，建筑的前面有条小河，后面就是著名的阳澄湖了，放眼望去，白汪汪的一片。

这是一个自然美的地方，有着浓郁的江南气象。近处常见雾气笼罩在水面上，远处总是一条湿漉漉的地平线。

张雪花常常站在湖边发呆。她在这样的风景里，不能明朗地看到未来，但总有一股莫名的湍动，在心里若隐若现。服务区前面的高速公路上，车辆日渐增多。它们呼啸的声音，冲激着湖面，也激动着小姑娘的心。

一个端盘子的服务员，可以有这种借景生情、风起云涌出希望的不安分吗？——二十几年后，张雪花依然说，好像不该有，是不是想得太多了？而那时，她偏偏有。难道人的意识可以穿越时空，预知很多，只不过回音变成了"无意识"，感觉到有很多美好而又莫名其妙吧。

好在，一进入工作状态，张雪花就变成一个踏踏实实干活儿、几乎不走神的好服务员。

阳澄湖服务区的餐饮部分为一楼快餐区和二楼的点餐区。转弯的楼梯口处，一位卖水红菱的大婶一如既往地吆喝，来往的顾客都会在用餐结束后随手买上一袋，当作茶余饭后的小点心。经过新员工培训后，她被分配至二楼的点餐区工作，和她一起共事的大约有30名同事。作为一名初入职场的新人，她希望自己不出差错，尽量完善每一个细节，让每一位用餐的顾客，都能感受到她的热情周到。

宁沪高速开通未久，每日断面流量就达到4万辆，因此来到阳澄湖服务区用餐的顾客一天比一天多。在餐厅领班的带领下，每日晨会结束后，她们要提前做好餐饮区的卫生，餐具的摆放，门厅玻璃的擦拭，等等。保证顾客能有一个良好的用餐体验。小小服务区餐厅，平均每日要接待的过路客用餐档，很快飙升到110档，高峰时段突破200档的用餐翻台。

善良是张雪花的底色，不需要训练，善良就自动优化着她的为人处事风格。而在日复一日的服务接待过程中，张雪花会格外照顾满身尘土的货车司机、身穿背心的工人，会俯下身体倾听年迈老人的需求，发现孩童，也会因一个手势判断出他们的意图。因为她心底里觉得，这一类风餐露宿，年老体迈，甚至有些行动不便的顾客，才是她真正需要去关注和关照的。

2000年，随着阳澄湖大闸蟹的品牌不断享誉全国，专程驾车来到阳澄湖服务区品尝大闸蟹的顾客越来越多，甚至当时人气很高的明星都慕名而来。阳澄湖服务区的日均客流量达1.6万人次。这一年，阳澄湖服务区的水产市场应运而生。张雪花的工作也越来越忙，但是她看到服务区的内容在不断扩充，每天见到各种各样的人，也让自己的兴奋度跟着增长。她越来越热爱这份工作。即使每天要坐20分钟的班车抵达市区后，再乘坐8站的公交车才能回到家，每天在路上这样倒腾，并不轻松；即使用餐人数太多，有顾客因等待时间过长而大声斥责，她依然会做到泪水在眼眶里打转，脸上时刻微笑着，诚恳向顾客道歉，忙着抚平顾客的情绪，而顾不上自己的劳顿和委屈。

也是在这一年，张雪花被任命为领班，这让还是"新员工"的她措手不及。瘦弱的她，从原来站在30个人队伍中的聆听者，变成了站在30个人前面的安排者。每日人员的排班，客人的入座，包间的预定，前后台的衔接，都是她要考虑的工作。她有点惊喜，但更多的是感到了巨大的压力。她觉得自己做服务员工作还有欠缺呢，怎么就被任命为"服务员的头儿"呢？她跟领导吐露了自己的顾虑。领导把她拉到服务区前面的停车场，指着满满一场子的过路车，以及入口处依然在排队进场的车队，说，你看看我们服务区塞车了，如果你是领导，是不是永远不扩建？张雪花摇摇头。领导又指着前面的高速公路说，现在沪宁线几乎天天堵车，严重的时候，汽车快赶不上自行车速度了，你说是不是就这样维持现状，将来永远不想办法拓宽？还有，你们的餐厅天天需要排队等翻台，客人意见很大，吃个饭要耽误不少时间，这走高速本来是为了省时间的，现在这种状况我们是不是都视而不见，听之任之？

张雪花突然明白了领导的意思。她害羞地问，领导的意思，是不是我这个服务员也该"扩容"了？

"大家都需要扩容。"领导说，"张雪花你果真是个聪明人，我希望你能跟得上我们高速事业的发展步子，服务区必须'长大'，你们也要跟着长大，还要提速长大。给自己一点压力，不是坏事。"

服务区必须"长大"，你们也要跟着长大，还要提速长大。这句话戳到了张雪花的梦想，这是多么令人憧憬的景象啊！长大的事业究竟是什么样子，长大的自己又是什么样子，她无法清晰勾勒出。但"提速"得从眼前开始，这个她明白。服务区客流量呼啦啦地往上涨，是明摆的事实，事业不会停下来等人，人不提速用不了多久，就要被事业淘汰了吧。

从此，张雪花的人生，也进入了"高速模式"。

服务员管理中最重要的一个抓手，是每天开好晨会，盘点昨天服务中出现的一切问题，纠正和优化细节。为了开好晨会，张雪花从此没有了"八小时之外"这个概念，下了班，脑子依然在她的小事业里"转陀螺"。她利用每天下班后的时间，回顾当天的工作情况，列举出不足之处和改进方法，同时思考着用最合适的语言，让员工最大程度地接受认可她的做法。她养成了做笔记的习惯，每天都会在记录本上详细记录第二天的晨会内容，保证在短暂的时间里传达最准确的信息。记录本跟着她形影不离。她也渐渐地从手足无措变得心应手，从新员工迈向老员工，从必须挑灯夜战提前做好发言稿才能上晨会，到晨会上脱稿说事儿，思路清晰，滔滔不绝。

张雪花的确在提速成长着。

如领导预言和大家所憧憬的，2006年，沪宁高速改扩建，由原来的双向4车道扩建为双向8车道，而阳澄湖服务区也将1个餐饮厅升级为2个餐饮大厅，6个包间升级为12个包间。改扩建后的沪宁高速，断面流量提升50%，入区流量翻了一番。就餐顾客再创历史新高。她与团队的伙伴一起，一如既往为顾客提供最优质的服务。在此期间，她们还捡拾并成功归还顾客包裹、手机、钱包等贵重物品千余件，累积金额达百万元。

服务区会议室的墙面，越来越不够用。不断有顾客赠送锦旗，不断有上级单位授予荣誉。阳澄湖服务团队，成长为一支团结向上、专业过硬的优秀服务团队，在系统内外，声名逐渐远播。

2009年，组织上再次给张雪花压担子。任命她为餐饮部经理，她由原来带领30个人的领班变成了管理140名员工的负责人。工作范围里，她不仅需要做好对外服务，还要统筹安排好省内外上级部门、兄弟单位的考察参观和会务接待工作。此时的阳澄湖服务区，已经开始走红，每天除了散客汹涌，还有不少有组织的参观访问团需要接待。张雪花给自己的定位是"一号服务员和讲解员"，她跟她的下属们说，我排在队伍的最前面，1号也好，140号也好，如果觉得我值得信任，就把我当作你们的"及格线"，我怎么做，你们能照着做，就合格了；如果能有创新，超过我，就可以打良好、打优秀的成绩。

这句话说出去容易，实施起来可不简单。张雪花必须亲力亲为，不能离开现场，每件事都做出一个样板来。当上经理后，她依然穿梭于台前厨后，对整个餐饮部的环境氛围、餐具摆放、菜品摆盘、服务过程，她都督促自己必须做到全程跟踪参与。

2010年上海世博会，作为连接苏沪两地的重要黄金通道，阳澄湖服务区理所当然成了国内外友人高频率停留、用餐休息的场所。那一年是最忙碌的，她全年无休，曾一天内接待过50余桌的团体用餐，甚至因接待用餐电话接到耳鸣。她的口袋中、电脑桌前、家中的床头柜上，布满了各式各样的便利贴，上面记满了一周内的会务接待和用餐情况。那段时间，几天内她和她的团队创下了3050万的营收，至今仍是服务区自营餐饮营收的最高纪录。同样，在如此繁忙的一年里，她们依然保持着餐饮业零投诉的好成绩。

2012年，张雪花带领团队参加全国餐饮业店长技能提升暨首届餐饮业优秀店长选拔赛（江苏地区），获得了江苏省餐饮业"金牌店长"的荣誉称号。在中国银联杯第七届江苏省创新菜烹饪技术比赛（餐饮服务专场）中荣获"金牌奖"。

2015年9月，江苏交通控股公司下发了全省服务区经济效益和服务质量双提升方案，蔡任杰董事长提出了"沪宁高速公路黄金通道要发挥出黄金效益"的要求。2017年，江苏宁沪高速公路股份有限公司在江苏交通控股公司的指引下，以"3+3"经营模式为依托，对服务区全面开启经营模式的升级转型。2018年4月宁沪公司顺利完成阳澄湖服务区经营权公开招标，5月14日与中标单位嘉兴市凯通投资发展有限公司完成经营权交接。2018年6月16日，原服务区综合楼开始拆除；7月26日，主体大楼破土动工；经过300多天的日夜奋战，2019年5月18日完成所有施工项目，并开始试营业，7月18日正式营业，精菜馆同步运行。营业后的阳澄湖服务区车流量增幅明显，同比上升50%，周末则突破了3.2万辆次，入区人次达10万。

在多年的餐厅服务实践中，张雪花悟出一个道理，细节虽然说决定成败，但细节是没有标准的，细节是个变化万端的调皮蛋，不同时间里发生的事情，都藏着不同的细节。所以，当场敏锐判断和及时精准处理，才能真正干预到事情的成败。在一次次的会务接待，一次次的宾客用餐中，她逐渐掌握了一套"细节"决胜法。

一次，一位中年妇女走进餐厅，张雪花像往常一样微笑着招呼客人，引导她入座后，倒上茶水，拿出菜单，询问是否需要点菜。该顾客显得茫然无措。张雪花拿着菜单想为她推荐一些人气菜品，但是她似乎并不想听她的建议。这时，她感觉到客人的某种不自在，就礼貌地退出去了。她在餐厅外的过道上，迅速回想自己刚才的服务流程是否存在细节不妥的问题。她在外面待了好几分钟，里面的女顾客一直静静地坐着，没有点餐的意思。张雪花猜想，她会不会是身体不舒服，便悄悄地走过去查看，发现她只是轻微地靠着椅子，闭着眼睛，似乎在打盹。于是，她静静地拿了一个靠枕放在客人的手边，没有叫醒她。张雪花继续忙她的工作。不久，客人拿着靠枕找到她，归还给她，告诉她："刚才犯眩晕的毛病了，可能长途乘车累的，感觉快撑不住了，休息了一会儿，终于神清气爽了，真的太谢谢你了。"

"你们服务区有你这样的服务员,想不火都难!"女顾客表扬张雪花。一旁的一位服务员笑着插话,说这是我们经理。女顾客惊讶地看着张雪花,竖起大拇指,恳求张雪花合个影,发个朋友圈,好好赚点赞。女客人把照片发到朋友圈,并记录了受到的服务与自己的感动,几分钟后,便有很多点赞和好评。她把手机拿给张雪花看,朋友圈她那条信息里有一句话:路过服务区,一次幸会——阳澄湖服务区为什么红,因为有这样的红心妹妹。

这件事除了给张雪花一些服务细节管理的启发,还让她多了一根筋——细节也是最好的营销武器、最亮的品牌光泽。服务区越来越红火,跟无数"打卡人"的善意、美好传播,有着极大的关系。而客人的善意和美好,一定是服务者的善意和美好激发出来的。在服务中,让顾客感到舒适,才是真正好的服务。让顾客感受到服务不可见,但服务无处不在的良好体验。随后,她提出了"润物细无声"的服务标准,并与团队以此为标准,不断深化服务内涵。

2019年,张雪花通过公司竞聘,当选服务区管理处的副主任,仍然兼着餐饮部经理一职。整个服务区扩容后,商业招租为主,诞生了服务区美食街,原先服务区的自办餐厅,缩小规模,做成高品质精菜馆,服务团队分流,140名员工留下28人在精菜馆,但是整体服务的标准更加严格。精菜馆以公司提出的打造"三精"服务区为目标,从服务、菜肴、环境、接待等出发,为顾客提供舒适温馨的专属服务。

2020年年初,疫情的暴发使得全国的餐饮业遭受重创。扎根餐饮业多年,她深知创新的重要性。她处理好日常繁重的防疫工作,另辟蹊径,通过网上购买在线视频,融合中西式摆盘特点,引进更多新颖漂亮的装饰;与厨师长发掘时令菜的多样做法,更新服务区菜品。一次不行，再来一次，多次失败，多次尝试，摸爬滚打，钻研出适合不同人群、不同季节的团体套餐、商务用餐、简单客饭等项目。疫情防控常态化后，精菜馆复工，前来用餐的顾客惊喜地发现菜单的创新和进步，对精菜馆的菜品和服务称赞有加。

自整体升级改造成功后，阳澄湖服务区一跃成为"全国网红服务区"，吸引了全国甚至国外的团队前来参观，服务区的接待压力暴增，曾一天内最多接待9档参观团队。面对如此巨大的接待压力，在没有任何经验借鉴的前提下，她们只能在每一次的接待中进行经验摸索，通过摸索出的经验面对下一次的接待。为了高质量、高水平迎接每一次接待工作，她和管理层进行多次沟通，选拔讲解团队，成立阳澄湖服务区接待会务组。

接待初期，由于缺乏经验，经常会出现因参观团路上堵车而导致约好的参观时间滞后，团队成员在现场等待时间过长的情况。而在外场天气炎热或者严寒的情况下，不仅接待人员的体力和精力都会受到影响，还影响了其他工作的正常进行。为了改进，她通过与兄弟单位进行沟通，根据时间、节假日、地区等特点，掌握并分析高速公路的断面流量情况，同时根据接待文件上的时间表，提前了解考察团的行驶路线，并提供路线引导，帮助考察团避开拥堵路段。当明确得知车辆在途中发生拥堵时，则在接待会务群内提前发送告知信息，重新制定接待到达时间，避免等待时间过长。

经过长时间的不断摸索和灵活应对，接待工作变得越来越得心应手，团队也变得越来越默契，配合度、凝聚力也越来越高，成员的专业能力也越来越强。经过不断地研究，实践，积累，创新出"393"接待工作法。3个提前：提前联系，提前通知，提前部署。9个到位：引导到位，陪同到位，讲解到位，环境到位，会务到位，设备到位，用餐到位，联动到位，服务到位。3个安排：安排好车辆，安排好引导，安排好欢送。根据此项工作法，实现万人接待零失误。

二十几年，"阳澄湖"真正长大了，而且走红了。张雪花虽然已经是服务区副主任，但几乎每天都要亲自接待来访的团队，因为她觉得自己是服务区真正的"小伙伴"，他们一起长大，慢慢地共同记忆，成千上万的细节填满了时光的档案。她乐此不疲，向世界各地的客人，展现这一切。在接待介绍时，阳澄湖服务区的任何资料，她从来不需要看稿子，可以一一倒背如流。

宁沪高速公路阳澄湖服务区位于苏州市工业园区唯亭镇，地处京沪高速公路(G2)江苏段K1153＋609，西距苏州市13公里，东距上海市65公里，北倚风景宜人、碧波环绕的阳澄湖畔。阳澄湖服务区于1996年9月建成并投入使用，2006年6月与沪宁高速同步完成改扩建，2019年5月完成升级改造，7月18日正式营业。回顾阳澄湖服务区建设与经营发展的"前世今生"，主要经历了三个阶段：

第一阶段为经营发展初期，以餐饮为重点，树立服务品牌。1996年9月，沪宁高速公路全线正式开通运营，阳澄湖服务区同步投入使用，为单侧服务区，南区只保留一个加油站，其他所有服务功能均在北区。在经营发展初期，阳澄湖服务区从探索中前进，从摸索中积累，树立了"保证优质服务前提下讲求经济效益"的意识，引入以顾客需求为导向的经营管理理念，在对阳澄湖服务区的顾客群体进行深入调研分析的基础上，分类分层次相应设计推出适销对路的服务产品，走出了一条富有阳澄湖区域经济和地方文化特色的经营之路。第二阶段以宁沪高速扩建为契机，软硬件全面提档升级，实现社会效益和经济效益双赢。2005年，宁沪高速公路实施改扩建，阳澄湖服务区同步实施扩建。扩建后的服务区南区增加了场地面积，增设了停车场、洗手间、超市等基本设施，满足了一部分顾客应急赶路的需求。2015、2017年度，根据交通运输部部署，阳澄湖服务区开展了"全国百佳示范"服务区创建活动。在创建工作中，服务区不断完善硬件设施和服务提升，连续两届获得交通运输部"全国百佳示范服务区"称号。第三阶段，积极响应江苏交控"双提升"要求，开展"苏高速·茉莉花"品牌创建，推进服务区全面转型升级。宁沪公司全面落实交通控股公司服务区"双提升"工作要求，稳健推进沪宁路全线服务区经营模式转型。2018年4月宁沪公司顺利完成阳澄湖服务区经营权公开招标，5月14日与中标单位嘉兴市凯通投资发展有限公司完成经营权交接，随即进行整体改造。整个改造方案以"梦里水乡诗画江南"为总体设计理念，以打造"城市客厅"的匠心，充分融入最具苏州特色的"一街三园"元素（"一街"指苏州观前商业街，"三园"指苏州最负盛名的拙政园、留园、狮子林），最终达到"不入苏州城，尽览姑苏景"的目的。

升级改造后的阳澄湖服务区拥有各类业态品牌近50个，荟聚了无锡小笼包、吉祥馄饨、麻辣烫、云南米线、驿品鲜等东西南北中各式美食，让顾客在阳澄湖"寻南北美食，品东西味道"。此外，除传统的餐饮、零售业态外，还新增了休闲娱乐和文化服务类业态，非餐饮类业态占比超过65%，打破了服务区业态布局的传统，对业态布局、组合进行了大胆的尝试。

2019被中国公路学会评为"全国高速公路旅游主题服务区""最美园林文化服务区"。

2022年，在江苏交控打响二次创业的"发令枪"以来，阳澄湖服务区结合新能源趋势统筹谋划疫情后服务区经营发展新课题。

并于8月7日,省内首个高速公路服务区新能源汽车超级体验中心正式投入试运行。

自整体升级改造成功后,阳澄湖服务区一跃成为"全国网红服务区",吸引了全国甚至国外的团队前来参观,服务区的接待压力暴增,曾一天内最多接待9档参观团队。

阳澄湖服务区的精彩亮相,是全省服务区转型升级高质量的代表之作,是江苏交控"交通＋旅游""交通＋文化"发展理念的又一成功典范,更是江苏高速公路服务区领跑全国的实力诠释。

阳澄湖服务区,路上人的幸福港湾。

手记之九：故事里的好人生

2022年酷暑气温最高的一天，我来到阳澄湖服务区。汽车仪表盘上显示的气温是42.6摄氏度。司机老洪告诉我，这个气温下，公路上的路面温度绝对超过60摄氏度，可以下车煎鸡蛋了。

车子进入服务区入口处时，一个穿着工作服的女子，拿着手机，挂着耳麦，站在烈日下，浑身被汗水湿透了。她微笑着向我们招呼。陪同我采访的江苏交控宣传部门负责人告诉我，她就是服务区的副主任张雪花。

张雪花示意我们不用下车，然后指着服务区大厅侧面的"苏州墙"方向，让我们去停车，然后直接进大厅，省得被晒着。等我们车子开到她指定的地方，下了车，发现张雪花已经出现在我们身旁。原来，她是跑着跟上来的。

我目测这段路超过100米。张雪花穿着工装和坡跟的皮鞋。

张雪花带我们参观阳澄湖服务区，楼上楼下，室内室外，一口气讲解了将近一个小时。她反应极快，特别有眼力见识，好几次在路上发现游客丢下的纸屑、冷饮棒等杂物，她路过时似乎不经意间，一俯身就捡起来，小跑步到附近的垃圾桶丢进去，然后又小跑步回到我们身边，继续她的讲解。

在大小餐厅和商业餐饮区，张雪花对环境、餐饮特色、服务对象和理念，娓娓道来，宛如"舌尖上的中国"电视讲解员，专业而又深情。这是她的起家专业，我们也许不用惊奇。但在服务区的新能源汽车展厅里，张雪花对几十辆陈展的新能源新品牌汽车，一一进行了近乎专业的解读，我们不得不惊讶了。

我忍不住感慨:"我现在明白了,阳澄湖服务区能做大做强,闻名全国,就是因为有像你张雪花这样的员工,幸哉、幸哉!"

"不不不!"张雪花脱口连说了三个不字,纠正我道,"如果不是选对了工作地方,九成没有我的今天,是阳澄湖服务区造就了张雪花。我这是二十几年一路悟过来的,一起长大,但集体塑造了我个人,真心话!"

离开阳澄湖,我在路上收到张雪花的微信。她补充了自己的感想。看得出,比脱口而出的话,多了遣词造句的精心:

"我是个小服务员,起点太低了。懵懵懂懂起跑,忸忸怩怩上路,顺顺利利前进,关键时刻提速,快乐成长到如今,三生有幸,幸有好路,幸有好教练,幸有好时代。"

后面跟着三个表情符号:一个红心,一个笑脸,一个握拳。

琴与瑟

A·琴的心音:柳林自述——

一份信念、一份追求,用汗水浇灌青春的风景;一份初心、一份执着,以奋斗照亮青春的征程。我想,还是以"奋斗的这些年"为题,作为我对自己过往的沉淀,同时也是对未来的自己的鼓励。因为,总结起来,本人对自己的评价还是充满正能量的奋斗者。

在大学,我偏偏选择了土木工程专业,专业内流行一个玩笑话——"土木毁三代"。庆幸的是,我没有被这句话影响到心情,很大程度上得益于在大学我就找到了我的另一半,她是我的知音,我们互相打气，对"土木未来"充满信心。毕业后，我俩入职了同一家公司，如今，事业顺利、结婚生子，果然幸福满满！我想这一切固然受益于我们正确的人生观和价值观，更受益于我们的"东家"——江苏交控现代路桥公司翻天覆地的变化和跨越式的发展。我们俩，与一众青年人一样，是公司发展洪流中的踏浪者。这些年，我们生活的点点滴滴，都蕴含着现代路桥的元素，时间穿针引线，为我们把这些点滴炼成珍珠，串成项链，修饰出我们人生的美好。

  2013年暑假，根据学校的校外实习的要求，我跟女友齐秀坐上了奔向江苏的火车，开始了我们相互搀扶、相互鼓励"闯荡江湖"的日子，也开始了我们与现代路桥同成长的故事。

  作为学生的我们，选择了火车硬卧，能节省开支的同时，还能在近30个小时的车程中看一看沿途的风景，憧憬一下我们美好的未来。当火车路过南京长江大桥的时候，我俩都异常兴奋，马上到南京城了，难道这就是我们以后要生活的城市？

  下了火车，马不停蹄地来到现代路桥桥梁养护处报到，生怕耽搁了一点点，影响了报到的时间。当时的桥梁养护处办公基地在溧水白马镇，可是这个基地的模样我现在印象不深了，因为报到的当天，大约是晚间9:30分，我就被叫走，连夜去了徐州项目上，这一去，就是整个夏天。记得出发的时候，跟齐秀只是电话说了一声，听得出来，她对我的担心和牵挂，也听得出来，她独自一人面对陌生环境，有一种无助感。

  整个实习经历，给我留下的几个印象"关键词"：天气热、环境差、交流难、心气高。实习的项目是连霍高速小李庄中桥的桩基加固抢修项目，初到施工现场的我跟其他人一样，发现了一个真理——"书本上的知识还是太少了"。桥梁桩基的病害情况有桩基缺损的、有钢筋锈蚀的、有桩头偏位的，等等，千奇百怪。 我不懂就问，但在与师傅们的学习交流过程中，遇到了一个怎么也想不到的困难——语言障碍。 现场师傅们大多来自淮安，尽管耐心地用纯正的"淮安普通话"给我讲解施工工艺，我却听得一头雾水。 我打电话哭笑不得跟齐秀说："我好像是外国人，尴尬的是别人说话我们听不懂，我们说话别人能听懂。"没有办法，我就在每天下班后拉上一两个讲"淮普"的师傅，厚着脸皮跟他唠嗑。 要不就跑到附近的小饭店，坐下来一杯啤酒两个小菜，边吃边听客人和服务员讲话，听着听着，感觉就上来了，很快掌握了这烦恼人的方言发音规律。 就在这样一个语言交流不是很畅通的环境下，我形成了对桥梁维修加固最初的认识，同时也学到了第一波的专业知识。

南方的炎热让我这个"北方佬"猝不及防，环境可以用"恶劣"来形容。 我们住的房间里没有装空调，只有电风扇。 记得在我实习即将结束的前3天，迎来了超高温。 我感觉那床铺，虽然铺了凉席，但是好比"铁板烧"，人睡上去怎么都觉得热得慌，翻来覆去，又像烙大饼。 齐秀总是打电话问我，项目进展怎么样？ 吃的怎么样？ 住的怎么样？ 为了不让她担心，我笑着说，环境还好，工作充实，挺好的！ 就这样，我以一个月暴瘦20斤的代价，迎来了体型的"苗条巅峰"。

施工现场实习结束，我坐在回白马基地的汽车上，一路上想两个问题：第一个，齐秀看到我的第一眼会是什么表情？ 第二个，项目的资料还没有做完怎么办？ 下了公共汽车，看到她早早地在路口等着我。 一见面，我笑了，她心疼得哭了，我说，你又漂亮了，她说，你又沧桑了！

短暂的实习在桥梁处同事们的送别声和祝福声中结束。 师傅们打趣地说，这下被下马威搞怕了吧，趁年轻赶紧回去重学一个专业，别回工地了!

我俩回答他们说,只要师傅们不拒绝,我们还会回来的!

2014年,如约而至。7月13日,我们到现代路桥公司报到,成了现代路桥正式的一分子。我们被分配到了桥梁养护处,齐秀的岗位是工程内勤,我则是施工一线的技术员。我们从这里出发,开启了用现实奋斗实现梦想的人生行程。报到之后我就被马不停蹄地派到了施工一线,临走时我们俩不约而同地说了两个字"加油"。

入职以后加入的第一个项目是京沪高速苏北灌溉总渠支座更换工程。听同事介绍,支座更换是我们桥梁养护处最有技术含量的活儿。既然如此,我铆足了劲要把这个学懂弄透。从上班第一天起,我就决定一定不能自己当什么"技术人才",摆什么架子,而是把自己当工地上的一名普通工人,坚持与现场工人同生活、同干活儿。我每天6点前起床,与工人师傅们一同到现场,学习施工工艺的每一个细节,坚持每天记心得笔记——至今那本最初的记录本还珍藏在身边。也正是有了那个项目的经历和积累,后来我对支座更换工艺的改进和提升掌握得十分"熟套",是别人眼中这方面的"专家"。

在生活上,初来乍到的我也感受到了"热浪扑面"。项目负责人对我这个"新兵蛋子"十分关照,当他得知我的女朋友在白马基地,每次项目上的账务报销,就"故意"安排我回去办。这样,大约每一个半月,我获得一次跟齐秀2天左右的短暂相聚,那真是我们最期盼、最幸福的时刻。还记得我们都会一起步行3公里去到白马镇上唯一的苏果超市,买好她一段时间的"口粮"。最享受的时光就是在她十几平米的宿舍里,吃一顿自己煮的速冻水饺,吃完后两个人蜷缩在她1.35米宽的小床上交流最新的工作心得,规划一下我们未来的小家。

2015年8月31日,是我们人生重要的一天。匆匆忙忙地回到了我的老家黑龙江大庆，我们在两家人的见证下，领取了结婚证。齐秀开玩笑地跟我说，我现在是你的"糟糠之妻"了。我说，真正的"糟糠"是我，我才是"糟糠之夫"啊。是的，那时的我什么都没有，物质上，没有车、没有房，两人加一起只有不到2万元的存款；工作上，处于打基础的阶段，发展的方向不明朗。2016年5月2日，我们终于迎来了正式的婚礼。每一个女孩子都希望自己有一个最难忘、最完美的婚礼，但是我们的婚礼也确实"太难忘了"，难忘的是那种"马虎"，到现在想起来都不好意思提起。因为工作比较忙、项目生产任务也比较重，自己的婚礼居然不能亲自操办，基本上都是远在东北的父母在忙碌，我们也只是届时"抽空回家出席"了一下。北方老人的观念与年轻人比起来还是有差距的，从婚礼的选址、到车队的排布、再到影像的录制，多有瑕疵，有的环节甚至不伦不类。我很担心齐秀会伤心，失望甚至生气，但是，她丝毫没有抱怨，还宽慰我说，婚礼不就是个形式嘛，我们俩好比什么都好！

我很感恩，在一无所有的青春岁月里，有一个能够信任我、支持我、把终身托给我的好姑娘。我们惺惺相惜，彼此相信，只要肯努力、肯坚持，未来的我们一定会如愿以偿，美满幸福。

2017年2月，齐秀迎来了工作的第一个转折，因在桥梁处的优秀表现，被调到了公司更重要的综合管理部。而我，还是那个一线的技术员。

当时，我所在的桥梁养护处处于亏损边缘，为了激活业务，公司在这里试点全员承包制。我们每一个人作为内部小股东，有25%的奖金需要截留至年终，根据考核目标任务完成情况，再进行兑现。那年真是很拮据的一年，工资最低的时候一个月只有700元。另一方面，项目一成不变，导致工作环境固化，工作内容老套，我感觉自己像一只坐井观天的青蛙，思想的局限性让我感到了危机。我脑子里开始想入非非：我们是不是应该换一个工作？甚至可以回到东北老家创业？作为男人，我怎么样才能更好地去承担一个家庭的责任？诸如此类，种种的问题我在脑海里不知想了多少遍。秀秀看到我失意的样子，也开始有了思想动摇，跟我说，老公，不然我们放弃这里吧，我们一起辞职，实在走投无路，最起码还可以回东北老家啊！

秀秀一松懈，我反而突然清醒了，想起了在济徐高速二期抢修项目上，我的主管领导跟我说的一句语重心长的话："年轻人不要急，庸世出凡人，挫折见英雄。"我想我对这份工作、我对现代路桥、我对桥梁维修加固这份事业心底里是有热爱的，不能因为眼前一点困难，就放弃这么好的人生选择。我把想法跟齐秀说了，他如释重负，笑着对我说，我就知道你没那么善变，轻浮的人才轻言放弃，我相信，再努力一阵子，我就可以见到那个"英雄"！

果然，2017年底，桥梁处在全员承包制的激励下，拼搏结硕果，超额完成了年度2000万元营收的目标任务，大家都兑现了一份奖金。虽然我是年终奖最少的那个，但是我们很满足。越过事业的低谷，突破心理的瓶颈，回到初心执着，这才是最大的收获。

2018年4月，我攀上了事业的第一个台阶，被提拔为综合财务科副科长（主持工作）。最初我是喜忧参半，提拔固然是大喜事，但想着自己是搞技术的，来做综合，总觉得心有不甘，生怕自己的专业因此半途而废。加上上任之后我体会到，术业有专攻，想把综合行政工作干好实属不易。这时，已经全职做了一年多综合行政工作的齐秀，鼓励我说，相信自己，只要态度不变，技术活儿能做好，行政就一定能做好；技术工作里的价值感，行政工作里也一定有，与其三思，不如立行。

我们基层的综合是传统意义上的大综合，包含了党建工作、后勤管理、行政管理、材料仓储管理、机务管理、财务管理、人力资源，当时还要负责着桥梁处的安全管理工作，可以说，除了主营业务工作，公司运转中的其他工作全覆盖到了。现在回过头来想想，正是这段工作经历，为我打下全面、良好的素质基础，这才使得我后来成为公司公认的"复合型人才"。

2018年，是现代路桥开启跨越式发展的开局之年。为了履行好工作职责，努力将综合财务科，做成领导期望的"桥梁养护处对外沟通的窗口、内部运行的枢纽、承上启下的桥梁，公司发展的助推器"，我沉浸在工作中拼命钻研。我坚持用做实事来熟悉工作，事无巨细，所有的事情、事情里所有的环节，必须亲力亲为，从最基础的员工考勤、收发文件，到仓库的收发存、项目制管理的推动和落地，再到桥梁处制度体系建设、品牌建设、人力资源规划、三年发展规划等，每件事尽心尽力、沉浸其中。在这方面，齐秀已经是"老师"了，我每天回去都带着问题，两人谈话，基本上都是在探讨工作，解决问题。齐秀经常冷不丁笑起来，望望墙上的钟说："我们这应该算是事业型伴侣了吧，而且是废寝忘食的那种啊。"

那一年还是很有成就感的，同时也真的激活了另外一个充满爆发力的自己。我牵头使桥梁处率先在全公司范围内成为第一家有自己制度体系的二级单位；项目制管理的试点实施在公司内得到认可；牵头打造的"透明厨房"品牌如今已经成了现代路桥的经营品牌；牵头设计的桥梁处三年发展规划如今也都变成了现实。

也正是2018年，随着企业经营的迅速转变，我们的收入同步提升，达到了令人羡慕的程度。奖金分配结果让我傻了眼，我居然能拿到7万元的年终奖金，这可比我之前全年的收入都高啊。现在看来，当时的我还是心胸小了——自2018年起，现代路桥实现了"一年扭亏为盈、两年营收翻番、三年跨越发展"的目标，当年的7万元比起今天的数字，早就是小巫见大巫了。

2018 年，我们的小日子终于有了起色。在 12 月 31 日的跨年夜，我跟齐秀两个人一本正经地坐下来，召开了第一届"家庭年终总结会议"，畅谈两人一年来的收获和不足，并做了下一年度的计划打算、提升和学习的方向、家庭的支出计划等，还乐此不疲地把"会议纪要"发了朋友圈。这个习惯一直延续到现在，一年一度，我想，我们会一直延续下去！

2019 年是我们"风起云涌，而后云开见月"的一年。我同时负责综合财务科和工程技术科的工作，恰巧遇到了控股"1 号工程"，面对全国高速并网的"1 号工程"攻坚战，时间紧、任务重。历时 28 天，我们完成了 128 个 ETC 门架基础建设的施工任务；紧接着，面对宁杭三处省界收费站拆除任务压力大、困难多的情况，我在大棚正式吊装落地前一夜，做起"守夜人"，驻扎现场一整夜，确保大棚结构吊装万无一失。但是，在拼尽全力保证项目正常运转的时候，在全天电话被工作协调通话到耳膜穿孔的时候，我不得不牵挂着齐秀，她当时待产，是一位妊娠期反应特别剧烈的孕妇。一天，她因孕吐严重而晕倒，被送进了鼓楼医院，在等待医生的过程中，只有我妈妈陪着她，而我，已经走到医院门口，还是不得不停下来"煲电话"，紧急协调 ETC 门架系统基础建设的施工力量。等我进到病房的时候，她已经忍过了最痛苦的时期，一身虚汗躺在那里，脸色惨白。我的母亲也疲惫不堪，坐在床沿上打瞌睡。见了姗姗来迟的我，她眼睛里全是泪水，但没有对我说一句抱怨话，反而安慰我，叮嘱我不要耽误工作。我知道，她理解我的压力，也知道我的责任心，但是我又何尝不知道她也是一位特殊时期产生特殊脆弱、需要特殊呵护的女生呢！心有灵犀是事业型伴侣的奇妙，但创造这种奇妙，需要牺牲很多的"人之常情"啊！

感谢 2019 年几乎疯狂的忙碌经历。一直记得我在 2019 年底公司组织的首次公开岗位竞聘中自我介绍里面的一句话："是综合管理的思维，让我在工程管理的过程中更有大局意识，同时，也是工程管理的思维让我在综合管理中更有逻辑"，我想这也是公司成功搭建人才培养体系的体现，换岗锻造是为了给我们年轻人提供更广阔的发展平台和舞台，公司党委的用心何其良苦啊。在感恩 2019 年时，也感恩充分理解、充分支持我的贤内助。2020 年 1 月 13 日，我们的儿子出生了。记得当天我发了这样一则朋友圈随笔："2020 年 1 月 13 日 10 时 58 分，农历腊月十九，柳六六被告知房费余额不足，退房成功，宝重 2.9 千克，母子平安，一切顺遂。在此转发 2019 年度感动中国特别奖颁奖辞：279 个日夜记录了你的艰辛，2500 次的孕吐书写了你的伟大，你用单薄而又有力的身躯诠释了爱情的温度，你用 6696 个小时的忍耐成就了生命的延续。你听，那新生命嘹亮的哭声仿佛在说，妈妈，您辛苦了！我也要说，媳妇儿，你辛苦了，爱你！从此多了一个男人的肩膀让你依靠，而我永远是那个最坚实最厚重的那个！愿我们合作研发的专利产品能够健康快乐地通过各项知识产权验证，未来路上，任他跑……"

在喜悦的同时，更多的是对她的心疼和感恩！

2020 年注定是不平凡的一年，由于新冠疫情的影响，很多工作被按下了"暂停键"，正月初十，也就是儿子出生的第 29 天，作为桥梁处综合科负责人，我回归到了工作岗位，责无旁贷，带头抗疫，一干就是整整两个月没有回家，没有见到我那产假中的媳妇和一天一个样儿的新生宝宝。说实话，朝思暮想，可一旦忙起来，脑子里塞满了事情，"媳妇儿子"又给丢到一边了。我被评为公司抗疫工作先进党员，这份"先进"中，确实有他们的一半啊。

从孩子出生到现在，也是我异地工作的两年半时间，因为我不能每天回家，齐秀坚持每晚自己带孩子，换尿布、冲奶粉，经常一夜只能睡两三个小时。我经常怀疑我这个丈夫、这个父亲，某种程度上还算不算称职？

2021年，根据公司发展需求，按照"前中后"台的管理结构，现在路桥集团成立了10家前台分子公司和养护事业部，桥梁养护处也正式更名为江苏现代桥隧工程公司，我们也再一次迎来了工作上的另一个转折。公司开展了第二次公开岗位竞聘，这一次我跟齐秀一起参与储备负责人的竞聘。她属于江苏交控"8090"后备干部，免笔试，在准备考试的过程中，她又一次当起了我的监督员，陪着我准备笔试题目，不时还当起了监考老师，玩起了"我问你答"的游戏，就这样，我们继续同频同步，一起入选了公司第一批储备负责人。当时，同事们都开玩笑说："你俩也太不像话了，一共5个名额，你家就占了两个！"我们问心无愧啊，在这个小小的成绩背后，只有自己知道在工作中付出了多少努力！我想，正是我们对现代路桥的热爱，对现代路桥高质量发展过程中，积累点点滴滴的记录和参与所形成的熟悉，对现代路桥整体发展战略的认可，才形成了自己的竞争力优势。也正是因为现代路桥打通人才成长渠道，真正实现了"让人才有舞台"，才使得我们拥有在更高层次平台上的奋斗机会。

竞聘结果，我挂职在桥隧公司作为总经理助理，正式开始参与全面的生产经营管理，协助主要负责人做好内部管理、招标采购、科技研发、安全生产等工作。更高的站位让我的思想层次和统筹能力进一步等到了升华。通过推行矩阵式管理，成立3个业务中心，打破了桥隧公司的部门壁垒，让人力资源由"成本中心"转化为"利润中心"；推动定点采购、集中采购，在降低采购风险的同时实现企业的降本增效；打造"匠新领航"支部党建品牌，获评江苏交控百个支部品牌一等奖等，确实做了一些事情。但是，我跟她也一直在聊一个话题，这样的机会和平台，企业不做大，想搭高台也没有基础啊，我们的成长，其实就是现代路桥近些年发展的体现啊。

2022年，组织安排我全面负责桥隧公司的工作，成了公司最年轻的二级单位负责人，齐秀也圆满完成了宁杭公司的挂职，回归到现代路桥，成了公司部门的负责人。回想起前些年的经历，有艰辛、有泪水、有迷茫、有失落，但更多的美好记忆，还是填满了冲动、激情、坚韧、奋斗和辉煌。昨天所有的艰辛与磨砺，都是为今天所做的最好铺垫。我俩总是聊起：2015年时我们的憧憬是能多见几次面；2016年我们的想法是房子装修能不能省一省；在2017年的时候我们的目标还是填饱肚子；而如今，伴随着公司的高质量发展，我们的目标已经变成了如何在推动企业发展上向上攀登，在服务好职工群众上向下扎根，这样的升华不就是我们青春的梦想吗！

江苏交控全面实施"5824"产业链现代化提升，现代路桥作为养护经济"链主"企业及4家上市储备企业之一，正处在新的突飞猛进途中，我们这些与企业血肉相连的年轻员工，又该怎样去做？我们的故事还在继续中。

最后，我想抄上我新年启用的新笔记本扉页上写的一段话：

"青春因磨砺而出彩，人生因奋斗而升华。年轻企业人就是要正视困难，在磨炼中积蓄能量，做好每一件事、尽好每一份责、站好每一班岗，不负重任，砥砺前行，保持干在实处的状态、走在前列的心态、勇立潮头的姿态，为推动江苏交控打造国际影响国内领先的万亿省级交通产业集团贡献积极力量。"

B·瑟的心音：齐秀自述——

闲暇之余，读过不少人物传记，有一生极富传奇色彩的张爱玲，有国民公认的才女林徽因，也有备受当前少男少女所追捧的"孟爷爷"，读的不算少，但也的确比较杂。说实在话，读各类人物的故事，除了了解作者所经历的时代变迁，也是想多吸取些他们的人生智慧。用一句比较"佛系"的话来说，还是自己慧根太浅，总得学点什么。

近日，接到领导布置的"作业"，要写一写自己这几年所获所感，对于"道行"尚浅的我，着实是费尽了思量。一来是自己这几年磕磕绊绊，并不能给予同龄人什么榜样的作用；二来是在我们江苏交控这个人才济济的聚集地，自己着实也算不上什么人才。所以，思来想去，便想着剑走偏锋，来聊聊这几年取得天翻地覆变化的现代路桥，毕竟，能够与领跑省内养护事业的企业一同成长，还真的是一件值得骄傲的事儿。

年轻，哪有不吃点苦的？

2013年，我同现在生活在校园里的大学生一样，有激情、有理想，还有几丝迷茫。伴随着大学校园里的最后一个暑假如约而至，距离大学毕业的日子也进入了倒计时。按照学校要求，我们要进行社会实践，说白了就是自己找地方实习。我和男朋友（未来老公，习惯叫他"柳先生"），也在老师的关怀下，父母的殷殷期盼下，从冰城哈尔滨踏上了南下的火车，开始步入社会这个大熔炉。

江苏现代路桥有限责任公司桥梁养护处，是我和他实习的第一家企业。初来乍到，生活环境、饮食起居、语言沟通，对我们来说都是挑战！在这里我们第一次看到了像小黄鳝一样大的蚯蚓，第一次知道来自南方夏天特有的"热情"，第一次知道梅雨季节即使下雨也是同样的温度，也第一次知道了半夜跟蚊子"聊天"是怎样的"酸爽"。就是这样一个被我在心里吐槽了不知道多少遍的地方，竟然成了我梦想开始的地方。

因为我是女生，所以被安排在内勤的岗位，负责项目概预算、施工组织设计、招投标等工作。那时，最头疼的其实不是工作任务有多重，而是比较害怕领导口述工作要求，因为我完全听不懂。还好，有同事主动当我的翻译，才帮我化解了一大难题。此时的我其实还算比较"幸运"，我男朋友可就惨了。报到的第一天，便连夜赶往徐州的工地（后来才听他说，他们住在一个民房，旁边就是猪圈、羊圈，还有一些鸡鸭鹅混合圈）。虽然我和他大学都是土木工程专业，且在专业课方面，也都是年级的佼佼者，但刚刚脱离书本直击现场，着实还是有些摸不着头脑。电话里，我听到男朋友哽咽的声音，我知道他的压力，但还是打趣地宽慰他："拜托，年级第一第二咱可不是白拿的，多向老师傅请教，放心，很快就能跟上的！"其实，说这话的同时，我自己都有些怀疑，我们真的可以吗？

两个月下来，男朋友从项目结束回来，看着他黝黑的脸，有些心疼，但他还是对我说："这点苦不算什么，咱可不能只在书本上得第一第二，生活上、工作上，咱也要加油！"吃过晚饭，我们一同聊着这段时间的感受，我们并没有抱怨环境的艰苦，而是一同分享了那些我们书本上都看不到、学不到的东西。他不停地讲工地上老师傅教他的技能，我不停地讲办公室里的业务。聊到最后，我问了他一句，如果以后的日子都这样，我们还要不要坚持。他沉默了一会儿，很认真地说："如果可以留下来，我愿意！年轻，哪有不吃点苦的？"

年轻，总得干点儿正事！

"Autobots, transform and roll out"。毕业的前几天，我和男朋友正在电影院看《变形金刚》，突然接到现代路桥桥梁养护处领导的电话。电话里，听到久违的口音，思绪一下子被拉回到一年前。电话的那一头，向我们俩抛出橄榄枝发出邀请，希望我们可以留在桥梁处工作，我们俩听到这个消息，很激动，异口同声地答应了。直到现在，每每想到那个激动人心的时刻，我还是会心跳加速。

我们辗转了几趟车，从哈尔滨直奔南京。2014年7月13日，我们正式入职现代路桥，到了这里，气候没变，口音没变，还是当初的模样，但环境变了。公司新建了办公区域，变得很整洁，虽然在一个小镇上，但好在空气好，可以闻到泥土的味道。

我们俩同时被安排在技术员的岗位，不同的是，他要去徐州项目部，我留在南京。我们养护项目不同于新建，短则几天，长则几个月。好巧不巧的是，他去的那个项目要半年。那时，我觉得有句诗特别适合我：此去经年，应是良辰好景虚设，便纵有千种风情，更与何人说？

几个月过去，我也渐渐适应了这样的生活，他渐渐从技术员锻炼成项目负责人，我也拓展了我的业务范围，开始负责处里的党务、行政的工作，同时兼顾宁杭高速上的部分项目。

时光浅浅，2016年5月2日，我们终于熬过从校服到工作服再到婚纱的日子。因为平时项目很多，所以我们时间很紧，没有筹备婚礼的时间。说到这里，总感觉自己对不起父母。毕竟结婚的大事就这一次，还是要好好筹备一番。我们把结婚的事宜全部抛给了两边的爸爸妈妈，5月1日才赶回老家，5月2日便匆忙举行婚礼，5月4日正式回公司上班。直到现在，我都不敢看当初的结婚录像，因为婚礼的确很草率。不过好在，婚后的我们，亦如在校园一般，没有争吵，只有相互尊重和扶持，想想，这也算是一种慰藉了。有时，我们总会在无意中聊起这件事，我俩总会一起说："年轻，总得干点儿正事！"

年轻，就是要有多种可能！

我始终相信，人这一辈子，一定会遇到很多贵人，也正是有这些贵人的相助，才有了日后不一样的自己。

2017年，是江苏交控提出的"三查三改三提升"的专项行动之年，同时是十九大召开之年。为进一步深入贯彻上级指示精神，公司谋篇布局，优化顶层设计，并对公司的发展定位提出了新的构想。所以，在公司的各个领域都需要更多的新鲜血液。碰巧我在桥梁处期间经常负责公司综合大检查的迎检工作，并多次获得领导的表扬和认可，因此，得到了公司一些同事的关注。在这样的时间节点，我便被调至公司的综合管理部，主要负责党建、纪检和行政工作。毕竟是理科生出身，所以对一些政工方面的工作了解得还不够深刻，工作起来也比较吃力。于是，我利用休息时间多读一些关于党的建设、公文写作、后勤管理、档案管理类的书籍，一段时间下来，虽有一定的收获，但距离领导要求还是相差甚远。可能是天蝎座的女生都渴望追求极致，所以我主动跟领导说明我的困惑，每次领导都悉心指教，几次聊下来，我也渐渐找准了工作的方法。

但任何工作不可能一帆风顺，这不，才有点小起色的我，一次大会就让我"原形毕露"。我永远记住那天，2017年8月31日，公司召开旗帜鲜明讲政治警示教育大会，邀请了江苏交控的领导过来授课。由于我准备得不够充分，在上课时，视频播放突然没有声音，我赶紧跑上台救场，可我接连换了几台电脑都不行。我心想，这回惨了，准备卷铺盖走人吧！就在这时，一位同事站了出来，想到了补救措施，帮我化解了这场尴尬。会后，我主动找到领导承认错误，没想到，领导并没有批评我，反而安慰我说："没关系，咱们多吸取经验，下次争取做得更好！"我当时就哭了出来，压抑在心中的恐惧、自责和不安被瞬间瓦解，我彻底破防。从领导那里回来，又要准备下一场会议，时间紧迫，120人的大会要重新放席卡。这时，几位基层负责人和其他部门的同事，都不约而同地走过来帮我抬桌子排座位，我突然感觉到自己就像一个幸运儿，被公司的所有领导和同事包容着、爱护着，这是何其荣幸的一件事。那时我就暗暗发誓，我一定要好好努力，不能让大家失望。就这样，连续几场大会在大家的帮助下，我都顺利完成了组织和筹备工作。

2017年9月，江苏交控提出党委巡察的工作部署，现代路桥作为第二轮巡察对象，后勤保障和迎检材料准备工作自然就落在的综合管理部。我作为联络人，倍感压力。不仅担心后勤服务不到位，还担心材料的准备不符合要求。我深知党委巡察的重大意义，于是，国庆节假期，丝毫不敢懈怠，一直在公司加班到很晚，一遍一遍地梳理材料，一遍一遍核对工作流程。但党委巡察不同于专项检查，关乎公司全体上下各部门、单位。本来我还担心大家的配合能不能到位，但事实上，直到巡察结束，我的每一分担心都是多余的。大家分工明确、配合有力，我也圆满完成了这项工作。也是基于此次巡察整改，现代路桥也开启了里程碑式的改革。

年轻，就是要放眼未来！

我承认，我不是圣人，我还没有到财富自由的地步，所以，我和柳先生也同样，经历过"捉襟见肘"的日子。

在现代路桥进行薪酬改革之前，我和柳先生作为技术员，每月的收入加在一起可能都不到5000元。每到发工资的日子，真的是几多欢喜几多愁。特别是到了年底，工程项目少，我们拿到手里的工资就更少了。虽说从买房到买车，有双方父母的帮衬，但眼看到了三十而立的日子，总不能还当一个啃老的"巨婴"吧。

我是一个行动派，想到哪儿就会做到哪儿。一天，我向柳先生提出了我们不如辞职的想法。理由很简单，每个月入不敷出，我们总得想办法养活自己啊。听了我的话，他沉默了片刻，问了我两个问题。第一，你想好干什么了吗？第二，你舍得离开你热爱的路桥吗？一下子问得我哑口无言。的确，我即使可以接受"裸辞"带来的空虚，我却无法接受离开一个我热爱的企业的失落。与其说做一个逃兵，还不如努力工作，做一个为企业创造价值的人。就这样，时间来到了2017年末，公司薪酬管理委员会的成立，标志着公司新的薪酬体系的建立，我看到了未来的曙光。果然，到了2018年第二季度，我的收入较以前增长了一倍！

如果说，最开始产生离开的念头，是因为薪酬窘迫，那后来能坚定我留在这里的因素，却是"情怀"了。我很庆幸我能从每个月一两千的日子走到现在，但更让我庆幸的是，我能够陪着现代路桥从无到有，从小到大，从弱到强。作为一个亲历者、见证者、实践者，我深深爱着带着我们长大的它。

年轻，就是要敢于历练！

2018年6月，公司内部组织架构调整，我被调至综合部，重点负责行政、档案和保密工作。工作内容显然比之前减少了一半，但责任却更大了。公司的董事会工作事项也交到了我的手里。这是一项新的挑战！我大量翻阅了公司以往的董事会材料，从中找规律、找思路，并同各个部门领导研究上会议案，最终，在大家的齐心协作下，我又啃下了这块硬骨头。

带着一路走来所沉淀的从容，我参加了江苏交控组织的"80、90后"干部培养计划，并顺利通过笔试、面试环节，进入最终的入选名单。并于次年，经党组织安排赴宁杭公司挂职锻炼。就这样，开启了我新的旅程。挂职期间，我参与的职工文化项目先后获得省部属企事业单位服务职工优秀项目一等奖和省产业工人队伍改革优秀案例一等奖，参与的"大美宁杭"企业文化课题也获得了中国企业品牌创新成果奖。记得在挂职结束时，我曾在宁杭公司"七一"大会上分享过这样一段话："我是一个幸运儿，我有幸看到了宁杭从大美变为最美,更让我感受到这里有梦有爱有希望,这里的每一丈路都是逐梦路上的小美好。"

说起在宁杭公司挂职的两年,我有幸在参与宁杭公司"最美风景"建设的同时,也目睹了现代路桥的巨大变化。从2018年设计所成立到检测公司入围"高新技术企业",从2019年公司成为产业工人队伍建设改革试点单位到2020年公司拿下"小科改"工作任务,从单纯的养护单位成长为以"378"为产业链的现代化养护企业,这一路,我见证着它的快跑,它也带着我成长。它中有我,我中有它,彼此怎么也无法割舍。

是的,内心富有的人,才能看到生活的美好,而我的美好,就是现代路桥对我的培养,宁杭公司给我的舞台以及江苏交控帮我实现的梦想。

年轻,就是要保持热情!

随着"全国一张网"时代的到来,面对"钱从哪里来、人往哪里去、险从哪里防"的三大难题,身处交通行业的我们也迎来了新的转机。

江苏交控党委发布了"1号工程"动员令。柳先生作为桥梁养护处综合科兼工程科负责人,被派至宁杭高速省界收费大棚实施撤除项目。当时,正值我怀孕在身,妊娠反应近乎"人类极限",基本每天孕吐三十几次,无法正常进食。原本希望他能留在身边给我加油打气,但施工任务重、时间紧、难度大,他不能离开现场,甚至连打电话听听他的声音都成了奢望。有时,我也埋怨过,为什么偏偏是他?为什么只能是他?

直到那天,他终于到医院看我了。我是被救护车拉到医院的,我的孕吐导致消化道出血,一直口吐鲜血,神志不清,妈妈赶紧拨打了120。当我醒来的时候,我终于看到了那张既熟悉又陌生的脸,熟悉的是他胖嘟嘟的脸，但陌生的是他黑了不知多少个度。原本以为，逃过这次"险象环生"，他能多陪陪我，没想到，看到我醒了，他只说了一句："你醒了，我就放心了，媳妇儿，我还得去现场，坚强点儿好不好"。他近乎哀求的声音，让我看到了他最后的坚持。我点了点头，没有说话，我不能让眼泪流下来，我不能成为他的负担。

一个月后，工程项目顺利结束，回来的那天，他从施工现场讲到顺利完工，从他"争分夺秒"的故事里，其实我能听出来，此时的他，内心一定是骄傲的，而我，又何尝不是？

临近国庆，我的身体稍有好转。此时，也正值交控上下正如火如荼进行 ETC 的推广工作。正处于孕晚期的我，原本就不太健硕的体格，在成为"大肚婆"之后，走起路来更是滑稽得不行。但是，工作上的任务不能耽误。周末，柳先生和我一起到小区停车位转悠，看看有没有车还没装 ETC 设备。我们还自己印了一些传单，在小区进行发放。多亏了邻居帮忙，我一天便推销出去 12 个。国庆节过后，部门也组织了地推，大家怕我行动不便，原本让我留在办公室。但我实在不能允许自己拖团队的后腿，我跟他们一起走街串巷。中午，我们随便在路边买上两个包子，继续推广，一天下来，我们部门收获颇丰，大家高兴得合不拢嘴。年轻人嘛，就是要有股子热情！

年轻，就要传递正能量！

2020 年 1 月 13 日，我有新身份，成为了一位母亲。这个小家伙的到来，原以为会打破原有的宁静日子，后来才发现，这种生命的延续才是人生最有价值的事儿。

准备剖宫产当天，由于正值学习强国热潮，为了保住我前三名的战绩，我愣是在 10 点推进产房之前刷完了当天的学习强国任务。

后来，每当说起学习强国，我总会自豪地说：生娃都没耽误学习强国，还有啥事儿能让我忘记？

由于我整个孕期都伴随着严重的孕吐，所以见面礼，我送给这个小家伙一整套唐诗宋词，心想："小样儿，咱俩就互相'伤害'吧！"相较于电视《小儿难养》的片段，我的确是一个幸运的妈妈。小家伙很听话，很少大声地哭泣，也很少需要抱着才能入睡，所以，我有了更多的个人空间。4个月产假，我全身心地用来准备攻读硕士。功夫不负有心人，我顺利完成了战略管理、人力资源、市场营销、经济学的专业课考试，次年5月，完成了英语的考试，顺利成了中国人民大学的在职研究生。我经常打趣地说道："六六（小孩的名字），你可是从妈妈肚子里就听人大教授授课的哦，你的胎教够可以了呢。"

宝宝4个月大的时候，我便回到了工作岗位上，成了一名"背奶妈妈"。很多人都说刚上班会有分离焦虑，这事儿在我身上，我还以为由于工作忙会被搁浅，后来才发现，这种分离焦虑，只会延迟，但不会缺席。

有一次下班回家，在地下车库等电梯，就一直听到有孩子的哭声，一开始还以为自己是分离焦虑的前兆，但随着声音越来越大，我开始四处寻找，找了半天，在电梯门打开的一瞬间，我看到一个走路还走不稳的小孩子坐在电梯里哭，鼻涕、眼泪还有吐的奶渍，弄得满脸满身都是。我赶紧走进电梯抱起这个小可爱，一边给他擦眼泪一边尝试着问清楚他是否知道自己家在哪里，可是他实在太小了，还不会表达。就在这时候，电梯里又上来几个人，我着急地询问他们是不是在哪里见过这孩子或者是认识他的父母，可他们就像觉得我是个神经病一样，完全不理我，就任凭电梯里这个站不稳、话都说不清的孩子在那里哭。我也有自己的孩子，我能想象到，此时此刻孩子的家长是有多着急，自己早一点联系到他们，可能他们就能少一分煎熬。情况紧急，我抱起孩子一边一层楼一层楼地找，一边打电话报警。此时，孩子哭着哭着就在我肩头睡着了，那时候我就想，看来这孩子一定是吓坏了。看着他小小的萌萌的，真的好心疼。过了一会儿，大约在我走到14楼的时候，我在步梯里听到有人呼喊，同时，也有警察再次打来电话确认位置。我叫醒了小宝贝，看着他对走上来的婆婆露出了微笑，我想，总算找到了。我瞬间松了口气，悬着的心放下来了，我期间所有的不好的想法也都烟消云散。

事后想想，虽然我没有遇到能帮我一起送宝贝回家的路人，但是我接到警察同志三番五次跟我确认情况的电话，还是会感受到这个社会的温暖；虽然小家伙不能跟我表达他到底是谁，但是在他趴在我肩膀上睡着的瞬间，还是会让我觉得我能给他带来安全感；虽然我手提着两个包包又抱着这个不算很轻的宝宝爬了一层又一层楼，但在我找到他的家人看到小家伙揉揉眼睛喊出奶奶的时候真的觉得，内心充满美好，传递正能量原来多么有意义。

年轻，就是要坚持奋斗！

几年走下来，我也已经不再是公司本部最小的那个小女生。虽然有时回到家，我也常会和柳先生聊起工作中的困惑和不解，但是他乐观和豁达的处事风格的确是我不能企及的。的确，学习时，我们是同学；生活中，我们是伴侣；工作上，我们是同事。2021年7月，公司组织内部储备负责人竞聘，我和他同时参与到此项竞聘中，而此时的我们，竟然成了最亲密的竞争对手。我们各自为着自己的职业生涯努力着，同时，我们也为着对方的准备担心着。我们反复推敲着竞聘的题目，互相化作对方的面试官，一遍一遍彩排。虽然身份变了，但不变的就是我们一起奋斗的勇气和决心。很庆幸，我们同时入选，成了公司第一批"90后"的储备负责人。

不得不承认，自己也到了被别人叫"姐姐"的年纪，但是，"姐姐"就要有"姐姐"的样儿，我要把现代路桥低调务实不张扬的工作态度传承下去。

近年来，现代路桥大量引进优秀人才，成功引进了6名博士，组建了包含2名"科技副总"、72名研究生的管理和研发团队。截至目前，公司35周岁以下人员占比55%，本科及以上学历人员占比68%，中高级职称141人，副高级职称53人。但在这样年轻化的团队中，优秀的人比比皆是，也正是在这样积极向上的团队激励下，2022年的6月，我成功拿到了中国人民大学的硕士学位。作为一个大"姐姐"，可能我的业务技能不及他们，但是我要以一个奋斗者的姿态感染他们，我想我有责任和义务带领这群年轻人，共同为现代路桥建设成为"国际水平、业内知名的省级交通工程公司"贡献智慧和力量。

"雨花石"是现代路桥的文化品牌，它时刻激励着我们每一位年轻人在仰望星空的同时都能脚踏实地。也正是在这里，我们的梦想如同一粒粒饱含希望的种子，等待生根、发芽、开花、结果……

手记之十：故事里的妙知音

黄玲玲是我的师妹，我们在南京师范大学的专业学习，同出一门。她工作所在的江苏交控现代路桥公司，原先是一家亏损企业。2017年，黄玲玲迎来了新"班长"，一位"理工男"老总，愣是一股劲，迅速让企业扭亏为盈，用五年不到的时间，使企业利润暴涨了263倍。

2022年8月19日下午，我来到这家公司，本意是挖掘企业快速发展奇迹里的故事。老总给了我一份所有企业常用的那种"汇报材料"，无非是数据对比，然后是怎么抓经营，怎么抓管理，怎么抓党建等客观情况。他不擅长讲故事，一开口就"跑偏"到专业技术那里去，介绍公路养护和路桥建设的各种新材料、新技术，听得我这个"文科生"云里雾里。他自己似乎也意识到对作家讲这些是不在文学作品素材的"正点"上，向我直拱手，说："其实，我们公司有很多、很多好故事，讲人的故事，您还是让黄玲玲书记，你的小师妹给你讲，给你找人来谈，她是公司的人才库、故事库保管员，腰上别的全是金钥匙。"

最后，他还说了一句特别"文科"的话："把我们人的故事讲几个，我们路桥公司的故事也就出来了！"

在讲故事这件事上，还是"文科生"给力。师妹黄玲玲的确是故事库的金钥匙长官人。我跟她聊了两个小时，她一口气讲了公司里七八个员工的好故事——为什么叫"好故事"？黄玲玲毕竟是文学专业出身，她设定了一个主题，叫"个人幸福、小家幸福、大家幸福"。这样就避免了"满把抓"，她提供出来的素材，都能反映这样的主题。

比如,她介绍说,在现代路桥大家庭中,有这样一个小家,父与子,夫与妻,一家三口耕耘在不同的岗位上,却有着同样的奋斗目标。赵思悦,作为路基路面公司的一名"材料核算员",精准掌握每一车原材料动向,为保障施工项目的顺利运转默默奉献;他的妻子谈欢是一名"战地记者",辗转于各个集中养护项目,采写施工现场的每个精彩瞬间,为奋战在养护一线的同事加油打气。他的父亲赵春和是公司的"后勤保障员",挥舞着锅铲,制造美味佳肴,及时为每个奋斗者提供动力。在这三年里,因工作地不同,工作任务量增加,父子间聚少离多,夫妻俩也总是奔波在不同的出差途中,但是他们克服种种困难,舍小家顾大家,为公司的快速发展贡献自己的一分力量。而这,也是无数个为高速事业发展努力奋斗的小家庭的缩影折射。

还有,有一位军嫂张伊青,现任桥隧检测中心副主任。作为养护行业一线少有的女将,却从没认为自己和男同胞有什么区别,男人能做的她也一样都可以做到,2019年至今,完成了总里程超过1000公里的高速公路桥梁检查,平均每年完成超过500座桥梁的病害检查工作。她具有浓厚的家国情怀,丈夫是一名海军,在儿子一岁时,丈夫参加了亚丁湾护航任务,近一年时间漂泊在海上。那段时间她忙于工作的同时,还要照顾幼子,期间孩子几次半夜发生高烧惊厥失去意识,她常常晚上在医院不眠不休陪护后,白天又正常回到工作岗位。现在,作为两个孩子的母亲,她更是体现出"五一巾帼标兵"的担当。两个孩子的生活需要她照料,工作上的新业务需要亲力亲为,她始终坚持做好一个好员工、好妻子、好妈妈的信念,背后付出的汗水和泪水,只有自己知道。她还有一个身份,就是现代路桥首批引进的高学历人才,从一线做起,从基层干起,利用自己的技术经验,迅速帮助单位打开结构维修加固施工新业务,多次被评为先进。在工作中是个骨干能手,在家庭中是个贤妻良母,生动演绎了新时代的巾帼风采!荣获2021年江苏省省部属企业"五一巾帼标兵"称号。她的军官丈夫因此很"服她",对她敬爱有加。她在给组织的思想汇报里,写过一句诚恳的感悟:事业给她的人生和小家庭带来了幸福,而这种幸福反哺事业,使得我们的工作更出色。

柳林和齐秀是现代路桥公司的一对"90后"小夫妻,他们在公司里的奋斗和快速成长,是路桥公司发展的鲜活见证。黄玲玲讲她们的故事时,触发了我的灵感。在写他们的故事时,我更想走进这对年轻的内心深处,更想看到这代人进取的心迹。因而我采用了上文的"自述",让琴与瑟各自弹奏,然后合在一起,成为一曲美妙和鸣。

黄玲玲的手机里,收藏了小夫妻在微信圈"打情骂俏"的许多张截屏。她转发给我,里面的内容打动了我。他们的小日子,满满的,有情有趣有滋味。我想,他们这样的年轻人,他们的爱情,他们的奋斗,他们的乐观,他们的才智,他们的诚挚,他们在这个年轻人不乏懵懂、纠结的时代,为自己创造的那份幸福,应该是我们的下一代追求且完全可以追求到的目标。

作为一个孩子刚成年的父亲,他们的故事,真的让我在内心找到了幸福感。同时,我还很欣慰,我们这一代人,一直坚信是更老一辈的知音,如今,惊喜地发现,在下一代人中,也有了越来越多的知音啊。

"三个故事"里的"三个小故事"

新蓝海

他说:"我的名字里有'勇'字,所以我要时刻勇于坚持,无论困难多大,咬牙坚持挺过去,要时刻勇于创新,要时刻勇于挑战自己。今天的成绩只是历史,明天要不断提高标准,挑战自己。"他是江苏金融租赁清洁能源事业部负责人江勇,一个把"敢为人先"刻进骨子里的人。他用了10年,从行业的"创新者""开拓者",一路前进到行业的"领跑者""示范者"。

2013年3月,关于"光伏巨头"无锡尚德破产的新闻铺天盖地,而正当光伏行业一片哀号时,公司计划进军光伏行业,并将行业拓荒的重任委以了江勇。为了做好这项工作,江勇花了数天时间,仔细研读《让光伏驱动中国》,并把电站所需的审批文件150个章节全部学完,并多次进行电话和实地求证,在一次次求证中他坚定了行业的信心。他率先实行"名单制营销",做到全行业近千家企业电话营销全覆盖、龙头企业实地拜访全覆盖、所有项目跟踪全覆盖。

随着行业的发展,业务越做越多,团队越来越追求"标准化"。江勇却敏锐地察觉到了团队的"惰性",于是在团队会议中提出了"人无我有,人有我优"的口号,牵头组建"光芒创新创效工作室",创新通过保函、EPC完工承诺函、按进度分笔投放、放款账户监管、在建期保险等风控措施,实现在建期项目融资的新突破。此外,江勇还带领团队研发打造"光易租""风易租""绿易租""航易租""云易租""顶E租""省电宝"等近10款业务产品,在行业内打响了苏租品牌。

2020年是全面建成小康社会目标实现之年，是全面打赢脱贫攻坚战收官之年。作为一名从农村走出来的"农家子弟"，江勇内心一直想为乡村振兴做些自己力所能及的事情。终于，在一次与天合智慧运营副总裁蒲枫的业务对接中，他们的想法不谋而合：光伏进村！但农村户用光伏项目金额小、数量大、分布广，传统的方法是行不通的，难怪许多金融机构都不愿意接触此类业务。但江勇并没有轻言放弃，他借鉴零售业务模式，无数次召开电话会议商量，曾让手机发烫到自动关机。终于，在与天合智慧20多轮、100多天的协同攻坚克难后，成功推出了"小金牛"户用产品。该产品针对农村户用光伏项目"小、散、乱"等突出特征，以金融科技为抓手，打造包含农村用户与光伏厂商等相关利益方于一体的"农村户用光伏零售平台"，发挥普惠金融"活水"作用，构筑绿色创新发展新跑道。

"金融的本质是风险管理，管好风险的基础是专业化。"这句话是江勇时常挂在嘴边的。但一场突如其来的光伏行业"531"，却让很多企业遭遇倒闭，被迫离开行业，存量项目也陆续出现逾期。那段时间，基本没有新的业务，租金回收也遇到了困难，团队士气低落。江勇心急如焚，难以入眠。第二天，他努力打起精神，赶往一家向他们申请延迟还款的企业。这天的太阳像个大火球一样悬挂在天空，火辣辣地炙烤着大地。江勇顾不得室外垂直爬梯被晒得烫手，就径直爬向屋顶查看租赁物，而当他看到屋顶的这片深蓝在烈日下熠熠生辉时，眼眶有些浸润。"这是'金屋顶'，是多少光伏人一直以来的追求与梦想，它的未来还有很长的时间需要继续'发光发热'。"他如是想。于是，他心平气和地与老板详细了解企业目前的困难、对策、未来的规划以及对行业的趋势判断，这一坐就是一整天。老板也逐渐打开了心扉，推诚相见对江勇说："方向没问题，行业也没错，目前就是要坚持再坚持。"在回公司的路上，江勇立即部署了团队视频会议，主题就是"管好资产就是做好业务"。

"创新＋坚持＝竞争力"，他带领团队坚持创新各类风控措施，股权质押、应收账款质押、EPC回购等广泛应用，通过RPA机器人监管项目电费账户，进行大数据挖掘和预警，通过共享平台实时监测发电量，构建物联网电站监管的"天罗地网"。正是这些创新和坚持，让团队熬过了行业"531"的寒冬，迎来了"3060"的"三伏天"。

近三年，在江勇的带领下，江苏金融租赁清洁能源事业部累计为320家中小企业客户提供了融资租赁服务，实现新增投放近200亿元，创造利润近10亿元；助力节能减排，为社会生产清洁电力约360亿度，降低二氧化碳排放约3300万吨；推动乡村振兴，惠及1.3万户农户。江勇用自己勇于坚持、勇于创新、勇于挑战的初心，践行了"孺子牛、拓荒牛、老黄牛"的承诺与使命。

蹚路

一年出差两百多天，足迹踏遍新疆、东北、中原等农业区域，面对艰苦的生活环境、语言沟通的障碍、农户的质疑，从不退缩，拖着一箱箱合同，挨家挨户地讲解农机器具融资租赁模式，只为能帮助农民采购到心仪的农机设备。这个故事说的是蹚路人、江苏金融租赁厂融中心副总经理曹牧。

全面推进乡村振兴，加快农业农村现代化，人人有责，国企更不能缺席。江苏金融租赁厂融中心也逐步确立了部门以农机租赁为主的业务定位，一致认同需把握住"精准扶贫""乡村振兴"等重大战略机遇，以行动、实效服务实体经济、服务三农。此后，曹牧率领团队制定了从农业大省（新疆、黑龙江）开始，逐步向中原扩张，从大型高端进口设备开始，逐步覆盖中小型设备，从国际知名厂商开始，逐步覆盖国内厂商的战略规划。曹牧坚持冲在了业务的第一线。从破冻春耕的佳木斯农场，到打捆机连成片的内蒙古大草原，从抢收设备轰鸣的崇左甘蔗田，到天山脚下一望无际的新疆长绒棉的海洋，农机业务随着他的足迹遍布全国各地，合作伙伴的设备卖到哪里，哪里就有曹牧忙碌的身影。

2014年2月，新年伊始，厂融中心接到一份来自黑龙江的农机业务申请，这也是大家从未接触过的个人业务。为了服务好这一批农民客户，曹牧和团队成员立刻搭上飞往黑龙江的飞机，拖着整整两箱的合同，开始了漫长而艰苦的签约之旅。这也是他们第一次站在一望无际的黑土地上，没有热情的向导，没有四通八达的高铁路线，有的只是连到天边的农田、总是没有信号的GPS、和两个客户之间动辄几百公里的路程。而困难不仅仅来自交通的不便利。"你们是江苏的银行吗？是正规公司吗？""这个利息怎么算的，月息是几厘啊？""什么叫回租，我自己买的车凭啥还要租？""我看不懂合同，不签，你们回去吧！"一次次的白眼，一声声的质疑，也在严峻考验着他们的耐心与毅力。他们不温不火，耐心游说，坚持走访完了所有的客户，终于说通了用户，圆满完成了合同的签署工作，完成了首批小单农机设备租赁业务，成功实现了从无到有的质的飞跃。

首单的成功鼓舞了士气，为了蹚出一套业务模式，曹牧率领团队将勇担当、能吃苦的精神发挥到极致，挨家挨户地拜访农户，一遍遍向农户科普融资租赁模式、介绍产品与服务，提供接地气的解决方案，逐步从名不见经传的小团队，成为农机租赁市场响当当的领导者。

为了培植源源不断的动力，曹牧牵头成立了35周岁以下年轻党员为主的骨干团队"青禾工作室"，鼓励员工投身创新实践、提升业务创新能力。他带领青禾工作室成员通过服务理念创新、科技手段创新，打造标准化服务流程，推出"农易租"特色产品，实现了业务自动决策、无纸化操作，同时也为公司的转型业务提供了引领和示范。疫情期间，曹牧也积极发挥党员先锋作用，以"三农"为切入点，坚持从"服务客户需求"和"提升工作效率"两条思路出发，与IT部门合作，率先开发了"电子签"功能，推广个人电子签业务，满足合同线上无纸化、远程签署，进一步提高报单、放款效率。

农机租赁，既能大幅减轻农民自有资金的投入压力，又能促进土地规模化经营，是金融助力三农、加快农业现代化的有效手段。自2013年进入农机租赁市场以来，江苏金融租赁的团队凭借农村市场早期渗透的优势以及金融落地服务能力的不断突破，目前已与凯斯纽荷兰、克拉斯、天农股份等国内外一线农机厂商、经销商建立合作伙伴关系，累计为5500多家农户、农场、农业合作社提供了近7000笔现代农机租赁服务，涵盖拖拉机、采棉机、收割机、青贮机等设备，覆盖全国195个城市，投放金额超过41亿元。

黄金搭档

通过江苏租赁"E租中心"，购买一台威马新能源"座驾"，究竟能有多快捷？答案是15秒便可完成合同签署和放款。而在4年前，这些工作都需要人工来完成，每单长达3小时的审核时间，不仅投入人力成本大，更重要的是无法为客户提供良好的购车体验。

实现从3小时到15秒突破的，是江苏金融租赁汽车金融事业部叶远、评审部陈强、信息科技部颜心雨，以及威马同事，他们用了4年时间，把速度提升了800多倍。实绩显示，从首单突破到投放规模近百亿，从人工评审到自动决策模型，他们利用金融科技赋能业务拓展，成为公司"零售＋科技"战略下的先行军。

乘用车业务是真正意义上的小单业务、零售业务。当时市场上还很少有租赁公司介入该领域，而江苏租赁与威马新能源汽车的合作，也处于初步探索阶段。业务拓展与风控模型建设如何协同推进，是一次"摸着石头过河"的旅程，也着实困扰了叶、陈二人一阵子。叶远觉得进入一个全新的领域，心里没谱，但如果不硬着头皮往前冲，前怕狼后怕虎，白天怕晒夜晚怕黑，天上哪里能下业务？但先拿业务，意味着可能要面临零售单风险大、数量多、材料审核复杂等一系列问题，没有强大的后台支撑，业务的开拓也就没了底气。陈强在一旁打气，业务端在转型，后台支持部门跟上，先给他们底气。很快，俩兄弟达成了一致的目标。作为走在市场最前端的"穿针引线"者，叶远负责推动业务的开拓，与威马等厂商接触，推进外部厂商接入等。陈强则一边顶住评审数量日益增长的压力，一边往返各大金融机构，学习对方先进的零售金融"打法"，为信贷准入、授权审批、材料管理等系统条件设定研制"苏租方案"。

很快，团队多了一道靓丽风景，信息科技部的小美女颜心雨加入了叶远和陈强的"创业小组"。别看她身材娇小，但性格外向，做事有股爆发劲儿。三个人一拍即合，黄金搭档组诞生。开工！12月24日是平安夜，也是"E租中心"系统跟首家客户正式联调上线的日子。晚上8点，本应充斥着联调成功后欢声笑语的办公室内，气氛却有些沉默。一向开朗的颜心雨也有些严肃。因系统出现了一些故障，项目组的成员们紧急调试到凌晨3点，终于解决了难题，大家悬着的心也落了下来。

此后，团队创新业务模式，引入自动决策引擎。在系统的不断更新升级下，过去3小时一单的人工评审时间，现在可以通过引擎在15秒内完成，大幅提高了审核效率。自动化与大数据贯穿项目整个生命周期，让厂商、经销商、江苏租赁三角色分工合作、相辅相成，帮助客户实现快速融资，解决资金难题。

今天，在全国超 200 家威马汽车 4S 店内，都有着江苏租赁的广告立牌。双方的故事早在 2019 年便展开，威马也派驻了专员来到江苏租赁办公，负责双方协调工作。

但随着项目数量的不断增长，团队发现，威马经销商的库存融资需求遇到了新的痛点。库存融资需求通常集中在月末，且业务量大、时效性要求高，常常一小时内就会进来几百单，这对陈强的评审团队来说压力较大。而全国上百家经销商都分散在不同的地方，且受疫情的影响，让叶远等人做尽调、收集材料的效率也很低。

种种难题，也被这位威马员工看在眼里。他常常与团队共同加班到深夜，只为帮助大家能顺畅地跑通与经销商沟通协调的流程，提高业务拓展效率。"与 200 多家经销商一一沟通是项大工程，只有与苏租同事打好配合、深度绑定，才能更高效地解决经销商的资金需求。在苏租工作两年多，我已经充分融入了这个团队。大家拧成一股绳，才能共同做好威马的每一笔业务。"

时间来到 2021 年 12 月，在整个"兄弟团队"的共同努力下，威马 SAP 系统与江苏租赁库融系统正式线上联结，这也成了双方在库存融资业务上提升合作效率的关键"转折点"。

如今，江苏租赁与威马已签署了全面深化战略合作协议，在金融、科技、供应链物流等领域开展深度合作，共同助力绿色、智慧出行发展。

第十二章 "三个故事"的海量引发

攻坚

三年改革的海量引发

国有企业的改革发展,犹如大江大河的奔流,承载百舸千帆,灌溉万顷沃野。2020年,中央深改委出台了国企改革三年行动方案,吹响了新一轮国企改革的"冲锋号",明者因时而变,知者随事而制,江苏交控敏锐地感知改革的大势,蹚"深水区"、啃"硬骨头",在蹄疾步稳的改革中破解制约企业发展的难题。

钱从哪里来? 深耕主业!

"十四五"是江苏交通投资的爆发期,与不少同行业企业一样,江苏交控面临着投资任务多、筹资困难大"两大压力"。面对经济环境的复杂严峻和不确定性,江苏交控集中精力深耕交通基础设施投资运营管理发展的主业,着力稳增长、强产业、调结构,打造产业发展高质量体系,开拓资本金多元化筹措体系,探索资金可持续保障路径,助力全省经济发展的同时让企业效益增长更具可持续性。

作为江苏重点交通基础设施投资建设的主力军,江苏交控与江苏经济大盘休戚与共,更好地助力江苏的投资企稳才能更好稳住企业的基本面。近年来,江苏交控全力保障重点高速公路项目建设资金需求,聚焦补强过江通道、打通省际"断头路"和主通道扩容,布局"十五射六纵十横"江苏高速公路路网,2016—2021年间投资高速公路 1181 亿元，完成新建及改扩建高速里程 565 公里；适度超前投资勇担促进经济增长重任，"十四五"期间承担高速公路投资任务 3400 亿元，是"十三五"期间的 4 倍，预计带动全省综合大交通投资 6700 亿元。支持组建东部机场集团、省港口集团、省铁路集团，完成铁路、机场、港口等投资 570 亿元。积极融入区域发展经济圈，与全省 13 个地级市以及 10 余家央企、省级交通集团达成战略合作，建成 300MW 如东 H5 海上风电、江苏高速公路建设（养护）沥青材料保障基地等一批标志性项目。

做精三大主业、做大产业集群、融合金融与实体，近年来，江苏交控依靠"三大法宝"发展做强产业，并取得了积极成效：2021 年，路桥业务收入利润率从 28％提高至 35％；金融业务以 21％的资产贡献了全口径利润总额的 1/3；"交通＋"延伸产业净资产收益率提高到 12％。围绕产业集群联动发展，江苏交控着力破解产业基础弱、底子薄、资源散的先天不足，推动资源归集、产业归类，培育了一批细分领域龙头企业和单项冠军。所属通沙集团从传统渡运事业单位转型为交通建材供应商，公司制改革 3 年内实现资产规模翻番，年利润总额达 1.8 亿元，增长 3.5 倍。

通过清理注销、挖潜增效等方式，江苏交控完成"两非""两资"企业清理 63 户，回收资金 5 亿元；完成 5 户亏损企业治理，减少亏损额 3668 万元。通过实施混合所有制改革优化股权结构，江苏交控推进 8 户企业实施混改：江苏租赁引入法巴租赁、国际金融公司、中信产业基金等战略投资者，依托股东资源优势做大厂商租赁业务，总资产收益率、净资产收益率名列行业前三；通行宝公司引入中国银联、上汽集团、腾讯云等战略投资者打造 ETC 生态圈，国有资产增值 10 倍。

路往哪里走？决战科创！

江苏交控把科技创新作为发展的核心动力，积极布局创新体系，牵头开展交通领域核心技术攻关，打造智慧交通原创技术的高地，努力成为交通智慧化的领跑者。

构建开放协同的创新体系。江苏交控因企制宜出台"科技强企10条"；按照"小核心、大协作、开放式、育人才、创效益"的原则，构建"1＋5＋N"的科技创新协同模式。建立研发投入动态增长机制，近三年研发投入达7.05亿元，年均增长超50%。搭建科研开发、实践运用和人才培养的省部级以上创新平台25个，长大桥国家中心江苏分中心等一批重点科研基地纷纷落地江苏交控，多个博士后工作站、研究生培养基地在江苏交控挂牌。2户企业入选全国"科改示范企业"，6户企业获得"国家高新技术企业"认定。

攻坚路桥建管养的核心技术。江苏交控与交通运输部公路科学研究院、东南大学、同济大学等70余家科研院校建立合作机制，攻克路面快速无损检测、特大跨径桥梁养护等一系列行业性技术难题，"高速公路路面结构长期保存技术及智能养护"等课题被列为省部级重大科技项目。与三大运营商、华为、腾讯等成立数字交通联合实验室，逐个攻克数字孪生系统、超饱和路段主动管控及突发气象预警等前沿性课题。柔性引入两院院士和长江学者，共建公路养护技术国家工程研究中心等高水平研发平台。近三年投资建设的沪苏通公铁两用大桥、五峰山大桥等重大工程应用的新技术、新工艺屡创世界纪录，被誉为"世界长大桥看中国，中国长大桥看江苏"。

抢占智慧交通的前沿高地。以数字交通新基建为底座，江苏交控研发上线"云指挥调度"，推动"视频云联网"，首推"准自由流收费"，搭建高效"车牌AI中台"，打造"智慧路网云控平台"交通强国江苏方案样板工程，研发上线"江苏高速风险地区车辆预警系统"对全国范围内疫情风险地区来苏车辆开展实时预警，"宁易行"

境外职工健康档案管理系统将转运分配、信息核对 30 分钟耗时降低至 2.5 分钟。目前，江苏交控数字化产品已覆盖全国公路网近 5 万公里，涵盖综合交通、行政管理、国资监管等领域，创造直接经济效益超 6 亿元。

推动高速通行的应用创新。江苏交控在全国首创主线救援驿站、"道路＋航空"应急救援等分级救援体系，事故处理效率大幅提高，清障救援 30 分钟到达率 98.9%，平均处置时间 14.1 分钟；江苏交控率先做到冰雪天气不封路，以雪为令、雪停路净，积累了有效应对恶劣天气的道路管理经验和做法；江苏交控探索"准自由流"技术在全路网的落地应用，打造无岛化、设备集约化试点"自由流"收费站，采用 ETC"无杆自由流"交易、多功能智慧机器人自助收费等多种方法，显著提高了收费效率和通行效率。

活力如何增？多元激励！

人事是改革的关键领域。直面交通系统干部职工规模较大、传统收费员转型安置难度大的难题，江苏交控通过深化三项制度改革，采取市场化用工、差异化薪酬、多样化激励等举措，刺激人才活力持续迸发，为高质量发展注入源头活水。同时，积极推动干部职工转变观念，把转岗人员包袱变成可用人才资源，有效解决了人员转型安置问题。

岗位上下凭能力。一面通过培训提高转岗人员的素质，一面提高新招聘人才的门槛，"开源节流"是为了加快打造满足企业高质量发展需要的人才队伍。三年来，江苏交控新进职工 946 人，均为专业对口、综合能力强的优秀人才，其中研究生以上学历占比达64%。选拔高标准，对各层级管理人员制定严格标准公开竞聘，各级管理人员具有竞争上岗经历的比例达到 69.3%，新聘任管理人员竞争上岗比例达 46.7%。

职务升降靠贡献。 各级企业经理层成员实现任期制和契约化管理全覆盖，逐人定制考核目标，紧扣结果刚性兑现，打破干部身份"铁交椅"，各级管理人员主动走出"舒适区"。实行全员绩效考核，中层管理人员参照任期制和契约化管理标准。近三年，各级子企业经理层职务调整 297 人次；新提拔和重用 79 人次，跨单位、跨部门、跨岗位 91 人次；末等调整和不胜任退出 60 人。

薪酬高低看业绩。 不搞"高水平大锅饭"，薪酬高低以业绩论英雄，实现"一企一策""一岗一薪""一人一考"，管理人员浮动工资占比 62%，收入差距倍数达到 1.5 倍。对高层次、高技能人才采取特殊政策，以"一事一议""一人一议"的方式协商全年薪酬水平。在所属通行宝、现代路桥 2 户企业探索实施超额利润分享，建立了多劳多得、优劳优得的考核导向。

分流再造新机遇。 原本"只会收钱"的收费员变身"网红"服务区的物业经理，甚至走出高速公路系统成为相关行业的优秀人才，这在江苏交控分流安置人员中并不鲜见。自 2019 年深化收费公路体制改革取消高速公路省界收费站以来，江苏交控收费岗位通过内部转岗、离岗创业、向外输出等方式，共分流安置职工 1098 人。公司先后开展了清障岗位技能标准评价体系建设等一大批填补行业空白的试点工作，打开了职工成长的空间、畅通了职业发展的通道，交出了一份精彩的"产改"答卷。

风险如何防？练好内功！

随着投资项目增多、经营规模扩大，债务规模膨胀，企业整体风险管控的压力不断增加，江苏交控努力构建全方位、多层次、高质量的风险管理体系，以改革发展的底线思维倒逼企业增长活力，努力练好内功提升企业在复杂形势下的风险应对能力。

强化巡察审计。 江苏交控加强常态化公司内部巡察和审计，从中发现下辖单位在公司治理、合同管理、重大决策、内部控制、纠纷处理、招投采购等方面存在问题和隐患。常态化开展常规巡察、专项巡察、巡察"回头看"工作，以自主审计为主，将任中审计和离任审计相结合，全力"治已病、防未病"。

严守金融底线。江苏交控划定了"资产负债率控制在60%以内、全系统新增融资成本力争控制在3.3%以内"的底线，建立全面风险管理体系。利用并购融资、永续债券、优先股、债转股等多种金融方式积极策划资本金融资方案，在放大直接融资规模的同时，降低了融资渠道单一风险。为应对基础设施项目还款和投资的"双高峰"压力，江苏交控通过整合、替换、缩短或延长期限等措施，优化债务结构，控制杠杆水平。

管控采购风险。江苏交控建立了覆盖集团和所属单位两级的"归口统一、管办分离"采购管理组织架构，通过网上开标、电子评标、异地评标、远程监控，实现采购业务全流程在线动态监控，形成采购管控闭环。坚持能集中则集中的原则，逐步扩大集中采购规模，集中采购金额从2019年的2亿元提升至2022年的14.8亿元。同时，强化多级联动的监督体系，联动全系统纪检监督力量，让各级监督"同频共振"。

防范思想倦怠。针对分流安置人员较多、涉路作业繁重等现实问题，江苏交控关注改革调整过程中的职工思想动态、繁重工作压力下的职工身心健康和快速发展进程中的职工利益诉求。特别关注收费员这一群体，在做好妥善安置的同时，通过各种渠道主动掌握职工的思想动态，运用多种方式营造"快乐工作、健康生活"的良好氛围，确保职工队伍的思想稳定。

治理如何优？放活管好！

全面落实"两个一以贯之"，江苏交控积极探索完善中国特色现代企业制度,在公司治理中加强党的领导,加快实现治理体系和治理能力现代化,形成权责法定、权责透明、协调运转、有效制衡的公司治理机制。

明确权责抓决策。 在公司治理中加强党的领导,江苏交控完善"三重一大"决策事项清单,形成了党委会、董事会、经理层五大类80项决策、审议事项,明确各治理主体权责界限。 自主设计建成"三重一大"决策信息系统,实现了对集团及各级子企业决策事项的汇总分析和全过程管控。 加强规范董事会建设,依法落实董事会各项职权,注重发挥专业委员会为董事会决策提供咨询建议的作用,遴选百余名专业人员纳入外部董事人才库。 坚持"多元互补"配齐配强子企业专职外部董事,规范运行指引外部董事履职指南和履职评估。

完善制度强规范。 江苏交控梳理明确了涵盖全部业务条线的16篇、42类、354项制度的规章制度体系,把集团引领与基层探索有机结合,组织子企业同步修订完善各自制度体系,让公司治理贯通基层、全面覆盖。 根据行业特点和市场发展情况实行"一企一策"分类授权放权,不搞"一刀切、大一统"。 按照"授权不授责"原则建立定期评估和动态调整机制,确保授权放权事项接得住、用得好。 建立"内外结合、重要事项双审"的法律合规审核机制,确保重要决策、重要规章制度、重大经济合同内外部双重法律合规审核全覆盖。

变革组织增活力。 江苏交控加大"去行政化"力度,构建"大集团、小总部、强产业"的集约化管理格局:集团部门15个,编制人数控制在110人以内。 成立发展改革事业部、营运事业部,探索产业板块事业部制,压缩管理层级,让资源有效分配到市场一线。 对路桥企业实行区域化、集约化管理,完成6户高速公路企业合并重组,压减管理人员35%,年均减少管理成本1.5亿元;创新路桥企业一体化、区域化运营，实现苏南"两桥三路"集约管理，让路桥形成协同优势。

党建如何领？聚焦发展！

江苏交控党委认为，党建工作做实了就是生产力，党建工作做强了就是竞争力，党建工作做优了就是发展力，党建工作做细了就是凝聚力，党建工作做严了就是保障力。据此探索构建"卓越党建＋现代国企"的治理体系，以党建工作为改革发展凝心聚力，形成与生产经营工作深度结合的融合式、实效型党建工作格局。

用党的声音凝聚职工思想。公司党委把学习贯彻习近平新时代中国特色社会主义思想，特别是总书记关于国有企业改革发展和党的建设重要论述作为落实国企改革三年行动的首要任务，持续开展动员部署、系列宣讲、专题论坛，引导干部职工深刻领悟"两个确立"，树牢"四个意识"，坚定"四个自信"，坚决做到"两个维护"。组织干部职工深入学习党和国家的政策文件，正确认知和理解国企改革"为什么改""改什么""怎么改"，把握改革的正确方向，凝聚改革的共同意志。公司党委每年的"1号文"都会对公司的改革工作进行全面部署，并依靠党组织做好学习贯彻工作，帮助干部职工解决"劲怎么鼓、气怎么顺、事怎么办"的问题。通过举旗定向，干部职工的政治意识、大局意识、改革意识不断增强，干事创业的凝聚力、向心力、主动性不断提升。

把党的领导融入经营管理。江苏交控构建了"卓越党建＋现代国企"治理体系，将党的领导和党的建设深度融入经营管理全过程、全领域：聚焦"组织落实"，推进党的领导进章程、党建工作进规划、决策程序进制度、党企融合进机制等的17条措施；聚焦"职责明确"，畅通治理主体行权路径，以"清单"形式明确党组织前置研究事项。由党委会决定"能不能干"，董事会决定"要不要干"，经理层决定"怎么来干"。通过定准决策边界，确保决策"不错位"，应当经党委会前置研究讨论事项"不缺位"，应当由董事会、总经理办公会决策事项"不越位"；聚焦"监督严格"，坚持依法治企、风控护企、监督立企，实现全系统党委巡察、经责审计、安全巡查等联巡联动全覆盖。梳理共性问题，发现系统性隐患并努力根除，推动改革任务落实和重大风险防范。

用党建工作激发干事动力。江苏交控围绕发展抓党建、围绕热点难点抓党建、围绕职工群众抓党建，努力让党建工作出实招、见实效。突出党建品牌，形成了"苏交控·五力先锋"集团党建母品牌、二级党组织子品牌、基层支部微品牌的624个品牌矩阵体系。突出智慧型党建，自主开发建设"先锋荟"党建云平台和5G智慧党建室，编制《党建的力量》《卓越党建——来自江苏交控的实践》等经验书籍在中共中央党校出版社发行，受到全国同行学习热议。突出党建绩效，开展了旗帜领航、堡垒领先、头雁领衔、党员领跑、理论领学、项目领办的"六领"典范培树活动，率先推进党支部"标准+示范"建设，独具匠心、各有特色地打造了62个五星级支部、118个四星级支部、121个三星级支部的星级党支部集群。突出党员管理，在党员管理机制上，江苏交控构建党员职工公平竞争、成长成才平台，建立容错纠错机制，加强党员职工对公司发展的参与权、话语权，完善创先争优当先锋的激励体系，强化纪检监察、审计风控、干部考核、业务审查、民主监督、效能监察等六个民主监督平台，让党员职工干事创业有压力、有动力、有活力。

发展出题目，改革做文章，在国企改革的奔腾激流中，江苏交控的春汛冲沙破冰，截弯取直，一驰千里，展现了先行军的惊涛气概，我们将持续以更强的竞争力、创新力、控制力、影响力、抗风险能力，为建设"交通强国"先行示范区贡献"交控力量"！

转型
数字化的海量引发

江苏交控于 2016 年开始全面"上云",2017 年主导覆盖江苏高速 17 家路桥单位、46 个路段"调度云"工程整体技术架构的设计与建设工作,并于当年成功上线了全系统统一的"调度云"业务系统。此举在技术层面,改变了江苏高速 20 年来基于沿路光纤网并分路段建设多个指挥调度系统的传统方式,开创了在全国高速首个完全基于互联网与公有云建成的全省统一指挥调度云平台;在业务层面,突破了与省公安、路政系统、社会公众之间长期无法实现业务关联的屏障,实现在同一平台上,一路多方事件的快速联动处置。在投资层面,较分散多套建设方式,节约了数亿元的建设与运维资金。

2018 年,为积极响应国家"企业上云"政策,解决本地与云端数据安全传输问题,江苏交控联合互联网头部企业,设计与研发先进的 SD-WAN 组网技术,于 2019 年底主导建成了在全国交通行业地理范围跨度最广、节点数量最多的 SD-WAN 大型组网工程(含全省 434 个收费站、4396 个车道、52 个路段中心、113 对服务区),开创了在全国率先使用新基建技术组建取消省界收费站备用网络的先例,支撑全省收费站每天约 40 万笔的移动支付业务,还同时承载着近 30 多项业务系统,实现了大型新基建工程的集约建设,大幅提高了社会公众服务满意度与通行效率,由此交通运输部即将开始全国高速 SD-WAN 组网试点工作。2020 年,江苏交控再次跨界联合设计与研发覆盖全省高速的"云网融合"新基建架构,基于此架构,主导设计与建成的江苏高速视频云平台在全国首次实现了全省高速公路监控视频的云端汇聚,解决了 20 年来各路桥单位之间不能互调实时视频的重点难题，大幅提升了管理效率；同时通过"江苏高速"微信公众号在全国首次向社会公众开放了全省高速4500多路道路实时监控视频，这一举动瞬间吸引全国大量媒体的争相报道与社会公众的广泛称赞，引发各省纷纷效仿。在此架构持续支撑下，公众号现已提供了全省服务区与普通公路监控视频、全省收费站与汽渡开关状态、道路事件、新冠疫情查验点等社会公众出行所必要的服务，并收获了200万"粉丝"。由此，江苏交控所属企业承建了交通运输部全国高速公路视频云联网平台，目前连接的省份达到29个，已汇聚17万路视频，解决了部里采用传统技术路线长期无解的重点难题；目前全国相关视频云联网产品已达30项之多，各省已完成59项各类配套项目，至少节约了1亿元传统通信网络与省级视频系统改造费用，带动相关视频终端、Ai算法、网络设备等产业发展超过100亿元。

2019年，江苏交控主导研发的高速行业首个边缘操作平台，将应用开发、配套硬件、应用部署三者解耦，解决了软硬件绑定、软件与厂家绑定、软硬件高度耦合这三个困扰行业20多年的卡脖子难题，加速了行业软硬件的流通与社会公众强烈期盼的自由流（无栏杆）收费、差异性收费等服务的实现。

2020年初，为实现在全省高速收费站、服务区等地对新冠疫区车辆的精确管控，江苏交控主导全省高速重点车监测系统总体架构设计与建设，成功突破了收费站、门架、服务区车辆百亿张抓拍图片的云端存储、精确识别、快速调取等技术难点（其中云端车牌多引擎Ai识别技术为全国首创），实现了与公安、路政等政府部门疫情管控工作的数据联动，提高了江苏整体疫情防控能力。同年，江苏交控主导以用户直连制造的全新方式实现了自主设计收费机器人、摄像机等精准匹配高速业务的各类终端，带动了制造业的转型升级，形成服务业与制造业融合高质量发展的局面。

2021年，江苏交控在中国公路学会主办的中国高速公路信息化大会上，发布了自主设计与主导，采用国产技术逐步建成的全国首个覆盖高速公路全业务的"云网边端"一体化数字交通新基建底座，根本性地改变了高速公路既往传统集联式机电系统技术架构，目前基于此底座运行的江苏交控系统内外以及社会公众方面的各类业务系统已超过 100 项。同时，结合自主设计的江苏高速大数据中台，构建了连接产业互联网与工业互联网的行业应用中心体系，大幅降低了外界进入行业的技术与资金门槛。同年，为积极响应国家"双碳行动"，江苏交控牵头运营商以联合实验室形式创造性地实现了高速公路高清视频在公有云端的实时调看、存储、分发、管控等功能，大幅降低了各方调看成本（互联网调看），让云端 Ai 分析引擎有了"高质量原料"，也大幅减少了本地高能耗硬件的投入。

2022 年，江苏交控主导建设的《高速大脑——江苏高速公路"建管养服"一体化数字治理与智慧决策平台》，实现了高速公路管理和运营管理与服务的数字化、动态化、全局化、自动化、智慧化。同年，江苏交控设计将企业经营、互联网技术、社会公众需求三者结合的方式来加速发展数字经济，开创性地将高速沿路光纤专网、SD-WAN、互联网（含 5G）上的数据连通，并融合在高速公路、各公有云、私有云等处的算力，与运营商共建覆盖全省的算力网络，实现"一网多云"与"算网一体"的新型信息服务体系，在强力赋能企业数字经济发展的同时支撑国家"东数西算"工程，目前已在江苏高速开展落地试点。

在多年的科技创新之路上，江苏交控新基建技术、调度云、视频云平台、内控云等产品在持续推动企业数字化转型的同时，不断向外界输出落地；在发展数字经济的同时，也推动了周边产业的提档升级，获得了良好的社会反响与可观的经济收益。

新蓝图
战略布局的海量引发

"战略"（Strategy）一词源远流长，在企业竞争领域，无论是安索夫的《企业战略论》，还是波特的《竞争战略》，战略指的都是对企业竞争的整体性、长远性、全局性谋划。在江苏交控的一次内部研讨会上，公司党委一致认为：尽管江苏交控属于承担重要专项任务的商业二类国有企业，如果仅仅为了生存，完全可以不必进行战略规划。但要想基业长青、可持续发展，就必须重视战略规划！

凡事预则立，不预则废。江苏交控坚持谋划在前，在规划编制的前一年，就开始搜集分析集团各部室、所属各单位在"十三五"规划贯彻执行过程中存在的难点、热点和重大问题，明确了两批共10项重大战略研究课题，涉及事业性投融资平台潜力研究、公路上市公司投融资平台运作模式研究、路桥企业土地确权路径研究、过江通道资金的融控模式研究、高速公路收费政策调整综合影响研究以及5G在交通系统内的应用场景研究等，为"十四五"发展规划的编制奠定了理论基础。为确保规划科学合理编制，公司还研究制定了贯穿战略规划管理前期准备、编制、实施、调整、评估评价等全流程的各项工作方案和规范流程，确保战略规划工作形成闭环管理。

2020年春节刚过，公司以视频会议研究确定采用"1＋N"的规划体系。其中，"1"指江苏交控总体规划；"N"即公司部门及所属相关单位编写的业务规划、单位规划和三年行动计划。

站在"十四五"的新起点上，江苏交控确立了高质量打造"国际影响、国内领先"的万亿综合交通产业集团和建设"世界一流企业"

的发展目标，全力聚焦"投资商、运营商、服务商"的新定位，即成为江苏重点交通基础设施建设领域有带动力的投资商，强化主渠道功能，履行"先行军"职责，全力保障重点交通基础设施投融资任务，构建高质量、现代化的综合交通运输体系，推进交通一体化格局；成为全国综合交通产业领域有竞争力的运营商，坚持交通基础设施、金融投资、"交通+"三大主业，打造高效、协同、互补的产业体系，支撑综合交通生态圈构建，积极融入区域经济发展；成为全球高速公路领域有影响力的服务商，聚焦产品化、市场化、国际化，打造一流设施、一流技术、一流管理、一流服务，彰显高质量、高品质、高效率的江苏高速形象，推动江苏高速品牌进入世界先进行列。

如何更好地支撑"三商"定位、实现战略目标，江苏交控提出打造"六大示范样板"的具体目标，即：交通集团综合绩效示范样板、综合投融资主渠道示范样板、路桥营运服务国际先进示范样板、现代交通产业体系示范样板、"卓越党建＋现代国企"改革示范样板和社会贡献国企担当示范样板。力争至2025年，实现"1121目标"，即总资产达10000亿元，年营业收入达1000亿元，利润总额达200亿元，其中，非路桥业务利润总额达100亿元。为此，江苏交控就要勇于承担起"深化国企改革争当表率、建设交通强国争做示范、推动'十四五'高质量发展走在前列"的新使命、新任务。

"十四五"规划相较于"十三五"规划，主要特色亮点体现在"六个新变化"上：提出了"高质量建成具有国际影响、国内领先的万亿综合交通产业集团"的总目标，相对于"十三五"提出的"高质量建成具有国际视野、国内一流的综合大交通国有资本投资公司"定位来说，站位更高、看得更远、格局更大；提出了"资产总量变大、结构布局变优、质量效益变高、支撑作用不强、窗口形象变美、员工生活变好"这"六个变"（总结的时候是"八个变"），凸显出重要领域和关键环节的目标任务。在谋划"十四五"的时候,提出了打造"六大示范样板"的发展目标,全面契合"世界一流示范企业"发展愿景;第一次提出了投资商、运营商、服务商的"三商"定位;牢牢把握三大"国家战略"和"交通强国"先行示范区建设在我省叠加共振的重大机遇,积极融入区域发展经济圈,着力推动交通服务品质升级工程,主动融入综合交通生态圈,不断推进"交通+"产业实现资源资产化、资产资本化和资本证券化;明确提出利润总额达 200 亿元,其中非路桥业务利润总额达 100 亿元,同时要求金融投资、"交通+"两大板块运行质态、竞争优势和反哺能力持续提升,营业收入和利润贡献度分别达 45% 和 50%。首次提出了推动构建"2—3—4 布局",即形成 2 个以上营业收入达 200 亿元、3 个以上利润总额达 20 亿元的产业板块;控股 4 户上市公司,上市资产总市值达 1500 亿元,资产证券化率达 50%。对国际化布局也进行明确,海外平台建设取得积极成效。"三大主业"协同发展的业务结构不断优化;提出了聚焦"四新"精准发力的路径,即树立新坐标、开拓新路径、打造新能力、催生新活力,高度更高、维度更全、精度更准。

高位发力

宁沪公司的海量与引发

海量篇——

沪宁高速公路江苏段是我省第一条高速公路,东起苏沪交界安亭,西止于南京马群,主线全长 248.21 公里。1992 年 6 月开工建设,1996 年 9 月 15 日四车道高速公路建成通车,1997 年 11 月通过国家竣工验收，建设总投资62.1亿元。2003年5月至2005年底，宁沪公司自主完成了沪宁高速公路江苏段8车道改扩建，于2006年1月1日向社会开放双向8车道通行。工程进度、质量和投资控制都达到了国内领先、国际先进水平，在"中国公路建设史上书写了光辉的一页"。

公司核心资产沪宁高速江苏段连接上海、苏州、无锡、常州、镇江、南京6个大中城市。目前，沪宁高速公路断面日均标准收费流量14.23万辆，西段断面日均标准收费流量11.93万辆，东段断面日均标准收费流量18.27万辆，已超过11.5万辆的设计流量，无锡硕放—东桥枢纽日均流量18.54万辆，节假日峰值流量达到23.38万辆，被交通运输部列为"全国最繁忙的路段之一"。

公司主营业务为江苏省境内收费路桥的投资、建设、经营及管理，并发展高速公路沿线的服务区配套经营。除沪宁高速外，公司还拥有宁常高速、镇溧高速、五峰山公路大桥及南北接线、环太湖高速、镇丹高速、锡宜高速、锡澄高速、广靖高速、宜长高速、常宜高速一期、江阴大桥以及苏嘉杭等位于江苏省内的收费路桥全部或部分权益。截至2022年4月30日，公司直接参与经营和投资的路桥项目达到17个，拥有或参股的已开通路桥里程已超过910公里。截至2022年4月，公司共有员工3793人。2020年初，根据交通控股公司战略部署，宁沪公司吸收合并宁常镇溧公司后，公司目前共有7个管理处，下辖48个收费站，10个养排中心。全资子公司——江苏长江商业能源有限公司管理13对服务区。

近十年宁沪公司取得重大的发展成就。2012年，荣获"2012年度中国上市公司资本品牌百强"；2014年首次入选"港股百强"；2016—2018年，蝉联《证券时报》中国主板上市公司价值百强；2021年荣获第12届中国上市公司投资者关系天马奖论坛"最佳董事会"奖和 2021 上市公司"金质量·ESG 奖"。

引发篇——

"十四五"期间宁沪公司以"调整产业结构,实现高质量可持续发展"为指引,构思"12345"的发展思路。即:

聚焦一个目标谋发展。围绕江苏交控高质量打造"具有国际影响、国内领先的万亿综合交通产业集团"的远景目标,在产业补链、延链、强链上下功夫,高效发挥上市公司平台功能,深度参与新建、改扩建及存量路桥资产的整合,有序开拓省外及海外基础设施业务,投资总额不低于 500 亿元,力争在"十四五"末,收费路桥业务板块的利润贡献为 65 亿元,以融促产的金融板块利润贡献为 25 亿元,"交通+"板块利润贡献为 10 亿元,达到"千亿资产、百亿利润"的总体目标。

坚持双轮驱动蓄动能。资产经营和资本运营是宁沪公司作为高速公路经营主体和江苏交控上市主体的首要职能。做宽资产经营,向综合交通和新能源等领域进军,迁移嫁接宁沪公司优秀的资产投资运营能力。做深资本运营,切实发挥上市公司投融资平台作用,综合运用多种权益融资工具,为"十四五"期间大规模的投资并购行为提供融资保障。通过资产与资本的双轮驱动,实现资产的稳健扩张和利润的稳步提升。

推动三个转化创价值。推动资源、资产和资本三者之间的相互转化,实现价值创造最大化。资源资产化,整合利用资源,将资源转化为资产。整合利用江苏交控的集团资源,利用好宁沪路网巨大流量,以及利用存量路桥资产,推动优质资源成为优质资产;资产资本化,管理提升资产,将资产转化为资本。推动宁沪公司本部由"管资产"向"管资本"的转变,通过积极的资本运作,实现资本经营与价值变现；资本证券化，变现流通资本，将资本证券化。发挥好已上市平台和待上市平台的投融资作用，通过定增、股改、IPO等方式实现资本证券化。

促进四流变现增效益。紧紧围绕宁沪公司自身的路桥优势，通过"四大流量"挖掘路桥业务的潜在价值，实现经济效益价值最大化。客货流变现。做好高速公路资产、商业地产的经营，通过智慧扩容及新增路桥做大路桥收费现金流，通过以服务区升级为代表的交通商业作为流量变现载体，做大现金流。现金流增值。通过精准高效投资将高速公路、风电能源和交通商业业务的充沛现金流导入回报率较高的金融资产及交通新兴产业，产生资本裂变，寻求增值收益。价值流提升。通过精益管理和业务流程再造，消除企业的徒劳消耗活动，提升运营效率与发展效能。数字流赋能。通过先进数字化技术创新宁沪公司的决策模式、业务流程、产品服务及用户体验等各方面，让数字流驱动客货流和现金流，理顺提升价值流。

布局五大战略强落实。推行产业生态化发展战略，从路桥主业的投资运营到交通生态圈培育发展，推动流量从路桥入口浸润到整个生态圈，以流量入口为价值原点打造价值流转生态圈，推动流量升级变现实现流量变现与价值创造；推行业务国际化发展战略，通过路桥投资运营国际化与资本布局国际化实现价值拓展，以"品牌＋资本"发挥宁沪公司国际影响力；推行资本协同化发展战略，通过资本运作驱动宁沪公司业务扩张，同时以资本投资连接市场资源，实现协同发展；推行运作市场化发展战略，进一步优化股权结构、组织形态，促进混改、职业经理人、股权激励等改革，通过市场化改革激发企业活力，提高效率；推行发展数字化发展战略，通过产业发展数字化与数字发展产业化循环，围绕主业运营数字化、数字化产业、企业管理数字化三个方面，实现数字流赋能。

未来，公司将以调整产业结构为主基调，发挥地理、资金、资源等优势，积极主动融入长三角一体化发展战略，通过引进人才、完善体制机制、推进数字化转型等一系列发展举措，进一步厚植发展优势、弥补发展短板，提升核心竞争力，推动宁沪公司健康可持续发展。"十四五"时期是江苏交控保持高质量发展，打造"国际影响、国内领先"万亿综合交通产业集团和创建世界一流企业的关键时期。宁沪公司将切实承担起江苏交控体系内通道经济"链主企业"的职责，以"千亿资产、百亿利润"为目标，依托上市公司投融资平台，紧紧围绕"黄金通道"优势，通过"客货流、现金流、价值流、数字流"四大流量变现，充分挖掘路桥业务的潜在价值，实现经济效益价值最大化，推动通道经济迈入更高质量发展阶段。未来，宁沪公司定将聚焦"八大经济"，发挥"链主"企业带动效应，激发"黄金通道"综合效能，在江苏交控创建世界一流企业的新征程中，彰显宁沪担当，贡献宁沪力量。

跨越
高管中心的海量与引发

海量篇——

江苏省高速公路经营管理中心（简称"高管中心"）成立于2002年12月，隶属于江苏交通控股有限公司，属公益二类事业单位。目前，主要承担10条高速公路共793.93公里道路（桥梁）管养任务，为我省唯一省级政府还贷型高速公路建设投融资及运营管理主体。高管中心内设11个职能处室、下设7个高速公路管理处、2个汽渡管理处、1个应急指挥中心，受江苏交控委托管理4家企业，共有企事业性质员工 4000 余人，具有"点多、线长、面广、体大、人多"等特点。

过去十年，高管中心聚力攻坚"三大难题"、奋力打造"四个高管"、勤力建设"五个中心"，综合实力、整体贡献、发展优势在江苏交控系统全面领先，开创了高管中心事业跨越发展、高质发展的新局面。

中心依托事业平台、主体信誉、综合效益三大优势，积极发挥政府收费高速公路投融资主渠道作用。加大融资创新力度，不断释放事业平台投资融资潜力。全国首例事业单位 AAA 级主体评级获得通过，全国首例事业单位政府还贷项目资产证券化和储架式资产证券化项目成功设立。2013 年 1 月至 2022 年 6 月，中心取得地方政府收费公路专项债券 81.4 亿元，获批车辆购置税收入补助 86.57 亿元，现已取得车辆购置税收入补助 49.85 亿元，获取银行借款融资 274.26 亿元，有力保障了高速公路项目投资供给。中心管养高速公路里程不断增加，投资建设项目有序推进。江苏长江以北地区首条八车道高速公路江广改扩建工程圆满完成，溧宁、高宣、平广、连淮、宿泗等扩建新建高速公路投资项目加速推进。宁淮、宁洛高速收费期限延长获批，金马高速管理主体实现变更，中心管辖道路全部实现统贷统还。

中心坚持以经济效益为中心，着力稳住主业"基本盘"，加快打造多元"增长极"，全力推动中心经济效益稳步攀升。截至 2022 年 6 月份，高管中心转换企业报表总资产达 451.63 亿元，净资产 353.80 亿元，累计实现营业收入 367.09 亿元，其中，通行费收入 334.73 亿元（扣除 10% 统筹发展费）。高管中心所属托管企业外拓市场，内控风险，依托优势资源，创新盈利模式，加快推进转型升级，提高资产资本运营效益，实现营收 46.60 亿元，利润 8.66

亿元。

  他们持续深化改革，加强治理体系与治理能力现代化建设。建立健全责任考核、规范决策、风险内控、综合监督和问责追究五项机制，修订完善"三重一大"等多项规章制度。构建了三位一体的财务管理体系，自主研发的财务管理OA系统集成软件实现了财务会计与业务活动、内部控制与风险管控的有机融合。加速推进国企改革三年行动，健全完善法人治理结构，完成改革任务58项，5家企业股权划转江苏交控，1家企业清理关闭，托管企业集中监管机制逐步完善。全力配合镇扬、通沙两个事业单位改制，顺利实现了人员、资产、预算三方面改革事项的有序衔接与有效落地。

  他们牢固树立以人民为中心的发展思想，持续提升快速畅行体验感和品质服务体验感，助力公众美好出行，以实际行动践行国企使命担当。营运有"我"。深化"苏高速·茉莉花"营运管理品牌建设，圆满完成标准化收费站建设、省界撤站一号工程、ETC推广发行、费显点亮工程、全国"一张网"联网收费等工作，率先启动准自由流建设试点。养护有"我"。深化"苏式养护"品牌建设，创新打造"1＋3"管养模式，路桥技术状况持续保持优良等级，国评迎检圆满实现"全优"目标，3项课题研究分获"国家标准""团体标准"和中国公路学会科学技术二等奖，6项技术获国家专利，80余项QC成果获奖并推广应用。宁高联网收费改建工程作为全国首批试点项目，建成全省首条绿色循环低碳公路。保畅有"我"。成立应急指挥调度中心，深化应急指挥机制、应急调度平台和应急救援队伍建设，创新"调排一体化"应急保畅体系，清排障30分钟到达率年均96.98%，1小时畅通率年均96.48%，服务社会公众水平进一步提升。服务有"我"。深入推进"三精"服务区建设，有序实施"双提升"改造，初步形成"有品质、有品位、有品格"的服务区管理品牌,"1+N"客户服务联盟高管(区域)中心综合成绩排名位居联盟前列。崇启大桥服务区被评为全国优秀服务区。防疫有"我"。全体干部职工众志成城,筑牢了"省界屏障",守护了"江苏大门",彰显了高管担当。

特别值得称道的是,中心高举"卓越党建"鲜明旗帜,践行"通达之道"文化内涵,构建"家和道畅"核心文化体系,创树"省门第一路""国企带民企"等12个基层党建品牌,涌现出了全国文明单位、全国青年文明号、全国劳动模范、全国抗击新冠肺炎疫情先进个人、最美中国路姐和团队等一批先进单位和个人。深化新时代职工队伍改革,"1369"产教融合实训基地建设初见成效。扎实推进"我为群众办实事"实践活动,做深做细基层职工工作,维护了稳定发展大局。履行社会责任,贯彻"万企联万村共走振兴路"工作部署,切实推动"1+5"共建项目落到实处,彰显了高管形象。

引发篇——

"十四五"时期,高管中心对标江苏交控"5824"新战略新部署,高标准完成交通基础设施建设投融资和运营管理任务,高水平助力"强富美高"新江苏和"交通强国"先行区建设,高层次构建可持续发展的综合交通生态圈,高质量打造六大示范样板,努力建设全国领先的千亿级事业性高速公路经营管理单位。

中心围绕"333"发展定位,即"三个主体"——全省政府还贷高速公路投融资的主平台,运营管理的主力军,"交通+"产业经营的主载体。"三个标杆"——全国路桥企业中,全要素生产率和劳动生产率领先标杆,净资产收益率、资本保值增值率领先标杆,提供的产品和服务品质领先标杆。"三个典范"——全球高速公路领域,践行绿色发展理念的典范，履行社会责任的典范，高速知名品牌形象的典范。坚持"一主两翼、三业并举"的总体发展布局，即以政府还贷高速公路投融资为主要职责，以道路基础设施管养和"交通＋"产业经营为两翼，通行费征收主业、服务区经管业务和路桥养排业务三业并举、互为支撑、协同发展，实现由指令性投资为主的规模带动型向以"产业＋资本"驱动为主的质量效益型发展方式转变，加快结构调整和转型升级，推动国有资本有序进退、合理流动、保值增值。聚焦"四个一流"："一流设施"，高质量建设新开工项目，打造世界一流品质基础设施；高标准实施道路桥隧养护，打造"畅、洁、绿、美、安"的一流通行环境；高效率开展收费、调度、通信等机电设施设备维护，打造一流运营管理水平；"一流技术"，坚持把创新作为第一动力，加强智能交通科技研发，推动大数据、互联网、人工智能等新技术与高速公路行业深度融合，加快科技创新成果产业化、产品化溢出，为交通强国建设增添强大动能。"一流管理"，坚持法治引领，不断完善法规体系建设，加强对经营管理行为的实时监控和风险分析。进一步深化体制机制改革、"放管服"改革，健全治理规则，构建以信用、流程、绩效等为基础的新型监管机制，不断推动治理体系和治理能力现代化；"一流服务"，坚持以人民为中心的发展思想，聚焦"两感"提升，加速新业态新模式探索开发，促进交通与旅游、物流、零售等产业融合发展。打造"六大样板"：省内领先的路桥板块绩效示范样板，"十四五"期间实现营业收入 275 亿元、利润总额 50 亿元；路桥业务收入利润率保持在 20％以上。全国闻名的事业性投融资示范样板，持续提升综合投融资能力，融资成本继续保持国内同行业较低水平；资本市场融资取得新进展，资本结构和债务结构不断优化，资产负债率控制在 50％以内；强化资金融控，资金集中度达 95％以上。国际先进的智慧路桥建设示范样板，履行交通基础设施管智慧服务、绿色服务、品质服务提升，树立国际路桥营运服务新标杆。突出智慧引领，建成1条国际先进的智慧高速、1个国内一流的智慧服务区、1个行业领先的高速公路桥隧管养中心。创新发展的交通产业经营示范样板，企业年投资回报率不低于银行利率、年增长率不低于GDP指标；所属各管理处通行费实征率100%；主营指标完成率100%，社会公共服务保障水平全国领先。卓越领先的现代企业治理示范样板。全中心五星级党支部达到50%以上。彰显担当的社会责任贡献示范样板。践行"家和道畅""通达美好未来"的社会责任核心理念，力争服务大局走在前、绿色发展走在前、社会履责走在前、协同发展走在前、机制建设走在前。"十四五"期间，社会公众和职工群众满意率始终保持在98%以上。

颠覆
通行宝的海量与引发

海量篇——

江苏通行宝智慧交通科技股份有限公司成立于2016年11月，是全国领先的为高速公路、干线公路以及城市交通等提供智慧交通平台化解决方案的国家级高新技术企业，江苏省现代服务业高质量发展领军企业，主要从事智慧交通电子收费业务、智慧交通运营管理系统业务和智慧交通衍生业务。公司拥有南京感动科技有限公司、深圳宝溢交通科技有限公司以及江苏交控数字交通研究院三家子公司，下辖10个区域管理中心和64个自营客服网点，共有员工860余人。

公司自成立以来，坚持创新发展，先后推出一批"引领行业方向、推动交通变革、颠覆传统模式"的科技创新产品，加快推动交通基础设施数字化转型。构建由"通行宝＋数研院＋感动科技＋N个社会产学研机构"组成的"1＋1＋1＋N"智慧生态联盟，被认证为"南京交通运营管理工程技术研究中心"，与南京大学共建"软件实验室"，与南京邮电大学共建"研究生工作站"，与中国银联、上汽集团、腾讯、海康威视、中兴通讯等成为战略合作伙伴。核心产品"调度云"入选全国国有企业数字化转型优秀案例；"SD－WAN全覆盖组网"入选智慧江苏十大标志性工程；"ETC生态运营平台"项目被列入江苏省战略新兴重点项目。公司先后荣获江苏省科技进步二等奖、中国"小谷围"科技创新大赛一等奖、中国高速公路信息化奖、创新技术奖等荣誉奖项。累计取得各项知识产权200余项，一批科技创新成果在行业内处于领先水平。

公司被授予国务院国企改革办"科改示范企业"专项评估"优秀"企业、江苏省现代服务业高质量发展领军企业、江苏省"文明单位"、江苏省"五四红旗团委"、全省国资系统"先进集体"、省交通运输行业文化建设"先进单位"、江苏交控系统"卓越党建＋现代国企"示范单位、江苏交控系统"管理示范标杆企业"、江苏交控"先进集体"等荣誉。2021年实现营业收入5.91亿元，利润总额2.33亿元，完成年度考核指标（2.2亿元）的106％。公司资产总额42.72亿元，负债总额29.42亿元，净资产13.30亿元，资产负债率69％，剔除通行费清分结算及储值卡预存资金影响，资产负债率为15％。五年来，公司国有资本保值增值12倍。

公司自2018年10月启动上市，2022年6月13日获得中国证监会正式批文，9月9日正式上市，成为"成立时间最短、上市节奏最快、混改层次最高、全国行业首家"上市企业，刷新全国上市企业上市进度记录，成为其他同行资本市场发展的标杆。

引发篇（一）——

2022年，江苏交控提出了"5824"产业链现代化提升行动计划，通行宝公司作为江苏交控系统"数字经济"链主企业，承担着"统筹打造产业数字化转型平台和数字产业化孵化平台，探索'资本＋实业＋产业互联网'运营模式"的使命，承担着推动数字经济核心产业增加值比重达到集团营收13.5%的重任，承担着发展数字科技、推进数字基建、完善数字治理、繁荣数字贸易、实现数字蝶变的责任。这是江苏交控党委交给通行宝的新定位、新角色、新使命，需要通行宝往事归零，重新出发，以更高站位、更大责任向着"更高目标""更美蓝图"奋勇前进。

通行宝作为江苏交控发展数字经济的链主企业，必须紧密围绕江苏交控"5824"战略部署，开启"二次创业"，描绘"二次曲线"，高质量建成全国知名、行业领先的智慧交通产业互联网企业，以打造五大高地，形成五链一体的产业结构，打造数字经济产业发展的新高地。

五大发展高地包括：组建数字联盟，打造科研协作的生态高地。积极依托"1＋1＋1＋N"智慧生态联盟，持续扩大科研协作"朋友圈"。加强与权威科研机构交流与合作，对重点项目课题开展学术性、理论性、实用性多维度系统研究，形成可复制、可产出、可输出的指导性科研方案，共建数字交通科研协作的生态体系；筑牢新基建，打造关键核心技术的创新高地。强化智慧交通建设主渠道功能，进一步完善以"云控"为承载基础、以"智网"为传输模式、以"慧边"为计算载体、以"睿端"为物联单元的"云网边端"协同一体的数字交通新基建技术架构，推动高速路网数字化转型和智能化升级，为自动驾驶、安全管理、风险预警、交通治理、自由流收费等"新基建"提供智慧化解决方案；完善新治理，打造企业数字化转型的示范高地。深化"上云用数赋智"行动，强化全流程数据贯通，加快全价值链业务协同，依托"交控云"全流程数字化管理平台，推进远程协作、数字化办公、线上经营管理等应用，努力形成数据驱动的智能决策能力，服务企业内控治理行"云"流水，服务行业营运管理腾"云"而上。形成可复用的行业解决方案，推动"江苏经验"走向全国；培育新服务，打造公众数字化出行的体验高地，集智慧出行、交易结算、商贸服务、应急管理等于一体，构建全要素、全周期、全生态、全场景、全链路的智慧交通体系，为 ETC 车主提供更加专业化、个性化、精准化服务，为社会公众提供便捷、高效、体贴的数字化出行新体验；发展新业态，打造数据资产商业化的产业高地。开展数据资源商业化、产业化研究，将隐性资源转化为收益性资产，提升数据应用价值，构建以数据为关键要素的价值创造体系，培育交通领域的"数字要素市场"。

　　通行宝公司将打造数字经济发展的产业体系，形成五链一体的产业结构。搭建"品质卓越"的智慧产品供应链，加强商业模式创新和业务产品设计，研发生产更符合市场发展需求的智能产品和科技运营系统。依托深圳宝溢交通科技有限公司，加强智能产品研发、生产与销售，打造行业领先的智慧交通产品研发平台。协同数研院加强"收费机器人""数字经济大屏"等智能产品的开发应用，推进"收费自由流"发展进程。加快推进数字综合体平台建设，打造交通领域有鲜明特色的"应用市场"。加强与福耀玻璃合作研发"ETC 智能玻璃"产品，运用全球领先的 ETC 产品锁定未来千万级 ETC 汽车前装市场。建立"上云下端"的路网运营服务链。利用互联网新技术对交通治理进行全方位、全链条的改造，推动实现响应度、精细度、满意度倍增。聚焦高速公路"全国一张网"和"收费自由流"发展趋势，推进交通基础设施数字化转型和智能化升级。构架以六朵云平台为核心，涵盖智慧出行、交易结算、智能养护、应急管理、算法开发等能力的"1+N"业务体系，优化公路网指挥决策和运行监测平台，为全国路网服务保畅提供行业级解决方案。建成"智路惠民"的ETC综合生态链，努力打造智慧新场景，围绕千万级ETC用户，加强ETC生态体系建设，推进以ETC停车、ETC加油（充电）为主导的ETC生态业务发展。持续推进"ETC生态运营平台"优化升级，研发超聚合支付网关镜像和前端手持机APP/SDK系统的商户运营平台，逐步实现商户接入线上化、自动化，提高ETC生态拓展应用推广效率和用户体验。积极探索与公安交管系统的融合应用，开展基于ETC技术的智慧交通监管系统建设，打造一卡多用的"智慧车生活"场景，形成互联互通的ETC生态服务体系。构建"智慧互联"的数字交通产业链，围绕交通基础设施数字化转型，加大科技研发和产业发展力度，构建以"调度云"为核心、以"稽核云"为抓手、以"视频云"为重点、以"收费云"为拓展的数字化智慧交通产业体系。依托南京感动科技公司，加快推进"云"系列科技产品的成果转化，着重加强"六朵云"产品等科技产品的省外推广力度，提升数字经济产业链强度，推动智慧交通产业体系全链条发展。延伸"资本赋能"的企业经营价值链。

引发篇（二）——

感动科技作为江苏交控"数字经济"产业中负责相关研发、实施和推广的链群企业，锚定"专精特新"科技发展之路，通过与"链主"企业错位协同发展，聚焦"一个目标"，做好"三类业务"，抓好"两大支撑"，走出数字经济发展"四条路子"，实现"两个跨越"，力争成为"新数科"领域上市新平台。

聚焦一个目标：专注于交通信息化建设，从产品开发向平台服务转型，打造经济普惠、按需服务、快速部署、云联升级的云端数字服务系列产品，致力于成为"智慧交通云服务领航者"。

做好三类业务：面向交通管理者的管理业务，成为全国智慧交通业务管理领域有影响力的服务商；面向交通出行者的服务应用，成为全国交通出行增值服务领域有竞争力的运营商；面向新基建的数字基建工程，成为全国智慧交通新发展领域有创新力的供应商。

抓好"两大支撑"：创新支撑，以智慧交通研究中心为创新支撑，集聚国内智慧交通领域高端研究力量，依托场景应用打通科技创新成果转化"最后一公里"；孵化支撑，以江苏交控为主要对口孵化平台，探索并形成江苏交控数字化转型和信息化管理经验成果，为打造可借鉴、可推广、可复制的数字化转型提供"样本"输入。

感动科技将走出"四条路子"：一是以数字核心产品撬动交通产业数字化应用新市场。本着"让交通更智慧，让出行更简单"的初心，聚焦"畅行、品质、智慧"三大服务主题，深入推进交通数字化场景应用创新，最终形成一套有结构、有战略，且实用、管用、好用的产品体系，为行业客户提供全栈式智慧交通云服务，让数字化应用新市场越开越大。二是以数据智研服务挖掘交通生态精细化治理新领域。充分发挥应用场景和海量数据优势，针对交通生态圈不同治理场景提供定制化的应用能力以及"以快治快"的服务能力，通过数据智研服务建设，为公安交警、政务服务、城市管理、卫生医疗等职能部门提供更好的数据价值服务，形成一体化交通生态系统，让精细化治理新领域越拓越广。三是以 ToB、ToC 端双循环探索数字经济多元化布局新内涵。以 ToB 端调度云、收费云、智慧服务区、智能客服等智慧交通云服务核心产品为供应平台，沉淀数据与积累资源并形成生态，借助互联网渠道优势，为乘用车、货运司机等 ToC 端用户在线服务引流，重点突破一批"救援＋""通道＋"等服务，并反哺 B 端业务管理，形成 ToB、ToC 端双循环发展，让多元化布局新内涵越做越深。四是以基础研究应用和核心技术攻关领跑产业化发展新赛道。坚持自主创新，生态合作，持续开展需求牵引的数字科技关键技术攻关，重点推动人工智能、区块链、数字孪生、信创等新技术应用，运用数字技术组合创新交通服务方式，赋能交通产业全链条场景，推动基础研究成果与核心技术全面融入数字交通产品，打造产业自主创新策源地。

实现"两个跨越"。平台经济跨越式演进。加快 ToB 端数字核心产品与数据智研服务以及 ToC 端增值业务应用的战略性布局，通过资源共享模式，实现产业跨界融合、业态创新发展，推动产业集聚发展、能级提升，点燃平台经济发展新引擎，实现平台经济的跨越式演进。无人经济跨越式发展。以基础研究应用与核心技术攻关为"无人经济"发展"破障"，探索一批以自由流收费、数字人为代表的无人值守服务，贴合交通行业的无人化、少人化服务场景与需求，推动无人经济的跨越式发展。

通行宝，前路之广，不可限量。

三 商通达

现代路桥的海量与引发

从建筑业总体情况来看，2020 年，全国建筑业企业完成建筑业总产值 26.39 万亿元，同比增长 6.24%；江苏建筑业总产值 3.82 万亿元，同比增长 8.5%。"十四五"期间，中国仍将拥有全球最大的建设规模，根据《全球建筑业 2030》报告的预测，中国的建筑业在

"十四五"期间将以 4.8% 左右的速度增长，存在结构性增长空间。从江苏交通产业发展来看，"十四五"期间，江苏将新增高速公路里程约 600 公里、扩建约 450 公里、新改建普通国省道约 2200 公里，总投资达 3870 亿元，可以说，产业前景十分广阔。从养护市场来看，每年江苏各类公路（含市政）养护市场规模有 1000 亿元，全国每年养护市场规模超万亿。江苏高速养护连续 20 年全国第一名。现代路桥深耕高速养护 26 年，是全省起步最早、专业最全、资质最高的养护企业，未来力争成长为全国养护市场的"头部企业"。

作为全国"科改示范企业"、国家高新技术企业、江苏交控"养护经济"链主企业，面向未来，将全力深化市场化改革，进一步完善公司治理机制，形成灵活高效的市场化经营机制，充分激发企业活力，全面提升自主创新能力和市场竞争力。主要的战略规划就是：实施"154"工程，打造"五型现代"。确立"1 个目标"，把现代路桥建设成"国际水平、业内知名的科技型交通工程建设集团"。同时，适时启动股份制改造，加快资产证券化战略布局，做强做优做大国有资本，让"苏式养护"迈出江苏、走向全国、享誉全球。

围绕目标，将推行"五大举措"。确立"三商定位"：打造设计施工总包领域的卓越供应商，交通科技材料领域的卓越制造商，新材料实施 OEM 生产、保障原材料供应、综合养护保障领域的卓越服务商。坚持问题导向，借鉴顶级物业的管理模式，做优"养护管家"服务品牌，为业主提供个性化、时尚化、科技化的综合服务，实施"一路一策"，打造"一路一景"，实现"一路一品"。实施"三大战略"：党建引领战略；对标一流战略，围绕战略布局、产业链拓展、科技研发、内部管控、信息化建设 5 个领域，全面对标一流企业，持续优化发展路径；人才强企战略。采取"外引内培"的形式，推进"90.65.40 人才队伍升级"：90%的专业领域有领军人才，本科及以上学历占比65％以上，中高级职称占比40％以上。输出"三个标准"：日常养护标准，形成可推广、可复制、可传承的现代化日常养护企业标准；集中养护标准，形成集中养护企业标准，界定集中养护的适用性，推动集中养护流程标准化、标准体系化、体系科学化；输出桥梁加固标准，驱动"三个转变"：分配方式由大锅饭向市场化转变，突出全员劳动生产率、净资产收益率等指标，实行差异化分类考核；发展方式由粗放型向绿色型转变，聚焦绿色养护，出台"碳减排三年行动计划"；推进"两室一中心（江苏省智能养护装备工程实验室、江苏省高速公路绿色养护工程实验室和江苏省高速公路绿色养护工程技术研究中心）"建设，到2025年，公路养护工程"四新"技术及新基建应用率达90％，废旧沥青路面材料循环利用率达到100％，绿色养护水平走在全国前列；管理方式由职能型向效能型转变。争创"三个一流"：交控一流的单项目核算系统，优化"单项目核算系统"，强化17个子模块的关联性，突出内部管控的针对性，资金流向的约束性，外部市场的实用性；全省一流的公路甲级试验室，在高标准建成江苏高速公路检测中心的基础上，2023年，取得综合甲级试验检测资质；全国一流的养护示范基地，根据路网布局特点，积极争取地方政府支持，建成国际领先、绿色低碳的养护基地、养护工区、跨江大桥养护基地各1个。

打造"五型现代"，就是把现代路桥打造成规模型、平台型、科技型、改革型、责任型国企。聚焦设计研发、材料供应、工程施工"3大主业"，做强建设、标准、材料、建造、养护、设备等"6大市场"，到2025年，实现营收翻番、力争突破百亿。围绕"基础保障＋产业经营"的发展战略，打造养护产业链平台、苏南路网综合保障平台、材料供应平台、技术服务平台等4个平台。充分利用国家"高企"的9大优势，科技研发年投入不低于营收的8％，并保持

10%的年增长率；科技人才占比不低于30%。拥有材料、设备领域自主知识产权不少于10项。聚焦"科改示范行动"六大任务（"完善公司治理体制机制""健全市场化选人用人机制""强化市场化激励约束机制""激发科技创新动能""优化管控模式""坚持党的领导加强党的建设"），加快建立现代企业制度。聚焦政治、经济和社会3大责任，做优"六大品牌"，构建"1+4+1"的品牌体系（"先锋五师"党建品牌、"透明厨房"经营品牌、"苏匠优品"质量品牌、"养护管家"服务品牌、"青蓝工程"人才品牌、"雨花石"文化品牌），不断提升企业知名度、认可度、美誉度。

五者并进

云杉清能的海量与引发

云杉清能作为江苏交控能源经济板块"链主"企业，积极践行江苏交控"5824"产业链现代化提升行动，以"五者"定位持续推动"交通＋能源"战略向上攀登、向前挺进、向下扎根，持续优化交通清洁能源的产业布局、项目布局、空间布局、资本布局，努力在高能耗、高污染、高投资的交通运输体系中培育出清洁能源中心、低碳环保中心、经济效益中心，为江苏交控构建结构合理、功能突出、效益持续的现代化综合大交通产业体系贡献力量。

在供给侧做好清洁能源的开发者。面对目前海上风电竞争性配置较难、深远海风电政策不清晰、陆上风电暂停、加氢储能业务发展不明朗等政策相关情况，重点拓展"三大通道"：拓展闲置资源挖潜的"路衍经济通道"，创新"老基建＋新能源"的融合应用场景，推动互通枢纽园林式光伏、服务区收费站屋顶分布式光伏和服务区停车棚配套式光伏（继东部公司南沈灶等四个互通13.58MW光伏项目之后，近期启动了宁靖盐、东部公司 10 个互通 50MW 光伏项目），后续将学习山东高速模式，主动把光伏发电拓展到边坡、声屏障、建筑控制区等新的应用场景；探索"零碳"服务区（京沪泗水服务区"零碳"示范项目）、"零碳"长江大桥隧建设（海太过江通道风光储清洁能源供电工程）、高速公路互通微电网项目（泰州大桥试点）。拓展能源产业资源的"项目合作通道"，"五大四小"发电集团作为"国家队"，正由煤向"绿"加快转型，纷纷加入江苏海上风电的"东线会战"，甚至"三桶油"也相继入局，江苏交控作为"省队"，必须处理好和能源头部企业的竞争与合作，当前必须聚焦启东 H4♯等潜在核心项目，"以我为主"尽快获得"十四五"期间稳增长的"生命线"工程；争取启东深远海 1500MW 的海上风电示范项目；以农光互补、渔光互补工程（徐州丰县和盐城步凤项目）助力乡村振兴；积极与地方交投协作，成立合资公司，联合开发屋顶分布式光伏，形成对大型工业园区、物流园区的综合供能和用能服务（如推进如东洋口港开发区、宿迁交投通湖物流园屋顶光伏等社会化项目落地）；根据未来国家"隔墙售电"政策发展趋势，在分布式能源形成规模后，考虑区域配电网和区域能源互联网建设，为区域提供配网服务。拓展综合智慧能源的"多元发展通道"，将光伏、风电等清洁能源应用扩展到铁路、港口、航空领域，推动全省综合交通绿色转型发展，树立全国综合交通清洁能源应用标杆；因地制宜推动"风光＋氢""源网荷＋氢"等绿氢制备项目；在储能上探索示范项目建设，拓展新型储能的商业模式和应用场景，打造主体多元、领域多样的综合能源专业服务新业态。作为链群企业，江苏高油、南通天电要有效利用高速路网、互通枢纽、服务区闲置土地和管道等路沿资源，融合能源板块中的火电、供热、油品等传统能源项目，以及正在建设或拟建设的 LNG、燃机、储能、充电桩、换电、加氢等项目，采取系统内试点示范、逐步市场化推广的方式，形成大规模集中利用与分布式生产、就地消纳有机结合格局，构建"横向成网、纵向成链"的交通能源供应网络。

在效益端做好绿色产业的深耕者。按照目标任务分解，到2025年，云杉清能要实现营收15亿元、利润5亿元。把清洁能源资源转化为可持续增值的战略资本，通过绿色债券、绿色基金、低碳REITS等方式拓宽融资渠道；深化与三峡新能源、国家电投江苏公司、龙源电力等的央地战略合作，参股能源央企主导的海上风电项目，扩大权益规模（目前正与国电投商洽如东H4♯、H7♯项目股权并购，总装机容量800MW，并购后权益容量237.6MW）。在资本运作上做二次上市的破局者。云杉清能锚定"十四五"上市目标，按照资产率先上市、分拆独立上市"两步走"的战略，先期将资产注入宁沪公司，以资产证券化支撑江苏交控投融资"主渠道"作用发挥；后续将对标能源行业上市企业，保持资产规模持续稳定增长，稳妥推进战略投资者引入、机构改革、上市辅导等各项工作，做好分拆上市的"后半篇文章"。

云杉清能在运维中做好智慧电站的管理者。向运维要效益，以科技降成本。以智慧电站的高效运维实现降本增效；以智慧电站的科技创新推动成果转化，围绕新技术、新工艺、新装备、新标准，打造产学研融合的智慧光伏电站和智慧海上风场，在如海风场打造风电人才实训基地和风电新能源实验室，并通过创新成果转化应用增产增收；以智慧电站的经验集成释放品牌溢价，以智能化、数字化生产管理系统为核心，持续升级优化"云杉智慧大脑"，保持在发电企业中的领先优势，丰富云杉清能品牌内涵。

在市场里，云杉清能要做好碳交易的参与者。云杉清能对平价上网项目可考虑申领相应的绿证，为有消费需求的市场主体提供绿电服务。未来将逐步尝试碳信贷、碳债券、碳基金、碳期货期权、碳保险、碳理财等碳金融产品和工具的应用实践。利用CCS（碳捕获与封存）、CCUS（碳捕获、利用与封存）等技术将二氧化碳资源化，探索CCER（国家核证自愿减排量）碳交易，推动碳资产价值实现。预计一个100MW的新建风电项目产生的CCER收益为4200万元左右。

云杉清能有信心做能源经济的牵头者。能源经济链的协同机制再强化；能源经济链的顶层设计再深化。在集团层面，要尽快形成能源经济的专项战略规划和三年行动计划，勾勒出交通综合能源的未来版图、发展蓝图和作战地图，打造综合能源的投资商、供应商、交易商、服务商，推动能源经济高质量可持续发展。能源经济链的总体布局再优化。聚焦项目资源获取方式变化（江苏近海海上风电项目资源渐少）、电力体制改革政策不明朗、"交通＋能源"业态快速迭代更新、省内可再生能源电力消纳能力不足等风险挑战，统筹交控系统能源板块的整体资源禀赋，持续优化产业布局、项目布局、空间布局、资本布局，切实增强能源经济的竞争力、创新力、控制力、影响力和抗风险能力。

双领先
江苏租赁的海量与引发

海量篇——

江苏金融租赁股份有限公司成立于1985年，是主营融资租赁业务的非银行金融机构。注册资本29.87亿元，控股股东为江苏交通控股有限公司,主要股东包括南京银行、法国巴黎银行租赁集团等。江苏租赁坚持与实体经济共生共荣,始终聚焦"服务中小"战略定位,坚持专业化、差异化的发展路径,形成了"零售金融＋厂商租赁"业务特色,服务了十多万家中小微客户。截至2022年6月末,江苏租赁总资产1063.30亿元,2022年上半年实现净利润11.83亿元。

十年来,公司小单业务上升为发展主动力,已成为一家拥有十万量级客户、百万量级设备、千亿资产规模的零售租赁领军企业。专业化差异化发展提速升级,建立了适应零售发展需要的能力体系,行业开发能力、渠道布局能力、科技融合能力、资金保障能力、风险防控能力、人才支撑能力大幅提升。公司登录A股市场,深入实施任期制与契约化管理、职业经理人、限制性股票激励等改革举措,企业市场化水平不断提升。

发展成效具体体现在:经营业绩持续快速增长,资产规模从145.83亿元增至993.07亿元;利润由3.84亿元增至20.72亿元;盈利能力领跑行业,总资产收益率、净资产收益率持续保持在行业前列;专业化能力显著增强,2016年以来,公司加快业务转型步伐,形成了以零售金融为特色的设备租赁核心竞争力;国际化市场租赁业务国际化水平不断提升,海外融资取得新突破;信息科技深度融合业务发展;企业改革取得多项成果,实现股改和A股主板首发上市;实施职业经理人选聘机制,经理层全员实施任期制和契约化管理,形成较为市场化的薪酬决定与分配机制,在省属国企中首家落地员工股权激励计划;美誉度和影响力不断提升,先后荣获中央文明办授予的"第五届全国文明单位",国务院国资委2020年国企品牌建设典型案例(服务小微),江苏省国资委授予的"先进基层党组织",首届进博会先进集体,新华日报评选的"奋进70年·江苏高质量发展标杆企业"，上交所"信息披露 A 类公司"，"中国上市公司百强企业"等荣誉。

引发篇——

在江苏交控的指导下，江苏租赁董事会制定了《"零售＋科技双领先"2022－2026 年发展战略》(简称"双领先战略")。双领先战略贯彻控股公司深化金融与交通产业链深度融合的战略部署，以及金融产业链现代化提升的行动计划，强调紧密对接交通强国、普惠金融、绿色发展、乡村振兴、科技创新等国家战略，持续提升零售化设备租赁服务能力。

发展愿景：江苏租赁将致力于持续增强差异化属性，提升专业化水平，建设国际领先的设备租赁服务商。"差异化专业化"是定位和方向。要增强差异化属性，以专业的设备管理区别于信贷，专注设备管理，提升租赁物的估值、监测、取回和处置能力。建立适应零售业务特点的高效流程。要提升专业化水平，重点强化"融物"能力，提升服务小微能力，聚焦厂商租赁能力。"国际领先的设备租赁服务商"是目标。要对标国际领先同业，服务更多的国际厂商，引入更多的国际资金；支持更多中国制造走出国门，走向全球市场；形成与国际领先租赁公司比肩的国际市场竞争力。要夯实设备租赁定位，继续围绕设备做文章，不断扩大设备类型，扩充设备管理数量，成为专业的设备融资机构。要锻造服务能力。抓住世界租赁业"服务化"潮流，从融资走向管理和服务。

公司制定了双领先"12345"战略。"1"为实现一个目标，即增强差异化属性，提升专业化水平，"建设国际领先的设备租赁服务商"。"2"是达成两个领先，即"零售领先"和"科技领先"。形成百万量级客户、千万量级租赁物的业务资源库，以便捷、智慧的金融科技提升服务和运营能力。"3"是拓展三大路径,即"厂商路径""区域路径"和"线上路径",通过多个路径扩大服务覆盖面。"4"是提升四个能力,即"人才支撑能力""资金保障能力""资产管理能力""内控合规能力",一体谋划人、财、物、规等资源配置和能力协同。"5"是用好五种资源,即"国际市场""资本市场""改革政策""创新机制""专业资源"。要继续加快引资引智引机制,不断注入新的活力。

江苏租赁依托金融租赁功能属性,积极服务"交通强国"、"一带一路"倡议等,大力发展"大交通"业务。加快省内外交建业务布局。主动复制省内交建服务经验,积极"走出去",在巩固与江苏省交通工程、南京交通工程等省内施工企业合作外,还与蒙东矿建、合肥建工、岳阳路桥等省外一级、特级资质施工企业建立合作。深化与全球一流厂商经销商合作。保持在路桥隧施工高端装备和专业工程机械细分领域的领先优势,加深与全球前三沥青拌合设备商安迈、轨道交通领域头部企业海瑞克、中交天和以及高空作业平台第一进口设备商捷尔杰等国内外龙头厂商合作,拓展博雷顿科技等国家级专精特新小巨人企业合作伙伴,将国内外先进工程机械设备引入基础设施建设领域。依托SPV发展跨境船舶租赁业务。与全球顶尖航运经纪公司克拉克森、豪威罗宾逊、马士基等深入合作,打通渠道建设、方案设计、美元筹资、海关报备等关键节点,助力国内船舶制造企业"走出去"。

江苏租赁积极融入产融经济链群,踊跃开展与兄弟单位的业务交流,在资金融通、业务营销和产品创新等多个方面协同发力,为打造"多元化、高效率、低成本"的产融结合平台作出应有贡献。

开路

江苏高网海量与引发

海量篇——

江苏高速公路联网营运管理有限公司（以下简称"江苏高网"）成立于2005年2月，隶属于江苏交通控股有限公司，是由全省20家高速公路经营管理单位共同出资设立的非盈利性办事机构，现有注册资本1.444亿元。主要负责全省联网高速公路通行费拆分结算、路网运营调度、公众服务、信息化规划和技术统筹等工作。员工总人数为186人。2019年初，江苏交控优化营运安全管理组织架构，融合原营运安全部和联网公司相关营运安全管理职能，发挥集中管理功能，实行合署协同办公，成立营运事业部，设立安全管理、稽查管理、服务区管理、调度指挥等四个中心。2022年新增营运管理研究院。

江苏高网瞄准"国际影响、国内领先"的战略定位，肩负"服务路网、创造价值"的使命担当，持续擦亮"苏高速·茉莉花"营运管理品牌，不断深化"畅行高速路、温馨在江苏"服务内涵，聚力发挥路网营运管理中枢作用，着力打造全省高速公路通行费结算平台、营运信息服务平台和调度指挥平台，实现联网收费电子化，信息服务大众化和调度指挥快速化，不断推进智能化交通发展，提高决策分析数字化程度，加快联网营运管理信息化进程，不断推进江苏联网高速公路高质量发展，持续提升社会公众快速通行和品质服务体验感。"苏高速·茉莉花"营运管理品牌获评国务院国资委年度国有企业品牌建设典型案例。

从 2017 年起，江苏高速开始探索新技术应用，在营运管理方面，由原来的经验管理、流程管理向智能化、数字化管理转型。数据管理方面，建立"私有云＋公有云"混合云架构，实现收费、监控、公众服务等营运数据的集中汇聚。智慧应用方面，建设"高速大脑·数智营运"平台，发挥路网中枢数据优势，提升路网智慧管控效能和决策效率；研发智能调度、大数据稽核等系统，让路网调度和收费稽核更精准高效；推进自由流建设，让公众享受无感快捷的出行体验；建设服务区智慧管理平台，提高服务区智慧管理效能；整合"云客服"平台，为公众提供更高效便捷的服务。

"十三五"期间，公司实施重大举措，推进企业发展。擦亮党建领航"一面旗"，完善组织架构。在江苏高网原有部门基础上，新设立安全管理中心、稽查管理中心、服务区管理中心、调度指挥中心，整合后的营运安全事业部职能分工更明确、管理队伍更专业、协同管理更高效。公司打造营运人才"蓄水池"，激活人才发展"源动力"。公司织密企业发展"防控网"。进一步健全完善内部审查常态化管理机制，加快财务管理信息化建设步伐，构建与企业发展相一致的现代化财务管理体系。发力做好技术创新，2020 年底启动"高速大脑－数智营运"建设工作，建设营运大数据平台。2021 年实施的"数据回家"工程；2022 年启动"掌上数智高速"建设。2022 年推动调度云平台、高速交警"云＋"平台、交通执法"云控"平台实现"一路三方"管控平台融合，赋能"一路三方"机制深层次迈进。做实"苏高速·茉莉花"品牌建设。建设品牌传播体系、品牌考核机制、品牌孵化机制；塑建品牌体系凝练全新品牌核心价值体系；营造创建氛围，安装"苏高速·茉莉花"形象标识、开展品牌巡展等活动；培育明星班组、明星员工等一批先进典型。

引发篇——

未来几年，江苏高网将精准把握国家"双循环"发展新战略，坚持"一张网"融合运行新思维，以"苏高速·茉莉花"品牌建设为核心，构建调度指挥、公众服务两大"高速大脑"，培植高速公路管理、技术、服务三大顶尖团队，建设世界一流高速公路营运管理中心，树立高速公路智慧管理领航标杆。

根据江苏交控全面实施"5824"产业链提升行动计划的"二次创业"战略方向，江苏高网秉承"服务路网，创造价值"理念，从"做强三大底盘、打磨三项资源、培优三个生态"三个方面做大做强通道经济。一是做实通道引流、政策增收、稽核堵漏等"三大底盘"，要以自由流推广等手段，提升快速畅行体验感，吸引车流，为通行费增收提供流量支撑；要做好收费政策前瞻性研究和落地工作，加快推进集装箱港优等一系列优惠政策的调整；要打造"在线＋策略＋专项"常态稽核模式，筑牢通行费征收防线。二是打磨好品牌资源、数字资源、装备资源等"三项资源"，打造"苏高速·茉莉花"品牌资源，输出品牌理念和价值；盘活运用"高速大脑"数据资源，挖掘衍生数据、价值数据，实现数据"变现"；研究开发高速公路营运管理装备产品，推进研究成果产品化、产品专利化、专利市场化，实现装备"变现"。三是培优路域生态、路衍生态、平台生态等"三个生态"，要建立地域特色鲜明的网红店、标志店、城市店，放大服务区经营走向，打造路域生态；加大高速公路沿线广告、旅游、能源等综合资源开发利用，推进新能源综合站试点和加油站便利店建设工作，充分挖掘路衍经济增长点；整合"96777""江苏高速""通行宝ETC"等服务平台，打造与实体通道相对应的线上通道经济圈，形成客服"生态圈"。

通过以上举措，江苏高网将建强"通道经济"，夯实通道经济在江苏交控的压舱石、主力军作用，做强"通道经济"产业链，进一步扩大经营规模的同时做实规模产业，拓宽路网通道发展空间。

多元化
通沙集团的海量与未来

海量篇——

江苏通沙产业投资集团有限公司始于1982年筹建的江苏省通沙汽车轮渡管理处，1984年10月1日正式通渡，是连接204国道南通市至张家港市的长江过江通道。2005年12月，经省政府批准，通沙汽渡整体划归江苏交通控股有限公司管理，2019年7月改制成立江苏通沙汽渡有限公司，为江苏交通控股有限公司全资控股二级企业，2022年8月18日，根据公司发展战略需要，经江苏交通控股有限公司同意，更名为江苏通沙产业投资集团有限公司。

通沙集团先后投资成立南通通沙港务有限公司、南通通沙沥青科技有限公司、江苏高速新材料科技有限公司，参股设立江苏路得沥环保科技有限公司，投资入股江苏长源国际港务有限公司，通过优化经营布局和结构调整，形成了"产业＋投资"双轮驱动和"国有＋民营"混合所有的多元发展体系。

其中渡运产业拥有大型汽车渡轮8艘，南通、张家港码头共7个泊位，水上航行距离7.5公里，过江单航程约25分钟，日渡运能力10000辆次以上。港口产业拥有通沙和如皋长源两个码头，均为国家一类开放口岸，共计拥有长江岸线1300米、5万吨级以上生产泊位3座，堆场面积1000亩，最大靠泊能力为7万吨级。其中通沙码头拥有长江岸线 200 米，堆场面积 100 亩，大宗散货日作业量不低于 3 万吨，年吞吐量超 1000 万吨；如皋长源码头（通沙集团占股 50%）拥有长江岸线约 1100 米，堆场面积 900 亩，大宗散货日作业量不低于 4 万吨，年吞吐量超 1400 万吨。沥青产业构建产销研一体化的发展格局，形成三城四基地的产业布局，坐拥 26.5 万吨库容，累计加工各类沥青材料的单日产能达 7700 吨，南通基地拥有库容 3 万吨、日产能 1200 吨，南通如皋基地拥有库容 11.5 万吨、日产能 5000 吨，连云港基地拥有库容 4.5 万吨、日产能 1500 吨，镇江为综合中转基地，拥有库容 7.5 万吨。目前，沥青产业已基本实现沥青保供、技术服务、平台贸易的功能模式，规模跃居全国领先、江苏之最，成为行业高峰、产业标杆。

引发篇——

通沙集团将进一步加快产业转型，践行"为社会创造价值，为通沙创造未来"的使命担当，坚持"多元发展、人才兴企、创新驱动"的发展战略，紧扣"卓越党建＋现代国企"两条主线，依据江苏交控交通产业链规划，确定沥青产业为通沙发展的新引擎、港口产业为助推器、渡运产业为压舱石，推动"商贸经济"建设，实现通沙由生产加工型向商贸服务型企业蝶变，形成资源集聚、成链发展的综合交通产业商贸服务圈，成为路面材料优质供应商，以国际化的视野，坚持做优、做强、做大产业，构建具有行业领军力的综合交通产业体系，朝着高质量的现代化产业投资集团迈进，全面提升综合竞争实力和可持续发展能力。

围绕通沙"十四五"发展规划，聚焦交通新材料产业，优化三大产业布局，推动通沙"二次创业"转型发展，搭建资源聚焦、成链发展的综合交通产业商贸服务圈，做大做强商贸经济，高质量建设现代化的产业投资集团。 建设现代化的产业投资集团：围绕"交通＋新材料""交通＋商贸"，以建设江苏高速公路建设（养护）材物料保障基地为抓手，重构产业格局，推动通沙转型发展建设"1＋3＋N"的产业投资集团。 建立港口物流集散中心：推进与长源码头的合作，完善和加强码头一体化建设，打造多功能、现代化的物流港口，打造辐射长三角地区建设发展所需的件杂货物流新通道，进一步促进省内外件杂货流通向如皋港集聚，把港口产业建设成中转型、服务型、保障型的"江海河联运枢纽"。 建立沥青科技产研中心：建成"国际领先、国内一流"的沥青产业基地，建设沥青产业孵化中心，成立沥青科技产业研究院，推进新产品的研发和标准的制定，延伸沥青产业链，形成通沙沥青生态圈，打造集散、仓储、加工、研发、信息中心，构建多极支撑、协同共生的现代沥青产业体系。 四是建立路面材料商贸中心。 明确材料产业功能定位，以港口物流集散中心和沥青科技产研中心为基础，整合高端玄武岩和沥青等路面材料资源，探索以高速公路路面材料保障为产业方向的新业务，完善供应保障机制，做强产业链条，推进交通材料一体化发展，实施产业经营拓展工程，做大做强交通材料产业。

才智赢未来
人才集团的海量与引发

海量篇——

江苏交控人才发展集团有限公司（以下简称"人才集团"）成立于 2019 年 7 月，隶属江苏交通控股有限公司，是江苏国资系统首家人才集团。 集团以"服务人才成长，发展人才经济，助力人才强省"为发展定位,以"为客户创造价值,助人才致胜未来"为经营理念,构建全链条、一站式人才服务体系,走上了高质量、融合式发展的快车道。集团将深入贯彻中央和省委人才工作会议精神,抢抓国家战略机遇期和行业发展窗口期,推进人才链、创新链、产业链深度融合,搭建产才融合平台、数智服务平台、人才金融平台、科创孵化平台,打造"人才+服务+产业+科技+资本"的"五位一体"运营发展新模式,加快建成专业化、市场化、数字化、产业化、国际化的人才发展集团,努力成为中国人才发展行业领跑者,成为人才强省战略实施的推动者,为把江苏建成人才发展现代化先行区贡献交控力量。获批江苏省专业技术人才继续教育基地、江苏省职业技能等级认定企业自主评价机构和社会评价机构双重资格,先后荣获"GHR 年度突破创新人力资源服务机构""中国示范性企业大学""第十六届中国最具价值企业大学""首届企业在线学习项目大赛金奖""博奥奖最佳项目学习奖""第十七届中国企业培训首选服务商""第十七届中国企业培训示范基地""中国企业微课大赛组织奖"等殊荣;2022 年 2 月,"华为中国政企·江苏交控数字化人才培训中心"挂牌,成为首个华为技术公司与外部单位共建的培训中心。

人才集团抢抓国家人才发展政策利好的难得机遇,紧跟新时代人才发展新形势的必然要求,填补江苏省域范围人才平台空白的必然趋势,服务江苏交控产业发展需要,实施系列创新成果措施。主要有:打造"一主多元"新格局,下好建链强链"先手棋"。集团以助力江苏交控组织变革和机制改革为总方向,形成了以"赋能培训"为主营业务,人才赋能、职业认证、咨询服务、猎聘招引、人力资源外包、招标代理等业务板块协同并进的"一主多元"发展格局,初步形成"咨询+猎聘+认证+教培+人力资源外包"的一体化服务链;紧扣"两大主线"齐发力,打造教育赋能"主阵地"。紧扣"为党育人、为企育才"两条工作主线，聚焦主业主课实施精准培训。打造党性教育主阵地和人才赋能主阵地。实施"三项建设"强支撑，争做助推产改"主力军"。紧紧围绕江苏省新时代产业工人队伍建设改革工作的部署和要求，深入推进职业技能等级鉴定工作，推动产教融合、产才融合，助力江苏交控建设一支知识型、技能型、创新型高素质产业工人队伍，为企业转型发展提供强有力的人才支撑。推进运营模式、价标准、实训基地三个重点建设。培育"四化特色"增动能，夯实转型发展"硬基础"。集团立足当前，着眼长远发展，统筹谋划，整合资源，以区域化布局、数字化驱动、多元化合作、规范化管理为特色，筑牢发展基础，增添发展动力。

系列成果效果十分明显，近年来人才集团在资源整合能力强化、业务领域多元发展、核心竞争力提升、人才服务完善、助推人才有效流动等方面持续增强。

引发篇——

江苏交控人才集团以"服务人才成长、发展人才经济、助力人才强省"为企业使命，以"成为中国人才发展行业领跑者"为企业愿景，以"为客户创造价值、助人才智胜未来"为经营理念，服务江苏交控、服务江苏国企、服务交通行业，加快建成专业化、市场化、数字化、产业化、国际化的人才发展集团。计划用打基础阶段 2022 年—2023 年、创品牌阶段 2024 年—2025 年、跨越式发展阶段 2026 年—2030 年、高质量发展阶段 2030 年以后四个阶段，达成五大目标：力争到 2025 年，人才集团年产值达到 10 亿元、力争"十五五"初完成上市、实现数字化转型、建立起完善的"人才经济"产业链和发展生态、打造一流的业务团队。

摆渡人

  在一年多的《"三"生有幸》采访、写作过程中，我一直希望能跟江苏交控的董事长蔡任杰先生做一次深度访谈，但很久都没有约上。来自江苏交控方面的答复是，董事长不肯让作家写他。8月的一天，我去江苏交控大厦访问航产集团和云杉资本公司，结束访谈下楼时，在大门口碰到蔡先生。我赶紧上前"抓住"他，再次提出我的要求。他连忙向我一边拱手致歉、道谢，一边反复说："'三个故事'，企业和一线职工是主角，我们只是配角，我不能带偏了你创作的本来方向。"

  "等您写完定稿后，我一定专门请您一起小坐，老朋友了，像以前那样敞开聊，工作、生活、文学艺术，放开交流一次可好？"

  他用力握了握我的手，恳切地望着我。我只好点点头，表示顺从他的意见。

  年底，我完成了创作，准备向出版社提交书稿时，给蔡先生发了一个信息，告诉他，新书已经写完，请放下包袱——无论我们谈什么，都不会再影响到这部作品。

  我终于如愿以偿，得到了他给予的小半天宝贵时间。

  我对蔡先生算是比较熟悉的，这当然不单是因为他处在江苏第一规模国企董事长位子上的广泛知名度产生的"熟悉效应"，而是因为我们有些交集和相知。2017年以来，我创作出版了现实题材文学"问心"系列《追问》《初心》《撕裂》等作品，在社会上引起了较为广泛的讨论。蔡先生是较早给我发信息，跟我交流与作品有关话题的熟人读者之一。大概在2018年夏天，他邀请我到交控总部机关，做了一次廉政文化主题报告。报告会结束后，他挽留了我半个小时，交流了一些对中国传统文化的学习体会。那次交流的时间虽然不长，但是我能够捕捉到他思想的敏锐火花，探底到他学养的深厚积淀。

这几年，江苏交控在他和管理团队的领导下迅猛发展，成为江苏国企的龙头。我没有感到意外，我觉得像蔡先生这样的人，把事情做漂亮是理所当然的。但当我深入这个企业和深入部分职工的内心时，还是产生了不少意外的惊叹和喜悦。"三个故事"的引发是"海量"的，它衍生了无数故事，深化了更多的内涵，延展了更大的外延，给了这个企业和企业人、给了我们这个时代一片海阔天空。

基于此，我这次不能不"有备而来"——我准备了一箩筐问题，在跟他聊天意到酣处，话锋一转，切入进去。

他是一个思维活跃、且可以被调动激情的人。在不经意间，我得到了全部我所需要的答案。

且把我们的对谈内容记录于此，作为作品的结尾。我希望，它可以为全书"压阵"。

对话——

请把"三个故事"抽象成理念，用简短的语言进行陈述。

答：故事是人类对自身历史的一种记忆行为。我们提出讲好江苏交控"企业有前途、人才有舞台、生活有滋味"三个故事，归根结底就是要"把江苏交控的发展历程通过这三个维度浓缩到故事里面，以故事这种文化符号的呈现，让人们看见一个多姿多彩的立体式交控、记住一批有血有肉的真实交控人"。

"三个故事"的提出是基于什么样的背景？从经济形势、行业趋势、社会潮流、国企氛围和交控自身的状况、个人处境等方面谈。

答：故事记忆和传播着一定社会的文化传统和价值观念，引导着社会性格的形成。同样，企业发展历程就是企业故事不断演绎的过程。讲好"企业有前途、人才有舞台、生活有滋味"三个故事，推动江苏交控特色企业性格的形成，既是为企业高质量发展提供思想保证和舆论支撑的需要，又是迎接党的二十大胜利召开的实际行动。

从经济形势看，当今世界正经历百年未有之大变局，国内经济处在转变发展方式、优化经济结构、转换增长动力的攻关期，结构性、体制性、周期性问题相互交织带来巨大压力。但未来要素配置将更有效率，市场主体将更具活力，消费空间将更加广阔，超大规模经济体的优势将更趋明显，这为国有企业的顺势而为、借势而进、乘势而上奠定了坚实基础。江苏交控承担着促进区域经济社会和谐稳定发展的历史使命。我们通过讲好三个故事，就是要立足当前、着眼未来，讲述企业发展质量变革、效率变革、动力变革的生动实践，锤炼在应对危机中抓新机的本领，进一步树牢我们开新局的信心。

从行业趋势看，中华人民共和国成立以来，一代代交通人以敢闯敢干的勇气和自我革新的担当，前赴后继、英勇奋斗，逢山开路、遇水架桥，推动交通运输事业实现了从"瓶颈制约"到"总体缓解"再到"基本适应"的重大跃升。党的十九大作出建设交通强国的重大决策部署，这是新时代交通人为实现"中国梦"而奋斗的新使命。当前，我国交通运输发展的主要矛盾已转变为人们对美好生活的向往与交通运输发展不平衡、不充分的矛盾。大多数省级交通产业集团处于由高速公路经营向大交通及实业经营过渡的阶段，在这一过程中，国企深化改革的加速推进、收费政策的不断更迭、重点任务的持续加码，给省级交通产业集团的反脆弱性能力带来多重考验。我们通过讲好三个故事,就是要赓续红色精神,发扬革命传统和优良作风,焕发干事创业的精气神,在实现中华民族伟大复兴的中国梦的新征程中,加快把建设"交通强国"的宏伟蓝图一步一步变为美好现实。

从社会潮流看,讲好中国故事,传播好中国声音,展示真实、立体、全面的中国,是加强我国国际传播能力建设的重要任务。党的二十大报告中,再次强调要向世界讲好中国故事。近些年来,一批具有精神高度、文化内涵、艺术价值的艺术作品不断涌现,展现了中国人民的奋斗实践和精神历程,把中国故事讲得越来越精彩,让中国声音越来越洪亮。因此,从政府到企业,都掀起了讲故事的热潮。我们通过讲好三个故事,以故事承载企业历史、弘扬企业精神、传递企业价值、塑优企业品牌,在唱响企业发展"好声音"中,持续激发和提振干部员工的澎湃热情、奋进精神和昂扬斗志,既是塑造企业良好社会形象的需要,也为企业高质量发展积蓄精神动能。

从国企氛围看,国有企业一直被称之为共和国的"长子",肩负着维系国家安全和国民经济命脉的重大使命。2016年10月,全国国有企业党的建设工作会议,提出要使国有企业成为"一个依靠力量、五个重要力量"的新定位、新要求,这是新时代国有企业的重大战略使命要求。当前,江苏交控乘着国企改革的东风,聚焦改革与发展的高效联动,抓重点、补短板、强弱项,努力实现党建效能、企业效益、治理效果和组织效率的全面提升,切实增强竞争力、创新力、控制力、影响力、抗风险能力,坚决打赢国企改革攻坚战。我们通过讲好三个故事,江苏交控将自身的职责和使命置于历史发展的坐标和现实进程中,在践行"交通强省、富民强企"的初心使命中,引领江苏现代化综合交通运输体系建设不断发展壮大,努力成为"党和国家最可信赖的依靠力量"。

从交控自身看，一直以来，江苏交控干部职工秉持"特别能吃苦、特别能担当、特别能奉献"的企业精神，为实现企业高质量发展贡献了力量，这些吃苦耐劳、勇于担当、善于作为、甘于奉献的故事将激励交控人用忠诚、青春和热血让改革不停顿、创新不停歇、发展不停步。在江苏交控20余年的发展历程中，许多创新攻坚、感人至深的故事构成了企业的历史剪影，以讲故事的形式保存历史记忆、汲取宝贵经验、展示发展成就，能够为江苏交控把握新机遇、注入新信心、开启新征程提供思想保证和舆论支撑。我们通过讲好"三个故事"，以企业经典故事的讲述，能够在传递企业理念方面发挥潜移默化的功效，将正向积极的行为准则和道德规范渗透融入到员工的灵魂深处，外化为符合企业特色和行业特征的行为习惯，培育起助推企业高质量发展的优质基因。

从个人情况看，出发点和前面几个方面，特别是交控自身来看是紧密结合在一起，甚至是基本重合的。我自己也是希望通过讲好"三个故事"，能够集中力量宣传江苏交控世界一流企业的新举措新成效，持续扩大文化品牌辐射范围，充分展示江苏交控在交通产业领域的专业性、引领性地位，让江苏交控的企业形象更加鲜明、行业地位更加突出、社会影响更加广泛。如果能够实现这一目的，基本上也就达到了我个人对讲好"三个故事"的希望和期待。

我理解"三个故事"作为一种目标举措与勾画，比较亲切、柔性，更注重企业内涵建设而不是"体量"扩张，是不是不够"刚性"？提出"三个故事"最初的反响如何？有人提出过异议吗？

答：我非常赞同您的说法！从讲好"三个故事"角度来讲，我们注重企业内涵建设而不是"体量"扩张。您也提到"刚性"，从企业发展角度来说，我们的刚性更多体现在规章制度的执行和对企业的高质量综合考评上，因此"三个故事"更多地表现在"温情和柔性"，注重内涵建设。

第一次提出"三个故事"，是2021年11月份的年度工作思路座谈会，2022年1月份召开的年度工作会议上正式布置，后来从各方面反馈来看，总体上大家反响还是很好的，觉得很有意义。当然，也会听到有极个别的不同声音，主要是觉得"讲故事是虚的，会耗费精力和时间，全力以赴确保经济效益才是实的"。这种提法是有失偏颇的，过去我们说物质文明和精神文明一起抓，现在更是物质文明、政治文明、精神文明、社会文明、生态文明"五个文明"同步推进、协调发展。在两级党委和各部室的共同努力下，经过一段时间，大家基本上统一了思想，凝聚了共识，达成了一致。

从企业最高层面出发，实施"三个故事"的有效的核心措施有哪些？

答：推动大家全力讲好"三个故事"，一方面，出台了活动实施方案。我们1月份会议布置完成后，江苏交控党委宣传部2月份就出台了《江苏交控"讲好三个故事"企业文化建设活动方案》（苏交控党〔2022〕11号）来全面落实推进这项工作。另一方面，纳入了年度综合考评。把讲好"三个故事"具化成一项考核指标，作为所属企业高质量发展考核重点工作清单10项内容中的重要一项，纳入《2022年度江苏交通控股有限公司所属企业党的建设考核实施办法》。单项工作先按百分制打分，再折算计入所属企业年度高质量发展考核结果，以"刚性"考核来保障方案落实。

活动实施过程中，党委宣传部在企业公众号开辟专栏，在全系统征集好故事，目前，我们在已有征集、筛选、诠释企业故事的基础上，建立了"企业故事库"，并通过在学习强国江苏学习平台、中国交通广播长三角频率开设特别专栏，搭建了一批云端"故事会客厅"、媒体"故事会客厅"，充分展示了江苏交控的良好形象和文化理念。我们的二级单位党委也是非常支持，全系统都积极行动起来，上下联动、群策群力，在全系统形成了讲好"三个故事"的浓厚氛围，现在是"家家都有故事、人人都讲故事"。当然，包括丁主席您即将出版的这本书籍，可以说是我们今年讲好"三个故事"活动的"重头戏""压轴戏"，以当代著名作家的视角、以纪实文学的题材来讲述江苏交控"三个故事"，我们全系统两万八千名干部职工也都是充满期待。

在人才方面，您个人更关注哪个层面？高层决策团队？中层骨干？还是最基层的员工？您做了哪些重要的决策和实事来关心您最关心层面的人才的？

答：我想，如果把江苏交控比喻成一艘在大海航行的船，那么高层决策团队就像指挥这艘船航行方向的"船长"，是把关定向做顶层设计的；中层骨干就像操作航行的"舵手"，是执行落实船长决策指令的；基层员工就更像是"水手"，是分布在各个岗位的普通船员，看似普通每个岗位都不可或缺。大家都在一条船上，同舟共济、命运与共，每个层次都非常重要，分工协作、缺一不可。所以，各个层次都非常关注。

从整体上来说，我们注重发挥党委牵头抓总作用，确立人才引领发展的战略地位，抓好人才工作的顶层设计，完善人才服务保障体系，构建高效敏捷的人才工作组织体系。形成"四专"人才工作机制，人才工作议题党委专题研究、人才工作事项人才领导小组专门负责、人才工作条线专人分管、人才工作成绩专项考核，坚决做到事业发展到哪里，人才工作就推进到哪里。具体表现为实施一系列"工程"：

实施"先锋企业家"工程，培养卓越的经营管理人才。围绕"世界一流企业"建设需要，着力培养一支"对党忠诚、勇于创新、治企有方、兴企有为、清正廉洁"高素质的企业领导人员队伍，引进和培养一支具有良好职业道德、职业操守、职业信用、专业能力过硬、经营业绩突出的高端职业经理人队伍。实施"领军科学家"工程，建设一流科技创新团队。瞄准智慧交通、道桥养护、运营管理等现代交通产业重点领域，组织实施关键技术攻关工程，迫切需要一批具有科技前沿引领力、科学技术竞争力、科研资源集聚力的科技领军人才和创新团队。实施"大国工匠"工程，培养更多卓越技能人才。以弘扬大国工匠精神为追求，鼓励钻研新技术、掌握新工艺、熟料使用新设备和新材料，建设知识型、技能型、创新型的新时代产业工人队伍，这里面包括从一线基层职工到高层次专业人才。实施"未来英才"工程，保障江苏交控基业长青。突出"潜力＋能力＋活力"三大标准，以大视野、大格局、大智慧为江苏交控未来发展储备人才。

您认为交控这些年对青年才俊的最大吸引力是什么？您平时跟系统内的年轻人接触多吗？您了解他们吗？您觉得交控年轻人最大的特点是什么？

答：我觉得，青年才俊都会有自己的选择，因素有很多，有的考虑发展前景多一点，有的考虑工作环境多一点，有的考虑薪酬待遇多一点。但从与加入江苏交控的青年人交流来看，他们对江苏交控的喜欢也有一个转变的过程。刚开始可能觉得江苏交控的企业规模体量都比较大，涉及的行业领域也比较多，国有企业的保障性强一些，但随着加入江苏交控这个大家庭后，他们会觉得江苏交控是一个事业留人、感情留人、待遇留人、环境留人的有情怀的企业，重才、爱才、惜才、扶才的氛围非常浓厚。

对青年才俊的吸引力，主要体现在：一是成长成才的生态优势。我们强化管理、技术、技能"三通道"建设，设立总专业师、总监、首席技师等岗位；构建"1＋N＋1"的教育培训体系；组织开展"交控人才奖""突出贡献奖""创新攻坚奖"等评选；用好用活人才激励基金；建设人才公寓、温馨宿舍、满意食堂等人才关爱平台1000多个，让人才安身、安心、安业。二是人才雁阵的资源优势。推动落实"百人引才""星光管培生""高端人才猎聘"等计划，大力开展导师带徒、上挂下派、一线锻炼、轮岗交流等实践培养项目；科技领军人才、行业拔尖人才和具有突出业绩和贡献的先进模范标兵达到70余人，18人获得"政府特殊津贴"和"科技企业家""省双创领军人才"等称号。以市场化手段选聘企业高管、职业经理人、科技副总、两院院士、领军人才等高精尖缺人才200余人。聚焦高层次人才培养工程的牵引作用，34人次进入江苏省333高层次人才培养工程，上百人进入行业领军人才培养工程，人才版图不断扩张。三是产才融合的战略优势。牢固树立人才引领发展的战略地位，坚持产教研学融合，设立"五院一库"、5个交通产业实验室、4个博士后、研究生工作站，打造"江苏交控8916新时代人才品牌孵化矩阵"；成立交控人力集团，组建职业技能鉴定中心，清障救援职业标准获批人社部国家标准开放项目；年均投入科研经费3000万元以上，科研攻关200多项，形成发明专利等科研创新成果175个，200多人次受到省部级奖励，制定行标、地标等各类标准近100项。四是配套完善的制度优势。注重以制度刚性增添人才活性，形成了以"十四五人才发展规划""人才新政15条""人才强企指导意见"为主体，建立高层次、紧缺型两张人才清单，以"教育培训办法""人才基金管理办法"等50多项配套文件支撑的"3＋2＋N"人才工作制度体系的顶层设计；加强自主培养体系建设，连续多年下发年度职工教育培训要点；健全人才容错纠错机制，完善以业绩、贡献为导向的薪酬分配机制。五是青年梯队的发展优势。加大35岁以下优秀青年人才资助培养力度，实施青年科技人才托举行动，强化成长激励，在岗定编、选拔任用等向青年人才倾斜，在培养、学术交流、平台建设上给予充足保障；在急难险重任务中要把青年人才推到台前，交办具体工作，支持挑大梁、当主角；在重点人才工程培养项目中设置青年人才专项，配置专门数量。实施"1124星计划"，着力培育一批面向未来、全球视野、出类拔萃"80后""85后""90后""95后"青年人才；加快年轻干部培养使用，使得"老中青新"的年龄结构按照"2∶4∶3∶1"的比例配备，优化干部队伍年龄结构。

对青年职工，我认为还是了解的。我认为，江苏交控年轻人的最大特点就是十二个字——讲政治、有情怀、敢创新、善作为。字面上很容易理解，这里我就不展开讲了。

收费员岗被认为是"青春饭"，加上技术发展对人工需求量缩减和对她们的能力要求提高，造成了职业前景忧患，您怎么考虑这部分已经"青春不再"的茉莉花们的未来的？

答：您说的情况是存在的。2020年1月1日零时，交通运输部宣布"并网"，全国29个联网省份的487个省界收费站全部取消，实施"一张网"运营。的确，随着省界主线收费站的撤除，以及信息化和人工智能的迅猛发展，高速公路不停车收费是发展趋势，取消人工收费是大势所趋。那么，江苏交控全系统共有收费类岗位职工1万多人，约占公司职工总数的三分之一，总体呈现出"一广两高三低"的特征。"一广",即地域分布较广,涉及全省范围内大大小小 300 余个收费站,人员分散,统筹较难。"两高",一是职工年龄偏高,30 岁以上员工占收费类员工总数的 65%,岗位调剂和再就业优势不明显;二是家庭负担较高,大部分家中有老小,对异地就业、自主创业的顾虑较大。"三低",一是转岗意愿较低,工龄 5 年以上员工占收费类员工总数的 90%,对原岗位、原单位存在一定心理依赖;二是学历水平较低,大专及以下学历的员工占比为 74.5%;三是技能水平较低,除收费业务外技能单一,难以适应收费以外的其他岗位。

要平稳有序地处理好收费类岗位人员的调整分流,对于公司而言,涉及人员面广量大,时间非常紧迫,任务异常艰巨,压力前所未有。与此同时,江苏交控还面临着人才队伍建设与企业高质量发展的要求不适应等系列问题。公司未来持续稳定发展的重中之重,就是要平稳有序地破解"人往哪里去"的难题。

企业"压力前所未有",于个人而言,这些收费员们,都站在了人生的十字路口。"承担社会责任"既是国有企业的使命,也是企业家精神的时代内涵。为此,我当时提出,"必须'一对一'安置好每一名职工,绝不让他们'掉队',切实维护好每一名职工的权益。"每一名员工背后都是一个家庭,对每一名职工的负责正是我们企业的社会责任所在。2019—2020 年,我们通过内部转岗、离岗创业、向外输出等多种方式,一共分流安置员工 1541 人,暂时缓和了这一矛盾。通过两年多时间的实践探索,我们将"人往哪里去"融入"产业工人队伍改革"里面。刚才说的,除了要留下一部分必要的收费人员之外,转岗主要有几个方向:一是极少数优秀的收费岗位人员逐步成长为收费管理人员;二是一部分有专业技术、技能基础的收费员通过进一步的学习培训,转岗到收费系统维护员、机电设备维护员、道路养护员、物业经理等岗位；三是一部分年龄较大而不具备其他技能的，我们也通过职业技能培训，转岗到了站区的安保、保洁等岗位；四是一部分自愿自主创业的，我们也给予一定的政策支持和资金补助。今后，我们将继续推进"产改"工作向纵深发展、向基层延伸，以创造美好生活为追求，进一步提升产业工人获得感、幸福感、安全感，让每一名员工都有人生出彩的机会。

通过观察，我发现一些看起来跟公司业务关系并不大的才艺，比如文学、书画、音乐等，在交控人身上很活跃，且得到了鼓励和施展。您是怎么看待这件事的？跟您的倡导有没有关系？

答：看到这种情况我是非常高兴的，我们的员工不仅在工作中"一岗多能"，而且在生活中也是"多才多艺"，不只是知识竞赛类，而且文艺体育类赛事，我们都在省属企业中走在前列的，多次代表省总工会、省国资委参加全省全国的比赛，也是拿到很好的名次。您可能在采访和实地调研过程中也能够看到，江苏交控的员工精神面貌和其他地方可能不太一样。我也经常到基层调研，我也喜欢和最一线的职工聊天谈心，发现他们总体上的精神状态十分好，很阳光、很积极，这也正是我一直提倡的"快乐工作，健康生活"的关爱理念的具体表现。

员工状态好了，工作才能做得更好，企业才能发展得更好。我们说全心全意为人民服务，不能光靠嘴上说，必须落实到行动中。我们把贯彻共同富裕理念、推动高质量发展与创造职工高品质生活是紧密结合起来，用党员干部的辛苦指数换取职工群众的幸福指数。目前，我们在落实中华全国总工会提出建设"幸福企业"的号召，正在积极打造"幸福交控"，就是树牢群众观念，贯彻群众路线，从群众中来，到群众中去，全力打造"国企特色、交控特点、职工认可"的幸福企业样板，不断提升职工群众的自豪感、归属感、成就感、获得感、幸福感和安全感。

"生活有滋味"成为三大故事之一，足见分量之重。可一般人看来，这与公司的发展，并没有强大的直接关系。您是怎么考虑生活建设权重的？另外，您着力推动企业员工生活建设，那您个人的生活有滋味吗？您用什么做生活示范？

答：员工是企业发展的主人翁。刚才我也讲到，我们一直倡导大家要"快乐工作、健康生活"，始终将"职工群众高兴不高兴、满意不满意、拥护不拥护、答应不答应"作为检验工作成效的"硬指标"。"生活有滋味"其实是对"快乐工作、健康生活"提出了更高的要求和标准。我认为，只有真心实意为员工办好事、做实事、解难事，围绕吃得满意、住得舒心、行得便捷、过得健康，创造职工满意食堂、舒适宿舍、快乐班车、健康体检等，不断丰富员工的"菜盘子"，建好站区的"小乐园"，才能活跃基层的"新生活"，切实满足广大员工对美好生活的需要，也是和员工最大程度共享企业发展成果的必要之举。

在我看来，对"生活有滋味"的感受，在本质上和财富、地位、权利无关，更多的是由思想与心态决定的。我喜欢运动、重视家庭、身体健康、对这个日新月异的世界依然充满好奇，向往着生活有滋有味，也在朝着这个方向不断努力。目前来说，还是自我肯定和满意的。

您当然也是一位了不起的人才，您觉得您自己有足够的舞台吗？

答：我是2015年10月10日到江苏交控报到任职，担任党委书记、董事长一职。当时江苏省委主要领导找我谈话时，我就提出"干不好、干不了"，因为过去干的是航天，现在要干交通（专业不同），过去从事的是制造业，现在要干的是服务业（行业不同），过去是保密封闭，现在是全面开放（体系不同），过去管的是局部区域专注的事，现在是点多、线长、面广、体大、事杂（空间不同），深感不会适应，不能适应。时任省委主要领导说，经与航天科工集团商定，为加强干部交流，这次省里研究派你去江苏交控工作，主要考虑江苏交通是一个非常复杂的系统，因为你和省里没关系，和地方没关系，和交通系统更没关系，希望你把航天的优良传统带到江苏交通里去，关键抓好班子，带好队伍，实现好省委省政府的意图。说实话，深感责任重大、使命光荣。回顾这些年的工作，组织上给了我这么大的舞台，我觉得已经够了，自我评价一句：问心无愧，没有辜负组织上的信任和支持，没有辜负职工群众的信赖和期待！但还是要补充一句：舞台够大了，但做得还不够好！

请您简要描述一下今天的交控实力，简要描绘一下交控的明天。

答：关于江苏交控今天的实力和明天，刚才在和《新华日报》的座谈上我基本上都谈过了，您也参加的，可能了解了不少。今天的交控可以简要概括为六句话：交通强省的"顶梁柱"、国企改革的"排头兵"、产业报国的"先行军"、人才创新的"策源地"、数字经济的"新高地"、利民惠民的"先锋队"。交控的明天，我们将继续履行好"承担好责任、发挥好功能、发展好企业、惠及好职工"四项职责，如果用一句话来简要描绘的话，就像我们企业文化的传播语一样，那就是——"通达美好未来！"我相信，交控的明天一定是更加美好的！员工一定是更加幸福的！

我从多方面资料得知，您个人比较热爱阅读，特别是对思想性强的书籍感兴趣；您也是一个思维活跃、思辨能力强的人。您有否想过，作为领导者，个人素质跟集体之间的巨大关联？您觉得这些年在交控，自己的阅历、个性、爱好和思想是怎样影响到企业的？

答：可能之前没有特地思考过这个问题，但是您问到了，我也想谈一谈。有句话说：“火车跑得快，全靠车头带。”领导者个人素质对集体的发展肯定有影响，而且影响还不小。对江苏交控而言，我们管理的员工点多、线长、面广，更需要领导者的关怀、耐心、善用、信任和尊重，这些方面就是领导个人素质的体现。在此基础上，加以公平激励机制、价值观念、文化修养等要素补充，团队精神和凝聚力必然得到弘扬和巩固，企业潜在的创造力才能充分发挥，企业的整体目标就能顺利实现。

这些年在交控，我的阅历、个性、爱好和思想，或多或少都潜移默化地体现在我的工作作风和管理理念中，"决定的事就要快干、干成、干好"是江苏交控的企业作风，我们倡导员工要迎难而上，抢抓机遇，用勤奋的精神、实干的劲头、开拓的勇气、有为的追求，形成江苏交控人新时代担当作为、干事创业的优良作风，推动企业各项决策的落实。这么多年来，我对自己也是同样的要求。举个例子，我个人比较喜欢打乒乓球。乒乓球是一项需要清醒和激情并存的运动。当比赛进入胶着，双方都势均力敌的情况下，一旦心态动摇，或者对得失太过看重，就会容易失分，甚至输掉整场比赛。所以在认定目标后，要做的就是专注当下、拆分目标，每一局，每一拍，每一个球，打好它。当我们沉浸在"扎实的实践"时，好的结果也就随着而来了。我想管理企业也是如此吧。

您对国有企业体制乐观吗？您能向全社会提供几点管理和发展国企的建议吗？

答：国有企业是中国特色社会主义的重要物质基础和政治基础。坚持党的领导、加强党的建设是国有企业的"根"和"魂"，是我国国有企业的独特优势、光荣传统、力量所在。党的十八大以来，国有企业毫不动摇坚持党的领导，持续加强党的建设，推动国有企业改革发展取得重大成果，为增强我国综合国力、促进经济社会发展、保障和改善民生提供了重要支撑。2020年12月30日，中央深改委第十七次会议，审议通过《关于中央企业在完善公司治理中加强党的领导的意见（试行）》，这是继党中央颁布《中国共产党国有企业基层组织工作条例（试行）》之后，加快完善中国特色现代企业制度的又一项重要制度安排，是公司治理"中国方案"的又一里程碑成果。

再结合江苏交控自身的实际，我们坚决落实中国特色现代国有企业制度，创新构建起"卓越党建＋现代国企"的治理体系，切实把企业党组织的政治优势与现代公司的治理优势有机结合起来，推进治理体系现代化、提升现代化治理能力。江苏交控还入选国务院国资委国有重点企业管理标杆创建行动"标杆企业"名单。原来都说国有企业各项机制比较呆板，活力可能不如民营企业。但经过那么多年的国企改革，对现有国有企业体制，我是十分乐观的，并且将越来越好。

如果说提意见建议的话，我希望国有企业要牢牢把握这个根本指导思想，筑牢思想上的"定盘星"，坚定捍卫"两个确立"，坚决做到"两个维护"，全面对标对表习近平总书记重要讲话和对江苏工作重要指示精神，续写实现伟大梦想新篇章。还有一点，我们的央企实力很强，很多世界五百强，但更希望在地方国企能够进一步完整、准确、全面贯彻新发展理念，增强走中国特色现代国有企业制度的信念信心，把自身放到新时代的坐标系中，在"与世界一流对标、向世界一流迈进"的征程中，让央企和地方国企有更多的交流，不断增强企业的竞争力、创新力、控制力、影响力和抗风险能力，能够从地方国企中涌现出更多的"产品卓越、品牌卓著、创新领先、治理现代"的世界一流企业。这里，也希望各级政府能够做好顶层设计和中长期的规划，给予更多的政策等方面的支持。

刚才您已经涉及一个最重要的问题，就是国有企业的党建。您是国企的党委书记，这应该是您的第一工作身份。这一年我在江苏交控全系统做访问调研，能够直观地感受到您对党建工作的高度重视。我需要做一些具体的了解，能否向我们多做点介绍？

答：您即便不问这个问题，我也准备主动向您介绍呢。在我们这里，两万八千人和关联社会产业的千百万人，内心和行动中都有一个"红色引擎"，即强根铸魂加载"卓越党建"。"根本固者，华实必茂；源流深者，光澜必章。"坚持党的领导、加强党的建设，是国有企业的光荣传统，是国有企业的"根"和"魂"，这也是我国国有企业的独特优势。如何把握新时代党建新要求，推动基层党建工作从"高原"走向"高峰"，江苏交控党委探索构建"卓越党建＋现代国企"治理体系，致力打造中国特色现代企业制度的"江苏交控样板"。

从2016年全国国有企业党的建设工作会议召开以来，江苏交控党委一直在思考如何破解党建工作与业务工作"两张皮"问题、实现基层党建工作水平有效提升，"卓越党建＋现代国企"的提出，对党的建设时代之问作了回答。2019年底，江苏交控党委从政治、战略、发展等多角度综合考量，作出了构建"卓越党建＋现代国企"治理体系的重大决策。江苏交控党委一致认为，从3个维度考量，构建"卓越党建＋现代国企"治理体系恰逢其时，也势在必行。国企改革进入"深水区"，必须通过卓越党建注入"根"和"魂"。党的十九届四中全会作出了《中共中央关于坚持和完善中国特色社会主义制度推进国家治理体系和治理能力现代化若干重大问题的决定》，而要真正完善中国特色现代企业制度，就必须确保党组织在国有企业治理中发挥领导作用，实现国企党建与现代企业治理的有机融合，这也是市场经济条件下从制度上保证国企党组织发挥作用的必然要求。高质量发展进入"关键期"，必须通过卓越党建疏通"经"和"脉"。江苏交控规模大、责任大、影响大，公司面临着发展机遇期、矛盾凸显期、改革攻坚期"三期"叠加，身处成立以来最为关键的发展阶段，工作中出现了诸多新情况、新挑战、新矛盾。要实现"国际影响、国内领先"万亿综合产业集团的发展目标，打造"世界一流企业"，就必须聚焦"卓越党建"，构建与中心工作深度融合的"大党建"共同体，铸就驱动高质量发展的"红色引擎"。

2020年年度工作会议上，江苏交控党委编制《"卓越党建＋现代国企"治理体系的指导意见》，形成落地指引文件。同年11月，印发了《"卓越党建＋现代国企"治理体系建设考核评价实施方案》，其中包含12项一级指标、38项二级指标及100项评价要点。2021年，江苏交控各级党组织根据指引文件要求并结合自身实际，积极推动"卓越党建＋现代国企"治理体系扎根落地，取得了一系列探索性、创新性、突破性成果。公司党委先后出台了《"十四五""卓越党建＋现代国企"专项规划》，召开了交控系统贯彻落实全国全省国有企业党的建设工作会议精神暨卓越党建推进会，举办了"卓越党建＋现代国企"经验交流和高峰论坛。

党委提出，要高扬党建之帆、掌好国企之舵，深入推动国企党建科学化和治理现代化，构建党建与治理有机融合的现代化企业理想状态，以高质量党建引领推动保障高质量发展，要全面总结"卓越党建＋现代国企"治理体系实施以来的实践经验，系统梳理形成"卓越党建＋现代国企"融合发展体系，做好"卓越党建大厦"模型构建和党建质量管理体系系列丛书撰写工作，切实把党组织的政治优势、组织优势和群众工作优势，有效地转化为企业高质量发展的治理优势、竞争优势和创新优势，扛起"争当表率、争做示范、走在前列"的光荣使命，为谱写"强富美高"新江苏现代化建设新篇章贡献交控力量。

近几年，我们的党建工作做法和成效值得总结。我印象比较深的是，我们首先突出科学型党建。用科学理论引领政治方向，注重思想建党、理论强党，用习近平新时代中国特色社会主义思想武装头脑，以"两个确立""四个意识""四个自信""两个维护""政治三力"筑牢政治忠诚。用好"学习强国""讲习所"等平台载体，依托"六位一体"思想政治工作矩阵，扎实开展党性教育，"不忘初心、牢记使命"主题教育成效得到中央第三巡回指导组的高度认同，党史学习教育成果获得中央第五指导组的充分肯定。用科学理念引导价值取向，守好政治价值，始终牢记"国企姓党"和"国企兴党"；守好经济价值，履行好在经济领域为党工作的使命；守好文化价值，匠心培育"通达之道"企业文化；守好社会价值，近三年疫情期间减租免租4.5亿元，选派30多名同志投身乡村振兴工作。用科学方法推动党建实践，秉持"党建工作就是做人的工作，就是更高层次人的管理"理念，独创了"五给五让"思想政治工作法。2022年疫情期间成立"党员突击队""党员先锋岗"近1500个、临时党支部123个，建立416个查控点，疫情高峰每天上万名干部职工守网抗疫，全系统守住了职工"零感染"的底线。将管理学方法导入党建工作，撰写了党建质量管理体系系列丛书；把党建项目分成强基固本、攻坚克难、为民服务、创新驱动"四大类型"，推行"1＋5"党建项目工作法。我们突出品牌型党建。铸塑"苏交控"品牌体系，做响做优了"苏交控·五力先锋"党建品牌、"苏高速·茉莉花"营运管理品牌、"苏式养护"品牌、"通达之道"企业文化品牌、"通达美好未来"社会责任品牌、"苏交通"资本市场品牌和"交控云"智能交通品牌；开展全系统"十大党建品牌"和"百个基层支部微品牌"评选活动，形成了与"苏交控·五力先锋"党建品牌一脉相承的三级"红色品牌矩阵"。我们还突出智慧型党建。向社会发布了以"党建云"为核心的交控"六朵云"，自主开发建设的"先锋荟"党建云平台和"5G"智慧党建室，为党建工作加载了"时代引擎"；出版发行了多部党建经验集；在全系统开展了"十佳党组织工作法""十佳主题党日"等评选活动。突出绩效型党建。讲好企业有前途、人才有舞台、生活有滋味"三个故事"，聚焦"十个享有"打造"幸福交控"；开展了旗帜领航、堡垒领先、头雁领衔、党员领跑、理论领学、项目领办的"六领"典范培树活动；全力推进党支部"标准＋示范"建设，实现了党支部标准化建设"全达标"，创成了五星级支部62个、四星级支部118个、三星级支部121个，形成了在全国有影响力、全省有示范力的星级党支部集群。

党建引导的一个重要成效，就是树立了全员的现代国企发展思维。我们提出"宽度一厘米、深度一百米、长度一千米、高度一万米"四度思维系统观，坚持聚焦交通主业，不断做精做专做优，立足"三大主业"延伸产业链、拓展价值链、锻造创新链，在通道、产融、人才、资产、数字、养护、能源、商贸"八大经济"中找资源、抓项目、促发展。目前，公司全口径总资产8300亿元、净资产3400亿元，利润总额连续7年排名全国同行第一，国有资产保值增值率始终保持在110%以上。着力构建现代国企产业体系。围绕"三商"定位，全力当好全省重点交通基础设施领域有带动力的投资商，近五年累计完成重点交通基础设施建设项目投资超1600亿元；全力当好全国综合交通产业领域有竞争力的运营商，布设基础设施网、能源供应网、商贸服务网、信息支撑网"四张网"，构建横向成网、纵向成链、产融互助的综合交通生态圈；全力当好全球高速公路领域成为有影响力的服务商，紧扣"人民满意交通"建设，聚焦"一流设施、一流技术、一流管理、一流服务"，着力建设"四个国际示范"——国际先进示范高速、国际先进示范大桥、国际先进示范服务区、国际先进示范养护基地，助力江苏打造"交通强国"建设示范区，抒写着"人民满意交通"新篇章。用党建力量着力推进治理体系现代化。建立现代企业治理结构，规范各治理主体的权责定位和履职方式，进一步健全权责法定、权责透明、协调运转、有效制衡的公司法人治理结构。积极贯彻省国资委关于推进省属企业供给侧结构性改革的工作要求，江苏租赁、通行宝两家企业被列入省国资委"小双百"企业名单，通行宝公司被列入国务院"科改示范行动"名单。突出重点领域、重要人员和关键环节的合规管理，建立健全符合法律规范、监管规定、行业准则等合规要求的制度体系。党建也提升了企业的现代化治理能力。实施"智慧国企"建设，按照"云、网、边、端"信息化建设架构，率先建成"云网一体化"SD-WAN网络；以"六朵云"为代表的数字化转型成果引发行业内外广泛关注，集中展现了江苏智慧交通发展的新成果和高水平，是全国路网内第一家用"云"来支撑业务的省级交通集团，改变了交通路网运营管理和社会服务的场景、业态与格局。推动股权整合，积极实施投资引导和结构调整，推动企业优势资本向"三大主业"集中；探索产业板块事业部制模式，成立营运安全事业部和发展改革事业部，统筹指导相关产业板块的发展规划、业务拓展和市场运作。成立产业发展、数字经济、养护技术、营运管理和绿色双碳"五大研究院"，成为江苏交控创新策源地。

我们以"融合实效"提升质态，"四维融合"为国企建强"桥"和"船"。聚焦"组织落实"，实现党的组织框架和公司治理结构有机融合。推进党的领导进章程、党建工作进规划、决策程序进制度、党企融合进机制，坚持"双向进入、交叉任职"的领导体制，完善党委顶层设计、董事会决策、经营层实施执行、纪委和监事会监督、各方共同参与支持"五位一体"的治理架构。聚焦"干部到位"，实现党管干部人才和科学选人用人有机融合。全面抓好"三支队伍"建设，即：以国有企业"20字"好干部标准分层打造一支忠诚干净担当的干部队伍，以适应转型发展需要分类打造一支企业亟需的"高精尖缺"专业技术人才队伍，以"四讲四有"合格党员标准全面打造一支靠得住、过得硬、顶得起、容得下的党员队伍。聚焦"职责明确"，实现党组织把关定向和治理主体决策有机融合。突出党委"把方向、管大局、促落实"作用，围绕"能不能干"，让党组织的前置把关、领航定向作用更得力；突出董事会"定战略、作决策、防风险"作用，围绕"要不要干"，让董事会的治理核心、决策中枢作用更得力；突出经理层"谋路径、抓落实、强管理"作用，围绕"怎么来干"，让经理层的落地支点、执行主体作用更得力；突出职工代表大会"促民主、维权益、凝共识"作用，围绕"都同意干"，让职代会的民主管理、民主监督作用更得力。聚焦"监督严格"，实现党组织监督保障与公司依法治理有机融合。构建"312大监督"体系，推动主管监督、运营监督、财务监督、法务监督、审计监督、组织监督、巡察监督、纪律监督、民主监督、舆论监督等十大监督主体纵向贯通、横向沟通。在省属企业中率先尝试"一派多驻制"，建立健全一岗双责、一案双查、履责纪实等机制。在系统内建成223个廉洁文化教育基地，打造3个省级廉政文化示范点。五年内完成党委常规巡察12轮、巡察"回头看"4轮、专项巡察和提级巡察各1轮，共巡察二级党组织45家/次，三级党组织3家，完成本届党委巡察"全覆盖"。江苏交控党委巡察工作的经验做法，得到了中央巡视办领导的高度肯定。

公司党委自信地看到，"卓越党建＋现代国企"治理体系的构建和发展，推动交控党建工作实现了"五大转变"，即：工作思维从传统经验向创新包容转变，工作效果从有形覆盖向有效覆盖转变，工作质态从大体量向高质量转变，工作内容从重视党内事务走向引领推动保障企业发展转变，工作重心从党委层顶层设计向第一线"强基提质"转变，从而充分释放了卓越党建和现代国企之间的整体联动效应、多元共治效应、价值溢出效应和品牌带动效应，推动江苏交控呈现出资产规模变大、布局结构变优、质量效益变高、支撑作用变强、治理体制变好、社会形象变美、员工福祉变多、党建根基变牢的"八个变"良性态势，形成了"心齐、气顺、劲足、风正、实干"和"快乐工作、健康生活"的良好局面。

成功密码，其实就是党建发挥了磅礴的力量。构建"卓越党建＋现代国企"治理体系，是在更高层次上推动企业改革发展、转型升级和全面建设的"金钥匙"。党建工作做实了就是生产力，做强了就是竞争力，做优了就是发展力，做细了就是凝聚力，做严了就是保障力。我们形成了卓越党建的新常态，围绕发展抓党建，围绕发展中的热点难点抓党建，围绕职工群众抓党建，构建'主动担当有责任、融入中心分不开、发挥作用看得见、喜闻乐见受欢迎'的融合式、实效型党建工作体系。党建工作说到底也是做人的工作，就是更高层次人的管理，要通过党建工作给人信念、让心更齐；给人公平,让气更顺;给人激励,让劲更足;给人规矩,让风更正;给人使命,让干更实。我们始终将职工群众"高兴不高兴、满意不满意、拥护不拥护、答应不答应"作为检验和衡量卓越党建成效的根本标准……

如果我来写一本反映交控"三个故事"的文学作品,您希望把写作的重点放在哪里?

答:文学作品是反映现实生活的艺术作品。企业故事既是企业文化的重要主体构成要素,又是企业文化得以传播的重要载体之一。实际上"企业有前途""人才有舞台""生活有滋味"三者之间不是孤立和割裂的,而是相互联系、相互依存的。"企业有前途"是"人才有舞台"和"生活有滋味"的先决条件,"人才有舞台"和"生活有滋味"在价值体现和情感共鸣上互为因果,同时又为"企业有前途"提供不竭动力和强大保障。企业的前途、人才的舞台和生活的滋味三个方面高度统一、联系紧密,是社会层面、物质层面和精神层面的交融共通和良性循环。所以说三个方面都是重点。但"三个故事"又可以有不同的表现形式,以哪个为重点作为突破口,这要看创作的需要。您也是著名作家,体制内体制外都待过,有非常丰富的工作经历和人生阅历,对如何创作一部优秀的受欢迎的文学作品,我想比我们更有经验。这里,我们尊重作家的创作需求,我想这既是对江苏交控自身的尊重,更是对作家和作品本身的尊重。

我在您不知情的情况下,悄悄地开始了这本书的采访写作,希望您不要介意。您做好了"三个故事",我希望我能讲好"三个故事",这也是一种心心相印,很荣幸借助这种方式,加深我们的私人友谊。通过前一阶段我在交控全系统的调研和对几百位交控人物的访谈,我从侧面对您有了更深的认识，现在可算既是您的朋友又是您的"粉丝"了。向偶像提最后一个问题：您有过委屈、有着烦恼吗？如有，您曾受过的最大委屈和目前最大的烦恼是什么？

答：我们是老朋友了。说实话，委屈倒是没有什么，但是人总会有烦恼，生活中工作中都会有，我也一样。目前最大的烦恼还是从企业发展的角度出发，从当下看，我们经营上面临的最大困难、问题、风险，归纳起来主要是"两大压力""三大风险"。"两大压力"：一是投资任务压力巨大，"十四五"投资额是"十三五"的4倍，是前面20年的总和；二是资本金筹措压力巨大，"十四五"资本金需求达1425亿元，缺口高达507亿元。"三大风险"：一是财务风险，公司资产负债率预计2024年将突破65%预警线；二是经营风险，去年江苏交控创造了历史之最，利润突破200亿，今年要投资800亿，按照现有高质量考核办法以及员工收入增长需求、疫情对通行费收入影响等因素，如果后续没有可持续发展的产业支撑，预计利润总额从现在开始会以每年10—20亿元的速度衰减，经营风险压力前所未有；三是政策风险，目前部分高速公路已运营将近25年，收费即将到期。这些风险都可能对公司带来影响甚至重创。

从长远来，企业未来定位面临的"三大抉择"。一是发展路径如何把握？全国各大交通产业集团长期以通行费收入为主要营收来源，面对突如其来的疫情，显得尤为"被动"。江苏交控如何推动经济效益和社会效益协调发展，实现公益性与经济性的有机结合，成为必须面对的决策困惑。二是盈利模式如何取舍？近年来国有企业"爆雷事件"频出，资金链断裂、债务逾期、法律诉讼集中爆发等，这些本不该在国有企业出现的现象却屡屡发生。江苏交控如何创造独特经营模式凭特色积累后发优势，如何创造联动运营机制靠内需吸引外部市场，如何创造新型融资渠道集众力实现产融结合等这都是需要深入研究的问题。三是管控模式如何选择？目前，国内省级交通产业集团对所持股企业，通常有以股权管理为主和"小总部、强产业"的管控模式。无论是发展路径，还是盈利模式、管控模式，并不存在"标准"或"万能"模式，如何在合适的时间选择"最适合自己"的路子才是最好的。这既是对企业"掌舵者"的考验，也是对江苏交控未来发展的考验。但对解决这些发展过程中遇到的问题，无论是现在，还是将来，我始终相信，江苏交控人一定有能力解决好。

手记之十一：故事里的"今生有幸"

20世纪70年代后期到80年代初期，我跟随着父亲在如皋西乡的一个小镇上度过我的童年时代。南北走向的焦港河穿过小镇的中部，北接新通扬运河，南下长江，倒灌的江水浩浩荡荡，走南闯北。一座水泥桥横跨在大河上，我每天上学放学经过时，都忍不住停下脚步，趴在桥栏杆上，望着南来北往的货船，听着它们悠扬地鸣笛，心中充满了对远方的神往。

傍着这条河并行的是一条乡村土公路。偶尔，我在父亲的带领下，骑车或者坐着一天只有一班过路的公交车，去县城买新书、买文具。

父亲工作的单位是小镇交通运输管理站。得益于他的职务便利，在小学阶段，我有了几次特别的"水上暑假"，乘船沿着焦港河南下南通，北上盐城——父亲的单位有一条拖轮运输船队，我可以跟着船队旅行度假。日行百里，满河徜徉；夜枕波涛，一水星空；红莲摇曳，金苇苍茫；异乡他镇，无穷风光。这样的旅行，为我的童年灌进了繁华的诗意，为我后来的不安于一方打下了心灵基础。

小学五年级我的眼睛开始严重近视，父亲决定带着我去无锡找他的表姐，帮我配一副"高级"一些的眼镜。我第一次得以坐着汽车，从陆路出县远行。在七圩渡口，我们通过汽渡摆渡到江南。在摆渡轮上，我看着一江春水滔滔东流，心中有了大地的展望，和大海的向往。我在途中在随身的作业本子上，写下了我的文学"处女作"，一首咏叹汽车、轮船、公路和江河的诗歌。

19世纪德国伟大的教育家福禄培尔说，人的一生其实都走在童年里，他整个的人、人性和人的整体性，是在儿童时期就已经出现了；人的整个未来的活动在儿童已经有了萌芽。

——哦，我就这样与交通、与文学结下了终身的缘分。

今天，我慨叹，从焦港河到长江、黄海，从乡镇土公路到高速和高铁，甚至到蓝天白云之间的奔走、飞翔，我半个世纪的人生，每一个脚印和足音，都是"交通"编织出来的。

2021年底我参加江苏省交通厅组织召开的交通系统文化建设专家咨询会，在会上我讲述了童年与交通的故事。说者无意，听者有心，江苏交控宣传部门的负责人在会后热诚地邀请我到他们行业系统里走一走、看一看。他们正在实施"企业有前途、人才有舞台、生活有滋味"的"三个故事"工程，涌现了不少鲜活的事迹。

"这些故事感动了我们自己。"他望向我的那双眼睛里，闪烁着激动的光，他急切地说，"如果能感动作家，就说明我们成功了。"

大概是源于幼时种下的那份情怀，我不假思索答应了他。此后，我用了一年的时间，阅读了江苏交控数百万字的管理和发展方面的材料，接触了数百名交控人，深度访谈了五十多位"路姐""路哥"。我不仅是感动，有时候简直就是被震动了。我在滚烫的公路上眩晕，在颠簸的轮船上呕吐，体验他们的生活让"文人体质"的我出尽了洋相。我在他们面前哭过、笑过，我为他们，内心经常涌动出疼爱，也激荡出骄傲。

于是，我创作生涯中一部看起来是为别人而写、其实是真切地来自自我情感的作品《"三"生有幸》诞生了。她虽说是一部报告文学，但来自我写作过程中始终沉浸于感动的一种"散文"状态。这部作品写出来后，我是那样的心潮起伏，心情久久未能平静。

这真的不是"成功"的一种兴奋，而是"遂愿"的一种欣慰。

2022年冬天，南京